Dagmar Trodler

Die Rose von Salerno

Buch

Am Tag vor der Hochzeit kommt ihr Verlobter bei einem Schiffsunglück ums Leben. Und das ist nicht der einzige Schicksalsschlag, der Ima von Lindisfarne und ihrer Familie widerfährt. Zusammen mit Aidan, dem jüngeren Bruder ihres Verlobten, begibt sie sich daher auf eine Pilgerreise, um die Gnade Gottes zurückzugewinnen. Doch in Frankreich verlässt Aidan die Gruppe, um dem ungehobelten Ritter Gérard als Knappe zu dienen. Ima fühlt sich verantwortlich für den jungen Aidan und versucht, ihn zurückzuholen. Auf abenteuerlichen Wegen folgt sie dem Ritter und dem Jungen – nicht ahnend, dass beide sich in sie verliebt haben. Imas Weg führt sie nach Salerno, wo der normannische Herzog Robert Guiscard sich mit einem großen Heer auf einen Feldzug nach Rom vorbereitet, um Papst Gregor VII. zu befreien. Ihr bleibt nichts anderes übrig, als sich dem normannischen Heer anzuschließen, will sie Aidan weiterhin beschützen. Als Küchenjunge verkleidet zieht sie mit nach Rom. Bald brennt die Stadt – und Ima wird von marodierenden Normannen gefangen genommen. Ihr Leben liegt nun in den Händen des rüpelhaften Gérard …

Autorin

Dagmar Trodler, Jahrgang 1965, arbeitete als Krankenschwester und studierte außerdem Geschichte und skandinavische Philologie in Saarbrücken, Aachen und Köln. Ihr großartiger historischer Erstlingsroman »Die Waldgräfin«, 2001 erschienen, hat Leser, Buchhändler und Kritiker ebenso begeistert wie ihre weiteren Romane. Dagmar Trodler lebt in der Lüneburger Heide.

Von Dagmar Trodler bereits erschienen:

Die Waldgräfin (35616) · Freyas Töchter (36182)
Die Tage des Raben (36601) · Der letzte lange Sommer. Island-Roman (36692)

Dagmar Trodler

Die Rose von Salerno

Historischer Roman

blanvalet

FSC
Mix
Produktgruppe aus vorbildlich bewirtschafteten Wäldern und anderen kontrollierten Herkünften

Zert.-Nr. SGS-COC-1940
www.fsc.org
© 1996 Forest Stewardship Council

Verlagsgruppe Random House FSC-DEU-0100
Das für dieses Buch verwendete FSC-zertifizierte Papier
Holmen Book Cream liefert Holmen Paper, Hallstavik, Schweden.

1. Auflage
Taschenbuchausgabe Januar 2009 bei Blanvalet,
einem Unternehmen der Verlagsgruppe
Random House GmbH, München.

Umschlaggestaltung: HildenDesign, München
Umschlagmotiv: Allegory of Vanity, Bigot,
Trophime / Palazzo Barberini, Rome, Italy /
The Bridgeman Art Library
ES · Herstellung: RF
Satz: Uhl + Massopust, Aalen
Druck und Einband: GGP Media GmbH, Pößneck
Printed in Germany
ISBN: 978-3-442-37152-5

www.blanvalet.de

1. Kapitel

Dich lieben ist mein Verhängnis,
dir angehören mein Sein,
Dein Staub mein Eden, mein Frieden
das Wohlgefallen von dir.
(Hafis)

Der leise Schrei der Pilgerin verklang im vielstimmigen Raunen des *Pater noster.*

Kaum jemand bemerkte, dass sie in sich zusammengesackt war; immer wieder fielen in den großen Kathedralen Pilger um, weil sie schwach oder erschöpft waren, ausgehungert, halb verdurstet, weil der Weihrauchnebel ihnen die Luft nahm – oder weil Gott sich ihnen zeigte. Man ließ sie dann ehrfurchtsvoll liegen und küsste ihren Mantelsaum, und oft wagten nur Priester, den Geschwächten wieder auf die Beine zu helfen.

Als die Frau umkippte, kreischte ihre Nachbarin und sprang auf. »Seht nur ... Seht, sie trägt Wundmale ... Seht! Ein Wunder, seht nur, ihr Blut! Wundmale wie der Herr am Kreuz! Mein Gott ...« Fassungslos hob sie ihre Hände zum Himmel. Gläubige fuhren zurück – und fielen auf die Knie, um Gottes Nähe teilhaftig zu werden. Der Körper der Pilgerin zuckte.

»Seht ihr das Blut?«, flüsterte die Frau. »Es kommt von der Dornenkrone ...«

»Unfug, sie ist gefallen.«

»Gefallen? Wo? Wer ist gefallen? Ist der Teufel hier?«

»Sie ist besessen«, raunte jemand voller Furcht. Unruhe kam auf. Die Kerzen flackerten. Besessen? Strich der Böse vorbei auf der Suche nach Seelen?

»Ich sah aber Wundmale«, beharrte die Nachbarin. »Wundmale und Blut sah ich – und ich hörte die Stimme des Herrn, ich sah Seine Engel …«

»Engel!«, rief ein Mann. »Sie trägt die Dornenkrone, seht nur!« Und er sank auf die Knie, während die Umstehenden sich nicht recht entscheiden konnten, was nun das größere Wunder war – Blut auf der Stirn oder Engelserscheinungen.

Ima war schneller. Sie fasste die Frau an den Schultern und drehte sie zu sich um. Blut rann ihr über die Stirn, vermutlich war sie unglücklich gefallen, in die Scherben eines Tongefäßes, das ein Pilger dort hinterlassen hatte. Dünner weißer Schaum stand ihr im Mundwinkel, und ihre Augen quollen unnatürlich hervor. Ihr schmaler Körper war hart wie Stein unter den einfachen Flachskleidern. Ohne weiter nachzudenken, wischte Ima ihr schnell den Schaum von den Lippen. Sie erkannte dieses Zeichen, sie hatte Anfälle dieser Art schon oft bei ihrer kranken jüngeren Schwester erlebt und wusste, wie aufgeregt die Leute darauf reagierten, erst recht an einem so brütend heißen Sommertag, wie ihn das Jahr des Herrn 1083 bescherte. Schon am frühen Morgen war eine junge Frau auf dem Weg zum Brunnen in Ohnmacht gefallen. In der Pilgerhalle hatten sie einen toten Säugling gefunden, seine Mutter war zu schwach, um aufzustehen. Hinter vorgehaltener Hand munkelte man schon von einem Fieber, das die Runde machte, von einem Fluch über Avignon … Und nun dieses. Ein übler Tag, man würde vermutlich noch mehr beten müssen. Noch viel mehr. Ima seufzte.

»Fass mit an, Mädchen.« Die tiefe Stimme des Großvaters brachte augenblicklich Ruhe in ihr aufgewühltes Gemüt. Der Mönch vom Mont St. Michel fasste die Krampfende unter den Armen und bedeutete Ima, die Beine zu nehmen, um sie vom Altar wegzuschaffen, hinaus an die frische Luft, wo sie wieder zu sich kommen konnte.

»Ihr dürft sie aber doch nicht anfassen!«, rief der Erste.

»Engel!«

»Sie trägt eine Dornenkrone, lasst sie hier vor dem Altar!«

»Teufelswerk«, murmelte ein alter Mann, »Teufelswerk!« Rasch humpelte er davon, denn wieder lief ihr feinblasiger Schaum aus dem Mundwinkel. Irma warf ihr Halstuch über das starre Gesicht, dann hasteten sie los und drängten sich energisch durch die Menschenmassen, die auch bereitwillig auseinandertraten. Hinten hatte sowieso kaum jemand mitbekommen, was genau passiert war. Nur dass ein Engel erschienen war.

»Ein Engel? Wirklich?«

»Ein ganzer Chor!«

Die Kirche des burgundischen Valence war in Aufruhr, und die Wände warfen sich das Echo der Stimmen so erregt zu, dass man bald sein eigenes Wort nicht mehr verstehen konnte. Vielleicht hatte auch Gott angefangen zu raunen – bestimmt hatte Er das. Die burgundische Pilgerstadt, voll von Pilgern des heiligen Jakob, erbebte, weil sich ein Wunder zugetragen hatte, wie man es selten erlebte: Engel hatten sich gezeigt, gleich mehrere direkt vor dem Altar, gesungen hatten sie und gestrahlt, dass es selbst die Sonne geblendet hatte!

Dank der Engelseherin, die, umringt von Gläubigen, immer entrückter von ihrer Vision berichtete, blieb nicht mehr viel Aufmerksamkeit übrig für eine Dornenkrone, die blutige Spuren auf einem Frauenantlitz hinterlassen hatte. Niemand vermisste die Kranke.

Frère Lionel und Ima legten sie schweratmend auf den Stufen der Kathedrale ab. Über dem Transport hatten sich die Krämpfe der Frau gelegt, und ihr Körper fühlte sich wieder schlaff und weich an. Das Blut war längst getrocknet. »Immer das Gleiche«, seufzte der Mönch, »kein Essen, zu wenig Wasser, Schmutz und Weihrauch, Pein, weil sie barfuß laufen. Frauen halten das nicht aus. Kinder erst recht nicht. Aber auf mich hört ja keiner…«

Die Sonne brannte erbarmungslos vom Himmel Burgunds und verwandelte alles zu Staub – Staub, der in die Atemwege drang und den Mund ausdörrte. Menschen eilten achtlos an ihnen vorbei. Nicht mal Priester fanden die Zeit, nach der Frau zu schauen oder Wasser anzubieten. Die Kunde von der Engelserscheinung in der Kathedrale hatte sich wie ein Lauffeuer verbreitet und Besitz von Geist und Herzen ergriffen. Ein Engel – Gott hatte sich gezeigt! Ima seufzte.

»Schau nicht so abschätzig drein«, tadelte Frère Lionel. »Ich weiß genau, was du denkst.« Ima lachte grimmig. Als Tochter eines tief im Herzen heidnischen Vaters war ihr ein sündhaft kritischer Verstand mitgegeben worden, und so sah sie dort, wo andere den Allmächtigen vermuteten, eher Weihrauchschwaden, Löcher in den Kutten und tiefe Taschen unter den Soutanen, die viel Platz für Münzen und Donationen boten. Natürlich hatte sie damit auch oft recht. Der Mönch sah einem feisten Bischöflichen hinterher, der die Stufen der Kathedrale hochkeuchte, ohne nach der Kranken zu schauen, um nichts von den heiligen Ereignissen zu verpassen.

»Na, weißt du wirklich, was ich denke?«, fragte sie.

»Dir fehlt die nötige Ehrfurcht, Kind. Manchmal zeigt Gott sich auch den Kleingläubigen.« Sein besorgter Blick drückte aus, was er sich für sie wünschte.

»Pfff...« Um ihn nicht noch mehr zu verärgern, verkniff sie sich jede weitere Bemerkung und beugte sich stattdessen über die Pilgerin, um mit geschickten Händen an den Blutkrusten herumzufingern. Ima interessierte körperliches Heil weitaus mehr als das Seelenheil. Sie hörte ihn nur seufzen.

Ein Jüngling kam um die Kathedrale herumspaziert, offenbar tief in Gedanken versunken, die Arme auf dem Rücken verschränkt, die Stirn in finstere Falten gelegt. Leise murmelnd führte er Selbstgespräche, und nicht gerade nette, so hatte es den Anschein. Ima sah hoch.

»Aidan!«, rief sie. »Aidan, komm und hilf uns!«

Schlagartig hellten sich seine Züge auf. Mit zwei Sätzen war er bei Ima, und seine Augen strahlten.

»Hier bin ich, Ima, was soll ich für dich tun? Hast du auch so einen Hunger? Ich könnte …«

»Du sollst ein Christenwerk vollbringen und diese Frau zum Brunnen tragen«, sagte der Mönch statt ihrer trocken. »Wir möchten ihre Wunden versorgen.« Aidan nickte, und kurz darauf befanden sie sich abseits der Kathedrale am Rand des Brunnens, wo jemand sein Trinkgefäß vergessen hatte. Ein paar Vögel flatterten empört auf, als Ima um den Brunnen herumhastete. Im Schatten saßen zwei Bettler. Der eine beschmierte gerade seinen Beinstumpf mit dem Blut einer erlegten Ratte, des anderen Arme waren von schwärenden Pusteln bedeckt, die er vorsichtig aufkratzte. Sein Hemd war just so zerrissen, dass man die Pusteln sah. Schlimme Krankheiten öffnen Almosenbeutel, hieß es.

»Meinst du, das hilft?«, fragte Ima stirnrunzelnd.

»Habt Ihr eine bessere Idee?«, gab der Bettler unfreundlich zurück. Seinen lauernden Blick auf ihre Pilgertasche ignorierte sie, nahm stattdessen wortlos den Wassereimer vom Brunnenrand und drehte ihnen den Rücken zu.

Der Junge legte die Pilgerin neben dem Brunnen ab und beugte sich über die Frau. »Ui, wie sieht die denn aus?«, staunte er. »Hat sie sich geprügelt?«

»Höchstens mit ein paar Wanzen aus dem Strohsack.« Ima ließ ihre dichten blonden Brauen vielsagend tanzen. Den Juckreiz, den Wanzen verursachten, kannten alle Reisenden, die in miefigen Herbergen unterkamen und Bekanntschaft machten mit allem, was biss, stach und Blut saugte.

»In der Kirche glauben sie an ein Wunder«, bemerkte Lionel und schob sich die Kapuze vom Kopf, was man in dieser Bullenhitze nur kurzzeitig machen konnte, weil einem sonst die frisch geschorene Tonsur verbrannte. Aber besser Hitze und Sonnenbrand als diese ewige nasse Kälte auf Lindisfarne, der kleinen Klosterinsel im Norden von Northumbria, von wo aus sie vor Wochen zur Pilgerfahrt aufgebrochen waren. Ima wusste, dass ihm das Wetter dort nicht gutgetan hatte, obwohl er seine Insel liebte.

Sie hatte den Wassereimer auf den Boden gestellt und tupfte der Frau das Blut von der Stirn. Die kam zu sich und schlug die Augen auf. Sie murmelte ein paar fremdländische Worte, erhob sich, schwerfällig und schwankend zwar, aber zielstrebig – und ging einfach ihrer Wege.

»Und?«, krächzte da der eine Bettler um die Ecke. »Was hat Euch das jetzt eingebracht?«

»Gottes Segen?«, mutmaßte Aidan.

»Der macht mich nicht satt«, kam es aus dem Schatten.

»Hätte ich sie etwa liegen lassen sollen?«, fragte Ima empört. Sie wusste nicht, was sie mehr ärgerte, die Frau oder der Bettler. Die Bettler jedenfalls wurden immer frecher, je weiter man nach Süden kam.

»Ihr hättet wenigstens nach Almosen in ihrem Beutel schauen können«, grinste der zweite Bettler.

»Sie hätte sich wenigstens bedanken können«, pflichtete Aidan dem Lumpenbündel bei, »oder sie könnte eine Kerze für dich anzünden.«

»Sie kommt vom lothringischen Rhein«, brummte Lionel finster und sah ihr hinterher. »Da sind die Leute so.«

»Ehrlich?« Aidan machte große Augen. Ima hockte sich stumm auf den Brunnenrand und sah der Pilgerin nach, die zurück in die Kirche ging, von wo der Engelaufruhr inzwischen nach draußen drang und wo sich wohl niemand mehr an sie erinnern würde.

»Wart Ihr da schon mal? Am Rhein? Wie ist es dort?« Der Junge ließ nicht locker. Sie betrachtete seinen wirren Schopf, der in jeder Pilgergruppe auffiel, weil er sich nicht demütig senkte, sondern neugierig umherstarrte und damit schon Leute aufgebracht hatte, weil sich das in der Andacht nicht gehörte.

Jetzt sah er ihr ins Gesicht. »Ich meine – wir könnten doch einen kurzen Abstecher machen …«

Da lachte der Mönch schallend auf. Sein ernstes Gesicht verwandelte sich in ein Bild hüpfender Falten und Krähenfüße um die Augen, und im Überschwang knuffte er den Jungen in die Seite wie einen Saufkumpan. »Das würde dir gefallen, was? Der Abstecher, der dir vorschwebt, dürfte einige Wochen …«

»Wir haben bereits einen Abstecher gemacht, Aidan«, unterbrach Ima den Heiterkeitsausbruch. »Wir haben den Pilgerzug der Angelsachsen verlassen und sind quer durch Frankreich gezogen, war dir das nicht Abstecher genug? Du hast Königin Mathilde in Caen getroffen. Du hast in Saint-Benoît König Philippe von Frankreich vorbeireiten sehen. Du warst in Vézelay und in Cluny …« All diese Orte lagen abseits der üblichen Pilgerroute, und Ima hatte sich mehr als einmal gewundert, warum der Großvater die Route änderte, die man, von Norden her kommend, zu nehmen pflegte, doch er hatte stets ein gutes Argument gehabt und niemand aus der kleinen Pilgergruppe hatte Einspruch erhoben. Oder hatten sie es nicht gewagt? Sie betrachtete ihn von der Seite. Er war ein Dickkopf und ein ruheloser Geist, und Lady Eileen, in deren herrschaftlicher Begleitung sie reisten, hätte seine Entscheidungen niemals infrage gestellt. Einem Mann der Kirche widersprach man nicht. Und Vézelay war durchaus auch ein sehr heiliger Ort, ebenso wie das Kloster von Cluny.

»Die Pilgerschaft reinigt die Seele. Und der Toten können wir überall gedenken«, hatte Lionel immer wieder gesagt. Die Toten waren der Grund für die Reise, für ihr Seelenheil wollten sie beten – für Stephens Seelenheil. Ima starrte auf den staubigen Boden. Stephen.

Stephen von Carlisle. Der Mann, der sie noch vor der Heirat zur Witwe gemacht hatte. Sie waren einander versprochen gewesen, obwohl Stephens Vater, ein northumbrischer Thane, lange gegen diese Verbindung gewesen war. Man heiratete als ältester Sohn eines Thane nicht aus Liebe, und schon gar nicht eine Frau von hohem Blut, aber ohne Vermögen. Stephen hatte seinen Willen durchgesetzt und sogar den Segen König Guilleaumes dafür erhalten, was in London für großes Aufsehen gesorgt hatte. Von der Insel Farne hatte er ihr kurz vor der Hochzeit ein Geschenk aus den Felsen holen wollen. Stephen war von dieser Fahrt durch gefährliche Untiefen nie zurückgekehrt, das Meer hatte ihn mitsamt dem Kahn an einem stürmisch-sonnigen Nachmittag verschlungen. Ima war erstarrt vor Entsetzen zurückgeblieben. Der eisige Wind Lindisfarnes hatte ihr Herz zu einem Block zurechtgeschliffen, hinter dem Tränen und Selbstvorwürfe verschlossen waren – es gab kein Vergessen. Nur die Trauer war etwas leiser geworden. Auch Imas Vater hatte das Meer geholt. Vor vielen Jahren war er vom Ufer Lindisfarnes verschwunden, und sein Leichnam wurde niemals gefunden. Das Meer um Lindisfarne war hungrig und schnell wie ein Raubtier, seine Wellen glichen im Winter den Reißzähnen eines Wolfes und die Strömungen den Armen des Teufels.

Ima seufzte leise. Der Tag, an dem ihr Vater ertrank, war beinah noch dramatischer gewesen als Stephens Tod. Abwehrend schüttelte sie den Kopf, um die Erinnerung daran zu vertreiben. Die Mutter trauerte seither so sehr, dass selbst die gütigen Mönche des heiligen Cuthbert sich um ihre geistige Gesundheit sorgten. Nein. Ima zog die Nase hoch. Ihre Trauer machte andere krank. Die Mutter war verrückt geworden, wenn man das Kind beim Namen nannte, und das Leben mit ihr war furchtbar anstrengend. Ihr Geisteszustand war tatsächlich mit ein Grund, warum Ima auf Pilgerfahrt gegangen war – sie hatte es daheim einfach nicht mehr ausgehalten. Jener furchtbare Tag, an dem der Vater verschwunden war, lag nun viele Jahre zurück – Stephens Tod jedoch nur ein Jahr. In Santiago de Compostela wollte sie am Grab des Apostels für beide beten, wollte um Erlösung bitten für ihre auf dem Meeresboden herumirrenden Seelen und Ruhe für sich selbst… Stephens Tod hatte ihr das Herz zerfetzt.

»Hier, trink einen Schluck.« Frère Lionel hielt ihr seinen Pilgerbecher hin. Statt Wasser befand sich süßer Wein darin. Wo er den nur wieder herbekommen hatte. »Lass die Vergangenheit ruhen, Mädchen«, sagte der Mönch leise und strich ihr über den Rücken. »Lass sie ruhen.« Sie nickte und trank noch einen Schluck. Der Schmerz über den Verlust brach meist in Wellen über sie herein, vielleicht war heute so ein Tag… Sie beschloss, am Abend doch noch einmal in die Kathedrale zu gehen und ein Gebet zu versuchen. Warum schenkte das Gebet allen anderen Erleichterung und nur ihr nicht?

Aidan schob derweil Steinchen mit dem Fuß herum. »Wo reisen wir denn als Nächstes hin?«, fragte er unzufrieden. Ima musste lächeln. Aidan war Stephens kleiner Bruder, ein neugieriger, unternehmungslustiger Jüngling, für den seit Kindertagen feststand, dass er trotz seiner Schmächtigkeit dereinst in König Guilleaumes Leibwache berufen werden würde. Sein Vater hatte schon gewusst, warum er gegen Aidans Teilnahme an der Pilgerreise gewesen war… Ima war als Aidans Fürsprecherin mitgekommen und hatte dem Vater in die Hand versprechen müssen, dass sie ihm seinen letzten Sohn heil zurückbrachte.

»Nach Santiago de Compostela.« Sie holte tief Luft. »Wir reisen immer noch nach Santiago, Aidan.« Eine Brise kam auf und nahm die schwermütigen Gedanken mit. Einstweilen zumindest.

Ab Avignon füllten sich die Pilgerherbergen, denn hier unten in Aquitanien teilten sich die Wege nach Rom, Jerusalem und Santiago. Viele Pilger hier kamen aus den hohen Bergen im Osten, wie Lionel erklärte. Es waren unfreundliche, spitznasige Menschen, die sich mit Zeichensprache verständigten und untereinander eine sehr merkwürdige Sprache pflegten. Meist ritten sie auf Eseln, die Weiber gingen stets zu Fuß. Bettler hatten von ihnen nichts zu erwarten.

In den Gassen wurde es eng, überall roch es nach Weihrauch und ungewaschenen Menschen. Selbst auf großzügige Entlohnung hin wurde das Essen immer karger und das Wasser brackiger. Die Wirtsleute hielten für alles die Hand auf, obwohl der Bußfertige dazu angehalten war, all sein Gut den Armen zu geben. Die meisten merkten schnell, dass das Pilgerleben mit ein paar Münzen einfacher wurde. Die meisten merkten auch erst beim dritten Mal, wie sie übers Ohr gehauen wurden, wenn sie schlechtes Essen oder überteuerte Kerzen kauften oder über Nacht in finstere Absteigen gelockt wurden. Allerlei Pack säumte die Wegränder, um von den Pilgern zu betteln und an ihren Mantelsäumen zu zupfen. Fromme Gesänge mischten sich mit unflätigem Gegröle und Gelächter, denn längst nicht jeder mit einem Stab in der Hand war auch im Namen des Herrn unterwegs, das musste Ima lernen. Frère Lionels kleine Gruppe hielt sich daher lieber abseits. Lady Eileen ertrug alles klaglos und betete von früh bis spät. Ima gestand sich ein, dass sie solch inbrünstige Frömmigkeit noch nie gesehen hatte – nicht einmal auf Lindisfarne bei den frommen Mönchen des heiligen Cuthbert. Sie selbst verwandte weitaus mehr Energie darauf, Wasser aus den Brunnen zu ziehen und an die Mitglieder der Reisegruppe zu verteilen, damit niemand krank wurde. Imas Schwester lachte nur darüber. Das junge Mädchen sprach so gut wie nie und lebte in seiner eigenen Welt, und es war dem Großvater zu verdanken, dass sie mit auf die Reise gekommen war. »Vielleicht schenkt Gott ihr am Grab des Apostels die Sprache wieder«, sagte er jedes Mal, wenn sie versunken vor sich hin starrte.

Ima grübelte oft, dass Pilgertum tatsächlich für jeden etwas anderes bedeutete, auch wenn alle auf demselben Weg mit Gott unterwegs waren.

Kämpfende Katzen tobten fauchend durch die Nacht, irgendwo jammerte ein Esel, und der Lärm aus einer Taverne drang an die Kathedrale. Die flirrende Hitze des Tages hatte sich etwas abgeschwächt, Ima schwitzte aber immer noch entsetzlich unter ihrem dicht gewebten Mantel, und sie wollte ihn gerade ausziehen, als ein Laut hinter einem Erker sie aufschrecken ließ.

»Was habt Ihr im Gepäck?«, fragte der Priester. »Habt Ihr etwas für mich? Ich sah ein großes Bündel auf Eurem Esel.«

»Ich war im Heiligen Land«, raunte der Händler. »Der Segen Gottes kam über mich, bei Nacht, und …«

»Habt Ihr etwas für mich?«, unterbrach der Priester ungeduldig. »Reliquien? Habt Ihr Reliquien?«

»Ich habe ein Stück vom Schleier der heiligen Agatha«, flüsterte der Händler. »Er schwebte auf mich hernieder, als ich vor ihrem Schrein lag und betete. Er fiel einfach auf mich nieder, könnt Ihr Euch das vorstellen …«

»Was habt Ihr noch? Eure Taschen sind voll, Mann, das sehe ich doch!«, zischte der Priester. »Zeigt, was Ihr noch habt!«

Ima reckte den Kopf. Sie war in der Kathedrale gewesen, hatte vor dem Altar gekniet, bis ihre Knie schmerzten, hatte das Kreuz angestarrt und versucht zu beten. Das war nicht leicht gewesen zwischen all den schnarchenden Pilgern, die niemand aus der Kirche tragen wollte, den greinenden Kindern und einem Paar, welches sich lautstark zankte, wer von beiden länger gefastet und das Wohlwollen des Herrn mehr verdient habe. Irgendwann hatte sie aufgegeben, war auf ihre Fersen gesunken und hatte nur noch den Boden angestarrt. Nichts war mehr in ihrem Kopf – keine Worte, kein Stephen, nur Leere. Und ein bisschen Hunger. Die Leere entmutigte sie. Würde es in Santiago auch so sein? Viele Wochen für ihr Heil gewandert und statt Erlösung im Herzen weiter Leere? Sie fürchtete sich beinah vor dem Tag der Ankunft. Das riesige Holzkreuz am Altar hatte dazu geschwiegen. Daraufhin hatte sie die Kathedrale verlassen, jedoch den falschen Ausgang genommen und stand nun offenbar am Priesterhaus. Im sparsamen Licht des Sichelmonds konnte man nicht erkennen, wohin die Gassen führten. Der Priester hatte zwar eine Laterne, doch die stand am Boden und beleuchtete nur die Füße der Männer. Es raschelte.

»Ich hätte da noch … Ich hätte da noch einen Splitter vom Kreuz Christi«, lockte der Händler. »Schaut her.« Die Laterne wurde angehoben.

»Haben wir schon«, winkte der Priester ab, »sogar mit eigenem Altar.«

»Dann wäre da noch ein Zahn der heiligen Lucia, denn ich war auch in Konstantinopel, wo ihre Gebeine in einer Kapelle ruhen.« Er senkte die Stimme. »Wisst Ihr – sie wollte weg von dort.«

»Sie wollte weg?«

»Sie wollte weg«, nickte der Händler. »Der Zahn ist die einzig wahre Reliquie – alle Knochen in dieser Kapelle sind …«, er senkte seine Stimme, »… sind nämlich Fälschungen!«

»Fälschungen? Seid Ihr sicher?« Die Stimme des Priesters klang jetzt gierig, und seine hellen Finger schimmerten in der Dunkelheit, als er sie nach dem Kästchen ausstreckte.

»Sicher doch – alles Fälschungen«, hörte Ima den Händler noch, als sie unbemerkt davonschlich, um die Apsis herum, in die Richtung, wo sie die Herberge vermutete. Sie hatte sich den Weg nicht gemerkt, aber sie würde ihn schon finden. Anders als der Mutter daheim auf Lindisfarne machten ihr die Dämonen der Dunkelheit keine Angst. Ein leises Kribbeln lief ihr den Rücken herab, und in ihrer Brust fühlte sie sich frei wie lange nicht mehr. Lag es an Avignon? Oder daran, dass sie am Mittag mit den Füßen in der Rhône gestanden hatte? Das kühle Flusswasser hatte nicht nur ihre Haut erfrischt, es hatte ihre müde Seele benetzt und sie aufgeheitert, selbst als ein Fischer sie unfreundlich aus dem Wasser scheuchte. Ima lächelte. So merkwürdig die Menschen auch waren, die man unterwegs traf – man konnte sie wunderbarerweise einfach hinter sich lassen, jeden einzelnen, man konnte nach vorne schauen, wo der Horizont Licht versprach. Der Großvater hatte recht: Reisen war ein Geschenk und überhaupt nicht beängstigend, weil man die Sprachen vielleicht nicht verstand. Irgendetwas verstand man immer, und man lernte jeden Tag neue Worte und Bedeutungen von Mitreisenden. Sie hatte hispanische Worte gelernt, und auch aquitanische Sätze kamen ihr inzwischen flüssig über die Lippen. Jede Sprache war ein kleines Wunder für sich. Wie ein Blütenmeer lag die Welt ausgebreitet vor einem, und Gottes Hand ruhte über dem Reisenden, der zu sehen bereit war. Und je mehr Schritte man vorwärtstat, desto weniger schmerzte die Vergangenheit ... Sie krampfte die Hand in ihr Brusttuch und schluckte schwer. Es galt noch viele Schritte vorwärtszutun, um Stephen zu vergessen ...

»Na – hast du den Reliquienhändler angeschaut?« Aidans Stimme weckte sie aus ihren Überlegungen. Schlief eigentlich überhaupt jemand in dieser schwülen Nacht? »Hat er wirklich einen Zahn in diesem Kasten? Glaubst du das?«

»Du hast gelauscht!« Sie griff nach seinem Ärmel.

»Du doch auch«, grinste er. »Ich würde ja gerne nach Konstantinopel gehen und schauen, ob es stimmt, was er sagt. Dass in den Schreinen keine Reliquien liegen. Nur alte Knochen.«

»Du gehst nach Santiago«, unterbrach Ima ihn streng. »Und sonst nirgendwohin.«

»Bis dahin ist es noch so ein weiter Weg mit schlechtem Essen«, maulte er und trottete neben ihr her.

Ein weiter Weg. Das ging Ima am nächsten Tag durch den Kopf, als die Pilgergruppe sich sammelte, um Avignon zu verlassen. Ihr Weg würde an der Rhône vorbeiführen, wo es durch das dahinfließende Wasser nicht ganz so heiß sein würde wie oben in der Stadt. Aidan maulte, weil er nicht satt geworden war. Lionel hatte streng untersagt, aus der Reisekasse Münzen zu nehmen, um Brot zu kaufen. Solange es ging, würde man Almosen nehmen und das Geld den Armen geben, wie es für die Pilgerfahrt vorgeschrieben war. Der alte Schmied wickelte Lappen um seine Füße. Die ersten Etappen hatte er versucht, wie ein Büßer barfuß zu gehen. Als die blutenden Wunden zu eitern begannen, hatte Ima ihn überredet, wieder Schuhe zu tragen und stattdessen seinen Pilgerstab gegen einen schweren eisernen Stab zu tauschen. Sie fand, dass das Buße genug war für diesen alten Mann. Man hatte sie ausgelacht für ihre Sorge – was sollte schon passieren, die Pilger waren doch in Gottes Hand. Davon war Ima allerdings weniger überzeugt.

»Ich habe gestern wieder Damen gesehen, die sich mit der Sänfte zum Grab des Apostels haben tragen lassen«, erzählte Lady Eileen vorwurfsvoll und hängte sich ihren schweren Pilgermantel über die Schultern. »Mit Schleiern vor den Öffnungen, damit sie nicht von Fliegen belästigt werden. Ihre Träger aßen sogar Fleisch …«

»Natürlich, damit sie in den Pyrenäen nicht tot umfallen, wenn sie die Damen über die Berge schleppen«, lachte Frère Lionel gutmütig. »*Ma dame*, seid versichert, dass ich Euch auch tragen werde, wenn Ihr nicht mehr laufen könnt.«

Die Lady errötete – dem Charme des Mönchs war sie ganz offenbar schon nach wenigen Reisetagen erlegen. Und weil das sündhaft war, bekreuzigte sie sich und sank auf die Knie, um eine morgendliche Litanei zu beten. Die Frau des Schmieds folgte ihrem frommen Beispiel, und auch der alte Schmied ließ sich zum Gebet nieder. Leise seufzend begab Ima sich ebenfalls in die verhasste Kniehaltung. Die Morgenandacht in der Kathedrale hatte schon länger gedauert als üblich, weil der Altar umlagert war von engeltrunkenen, völlig übernächtigten Pilgern, die ihren Platz nicht räumen wollten, um sofort des Heils teilhaftig zu werden, wenn Gott ihnen wieder die Gnade einer Erscheinung erweisen sollte. Man hatte daraufhin alle verfügbaren Priester in die Kathedrale geholt, um die aufwallende Frömmigkeit in Bahnen zu lenken und die ohnmächtig Gewordenen abzutransportieren. Auch der Bischof von Avignon saß schon am frühen Morgen in der Kathedrale, obwohl man sich hinter vorgehaltener Hand erzählte, dass er lieber lange schlief. Bei dem hektischen Kommen und Gehen hatte es zu viel zu gucken gegeben, als dass Ima Andacht gefunden hätte. Hier mitten auf dem Marktplatz fiel es allerdings nicht leichter, sich zu sammeln, und auf den Kieseln schmerzten die Knie.

Hufgetrappel ließ Ima aufschauen. Eine Gruppe Ritter kam die Gasse von der Festung herunter. In Zweierreihen reitend, nahmen sie den ganzen Platz zwischen den Häusern ein, und Weiber sprangen wild schimpfend zur Seite, um nicht von den Rössern getreten zu werden. Stolze Männer saßen im Sattel, waffenstarrend und mit glänzenden Brünnen. Glatt gestriegeltes Haar wehte im Morgenwind, die Pferde keuchten in stolzer Aufrichtung und schäumten vor Lauflust. Der Anblick zauberte ein Lächeln auf Imas Gesicht. Bilder aus London tauchten vor ihrem inneren Auge auf, Erinnerungen an Stephen und wie stattlich er im Sattel seines Rappen ausgesehen hatte … Stephen.

»Sieh nur«, raunte Aidan neben ihr. »Wo sie wohl hinreiten?« Seine dunklen Augen glitzerten. »Was meinst du? Sieh nur die Rüstungen und die wunderbaren Pferde!« Er konnte seine Spannung nicht länger bezähmen und erhob sich mit ausgestreckter Hand, just als sie an ihnen vorbeiritten. Durch die unerwartete Bewegung direkt vor ihm scheute das eine Pferd leicht, doch anstatt zu fluchen oder handgreiflich zu werden, wie viele Berittene es getan hätten, lächelte der Reiter nur über die staunenden Augen des Jungen und warf ihm eine Münze zu, während er sein Ross mit einem Zügelzupfen zur Räson brachte.

»Da, nimm, Junge! Und spar auf ein Pferd!«

Als die Ritter schon längst in der nächsten Gasse verschwunden waren, stand Aidan immer noch da, starrte lächelnd vor sich hin und drückte die aquitanische Münze fest an die Brust. Ima strich ihm über den Rücken.

»Eines Tages«, flüsterte sie, »eines Tages, so Gott will, Aidan.«

»Wir sind jetzt da. Hier ist Avignon.« Der Mönch legte ein Steinchen auf die Landkarte, ein abgegriffenes, bemaltes Lederstück. »Dies ist die Rhône, hier unten fließt sie ins Meer. Wir biegen hier bei Arles ab und gehen …«

»Gehen wir ans Meer?«, fragte Aidan hoffnungsvoll.

»Nein. Die Pilger des heiligen Jakob bekommen das Meer nur zu sehen, wenn sie von Santiago aus noch weiter nach Cap Finisterre ziehen, welches man das Ende der Welt nennt. Ich versichere dir – am Grab des Apostels wirst du froh sein, ans Ende deiner Pilgerreise gekommen zu sein, und nicht nach weiteren Wanderungen fragen.« Der Mönch grinste schief. Offenbar wusste er, wovon er sprach. »Also. Wir gehen nach Toulouse und ziehen über Sauveterre nach Roncevalles …«

»Das ist aber nicht der Weg, den alle nehmen«, wandte der alte Schmied ein, der die Ortsnamen des Pilgerweges auswendig gelernt hatte. »Der, den alle nehmen, heißt Via Tolosana, und er führt über Santa Cruz zum Grab.«

»Stimmt«, gab Lionel zu. »Wir gehen ein wenig anders. Aber auch spannend.« Seine Augen blitzten. »Ähm – in Gottes Hand, meine ich. Gott ist mit denen, die in Seinem Sinne wandern. Der Col de Somport ist, müsst Ihr wissen, sehr steil und nicht ungefährlich.«

»Gefährlich …« Lady Eileens Augen wuchsen, und sie bedeckte ihren Mund mit beiden Händen. »Verbrecher und Meuchelmörder …«

»Die, *ma dame*, lauern überall, wo Gottes Kinder ein paar Münzen in der Tasche tragen«, erwiderte Lionel ernst. »Deswegen ist es ja besser, ohne Münzen auszukommen.«

»Na – das ist aber wohl kaum der Sinn der Pilgerfahrt.« Ima runzelte die Stirn. »Der Sinn ist, seine Habe den Armen zu geben…«

»Das tun wir doch auch«, beruhigte Lionel die junge Frau, »das tun wir doch.«

»Braucht man sich denn nicht an die Wege zu halten?«, fragte Aidan begierig. »Kann man gehen, wie man möchte?« Seine Finger glitten über die Karte, als verspräche sie ihm die Welt. »Kommen wir nicht in diese Bucht? Wir könnten das Meer sehen…« Die Karte versprach ihm die Welt und mehr.

»Das ist Marseille, eine Hafenstadt. Von dort aus fahren Schiffe nach Spanien, nach Rom und nach Sizilien…«

»Sizilien. Siziiiilien.« Der junge Mann ließ den Namen voll Genuss aus seinem Mund perlen. Ima schüttelte nur den Kopf. Was für eine verrückte Idee, ihn auf die Pilgerfahrt mitzunehmen! Er wäre besser am Hof König Guilleaumes aufgehoben gewesen, wo man ihn Benimm und Tanz und in ein paar Jahren den Gebrauch des Schwertes gelehrt hätte. Sie bereute, sich beim Thane für ihn eingesetzt zu haben. Ach. Diese ganze Pilgerfahrt war so ein Wagnis, trotz Gottes Beistand. Wie sicher hätte sie sich gefühlt, wenn Stephen an ihrer Seite gewesen wäre. Seine Kraft, sein Mut und seine Unbekümmertheit hätten sie mühelos über die Berge in Spanien hinweggehoben… Sie seufzte und schielte nach den Mitgliedern ihrer Gruppe. Der alte Schmied, der den Rückweg vielleicht nicht mehr schaffen würde, weil sich seine Lippen immer blauer färbten. Lady Eileen, der sie in Vézelay bereits eine Geldbörse gestohlen hatten. Der Großvater, dessen Pläne niemand durchschaute und dem jeden Morgen etwas Neues einfiel. Der in den Kirchen inbrünstig beten konnte, sich aber von keinem Wachskerzenhändler übers Ohr hauen ließ. Die Schwester, die so still und unauffällig war, dass man sie leicht vergaß – wie in Nevers, wo sie Musikanten zugehört hatte und man erst außerhalb der Stadtmauer gemerkt hatte, dass sie fehlte.

»Sizilien.« Der Junge kratzte mit den Fingern über die Landkarte. »Da ist dieser Feuerberg, nicht wahr? Jemand hat davon erzählt. Er spuckt Feuer, der Berg. Und man kommt von Sizilien auch nach Jerusalem, nicht wahr? Kommt man von dort aus nach Jerusalem? Jerusalem, Ima. Könnten wir nicht…«

Ima beschloss, ihn im Auge zu behalten.

2. Kapitel

Auf der Spur der jungen Rose
lieber Gott, wo ist mein Herz
Hingelaufen, denn ich hab es
nicht gesehn seit Tag und Nacht?
(Hafis)

Die Natter starrte sie an.

Unverwandt traf ihr eiskalter Blick die junge Frau, prüfend schnellte die spitze Zunge aus dem Maul, züngelte unruhig witternd und verschwand wieder, ohne dass die Natter das Maul bewegte. Gefahr drohte.

Ein leichter Windstoß ließ Blätter erzittern, irgendwo schlug ein Vogel an. Gefahr.

Die Natur, eben noch lässig in der Sonne glitzernd, hob das Haupt und wurde wachsam. Der Haselbusch wackelte, ein Tier flüchtete in den Schutz der Blätter. Wind kräuselte die Wasseroberfläche, dann tanzten kleine Wellen zum Ufer, nicht ahnend, dass der Tod dort saß und alles im Blick hatte.

Eine dicke, nasse Strähne fiel Ima ins Gesicht. Voller Angst, weil sie das Tier nicht mehr sehen konnte, fegte sie sich die Strähne aus der Stirn. Da riss die Natter das Maul auf und fauchte, böse wie eine Raubkatze über die hastige Bewegung. Ihr Körper kam vollends unter dem Wurzelballen hervor, wo sie wohl geruht hatte, und rollte sich lautlos zusammen. Dann richtete sie sich langsam und drohend auf. Wie ein Glockenseil schwang ihr dürrer Körper hin und her. Noch war das leise Fauchen die Aufforderung, von ihrem Terrain zu weichen, doch mit der nächsten Bewegung schon konnte sie angreifen, nach vorne schnellen und die Giftzähne in das Opfer schlagen. Dieser See war Schlangenterrain – das Ufer, der alte Baum, das Unterholz und der warme Schieferstein, wo Ima ihre Kleider zum Trocknen ausgebreitet hatte… Nattern duldeten keinen Eindringling in ihrem Gebiet.

Ima schluckte. Das Wasser kitzelte sie an den Schultern, doch die Zeit des verträumten Badens war vorbei. Sie fror jetzt erbärmlich. Bis zur Brust hockte sie nackt im Wasser, eben noch glücklich, sich endlich waschen zu können, die Haut unter der dicken Schmutzkruste fühlen und sich erfrischen zu können. Doch das Glücksgefühl versiegte und machte brennender Übelkeit Platz, denn die Natter hatte sich auf ihren Kleidern zusammengerollt und schien immer näher zu rücken. Imas Mund war trocken wie Sand, das Schlucken wurde zur Qual. Die Haare fielen ihr wieder ins Gesicht, doch diesmal war es egal, die nächste Bewegung würde wohl auch die letzte sein, und sie wusste ja, wo die Natter saß: genau vor ihr.

Fiepend stürzte ein Bussard vom Himmel, kreiste mit kraftvoll ausgebreiteten Schwingen über die Lichtung und kündigte Neues an. Der Boden zitterte, immer deutlicher, immer mehr, und die alten Blätter auf dem Boden begannen zu rascheln. Das Geräusch fuhr Ima in den Magen, und vor Angst biss sie sich auf die Lippe, von innen, damit die Natter es nicht sah.

Pferdehufe trommelten auf den Boden, ein altbekanntes Geräusch. Im gleichmäßigen Takt sangen sie vom Näherkommen. Die Natter zischte böse, doch der neue Feind war noch nicht zu sehen, die Gefahr nicht auszumachen. Und da sich auch vor ihr nichts bewegte und Ima vor Entsetzen sogar die Luft anhielt, entrollte sie sich und schlängelte blitzschnell von den Kleidern herunter und zurück unter die alte Baumwurzel, von wo aus sie losgezogen war, ein Sonnenbad zu nehmen.

Für Ima indes gab es keinen Grund zur Erleichterung. Vorsichtig paddelte sie ans Ufer, tastete vom Wasser aus nach ihren Kleidern, voller Angst, die Natter könnte doch wieder auftauchen. Jetzt, wo sie gar nicht genau wusste, wohin sich das Tier geflüchtet hatte, war die Lage noch viel gefährlicher geworden. Zwei kleine Schlangen, offenbar frisch geschlüpft und auf Entdeckungsreise, glitten zwischen den Ärmeln hervor und suchten das Weite. Ima keuchte entsetzt auf. Mit spitzen Fingern schüttelte sie ihr Hemd, eine dritte Schlange rollte aus den Falten und fauchte von Gift und Verderben, bevor sie im Gras verschwand.

Das Trommeln kam näher. Jetzt hörte sie Männergeschrei und das dumpfe Geräusch, das ein Schwert auf einem Schild verursacht. Sie hatte die Wahl: Schlangen, wenn sie sich versteckte – oder Schwerter, wenn sie im Wasser hocken blieb.

Ima entschied sich bebend für die Schlangen. Sie hatte in ihrem Leben schon oft genug erfahren, wie deutlich Schwerter zu Unschuldigen sprechen können und dass es für Unbeteiligte stets gesünder war, nicht in Erscheinung zu treten, wenn erhitzte Gemüter aufeinander eindroschen. Und so erhob sie sich aus dem See, dass das Wasser in Bächen an ihr herablief, und nestelte nervös an dem immer noch feuchten Hemd. Fort, nur fort, schnell. Die Frühmorgensonne strich ihr über den makellosen Rücken, trocknete die Wassertropfen und beruhigte die Gänsehaut, die sich in der frischen Morgenluft gebildet hatte. Ima zerrte an dem Hemd. Dann, endlich das Loch gefunden, endlich über den Kopf gestreift, für den Rest reichte die Zeit nicht mehr …

»Haltet an – in Dreiteufelsnamen! Ich stelle Euch ja doch!«

Das erste Pferd brach zwischen den Bäumen hervor und galoppierte auf die Lichtung. Sonnenstrahlen ließen tiefrotes Fell aufleuchten. Ima konnte gerade noch ihre restlichen Kleider beiseitestoßen und sich ins Schilf stürzen, wo sie wieder bis zum Knie im schlammigen, kalten Wasser versank. Schnatternd flatterte eine Ente davon. Mit einem Riesensatz sprang wild schnaubend ein zweites Pferd auf die Lichtung. Ima duckte sich zwischen den Blättern.

»Ich werde Euch zeigen, was Ihr zu erwarten habt, mein Herr, steigt nur ab, steigt nur ab!«, keuchte der zweite Reiter und trieb sein Pferd zu weiteren Galoppsprüngen an.

»Warum sollte ich absteigen«, kam es in ausgesprochen hochnäsigem Tonfall zurück. Der Reiter auf dem feuerroten Pferd zielte mit dem Schwert auf seinen herannahenden Verfolger. »Kommt nur und holt Euch, was Ihr der Welt versprochen habt – holt es Euch, bezahlt! Gott ist mit den Tapferen und mit niemandem sonst!«

»Gotteslästerei!«, brüllte der Angreifer auf. »Hurensohn, der Blitz soll dich treffen!« Sein Pferd stieg auf die Hinterbeine und wieherte schrill. Der andere lachte dröhnend.

Und dann prallten die Schilde aufeinander an diesem unschuldig-warmen Septembermorgen am Rande des ehrwürdigen Grabfeldes von Arles, wo Ima heimlich gebadet hatte, froh, in dieser trockenen Gegend überhaupt eine Wasserstelle gefunden zu haben, und sie störten die Ruhe der Toten von Alyscamps, die seit tausend Jahren hier schliefen. Schwerter krachten, verhakten sich ineinander, ein Pferd schrie auf, Metall schlug auf Metall – Ima lugte zwischen den rauschenden Schilfrohren hindurch und wurde Zeugin, wie die beiden blind und voller Wut aufeinander einhackten. Funken stoben, wenn die Waffe auf einen der alten Grabsteine knallte, und das Blut spritzte nach allen Seiten. Dem dumpfen Geräusch von getroffenem Stoff folgte ein Schmatzen, wenn sich die Klinge ins Fleisch fraß. Schreie ertönten, erst vor Wut, dann vor Schmerz und schließlich vor Wut, die den Schmerz besiegte. Immer wieder lösten sich die beiden voneinander, wendeten ihre keuchenden Pferde, lenkten sie um Gräber herum und ließen sie auf der Stelle tänzeln. Dann setzten sie sie auf die Hinterhand und schossen los wie zwei Kometen, im gestreckten Galopp, obwohl der Weg zum Gegner nur ganz kurz war, dafür die Wucht des Aufpralls umso größer, wenn Pferd auf Pferd donnerte. Knochen knackten, die Tiere schrien, überall Blut…

Ima steckte weinend vor Angst die Faust in den Mund. Die Morgenluft sirrte von der Empörung der Toten, und auch Ima bebte am ganzen Körper angesichts des erbitterten Kampfes nicht einmal einen Steinwurf von ihr entfernt. Der Geruch von frischem Blut drang in ihre Nase, von Erschöpfung und nahem Tod – es war abzusehen, es konnte nicht mehr lange dauern, nicht mehr lange …

Der eine schrie beim neuerlichen Angriff lang gezogen, das Pferd stolperte, stürzte auf die Vorhand, knickte weg. Im selben Moment prallte das andere Pferd dagegen, der Reiter des stürzenden Pferdes flog in hohem Bogen aus dem Sattel, fand kaum die Zeit, sich aufzurappeln, als die Klinge schon durch die Luft schwang. Hellrot spritzte das Blut, ein Röcheln, und dann ein triumphierender Schrei …

Ima leckte sich die trockenen Lippen. Sie hatte einen sauren, ekligen Geschmack im Mund, wie nach einer Ohnmacht. War sie ohnmächtig geworden? Ein im Wasser liegender Ast hatte ihren Fall aufgehalten und verhindert, dass sie ertrunken war. Die Schilfblätter wippten im Wind und kitzelten sie im Nacken. Erschöpft fuhr sie sich über das Gesicht und versuchte, das Zähneklappern zu unterdrücken.

Ihre Pilgergruppe saß drüben in der stickigen Halle von Arles, wo sie gestern Abend müde angekommen war, und betete bei Wassersuppe und hartem Brot um Durchhaltevermögen auf der langen Reise, und sie, Ima, hatte es nicht mehr ausgehalten. Nicht nur der Hunger oder die Blähungen und Bauchkrämpfe vom schlechten Essen in den Herbergen. Nein, der Schmutz setzte ihr von Tag zu Tag mehr zu. Das Jucken, das Kratzen unter dem schmuddeligen Hemd mit den speckigen Nahtkanten und in allen Körperritzen, die Flöhe, die in den Mantelfalten wohnten und die ihr tagtäglich zur Qual wurden, wenn sie herumwanderten und bissen. Die Läuse, die ihr frech über die Stirn krochen. Die drangvolle Enge. Niemanden sonst schien es zu stören, nicht die kleine Schwester, die neben ihr lag, nicht den Großvater, der kaum schlief. Und auch nicht Lady Eileen – nicht einmal sie klagte über den Schmutz.

Ima hatte es einfach nicht mehr ausgehalten und war davongelaufen. War am frühen Morgen aus der Pilgerhalle von Sainte Marie gehetzt, an der Kirche vorbei zum Friedhof, der sich als ellenlang herausstellte. Sie war an den endlosen Grabreihen der Alyscamps entlanggelaufen, wo man schon vor Jahrhunderten Gläubige beigesetzt hatte, war durch die Hitze Aquitaniens gestolpert, bis sie hinter den alten Pinien der Alyscamps diesen kleinen See gefunden hatte und erleichtert kopfüber zum Bade darin versunken war in der Hoffnung, die Toten, die hier unter sehr alten Steinen ruhten, würden ihr den unziemlichen Ausflug verzeihen. Sicher würden sie das – man erzählte sich, dass die Römer, die dieses Grabfeld vor unendlichen Zeiten errichtet hatten, Wasser und Badelust liebten. Sicher waren sie sogar wohlwollend zugegen. Ima lächelte. Sie hatte mit Wonne auf dem Schieferstein die Kleider geschrubbt, die verfilzten Haare gekämmt, bis die Kammzinken abbrachen, und war wieder und wieder jauchzend ins Wasser getaucht und hatte sich satt getrunken …

Bis die Natter erschienen war – und dann dieser Ritter.

Der Mann hockte vornübergebeugt auf einem breiten Granitblock und brummte vor sich hin. Ima meinte, normannische Flüche verstehen zu können. Ein Normanne! Was tat ein Normanne in Aquitanien? Stoff riss entzwei, dann zog er Luft durch die Zähne und fluchte richtig laut und ungehörig und in der Tat auf Normannisch. Ima reckte den Hals, doch kein Toter erhob sich drohend. Vielleicht verstanden sie kein Normannisch. Vielleicht waren sie Flüche auf ihren Gräbern auch gewohnt. Die Alyscamps waren zwar Friedhöfe aus römischer Zeit, doch gehörten sie zur Stadt. Immer noch wurden Verstorbene dort beigesetzt, davon zeugten kostspielige Sarkophage und Grabstätten. Tagsüber war allerhand Volk an diesem zauberhaften Ort unter hohen, alten Pinien unterwegs. Kämpfe um Leben und Tod jedoch gehörten nicht hierhin, und irgendwie spürte man doch so etwas wie Missbilligung in der Atmosphäre. Dem Ritter schien das egal zu sein, nicht einmal der Fetzen eines Gebetes für den toten Gegner kam ihm über die Lippen. Sein flammend rotes Pferd stand grasend auf der Wiese, der Sattel lag achtlos daneben im Gras, Sonnenstrahlen ließen das gepunzte Gold an der Verzierung aufblitzen. Nur die pumpenden Flanken verrieten, welche Anstrengung das langbeinige Tier hinter sich gebracht hatte. Es war ein edles Tier, hoch im Blute stehend, ein Pferd, wie Normannen es gern von den Mauren kauften, und es war sicher zehn Ochsen wert. Seine spielenden Ohren verhießen immer noch Wachsamkeit. Das andere Pferd lag mit durchschnittener Kehle im Gras, gleich neben seinem übel zugerichteten toten Reiter. Der Kopf des Mannes hing noch am Hals, jedoch nur hinten. Vorne klaffte ein breites Loch, und aus dem nach hinten gekippten Gesicht starrten die junge Frau zwei erloschene Augen an. Fliegen summten über der Szene und weideten sich am immer noch sickernden Blut. Nichts außer einem gelegentlichen Schnauben störte die Ruhe auf der Lichtung.

»Du kannst ruhig rauskommen«, knurrte der Mann da. Ima fasste sich an die Kehle und hörte auf zu atmen. Woher wusste er …

»Du kannst ruhig aus dem Wasser kommen, mir steht jetzt nicht der Sinn nach Weiberfleisch. Obwohl …« Ruckartig drehte er sich um und spähte durch das Schilf, gierig grinsend das Angebot beglotzend. »Käm drauf an …«

Ima duckte sich hinter die Blätter, doch das Schilf gab ihre langen blonden Haare preis, die sie vorhin zum ersten Mal nach vielen Wochen hatte waschen können.

»Na, komm schon raus, ich hab jetzt andere Sorgen. Kannst du badern? Ich bin verletzt.«

»Ich kann nicht badern.«

»Jede Frau kann badern!«

»Ich kann's nicht.« Sie verschwieg, dass sie daheim gute Lehrerinnen gehabt hatte.

»Willst du mich ärgern? Jede Frau kann Wunden verbinden!« Damit stand er auf und drehte sich um, und Ima sah, wen sie vor sich hatte.

Ein Mann, nur wenig älter als sie, mit kantigem Gesicht, schwarzem, wirrem Haar, eigenwilliger Hakennase und blitzenden dunklen Augen. Ima mochte keine Hakennasen. Das zerfetzte Kettenhemd bedeckte notdürftig die breiten Schultern. Getrocknetes Blut hing wie eklige schwarze Spinnentiere in den Kettengliedern, vom Mantel existierte nur noch die Hälfte, die andere Hälfte lag am Boden. Lange Beine steckten in uralten Lederbeinlingen, und der Mann hatte riesengroße Füße. Oder sahen die nur so aus, weil seine zweifarbigen Schuhe an der Spitze nach oben gebogen waren?

»Genug geglotzt?«, knurrte er und beugte sich vor, um durch das Schilf zu spähen. »Zum Teufel, nun komm schon raus da, ich fress keine Landeier.«

»Ich bin kein Landei«, murmelte Ima.

Inselgöttin hatte Stephen sie immer lachend genannt. Stephen. Ach, Stephen – der Name löste solchen Schmerz in ihr aus, dass sie vergaß, in welcher Gefahr sie sich befand. Stephen.

Der da draußen streckte die Hand aus. »Soll ich nachhelfen?«

Ima zog die Nase hoch. Sie nahm allen Mut zusammen und bog die Schilfrohre auseinander. Erst jetzt merkte sie, wie sehr sie fror, wie eisig ihr das nasse Hemd am Körper klebte und dass ihre Füße im Wasser fast blau geworden waren. Der Mann betrachtete sie neugierig. Ohne ihn anzusehen, ging sie an ihm vorbei zu ihrem Kleiderhaufen, überwand tapfer die Angst vor der Natter, die ja irgendwo hier noch saß und wachte, und zog die Kleider auseinander.

»Furcht kennst du nicht, was?« Er spuckte ins Gras. »Du hättest mich geziemend grüßen müssen.«

Ima ließ das wollene Pilgerkleid über ihren Körper gleiten und drehte sich um.

»Ihr seid äußerst unhöflich zu mir gewesen, *mon sieur*, und nicht etwa umgekehrt. Das Pilgergewand verbirgt, wer sich darunter befindet ...«

»Wer sich darunter befindet! Was soll sich schon groß darunter befinden außer einem zu klein geratenen Busen und ...«

»Hütet Eure Zunge und verreckt«, zischte sie da.

»Ha!«, machte er. »Freche Reden aus dem Mund eines Weibes – ich hoffe, dein Gatte züchtigt dich dafür regelmäßig!«

Ima presste die Lippen aufeinander. Der Gatte züchtigte sie nicht, der Gatte war tot, lag auf dem Grund des Meeres. Tränen stiegen ihr in die Augen. Der Gürtel schien in ihre Taille einzuschneiden, alles wurde ihr zu eng. Stephen. Sie raffte ihre Sachen zusammen und wollte wortlos an ihm vorbeigehen, als er sie am Arm packte.

»Ich habe dich um einen Dienst gebeten, und du willst ihn mir verweigern?« Seine Stimme war scharf, Ima fühlte sich gewarnt. »Hier ist weit und breit kein Arzt. Zier dich nicht so. Hilf mir.«

Einzeln herumreitende Krieger führten selten Gutes im Schilde, davor hatte die Mutter sie stets gewarnt. Und ein Normanne im Herzen von Aquitanien konnte nur auf der Flucht sein. Einen Verfolger hatte er wohl gerade erst abgeschüttelt und bestialisch getötet. Ein Verbrecher. Wer von beiden wohl der Verbrecher gewesen war? In jedem Fall war sie jetzt hellwach. Und er hatte sie einfach angefasst. Sie wischte sich die Augen trocken und hob den Kopf.

»Setzt Euch hin. Dort, neben das Wasser, auf die alte Wurzel.« Vielleicht kam ja die Natter wieder zum Vorschein. Sollte sie ihm doch unter die Kleider kriechen, ihre Zähne in sein

Fleisch schlagen, das Gift verteilen ... Sie schämte sich für derlei Fantasien.

»Wenn du mich quälst, schlag ich dich tot«, sagte der Mann mit verbissenem Gesicht und hob die Brauen. Sie hielt dem Blick stand. Er hatte sie beleidigt – nicht umgekehrt. Irgendetwas schien er zu bemerken, denn er besann sich auf seine Wunden und schälte sich vorsichtig aus den zerfetzten Kleidern. Die Scham, die Ima ob des gemeinen Gedankens gerade noch empfunden hatte, verflog. Wo war die Natter? Sein Kettenhemd landete vor ihren Füßen. Es roch nach ungewaschenem Mann. Widerling. Und weit und breit keine Schlange, die er damit störte, die flinker war als er – hatte Gott die Natter etwa ihr geschickt? Sollte es ein Wink gewesen sein?

»Hast du gehört?«, insistierte er.

Ima straffte sich. »Wenn Ihr keine Schmerzen ertragen könnt, verdient Ihr das Kettenhemd nicht«, erwiderte sie hochmütig. Der Mann hielt inne und starrte mit gerunzelter Stirn in ihr schmales, gut geschnittenes Gesicht. Sie sah ihm an, dass er Weiber mit blondem Haar mochte und dass er sie schön fand, weil sie wie die Frauen des Nordens hochgewachsen war und weil ihr das Haar noch feucht vom Bade über die Schultern hing und sich in den Spitzen kringelte. Immer noch hielt sie seinem Blick stand. Sie wusste um die Wirkung ihrer dunkelblauen Augen. Er musste wegschauen und beobachtete sie weiter aus dem Augenwinkel, nicht minder bewundernd. Die Gier war aus seinem Blick verschwunden.

Ima kramte in ihrem Pilgerbeutel. Sie tat das etwas länger als nötig, um nach dem Mann zu schielen, der sich mit Mühe das schmutzige Hemd über den Kopf zog. Stattlich war er, mit breiten Schultern und Armen, die den routinierten Waffenträger verrieten. Schwarzes Haar lockte sich auch auf der muskulösen Brust und bis herunter zur zusammengebundenen Bruch, wo ein Frauenblick nichts verloren hatte. Das Schwert des Gegners hatte seine Spuren hinterlassen. Blutkrusten tanzten neben alten Narben, ein tiefer Schnitt klaffte im Oberarm, ein großer dunkler Fleck breitete sich auf seinem Rücken aus. Sie ärgerte sich, dass er sie um Hilfe gebeten hatte. Seine Wunden sahen danach aus, als würde er Geduld aufbringen müssen, Geduld, die er sichtlich nicht besaß. Indes, die Verletzungen waren eine Herausforderung an ihr Geschick. Sie hatte zwar die Heilkunst von ihrer Mutter gelernt, doch waren Fälle von Kampfverletzungen eher selten vorgekommen auf der Mönchsinsel, wo sie fast ihr ganzes Leben verbracht hatte. Auch Männer wie dieser waren dort selten gewesen. Trotz des Schmutzes und der Blutkrusten schimmerte seine Haut vor Gesundheit.

»Wenn Ihr Euch setzen mögt, könnte ich anfangen.« Sie deutete auf die Wurzel. Wortlos nahm er statt auf der Wurzel auf dem Stein Platz und hielt ihr die verletzte Seite hin. Ima biss sich auf die Lippen. Nun gut, dann eben nicht. Wenn die Schlange sein Schicksal war, würde sie auch zum Felsblock kommen. Neugierig beugte sie sich über seinen Oberarm, und eine Strähne ihres Haares fiel auf seine Schulter. Sie wischte sie achtlos fort.

Im nächsten Moment lag ihre Hand auf seinem Arm, um ihn ruhig zu halten, dann die andere Hand mit leichten Fingern. Heiß durchzuckte es ihn, und nur mühsam konnte er sich zwingen, sitzen zu bleiben. Sie jedoch hatte für nichts Blick als für seinen blutverschmierten Arm, der inzwischen höllisch schmerzte, und fingerte umsichtig an den geschwollenen Wundrändern herum, als täte sie dergleichen tagtäglich. Der Schnitt ging tief, vielleicht sogar bis auf den Knochen. Er stöhnte unhörbar. Der Schnitt ging bis ins Herz …

»Ihr habt Glück gehabt«, murmelte sie, und es war nicht klar, ob sie bemerkte, wie sich unter ihren Berührungen die Gänsehaut auf seinem Rücken weiter ausbreitete. »Ein wenig mehr von der Seite, ein wenig tiefer, und Euer Arm würde jetzt neben diesem da liegen.«

»Unsinn! Was weißt du vom Kampf!«

»Nichts, aber ...«, sie verstummte und tupfte herausrinnendes Blut ab, um die Tiefe der Verletzung abschätzen zu können, »... aber doch genug.« So dicht, wie sie dazu neben ihm hockte, stellten sich sämtliche Haare seines Körpers auf, und noch einiges mehr, und aus unerfindlichen Gründen schämte er sich zum ersten Mal dafür. Sie war doch auch nur ein Weib, wenn auch das schönste, das er je getroffen hatte.

»Ich warne dich, wenn du grob bist ...«, fing er wieder an und hielt dann inne, als er ihre ungewöhnlich feinen Hände sah und dass sie an der Rechten einen Finger mehr als andere Menschen trug. »Allmächtiger«, stieß er hervor, »wer zum Teufel wurde mir da geschickt?«

Ima ließ die Arme sinken. »Es steht Euch frei zu gehen. Ich habe Euch meine Hilfe nicht angetragen, Ihr habt mich darum gebeten.« Sie hängte sich den Pilgerbeutel wieder über die Schulter. »Ich wünsche Euch einen guten Tag, mein Herr.« Er konnte sie gerade noch festhalten. Durch die schnelle Bewegung sickerte Blut aus der Armwunde und tropfte ins Gras. Dicke Schweißperlen standen auf seiner Stirn. Diese Perlen trocknete keine Sonne.

»Tu, was du mir versprochen hast, Mädchen.«

Sie hatte ihm nichts versprochen, erinnerte er sich. Und sie mochte es nicht, angefasst zu werden. Er hatte noch nie einen Menschen mit sechs Fingern gesehen – einen so zauberhaften Menschen. Der Teufel verschwand aus seinen Gedanken. Nun empfand er nur noch das Entzücken, sie in seinen Händen zu halten, und das so fest, dass sie dann doch beinah über sein Knie gestürzt wäre. Stumm sah sie auf die zerlumpte Bruch und tat einen winzigen Schritt zurück, damit ihr Knie ihn nicht berührte. Er lockerte sofort seinen Griff, ein wenig beschämt. »Tu ... tu, was du kannst, Mädchen.« Wo war seine tiefe Stimme nur hinverschwunden? Nichts als heiseres Gekrächze kam aus seinem Mund. Seine Hand fiel herab, die Gefahr war vorbei.

Er hatte es deutlich gespürt – eine Bewegung, eine freche Bemerkung hätte ausgereicht. Nun war er froh, dass es nicht so weit gekommen war, und hielt ihr stattdessen stumm seinen Arm hin. Sie stutzte, dann ließ sie die Pilgertasche ins Gras fallen, obwohl es vielleicht besser gewesen wäre zu gehen.

»Ihr haltet still und Euren Mund. Ihr lasst mich machen.«

»Ich lasse dich machen«, wiederholte er ergeben, nach ihrem Finger schielend. »Bete vorher ein *Pater noster* mit mir.«

Ima lachte so verächtlich auf, dass er zusammenfuhr. »Ihr tötet einen Mann, ohne Gott um Vergebung zu bitten, aber für den Verband an Eurem kostbaren Arm wollt Ihr beten? Dafür habe ich jetzt keine Zeit, edler Herr.« Ihre Augen funkelten vor Ärger, die Anrede strotzte vor Gift, und ein wenig zu ruppig riss sie ihm den Rest des Hemdes vom Arm. Der Normanne war viel zu verblüfft, um ihr zu antworten. Ihre Nähe lähmte seine sonst so schlagfertige Zunge, denn ihre Hand saß in seinem Nacken, während sie am Stoff riss – und sein Nacken brannte, obwohl kein Schwert ihn dort verletzt hatte.

Ima hielt inne. »Gebt mir Euer Wort, dass ich unversehrt bleibe.«

Er drehte den Kopf und sah sie an. Ihre Augen waren so blau wie ein Fluss im Mittagslicht, feine Rädchen liefen rund um die Pupille. Sie schienen sich zu drehen, wenn er hineinblickte... War sie ein Zauberweib? Doch wenn sie ein Zauberweib war, dann eines von hoher Geburt, so, wie sie sich bewegte und sein Wort forderte. Ihm schwante, dass er kein Mädchen vom Lande vor sich hatte. Nein, verflucht, hier sprach vornehm geborener Hochmut zu ihm. Er begann sich sehr unwohl zu fühlen.

»Ihr habt mein Wort«, sagte er langsam und riss sich von den Augenrädchen los.

»Gut.« Sie verlor keine Zeit, und – verflucht – so selbstverständlich, wie sie die höfliche Anrede hinnahm, war sie in der Tat hochgeboren. »Führt Ihr Wein mit Euch?« Er schüttelte den Kopf, deutete aber auf den Toten. »Fragt diesen. Er war ein Trunkenbold, der keinen Meter ohne seinen Weinschlauch ging.« Unentschlossen sah Ima ihn an, da wackelte er mit dem Kopf. »Geht schon, der tut Euch nichts mehr. Dafür hab ich gesorgt.«

Aus dem Augenwinkel bemerkte sie, dass sein Schwert immer noch neben ihm lag und dass er den Fuß auf den Griff gesetzt hatte. Er überließ nichts dem Zufall. Und er hatte sich im Griff – war das der Grund, warum sie sich sicher fühlte? Sie hatte andere Männer seines Schlages kennengelernt, mit weitaus weniger Benimm und weitaus mehr Gier. Trotzdem galt es, weiter wachsam zu sein. Seufzend kramte sie in ihrem schmalen Tierhautbeutel und förderte ein Messer zutage – mit langer Klinge und ein wenig zu scharf für das Speisemesser einer Pilgerin. Die Mutter hatte ihr beigebracht, wozu man so ein Messer noch verwenden konnte und wie man es führte. »Für deine Sicherheit«, hatte sie beim Abschied geflüstert. Erneut schielte sie nach dem Normannen. Er hockte mit gesenktem Kopf auf seinem Stein und starrte auf das Wasser. Sie würde trotzdem aufpassen. Am Sattel des Toten fand Ima tatsächlich einen Weinschlauch, und so tat sie, was sie daheim gelernt hatte: Sie versenkte mit großem Geschick das Messer in der Wunde und brachte sie neuerlich zum Bluten, ohne sich um das unterdrückte Stöhnen des Mannes zu kümmern, der ihr Unversehrtheit zugesagt hatte, vielleicht aber auch nur ihrem flinken Messer misstraute, das nach der Tat griffbereit auf ihren Knien lag und notfalls den Weg in seinen entblößten Brustkorb finden würde. »Frauen wie du werden mit dem Mut dazu geboren«, hatte die Mutter immer behauptet, und es hatte stets so geklungen, als wüsste sie, wovon sie sprach.

Blut rann seinen Arm herab, und sie tupfte es weg. Hernach goss sie reichlich Wein über den blutenden Schnitt und murmelte Beschwörungen gegen böse Geister. Schließlich zog sie die

Nadel aus ihrem Gürtel, fädelte einen Faden hinein und nähte, ohne auf sein Zähneknirschen zu achten, die Wundränder mit feinen Stichen zusammen. Aus Kraftwurz aus ihrem Beutel und Maßliebchen, welches wie ein weißer Teppich um den See herum blühte, rührte sie anschließend einen Brei, bedeckte damit die Wunde und riss einen Teil seines herabhängenden Hemdes in Fetzen, um daraus einen Verband zu fertigen.

»Fertig. Gott lasse Euch genesen.« Sie legte die Hände in den Schoß, unschlüssig, ob sie gehen sollte oder bleiben ... immerhin hatte er während der Tortur nicht einmal laut gestöhnt. Bedankt hatte er sich aber auch nicht. Was für ein seltsamer Mensch. Dank lag offenbar nicht in der Natur des Normannen, der mit zusammengebissenem Kiefer den Wundschmerz ertrug und sich zur Betäubung offensichtlich an ihrem Haar weidete. Es war inzwischen getrocknet und fiel ihr glänzend wie ein goldener Wasserfall über die Schultern.

»Warum habt Ihr ihn getötet?« Sie kniff die Augen zusammen und musterte ihn scharf. Das hielt er nicht aus, sah weg. Tändelei war ganz offenbar nicht seine Sache, er schien Frauen anders zu erobern.

»Weil er mich töten wollte, dummes Ding.« Die Wunde schmerzte ihn, denn er verzog sein Gesicht. Ein Gebet um Heilung wäre sicher nicht falsch gewesen. Wenn man denn beten konnte.

»Warum wollte er Euch töten?«

Er wagte es, ihr richtig in die Augen zu schauen, und errötete tatsächlich. »Weil ...«

Sie spitzte amüsiert die Lippen. »Na? Soll ich raten? Er ...«

»Das sind Dinge, von denen Ihr nichts versteht«, brummte er.

»Ihr würdet staunen, was ich alles verstehe«, sagte sie mit fester Stimme. Das Lachen war ihr vergangen, denn sein Gesicht verfinsterte sich, und er drehte den Kopf weg.

»Weil ich seinen Bruder getötet habe.«

Sie nickte verstehend. Natürlich, was sonst. Einer tötete den anderen, der wurde gerächt, dann wurde der Rächer getötet – Fehden bestimmten das Leben in der Welt der Wappen und Schwertträger. Im Schilf rauschte es, Enten schnatterten leise. Langsam begann es heiß zu werden. Die Sonne hatte den wenigen Tau, den es hier im Süden gab, weggetrunken und die Frische des Morgens mitgenommen. Wie seltsam, inmitten dieses Friedens von blutigen Fehden zu hören.

»Und warum …« Es ließ ihr keine Ruhe. Ima schämte sich für ihre Neugier, zumal sie doch gerade festgestellt hatte, dass sie hier tatsächlich einem Schwerverbrecher gegenübersaß – einem jener Männer, die wegen einer Beleidigung Geschlechter ausrotteten. Die Mutter hatte von ihnen berichtet. Ritter nannten sie sich zwar, weil sie mit dem Ritterschlag den Segen der Kirche erhalten hatten, doch wenn sie nicht erbten, waren sie nichts als heimatlose Totschläger, niemandem untertan als ihren körperlichen Gelüsten und ihrem Schwert. Oft genug von hochblütigem Geschlecht, aus vornehmem Hause, und doch arm wie Karrenknechte, waren sie gezwungen, sich bei fremden Herren als Söldner zu verdingen. Ihre Mutter – selbst vornehm geboren und unter solchen Männern aufgewachsen – hatte gewusst, wovon sie sprach.

Er war auf die letzte Frage nicht eingegangen, hatte nur vor sich hin gestarrt. Ima kontrollierte noch einmal den Sitz des Verbandsleinens. Eigentlich hätte sie längst gehen müssen. »Also … Ihr habt zwei Brüder getötet.«

Offenbar hatte sie ihn aus Gedanken gerissen, denn er sah erstaunt hoch. »Zwei – in der Tat. Den einen, weil er mich verfolgte, den anderen, weil er …« Er grinste schief. »Nun – weil der mich mit der Schwester erwischte.«

»Ach.« Dieser war nicht hochblütig und nicht vornehm, entschied sie.

»Nun ja. Sie – sie saß auf meinem Schoß, als er hereinstürmte. Es kam zum Kampf.«

Ungerührt betrachtete sie ihn, und sein geschwätziger Körper ließ sie an seinen Erinnerungen teilhaben. Sicher hatten sie nicht zusammen gebetet, die Schwester des Toten und er. Und sicher war sie nicht hässlich gewesen, sondern – sie überlegte kurz – sondern blond. Blond und vollbusig – er sah aus, als ob er dergleichen liebte. Blond und vollbusig und schamlos. Ima kannte Männer wie ihn aus London. Frauen, die solche Männer durch Schamlosigkeit und herablassenden Hochmut in den Wahnsinn trieben, war sie an Guilleaumes Hof auch begegnet. Nicht alle waren niedrig geborene Huren. Huren gab es bis in die höchsten Stände und die vornehmsten Familien. Mit Widerwillen sah sie, wie er sich in den Schritt griff, wohl um Schlimmeres zu verhindern.

»Ihr habt getändelt«, bemerkte sie trocken. Der Verband war fertig, und Ima richtete sich auf, zumal seine Hand den Schritt nicht verlassen hatte. Sie verspürte das dringende Bedürfnis, diesen schmierigen Normannen mit seinen schlüpfrigen Vorstellungen loszuwerden.

»Nun ja. Ja.« Er grinste schuldbewusst und sah sich seinen Verband an. »Das gehört zum Leben dazu, meint Ihr nicht?« So war es in der Tat, aber man sprach nicht darüber, sagte ihr strafender Blick. Ima holte tief und angestrengt Luft. »Was ist mit Eurem Rücken?«

Wieder hielt er ihre Hand fest. »Euer Hochmut ist normannisch, Mädchen. Sagt mir, woher Ihr stammt«, sagte er mit heiserer Stimme. Sein Griff war fest, doch nicht schmerzhaft. Trotzdem hatte er sie nicht anzufassen – erst recht nicht, nachdem er sich nun entschlossen hatte, sie höflich anzureden. Mit einer kurzen Drehung befreite sie sich aus dem Griff.

»Der Pilger ist ein *viator*, er hat ein Ziel, aber keine Herkunft …«

»Redet keinen Unsinn. Ihr seid ein Weib aus gutem Stall. Aus welchem, will ich wissen.« Ihre Blicke trafen sich, schwarz und tiefblau, und es war nicht viel Platz dazwischen. Die Luft flirrte. Ima befeuchtete die Unterlippe. Dann beugte sie sich ein wenig vor, um ihm voll in die Augen zu sehen.

»Montgomery heißt der ›Stall‹ meiner Mutter«, sagte sie langsam, und ebenso langsam hoben sich ihre fein gezeichneten Brauen. Seine Augen weiteten sich.

»Montgomery.«

Sie nickte kurz angebunden. »Montgomery. Und was wünscht Ihr über meinen Vater zu erfahren?«

Er holte Luft durch den geöffneten Mund. Er hatte es fast geahnt. Montgomery hieß der engste Vertraute des normannischen Herzogs und Königs von England. Gott, war es heiß, dieses verfluchte Aquitanien war die Hölle! Schmutz, Krätze und diese Bullenhitze – nein, die Frau erhitzte ihn so ...

Rein und edel stand sie vor ihm, aufrecht und die Hände unter der wohlgeformten, kleinen Brust verschränkt. Er konnte diese Brust fast fühlen ... Der Normanne atmete tief durch. »N-nein, nichts, schon gut, Pilgerin. Schon gut.« Am Ende hieß der Vater Philippe von Frankreich oder Guilleaume von England. Bloß keine weiteren Namen – dieser Tag hatte schon seltsam genug begonnen, und ihm ging es schlecht. Immer schlechter, um ehrlich zu sein.

»Diese Verwundung ist alt. Was ist Euch widerfahren?« Mit kühlen Händen tastete sie die riesige blaue Fläche auf seinem Schulterblatt ab, und seine Haare richteten sich wieder auf, verflucht, nicht nur die Haare. Montgomery. Trauben, die zu hoch hingen.

»Ich zog sie mir gestern zu. Ein Hieb mit dem Schwertknauf.«

Ima zog die schmalen Brauen wieder hoch. »Von diesem da ein Hieb?« Sie deutete auf den Toten.

Er nickte. »Woher wisst Ihr das? In der Tat. Wir trafen uns bereits gestern.«

»Ihr werdet Euch lange nicht auf den Rücken betten können«, stellte sie fest und ließ ihre Finger über den dicken, schwammigen Bluterguss tanzen, der sich nach dem Kampf vorhin an einer Stelle geöffnet hatte.

»Man kann sich auch anders herum betten«, grinste er anzüglich, schon wieder mutig geworden. Andersherum tat er es sowieso lieber, dann zickten sie nicht so herum, und er konnte richtig zeigen ... Ach, verflucht. Die Hand verschwand von seinem Rücken. Sogleich sehnte er sie wieder herbei und ohrfeigte sich innerlich für seine unvorsichtigen Worte. Montgomery. Zu hoch die Trauben. Was war er dagegen mit seinem kleinen Schwert.

»Das schlechte schwarze Blut müsste von Euch genommen werden«, sagte sie mit gleichmütiger Stimme, ohne seine unverschämten Äußerungen oder gar die deutlichen Regungen seines Körpers zu beachten. Vielleicht war sie einfach nur Dame genug, es zu übergehen. »Ich könnte Euch dort zur Ader lassen.«

»Seid so gut. Ich bitte Euch. Es schmerzt sogar zu Pferd.«

Kritisch wanderte ihr Blick über sein Gesicht. »Habe ich Euer Wort, dass ich unversehrt bleibe?«, fragte sie zum zweiten Mal. »Es kann Pein verursachen. Mehr Pein als ...«

Er studierte ihr schönes, ernstes Gesicht, dann die Hand mit dem sechsten Finger. Montgomery. Allein der Himmel wusste, wie diese edle Frau hierhergeraten war, und der Blitz sollte ihn treffen und von Kopf bis Fuß schwarz verbrennen, wenn er sie ungefragt anrührte. Noch mehr Pein – von dieser Hand? Von diesem reinen Wesen? Unvorstellbar. Ihm tat schon alles weh, wenn er sie nur ansah. Welche Pein konnte sie bloß meinen?

Er riss sich zusammen. »Ihr habt auch diesmal mein Wort, *ma dame*.«

»Nun gut. Wartet hier.«

Und ehe er sie zurückhalten konnte, war sie barfuß in den Teich gestiegen, hatte sich das Haar zusammengedreht und über die Schulter geworfen und das Kleid an den Oberschenkeln gerafft. Die Sonne entdeckte ihm die schimmernde Haut ihrer Beine. Gierig reckte er den Hals nach jedem Quäntchen dieser Haut. Womit zum Henker wollte Gott ihn hier prüfen?

Ima watete zwischen Kieseln hindurch und suchte in der Uferregion nach den Egeln, die sie vorhin beim Baden von den Beinen abgestreift hatte, dort bei den Steinen, wo sich Egel gerne aufhalten, weil sie sich an der harten Oberfläche häuten. Die Egelkunst hatte sie von Mutters Freundin gelernt, und die wandte sie nicht so an, wie es die Ärzte taten. Sie sprach mit den glibberigen Tieren, und sie setzte sie nicht an die zum Bluten geschlitzte Kopfhaut oder an den Hals, wie es in Klöstern gemacht wurde, sondern sie setzte sie dort an, wo der Mensch Schmerz verspürte. Ima lächelte zärtlich in Erinnerung an die gütige, schwarzhaarige Frau mit dem tiefen Wissen um Magie und Kräuter...

Mit einer Hand tastete sie die Steine im Wasser ab, und die Sonne spielte verliebt mit ihrem hellen Haar und pfiff ein Lied vom Sommer statt von Hitze, Durst und schlechtem Schlaf. An staubigen Tagen wie gestern sehnte sie sich nach der Kühle Englands zurück und verfluchte heimlich den Großvater, der diese Pilgerreise künstlich in die Länge zog. Sie war gespannt, was ihm als Nächstes einfallen würde.

Wo versteckten die Egel sich nur? Vorsichtig paddelte Ima im Wasser herum, strich die pelzigen Steine am Ufer ab – dort vielleicht, wo der Bach in den See mündete? Sie watete auf das Plätschern zu, an der alten Baumwurzel vorbei, und bückte sich zu den Steinen, die davor im Wasser lagen. Hier war es gewesen. Weiche, nachgiebige Körper ließen sich von der Strömung treiben, festgehalten nur von ihrem Saugnapf, wanden sich zwischen ihren vorsichtigen Fingern, suchten, stöberten zwischen den Falten... Ima fischte sie einen nach dem anderen aus dem Wasser und ließ sie in das geraffte Kleid fallen, wo sie sich ratlos wanden. »Ihr seltsamen Viecher«, murmelte sie. »Ihr seltsamen, hilfreichen …«

»Bewegt Euch nicht«, vernahm sie da die erregte Stimme des Mannes, der sie vom Ufer aus nicht aus den Augen gelassen hatte. »Bei Gott, Mädchen – bewegt Euch nicht, wenn Euch Euer Leben lieb ist …«

Leises Zischen.

Tod in ihrem Nacken.

Der Teich war Schlangenterrain, er gehörte der Natter, die die ganze Zeit unter der Wurzel gelegen und ihr Revier bewacht hatte und an die sie nicht mehr gedacht hatte. Ihr Herz klopfte.

»Bewegt Euch nicht, *ma chière* …« Seine Stimme bebte vor Dringlichkeit. Ima war im Bücken zur Salzsäule erstarrt, einen Egel zwischen den Fingern. Das Wasser spielte an ihren Beinen, *komm doch, tu einen Schritt.* Sie spürte, wie ihr die auf dem Rücken zusammengedrehten Haare gleich über die Schulter rutschen würden, gleich, vor den Augen der Natter, sie rutschten, glitten vorwärts, weil sie üppig und schwer waren und weil sie sie nicht zusammengebunden hatte …

»Bleibt, bewegt Euch nicht, *chière* …« Es raschelte im trockenen Laub. Die Natter fauchte böse auf, ohne dass Ima sie aus ihrer gebückten Haltung sehen konnte, dann ertönte ein Knurren, es raschelte, ein harter Schlag auf Laub und Holz, ein wilder Schrei, Zappeln, noch ein Schlag, dann wurde Fleisch schmatzend zerteilt und schließlich ein ungehöriger Fluch …

»Vollbracht.«

Sehr langsam drehte Ima den Kopf, ohne ihre gebückte Haltung zu verändern. Die Natter lag in Einzelteilen rund um die alte Wurzel. Schlangenblut troff über den Stamm, den nun tiefe Kerben zierten. Der Normanne stand daneben, das Schwert in einer Hand, mit der Schulter gegen den Baum gelehnt. Sein Atem ging heftig.

»Dank Euch«, sagte Ima tonlos. Mehr fiel ihr nicht ein. Er

streckte die Hand aus, gebot ihr mit den Fingern, aus dem Teich zu steigen, wer wusste schon, welche Schlangen noch im Verborgenen saßen und ihrer zarten Haut harrten ... Zögernd watete sie ans Ufer und ergriff mit klopfendem Herzen die ausgestreckte Hand. War es die tote Natter, die sie nach Luft ringen ließ?

»Ja«, sagte der Normanne ohne sinnvollen Zusammenhang. »Ja, nun.« Dann erst, reichlich spät, ließ er ihre Hand los, obwohl ihm das schwerfiel. Es konnte einen jedoch teuer zu stehen kommen, eine vornehme Frau gegen ihren Willen zu berühren. Sie starrte ihn an. Seine Züge hatten alles Abstoßende verloren – vor ihr stand ein verstörter Junge, erschrocken und erleichtert, dass er zur rechten Zeit hinzugekommen war. Warum schlug ihr Herz so wild?

»Ja, nun. Das. Das war – also. Giftschlangen sind giftig.« Er redete Unsinn, hatte die Natter ihn verhext? Prüfend sah Ima ihm ins Gesicht. Es war bleich, immer noch.

»Setzt Euch.« Ima fasste sich. Der Mann war kein erschrockener Junge, er hatte unbarmherzig gemordet, vor ihren Augen, und das war nur eines seiner Opfer. Die erschlagene Natter verlor an Bedeutung. Na ja, zumindest zum Teil. Sie schaute ihn lieber nicht zu oft an. »Setzt Euch, sonst vertrocknen die Egel.«

Und ohne weiter auf die Gefahr einzugehen, aus der er sie errettet hatte, setzte sie ihm mit flinken, kundigen Fingern einen Egel nach dem anderen auf den Rücken, auf dass sie ihn schröpften und den schlechten, dunklen Saft aus seinem Rücken heraussaugten. Die Tiere wanden sich zwischen ihren Fingern, krochen blicklos über die mit Schrunden übersäte Haut des Normannen, stöberten zwischen den schwarzen Haaren, verirrten sich, stießen gegeneinander und fanden schließlich eine Stelle, an der sie sich festbeißen konnten. Der Mann zuckte zusammen, jedes Mal, wenn ein Egel die Haut zerschnitt und das Maul über die offene Stelle stülpte. Fünf der Tiere reichten.

Vorsichtig ruckte sie noch einmal an jedem einzelnen, doch sie saßen fest, wie es sein musste. Nebeneinander bewegten sie sich mit leisen Schluckbewegungen und verrichteten die Saugarbeit, die kein Mensch leisten konnte. Zufrieden betrachtete Ima ihr Werk – und nicht nur das, denn das Kreuz des Mannes war beeindruckend breit und die Muskelstränge über den Schultern fingerdick … sie setzte sich schnell hin und trocknete die Finger an ihrem Hemd ab. Es war nicht gut, sich zu sehr für einen Patienten zu interessieren.

Stumm hockten sie nebeneinander. Der Granitblock wirkte so schmal. Ima versuchte, ein Stück von ihm abzurücken. Er sah hoch, und sie erstarrte auf ihrem Platz. Die Sonne schob sich immer höher über den alten Pinienwald. Es versprach, wieder ein sehr heißer Tag zu werden. Der Normanne nahm einen Schluck aus dem Weinschlauch.

»Sorgt man sich nicht um Euch?«, fragte er, weniger aus Neugier, als weil er ihre klangvolle Stimme hören wollte. Na ja, Neugier war auch dabei. Mit irgendeinem Mann musste sie ja den weiten Weg gemacht haben. Montgomery. Zu diesem Namen gehörte ein ganzer Hofstaat, viel Einfluss, Reichtum, in der Normandie wie drüben in England. Wieso in aller Welt trieb sie sich hier schutzlos und alleine herum? Mit Macht unterdrückte er den Wunsch, sie in die Arme zu nehmen. Montgomery. Lass die Finger davon.

Ima verzog den Mund. Der Großvater machte sich keine Sorgen, er war ja selbst ein Herumtreiber, wenn auch in Mönchsgewänder gekleidet und allezeit mit einem heiligen Vers auf den Lippen. Doch die anderen …

»Man verpasst bei der Pilgerspeisung nicht viel«, sagte sie mit schiefem Lächeln. Er nickte, davon hatte er auch schon gehört. Die Pilgerspeisung in Arles war echte Buße, erzählte man sich. Wer karges Leben gewohnt war, wunderte sich in den Hallen von Arles, wie schlechtes Essen schmeckte und dass man von Bier Bauchkrämpfe bekommen konnte. Er selbst hatte diese Pilgerhallen niemals betreten, hatte lieber unter freiem Himmel genächtigt, als sich in die Hände von Betrügern und Beutelschneidern zu begeben.

»Habt Ihr Hunger?« Gespannt sah er sie an. Ihr Blick schimmerte ungewollt sehnsüchtig. Er sprang auf, ohne sich um die Egel am Rücken zu scheren, heilfroh, ein wenig Raum zwischen sie und ihn zu bringen, weil ihre Nähe so kribbelte, und nahm das Schwert in die Hand. Das fühlte sich gut an, das fühlte sich ehrlich an – damit konnte er umgehen. Diese Frau brachte ihn noch um den Verstand. »Könnt Ihr – würdet Ihr wohl ein kleines Feuer machen?« Überrascht sah sie ihn an und nickte dann. Und es war ein guter Gedanke, ihr die Aufgabe zu übertragen, denn so musste sie nicht mit ansehen, wie er dem toten Pferd seines toten Gegners das Bein abtrennte, es fachgerecht zerhackte, häutete und eine dicke Scheibe aus dem Schenkel auf einen Holzspieß steckte. Die Toten der Alyscamps hatten sicher schon viel erlebt – doch das hier, musste er insgeheim zugeben, war schon sehr ungehörig. Aber sie hatte Hunger – er wollte sie zufriedenstellen, soweit es ihm möglich war, sollten die Toten sich doch empören. Allein ihr Lächeln war es wert.

Aus den Augenwinkeln beobachtete er, wie sie emsig trockenes Holz sammelte, die Stöckchen drehte, bis Funken flogen, und sorgsam die Flammen in die Höhe blies. Ihren Platz suchte sie dabei mit dem Rücken zu dem Schlachtfeld, auf dem sich inzwischen Schwärme von Fliegen zum Mahl niedergelassen hatten. Ein wenig müde schaute er sich um. Man konnte nur hoffen, dass sich eine barmherzige Seele des Toten erbarmte und ihn unter die Erde brachte, bevor er von wilden Hunden zerrissen wurde oder zu stinken begann. Ihm war nicht nach Grabschaufeln – und schon gar nicht für diesen … diesen …

»Darf ich?« Sie nahm ihm das Fleischstück aus der Hand und stopfte büschelweise wilden Thymian zwischen die Muskelstränge, um dem trockenen Pferdefleisch beim Braten zumindest Geschmack zu verleihen. Keinen Moment später brutzelte es über dem Feuer. Sie musste wirklich Hunger haben.

»Dann ... dann habt Ihr noch einen weiten Weg vor Euch. Wenn Ihr nach Santiago wollt.« Er ließ nicht locker.

»Ja«, sagte sie einsilbig.

»Wurde Euch eine Buße auferlegt?« Unvorstellbar, dass dieses reine Wesen Sünden begangen haben könnte, die eine gefährliche Pilgerfahrt rechtfertigten! Trotzdem musste er fragen, auch wenn die Frage vielleicht frech war und er damit ungehörig in ihrem Leben herumstocherte. Noch nie hatte er einen derartigen Drang verspürt, jemanden auszuhorchen ... War sie mit einem Mann unterwegs? War sie jemandes Weib? War sie das?

»Nicht jeder pilgert, weil er muss.« Sie stützte den Kopf in die Hände, sog tief den Duft des bratenden Fleisches ein und schloss die Augen. Der Normanne zerbrach sich den Kopf, wie er an solch karge Antwort mit weiteren Fragen anknüpfen konnte, um herauszufinden, was sie umtrieb. Doch die verfluchte Tändelsprache der Höfe war ihm einfach nicht gegeben.

Schließlich holte er tief Luft. »Sorgt sich wirklich niemand um Euch?« Er biss sich auf die Lippen und tastete nach seinem Schwert – der Verbindung zu Boden, Leben und Blut. Keine Tändelei – richtiges Leben. Er wurde erst spät gewahr, dass sie ihn müde, aber freundlich anlächelte.

»Ihr seid wirklich ungehobelt, neugierig und ruhelos, *mon sieur*. Ihr belästigt eine Pilgerin mit Fragen und schafft es kein *Pater noster* lang, still zu sitzen. Stattdessen haltet Ihr Euer Schwert fest, obwohl kein Gegner zu sehen ist und der neue Tag Euch noch nichts getan hat. *Ihr* solltet den Pilgermantel anziehen, *mon sieur*, dann wüsstet Ihr, dass es noch andere Gründe gibt, sich auf die Reise zu begeben ...« Ihr Blick war durchdringend und ließ ihn erschaudern. Sie war wirklich eine Dame.

Er schwieg betroffen. Das Fleisch knisterte. Erste schwarze Stellen verrieten, dass es bald verzehrfertig war.

»Vergebt meine Zudringlichkeit, *ma dame*«, rang er sich schließlich ab, innerlich fluchend, was für einen gottverdammten Toren er hier abgab. Dann legte er demonstrativ das Schwert auf den Boden. Sonnenstrahlen glitten suchend über den See. Eine Ente flog schnatternd auf, Wellen kräuselten sich und wurden von der Sonne in Perlenstränge verwandelt. Das Schweigen neben ihm dauerte an. Es forderte seine ganze Geduld.

»Ich bin in der Obhut meines Großvaters«, erlöste sie ihn endlich. »Er führt uns nach Santiago de Compostela, so Gott will – und so mein Großvater will, denn Gott gefällt es, sein Leben mit seltsamen Schlingen zu versehen, die sich an Bäumen und Kathedralen verhaken und uns immer wieder Pausen und Umwege aufzwingen. So ist es eine Pilgerfahrt der besonderen Art, versteht Ihr?« Sinnend starrte sie zu Boden. »Wir sind zwar als Jakobspilger gestartet, aber ich weiß nicht mal, ob wir je am Grab des Apostels ankommen. Oder ob ein anderer Ort unser Ziel sein wird.« Auszuschließen war das offenbar nicht, verriet ihr Seufzen. Gerade noch rechtzeitig konnte er sich davor bewahren, ihr über den Arm zu streichen.

»Nehmt ein Stück Fleisch und esst, das bringt Euch auf bessere Gedanken.«

So viel Rücksichtnahme passte gar nicht zu ihm, und er fühlte sich reichlich seltsam dabei. Doch er hatte sie die ganze Zeit betrachtet, als sie mit geschlossenen Augen dasaß. Worüber auch immer sie da grübeln mochte, sie machte plötzlich einen so schwachen Eindruck, das konnte er gar nicht vertragen … Er packte das Messer fest mit der Faust und hieb es in das durchgebratene Pferdefleisch, um ihr ein Stück herauszusäbeln. Das Messer schmiegte sich in seine Hand und gab ihm Sicherheit. Es war flach und hart und ehrlich. Er leckte sich den Saft vom Handgelenk und reichte ihr das abgetrennte Stück. »Esst, und lasst es Euch schmecken.«

Und als sie ihn dafür dankbar anstrahlte, musste er tatsächlich aufstehen und ein paar Schritte gehen.

»Ihr habt wohl auch einen weiten Weg vor Euch?«, fragte Ima neugierig, als sie sich müde von der reichhaltigen Mahlzeit gegen den Baum lehnte. Die Blutegel hatten sich einer nach dem anderen mit schlechtem Blut vollgesogen und waren abgefallen, die Blutrinnsale, die sie nach ihren Bissen stets hinterließen, waren versiegt. Ein letztes Mal wusch Ima mit einem nassen Leinfetzen über seinen Rücken, um die Krusten zu entfernen, und er machte den Buckel lang wie ein Kater, den man krault. Sie lächelte heimlich, statt sich darüber aufzuregen. Die Sonne stand inzwischen tief, es war drückend heiß geworden. Aquitanien atmete kaum noch... Der Normanne nickte bestätigend und richtete sich auf, als Ima fertig war. Stumm sah sie zu, wie er sich umständlich ankleidete. Statt eines Dankes schlug er ein weiteres Stück Fleisch in einen Leinenfetzen und legte es ihr hin. »Ich reise nach Apulien.«

»Apulien?« Sie grübelte nach, wo sich dieses Land wohl befand und ob sie den Namen schon einmal gehört hatte, während sie die Egel nach getaner Arbeit in den See warf. Das Fleischstück schob sie ihm wieder zurück. Es erschien ihr unpassend, so etwas mitzunehmen. Kommentarlos steckte er es in seine Satteltasche.

»Apulien? Wo ist Apulien?«

Er deutete nach Süden. »Über das Meer, zwei Tagesreisen, dann ist man in Apulien. Es liegt in Italien, aber Normannen beherrschen das Land und kämpfen gegen die Sarazenen.« Er reckte sich. »Dort will ich hin.«

»Ihr geht, um Euch als Krieger zu verdingen?«

»Wenn wir dort nicht aufpassen, stehen die Sarazenen bald vor Caen«, rief er aus. »Man muss sie aufhalten!«

Ima schmunzelte vor sich hin. Die stillen Jahre auf Lindisfarne hatten sie gelehrt, auf das kriegerische Geschrei von Rittern nichts zu geben. »Viele von denen wollen nur spielen«, hatte die Mutter oft geringschätzig gesagt. »Lässt man sie, hat man seine Ruhe. Besser, man gibt nichts auf ihr Geschwätz.« Trotzdem reizte dieser hier sie, ihm zuzuhören. Seine tiefe Stimme – seine Art. »Sarazenen?«, fragte sie.

»Die Sarazenen kommen aus der Wüste. Sie fuhren über das Meer und eroberten Italien – Sizilien und auch Apulien. Man hatte ihrer Macht nichts entgegenzusetzen, und so fragten die Apulier vor vielen Jahren normannische Krieger, ob sie mit ihrem Schwertarm helfen können. Es gibt heute einen normannischen Herzog in Apulien«, erklärte er herablassend. »Robert der Giuscard – sie nennen ihn den Schlauen – hat mit Mut und Kraft die Araber in die Flucht geschlagen und seine Herrschaft in Apulien ausgebaut. Er residiert in Salerno.« Seine Augen leuchteten. »Wisst Ihr – er kam vor vielen Jahren als mittelloser Pilger nach Apulien. Er besaß nicht mal ein Pferd, so sagt man. Und er diente sich im Krieg gegen die Sarazenen hoch, mit Schlauheit und Tapferkeit. Das ist ein Mann, dem man folgt. In seine Dienste will ich treten.«

Salerno. Robert Guiscard. Aufmerksam sah sie ihn an. Der Name klang wie eine bissige Schlange ... Unwillkürlich drehte sie sich nach der erlegten Natter um. Der Krieger folgte ihrem Blick und sprang ans Ufer, wo die Nachmittagssonne noch einmal seinen stattlichen Rücken präsentierte. Mit einem schnellen Hieb trennte er den Kopf vom Leib der toten Schlange und reichte ihn ihr. »Vielleicht bringt er Euch Glück.«

Ima überwand ihren Ekel. Sie mochte ihn nicht schon wieder brüskieren. Vielleicht brachte der Schlangenkopf tatsächlich Glück. Die Augen des Kriegers lächelten froh, als sie das eigenartige Geschenk in ihren Beutel steckte.

Friedlich wanderten sie kurz darauf die schattige Allee der Alyscamps entlang, an frisch ausgehobenen und an uralten steinernen Gräbern vorbei, deren Inschriften verblasst waren. Halb vertrockneter Efeu kletterte an Sarkophagen hoch und hielt dem heißen Nachmittagswind stand, die Blätter raschelten geschwätzig vor sich hin. Die Pferdehufe knirschten mit gleichmäßigen Tritten durch den staubigen Sand, das Tier schnaubte zufrieden und schüttelte seine Mähne. Mücken tanzten über seinem Kopf. Es flüsterte in den Bäumen, als ob die Toten den Ruhestörern ein grimmiges Fahrewohl hinterherraunten. Ima fühlte, dass sie sich um den Leichnam sorgten, auf dem längst Krähen Platz genommen hatten und sich kreischend um die besten Stücke stritten.

Je näher sie der Stadt kamen, desto mehr Unrat lag zwischen den Gräbern. Essensreste, vergessene Kleidungsstücke, Tonscherben. Streunende Hunde liefen kläffend umher und stöberten in den Hinterlassenschaften, es roch nach menschlichen Ausdünstungen und nach Tiermist, weil auch Schweine hier gehütet wurden. Die geschützte Lage der Alyscamps zwischen dichten Pinienhainen lockte offenbar mehr Besucher an, als für einen Begräbnisort ziemlich war. Selbst ein zwischen zwei windschiefen Grabmalen turtelndes Paar ließ sich nicht stören. Ima schüttelte missbilligend den Kopf, dass ihre Haare tanzten. Sie hatte vergessen, sie zusammenzuflechten, wie es sich gehörte, und die Sonne zauberte Reflexe in das helle Gold. Sie hörte, wie er leise seufzte. Haar wie ihres lockte Männerhände, und sicher träumte auch dieser davon, hineinzulangen und die Hand darin zu baden – vielleicht jetzt, wo er so dicht neben ihr ritt? Vielleicht hatte er es sogar schon heimlich versucht. Ihr Herz klopfte. Es wäre möglich gewesen, niemand schaute zu. Vieles wäre möglich gewesen. Ima war froh, als sie kurz darauf das alte Eingangsportal der Alyscamps erreichten.

»Ihr – Ihr werdet nun sicher zu Euren Leuten finden.« Er verlangsamte die Schritte seines Pferdes und hielt an. Das Tier spitzte aufmerksam die Ohren. Ima sortierte den Trageriemen ihrer Pilgertasche neu, was dumm war, aber die Finger beschäftigte. Wer sagte schon gerne Lebewohl? Obwohl, diesen Menschen hier war sie gerne los – liebend gerne. Er hatte solche Unruhe in ihr Herz gesät…

»Verratet Ihr mir Euren Namen? Damit ich weiß, an wen ich mich angenehm und in Dankbarkeit erinnere?« Unsicher sah sie zu ihm hoch. War das etwa die Sprache, die man am Normannenhof benutzte, um Damen zu betören? Sein schwarzes Haar glänzte in der Sonne, seine Stirn war feucht, vielleicht von Fieber oder von der Nachmittagshitze. Seine ritterlichen Fetzen trug er breitschultrig und mit unverstelltem Stolz, die langen Beine hingen lässig am Pferdeleib herab. Er ritt wie die alten Krieger ohne Steigbügel, und es hatte atemberaubend ausgesehen, wie leichtfüßig er sich trotzdem in den Sattel schwingen konnte.

»Wenn Ihr mir Euren Namen verratet?« Innerlich ohrfeigte Ima sich – was für einem kindischem Getändel gab sie sich hier hin! Sie war als trauernde Witwe unterwegs zum Grab des Apostels und ließ sich von diesem schwarzhaarigen Mordbuben einwickeln, rutschte auf ihrem Mitleid für seine Verwundungen aus, erschrak vor sich selbst…

Er sah sie einfach nur an, wie es sich nicht gehörte, und ein erwartungsvoller Schimmer lag auf seinem Gesicht. Sie seufzte. Immerhin hatte er ihr vorhin das Leben gerettet. Und unruhig machte er sie. Ihr Herz klopfte.

»Ima. Ima von Lindisfarne.«

»Ima. Was für ein Name.«

Ja – was für ein Name. Eigentlich lautete er Immaculata, doch wer sollte das aussprechen? Den heidnischen Namen, der ihr vom Vater gegeben worden war, hatte sie nach seinem Verschwinden abgelegt und sich fortan Ima genannt. Sie schlang die Arme um die Schultern und fröstelte trotz der Hitze. Der Hauch der Vergangenheit streifte ihr Gesicht. Gischt von Lindisfarne, Salz auf den Lippen, Schneeflocken vom Mälar. Eis, das im Herzen brannte. Wie sehr das alles immer noch schmerzte. Und Stephen, den sie mit ihrer Tändelei heute Nachmittag irgendwie verraten hatte. Es schmerzte unglaublich.

Da berührte seine Hand ihre Schulter, ganz leicht nur.

»Ima. Ich danke Euch, Ima aus dem Haus Montgomery. Ich danke Euch sehr für Eure Hilfsbereitschaft.« Die Worte gingen ihm aus, er war es nicht gewohnt, mit Frauen schöne Worte zu tauschen. Meist kam er gleich zur Sache.

»Und Euer Name?« Sie ordnete ihr Haar, wollte ihn nicht ansehen. Die Flöten der Gaukler erfüllten die Luft, dazwischen erklang ein eintönig dahingesungener Psalm, irgendwo roch es nach Weihrauch. Ein Esel schrie klagend. Sie sah müde aus von diesem heißen, ereignisreichen Tag, und vielleicht war sie jetzt schon müde von dem, was vor ihr lag. Er riss sich zusammen.

Jetzt sah sie doch hoch. »Wie lautet Euer Name?«

»Nicht so vornehm wie der Eure«, lachte er spöttisch auf. »Nur halb so vornehm.« Sie wartete einfach. Nur halb so vornehm? Verflucht. Er spannte sich, dass das Pferd überrascht einen Schritt vorwärtstun wollte.

»Gérard aus dem Hause der Hauteville.«

Diese Formulierung kannte man. Sie hieß – Sohn einer Dienstmagd. Einer Köchin. Einer Zofe. Gezeugt im gesichtslosen Vollrausch einer Weihnachtsnacht, im Vorbeigehen zwischen Speisekammer und Feuerstelle, gegen einen Holzstoß gedrängt, rasch, hastig aufgestöhnt, sich erleichtert. Der Frau nicht mal ins Gesicht gesehen. Gezeugt im Schmutz des Hofes, geboren im Schmutz der Küche, aufgewachsen im Schmutz des Stalls. Kein strahlender Ritter, sondern ein glückloser Bastard, abhängig vom Wohlwollen der Mächtigen.

»Meine Feinde nennen mich Gérard le Bastard«, grinste er schief.

»Ich werde für Euch am Grab des Apostels beten, Gérard

de Hauteville.« Völlig unbeeindruckt von seiner peinlichen Eröffnung hob sie die Hand. »Lebt wohl, Gérard de Hauteville, und möge Gott Eure Wege segnen.«

Damit drehte sie sich um. Ihr langes blondes Haar, das sie vergessen hatte zusammenzubinden, flog wie ein riesiger, leuchtender Fächer durch die Luft, um sich neu auf ihren Schultern zu ordnen, und mit schwebenden Schritten ging sie auf das Portal der Alyscamps zu...

Ein junger Mann sprang durch die Büsche. Seine schmale Pilgertasche hüpfte in die Luft, und es war gut, dass er sie zugeknotet hatte, obwohl Pilgertaschen als Zeichen der Freigebigkeit oben offen sein sollten. »Herr! Herr, hier bin ich, wartet auf mich!«

»Aidan?« Ima fuhr herum. »Aidan?«

Wieder flog ihr Haar, sie breitete die Arme aus, um das Gleichgewicht zu halten, dann sah sie ihn. »Aidan – was machst du denn hier?«

»Ich...« Er sank zusammen. »Ima. Was tust du hier?«, kam es tonlos zurück.

Ima schlich auf ihn zu. »Was tust du hier, Aidan, warum bist du nicht beim Großvater?«

»Ich...«

»Wollen wir?«

Ima fuhr herum. Der Normanne auf dem Pferd hatte seine Arme verschränkt und spreizte die Beine vom Pferd weg, als machte er es sich wartenderweise bequem. Er wartete tatsächlich auf Aidan.

»Ja, Herr, ich komme.« Aidan legte sich die Schlaufe seiner Tasche über die Schulter.

»Aidan?« Imas Herz klopfte wild. »Aidan, was... Aidan!« Mit betont langen Schritten war er an ihr vorbeigegangen und hielt nun auf das fuchsfarbene Pferd zu.

»Da bin ich, Herr.«

Ima wurde schwindlig. Das hier, das träumte sie doch wohl … Das war ja nicht möglich …

»Leb wohl, Ima. Leb wohl, liebste Ima«, kam es bittend.

»Wo willst du hin, Aidan?«, presste sie hervor, »das kannst du nicht … Du kannst doch nicht …«

»Doch, Ima.« Er tat noch einmal einen Schritt auf sie zu. »Ich geh meinen eigenen Weg. Ich bin's leid, mich als Büßer kleinzumachen und elend zu leben. Ich bin's leid, dass mich alle wie einen kleinen Jungen behandeln. Du hast mich auch wie einen kleinen Jungen behandelt, Ima.« In seinen Augen stand zu lesen, wie sehr ihn das gestört hatte … »Ich bin ein Mann, Ima. Ich will nicht mehr Pilger sein und auch nicht mehr Stephens kleiner Bruder. Ich geh jetzt und mach mein Glück. *Mon sieur* Gérard nimmt mich als Knappen …«

»Nein«, keuchte sie, »wie kannst du mit diesem … diesem … Bastard …«

Der so Benannte schwieg und starrte finster vor sich hin. Das Wort dröhnte durch die Stille und riss alles, was heute gewesen war, in den Schmutz.

Ihr war das bewusst, aber auch gleichgültig, es zählte nicht mehr. Fassungslos sah sie von einem zum anderen. Wann hatten sie sich getroffen, wann das hier geplant? Gestern? Letzte Nacht? Hatte er den Jungen betrunken, sich zu Willen gemacht? Hatte er ihn gekauft?

»Das glaub ich nicht«, flüsterte sie. »Das glaube ich einfach nicht … Aidan …«

Der junge Mann tat einen Schritt, und dann nahm er sie in die Arme und drückte sie fest an sich. »Ich habe dich immer lieb gehabt, Ima«, raunte er. »Immer. Und ich werde dich nie vergessen …«

Gérard schaute weg. Als er sein Pferd kehrtwenden ließ, fuhr ihr der Schweif über das Gesicht. Auf ihren Schmerzenslaut hin konnte er nicht anders, als sie anzusehen. Durch ihre Tränen hindurch erkannte sie Ärger in seinen Zügen, Bedauern – und etwas, was sie nicht zu deuten wusste. Er entschuldigte sich nicht. Er nahm Aidan mit sich, ohne noch einmal zu grüßen. Keiner von beiden schaute zurück. Ima weinte haltlos.

3. Kapitel

Genieß des Lebens Rosenzeit
bei Spiel und Sang, im Glück der Liebe.
Nicht über eine Woche Frist
kannst Du der Herrlichen vertrauen!
(Hafis)

»*Was* willst du?«

Die grauen Augen des Großvaters hatten Ima entsetzt angeblickt, und seine brüchige Stimme war so laut geworden, dass die Pilger in ihrem Hallenwinkel die Köpfe hoben und alle Gespräche verstummten.

»Bitte, *was* willst du? Aidan suchen?« Er hatte sie an der Schulter gepackt. »Aidan kann tun, was er will, Ima, und wenn er meint, er muss hinaus in die Welt, soll er doch ...«

»Ich kann ihn nicht gehen lassen! Er ist noch ein Kind«, heulte Ima und schmierte sich mit den Tränen Asche ins Gesicht, weil sie gerade in der Feuerstelle gerührt hatte. »Ich kann ihn doch nicht gehen lassen – dieser Mann ist ein Verbrecher. Verstehst du das nicht?«

»Jeder Schwertträger ist ein Verbrecher in den Augen Gottes«, donnerte der alte Mönch vom Mont St. Michel. »Dein Vater war auch einer!«

»Mein Vater war kein Verbrecher!«, rief sie und sprang empört auf. Er hielt sie fest.

»Dein Vater war nicht besser! Aidan wird in seine Fußstapfen treten und stolz darauf sein – lass ihn! Was soll er auch auf dieser Insel, nichts als Weiber und Mönche und Sturm und schlechtes Wetter von Martinus bis Erntedank ...«

Die Worte waren hin und her gegangen, andere Pilger, die schon eine Weile mit ihnen reisten, hatten sich eingemischt, die Schwester hatte sie stumm in die Arme genommen, um sie vor dem immer ärgerlicher werdenden Großvater zu beschützen.

»Der Junge ist viel zu jung, um einem Wildfremden zu folgen«, befand eine alte Frau. »Wenn man den Ritter kennen würde! Aber so – viel zu gefährlich!«

»Unsinn, die Hörner soll er sich abstoßen!«, brummte da der alte Schmied. »Der Junge ist kein Pilger. Hat ihn etwa je einer von uns beten sehen? Ich würde so eine Gelegenheit nicht verstreichen lassen, wenn ich jung wäre ...« Amüsiert grinsend schlurfte er davon. Die Leute beruhigten sich. Recht hatte er. An einen Aidan auf den Knien konnte sich so richtig keiner erinnern – nicht einmal Ima. Dafür an einen Aidan, der ständig unterwegs war, Essen beschaffte, Nachtlager erfragte, den Weg auskundschaftete ... Nicht alle Pilger waren mit dem Herrn im Herzen unterwegs. Manche reisten schon ohne Ihn von zu Hause los, andere verloren Ihn unterwegs. Doch manchen, so erzählte man, begegnete Er auch unterwegs. Das nun konnte sie sich überhaupt nicht vorstellen. Ima weinte leise vor sich hin.

Spät am Abend war die alte Frau an ihr Lager gekommen. »Hier. Nimm von meinem Proviant«, hatte sie geraunt und einen Beutel auf den Boden gelegt, in dem sich ein breiter Kanten Brot und ein Stück Käse befanden. »Hol den Jungen zurück. Dir liegt was an ihm.«

Dir liegt was an ihm.

Das hatte schließlich auch Frère Lionel gemurmelt, als sie draußen beieinandersaßen und bei einer brennenden Fackel den Grillen zuhörten. »Du wirst ja eh keine Ruhe finden, fürchte ich.« Der Ärger über die ganze Geschichte stand ihm immer noch ins Gesicht geschrieben. Es war nicht vorgesehen, dass sich eine Pilgergruppe teilte.

»Was soll ich sonst seinem Vater sagen?«, flüsterte Ima. »Ich musste ihm doch versprechen …«

Der alte Mönch nickte grübelnd. In der Tat eine äußerst unangenehme Angelegenheit – die Wut des Thane würde keine Grenzen kennen, wenn er hörte, auf welche Weise sein letzter Sohn verschwunden war.

»Er kann ja noch nicht weit sein.« Fragend sah sie ihn an. »Wenn ich jetzt aufbreche, finde ich ihn schnell. Er wird nicht weit sein, er muss ja auch zu Fuß laufen.«

»Du kannst aber doch nicht alleine …«

»Ich kann alleine«, unterbrach sie ihn. »Wir treffen uns spätestens am Grab des Apostels.« Überzeugt hatte sie ihn nicht – eher überrumpelt, das war deutlich zu spüren. Hätte man ihm mehr Zeit zum Überlegen gegeben, hätte er sie sicher von ihrem Vorhaben abgebracht. So aber ging es nur noch darum, wer welche Münzen entbehren und was man ihr an Proviant geben konnte. Die Schwester weinte beim Abschied, und auch Frère Lionel standen Tränen in den besorgten Augen.

»Gott gehe mit dir, mein Liebes.« Er umarmte sie heftig und drückte ihren Kopf an seine Schulter. »Und Er bringe dich heim – ach, Ima, was soll ich nur deiner Mutter sagen? Was soll ich ihr nur sagen? Komm wieder, Mädchen, Gott schütze dich …«

Jedem war klar, wie gefährlich, wie wahnwitzig ihr Plan war, doch was jetzt zählte, war Eile. Wenn sie sich sputete, würde sie ihn finden, und alles würde gut werden. Vielleicht würde sie ihn morgen schon finden und zur Umkehr überreden können. Vielleicht.

Ima machte sich frei von allem und lief los, in die frühe Morgendämmerung hinein, allein durch die staubigen Straßen von Arles. Sie ging vorbei an der Festung, die früher einmal ein Theater für die Römerkaiser gewesen war, ohne dass sich die Wächter auf den vier Türmen für die frühe Reisende interessiert hätten. Hinaus aus der Stadt, nach Süden, wo das Meer lag und man in zwei Tagesreisen Apulien erreichen konnte, von wo aus einst der mittellose Normanne Robert Guiscard die Sarazenen vertrieben hatte und Herzog geworden war.

Immer wieder murmelte sie diese Namen vor sich hin, um sich abzulenken von ihren schmerzenden Füßen, den Fliegen, die vom Schweiß angelockt um ihren Kopf herumsummten, vom Durst, als der Schlauch leer getrunken war, von ihrer bleiernen Müdigkeit. Salerno. Apulien. Guiscard. Gérard le Bastard. Salerno. Aidan. *Aidan.*

»Aidan«, flüsterte sie. Die aquitanische Sonne sengte ihr den Rest der Gedanken aus dem Kopf. Erst als sie in der Mittagshitze einen Bach erreichte, kam sie wieder zu sich, stolperte erschöpft und staubig mit den Schuhen in das kühle Nass und kniete sich ins Wasser, um Gott zu danken, dass er ihr den Bach geschickt hatte ... Mehr fiel ihr nicht ein. Sie wusch sich Gesicht und Arme, befüllte den Wasserschlauch und sank am Ufer in sich zusammen. Wo der Normanne jetzt wohl war? Wie schnell kam man mit einem Fußgänger neben sich voran? Oder hatte er Aidan mit auf dem Pferd? Das Pferd hatte kräftig ausgesehen. Immer wieder hatte sie Haufen von Pferdeäpfeln am Wegesrand gefunden, doch sicher war Gérard de Hauteville nicht der einzige Reisende zu Pferd, der nach Süden zog. Aber der einzige, der einen rothaarigen Angelsachsen bei sich hatte, dessen Augen so grün wie frische Pfefferminze waren und der so gerne laut lachte. Der Kirschen liebte und Walnüsse und der die Lämmer beim Schlachten streichelte, dass sie fast freiwillig ins Messer liefen. Der seinem Bruder einen wunderschönen geschnitzten Bogen zur Hochzeit hatte schenken wollen. Ima sank zurück ins verdorrte Gras und starrte vor sich hin.

Aidan.

Aidan of Carlisle. Er war seinem älteren Bruder Stephen wie aus dem Gesicht geschnitten. Kennen gelernt hatte sie die beiden Brüder bei einem Besuch bei Mutters Freundin im northumbrischen Carlisle vor nicht ganz vier Jahren. Trotz ihrer Jugend war es mit Stephen Liebe auf den ersten Blick gewesen. Der lustige jüngere Bruder hatte sie mit seinen Einfällen erheitert und selbst die ernste Mutter zum Lachen gebracht.

Letzten Sommer hatten die Brüder dann ein Haus für Ima und Stephen gebaut, wo sie nach der Heirat einziehen wollten. Aidan hatte kunstvolle Muster in das Reetdach eingeflochten. Sie erinnerte sich jetzt an sein versunkenes Gesicht bei der Arbeit und dass niemand das Werk so richtig gewürdigt hatte. Vielmehr war kritisiert worden, dass einem jungen Edelmann solche Arbeit nicht zukam, und der Thane hatte ihn schließlich sogar vom Dach herunterholen lassen. Ein paar Tage später war Stephen dann mit dem Boot nach Farne übergesetzt. Eine heftige Welle musste das Boot überrollt haben, denn es wurde unbemannt und mit abgebrochenem Mast an Land gespült. Seine Leiche fanden sie nie. Aidan hatte versucht, sie zu trösten, daran erinnerte sie sich noch.

Ima legte den Kopf auf die Arme und weinte.

Sie verbrachte eine unruhige Nacht am Rande eines Wäldchens. Wölfe heulten in der Nähe, und im Gebüsch knisterte es so laut, dass sie Angst bekam, ein Bär könne sich anschleichen. Bären waren lautlos. Sie hatte einmal einen Bären gesehen, in der Nähe von Cluny, und die Reisegruppe war schreiend in alle Himmelsrichtungen gerannt, als er den Berg heruntergestiegen kam. Sie, Ima, hatte sich auf einen Baum geflüchtet und beobachtet, wie der Bär lange auf den Hinterbeinen gehockt und sich gewundert hatte. Erst als alles ruhig war, hatte er sich herangetraut und – immer noch äußerst wachsam – die verlorenen Gepäckstücke der Reisenden inspiziert. Manches hatte er gefressen, anderes nicht. Die süßen Dinge hatte er gemocht. Das gebratene Taubenfleisch hatte er verschmäht. Und die ganze Zeit hatte er keinen Ton von sich gegeben.

Die Schlange aus den Alyscamps fiel ihr wieder ein. Auch eine schweigende Gefahr. Trotzdem hatte sie den Kopf, den Gérard ihr gegeben hatte, nicht weggeworfen. Lange betrachtete sie die Pilgertasche, wo der Schlangenkopf sich hervorbeulte. Warum nur warf sie das eklige Teil nicht weg? Mit dem Finger strich sie über die Ausbuchtung und rief sich den Mann ins Gedächtnis zurück, der die Schlange getötet hatte. Er hatte auch Aidan entführt, und sie würde ihn finden. Sie würde ihn finden. Vielleicht behielt sie den Schlangenkopf deswegen.

Ein Baum knackte. Erschauernd sah sie sich um und zog den Mantel enger, als könnte das die stillen Feinde abhalten. Ihr Messer lag griffbereit neben ihr, doch das Knistern war verstummt, ebenso wie die Tierstimmen in der Ferne. Einzig das Rauschen der Bäume begleitete die Nacht. Eintönig und ohne Anfang oder Ende. Ohne Gefühl, ohne Liebe, ohne Gott. Noch nie in ihrem Leben hatte Ima sich so einsam und verloren gefühlt.

Am Morgen wachte sie mit steifem Nacken auf. Das kleine Feuer, das ihr in der Nacht Halt gegeben hatte, glühte nur noch schwach. Schniefend rieb sie sich die vom Weinen verquollenen Augen. Dann suchte sie in ihrem Beutel nach der Zwiebel, die sie gestern von einem Feldrand gestohlen hatte, und wickelte sie in ein großes Blatt. Die Glut würde sie garen und ihr die Schärfe nehmen. Unter dem Kleid juckte es schon wieder, vielleicht vom Schweiß, vielleicht hatte sie auch Flöhe … Ob Aidan schon in Apulien war? Nein, zwei Tagesreisen mit dem Schiff, hatte der Normanne gesagt. Sie würde ihn finden, bevor er das Schiff betrat. Und wenn nicht? Dann musste sie nach Salerno. Wo der Herzog residierte. Sie würde Aidan finden. Immer wieder hämmerte sie sich das in den Kopf.

Ima schob die eingewickelte Zwiebel ins Feuer. Funken sprühten. Vorsichtig blies sie in die Glut. Ihr Magen knurrte erbärmlich.

»Wenn Ihr mir eine halbe Zwiebel abgebt, hätte ich einen Schluck Wein zu bieten.«

Zu Tode erschrocken fuhr Ima herum – niemand zu sehen. Dann ertönte ein Lachen. Blätter raschelten, eine Wolke betäubenden Rosmarindufts drang an ihre Nase, und ein blasses, bartloses Gesicht lachte ihr aus dem Busch entgegen. »Und? Lasst Ihr Euch verlocken? Es ist Erdbeerwein.«

»Erdbeerwein.« Ima schüttelte den Kopf und konnte gar nicht mehr damit aufhören.

»Genau. Erdbeerwein. Mögt Ihr den?«

Der Erdbeerweinhändler kroch aus seinem Busch. Ein junger Mönch – zumindest trug er eine Kutte und eine akkurat rasierte Tonsur –, der einen dicken Beutel hinter sich herzog. »Ich wollte Euch letzte Nacht nicht stören«, lächelte er freundlich, »also bin ich mal in meinem Busch geblieben. Ich hatte dort auch ein schönes, gepolstertes Schlafplätzchen.«

Ima starrte ihn an. Dann atmete sie erleichtert auf. Der Bär von letzter Nacht war kein Bär gewesen – höchstens ein Bärchen in zerlumptem Mantel. Einladend hob sie die Hand.

»Ihr seid sehr barmherzig«, seufzte das Mönchlein und ließ sich neben der Feuerstelle nieder. Er sprach das Französisch der Gebildeten. Ima legte ein paar Zweige vom Rosmarinbusch dazu, um die Mücken abzuwehren, die der Mönch mitbrachte, denn er stank ganz furchtbar nach Schweiß und ungewaschenen Kleidern. Der Saum seiner Kutte baumelte in Fransen um die nackten Beine, die, für einen Mann ungewöhnlich haarlos, recht mager aussahen.

»Seid Ihr auf dem Weg nach Santiago de Compostela?«, fragte Ima vorsichtig. Sie war das erste Mal in ihrem Leben ganz allein unterwegs – welcher Wahnsinn! – und mahnte sich zur Vorsicht. Gar seltsames Volk trieb sich auf den Straßen herum …

»Nein«, lachte der Mönch und ließ seine hellen Augen über die Zwiebel in der Glut wandern. »Ich reise nach Jerusalem, zum Grab des Herrn. Santiago – pah…« Er machte eine wegwerfende Handbewegung. »Zu viel Pack, zu viel Brimborium, zu wenig Gott. Zu viele Taler für Gott. Ihr versteht, was ich meine.« Ima verstand nicht, nickte aber trotzdem. Mit dem Messer stach sie in die Zwiebel, die nun weich war, und holte sie aus der Glut. Gierig sog der Mönch den Duft des Gemüses ein. Mit hastigen Bewegungen kramte er einen Weinschlauch aus seinem Beutel und legte ihn feierlich neben das Feuer.

»Mein Beitrag zum Mahle«, sagte er mit leuchtenden Augen. Ima säbelte lächelnd die Zwiebel in zwei Teile und legte das Brotstück aus ihrer Pilgertasche kurz ins Feuer. Und dann staunte sie, als der Mönch mit atemberaubender Geschwindigkeit einen Segen murmelte, ihn mit »*Deus cum nos*« beendete und sich die Zwiebel halb in den Mund stopfte. Der Saft troff aus seinem Mund und kleckerte auf die Kutte, und er grinste zufrieden übers ganze Gesicht. »Wunderbar!« Das Brotstück folgte der Zwiebel. Zwar kaute er etwas mühsam auf dem harten Brot herum, war aber trotzdem nach weniger als einem halben Avemaria mit seinem Frühstück fertig. Gierig schaute er Ima beim Kauen zu, sodass sich diese kaum traute abzubeißen.

»Wollen wir zusammen reisen?«, fragte der Mönch unvermittelt.

Ima hielt inne. Zwiebelsaft suchte sich einen Weg aus ihrem Mundwinkel.

»Hah-um«, machte sie und würgte den ganzen kostbaren Bissen hinunter. »Wie meint Ihr…«

»Ihr seid doch auch nicht auf dem Weg nach Santiago«, zwinkerte der Mönch.

Der Magen protestierte gegen das Riesenstück Zwiebel, und Ima schlug sich die Hand auf die schmerzende Brust.

»Na?« Seine Augen lachten fröhlich.

»Ich… nein. Ich… ich, äh… ja, doch.«

»Aber nach Santiago geht es dort lang«, sagte er ernsthaft

und deutete in die Richtung, aus der sie gekommen war. »Dies hier ist der Weg nach Süden. An die Küste.«

»Salerno«, presste sie mühsam hervor. »Salerno. Ich meine…« Salerno. Das Wort klang so anmutig. Dann sah sie den toten Ritter vor sich und wie sich sein Mörder über ihn beugte. Salerno war nicht anmutig. Salerno würde Aidan verschlucken, wenn sie sich nicht beeilte. Sie hatte schon viel zu viel Zeit verloren.

»Ich reise nach dem Süden«, verbesserte sie sich und reckte den Kopf. Der Mönch betrachtete sie aufmerksam. Das Lächeln war aus seinem Gesicht verschwunden. Dann nickte er langsam.

»Wisst Ihr, es hat viele Vorteile, wenn wir gemeinsam reisen. Ihr seid eine Frau – ich bin ein Mönch. Allein sind wir Freiwild – zusammen aber unangreifbar. Versteht Ihr?« Seine Augen zwinkerten listig. Ima leckte sich die Lippen. Dieser Mönch schien recht viel zu wissen. Vielleicht war er schon lange unterwegs, und hübsch, wie er aussah – falls man das von einem Mönch überhaupt behaupten durfte –, hatte er sicher schon einiges erlebt. Seine grauen Augen, umrahmt von langen, schwarzen Wimpern, weckten Vertrauen in ihr.

»Also gut«, sagte sie und versuchte ein Lächeln. »Zusammen sind wir unangreifbar. Reisen wir also zusammen in den Süden.«

Der Mönch lächelte und sah mit einem Mal nicht nur hübsch, sondern auch sehr jung aus. »So sei es«, bekräftigte er. »Reisen wir zusammen.« Aus seinem Beutel zauberte er einen Becher hervor und ließ den Erdbeerwein langsam hineinglucken. »Trinken wir darauf.« Er hob den Becher – ein silbernes Gefäß, wie man es am Altar verwendete, und Ima wollte sich schon wundern, wie so etwas in den Besitz eines zerlumpten Mönches kam, als er ihr den Becher in die Hand drückte.

»Trinken wir auf unsere gemeinsame Reise und dass wir finden, was wir suchen.«

Er nickte ihr zu, und Ima trank, ohne den Blick von seinen grauen Augen zu lassen, die jede ihrer Bewegungen registrierten. Der Erdbeerwein war süß und nach dem zweiten Becher berauschend, weil der beigemischte Stechapfel dafür sorgte, dass die Welt glitzerte. Ima lächelte unaufhörlich und etwas dümmlich, während sie ihre Sachen zusammenpackte und das Feuer austrat. Als die Asche über ihren Stiefel staubte, hob sie den Kopf.

»Wie ist eigentlich Euer Name?«, fragte sie, beschwingt vom Wein. Der Mönch hatte die ganze Zeit still an einer Eiche gelehnt und ihr zugesehen. Jetzt bewegte er sich und schulterte den Beutel. »Habt Ihr einen Namen?«, hakte sie nach.

»Man nennt mich FrèreThierry«, sagte der Mönch langsam. Sie sahen sich an. Gott allein wusste, auf welchen Namen dieser Mann wirklich getauft war ... Ima nagte an ihrer Lippe. Reisende trugen eben Mäntel. Über ihren Schultern trugen sie Mäntel, genau wie über ihrer Lebensgeschichte. Man tat gut daran, diese Mäntel nicht anzufassen.

Bruder Thierry hob die dünne Braue, als hätte er ihren Gedanken verstanden, und lächelte dann. »Gehen wir?«

»Naaaaa, Fräulein, wohin des Wegs – darf man behilflich sein?« Eine Hand fragte nicht weiter, sondern suchte sich gleich einen Weg durch Imas Kleider. Sie schrie auf, schlug um sich, doch um sie herum sah sie nichts als grinsende Gesichter in dieser dunklen Gasse in Marsilia, wo sie sich verlaufen hatten. Mit weichem aquitanischem Singsang sprach der Riese hinter ihr weiter: »Ich kann dich hinbringen, Fräulein, ich kann's dir machen, besser als jeder andere ...«

»Lass sie los!« schrie Frère Thierry und stürzte sich mutig auf den Kerl, der Ima mittlerweile am Mantel gepackt und hochgehoben hatte. Mit der linken Faust traf er Thierrys Kopf, Thierry ging zu Boden und versank beinahe in einer Jauchegrube. Gurgelnd blieb er liegen. Der Kerl lachte. Ima gelang es, sich loszureißen. Sie stürzte davon, Thierry musste sehen, wo er blieb, sie rannte vorwärts, ohne im Dämmerlicht erkennen zu können, wohin der Weg sie führte. Lachen und Grölen umgaben sie, Alkoholgeruch, saurer Gestank von Erbrochenem und Mist und lallende Gestalten, die auf sie zutaumelten, und sie konnte gerade noch einem Eselskarren ausweichen – wo in aller Welt war sie hier gelandet?

»Lauf nur, ich krieg dich«, lachte der Kerl, dann knallte es. Er hatte seine Ochsenpeitsche vom Gürtel losgemacht und schnickte sie krachend durch die abendliche Luft.

»Fang dir dein Kalb«, kicherte einer, »Ich halt's dir dann fest und stopf ihm das Maul, wenn es muht!«

»Das übernehm schon ich – du kannst sie festhalten, damit sie muht, wenn ich komme.«

Die Peitsche sirrte, Ima versuchte wegzuspringen, doch sie war nicht schnell genug. Im nächsten Moment wickelte sich das Peitschenende wie eine tückische Schlange um ihr Fußgelenk – der Kerl verstand sein Handwerk – und riss sie zu Boden. Die Umstehenden grölten vor Lachen, wie sie sich im Schlamm wälzte, um wieder auf die Füße zu kommen. Der Kerl grinste von einem Ohr zum anderen, siegesgewiss und gierig. Sie nestelte nach ihrem Messer. Herausgezogen, an der Peitschenschnur angesetzt. Gesägt, gesägt – er kam näher. Sie sägte, die ersten Fasern spleißten entzwei, sie sägte weiter, seine Schritte donnerten ihr im Ohr – und das Seil löste sich von ihrem Knöchel. Ima rappelte sich hoch, wohin … Wohin bloß …

»Hierher!« Eine Hand kam aus dem Dunkel einer Hausecke, packte Ima am Ärmel und riss sie aus der Gosse, just als der Kerl nach ihr greifen wollte. »Still.« Eine Hand legte sich warnend auf ihre Wange – nicht über ihren Mund.

Keuchend verharrte sie im Dunkel. Es war ein Mann, den sie da neben sich spürte. Mager, sehnig. Ihre Hand fuhr über Lumpen, es roch nach billigem Orangenöl. Vom Regen in die Traufe? Für einen Dank schien es ihr zu früh …

»Wo ist mein Weibchen hin verschwunden? Wo zum Teufel ist es hin verschwunden? Heheheeeee ...«, grölte der Kerl keine drei Schritt von ihr entfernt. Der Schlamm quatschte unter seinen Füßen, und missmutig zertrat er einen Haufen Pferdeäpfel, dass die Einzelteile in alle Richtungen spritzten. Einer da draußen beschwerte sich, die meisten trollten sich.

»... Peitsche kaputt, verfluchtes Ding, meine Peitsche ...«, grollte der Kerl vor sich hin. Vorsichtig befühlte Ima ihren Knöchel. Wie eine Würgeschlange hielt das Peitschenende ihr Bein umschlungen.

»Halt still«, flüsterte der neben ihr. Eine harte Hand am Arm erinnerte sie an die Gefahr, in der sie noch immer schwebte. Irgendwer lallte schließlich etwas von Bier, und der Kerl verschwand grummelnd in einem der Wirtshäuser. Der Mann neben ihr atmete auf, die Spannung verließ den Griff, mit dem er sie immer noch festhielt. »Das war knapp«, grinste er. »Da hast du noch mal Glück gehabt. Sie lassen sich keine Weiber entgehen, und in der Nacht läuft man besser nicht hier herum.«

»Ja«, sagte Ima und wollte sich aufrappeln. Sie fand es furchtbar, dass ihr schon wieder ein Unbekannter das Leben gerettet hatte und sich am Ende daraus Rechte ableiten würde. Vorsichtig trat sie einen Schritt zur Seite.

»Was tust du in dieser schlechten Gegend? Hast du dich verlaufen? Das ist wirklich kein Ort für Frauen.« Aufmerksam betrachtete er ihre Erscheinung. »Wohin gehst du so ganz alleine?«

»Ich... ich weiß es nicht.« Imas Zähne klapperten, jetzt wo der Schock verging und die Angst übrig blieb. »Ich weiß nicht ...« Thierry – wo war der Mönch?

»Komm«, sagte der Fremde. »Komm und mach dich sauber. Sicher bist du auch durstig.« Und er zog sie hoch aus der Ecke, in der sie gehockt hatten, schob sie ins Dämmerlicht der Gasse und betrachtete sie. »Wunderschönes Haar hast du!«, staunte er und ließ seine Finger über die Flechten gleiten, deren Enden sich geöffnet hatten und über Imas Schultern tanzten. »Wunderschön – die Frauen werden dich darum beneiden! Komm, ich zeig dir, wo wir sind, ruh dich ein wenig bei uns aus.« Und ohne seinen Fang loszulassen, zog er sie durch eine Klappe in einen Verschlag.

Das warme, dämmrige Licht von Öllampen erhellte den Raum nur dürftig. Sie erkannte viele Menschen, die dicht gedrängt um ein Feuer herumsaßen, und es roch nach frisch gebackenem Fladenbrot. Eine Frau sang vor sich hin, irgendwo flogen Jonglierbälle durch die Luft, ein Säugling greinte.

»Willkommen in meiner kleinen Familie!« Imas Retter breitete einladend die Arme aus. »Wir kommen aus allen Teilen Frankreichs, viele aus dem Süden, und wir lieben die Musik. Gott gab jedem eine Lebensmusik – wir spielen sie für die Menschen!« Sie schluckte ob seiner ketzerischen Worte. War dies etwa ein Ort, wo Gott sich aufhielt? Es war zumindest ein Ort, wo sie die Sprache sehr gut verstand, denn man sprach Französisch und nicht das genuschelte Aquitanisch.

Ein Mann gleich neben ihm konnte den Armen von Imas Retter gerade noch ausweichen und lachte laut. »Na, Sylvain, was hast du dir denn da gefangen, dass du so begeistert um dich schlägst? Wir haben schon auf dich gewartet, Justin hat nämlich verkündet, dass er lieber hierbleibt, statt mit uns zu kommen. Was sagst du dazu?« Das Lachen war aus seiner Stimme verschwunden. Justins Entscheidung schien Streit verursacht zu haben. Der Mann neben Ima straffte sich denn auch. Vorsichtig versuchte sie, sich zu befreien, um diesen merkwürdigen Ort zu verlassen, doch der Griff wurde fester.

»Bleib. Bei uns bist du besser aufgehoben als da draußen.« Und er zog sie näher zu sich, und sie roch wieder diesen Orangenduft, der aus seiner zerlumpten Lederweste aufstieg. »Bleib. Du bist wunderschön – viel zu schade für die Gosse. Bleib bei uns.« Mit dem Finger tippte er an ihre Nasenspitze. Ima wusste nicht, wie ihr geschah. Er wagte es, sie anzufassen, sie am Gehen zu hindern, solches Verhalten war sie nicht gewohnt, das gehörte sich nicht. Hastig sah sie sich um. War das hier nicht auch die Gosse – bunt und fröhlich zwar, aber die Gosse? Die Klappe, durch die sie gekommen waren, hatte man verriegelt, ein glatzköpfiges Wesen mit Armen wie zu dick gestopfte Würste hockte davor und grinste sie aus zahnlosem Mund an.

»Wie ist dein Name?«, fragte ihr duftender Begleiter.

»Ima«, flüsterte sie, weil es keinen Sinn hatte, sich zu wehren.

»Ima. Das ist hübsch.« Er nahm ihren Arm und schob sie einen Schritt vor. »Hier haben wir Ima, die Goldene«, stellte er sie ohne Zögern der Runde vor. »Ich habe sie vor einem weiberfressenden Monstrum errettet.« Jemand lachte, dann herrschte neugierige Stille. Selbst die tuschelnden Weiber hinten in der Ecke schwiegen und guckten. Ima fühlte sich von Blicken aufgefressen.

»Ich möchte lieber gehen«, flüsterte sie und versuchte, sich wegzudrehen. Ihr Mantel zog nass nach unten und stank durchdringend nach Jauche, sie hatte einen Schuh verloren, sie hatte Hunger, und wo Frère Thierry geblieben war, wusste sie auch nicht. Sie fühlte sich verloren ohne ihn, wagte es jedoch nicht, diese merkwürdigen Leute ausgerechnet auf einen Mönch anzusprechen. Sie sahen nicht gerade gottesfürchtig aus …

»Bleib ein wenig bei uns, Ima mit den goldenen Haaren«, raunte Sylvain. »Du wirst es hier gut haben, denn wir passen aufeinander auf. Das ist viel wert in diesen rauen Zeiten.« Ihre Blicke trafen sich. Eine Öllampe beschien sein schmales Gesicht. Fahle Wangen und düstere Schatten um die Augen verrieten, dass der junge Mann gehungert hatte oder krank gewesen war. Trotzdem strahlten seine Augen warm und ehrlich. *Wir passen aufeinander auf.* Wohin sonst?, schoss es ihr durch den

Kopf. Wohin sonst. Sie hatte den Pilgerweg verlassen, war überfallen worden, hatte Aidan und den Raubritter aus den Augen verloren und nun auch Thierry – wohin? Für einen Moment fühlte sie sich wieder so entsetzlich verlassen und orientierungslos wie vor Tagen im Wald, eine Pilgerin, die ihr Ziel nicht erreichte und die Hand Gottes nicht mehr spürte. Sie hatte den Weg verloren. Tränen stiegen ihr in die Augen. Sie war verloren.

»Wohin du auch unterwegs bist, zusammen geht es sich leichter.« Sylvain schien tatsächlich zu merken, was sie quälte. »Schließ dich uns an, bis du wieder weißt, wo du hinmöchtest.«

Eine Frau stand auf und hielt ihnen einen Becher hin. Der Duft von Kräuterbier stieg Ima in die Nase. »Sei uns willkommen.« Ima zögerte. Quälend lange dauerte ihr Zögern.

Sylvain stand geduldig neben ihr. Sie war wie eine schimmernde Perle, es würde sich lohnen, auf ihre Entscheidung zu warten. Eine echte Perle … Bewundernd glitt sein Blick an ihr herab, schien durch die ordinäre Pilgerkluft hindurchzusehen, abschätzen zu können, was sie zu bieten hatte. Ein schlanker Körper ohne Fehl, ohne Grind und Pockennarben, von gutem Essen wohlgeformt. Ihr Adel machte sie unwiderstehlich. Er war sich sicher, dass sie aus feinem Hause kam, ihr mangelte es an jener Grobheit, wie einfache Leute sie oft ausstrahlten. Er roch den Duft vornehmer Geburt förmlich, hatte seine eigene Wiege doch auf einer Burg gestanden. So jemand bereicherte eine Gauklertruppe. Wieder bewunderte er ihr goldenes Haar. Sie würde alle Aufmerksamkeit auf sich ziehen. Wenn sie erst lernte, aus sich herauszugehen, sich zu bewegen, zu zeigen, was man sie daheim sicher gelehrt hatte, und dann zu verfeinern – sie würde mit ihrem Tanz alle verführen wie ein Engel, welche Magie! Er mahnte sich zur Zurückhaltung. Man konnte von Glück sagen, dass sie scheu war und nicht so hochmütig wie die Damen, die man normalerweise in den feinen Hallen antraf. Das machte sie umso interessanter. Nein, Sylvain war ganz ruhig und voller Geduld. Es würde sich lohnen zu warten. Die Perle strahlte von ganz allein, wenn man sie polierte.

Ima trank von dem Bier und spähte über den Becherrand in die Runde. Die meisten Gesichter, die sie dort vorfand, wirkten freundlich. Hässlichkeit wurde durch bunte Kleidung gemildert, strenger Körpergeruch durch den Essensduft versüßt. Rast machen, Kraft schöpfen. Ausruhen. Und dann weitersuchen und Aidan finden. Sie nahm einen letzten Schluck. Aidan finden.

»Also gut«, sagte sie leise. »Ich bleibe ein wenig.«

»Gut so, meine Schöne.« Sylvain strich ihr leicht über den Rücken. »Du bist wie ein Stern, der auf uns niedergefallen ist. Ein Stern mit goldenen Haaren.« Er lächelte. »Komm, mein Stern. Komm, du sollst nicht alleine sitzen.« Er führte sie durch das Gedränge, gemeinsam stiegen sie über Schlafende, ausgestreckte Beine, Kleiderbündel. Grinsend sah man zu ihr hoch, sie hörte getuschelte Bemerkungen, jemand zog an ihrem Mantel, und Ima raffte ihn furchtsam an sich. Da, wo sie herkam, gab es solches Volk nicht. Da, wo sie herkam, gab es solche zerlumpten Kleider nicht und auch keine entblößten Brüste und nackten Schenkel wie bei den jungen Mädchen im hinteren Teil der Scheune. Mehrere hockten dort im Halbdunkel und kicherten, eines sang leise vor sich hin. War es ein Wink Gottes gewesen, dass der Mönch auf der Straße zurückgeblieben war?

»Marielva heiß ich«, lächelte das Mädchen, bei dem sie stehen blieben. »Sei gegrüßt.« Ihre Stimme klang wie ein Umhang aus dunklem Samt, und das offen herabfließende haselnussbraune Haar glänzte wie Seide. Wie ein Märchenwesen von edlem Geblüt lag sie da zwischen Lumpen, einem räudigen Hund und benutzten Näpfen. Ein jüngeres, leicht bekleidetes Mädchen schlief dicht neben ihr. Sylvain räusperte sich.

»Marielva. Sie ist meine Schwester.« Ein seltsam ungehöriger Stolz ließ seine Stimme erbeben, sodass Ima stutzte. Sein Blick streichelte die Schöne am Boden, und er streichelte auch dort, wo ein Bruderblick nichts verloren hatte. Ihr schwangerer Leib lugte unzüchtig aus zu engen Kleidern hervor, die Verschnürung stand halb offen und entblößte zwei weiße, pralle Brüste, die leise wogten, als sie über Imas Erstaunen lachte.

»Sei willkommen, Ima, und fühl dich wohl bei uns. Wir machen Platz für dich, ruh dich aus.« Es war stickig in dem Winkel, es roch süßlich nach Parfümölen und überreifen Früchten, und wieder musste sie zur Begrüßung aus einem Becher trinken. »Ruh dich aus, Liebes.« Das Letzte, was sie nach diesem anstrengenden Tag mitbekam, war, dass dicht neben ihr Marielva in Sylvains Armen kehlig lachte, dass seine Hände flink und zielsicher unter den Kleidern seiner Schwester verschwanden und dass sie juchzte.

An Ausruhen war im Lager der Sänger und Gaukler nicht zu denken. In den ersten Nächten konnte Ima kaum schlafen, weil ihr die Männer Angst machten, die sich so freizügig zwischen den Frauen aufhielten. Doch auch wenn sie durch wollüstiges Stöhnen immer wieder hochschreckte – sie als Fremde ließ man in Ruhe. Das Leben war anders, als sie es kannte. Ganz anders. Man berührte sich, umarmte und küsste sich. Alle standen auf gleicher Stufe, und das, obwohl sie herausgefunden hatte, dass Sylvain und Marielva – wenn sie denn tatsächlich so hießen – aus vornehmem Hause stammten und ihren Stammbaum auf den flandrischen Grafen Balduin Schönhaar zurückführten. »Du wirst noch so manchen Adeligen unter den Sängern finden«, hatte Marielva lachend geflüstert.

»Warum?«, hatte Ima gefragt.

Und Marielva hatte den Kopf gesenkt und erst nach einer Weile gesprochen. »Weil das Leben bisweilen durch tiefe, sonnenlose Täler führt. Wenn es dunkel wird, hat man seine angestammten Wege schneller verlassen, als einem lieb ist, und findet sich auf der Straße wieder. Und manchmal scheint die Sonne anderswo dann wärmer.«

Über diese Worte dachte Ima lange nach. Wie sonnenlos konnte ein Tal werden? Und wann hatte sie das dunkle Tal betreten? Als sie auf Pilgerfahrt ging? Oder als sie sich aufmachte, Aidan zu suchen? Irgendwo dazwischen war auch für sie die Sonne verschwunden, und sie hatte den Weg verloren. Dann hatte sie Thierry verloren, und sie vermisste ihn schmerzlich. Marsilia war zu groß, um einen Menschen wiederzufinden. Ihr Herz wurde schwer über all diesen Gedanken, und ihre Hoffnung schwand dahin.

»Nimm dies hier als Ort, um Luft zu holen«, flüsterte Marielva und legte ihre Hand auf Imas Rücken, als wüsste sie, woher die Melancholie in ihren Augen kam, obwohl Ima nie davon gesprochen hatte. Ein Ort zum Luftholen.

Eher ein Ort zum Wundern. Das Leben verlief überhaupt ganz anders, als sie es gewohnt war – niemand stand so früh auf wie daheim auf der Insel, es gab ja auch kein Vieh zu versorgen. Niemand betete, denn anders als in London, wo Ima das letzte Jahr am Hof des Königs verbracht hatte, rief die Kathedrale von Marsilia ihre Gläubigen erst später am Tag zum Gebet. Wenn die Sonne hoch stand und dem Oktober zum Trotze einzuheizen begann, räkelten die Ersten sich und holten Wasser am Brunnen. Gegen Abend wurden auch die Muffigen munter und die, die dem Wein zu ausgiebig zugesprochen hatten. Frauen schürten das Feuer, um Essen zu kochen, das sie tagsüber auf den Märkten und an der Kathedrale erbettelt oder sich mit Wahrsagerei und Kräutermischungen verdient hatten. Das Feuer half auch, die Schwärme von Mücken und Fliegen zu vertreiben, die von der Hitze angelockt worden waren – Aquitanien schien Kälte nicht zu kennen, wie Ima staunend feststellte. Von daheim war sie Regen und feuchte Kälte gewohnt, die hinterhältig die Knochen entlangkrochen, sich in den Gelenken einnisteten und frühzeitig alt machten. Sie wischte sich den Schweiß von der Stirn und schaute zu, wie zwei alte Weiber in dem Suppenkessel rührten und heimlich Brocken an die Kinder verteilten, die zu ihren Füßen im Dreck herumkrochen. Die ersten Rasseln wurden hervorgekramt, ein Musiker stimmte seine Vielle …

»*Marie trat aus der Tür, goldglänzend wallt ihr Haar, ihr Lächeln wunderbar, ich liebe sie – kann nichts dafür …*«

Er schüttelte den Kopf und setzte von neuem an.

»*Marie trat aus dem Hause, goldglänzend wallt ihr Haar – ich mach jetzt eine Pause, mir fällt nichts ein, fürwahr …*«

Der Becher kreiste, der Sänger fiel kichernd an den Busen einer Dunkelhaarigen.

»Ich hoffe, bis heute Abend hat er das Lied fertig«, knurrte Sylvain. Ima wandte den Blick vom Sänger und hob fragend die Brauen. »Wir sind eingeladen bei einer Herrschaft, die Dame heißt Marie de Fourges, und es wurde ein Lied für sie bestellt. Alain ist jetzt schon betrunken …« Er schüttelte den Kopf. Dann sah er sie an. »Das nächste Mal kommst du mit uns, was meinst du? Wir finden sicher etwas, was du kannst – die schönsten *jongleresses* erhalten stets den besten Lohn …« Seine Finger glitten durch ihr offenes Haar und berührten sie ganz leicht an der Schulter. Ima erschrak vor dem warmen Schauder, der ihr über den Rücken rieselte. Am meisten aber erschrak sie vor der Idee, dass sie sich für Gaukelei von fremden Leuten bezahlen lassen sollte.

Frère Thierry stand eines Tages vor der Kirche, in der sie musizierten. Lachend und weinend fiel Ima ihm um den Hals, ohne sich darum zu scheren, was die Leute sagten, immerhin war er ein Mönch. Reichlich abgerissen sah er inzwischen aus, die Tonsur war kaum mehr zu sehen, und die Kutte bedurfte dringend einer Wäsche. Er stank nach Viehstall.

»Wo seid Ihr nur gewesen?«, seufzte Ima und zog ihn zur Seite, damit die anderen ungestört weitermachen konnten. Sie hatte ja nur dabeigesessen und ihr blondes Haar gezeigt, und die Frauen hatten es staunend angefasst.

»Oh, ich hab einige Zeit gebraucht, um mich zu erholen«, erwiderte er vielsagend. »Es ist nicht so einfach, alleine zu reisen, wisst Ihr …«

»Nein.« Sie sahen sich an. Das Gesicht des Mönchs wirkte noch zerbrechlicher, tiefe graue Ränder saßen unter seinen Augen. Er musste Hunger gelitten haben.

»Ich habe versucht, ein Schiff nach Jerusalem zu nehmen«, erzählte er und senkte den Kopf. »Ich wollte den gleichen Weg nehmen wie … wie …«

»Ihr reist jemandem hinterher …?«, fragte Ima ungläubig. Er zog kommentarlos seine Kapuze über den Kopf. Im letzten Augenblick sah sie noch, wie er errötete. »Es herrscht kein Respekt mehr vor Männern Gottes. Nicht mal auf einem Schiff nach Jerusalem.« Das war alles, was sie aus ihm herausbrachte. Heimlich beobachtete sie ihn. Er wirkte wie ein Novize, mancher mochte das nicht ernst nehmen. Manche Männer jedoch bevorzugten Knaben von seinem Aussehen … so hörte man. Sie mochte nicht daran denken, was ihm auf dem Schiff zugestoßen war und wie er es geschafft hatte zu entkommen. Es schüttelte sie.

»Seit wann lebt Ihr im Kloster?«, flüsterte sie. Sie konnte ihre Neugier nicht länger bezähmen. Ein scharfer Blick traf sie von der Seite. »Seit meiner Jugend.« Die konnte noch nicht so lange zurückliegen, wenn man sein ausgezehrtes, aber feines Gesicht betrachtete. Ima nickte. Weitere Fragen würde er nicht beantworten. Manche Pilgerschaft ging eigenartige Wege und verbarg Geheimnisse, und es diente dem Seelenfrieden, diese Geheimnisse nicht aufzudecken.

Sylvain war einverstanden, dass der junge Mönch blieb. Er konnte lesen, rechnen und schreiben – ein Pfund, mit dem zu wuchern war, denn Sylvain kam zwar aus gutem Hause, hatte diese Künste jedoch längst vergessen. Und so setzten die Frauen einen Kessel auf, um die Mönchskutte zu waschen, und kicherten, als er darauf bestand, sich hinter einem Vorhang zu reinigen und einen ganzen Tag dort auszuharren, bis die Kutte trocken und geflickt war. Sie lachten auch, weil sich Ima oft in seiner Nähe aufhielt. Manche lästerten, Sylvain füttere da zwei Nichtstuer durch, er müsse zumindest Ima arbeiten schicken, hübsch genug sei sie doch, und tanzen könne sie sicher auch, und wenn nicht, dann könnte sie wenigstens die Männer umgarnen, damit Münzen flogen.

Man zwang sie jedoch zu nichts. Dass sie das Sylvains Fürsprache zu verdanken hatte, erfuhr sie natürlich nicht. Der wollte sie um jeden Preis dabehalten, und wenn sie keinen Mut hatte, zu singen oder zu tanzen, dann eben nicht. Das Brot, welches sie in ihrem Napf vorfand, stammte zur Hälfte von seinem Teller, weil die Frauen am Feuer für die Schmarotzerin geizten. Sylvain hungerte gerne ein bisschen für sie. Er war süchtig nach ihr, nach ihrem Haar, ihrem Körperduft, ihren anmutigen Bewegungen. Es kostete ihn echte Überwindung, sie nicht anzurühren. Marielva lachte ihn für diese Schwärmerei aus und zeigte ihm des Nachts, dass es keiner blonden Haare bedurfte, um in Wallung zu geraten.

Die alte Edwige, die den Leuten den Liebeskummer aus der Hand las und mit Hühnergalle Warzen heilte, fand schließlich heraus, was zumindest Ima, die doch gar nicht hatte bleiben wollen, zum Gauklerleben beitragen konnte.

Ein kleines Mädchen hatte sich nämlich verletzt, und sie verband den blutenden Arm mit Maßliebchen und Moos, als die Alte hinzukam und brummelnd den Verband in Augenschein nahm. Sie verstand kein Wort von dem Gemurmel, doch die Wurstfinger der Alten befanden die Arbeit für gut, und der schrumpelige Vettelkopf nickte in einem fort. Seit jenem Tage durfte sie der Alten manchmal helfen, Kräuter zusammenzurühren, und sie hütete sich, die Mischungen zu kommentieren.

Edwige behandelte alles, was die Tavernenwirte schickten, denn sie war billig und kannte sich mit Liebestränken aus wie kaum eine andere Kräutervettel. Sie rührte Brennnessel, Rosmarin und Käferpulver zusammen und mischte Öle von Rose und Jasmin, mit dem sich die Mädchen einrieben und die Lust der Männer weckten. Der schwere Geruch der Öle hing wie eine Glocke in ihrem Zelt. Einem stinkenden Fettkloß ähnelnd, hockte sie auf dem Ziegenfell. Bei jeder Bewegung wackelte das hängende Doppelkinn, und sie murmelte Flüche in ihren stattlichen Damenbart, den sie hingebungsvoll pflegte, statt ihn mit Wachs auszureißen, wie sie es den jungen Dingern empfahl.

»Schrei nicht rum!«, keifte sie, wenn so eine junge Dirne sich gegen die zunächst verlangte Behandlung wehrte. »Wer schön sein will, muss eben leiden!« Dann ratschte es, und das Wachs nahm Haare und manchmal auch Hautstücke mit sich und ließ ein heulendes Mädchen zurück. Waren die Tränen versiegt, mischte die Alte einen Saft aus Sonnenblumenöl und Frauenmanteltau an, der ewige Jugend versprach. Für einen Gichtkranken rührte Ima nach ihrer Anleitung Ziegendung, Thymian und Honig zu einer Paste, aus der sie zierliche Pillen drehte, und für einen Mann, den der Schlag getroffen hatte, zerstieß sie angeekelt eine Hirnschale aus dem Beinhaus zu Pulver, verrührte dies in warmem Bier und flößte dem Kranken den Trank ein. Er genas beinahe sofort von seinem Leiden und fiel erst am Ausgang des Gauklerlagers wieder um.

»Liebestränklein woll'n sie alle«, brummte Edwige einmal. Mit ihren fetten Händen knetete und drückte sie eine Alraunenwurzel, vor der Ima sich allen Ernstes bekreuzigt hatte, als sie den Befehl bekam, sie aus dem Sack hervorzuholen. Die Alraune war zaubermächtig und gefährlich, wenn man nicht mit ihr umzugehen wusste.

»Gefährlich ist sie, das ist wahr. Die Schwänze macht sie

lang und die Weiber gefügig«, lachte die Alte und fuhr sich mit der Hand in den Schritt wie zum Beweis, dass auch ihr der Alraunentrank keinen Schaden zufügte. Marielva hatte Ima zugeflüstert, dass die Alte es nachts mit dem Finger eines Toten trieb und dass sie dabei stöhnte wie ein sterbendes Rind. »Kein Wunder, zu der wagt sich doch niemand aufs Lager«, hatte sie entsetzt geraunt. »Sylvain hat erzählt, dass sie als junges Weib die Männer gefressen hat und deshalb so dick ist.« Sie kicherten. Die Vorstellung, dass sich jemals ein Mann in Edwiges Nähe verirrt haben sollte, war zu lustig. Mit männlichen Körperteilen schien es anders zu sein, denn in einer verrußten Kiste lagen Männerzähne, bei Vollmond auf einem Galgenhügel ausgegraben. Und besagten Finger fand Ima, als Edwige sie eines Tages anwies, in einem Sammetbeutel nach getrockneten Lämmerhoden zu suchen.

»Mein Mann hat sie ihm anvermählt, und Ihr wisst doch, wie die Sarazenen sind«, schluchzte die Frau draußen vor Edwiges Zelt.

»Wie die Sarazenen sind?«, knurrte das alte Weib. »Die sind genauso weibergeil wie die Normannen, genauso dumm und eifersüchtig und genauso leicht zu blenden. Was also wollt Ihr von mir?« Durch den Zeltspalt sah Ima neben der Frau ein Mädchen bitterlich weinen.

»Sie ist keine Jungfrau mehr«, flüsterte die Frau mit schreckgeweiteten Augen. »Die Hebamme sagt, sie kann nichts dagegen machen. Beim Arzt waren wir nicht.«

»Beim Arzt?«, lachte das Weib. »Was für 'nem Arzt? Was weiß der Arzt von den Weibern?« Ima fragte sich gerade, was Edwige von den Männern wusste, als die wie immer unfreundliche Anweisung kam, den Sammetbeutel zu holen. Edwige zerstampfte die getrockneten Lämmerhoden zu einer pulvrigen Masse, rührte Honig dazu und knetete das Ganze in das heiße Wachs einer Kerze. Dann musste das Kind sich zu Imas Entsetzen im Zelt auf den Boden legen und die Beine breitmachen, und Edwige setzte ihr den Stopfen dorthin, wo der Sarazene die Jungfrau zu finden wünschte.

»Bis zur Hochzeit wird es zugewachsen sein. Der Lämmerhoden gibt Unschuld, musst du wissen«, erklärte sie mit schmierigem Lächeln, ohne sich um das weinende Kind zu kümmern, welches hastig seine Bruch hochzog. Man konnte nur ahnen, wer sie entjungfert hatte, und man mochte sich nicht vorstellen, welche Katastrophe diese Entdeckung im Brautbett verursachen würde. Die Frau war erleichtert, dass sie offenbar bei einer richtigen Heilerin gelandet war, und bat bei der Gelegenheit gleich noch um eine Salbe für die Tochter. »Ihre Brust ist zu groß. Man muss sie salben ...«

»Ihr müsst sie bandagieren«, unterbrach die Alte und betastete den tatsächlich ungewöhnlich großen Busen des Mädchens. »Bandagiert recht fest, setzt sie damit in das Dampfhaus – und reibt sie vorher dort mit in Wein zerdrücktem Lämmerkot ein, das macht die Brust fest und straff. Es wird ihm gefallen.« Wieder fummelte sie an dem Mädchenbusen herum, beknetete die Warzen und lachte kehlig, dass ihr Doppelkinn schwabbelte. »Die Sarazenen sind besonders wählerisch, wie ich hörte. Manche allerdings mögen große Brüste.« Dann sah sie die Frau scharf an. »Euer Mann ist mutig, sein Kind an die Ungläubigen zu verheiraten.«

»Der Bräutigam ist ja Christ«, murmelte die Frau unglücklich.

Ima setzte die Weinkaraffe an, deren Inhalt eigentlich nur für medizinische Zwecke genutzt wurde, und trank. Es war guter, starker Wein, und er spülte ein wenig das Entsetzen weg, das sie in Gesellschaft des alten Zauberweibs befiel. Frère Thierry war jedes Mal entsetzt, wenn sie ihm spätabends von ihren Entdeckungen erzählte. An die seltsamen Pflanzen und Praktiken der Alten gewöhnte sie sich irgendwann, nicht aber an die furchtbaren Flüche und Prophezeiungen, die das Weib unablässig murmelte, und auch nicht an die Tiere, die sie tot und lebendig in ihrem Zelt aufbewahrte und zwischen denen sie auf allen vieren umherkroch, weil das Laufen ihr mit dem verfetteten Leib schwerfiel.

Ima half ihr, so gut sie konnte, weil man sie dafür essen ließ. Und irgendwie verlor sie darüber Aidan ein zweites Mal.

Jeden Abend, wenn sie sich hinlegte, nahm sie sich vor, am nächsten Tag aufzubrechen und ihre unterbrochene Suche endlich fortzusetzen. Nach Salerno zu segeln, wo der Ritter sicher längst angekommen war, weil sie getrödelt hatte. An den Hof des Normannenherzogs – Aidan finden. Mein Gott, wieso war sie bloß hiergeblieben?

Und jeden Morgen war sie zu lethargisch, um auch nur an Aufbruch zu denken. Die Sonne, die fröhlichen Menschen, die würzige aquitanische Luft, die Abende am Feuer mit Gesang und Gelächter ... Wieso schaffte sie es nicht wegzugehen? War es ein Zauber, der sie festhielt?

»Bleib noch ein wenig«, flüsterte Marielva und liebkoste ihr Gesicht. »Bleib, meine Schwester. Er läuft dir nicht weg.« Ima hatte ihr nie erzählt, wen sie suchte, doch die Burgunderin wusste oft mehr, als man aussprach. »Du wirst ihn finden, bleib noch ein wenig ...« Und ihre nach Mädchenhaut und Jasmin duftenden Arme legten sich um ihren Hals und betörten sie einen weiteren Tag, der sie von Aidan entfernte ... Bald konnte sie sich kaum noch an sein Gesicht erinnern – was jedoch daran lag, dass sich jedes Mal ein wirrer schwarzer Schopf dazwischenschob. Erst ärgerte sie das, dann erlaubte sie sich die Erinnerung, um sich daran zu stärken, und manchmal nahm sie dazu den Schlangenkopf aus ihrem Beutel.

Einmal wurde die alte Edwige dessen gewahr, und ihre Augen rundeten sich. Den sechsten Finger hatte sie ja noch brummend hingenommen, immerhin war das Mädchen mit der Hand sehr geschickt – doch ein Natternkopf im Beutel einer Pilgerin, das schlug dem Fass den Boden aus. »Mit so was will ich nichts zu schaffen haben, scher dich fort, scher dich fort aus meinem Zelt!« Mit ihrem Stock schlug sie auf Ima ein, traf sie an Rücken und Kopf und riss dabei fast das Zelt ein.

»Oh – Edwige hasst Schlangen«, erklärte Marielva lächelnd. »Sie ist von einer gebissen worden und glaubt seither, dass Schlangen ihr nach dem Leben trachten. Sicher denkt sie jetzt, der Teufel habe dich geschickt, um sie zu töten. Der ist nämlich der Einzige, vor dem sie wirklich Angst hat.«

»Edwige hat Angst vor dem Teufel?« Ihr perlendes Lachen ließ selbst Frère Thierry ungläubig den Kopf heben, der Frauen sonst niemals hinterhersah.

»Nie wieder geh ich zu Edwige«, schwor Ima und ließ sich daraufhin von Marielva ein Kleid anpassen, um die Gaukler zumindest stumm zu ihren Auftritten zu begleiten. Sie sangen auf dem Marktplatz, ließen den Bären tanzen, und Ima sammelte die Bälle ein, die Justin, der bretonische Jongleur, verlor, weil er zu betrunken war, oder sie reichte Sylvain die Vielle, wenn er mit der kleinen Handtrommel fertig war. Sie hasste sich in dieser Verkleidung, sie hasste den Schmutz und den Hunger und die Geringschätzung der Leute, die zwar Münzen warfen, oft genug aber nichts als anzügliche Bemerkungen übrig hatten. Sie verabscheute es, wenn ihr Haar angefasst wurde. Und sie hasste ihre Lethargie und ihr Unvermögen, ihren Plan in die Tat umzusetzen. Sie vermied immer häufiger, an Santiago und ihren Großvater zu denken. Vielleicht waren sie schon angekommen. Vermissten sie oder hielten sie gar für tot. Sie war so müde. Selbst die Erinnerung an Aidan verblasste. Der bohrende Schmerz jedoch blieb und hielt sie wach und schickte ihr böse Träume von Stephen und von Aidan mit einem Schwert in der Hand.

Böse Träume hatten das Leben ihrer Mutter vergällt – Ima wollte nicht träumen und nahm den Schlaftrunk, den Marielva ihr reichte. Salerno. Aufbrechen. Der einbrechende Winter grinste hämisch. Erst mal würde er mit Kälte und Regen kommen. Im Winter reiste man nicht, und damit sie verstand, was er meinte, sandte er schwere Stürme, die Sand aus der afrikanischen Wüste mitbrachten und in Marsilia Dächer abdeckten.

Im Winter reiste man nicht. Man harrte aus und hoffte auf den Frühling. Salerno lief ja nicht weg. Thierry fragte nie, wann sie eigentlich aufzubrechen gedachte. Irgendwann war sie überzeugt, dass man sie im Gauklerlager verhext hatte. Sie klebte an den Gauklern wie ein Schmetterling am Honig. Aber ihre Gesellschaft fühlte sich gut an.

Ima begriff kaum, wie ihr geschah.

Vor ihr lag ein saftiges Hühnchen, daneben ein großes Stück weißes Brot, und ein Bediensteter lud Weinbecher auf dem Tisch ab. Von allen Seiten griffen Hände gierig nach den Bechern, und Ima ging wieder einmal leer aus. Tische und Bänke wurden gerückt, überall Stimmengewirr und Kindergeschrei, und dazwischen kratzte eine einsame Fidel. Die Halle des Vicomte de Marsilia war voll bis zur Tür, die Luft zum Schneiden dick, weil vor den Fenstern dicht geknüpfte kostbare Teppiche hingen. Pechfackeln blakten und warfen gespenstische Schatten an die kahlen Wände. Mägde kreischten vor Lachen, ein Knecht hieb zum Spaß sein Messer in die Tischplatte, um zu zeigen, wie er das Schwein abgestochen hatte. Becher kippten um, Fett spritzte in die Weinlachen, ein Knochen flog durch die Luft. Ima rieb sich die Hände, obwohl es heiß war. Noch niemals hatte sie am Gesindetisch gesessen, sie gehörte doch nicht dorthin. Daheim auf der Mönchsinsel war kein Unterschied zwischen Herr und Diener gemacht worden. Im Hause ihres normannischen Urgroßvaters in London dagegen hatte man großen Wert auf räumliche Trennung gelegt, und das Gesinde hatte die große Halle nur dienend betreten. Sie fühlte sich auch in dieser Halle sehr unwohl auf ihrem wackeligen Schemel.

»Iss«, lächelte Sylvain, »du weißt doch, das ist unser Lohn.

Iss, so viel du kannst.« Hungrig biss er in sein Brotstück. Sie griff zögernd zu, während die anderen Spielleute bereits aßen, als hätten sie drei Tage nichts bekommen. Ein Knecht spottete was von »singenden Schmarotzern«. Sein Aquitanisch war sehr genuschelt, doch die Bemerkung hatten alle verstanden.

»He«, grinste Yves gutmütig. »Weißt du nicht – der Herr hat das Gesinde so erschaffen: die, die den Mist fegen, die, die das Essen kochen, und die, die Lieder dazu singen. Spotte also nicht, denn jeder hat seinen Platz, wo Gott ihn hinstellt.« Das nun war die Wahrheit, so war das Leben, und niemand wusste etwas dagegen einzuwenden. Der Knecht brummte, stand auf und hinterließ einen deutlichen Schweinestallgeruch. Ima verspürte keinen Hunger mehr.

»Ihm gefällt sein Platz vielleicht nicht«, lachte der Bärenführer.

»Dann ist er kein gottesfürchtiger Mann«, knurrte Alain, und Yves kicherte albern: »Dann hat er es aber nicht verstanden.«

»Er ist ja auch Aquitanier.« Alain zog dazu finstere Grimassen und fasste das Messer mit der Faust. »Höhöhö«, lachte Yves, »Aquitanier, höhö …«

Sylvain beendete die lästerliche Unterhaltung mit einem Fausthieb auf den Tisch, denn das Gesinde schaute sich schon nach ihnen um. Unliebsame Musikanten wurden schneller des Hofes verwiesen, als sie sich umdrehen konnten.

Nachdem die Spielleute Lieder und Possenspiel beendet hatten und ein paar Münzen, Seidenschals und silberne Löffel geflogen waren, war das Interesse der Herrschaft an den Spielleuten sowieso schlagartig erloschen, und sie hatten sich eilig an ihren Tisch begeben, um den Lohn zu kassieren. Justin stopfte Brot in seine Taschen, bis sie kaum noch zugingen. Marielva wickelte ihr Hühnchen in ein Tuch und schob es zwischen ihre Brüste. »Da bleibt es warm und sicher«, raunte sie lachend. Das Kleid hing nun noch aufreizender an ihrem Körper, die dritte Brust wirkte wie eine unzüchtige Einladung. Justin half ihr beim Zubinden und lachte, mit dieser unglaublichen Brust könne man sie eigentlich auf dem Marktplatz vorstellen. Ima erinnerte sich schaudernd an die lüsternen Blicke der Edelmänner, als das Mädchen vorhin getanzt hatte. Niemals würde sie solche Bewegungen vollführen können – niemals! Yves trällerte Verse des letzten Liedes und zupfte auf seiner Vielle herum. Trotz des vielen Essens hatte er wie immer keinen Appetit, was Sylvain mit Sorge bemerkte. Der kleine Bär lag zu seinen Füßen und schmatzte Fleischstücke, die der Bärenführer ihm hinhielt.

»Jetzt hast du mal erlebt, wie es zugeht unter den Spielleuten.« Sylvains Stimme klang seltsam nüchtern. Er hob den Becher und trank ihn in einem Zug leer. All die mitreißende Begeisterung, die er als Sänger vor dem Vicomte und seinen Gästen noch an den Tag gelegt hatte, war wie fortgeblasen. Übrig blieb ein ausgelaugter Mann, der fast zu müde zum Essen war und dessen Leier achtlos neben ihm auf dem Boden lag. »Das nächste Mal könntest du mehr machen. Marielva fällt es allmählich schwer zu tanzen, weißt du.« Die *jongleresse* löste unauffällig die Binden, die ihren schwangeren Leib verkleinerten, und atmete erleichtert auf. »Es geht schon noch, *amor*, eine Weile geht es noch.«

»Du kannst Ima die Tanzschritte beibringen. Vielleicht eignet sie sich zur Tänzerin.« Das klang lieblos, und müde stützte er den Kopf auf die Hand. »Und wenn du dein Haar öffnest, klingeln sicher mehr Taler. Die Herren mögen blondes Haar.« Ima fand seine Worte furchtbar, sie würde sich doch nicht mit offenem Haar vor fremden Leuten …

»Ja, vielleicht.« Marielva ordnete ihre Kleider und wandte sich dem Essen wieder zu. Sie aßen schweigend und hastig. Der kindliche Frohsinn, den die Truppe sonst verbreitete, war verflogen. Ima war auf der anderen Seite dieses Lebens aufgewachsen. Niemals hatte sie sich Gedanken darüber gemacht, ob ein Gaukler gerne auftrat oder ob es ihn anstrengte, vor hochmütigen Adeligen Possen zu treiben. Und nie hatte sie überlegt, ob er mit der Bezahlung wohl einverstanden war.

Das Schüsselklappern klang so eintönig und traurig. Der Vicomte liebte Musik nicht besonders und hatte daher auch nicht nach einer Zugabe gefragt. Er war inzwischen schon wieder in Gespräche mit Kaufleuten versunken, wie Ima beobachtete. Geldsäcke wurden über den Tisch geschoben, einer der Kaufmänner hob seinen großen Hut vom Kopf und kratzte sich das verschwitzte Haar – offenbar ging es um große Geschäfte und viel Geld. Es klang wie ein leises Echo ihres verflossenen Lebens. Sie hätte wohl Artigkeiten gewusst, die sie den Herren hätte sagen können. Sie hätte mit den Damen über Haushaltsangelegenheiten sprechen können und wie man mit diebischen Küchenmägden verfährt. Doch auf die Anzüglichkeiten, die ihr als *jongleresse* widerfuhren, wusste sie keine passenden Erwiderungen.

Die Schüsseln leerten sich. Ima hatte keinen Hunger, und so versenkte sie die ihr zugeteilten Brotscheiben in ihrem Beutel und wickelte ein paar Fleischstücke in ihr Brusttuch. Man würde es nachher mit viel Asche waschen müssen, doch das Fleisch wollte sie nicht liegen lassen. Es hatte die letzten Tage im Lager schon recht wenig Essen gegeben, und dieser Abend würde die Gruppe ein paar Tage gut ernähren. Die meisten Kinder sahen schlecht aus, eines war sogar krank, und sie war sicher, dass es an seinem aufgedunsenen Leib sterben würde.

»Du da. Meine Herrin möchte dich sprechen.« Die kleine Dienstmagd reckte den Kopf, um zu demonstrieren, dass sie mehr wert war als die schmuddelige *jongleresse*, die sich die fettigen Finger an den Kleidern abwischte, weil sie kein feuchtes Tuch zur Verfügung hatte, wie es unter feinen Leuten üblich war. »Komm, hurtig, sie wartet nicht gerne.« Ima sprang auf die Füße und atmete tief ein.

»Viel Glück«, lächelte Marielva. »Meist ist es ein gutes Zeichen, wenn man zur Herrschaft gerufen wird.«

Ja, wenn man ein Künstler ist, antwortete Ima stumm. Sie war zum Bällehalten mitgekommen, warum rief man dann sie?

»Meiner Herrin gefällt dein Haar so gut«, plapperte das Mädchen. »Vielleicht musst du ihr was davon abgeben. Sie wird es dir sicher gut lohnen. Meine Herrin ist sehr großzügig, musst du wissen.« Die Herrin saß mit ihren Damen an einem Seitentisch über Stickarbeiten gebeugt. Ima versank in einen Knicks, ohne zu wissen, ob das hier im Süden so üblich war.

»Ah, die blonde *jongleresse*, schau an. Setz dich.« Die Dame lächelte. »Ich wollte dich von Nahem sehen, weil du so schön bist.«

»Sünde ist das, Sünde«, knurrte das alte Weib hinter ihr und scharrte mit dem Hocker. »Sünde ist Schönheit, Sünde, und tanzende Weiber auch ...«

»Lass sie schwatzen, sie war immer schon alt und hässlich«, lachte die Dame und wurde dann ernst. »Wie ist dein Name? Und wo kommst du her?« Mit einer Hand griff sie nach Imas langen blonden Strähnen und ließ sie bewundernd durch ihre Finger gleiten. »Schwer wie Gold«, murmelte sie, »Wundervoll. Du bist zu beneiden, Mädchen. Wo kommst du her?«

»Aus England«, sagte Ima leise.

»Wie schön«, rief die Dame da aus und klatschte in die Hände. »Mein Bruder dient in England unter König Guilleaume ...«

»Ihr seid Normannin?«, platzte Ima unhöflich heraus und schlug sich auf den Mund, doch da waren die normannischen Worte bereits gesprochen. Ein roter Hauch der Freude breitete sich im Gesicht ihres Gegenübers aus, offenbar gab es hier nicht viel Gesellschaft aus ihrer Heimat für sie, und so blieb auch Imas Vorwitz unermahnt.

»Ich bin Marie de Cherbourg, und lange habe ich niemanden mehr in meiner Zunge sprechen hören!«, rief sie aus, lachend, strahlend wie die Morgensonne. Sie hatte vom Aquitanischen in ihre Muttersprache gewechselt. Ima starrte sie an. Normannin war sie. Eine Normannin in Marseille. Eine ebenso entwurzelte Seele wie sie, Ima. Normannin. Da keimte plötzlich Hoffnung in ihr auf.

»Gibt es hier noch mehr ... Normannen?«, flüsterte sie heiser. Gérard. Aidan! Vielleicht war Gérard noch in Marseille, mitsamt seinem Knappen. Vielleicht wartete er auf ein Schiff nach Salerno. Sie rieb ihre feuchten Hände am Rock. Vielleicht würde ihre Suche hier schon ein Ende finden!

Die Dame lächelte. »Nun, Béatrice hier hinter mir. Wir sind zu zweit. Sie kam mit mir, als man mich vermählte.« Ihr Blick schweifte in die Ferne. Es war unmöglich zu beurteilen, ob sie gerne in Aquitanien lebte. Da sie lange schwieg, sah Ima sich in der Halle um, mit einem Mal unruhig und mit trockenem Mund. Normannen in Marsilia. Aidan. Hatte sie vorhin jemanden übersehen? Vielleicht saß er dort bei den Herren, vielleicht hockte Aidan bei ihm oder bei den Pferden ...

»Suchst du jemanden, Mädchen?« Die Frage holte Ima zurück, und ihr Herz klopfte zum Bersten. Maries Augen funkelten. Ihr Mund spitzte sich. Sie witterte eine Geschichte, eine romantische Geschichte, etwas Spannung im öden Alltag zwischen Stickrahmen und Weinbecher, zwischen alten Männern, gierigen Spezereienhändlern und einer Sprache, die nach all den Jahren nicht die ihre geworden war. Eine Liebesgeschichte? Eine kribbelnde Geschichte von Romantik, wie man sie sich sonst nur vorsingen ließ? Zwischen diesem wundervollen Geschöpf und einem starken Manne? Einem Helden, einem breitschultrigen, langbeinigen starken Helden, der die Damen wirklich auf Händen trug und es nicht nur versprach ... Marie schaute entzückt drein. »Suchst du deinen Liebsten, Mädchen? Du suchst doch jemanden. Du – du kommst aus gutem

Hause, Mädchen, das seh ich doch.« Zwei schlanke Finger hoben Imas Kinn. »Du bist kein Bauernkind wie diese anderen dort.«

»Nein«, flüsterte Ima. Dann sah sie Marie de Cherbourg in die Augen. »Ich suche Gérard de Hauteville, *dame chière*. Kennt Ihr ihn vielleicht?«

Maries Gesicht versteinerte, und ihre Finger sanken in den Schoß. Ima erschrak. Wo hatte sie hier hineingestochen?! »Vergebung«, stotterte sie, »bitte vergebt, *ma dame*, vergebt…«

»Gérard de Hauteville, der Bastard.« Der schöne Mund verzog sich verächtlich, und Maries Augen wurden schmal. Das hatte sie nun nicht erwartet. »Gérard le Bastard hielt sich drei Tage in diesem Haus auf. In diesen drei Tagen stellte er jedem Rock nach und verführte meine Dienerin im Turmzimmer.« Mit dem Kopf deutete sie auf das Mädchen, welches Ima hergeholt hatte. »Ich befürchte das Schlimmste. Was hast du mit dem Bastard zu schaffen, Ima aus England?« Ihre Stimme hatte an Schärfe gewonnen. Ima fragte sich, ob sie wohl auch Opfer seiner Verführungskunst geworden war, weil sie so unwirsch reagierte.

»War er in Begleitung? Ein Knappe – hatte er einen Knappen bei sich?«, fragte sie schnell.

Marie runzelte die Stirn. »Nun, Mädchen, jeder Ritter hat einen Knappen.« Ihre Brauen hoben sich. »Ist etwa der Knappe dein Liebster?«, fragte sie langsam. »Ist er das?«

»Ich suche ihn«, sagte Ima leise und senkte den Kopf. »Er ist ein – ein Verwandter. Und er ist noch sehr jung. Er trat ohne unser Einverständnis in die Dienste des… dieses – dieses Ritters.« Sie atmete tief ein und sah Marie fest in die Augen.

Was tut sie bei diesem Lumpenpack?, schoss es der Normannin durch den Kopf. Welch seltsamen Weg hat der Allmächtige für sie bereitet? Sie sollte seidene Kleidung und Geschmeide tragen, sie gehört an die Seite eines mächtigen Fürsten. Ihre klaren Züge, die hohen Wangenknochen, der feine, edle Mund – wie geriet so jemand unter die Vaganten, die Spielleute?

»Er hatte einen Knappen bei sich, Ima aus England, wer immer du bist. Der Knappe hatte leuchtend rotes Haar und wusste sich unter seinesgleichen nicht recht zu benehmen. Mit dem Pferd hingegen wusste er sehr gut umzugehen ...«

»Das ist er«, flüsterte Ima und griff sich an den Hals. »Das ist er. Aidan! Wisst Ihr, wo sie sind, *ma dame*?«

Marie betrachtete die junge *jongleresse*, die ganz offensichtlich keine war, und fühlte deutlich einen Schicksalsfaden in ihrer Hand. Glück oder nicht, Trauer oder Freude – durch ein einziges Wort von ihr würde dieser Faden sich bewegen, etwas verursachen ...

»Sie nahmen das Schiff, Mädchen. Sie nahmen vor etwa zwei Wochen das Schiff ...«

»Wohin? Wohin sind sie gefahren?« Ima sank vor der Dame auf die Knie und musste sich zusammenreißen, um sie nicht anzufassen vor Aufregung. »Wisst Ihr das, *ma dame*?«

»Sie nahmen das Schiff nach Salerno.«

Salerno! Da war es wieder! Der runde, klingende Name. Salerno. Italien. Der Guiscard ...

»Du willst ihnen hinterher?«, fragte Marie die aufgeregte junge Frau. »Beruhige dich. Willst du ihn nicht ziehen lassen? Er ist ein junger Mann, der seinen eigenen Weg sucht, wie es alle jungen Männer tun – und an der Seite eines Ritters ...«

»Ritter!«, stieß Ima verächtlich hervor, »was kann er bei diesem Menschen lernen?«

Marie kräuselte die Nase in Erinnerung an die teilweise obszönen Eskapaden des normannischen Haudegens. Da hatte das Mädchen zweifellos recht. Andererseits ... Sie trank einen Schluck Wein und leckte sich die Lippen. Ima bot sie nichts an.

»Natürlich ist Gérard ein Ritter, er wurde von seinem Fürsten ja dazu gemacht, Kind. Da sein Stammbaum jedoch im

Küchenhaus zu suchen ist und seine Aufgaben bislang einzig mit seinem Schwert verbunden waren, kann man kaum erwarten, dass ein Knappe viel mehr als das Waffenhandwerk bei ihm lernt – wenn überhaupt.« Maries Züge waren edel, mit diesen Worten aber auch eine Spur blasiert geworden. In Aquitanien fielen den Rittern offenbar noch andere Aufgaben als der Dienst an der Waffe zu. Ima runzelte die Stirn. Wo war sie hier gelandet? Stammbaum aus dem Küchenhaus. Sie ärgerte sich, dass der blasierte Tonfall sie störte, was ging die Abkunft Gérards de Hautevilles diese Frau an. Dann ärgerte sie sich, dass sie sich über Marie ärgerte. Ima verstand sich selbst nicht mehr.

»Nichtsdestotrotz«, fuhr die Normannin fort, »finde ich es viel gefährlicher, wenn eine Frau sich auf die Suche nach einem Mann macht. Ich finde es sogar unmöglich. Eine Frau zieht nicht dem Manne hinterher. Eine Frau sollte überhaupt nicht allein umherziehen …«

»Wir waren auf Pilgerreise, *ma dame*«, unterbrach Ima ein wenig zu heftig, »wir waren unterwegs nach Santiago ans Grab des Apostels, um für unsere Lieben zu beten, als er davonlief, diesem – diesem Ritter hinterher. Aidan ist mir wie ein Bruder und war in meiner Obhut. Wenn ich ohne ihn nach Haus zurückkehre, wird man mir bittere Vorwürfe machen. Ich kann nicht ohne ihn zurückkehren. Ich kann nicht.« Sie atmete tief durch und ließ ihre Schultern fallen. Mehr gab es nicht zu sagen.

»Das allerdings – hm.« Marie betrachtete ihren Gast. Was auch immer dahintersteckte – sie wirkte verzweifelt, und Marie beschloss zu helfen.

»Ich reise nach Salerno.«

Sylvain riss den Kopf hoch. Das Brotstück blieb zwischen den Zähnen stecken. »*Was* tust du?« Sie war nicht lange bei der Dame gewesen, doch ein Münzbeutel hing an ihrem Gürtel, das sah er deutlich.

»Ich reise nach Salerno. Ich verlasse euch wieder.«

Er sah ihr in die Augen. »Du hast ihn gefunden. Du hast deinen Freund gefunden. Hast du?«

Sie nickte. »Ich weiß zumindest, wo ich nach ihm suchen muss.« Sylvain trat auf sie zu. Sein Blick traf sie ins Herz, und sie musste schlucken. Dann fasste er ihre Hand.

»Ich will nicht, dass du gehst, Ima. Du gehörst zu uns, hierher ...« Er verstummte, wurde sich bewusst, dass das Unsinn war. Niemand gehörte zu den Vaganten, alle waren sie von irgendwoher gekommen und gingen irgendwann wieder fort. Auch er selbst war ja nicht auf der Straße geboren, sondern in einem vornehmen Haus in Burgund – und das Schicksal hatte sich seinen Spaß mit ihm erlaubt. Sie sahen sich in die Augen. Ima hörte sein Herz klopfen für sie, die eigentlich Unerreichbare, die ihm vor die Füße gefallen war und die er doch niemals haben könnte. »Ich will nicht, dass du gehst ...«

Der Lärm in der Halle des Vicomte verblasste. Irgendwo schrie jemand, Männer grölten, dann heulte ein Schwert durch die Luft, Holz splitterte. Frauen rannten kreischend auseinander, aus der Herrenrunde dröhnte Gelächter. Tanz und Musik waren nach gefüllten Weinkelchen abgelöst worden durch Muskelspiel und dicke Worte. Eine Magd quiekte. Aus den Augenwinkeln sah Ima, wie sie in der Ecke unter einem liegenden Edelmann verschwand und zu zucken und zu stöhnen begann. Zwei Männer in Rüstung feuerten ihn vom Tisch aus an.

Sie wollte nicht, dass Aidan so wurde. Aidan, der Sanfte, Kindliche mit den weichen, roten Locken und der schönen Singstimme. Tränen stiegen ihr in die Augen. Trauer und Sehnsucht schnürten ihr die Luft ab, ihre Brust schien bersten zu wollen. Aidan ... Stephen ... Aidan. Die brennende Sehnsucht des Mannes dicht vor ihr spürte sie nur wie einen Hauch, der vorüberwehte ... Sie sank auf einen Hocker und starrte den Ziegelfußboden an. Das Mosaik der Ziegel tanzte vor ihren Augen Ringelreihen. Immer im Kreis.

Für sie gab es nur eine Richtung. Salerno.

Diesen Namen hatte sie auf der Zunge, als sie in der Nacht ans Feuer der Gaukler zurückkehrte. Dort erhob Sylvain sich und hob die Hand, als sie zu sprechen beginnen wollte.

»Wir haben uns entschlossen, alle nach Italien zu gehen, Ima. Wir ziehen nach Salerno, an den Hof des Guiscard.«

Ungläubig starrte Ima in die Runde. Sie saßen in dem Verschlag hinter der Burg des Vicomte de Marsilia, wo die Spielleute die Nacht verbringen durften, weil man sie für den nächsten Abend wieder eingeladen hatte. Es roch nach Knoblauch, gekochten Zwiebeln und nach den Ausdünstungen derer, die reichlich auf der Burg gegessen hatten. Auch Ima litt an Blähungen, obwohl sie doch kaum von den Speisen genommen hatte. Vielleicht stieß ihr Sylvains Ankündigung deswegen so auf?

»Wieso? Wieso ihr?«

Marielva nahm ihre Hand und strahlte. »Freust du dich nicht? Ich war noch nie in Italien, aber Alain ist dort gewesen und erzählt …«

Sylvain unterbrach sie brüsk. »Italien ist ein guter Platz für den Winter. Die Knochen schmerzen nicht so, der Hunger brennt nicht so, wenn die Sonne den Menschen wärmt.« Er sah sie an, und sie verstand, dass weder Sonne noch Hunger der Grund waren, sondern dass er allein ihretwegen nach Italien gehen wollte. Marielva konnte diesen Blick nicht sehen, und das war auch besser so. Sie hatte die Hand auf ihren schwangeren Leb gelegt, lehnte an Sylvains Schulter und starrte versonnen ins Feuer. Das Herz wurde Ima schwer, weil sie nicht wusste, ob diese Entscheidung zu ihrer aller Glück gereichen würde.

4. Kapitel

Und droh mir nicht mit ewgem Fluch,
weil ich's ein wenig weit getrieben:
Wer weiß denn, was im Schicksalsbuch
und auf der Stirn uns steht geschrieben?
(Hafis)

Es war sein Pferd gewesen.

Sie hatte die protzige goldbetresste Satteldecke erkannt und auch das schimmernde Zaumzeug, das einem Bastard gar nicht zukam. Ob er es gestohlen hatte? Ima zog ein Gesicht und versuchte, sich den Normannen ins Gedächtnis zu rufen, aber sie hatte vergessen, wie er aussah. Sie wusste noch, wie er roch und wie sich sein behaarter Rücken anfühlte, die angespannten Muskeln und was er beim Kampf für Geräusche von sich gegeben hatte. Diese Erinnerung jagte jetzt noch Schauder an ihr herab. Doch wie sein Gesicht ausgesehen hatte, wusste sie nicht mehr. An seinen Blick konnte sie sich noch erinnern, wie der in den schwarzen Augen gebrannt hatte. Das Gesicht dazu hatte sie tatsächlich vergessen.

»Ist wohl auch gut so«, knurrte sie und schob sich den dunklen Gang entlang, durch den der Knecht verschwunden war.

Kühl war die Luft, und irgendwie roch hier in Salerno, wo sie nun seit ein paar Wochen lebten und musizierten, alles anders. Auch die Menschen waren anders als alle, die sie vorher getroffen hatte. Schöne Menschen waren das, Frauen voller Anmut und auch Männer, nach denen man sich liebend gerne umsah, wenn man sich traute, weil sich das eigentlich nicht gehörte. Die hatten ausdrucksstarke Gesichter, dunkles Haar –

das sarazenische Erbe lachte einen in jedem Winkel der Stadt an. Überhaupt war die Stadt am Monte Bonadie voll von fröhlichem Lärm, Musik und Frohsinn ... Oder kam ihr das nur so vor, weil die Sonne beharrlich schien? Sie schien jeden Tag, und Regen gab es keinen. Welch wundersamer Ort ...

Was interessierte sie da ein normannischer Bastard! Doch wo des Bastards Pferd stand, konnte sein Knappe nicht weit sein. Der Auftritt der Sänger oben in der Zitadelle war vorüber, und Ima hatte sich davongemacht, ohne am Mahle teilzunehmen, wie es üblich war, weil sie weder Gérard noch Aidan an den Tischen gefunden hatte. Nur das Pferd hatte mit langem Seil angepflockt gegrast und diesen fürstlichen Sattel getragen. Jetzt stand sie in einem dunklen Gang, den sie hinter den Stallungen gefunden hatte, und lehnte sich mit der Wange an die feuchte Mauer, um innezuhalten. Die Ruhe hier unten tat gut. Sie kam ins Grübeln.

Ein schwieriges Publikum war es gewesen, und Sylvain war sehr aufgeregt gewesen, zum ersten Mal vor dem Herzog von Apulien aufzutreten. Doch kaum einer in der Halle hatte zugehört, denn es hatte an einem Tisch Streit gegeben, und zwei Ritter waren mit ihren Fleischmessern aufeinander losgegangen, während Yves mit dem Bären getanzt hatte. Ima seufzte. Die Herzogin, die bis dahin interessiert der Musik gelauscht hatte, war aufgestanden und hatte sich wortlos mit ihren Damen zurückgezogen – eine höchst unangenehme Situation, denn ihre Missbilligung verbreitete sich wie ein Dunst in der ganzen Halle, auch nachdem sie gegangen war. Ima hatte der Dame fasziniert hinterhergesehen. »Sie ist Langobardin«, hatte Yves geflüstert, »sie liebt die Normannen nicht.« Robert Guiscard war es schließlich gelungen, die Streithähne zu trennen, aber die Stimmung war für diesen Tag dahin gewesen. »Kulturloses Volk«, hatte Sylvain geknurrt. Der Guiscard hatte sich, kaum dass die Musik endgültig verstummt war, einem sarazenisch gekleideten Boten zugewandt und seinen Schreiber herzitiert. »Richte deinem Herrn aus, er kann mich mal kreuzweise.« Die Stimme des Normannenführers dröhnte immer noch unangenehm in Imas Ohren. In ihrer Erinnerung war auch der Mann riesengroß. »Wenn er mich erpressen will, muss er früher aufstehen. Er möge bedenken, dass ich ihn aushungern kann, wenn mir der Sinn danach steht. Es kostet mich einen verdammten Zunderhaufen, seinen vertrockneten Weinberg in Brand zu setzen – richte ihm das aus. Den Guiscard erpresst man nicht.«

Am Tisch der Musiker war man daraufhin ruhig geworden – jeder von ihnen hatte schon Geschichten von Robert Guiscard in den Straßen Salernos gehört. Wie brutal er vor vielen Jahren Apulien unterworfen hatte. Er hatte gebrandschatzt, geraubt und vergewaltigt, hatte Städte in Schutt und Asche gelegt, die sich seinen Plänen widersetzten. Ernten vernichtet. Wälder abgeholzt, Obsthaine und Weinberge verbrannt. Apulien hatte erbittert Widerstand geleistet und sich am Ende doch ergeben müssen.

Schon seit etwa fünfzig Jahren kämpften normannische Söldner für verfeindete apulische Herren und hatten sich erst unentbehrlich gemacht, dann die Herrschaft an sich gerissen. Der Guiscard übertraf sie alle an Kriegslist und diplomatischem Geschick. Er hatte es geschafft, von Papst und deutschem Kaiser als Herzog mit Apulien und Kalabrien belehnt zu werden. Er war zum mächtigsten Mann im Süden geworden und der Alptraum der Sarazenen und Byzantiner, die für lange Jahre in Süditalien geherrscht hatten. Robert Guiscard war überwältigend und steckte voller Einfälle und ungewöhnlicher Methoden. Man hörte, dass seine Soldaten bei der Eroberung Salernos eine Dekade zuvor Armbrüste benutzt und damit zigfachen Tod gebracht hatten, denn die kurzen harten Pfeile erlaubten kein Entkommen. Die Normannen hatten Salerno ausgehungert, bis es keine Katze und keine Ratte und kein verschimmeltes Mehl mehr gegeben hatte – nichts, was man hätte essen können. Am Ende hatte ein salernitanischer Bürger, dessen Kinder verhungert waren, den Mut gefunden, ein Stadttor für die Belagerer zu öffnen, um dem Elend ein Ende zu machen. Robert war mit einem Stoßtrupp in die Stadt gedrungen und hatte im Handstreich alle Wehrtürme besetzt. Von dort aus hatte er das Castello di Arechi oberhalb der Stadt belagert, wo sich Gisulf, der Fürst von Salerno, verschanzt hatte. Dass Gisulf der Bruder der Herzogin war, hatte Ima erst später erfahren.

Wie es hieß, war der Herzog bei der Belagerung ernsthaft verletzt worden. Der Splitter eines Geschosses vom Kastell hatte ihn in die Brust getroffen, und nur einem sehr guten Arzt war es zu verdanken, dass er gerettet wurde. Das Kloster von Salerno genoss großes Ansehen als Hort der Medizin. Ima erinnerte sich an die vierschrötige Gestalt, die breitschultrig am Tisch gesessen hatte und trotz des hohen Alters unsterblich wirkte. Man erzählte, er habe sich, obgleich schwer verwundet, des Nachts auf halbem Wege zwischen Kastell und Stadt mit dem Fürsten zu Kapitulationsverhandlungen getroffen. Nach einem langen Streit hatte der Fürst klein beigegeben und dem Normannen Salerno überantwortet. Dieser hatte ihn, großzügig ausgestattet, seiner Wege ziehen lassen und war dafür von den Chronisten gepriesen worden.

Des Guiscards Hochmut und Unversehrbarkeit schienen seine Gegner in den Wahnsinn zu treiben, wie man hörte – der Hass des Papstes war groß, und auch Fürst Gisulf, der sich nach seiner Niederlage in die Arme des Pontifex geflüchtet hatte, war seither mehr als unversöhnlich. Insgeheim dachte Ima, dass das für Sicaildis, Gisulfs Schwester und gleichzeitig Gattin des Eroberers, eine sehr schwere Zeit gewesen sein musste. Vielleicht wirkte sie deswegen so stolz und unnahbar.

Sie erinnerte sich an den hüftlangen, dicken Zopf der langobardischen Edelfrau, der trotz ihres Alters immer noch blond unter dem Schleier hervorschimmerte, und an die von kaum einer Falte verunzierten Gesichtszüge. Mit sehr geradem Rücken hatte sie den Saal verlassen, keine Arthritis beugte ihre Gestalt. Eine echte Herzogin …

In Gedanken versunken, schob sie sich den Gang entlang und drang tiefer in das Reich unterhalb der Zitadelle.

»Nein, er ist kein Weib, er hat nur Hände wie ein Weib, weil er noch jung ist – wie soll ich ihn an meinen Waffen ausbilden, wenn sie ihm aus den Händen fallen? Er braucht einen noch kleineren Griff. Gib schon her, ich mach es selbst!«

Ima drückte sich an die Wand. Ihr wurde heiß und kalt zugleich. Gérard! Die Stimme erkannte sie sofort! Drinnen flogen Kleider durch die Gegend. Es roch durchdringend nach Kohlefeuer und Rauch. Sie war in der Schmiede des Normannenherzogs angekommen. Ihr Herz hämmerte wie wild – sie war am Ende ihrer Reise angekommen – Aidan zum Greifen nah! Mit zitternden Händen zupfte sie an ihrem Mantel herum. Sie hatte ihn gefunden. Endlich.

»Ui, ein feiner Herr, der sich auszieht und die Finger schmutzig macht …«

»Ich hab's gelernt, mein Lieber. Ich weiß, wie man Schwerter schmiedet. Ich kann's dir vormachen.« Ein Hammer begann zu dengeln. Das metallische Geräusch schmerzte in den Ohren. Der nun arbeitslose Schmied lachte.

»Hände wie ein Weib – pffffff – such dir einen richtigen Knappen und kein Weib! Dann passen auch meine Schwerter.« Er hatte eine tiefe, raue Stimme und einen schweren Schritt, und er wurde jetzt unanständig, wie man das von Schmieden kannte. »Das andere Schwert hat Gott dir gegeben, und du musst dir ein Weib dafür suchen. Das ist weitaus schwieriger, würde ich meinen.« Die Männer lachten albern.

»Das andere Schwert ist perfekt, mein Lieber, und hat noch jeder Maid gepasst. Bisher hörte ich nichts Gegenteiliges.« Wieder sprach der Schmiedehammer. »Dieses wird ebenso perfekt, wirst schon sehen.«

»Für einen weiberhaften Knappen. Also.« Der Schmied kicherte verhalten.

Plötzlich näherten sich Schritte. Ima sah sich unruhig um – wohin, wenn er um die Ecke kam? Eine grob behauene Truhe stand in der Ecke. Sie huschte hinüber und kauerte sich zwischen Truhe und kalter Mauer auf den gestampften Lehmboden. Es roch durchdringend nach Moder und Hundepisse, und durch den Gang zog dichter Rauch.

»Ich sage dir – mein Knappe hat seine Qualitäten. Aber eben kleine Hände.«

»So so, seine Qualitäten, mein Freund. Ich sag dir auch was: Du wirst hier in Salerno genug schöne Weiber finden, lass lieber die Finger von den Knappen – äääh – ja ja, schon gut, schon gut!« Eine hünenhafte Gestalt stolperte rückwärts in die Pforte, nackte Haut schimmerte im Feuerschein. Ima macht sich ganz klein in ihrer Ecke und tastete nach ihrer Pilgertasche, die den Dolch enthielt. Doch der Schmied hob nur abwehrend die Hände. »Schon gut, dann mach du mal. Für das Goldstück kannst du dir nehmen, was du brauchst – nur eine Glaskugel zum Reingucken haben wir hier nicht …« Da flog ein Stück Kohle durch die Tür.

Kopfschüttelnd entfernte er sich daraufhin. Der Boden erzitterte unter seinen Schritten, und eine stinkende Schweißfahne zog hinter ihm her. Ima atmete auf. Drinnen in der Schmiede pumpte ein Blasebalg, Flammen loderten raunend auf. Es schepperte. Jemand fluchte, dass die Wände wackelten.

Ima hatte sich ein wenig beruhigt – genug zumindest, um Gérard de Hauteville anzusprechen. Sie stand auf und ging auf die Pforte zu. An der gegenüberliegenden Wand sprühte das Feuer gleißend hell. Eben tauschte ein schmächtiger, rußverschmierter Junge den Blasebalg gegen den Schürhaken und verteilte Glutstücke, worauf das Feuer knisternd zusammenfiel. Er stand am Amboss. Der Schweiß lief ihm in Strömen den nackten Rücken hinab, und Ima dachte mit einem Hauch von

Befriedigung, dass dort vom Kampf tatsächlich keine Narbe mehr zu sehen war. Unversehrt schimmerte die nasse Haut unter dem schwarzen Körperhaar hervor. Dicke Muskelpakete saßen wie Polster auf seinen Schultern und wuchsen kraftstrotzend an, als er sich bückte und den Wassereimer näher zog. Auf dem Amboss lag ein Schwert mit glühendem Griff.

»So weit seid Ihr also schon mit meinem Verwandten«, sagte Ima in den Lärm der Schmiede hinein. Gérard fuhr herum. Feuchtes Haar ringelte sich in seinem Gesicht, die Augen blitzten wild und voller Abwehr. Weiber in der Schmiede – das Allerletzte!

Dann erkannte er sie. Das Schwert schepperte zu Boden. Auf eine unwirsche Handbewegung hin verschwand der Junge. Ima nutzte seine Verwirrung.

»Wo ist Aidan, *mon sieur*?«, sagte sie leise und trat noch einen Schritt näher. *Sie*. Gérard befeuchtete seine Lippen. Sie war gekleidet wie eine der Tänzerinnen aus dem Saal. Die durchscheinenden Schleier hingen bis auf den Unrat am Boden herab, und unter dem eng geschnürten Mieder hob die fein geformte Brust ein schlichtes Schmuckstück heftig atmend an. Der Stoff bebte. Das Schmiedefeuer brannte sich von hinten durch die Haut in seinen Leib. Ihr Schleier wehte ihm leise Kühlung zu, doch nicht genug. Das Eis des Nordmeeres würde nicht genug kühlen.

»Ihr … Ihr habt Euch ein wenig verändert seit unserem letzten Treffen, *ma dame*«, stotterte er und packte den Schmiedehammer fester, als hinge auch die Stimme daran, die ihm zu versagen drohte, als Ima sich bewegte – einen Schritt auf ihn zu. »Ich … ich hätte nicht gedacht, Euch hier zu treffen, hier …«

»Wo ist Aidan?« Ima knüllte ihr Tuch unter dem Schleier, damit er es nicht sah. Er roch wie die Sünde, er sah aus wie die Sünde, er war Sünde, und ihr Herz klopfte, weil ihr Körper trotzdem reagierte. Dennoch tat sie einen dritten Schritt auf den Bastard zu – für Aidan.

»Er … er ist mein Knappe, *ma dame.*« Der Schmiedehammer half nicht, Gérard stand kurz davor, wie ein Wachslicht zu zerfließen, nur weil sie ihn ansah. Ihre Augen schimmerten beunruhigend tiefblau und ernst. »Der Junge ist mein Knappe.« Mit letzter Anstrengung drehte er sich um und hob den Hammer, um ihn mit vollkommen überflüssiger Wucht auf den inzwischen abgekühlten Schwertgriff sausen zu lassen – und traf daneben. Ein zweites Mal hob er den Hammer, wohl wissend, dass sie dicht hinter ihm stand, und schlug zu. Das Schwert sprang unwillig in die Luft und vom Amboss herunter. Nun gab es keinen Grund mehr zuzuschlagen.

Ima betrachtete das Spiel seiner schweißüberströmten Rückenmuskeln, die seine Knochen meisterlich polsterten. Um ihren Mund zuckte es. Es fühlte sich erstaunlich gut an, Dinge zu tun, die sich nicht gehörten. Er war ein Bastard, stand weit unter ihr, und er rührte so unanständig und dreist an ihre Sinne, dass sie die Hand hob …

»Fragt ihn selber, *ma dame.*« Gérard drehte sich zu ihr um, sah ihre Hand in der Schwebe, im Begriff, eine Dummheit zu begehen. Eine Rose mit Dornen war sie, die man nicht brechen durfte, die bis zum Verwelken fest am Strauch stehen würde, duftend und stark bis zum letzten Augenblick. Ganz sanft fing er die Hand ein. Vor dem zusätzlichen Finger empfand er keine Furcht. Er hielt sie, wie man eine Rose hielt, wischte sich mit dem anderen Unterarm den Schweiß von der Stirn und fasste dann die Hand mit beiden Händen. Ima wehrte sich nicht. Zwischen ihnen schrumpfte der Raum, obwohl keiner von beiden sich bewegte.

Gérard räusperte sich wie jemand, der eine längere Rede halten wollte. »Edles Fräulein. Euer Junge kam zu mir aus freien Stücken, ich tat ihm keinen Zwang an. Er kam zu mir, gab sich freiwillig in meinen Dienst und diente mir vom ersten Tag an ergeben. Ich sorge für ihn und bilde ihn zum Junker aus, wie es sich gehört für einen Edelknaben, und wenn die Zeit gekommen ist, wird er von mir gegürtet und bekleidet und darf seinem Herrscher dienen. So wird es gemacht an allen Höfen der Welt. Warum wollt Ihr ihm dies verwehren?« Der Druck seiner Hände wurde fester. Die Ungehörigkeit seiner Tat und seiner Nacktheit verblasste vor dieser Rede. Beide wussten sie, dass Aidan natürlich trotzdem die Einwilligung der Familie brauchte – doch was würde das hier, viele Meilen weg von Heimat und Familie, schon bewirken?

Es hatte etwas bewirkt: *Sie* war dem Knappen hinterhergereist. *Sie* war hier. Stand vor ihm, viel zu dicht, um dem Anstand zu genügen, und sie goss allein mit ihrem Blick heißes Öl über seinen brennenden Leib.

»*Ma dame*, ich mag zwar von Geburt ein Bastard sein, aber ich weiß, was sich ziemt. Mein Blut ist gering, doch schlug man mich aufgrund meiner Taten zum ritterlichen Gefolgsmann – was wollt Ihr mehr?«

Sie hob den Kopf. Tauchte in seine Augen ein und versuchte, darin zu lesen. Die Dunkelheit der Schmiede erschwerte es ihr, sie fand nichts als Heftigkeit, die sie nicht einzuschätzen wusste. Nur sein Griff war wieder leicht geworden. Vorsichtig zog sie ihre Hand zurück und verfluchte ihr wild klopfendes Herz.

»Wo treffe ich meinen Verwandten?« Seine Nasenflügel blähten sich leicht. Ein Schweißtropfen rann ihm an der Wange herab und fing sich im schwarzen Bart, den er offenbar regelmäßig stutzen ließ. »Ich sandte ihn mit Besorgungen fort. Ihr werdet wiederkommen müssen, *ma dame*.«

»Ich werde wiederkommen, *mon sieur*.«

Ihr Duft blieb in der Schmiede hängen. Gérard lehnte sich gegen den Amboss und schloss die Augen, um den Duft so lange wie möglich bei sich zu behalten. Der Fluch, den er kurz darauf gegen seine Erzeuger schleuderte, war furchterregend und grauenvoll gotteslästerlich.

Ima hörte ihn nicht mehr, denn sie hastete den dunklen Gang

hinunter und stieß gegen eine Tür, die vorhin nicht da gewesen war. »Ich hab mich verlaufen«, zischte sie und hielt keuchend inne. »Dieser Bastard, ich hab mich verlaufen ...« Umdrehen, zurücklaufen, durch Pfützen planschen – es fiel ihr schwer, die anerzogene Haltung zu bewahren.

Dann wehte ihr ein schwarzer Mantel durch den Gang entgegen, Sporen klirrten herausfordernd, und Ima warf sich erschrocken gegen die Wand. Der Ankömmling bog ab in die Schmiede, ohne sie bemerkt zu haben.

»Heda – schleift mir das bis morgen früh!« Ein Schwert schepperte auf dem Steintisch. »Im Morgengrauen breche ich nach Rom auf – bis dahin muss es scharf sein! Und ich *meine* scharf!«

»Wie redet Ihr mit mir – ich bin kein Schmied!«, fuhr Gérard auf. Ima schlich näher.

»Nun – Ihr seht wie einer aus, Ihr arbeitet in einer Schmiede, niemand sonst ist hier ...« Die Stimme verharrte ironisch. »Ihr werdet wohl der Schmied in dieser Schmiede sein.«

»Ihr irrt!« Gérards Ärger drang durch die Wände, unglaublicher Ärger, in diesem kompromittierenden Aufzug ertappt worden zu werden, halb nackend und schmutzig wie ein gemeiner Mann, den Schmiedehammer in der Hand. »Ihr irrt, mein Herr ...«

»Nun, dann richtet's dem Schmied meinetwegen aus, ich habe keine Zeit für Camouflagen. Mir ist einerlei, wer es ins Feuer legt, aber morgen früh muss es fertig sein.« Gleichgültigkeit zog eisig durch die Tür. »Morgen früh, hört Ihr?« Die Sporen klirrten, der weite Mantel flatterte. Ima wollte sich hinter der Truhe in Sicherheit bringen, doch da stieß sie auch schon heftig mit dem Besucher zusammen, der mit weiten Schritten um die Ecke kam.

»Verflucht! Pass doch auf!«, fauchte er, riss sie unsanft am Arm hoch und starrte ihr ins Gesicht. Die Fackel im Gang spendete neugierig Licht. Eisblaue Augen mit ein paar dunkelblauen

Flecken schauten aus einem schmalen, bleichen Gesicht, in dem das Leben ein Netz aus Falten gesponnen hatte. Graues Haar mit ein paar letzten goldglänzenden Sprenkeln, modisch auf Kinnhöhe gestutzt, umrahmte das Gesicht. »Verflucht. Pass doch auf. Pass – doch auf.« Und er ließ sie fallen und eilte durch die Tür davon, an der sie eben nicht weitergekommen war, ohne sich darum zu kümmern, dass sie sich an den Schuppen seines Brustpanzers verletzt hatte.

»Richtet's dem Schmied selber aus!«, brüllte Gérard da aus der Schmiede, und in der Pforte erschien ein langes, blitzendes Schwert, so gewaltig, dass es eines Königs würdig war. »Euer Blasiertheit – richtet's ihm …« Die Fackel zauberte fremdartige Zeichen auf die mächtige Klinge. Ima erhob sich von den Knien und vergaß das Blut, das ihre Wange herunterrann. Die Klinge funkelte in der Luft, dann sank sie herab …

»Was … was zum Teufel …« *Sie.* Gérard starrte sie an. Sie war immer noch hier. Sie war Zeugin seiner Demütigung geworden – und sie blutete, ihr Gesicht war blutverschmiert.

Sie warf einen letzten Blick auf das Schwert, dann stürzte sie schluchzend davon.

Mit einem Schrei schleuderte der Bastard die Waffe in die Ecke und kippte sich gleich darauf den Eimer Wasser, der neben dem Feuer stand, über den Kopf. Doch kühlte das Wasser weder Gemüt noch Lenden, es vertiefte nur den Schmerz, mit dem sich die gerade erlittene Demütigung in ihn hineinfraß.

Am Brunnen reinigte Ima ihr Gesicht. Die Schnitte waren nicht tief, und eine freundliche Wäscherin riss altes Leintuch in Stücke, damit sie die Wangen mit nassen Tüchern kühlen konnte. Der Himmel über Salerno hing voller grauer Wolken, ein kühler Wind wehte durch die Gassen. Ima wusste nicht recht, wohin sie sich wenden sollte. Auf das Mahl im Herzogspalast war ihr der Appetit vergangen, obwohl sie inzwischen wirklich Hunger hatte. Die Begegnung vorhin hatte sie aufgewühlt. Gérards Gegenwart, so echt und unverhohlen – und dann dieser Ritter, der sie hinweggefegt hatte. Sein Blick verfolgte sie förmlich.

»Nimm, Kind. Du siehst auch hungrig aus.« Die Wäscherin hielt ihr ein Stück Brot vor die Nase. »Nimm ruhig.« Immer mehr Menschen kamen zum Brunnen, der Eimer klapperte im Schacht, Frauen lachten, Kleinkinder heulten, zwei tobende Jungen wurden zur Ordnung gerufen. Die Wäscherin hatte ihren Korb abgestellt und schwatzte so heftig, dass Ima kein Wort mehr verstand. Hunde wuselten schwanzwedelnd zwischen den Menschen herum, einer schiss neben einen Korb mit Früchten und ein Kleinkind. Karren fuhren haarscharf an den Kindern vorbei, die Peitsche schwang über Eselsrücken und traf einen Mann, der sich überlaut beschwerte und sich auf den Knecht stürzte, und im Nu gab es eine Prügelei. Plötzlich fand sie Salerno furchtbar. Laut, eng, schmutzig – der Geruch nach Öl und Fisch, die merkwürdige Sprache, die sie kaum verstand, und der Lärm, der ohrenbetäubende Lärm, der sich am Berg brach und doppelt so laut zurückhallte …

Sie hob den Kopf. Santa Maria Angelas Glocke begann, in den Lärm hinein zu läuten, und ohne weiter nachzudenken, rannte sie auf die schmale Kirche zu.

Daheim auf Lindisfarne hatte es keine richtige Kirche gegeben. Es gab nur eine Kapelle und den Entwurf für eine Kathedrale, der aus Steinen im Gras bestand, an denen über Jahre herumgeschoben wurde, bis der Bischof die Geduld verlor und dem Kathedralenbau die Unterstützung verweigerte. Der Großvater hatte sich daraufhin nach Santiago de Compostela aufgemacht, um für sein Lebenswerk zu beten und Gottes Unterstützung zu erflehen. Vielleicht hatte er auch die Kathedrale von Santiago sehen wollen, von der man sich Wunderdinge erzählte. Wehmütig lächelnd dachte sie an den alten Träumer. Ob er schon angekommen war? Er würde sich Sorgen und Vorwürfe machen – und sie, so gut er konnte, in seine Gebete einschließen. Über mehr dachte sie lieber nicht nach.

Die kleine Kirche umgab sie mit der Kühle eines frisch gefalteten Altartuchs, obwohl sich ein ganzer Haufen Menschen in dem Gemäuer befand. Alte Weiber, eine Marktfrau mit Brotkorb, ein Priester, ein paar singende Knaben. Es stank nach Ausdünstungen und alten Verbänden, denn der Priester war gerade damit beschäftigt, ein offenes Bein zu segnen. Ima sank auf einen Hocker. Ungerührt sah sie zu, wie der Priester Weihwasser in die Wunden goss und wie die alte Frau den Heiligen in der Nische anstarrte. Edwige hätte sicher Rattenmist hineingeschmiert und das Ganze mit einem Goldstück abgedeckt. Ihre Mutter hätte wohl einen Brei aus Beinwell und Birkenblättern angerührt. Es gab eben unterschiedliche Methoden, und Gott war bei allen Methoden dabei. Sie fragte sich, wonach Er wohl entschied, was heilte und was nicht.

»Niemals wird das heilen. Je nasser er es macht, desto mehr wird es nässen. Mit einem *simplum* kann man so was nicht heilen. Aber was wissen die Priester schon von Krankheiten«, knurrte da neben ihr jemand. »Und am Ende landen sie dann bei mir. Halleluja.«

Erstaunt sah Ima hoch. Eine hagere, klein gewachsene Frau hatte sich neben ihr niedergelassen. Ihr Schleier verbarg nur ungenügend ihr schlampig zusammengeflochtenes graues Haar. Schmale, wettergegerbte Hände lagen in ihrem Schoß und erzählten von harter Hausarbeit.

»Und mach ich sie gesund, wird gleich wieder vermutet, da wär Zauberei im Spiel. Undankbare Welt!«

»Und?« Ima konnte nicht anders, obwohl ihr Apulisch mehr als holprig war. »Ist Zauberei im Spiel?« Furchtsam schaute sie sich um, ob jemand das Gespräch belauschte. Die Frau lachte, ohne sich darum zu scheren, dass sie in einer Kirche saß. Ihr Gesicht verzog sich zu einem Netz aus Hunderten von

Falten und Grübchen, und Ima sah, dass ihr zwei Zähne fehlten.

»Glaubst du an Zauberei, Mädchen?« Ohne zu fragen, nahm sie Imas Hand und beguckte sich den überzähligen Finger. Diese Geste war so bestimmt und gleichzeitig so privat, dass Ima erstarrte.

»N-Nein«, stotterte sie.

Das Lächeln der Frau wurde spitzbübisch. »Siehst du – ich auch nicht.« Die Frau ließ die Hand sinken und schaute zu der Alten mit dem offenen Bein hin. »Dafür braucht es keine Zauberei, Mädchen. Man säubert das Bein, macht Umschläge von *Unguentum dialtea malasticon et calausticon* und gibt ihr dreimal täglich gutes Essen, nicht zu fett, nicht zu süß, nicht zu viel und nicht zu wenig, und achtet darauf, wie viel sie trinkt, weil ihr Urin sicher süß schmeckt. Dem Allmächtigen hingegen ist dieses Bein einerlei. Wie du siehst.« Der Priester hatte sich nämlich erhoben und war kyriesingend mit seinem Weihrauchgefäß zum nächsten Patienten gezogen, und die Alte durfte die Lumpen selbst wieder anwickeln. Das tat sie mit ungeschickten Händen, und sie scherte sich nicht darum, dass Läuse zwischen den Lagen krabbelten. Die Frau neben ihr stieß einen verächtlichen Ton aus. Dann sah sie an Ima herab.

»Du bist nicht von hier«, stellte sie fest.

»Nein«, flüsterte Ima. Und sie hatte auch nur die Hälfte von dem verstanden, was die Frau erzählt hatte. Doch sie hatte begriffen, was sie meinte.

Die Frau nickte stumm und befühlte den zerrissenen Schleier. Sie ließ ihren Blick über Imas Gesicht wandern. »Wenn du mal Hilfe brauchst – komm zu mir. Du findest mich im Haus des Arztes Johannes Platearius. Frag nach seinem Weib Trota.« Sie lächelte. »Frag nach Trota. Man kennt mich in Salerno.« Das klang herausfordernd. Ima sah an ihr hoch und nickte. Trota stand auf, wischte sich ein nachlässiges Kreuz über das Gesicht und verschwand zwischen hereindrängenden Menschen, denn die Glocke rief zur Andacht.

»Nehmt Euch in Acht«, sagte da ein Mann schräg hinter ihr. »Nicht jeder schätzt Frau Trota.«

»Warum nicht?« Ima zog den Schleier um die Schultern, doch die Gänsehaut verteilte sich trotzdem über ihrem Körper.

»Frau Trota ist ein *medicus*. Die Priester mögen sie nicht.« Der Mann hob bedeutungsvoll die Brauen und trollte sich. Ein Arzt. Ima verwahrte die Erinnerung an sie sorgfältig in ihrem Gedächtnis.

In den folgenden Tagen versuchte Ima immer wieder, sich der herzoglichen Residenz zu nähern in der Hoffnung, auf Aidan zu treffen. Sie hatte fast nichts anderes mehr im Kopf, und ihre Unruhe wuchs mit jedem Tag, an dem sie untätig herumsaß. Ein Knappe wurde doch auf Besorgungsgänge geschickt, sie sah oft Knappen auf dem Markt oder an der Baustelle der neuen Kathedrale unweit der Residenz. Einigen war sie hinterhergerannt und hatte sich errötend zurückgezogen, wenn sie erkannte, dass sie sich geirrt hatte. Sie brachte immer noch nicht genug Mut auf, mit den Musikanten auf der Straße aufzutreten – Marielva tat das, obwohl sie hochschwanger war, und manche Männer warfen ihr vielleicht deswegen Geld in die Hände, weil sie den schwangeren Leib so aufreizend fanden. Ima half lieber, Instrumente und Wasserschläuche zu tragen, und machte sich beizeiten aus dem Staub. Dann schlich sie durch die Gassen, wo sie sich die braun gebrannten Salernitaner anschaute und den Kopf nach jedem herzoglich Gekleideten verdrehte und jungen Männern hinterherlief. Ihr unwürdiges Tun belastete sie, doch wagte sie es auch nicht, in der Zitadelle nach ihm zu fragen. De Hauteville würde ein Treffen zu verhindern wissen, um den Knappen nicht hergeben zu müssen. Sie schüttelte die Erinnerung an ihre Begegnung in der Schmiede von sich.

Im bunten Getümmel um den Brunnen gab es viele dunkelhäutige Frauen in langen Gewändern. Manche trugen den Kopf verhüllt, und ihre Mäntel flatterten im Wind, während sie wie Wasserfälle gegeneinander anredeten und trillerten, um ihre Freude auszudrücken. Zwei jüngere hatten braune Muster im Gesicht, die sich mit jedem Lacher grotesk verzogen. Es waren sarazenische Frauen, die nach Orangenblüte und Zimt dufteten und deren Augen glänzten wie polierte Steine.

»Hier, trink einen Schluck«, sprach eine von ihnen Ima an, als diese sich zum Ausruhen auf den freien Platz auf einer Steinbank gesetzt hatte, und bot ihr eine Karaffe an. »Allah erlaubt sich einen Scherz, dass er es im Frühling so heiß werden lässt.« Süßer Traubenmost rann Imas Kehle herab, und die Frauen lachten über ihren seligen Gesichtsausdruck. »Eine Feige weckt deine Lebensgeister, schöne Fremde«, lächelte die Schwarze daneben und reichte ihr ein Körbchen mit glänzend braunen Früchten. »Allah hat deine unbedachten Worte hoffentlich nicht gehört, werte Yasemina.« Die andere griff lachend in Imas üppiges Haar. »Womit wäschst du dein Haare?«, fragte sie ungeniert. »Mischst du Gold in das Wasser?«

»In Arabien machen sie das«, grunzte ein altes Weib. »Sie waschen sich am ganzen Körper mit Gold und salben sich mit Stutenmilch. Warst du in Arabien, Frau? Du siehst aus, als wärst du einem Harem davongelaufen.«

»Hör nicht auf Fatma«, grinste die Schwarze. »Fatma ist nämlich aus einem Harem verschenkt worden, musst du wissen.« Ima biss sich auf die Zunge. Eine Haremsfrau auf dem Marktplatz!

»Ich komme aus England«, sagte sie beherzt. »In England haben viele Menschen goldenes Haar.«

Fassungslose Blicke trafen sie von allen Seiten, eine Ältere traute sich nun auch, in Imas Haarpracht hineinzugreifen. Haare von Gold – welch reiches Volk! Die unausgesprochene Frage, was eine bildschöne, goldhaarige Frau im besten Alter bei den Gauklern zu suchen hatte, hing über der Gruppe, doch niemand sprach sie aus. Yasemina betrachtete sie mit gerunzelter Stirn. Nicht zum ersten Mal verfluchte Ima ihre Entscheidung, Aidan nachgereist zu sein. Aidan – ach …

»Kann man das goldene Haar auch kaufen?«, fragte ein junges Mädchen.

Just als Ima auf die Frage antworten wollte, ertönte lautes Hufgetrappel in der Gasse. Aufgeregt stoben die Frauen auseinander, rafften im Lauf Waschkörbe und Habseligkeiten zusammen und flüchteten in den Schutz der Häuser, ohne sich weiter um Ima zu kümmern. Eine Gruppe Berittener kam durch die Gasse auf den schmalen Platz getrabt, der nicht für Pferde ausgelegt und damit hoffnungslos überfüllt war. Wie in allen eroberten Städten scherte das die Berittenen nicht, man erwartete, dass sich das Volk rechtzeitig in Sicherheit brachte. Dieser Morgen indes stand unter einem schlechten Stern, denn es herrschte allzu große Enge und die Reiter waren zu schnell unterwegs. Die Verkaufsbude des arabischen Olivenhändlers zerfiel unter den Hufen in alle Einzelteile, Leintücher segelten in den Straßenstaub, Oliven rollten über den festgetrampelten Lehmboden. Ein Kind schrie spitz und schrill. Der Händler rannte lamentierend und fuchtelnd hinter ihnen her. »Ihr Gottlosen, Allah verfluche Euch, das werdet Ihr bereuen – das werdet Ihr bezahlen …« Da keilte das letzte Pferd aus, von normannischem Reiterschenkel meisterlich animiert, und traf den Händler mit einem dumpfen Geräusch mitten in die Brust. Augenblicke später waren die Reiter in Richtung Zitadelle verschwunden. Sie hinterließen einen vollkommen verwüsteten Platz, wo Fliegen sich auf den Pferdeäpfeln niederließen. Noch bevor die erste Frau losjammern konnte, zerriss ein Stöhnen die Stille – der Händler lag am Boden, beide Hände auf die Brust gedrückt, und rang nach Luft.

Ima fasste sich als Erste und stürzte an seine Seite. Unter den Fetzen der Kleidung sah sie offenes Fleisch und viel Blut, welches den Stoff rot färbte. Die Lippen des Mannes waren blau angelaufen, und seine Augen waren riesengroß vor Angst, weil ihm die Luft knapp wurde. »Allah, hilf mir, hilf mir«, japste er, »was habe ich Schlimmes getan? Hilf mir …« Ima tupfte hilflos Blut. Er röchelte. Ein düsteres Gefühl wuchs in ihr, sie roch den Tod im Atem des Mannes …

Ein Schatten fiel von oben auf sie herab. »Rasch – auf die Bahre.« Die verschleierte Frau – Yasemina – stand hinter ihr und gab Zeichen, den Verletzten auf die herbeigeschleppte Bahre zu verladen. »Rasch, sputet euch. Fort mit ihm, solange man ihn noch retten kann. Aus dem Weg, Tanzmädchen!«

»Warte!«, rief Ima aus. »Es gibt eine Ärztin in der Stadt!«

»Dorthin bringen wir ihn ja, Mädchen«, sagte die andere knapp. Ohne weiter nachzudenken, lief Ima der Gruppe hinterher, sah, wie der Mann die Hand ausstreckte und nach der Verschleierten tastete. Yasemina war offenbar sein Weib.

Vor einem kleinen Haus beim Stadttor drängten sich zerlumpte Männer und Frauen mit schreienden Kindern. Yasemina ließ die Bahre niedersetzen. Ima kämpfte sich durch das Volk nach vorn und hämmerte gegen das Hoftor, welches sich gleich darauf öffnete.

»Geduld, Leute. Ich habe heute nur Brot, das ich euch geben kann. Morgen schlachten wir ein Schwein – oh. Du! Na so was!« Trotas angestrengtes Gesicht wurde freundlich, und sie ließ sich von zerlumpten Weibern den Brotkorb einfach aus den Händen reißen. Sie fasste Imas Arm. »Bist du krank?«

»Er ist krank.« Ima deutete auf den Verletzten, dessen Bahrenträger sich durch das Getümmel schoben. »Ein Pferdehuf traf ihn …«

»Diese Normannen«, knurrte Trota finster, »das tun sie, nur weil's ihnen Spaß macht – so ein Pack!« Gleich darauf schob sie zwei aufdringliche Frauen von der Treppe. »Lasst ihn durch! Morgen gibt es wieder was, kommt morgen wieder!«, rief sie mit lauter Stimme den Bettlern zu, von denen die ersten aufheulten, dass sie leer ausgegangen seien. Energisch lotste sie ihre Besucher mitsamt der Bahre an den murrenden Bettlern vorbei. »Mein Mann hatte heute Morgen einen Anfall von Sparsamkeit«, flüsterte sie, »und verbot mir, mehr zu geben.« Noch in der Toröffnung warf sie einen prüfenden Blick auf den Kranken. Sein Gesicht war bleich geworden. »Rasch, tragt ihn in den Hof, ich komme nach«, befahl sie den Trägern.

Trotas Haus war klein und verwinkelt. Überall liefen Hühner herum, zwei kleine Mädchen spielten in einer Ecke, eine zahme Katze lag auf der Truhe. In der Diele stand ein riesiger Tisch, um den geschnitzte Hocker gruppiert waren, als beköstigte das Haus täglich eine Burgbesatzung. Um die Feuerstelle herum war sauber gekehrt, dicke Kräuterbüschel hingen von der Decke, und eine Magd setzte einen Stapel Tonschüsseln ineinander. Am unteren Ende des Tisches hockte eine hagere Gestalt über Pergamentbögen gebeugt. Die Feder kratzte hurtig dahin, während der Schreiber rhythmisch die Nase hochzog.

»Heute war es aber wirklich laut da draußen«, bemerkte er, ohne den Kopf zu heben.

Trota legte ihm die Hand auf die Schulter. »Sie sind weg, Johannes, um morgen wiederzukommen und deine barmherzigen Spenden zu empfangen.« Murmelnd kramte sie in einer Truhe mit allerlei Gerätschaften und zog einen Beutel hervor. Johannes Platearius murmelte unflätiges Zeug und schniefte. Den Inhalt seiner Nase hörte man noch, als die beiden Frauen den Wohnraum schon verlassen hatten. »Er findet es nicht gut, das Bettelvolk zu großzügig mit durchzufüttern.« Trota verschränkte energisch die Arme. »Dabei versichert dir jeder Bischof, dass du damit erst recht in den Himmel kommst. Versteh einer die Männer.«

»Barmherzigkeit ist eben Frauenwerk«, sagte Ima leise. Die andere sah sie von der Seite an.

»Wie recht du hast«, sagte sie. Ima zuckte mit den Schultern. Barmherzigkeit war der Wahlspruch dieses Hauses, das sah Ima, als sie in den Hof traten. Zwei lang gezogene Unterstände begrenzten ein Atrium, in dem weiße Tücher im Wind flatterten. Dazwischen erkannte sie hölzerne Lagerstätten. Auf manchen lagen Menschen, andere waren leer. Zwei Mägde liefen mit Karaffen herum und verteilten Brot. Die Bahre war vorne abgestellt worden. An der Seite des Mannes kniete die verschleierte Frau.

Es gab einen Behandlungstisch, auf dem sauber nebeneinander Messer und Nadeln aufgereiht lagen. Auf einem Tablett lagen Kräutersäckchen und verbreiteten medizinischen Duft. In einem Wasserbecken klebten grünliche Egel an einem Stein.

Ima war sprachlos – und verstand, warum der Ehemann so grimmig über seinen Zahlen hockte und wohin sein Vermögen getragen wurde.

»Mein Mann ist ebenfalls Arzt, falls du dich wunderst.« Trota schien Gedanken lesen zu können, und sie erinnerte sich sogar, dass Ima die Sprache nur schlecht verstand, denn sie sprach langsam und deutlich. »Und meine beiden Söhne auch. Allerdings haben sie im Gegensatz zu mir Zutritt zum Kloster und gehören der vornehmen Ärzteschaft Salernos an. Sie disputieren tagelang über Durchfall und Fieber und über sterbende Kinder, und manchmal operieren sie Kranke.« Sie sah hoch. »Die Weiber und die Bettler, die kommen zu mir, die will dort oben niemand haben. Wenn ihn die Säfte quälen, rechnet er mir vor, um wie viele Goldstücke ich ihn hier ärmer mache.« Die Ärztin saß bereits auf einem Hocker und riss das Hemd des Händlers auf. Mit einem fein geschmiedeten Silberrohr hörte sie hoch konzentriert das Herz des Mannes ab, und ihr Gesicht wurde ernst. Gleich darauf spuckte der Mann Blut. Yasemina kreischte auf. Trota winkte Ima um das Lager herum und bedeutete ihr, die Frau wegzudrängen. »Die Lunge«, murmelte sie, »oder die Milz. Gerissen. Es brodelt…« Die Züge des Verletzten verzerrten sich im Schmerz. Wieder quoll ein Schwall Blut aus seinem Mund. Er versuchte, etwas zu sagen, doch es ging in Gurgeln unter. Imas und Trotas Blicke trafen sich. Die Ärztin schüttelte leise den Kopf. Da nahm Ima die Hand des Olivenhändlers und legte ihre Linke auf seine Brust. Die Ärztin ließ sie gewähren. Staunend sah sie, wie sich die Miene des Mannes entspannte, wie der Schmerz ihn floh und der rasselnde Atem leiser wurde. Imas Herz flatterte leicht. Sie spürte, dass das Leben aus dem Mann entwich. Sie schloss die Augen und versuchte, es festzuhalten, doch es schlüpfte durch ihre Finger wie ein kleiner Vogel auf der Suche nach Licht… Und so wies sie ihm einfach nur den Weg. Er starb ohne Schmerzen und mit einem entspannten Gesicht.

Die Ärztin betrachtete lange das in sich versunkene Mädchen, dessen sechsfingrige Hand leicht wie eine Feder auf der Brust des Verstorbenen lag. Sie vermochte kaum zu formulieren, was sie beim Anblick dieser rätselhaften Gestalt bewegte, und so nahm sie nur Imas Hand von dem Verstorbenen und zog die erstarrte Yasemina heran.

»Euer Mann ging dahin und litt keine Schmerzen. Nehmt Abschied, seid mein lieber Gast…«

Die Frau des Olivenhändlers wurde von einem Weinkrampf geschüttelt. Ihr schmaler Rücken bebte, als sie über ihren toten Gatten fiel und sein Gesicht schluchzend küsste und herzte. Ihr Weinen wurde rhythmischer und klang fast wie eine Totenklage, als sie ansetzte, ihr fein geschnittenes Gesicht mit den langen Fingernägeln zu zerkratzen. Entsetzt sah Ima zu, wie die dünne Haut unter den Nägeln riss und sich immer mehr blutige Spuren über die Wangen zogen…

»Das machen die Frauen hier«, raunte Trota ihr von hinten zu. »Geh durch die Straßen und schau dir die Weiber an – viele tragen Narben in ihren Gesichtern und sind stolz darauf.« Sie seufzte. »Aber viele kommen auch zu mir und bitten um eine Salbe. Komm mit.«

Und Ima folgte ihr in einen Raum, der bis unters Dach vollgestopft war mit Pflanzenteilen, Säcken, Kisten und Truhen. In der Mitte stand ein großer Tisch, auf dem sich wie in einer Klosterapotheke Waagen, Phiolen und silberne Löffel befanden. Murmelnd kramte Trota in den Truhen.

»Lilienwurzel braucht man und Bleiweiß. Hier ist Mastix, und Weihrauch, etwa eine halbe Drachme …« Sie wog es mit der Handwaage ab. »Dann … hmm … eine Drachme Kampher.« Das drückte sie Ima zum Abwiegen in die Hand. »Willst du's lernen? Dann schau zu.« Damit streute sie einen Löffel Bleiweiß in eine Schale und goss etwas Rosenwasser darüber. Nach nur wenigen Kreisen mit dem Rührstab hatte sich eine stark riechende, schneeweiße Masse gebildet. Auf einem kleinen Feuer erhitzte sie Tierfett, in einem anderen Tiegel kochte bereits die klein geschnittene, zerdrückte Lilienwurzel. Das heiße Fett goss sie erst durch ein Sieb und dann vorsichtig in das Lilienwurzelwasser. Weiches Mastix kam dazu, dann der Kampher, und als Letztes gab sie das Bleiweiß in die Masse und rührte so lange, bis sich eine feinpastige, weiße Salbe bildete.

»Das hilft gegen Trauerschrunden, Tränenspuren, Nagelwunden und sogar gegen Sonnenbrand«, lächelte sie. »Man schmiert es abends auf die Haut und bleibt vor dem Feuer sitzen – die Wärme ist gut für die Haut und für die Seele. Und nun wollen wir ihr Gesicht retten.«

Die Trauernde bekam, als das Weinen endlich abebbte, beruhigenden Wein eingeflößt. Dann bepinselte Trota die Kratzspuren mit ihrer weißen Lilienwurzelsalbe, hüllte Yasemina in eine Decke und setzte sie vor das Kohlefeuer, damit sie dort in Ruhe die Totenwache für ihren Mann halten konnte.

Ima bekam einen Teller heiße Bohnensuppe vorgesetzt und löffelte sie hungrig in sich hinein. Sie hielt inne und sah Trota an.

»Warum tut Ihr das?«, fragte sie. »Ihr kennt mich nicht …«

»Ich mag dich«, sagte die Ärztin einfach. »Du hast ein gutes

Gesicht, und du wirkst klug. Du lernst unsere Sprache schnell. Ich weiß nicht, was dich in diese Kleidung verschlagen hat, geboren wurdest du sicher nicht darin.« Sie nahm Imas Hand und strich über den Finger, den niemand sehen sollte. »Nimm als Geschenk, was du gerade erlebt hast, bewahre es in dir, und hab keine Angst davor – du wirst lernen, deine Hände auch für die Lebenden einzusetzen. Du kannst es bei mir lernen. Wenn du möchtest. Jederzeit.« Sie lächelte. »Jederzeit, Mädchen.«

Es war schon dunkel, als Ima sich auf den Weg zum Gauklerlager machte. Von tiefer Wärme erfüllt, die nicht nur die Suppe geschenkt hatte, wanderte sie langsam durch das Stadttor und den Berg hinunter. In ihrer Tasche steckte ein Kanten wunderbar lockeres weißes Brot und ein kleiner Beutel mit Medizin. »Es kommt der Tag, an dem du es brauchen wirst«, hatte die Ärztin ihr zum Abschied zugeflüstert. »Und sei stets willkommen in meinem Haus, Ima von Lindisfarne.« Und ihre grauen Augen hatten fröhlich gezwinkert, obwohl im Hof eine Blutlache wegzuschrubben war und die weiß gesalbte Yasemina wieder zu wehklagen begonnen hatte.

»Und was siehst du hier?«

»Die gleiche Linie.« Ima kniff die Augen zusammen. Ihre Hand war schmutzig, weil sie im Pinienhain nach Wurzeln gegraben hatte. Als sie sich in der Mittagshitze ausruhten, war Marielva, deren schwangerer Leib so rund geworden war, dass sie sich kaum noch bewegen konnte, auf die Idee gekommen, ihr das Handlesen beizubringen.

»Nein, die ist anders. Schau meine Linie an. Die verläuft krumm und zerfasert. Danach musst du gucken. Ist sie gerade oder krumm?«

»Gerade. Nein, krumm. Ach, ich lerne das nie«, seufzte Ima und lehnte sich gegen den Baum.

Marielva strich ihr über den Arm. »Du bist so ungeduldig, Mädchen.«

Ungeduldig? Ich bin keine Handleserin, dachte Ima. Und Handlesen ist Teufelswerk. Sie verschränkte die Hände hinter dem Kopf. Ich bin auch keine Tänzerin, keine Sängerin, keine Handlangerin einer alten Hexe – was tu ich hier? *Lieber Gott, was tu ich hier?* Was für ein entsetzliches Gefühl, vom Weg abgekommen zu sein. Traurig sah sie von ihrem Ausguck auf das Gauklerlager herab, das sich wie ein schmuddeliges Tuch in die Senke unterhalb der Stadt schmiegte. In der Mittagssonne sah es mit den Zeltplanen und farbenfrohen Kleidungsstücken auf den Wäscheleinen bunt und unbeschwert aus, doch wenn Nachttau an den Menschen hochkroch, lastete der Geruch nach ungewaschenen Leibern und Urin schwer auf der Lunge. Des Nachts stöhnten die Alten, dass auf hartem Boden die Knochen schmerzten, und manchmal weinten die Kinder, weil es nicht genug zu essen gegeben hatte. Ima vertrug das viele Öl nicht, welches man hier im Süden ins Essen mischte. Es war zwar nahrhaft, doch es drückte auf den Magen und verdarb den Appetit, und sie hatte ihren Gürtel dieser Tage schon wieder ein Loch enger schnallen müssen.

Aidan hatte sie vor ein paar Tagen tatsächlich von Weitem gesehen. Er war in einer Gruppe Berittener bei den Knappen mitmarschiert, zum Stadttor von Salerno hinaus – und er hatte gut ausgesehen. Zufrieden und größer, als sie ihn in Erinnerung hatte. Seine Schultern wirkten breiter, und ihm war ein Bärtchen gewachsen. Er war in den wenigen Wochen zum Mann geworden. Er hatte sehr zufrieden gewirkt, mit den anderen gelacht und gescherzt. Sie hatte versucht, zu ihm zu gelangen, doch die Menschenmassen am Stadttor hatten sie abgedrängt. Seither fragte sie sich unablässig, welch böser Geist sie eigentlich getrieben hatte, ihre Familie zu verlassen und ihm hinterherzureisen. Sie musste wahnsinnig gewesen sein …

»Denkst du an ihn?«, fragte Marielva da leise. Ima nickte, ohne sich zu wundern, woher die dunkelhaarige Schöne das wusste. Sie wusste einfach manches.

»Liebst du ihn?«

Ima holte tief Luft und schluckte. »Nein. Ich liebte einst seinen Bruder. Wir waren einander versprochen. Doch er wurde mir genommen …«

»Und nun liebst du seinen Bruder?«, fragte Marielva ungläubig. Ima lächelte wehmütig. Verantwortungsgefühl hatte sie getrieben – Angst um ihn, Angst, ohne ihn zurückzukehren, er war doch noch ein Kind gewesen. Aber Liebe?

»Nein. Aber ich konnte ihn doch nicht einfach gehen lassen!«

»Ima! Ima von Lindisfarne!«, rief da jemand von unten herauf. Ima beugte sich vor. Einer der Akrobaten kam auf sie zugelaufen. Er hatte einen Mann bei sich. »Ima, Besuch für dich.« Ihr Herz klopfte – Besuch …

Es war ein Diener, der ihr feierlich eine Metallhülse überreichte. »Ima von Lindisfarne? Ich soll dir das persönlich übergeben, so wurde mir befohlen.« Er trug gute Kleidung, festes Schuhwerk, und sein Haar war ordentlich geschnitten. Er kam ganz offensichtlich aus dem Herzogspalast. Imas Herz klopfte, als die Hornhülse kühl in ihre Hand glitt.

»Nun mach schon auf«, drängte Marielva. »Ich hab noch niemals eine Botschaft bekommen – mach schon auf!«

»Wenn du nicht lesen kannst, kann ich dir den Brief vorlesen«, bot der Herzogliche an. Sie schüttelte den Kopf.

»Mach auf, Ima, ich platze vor Ungeduld!« Marielva kuschelte sich an Imas Arm, und das Gefühl der Einsamkeit, welches sie eben noch überwältigt hatte, verlor sich. Mutig zog sie den Stopfen aus der Hülse. Ein feines Blatt war hineingerollt worden. Der Sender der Botschaft hatte sich der Hand eines Schreibers bedient und keine Kosten gescheut. Gérard de Hauteville war offenbar des Schreibens nicht mächtig.

»*Ma dame*«, las Ima, »*Ma dame, ich lasse Euch diese Zeilen zukommen, da Ihr so besorgt um das Wohlergehen Eures Verwandten wart. Wir ziehen morgen gegen Rom, und ich möchte*

Euch Gelegenheit geben, Eurem Verwandten Lebewohl zu sagen. Wenn Ihr Euch bei Anbruch der Dunkelheit hinter den Stallungen des Herzogs einfindet, wird Aidan dort sein. Euer ergebener Diener, Gérard de Hauteville.«

Die beiden Frauen sahen sich an.

»Glaubst du das?«, fragte Marielva leise. Ima strich über das Blatt und starrte auf Gérards ungelenke Unterschrift, die sich deutlich von den ordentlich gemalten Buchstaben des Schriftsatzes unterschieden. Warum tat er das?

»Du gehst da nicht hin, hörst du? Wer weiß, was dahintersteckt ...« Marielva nahm ihr den Brief aus der Hand, als wäre er eine Giftpflanze. Dem Herzoglichen gab sie die Hülse und bedeutete ihm, dass er sich entfernen könne. »Das ist eine Falle, Ima, da kannst du nicht hingehen.«

»Warum soll es eine Falle sein? Dieser Mann interessiert sich für andere Dinge, glaub mir.« Ima starrte auf die bunten Zelte und dachte daran, wie er sie bei ihrem letzten Aufeinandertreffen angesehen hatte. So sicher war sie sich da nicht mehr ...

Sie kramte aus ihrem Bündel die Pilgerkleider hervor. Staubig waren sie geworden, und der Kleidersaum hing in Fetzen. Aber es schien ihr irgendwie angebracht, dunkle Kleidung zu tragen. Vielleicht, weil sie vor Aidan nicht als *jongleresse* erscheinen wollte. Sie wollte nicht, dass er sich für sie schämen musste.

»Fühlt es sich so an?« Marielva war in das enge Zelt gekommen. Was war es nur, dass sie stets ihre Gedanken zu erraten schien? Ima drehte sich um.

»Nein. Nein ... ja. Ach, Marielva.« Kurz legte sie den Kopf an die Schulter der Tänzerin und hörte deren kurzen Atem, der verriet, dass das Kind bald zur Welt kommen würde. »Komm, bete mit mir. Dass alles gut wird.« So selten ihr sonst zum Beten zumute war – diesmal hatte sie das Gefühl, es tun zu müssen. Die beiden Frauen sanken auf die Knie, und Marielva zog das Öllicht in die Mitte. Im Gegensatz zu manchen anderen Frauen im Lager war sie von tiefem Glauben und Vertrauen in den Allmächtigen erfüllt und betete regelmäßig, und die magischen Praktiken und gotteslästerlichen Flüche der alten Edwige erfüllten sie mit Grauen. Ima schloss die Augen und hörte ihr zu. Ihre geflüsterten Gebetsworte rieselten wie Sommerregen in die Nacht, alle Geräusche aus den anderen Zelten verstummten, und selbst die ewig lärmenden Grillen schwiegen andächtig.

»... und bring meine Schwester wohlbehalten zu mir zurück, denn ich mag nicht ohne sie sein. Amen.« Wie eine Antwort auf die einfachen Worte der Tänzerin kam ein leiser Windzug durch den Zelteingang. Beide starrten sie lauschend in die Nacht hinein. »Gott hat uns gehört«, raunte Marielva.

»Möge es so sein.« Ima wand ihren Flechtzopf einmal um den Kopf, steckte ihn mit einer beinernen Klammer fest und zog den Hut tief ins Gesicht. Ihre Pilgertasche band sie fest um die Taille. Das mulmige Gefühl hatte sicher mit der Dunkelheit zu tun und dass sie am Abend nicht genug gegessen hatte. Und irgendwie mochte sie sich nicht von der Freundin losreißen. Sie zog die Schultern hoch, doch im Magen rumorte es weiter.

»Pass auf dich auf«, flüsterte die Tänzerin und schob Ima aus dem Zelt hinaus. Draußen war es ruhig geworden. Die meisten der Spielleute hatten sich zur Ruhe gelegt, nachdem sie heute viele Stunden auf einem Markt musiziert hatten. Selbst Sylvain war todmüde nach Hause gekommen und hatte keine Lust mehr auf seine üblichen Scherze und Geschichten über blasierte Zuhörer und fettleibige Damen gehabt. Alains Stimme hatte heiser geklungen, und Justin hatte rote Wangen gehabt. Es war ein anstrengender Tag gewesen. Ima atmete tief ein. Sie fühlte sich trotz der vorgerückten Stunde nicht müde. Der Staub des Tages lag feucht und schwer auf der Lunge, und in der Ferne brummte es dumpf.

»Edwige hat gesagt, dass der Berg spricht«, flüsterte Marielva. »Der Berg spricht nicht oft. Edwige hat finstere Dinge gesehen. Unruhe, Kampf – und Fieber. Sie macht mir Angst. Sie hat so oft recht.«

Ima runzelte die Stirn. Ein sprechender Berg und Fieber. Sie war mit einer Mutter aufgewachsen, deren erster Ratgeber ein gefüllter Bierkessel gewesen war und die ihre Umwelt mit ihren Visionen und Gesichtern oft genug zu Tode geängstigt hatte. Sie hatte gelernt, ihren eigenen Sinnen zu trauen und lieber zweimal hinzuschauen, als Visionen zu glauben. »Ach, Marielva. Mach dir keine Sorgen. Geh schlafen, Gott schütze dich. Gott schütze uns alle.« Sie küsste die schmale Tänzerin auf den Scheitel und huschte hinaus in die Nacht.

Der Wachposten am Tor schnarchte. Sein säuerlicher Atem verriet, dass er am Abend mehr gegessen hatte, als gut für ihn war, und dass die Nahrung vor allem flüssig gewesen war. Er bewegte sich nicht einmal, als sich Ima an ihm vorbei durch das angelehnte Tor drückte. Salerno hatte sich zur Ruhe begeben, die Alltagsgeräusche, die tagsüber so ohrenbetäubend laut in den engen Gassen widerhallten, waren verklungen. Irgendwo waren Schritte zu hören. Die keifende Stimme einer Salernitanerin an der Ecke durchdrang die Stille wie ein Messer, gleich darauf zerschellte Geschirr, und ein Kind heulte. Schnaubende Pferde, brummende Rindviecher, Stallgeruch. In einer Latrine gleich neben der Gasse schiss jemand fluchend und betete gleich darauf ein Avemaria. Ein streunender Hund schnüffelte an ihren Beinen. Ima trat nach ihm, und er trollte sich jaulend. Sie hasste Hunde.

Von ihren Streifzügen um die Zitadelle wusste Ima, wo sich die Stallungen befanden, und schaffte es, unerkannt hindurchzuschlüpfen. Sie waren so nah an der Mauer gelegen, dass Soldaten die befestigte Stadt ohne Umwege verlassen konnten – so planten Kriegsherren ihre Residenzen. Der Guiscard hatte tatsächlich zum Aufbruch geblasen, denn hier liefen überall Leute herum, schleppten Sättel, Waffen, Zeltplanen, Pakete oder hockten über kleinen Feuern zusammen und warteten auf den Morgen. Manche lagen im Gras, den Kopf auf ihrem Gepäck, und schliefen, statt zu grübeln, was in Rom auf sie wartete. An einem Feuer kreiste ein Weinschlauch.

»... Papst in Bedrängnis ... Mehr weiß ich auch nicht ...«

»Wir verhauen die Römer!«

»Hast du mal Römer getroffen? Arrogantes Pack, sag ich dir, tragen die Nase so hoch, dass es reinregnet ...«

»... und der Papst?«

»Niemand weiß etwas ...«

»Aaach, wir verhauen die Römer.«

»Der Papst sitzt in der Engelsburg.«

»Wieso will er den Papst überhaupt befreien, soll er doch froh sein ...«

»Wir verhauen einfach die Römer ...«

Vorsichtig schlich Ima um die Lagerplätze herum und dankte Gott für die Eingebung, den schwarzen Mantel angezogen zu haben. Ihr weizenblondes Haar hätte wie eine Fackel geleuchtet ...

»*Ma dame*? *Ma dame*, seid Ihr es?«

Sie fuhr zusammen, suchte Schutz hinter einem alten Ölbaum. Ein dunkler Schatten schob sich von der Festungsmauer auf sie zu. »*Ma dame*?« Ein Kettenhemd klickerte leise, Stoff rauschte. Gérard de Hauteville hatte auf sie gewartet. Ima schluckte.

»Wo ist mein Verwandter?«, fragte sie und verfluchte ihre dünne Stimme.

»Er wartet bei den Pferden auf Euch, *ma dame*.« Doch eine Falle, Marielva hatte recht gehabt.

»Und wo finde ich die Pferde?«

»Ich werde Euch hingeleiten, wenn Ihr erlaubt, *ma dame*.« Seine Stimme war rau, wie es nach reichlichem Alkoholgenuss vorkommt, doch riechen konnte sie nichts davon. Es vibrierte in seiner Nähe. Ihr lief diese Nähe wie ein Schauder den Rücken herab, und sie trat vorsichtshalber einen Schritt zurück.

»Es ist ungewöhnlich, dass ein Ritter jemanden geleitet.«

»Es ist noch ungewöhnlicher, dass eine Dame in der Nacht einen Knappen treffen möchte, *ma dame*. Ich denke, ich verhalte mich richtig.«

»Wollt Ihr mir Vorschriften machen?«, brauste Ima auf. Beschwichtigend hob er die Hand, und das Kettenhemd schwatzte dazu. »Nein, *ma dame*, ich wollte nur wohlerzogen sein.«

»Nun …« Ihr fehlten die Worte. Sie hasste das. Sie fühlte sich unwohl, weil sie sein unterdrücktes Begehren spürte und sie seine plötzliche Wohlerzogenheit gleichzeitig verunsicherte. Mit einem Bastard, der sich halb nackt als Schmied lächerlich machte, hatte sie besser umgehen können.

»Werdet Ihr nach England zurückkehren?«, fragte er und hob die Hand, um sie zum Gehen einzuladen. Die Frage war eher eine höfliche Feststellung. Aidan war und blieb sein Knappe, es konnte in seinen Augen keinen Grund für sie geben, länger hierzubleiben. Schweigend wanderten sie zwischen den Olivenbäumen nebeneinanderher.

Das feuchte Gras durchnässte ihre Schuhe, und der Kleidersaum wurde immer schwerer. Fledermäuse sausten durch die Nacht, dort, wo Feuer brannten, konnte man die schwarzen Tiere schwirren sehen. Ganz in der Nähe schnaubten Pferde. Das Gemurmel der Männer rundete die Klangkulisse ab. Die Nacht in Italien war anders als daheim – dunkler, intensiver, voll schwerer Gerüche, sie war aber auch lebendiger, weil das Firmament ein zartes Netz aus Licht zauberte und zeigte, was sich nachts alles bewegte. Der Tau wog nicht so schwer wie im Norden, vielleicht weil er von den Zikaden weggetrunken wurde, die selbst die tiefste Nacht mit ihrem Klang erfüllten. Hier fühlte sie tatsächlich mehr nächtliches Leben als daheim auf der sturmumtosten Insel, wo man in tiefer Dunkelheit nur bange und bewegungslos auf den Morgen wartete. Ima wurde ruhiger. Aidan hatte entschieden, er würde bei Gérard bleiben. Ja, vielleicht war es gut so, vielleicht hatte Gott es wirklich so gefügt. Eine Antwort indes gab sie dem Ritter nicht.

Auch Gérard wurde ruhiger. Noch eben hatte er das Gefühl gehabt, sich gleich nicht mehr im Griff zu haben. Sie machte ihn wahnsinnig mit ihrer kühlen Unnahbarkeit. Weiber wie sie gehörten flachgelegt und heißgeklopft, das beherrschte er … Dann verblasste die wilde Gier. Zum ersten Mal in seinem Leben zügelte er sich und staunte, wie leicht das war. Es ging, auch ohne sie anzufassen. Nur neben ihr zu sein, ihren leichten Schritt zu hören, ihren Atem … Sie duftete wie eine Rose, die man mit dem Geist aufnimmt, ohne sie abzubrechen.

»Gleich sind wir da. *Ma dame*, ich wollte mich von Euch verabschieden.« Er hielt an und drehte sich zu ihr. Hinter ihm flackerte ein kleines Feuer, zwei Pferde standen dösend daneben. »Morgen ziehen wir nach Rom, und unsere Wege werden sich endgültig trennen – Gott schütze Euch, *ma dame*.« Sie hob den Kopf. Gérard hatte das Haar gekämmt und sein Halstuch ordentlich geknüpft. Seine dunklen Augen schimmerten samtig. Dieser Abschiedssatz war sein Anliegen gewesen, der Grund, die halbe Nacht aufzubleiben, ihn zu üben und auf sie zu warten, statt sich für den anstrengenden Ritt auszuruhen, das war deutlich zu merken. Rührung stieg in ihr auf.

»Lebt wohl, *mon sieur*. Ihr … Sicher werdet Ihr siegreich in Rom einmarschieren.« Krieg war ihr ein Gräuel, auf Lindisfarne hatte es nicht einmal Waffen gegeben. »Und da … da es nun wohl mit Aidan entschieden ist …«

»Es war seine Entscheidung, *ma dame*. Und glaubt mir, er ist glücklich.« Warm klang seine Stimme, sein Gesicht indes konnte sie nicht erkennen – war er näher getreten? Sie spürte, dass er sie nun doch berühren wollte, dass er es in Gedanken schon tat, nicht unsittlich, sondern tröstend, doch es geschah nichts.

»Sorgt gut für ihn, *mon sieur*, sagte sie bewegt. »Sorgt für ihn, er ist mir teuer.«

»Das verspreche ich Euch, *ma dame.*« Sein Herz klopfte – was war nur los? Es ging um den Knappen. Nein. Es ging um diese Frau. Noch niemals hatte Gérard de Hauteville etwas so ernst gemeint wie diesen Satz. Noch niemals hatte er einen Menschen so wenig enttäuschen wollen wie diese wundervolle, unerreichbare Frau. Sie hatte sich zum Gehen gewandt. Jähe Trauer erfasste ihn, und nur mit Mühe hielt er sich zurück, sie handgreiflich daran zu hindern. Da drehte sie sich noch einmal um.

»Gérard.«

»*Ma dame.*«

»Ihr habt mir einmal etwas gegeben.« Sie kramte in ihrem Beutel. »Ich verstehe mich nicht auf Zaubereien. Mir hat der Kopf der toten Schlange kein Glück gebracht, aber vielleicht gibt er Euch solchen Schutz, wie ich ihn einst in großer Bedrängnis bekam.«

Für einen winzigen Moment spürte er ihre Finger, als der vertrocknete Schlangenkopf den Besitzer wechselte, und er wollte zugreifen, sie festhalten, an sich reißen, Schluss mit dem albernen Hofspielchen … Just bevor ihre Hand ihm für immer entglitt, schloss er seine Finger darum, sanft, aber unmissverständlich. Er drehte Imas Hand um und drückte ihr gegen alle Regeln einen Kuss auf den Handrücken.

»*Ma dame* – für immer Euer Diener.«

Fassungslos sah sie ihm hinterher. Drei Schritte lief er hinter die Bäume, dann hatte die Nacht ihn verschluckt. Seine Hitze war geblieben.

»Ima? Ima, bist du's?« Am Feuer war jemand aufgestanden. Aidan.

Sie flog ihm entgegen und bremste kurz vorher ihren Lauf, denn er hatte sich wirklich verändert. Aus dem Jungen war ein Mann geworden, mehr als sie sich vorgestellt hatte. Groß und breitschultrig stand er da, und das Knappenwams betonte seine kräftige Gestalt. Galant hob er den Arm, um sie zu stützen. »Ima, liebe Ima …« Sie fiel ihm ohne Vorwarnung um den Hals, weinend vor Glück, ihn nach der langen Zeit wiederzuhaben. Gérard de Hauteville stand hinter dem alten Olivenbaum und sah zu, wie sein Knappe die Frau liebevoll umfangen hielt, nach der er sich verzehrte, seit er sie zum ersten Mal gesehen hatte. Heute Abend hatte die Rose von Salerno alle Dornen eingezogen. Sie war so schön, dass es wehtat, und das Einzige was ihm von ihr blieb, war der vertrocknete Schlangenkopf, den sie ihm in die Hand gedrückt hatte, damit ihm nichts zustieß.

»Mein Herr hat mir erzählt, dass du den weiten Weg gemacht hast, um mich zu sehen.« Aidan reichte ihr einen Becher, und sie trank durstig. »Das hättest du nicht tun sollen.« Seine klaren Augen blickten ernst drein. »Nun machen sie sich Sorgen um zwei Menschen. Reise nach Hause, Ima. Geh nach Hause, und sag allen, dass es mir gut geht.«

»Ist er wirklich gut zu dir?« Ihr Blick wanderte über sein Gesicht, den neuen kleinen Bart, die buschig gewordenen Augenbrauen. Sein Haar glänzte, seine Wangen waren rund, er wirkte wohlgenährt und kräftig.

»Ja, eine Laute kann ich damit nicht mehr zupfen«, lachte er und drehte seine Hände vor dem Feuer. »Anfangs fiel mir immer die Lanze aus der Hand, weil sie so schwer war, und das Schwert bekam ich kaum hoch. Man kann alles lernen, Ima.«

Stumm sahen sie sich an.

»Aidan«, sagte sie leise.

»Er hat mich nach dir ausgefragt«, wechselte Aidan unvermittelt das Thema. »Woher du kommst, wer deine Eltern sind.« Er lächelte. »Ich hab ihm gesagt, dass du eine nordische Prinzessin bist. Er ist kein Mann für dich.«

»Er ist ein Bastard, Aidan«, entgegnete sie, fast entrüstet darüber, dass er über die Möglichkeit nachdachte.

»Ja, das ist er, und auf seinem Lager geht es nächtens munter zu.« Aidan verriet nicht, dass der sinnenfrohe Ritter de Hauteville stets still geworden war, wenn die Rede auf die blonde Dame aus Lindisfarne gekommen war. Das war nicht selten gewesen, und es hatte Aidan mit Sorge erfüllt. Oder doch mit Eifersucht?

»Morgen früh reiten wir nach Rom.« Er straffte sich und legte ein Holzscheit in die Glut. Funken stoben unwillig auf. »Aufregende Dinge passieren hier, Ima. Was war das langweilig in Northumbria! Hier lebe ich nah am Herzen des Herzogs – jeden Tag ist der Guiscard bei seinen Männern, schaut hier und dort, wie es läuft, redet mit ihnen. Er ist mitten unter uns – ein echter Herzog! Sie würden ihm in den Tod folgen, so verehren sie ihn.«

Ima hatte den Herzog von Apulien als Haudegen kennengelernt, ein großer, grob gebauter Mann, den Musik langweilte und der die Tänzer und Gaukler nur seiner Frau zuliebe duldete. Der diese Frau, eine Langobardenprinzessin von immer noch unglaublicher Schönheit, so verehrte, dass es selbst dem Priester ein Dorn im Auge war, wie man in den Winkeln der Dienstboten hörte. Der seine ersten beiden Frauen verstoßen hatte, als es ihm politisch ins Konzept passte. Der seine Gegner virtuos gegeneinander ausspielte und stets kühlen Kopf bewahrte, der keine Skrupel kannte …

»Und nun ziehen wir gegen Rom! Stell dir das vor!« Aidan rückte näher. »Der Papst musste vor dem deutschen Kaiser fliehen und wird nun wie eine Geisel belagert. Er bat den Guiscard um Hilfe. Nun rücken wir nach Rom und hauen den Papst raus. Stell dir vor! Ich kämpfe für den Papst, Ima – ist das nicht … ein … ein Wunder?« Er strahlte so über das ganze Gesicht, dass Ima weich ums Herz wurde, obwohl er gerade kindisches Zeug erzählte. »Schau mal – erinnerst du dich noch an den Ritter in Avignon? Ich habe seine Münze noch, schau ...« Sie glänzte im Feuerschein, weil er sie vermutlich jedes Mal polierte, wenn er sie in die Hand nahm. »›Spar auf ein Pferd‹, hat er gesagt. Ich bin auf dem Weg dahin, Ima.«

»Ich bete einfach, dass Gott dich vor Unheil bewahrt, Aidan. Weißt du, wo Hauteville eingesetzt werden wird? Ist er in des Herzogs Nähe?«

»Ich weiß es nicht, aber egal, wo er steht, er ist ein großer Kämpfer«, schwärmte der Junge und spielte mit der Münze. Ein großer Kämpfer, ja, das hatte sie mitbekommen, damals in den Alyscamps. Groß, schnell und unbarmherzig. Die intensive Begegnung mit dem großen Kämpfer rückte empfindlich nahe. De Hauteville beschäftigte sie zu viel. Viel zu viel.

»Ich hab ihm von Stephen erzählt, Ima«, sagte Aidan da unvermittelt.

Sie sah ihn fragend an. »Na ja, ich hab ihm erzählt, was mit dir und Stephen war. Und dass du eine Prinzessin bist. Danach hat er nicht mehr viel gefragt.« Natürlich – danach musste auch einem Narren klar sein, dass sie hundert Mal höher geboren war als er und dass er froh sein konnte, wenn sie ihn überhaupt ansah. Seine Blicke vorhin und sein Ansinnen hatten den Narren verraten. Sie schüttelte den Kopf, wie um den Mann loszuwerden.

»Komm wieder, Aidan.« Sie legte ihm die Hand auf den Arm. Da stand er auf und kniete vor ihr nieder, wie das ein Ritter vor seiner Dame tat.

»Ich will hinausziehen und ein Mann werden. Ich will Ruhm ernten und tapfer sein, und ich will mit einem Ritterschlag heimkommen. Ima. Ich will nach England zurückkehren und in König Guilleaumes Dienste treten. Dann – dann will ich um dich freien, Ima von Lindisfarne. Wenn du mich dann willst.« Aidans Augen schimmerten im Feuerschein, und seine Züge waren weich und voller Zärtlichkeit, wie sie es noch nie bei ihm gesehen hatte. Nein, sie hatte Stephens kleinen Bruder wirklich nie gesehen. Impulsiv legte sie beide Hände an seine Wangen und küsste ihn auf die Stirn.

»Komm zurück, Aidan. Mögen deine Wünsche in Erfüllung gehen – aber komm zurück.«

Hatte sie Aidan enttäuscht? Hatte er mehr erwartet? Grübelnd wanderte sie zwischen den Olivenbäumen entlang. Sie hatten noch lange schweigend nebeneinander am Feuer gesessen, Wein getrunken und von diesen schwarzen Früchten gegessen, die in Apulien wie Kirschen auf den Bäumen wuchsen. Aidan hatte ins Feuer gestarrt, seine Münze festgehalten und die Kerne in die Glut gespuckt, dass es zischte.

Ihr Abschied war sehr wortkarg gewesen. Ima erinnerte sich, dass Tränen in seinen Augen geglänzt hatten und dass er öfter als sonst die Nase hochzog, als er sie ein letztes Mal umarmte. Seine Umarmung indes hatte alle Kindlichkeit verloren. Mit Armen, die nun auszogen, Welten zu bewegen, hatte er sie an sein klopfendes Herz gedrückt. Ima seufzte tief. Eine Nacht am Scheideweg, so hatte es sich angefühlt. Eine Nacht der Entscheidung darüber, wer wohin gehen würde – und jeder hier zwischen den Bäumen hatte einen anderen Weg vor sich. Ein fahler Mond hatte ihnen Licht gespendet. Kleine Nachtgeister waren um das Feuer getanzt. Ima fürchtete sich nicht vor den Geistern. Die Mutter jedoch würde in solch einer Nacht ähnlich wie die alte Edwige schlimme Visionen haben und von bösen Ahnungen erzählen. Ima lächelte in Erinnerung an die hagere Frau, die ihr schneeweißes Haar auch an stürmischen Tagen stets offen trug und die Mönche mit dem Anblick verärgerte. Ima hatte sich stets geweigert, in Mutters Braukessel zu schauen, und sie hatte auch kein Sonntagsbier getrunken, weil man nie wusste, was die alte Dame für Kräuter hineingemischt hatte. Je älter die Mutter wurde, desto stärker wurden ihre Tränke, desto giftiger … und desto wilder die Visionen. Sie seufzte. Es war wirklich anstrengend gewesen daheim.

Das Gemurmel an den Feuern hatte sich gelegt. Hier und da schnarchte jemand. Hinter einem Busch vergingen sich zwei Männer wollüstig aneinander, einer, der alleine schlafen musste, schrie: »Seid ihr bald fertig?«, von irgendwoher flog ein Stein in den Busch. Ein anderer lachte grunzend. Der Morgen war nicht mehr fern, am Horizont zeichnete sich ein erster heller Streifen ab, und Morgentau würzte den Duft der Wiese. Bald würde jemand mit der Trommel umhergehen und zum Abmarsch rufen.

Höchste Zeit für Ima, die Wiese des Herzogs zu verlassen. Sie fröstelte. Bleierne Müdigkeit kroch mit der Morgenkühle ihre Glieder hoch. Sie sehnte sich nach ihrem Lager neben Marielva und nach ein paar Löffeln kräftiger, heißer Suppe. Sie raffte den Mantel hoch und eilte geduckt unter den tiefen Ästen der Olivenbäume in die Richtung, von der sie glaubte, dass sie dort den Ausgang finden würde. Der jedoch narrte sie, denn das Tor, durch das sie den Park betreten hatte, war verschwunden. Stattdessen wuchsen wie von Zauberhand Pferdekarren aus dem Boden, und die Feuerstellen lagen dichter beieinander. Die dicken Olivenbäume tanzten Bäumchen-wechsel-dich, von irgendwoher kam ein Hund angelaufen und schnappte nach ihren Beinen. Wo in aller Welt war sie?

»Na, junge Frau, so ganz allein unterwegs? Darf ich dir behilflich sein?« Eine feiste Hand schob sich von hinten unter Imas Arm. Zutiefst erschrocken fuhr sie zusammen. Die Hand krallte sich in den Kleiderstoff, und eine andere Hand fingerte in ihrem unverdeckten Haar herum.

»Lass mich los«, zischte Ima und warf sich gegen die Person, die nur dröhnend lachte. Der Griff wurde fester.

»Bestimmt hast du den Weg verloren, kleine Lerche, ich kann ihn dir zeigen, wenn du ein bisschen nett für mich singst, dann zeig ich dir alles …« Die Hände wanderten aufdringlich an ihrem Körper entlang. Stumm und verzweifelt versuchte Ima, sie abzuwehren, sich aus der Umschlingung zu lösen, doch sie griffen nur fester zu. Stoff krachte, sie keuchte vor Angst, der Mann hinter ihr lachte und packte sie von unten – Ima schrie.

»Halt's Maul, du weckst noch alle auf«, grunzte er und schlug ihr mit der flachen Hand ins Gesicht. Sie rang nach Luft und ging zu Boden. Seine dunkle Gestalt verdeckte den Mond, sie roch noch den Stiefel, der sich auf ihren Kopf zubewegte, dann wurde es schwarz um sie herum.

5. Kapitel

Also wohnt der Liebe Schmerz in
meinem Sinn, dass er,
wenn die Sinne mir vergehn, wird
aus dem Sinn nicht gehen.
(Hafis)

Bei jedem Stein, über den der Wagen rumpelte, wurde ihr Kopf gegen ein Fass geschleudert. Über dem wiederkehrenden Schmerz wurde sie wach – langsam und qualvoll, denn alles tat ihr weh. Jeder einzelne Körperteil schien wund und zerschlagen zu sein, und sie verstand nicht, warum das alles so sein musste. Die Welt schien sich im Kreis zu drehen, oder drehte sich nur in ihr alles? Vorsichtig öffnete sie die Augen und spannte die Nackenmuskeln an, damit der Kopf endlich stillhielt. Über ihr hingen ein schmieriger Wagenhimmel und feuchte Tücher. Knoblauchzwiebeln schwangen im Takt an einem Seil, und es stank nach Räucherfisch.

Das gleichförmige Geräusch von Wagenrädern auf Steinen. Pferdeschnauben.

Das Räuspern eines Mannes, der einen Frosch im Hals sitzen hatte und ihn nicht loswurde.

Ima fühlte wieder die Hände von letzter Nacht, den dicken Mann hinter sich – das passte doch alles nicht zusammen, wo in aller Welt war sie hier gelandet?

Mühsam versuchte sie, sich auf die Seite zu drehen, um sich auf den Ellbogen zu stützen. Ihr Gesicht fühlte sich verkrustet an, als ob Blut gelaufen wäre. Mit tauben Fingern befühlte sie die Nase – geschwollen, das Auge schmerzte, Blutkrusten auf den Wangen ... Ima fluchte stöhnend. In der nächsten Kurve wurde sie ohne Vorwarnung gegen eine Kiste hinter sich geschleudert. Draußen trabten Pferde vorbei, eine ganze Gruppe Berittener. Jemand brüllte: »Vorwärts! Oder wollt ihr hier übernachten?«, und auch der Wagen zog an, dass es Ima nach hinten warf. Als sie versuchte, sich aufzurappeln, bemerkte sie, dass sie Fesseln an den Füßen trug.

»Gütiger Himmel«, murmelte sie und ließ den Kopf mutlos sinken. Unter ihr roch es nach muffigen Säcken und Getreide. Der Wagen bekam von unten einen Stoß ab, und sie griff in einen Haufen Trockenfleisch, der auf dem rumpeligen Weg ins Wanken geriet und über ihr einstürzte. Keuchend befreite sie sich von der schmierigen Last und wischte sich die Fettflecken aus dem Gesicht. Im Kopf dröhnte und hämmerte es, dass ihr die Tränen in die Augen traten. Ein rundes Gesicht erschien zwischen den Planen.

»Na, Schatz? Mach's dir bequem, ist noch 'ne Weile hin, bis wir in Rom sind ...«

»Was«, stöhnte Ima, »wieso Rom ... Allmächtiger ...«

Der Dicke lachte, dann verschwand sein Kopf, und ihr wurde schwarz vor Augen.

Als das Heerlager für eine kurze Nacht zur Ruhe gekommen war und Gawan seine Vorräte verstaut hatte, war es an der Zeit, an sein Mitbringsel zu denken, welches er mit einer Fußkette an einen Eisenträger der Wagenwand gefesselt hatte. Resigniert hockte sie gegen die Mehlsäcke gelehnt. Das Essen hatte sie nicht angerührt.

Er stank nach Zwiebeln und ungewaschenem Mann. Sein Hemd stand bis zur behaarten Brust offen und war lange nicht mehr gewechselt worden, denn das Kettenhemd hatte deutlich seine rostigen Abdrücke hinterlassen. Wie ein vierbeiniges, haariges Tier kam er vom Kutschbock in den Wagen gekrochen, das Gesicht prall von Lüsternheit.

»So, Schatz«, gluckste er und wischte sich das Fett aus den Mundwinkeln. In seinem Kessel hatte er Fisch für den Herzog und sein Gefolge gekocht, im Wagen stand der Geruch nach Fisch. Ima hasste Fisch. »Jetzt wollen wir's uns doch mal gemütlich machen, hab dich schließlich nicht umsonst auf diese Reise mitgeschleppt.« Und damit zog er ohne weitere Vorwarnung den Kittel hoch und die Bruch runter und offenbarte seiner Gefangenen, dass er noch wendigere Waffen als den Kochlöffel mit sich führte.

»Lass deine Hände besser, wo sie sind«, zischte Ima und hob die linke Hand – die, der Gott aus einer Laune heraus einen Finger mehr gegeben hatte und vor der sich die Menschen fürchteten, wenn sie sie sahen. Jetzt war sie froh um diese Wirkung, denn Gawan fuhr entsetzt zurück. »Ein Zauberweib«, flüsterte er. »Was hab ich mir da aufgeladen – ein Zauberweib!« Weiß schimmerten seine Augäpfel, die Finger krümmten sich wie bei einem Raubtier, und sein Schwert erschlaffte. »Hinaus! Verlass meinen Wagen, scher dich fort!«

Ohne den Blick von ihm zu lassen, rutschte Ima auf den Säcken nach hinten und hob die Plane an. Direkt hinter dem Wagen stand das ausgeschirrte Pferd. Über seinen riesenhaften Kopf hinweg sah sie Zelte, Fahnen, Pferde und zum Krieg gerüstete Männer, so weit das Auge in der Dämmerung reichte… Sie saß mitten im Heerlager des Guiscard, umringt von hunderten, wenn nicht tausenden von Kriegern, die dem Herzog grimmig-entschlossen auf einen Kriegszug nach Rom folgten und sicher entzückt wären, ein Weib in ihrer Mitte zu entdecken.

Niemals würde sie sich hier unentdeckt davonschleichen können. Die Erkenntnis nahm ihr die Luft, und mit großen Augen wandte sie sich Gawan zu.

Als es dunkel wurde, wagte sie sich unter dem Wagen hervor. Das Pferd hatte sich abgelegt und dösend den Kopf auf den Boden gestützt. Nur die spielenden Ohren verrieten, dass es seine Umgebung wahrnahm. Das weiße Zelt des Herzogs stand einen Steinwurf weit entfernt. Ein Mann pisste gähnend an einen vertrockneten Busch, rülpste und schlurfte ins Zelt zurück. Irgendwo sang jemand einen Psalm. Es roch nach feuchtem Brennholz. Männer schnarchten. Den ganzen Abend war der Koch im Zelt des Herzogs gewesen. Der Lärm von dort war zum Schluss ohrenbetäubend gewesen. Tief in der Nacht hatte er Töpfe und Schüsseln einfach neben die Feuerstelle geworfen und war grunzend zwischen seinen Getreidesäcken eingeschlafen. Ima hatte allen Mut zusammengenommen, war auf allen vieren zu den Töpfen gekrochen und hatte von den kalten Essensresten genommen. Seitdem schmerzte der Magen nicht mehr so.

Die Fessel scheuerte am Fußgelenk. Sie betastete die wundgeriebene Haut. Der Himmel wusste, wie ein Koch an eine eiserne Fußkette kam … Jetzt, wo alles schlief, hatte die Situation den Schrecken etwas verloren, und Ima konnte wieder klarer denken. Man hatte das Lager an einer Bergkuppe aufgeschlagen, in der Dämmerung hatte sie aus dem Wagen gelugt und Zelte gesehen, so weit das Auge reichte. Zelte, Eisen, Pferde, Fahnen, Menschen, bis hinunter ins Tal, den Fluss entlang, und die letzten Haufen sammelten sich am Rand eines verdorrten Pinienwäldchens. Inmitten dieses Heerlagers gefangen, umringt von rauen Gesellen, sah sie für sich kaum eine Möglichkeit zu entkommen. Gawan war nur einer der allzeit Hungrigen gewesen; vermutlich würde sie es nicht einmal bis hinter das nächste Zelt schaffen, ehe sie entdeckt wurde. Grübelnd starrte sie in den Staub. Gott würde ihr nicht helfen und auch kein Heiliger, den sie kannte. Niemand würde ihr helfen. Es gab nur einen Ausweg: im Schutz des Heeres nach Rom reisen und von dort einen Weg nach Hause suchen.

»Nach Hause«, flüsterte sie, »nach Hause. Was bin ich für eine Törin …« Tränen der Einsamkeit rannen ihr die Wangen herab. Aidan wohnte auch in diesem Lager, irgendwo zwischen den Kriegsgesellen, doch hatte das an Bedeutung verloren. Er hatte seine Entscheidung getroffen, er war kein kleiner Junge mehr und befand sich nicht mehr in ihrer Obhut. »Aidan.« Die Nachtluft nahm seinen Namen mit sich. Am Feuer von Salerno hatte sie ihn zum dritten Mal verloren. »Ach, Aidan … Aidan.« Der Nachtwind blies ihr sanft von der Seite ein paar Haare ins Gesicht.

War es der Hunger, der ihr Männerantlitze vorgaukelte? Aidans sanftes Kindergesicht, die großen braunen Augen, denen nichts entging. Aidan, der ausgezogen war, ein Ritter zu werden. Sie lächelte wehmütig. »Gott schütze dich«, flüsterte sie. Aidans Züge verschwammen vor ihrem Auge, wurden kantiger, männlicher, die Haare wurden dunkler, und das Meer gab Stephen preis. Stephens graue Augen, seine dichten Brauen, die sich hoben, sobald etwas gegen seinen Willen ging – wie hatte sie es geliebt, diese Brauen mit dem Finger zu streicheln. Stephen … Wie sehr hatte sie sich all die Monate verboten, an ihn zu denken, an sein Lachen, seine Zärtlichkeit, an seine Pläne. An die ungestörten Stunden zwischen den Dünen von Lindisfarne. Hier brach er nun ungefragt in ihre Gedanken ein, streute Sehnsucht, hinterließ einen Trauerhauch in ihrem Gesicht, doch es schmerzte nicht mehr so sehr, dass sie daran erstickte, und sie wunderte sich. »Stephen«, flüsterte sie den Namen. Es klang irgendwie fremd. Stephen, ihr erster Mann, der Ritter, dem im Kampfspiel stets ihre Tücher gehört hatten, und ihr Herz, ihre leidenschaftliche Liebe. Wie hätte alles anders werden können …

Schwarzes Haar mischte sich dazwischen, feucht gekräuselt an den Schläfen. Eine nackte verschwitzte Brust, straffe Muskeln unter schweißglänzender Haut, ein Schmiedehammer, eine Stimme, die ihr Schauder über den Rücken jagte … Ima stützte den Kopf auf die Knie und verfluchte sich für das Unvermögen, vor diesen Bildern Zuflucht im Gebet zu finden. Gérard verfolgte sie. Er hatte kein Recht dazu.

Der Morgen dämmerte. Imas Entschluss stand fest. Sie würde hierbleiben und sich Gawan als Diener anbieten. Im Gegenzug musste er sie sicher nach Rom bringen. Noch im Dunkeln hatte sie ihr schwarzes Kleid mit dem Messer in zwei Teile zertrennt. In ihrem Beutel befand sich ein kostbarer Schatz – eine Nadel, ohne die man, wie sie von der Mutter gelernt hatte, niemals aus dem Haus ging. Ima zog sich Fäden aus dem grob gewebten Stoff und nähte in aller Eile das zerschnittene Unterteil zu einer Hose zusammen. Auch die Krempe des Pilgerhutes fiel abgeschnitten in den Staub, und aus einem leeren Getreidesack schneiderte sie sich ein Überhemd zurecht. So ärmlich, wie sie dann aussah, würde sich hoffentlich niemand an ihr vergreifen. Ärmlich. »Lumpenmarie.« Verächtlich schnaubte sie und sah an sich herab. Sie hasste sich in dieser Verkleidung, es stand ihr nicht an, in Lumpen zu gehen und zu stinken und mit den Fingernägeln Reste aus Töpfen zu kratzen – einst hatte *sie* die Almosen verteilt. Wie launisch Gott doch war, dass Er Seine Ordnung auf den Kopf stellte! Erst unter Gauklern, und jetzt als Küchenjunge. In ihren Adern floss edelstes Blut, sie hatte an König Guilleaumes Tafel gegessen und zur Musik in seiner Halle getanzt, es stand ihr nicht an, zu sein wie armes Pack. Doch genau das würde sie retten. Und schuld war nur er – Gérard. »Verflucht sollt Ihr sein …« Er war an allem schuld. Und dennoch klopfte ihr Herz. Gérard.

Sie starrte vor sich hin. Tja, eine schöne Ausrede. Die Beine wachsen einem schließlich am eigenen Leib, man ist selbst verantwortlich für jeden Schritt, den man damit geht. Langsam zog sie ihren Zopf über die Schulter, um ihn zu kneten, wie sie es beim Grübeln immer tat.

Armdick und von der Farbe reifen Weizens … Ima war immer sehr stolz auf ihr dichtes blondes Haar gewesen, das der Vater ihr vererbt hatte. Ihre Hand glitt an den runden Flechten entlang, dann pinselte sie sich mit dem Zopfende zart über die Wange. Der letzte Schritt ihrer Verkleidung fehlte: Das Haar würde sie verraten, ihr Leben ernsthaft gefährden. Sie fasste den Zopf mit einer Hand und hob das Messer. Was für eine Tat! Niemand beraubte sich ohne Grund seines Haares – Buße war der einzige Grund, sich kahl zu scheren.

War die eigene Sicherheit auch ein Grund, es zu tun? Im Haar saß die Kraft des Menschen, hatte die Mutter immer gesagt. »Unsinn«, flüsterte Ima. »Das ist Unsinn, abergläubischer Unsinn…« Sie setzte das Messer an – »Unsinn…« – und begann zu säbeln.

»Also – ich erwarte, dass der deutsche König Rom den Rücken gekehrt hat, wenn mein Heer dort eintrifft. Kann ich mich auf Euch verlassen?«

»Ich kann Euch nichts versprechen, Sire.«

»Ihr müsst nur eine Botschaft überbringen. Ich bin sicher, dass Ihr das hinbekommt.« Die Stimme klang unangenehm ironisch, und Ima erkannte, wen sie vor sich hatte.

Zwei Männer waren aus dem Zelt des Herzogs getreten. Träge schien die Morgensonne über ihre Köpfe. Beide waren mit dem Schwert gegürtet und mit Mänteln für die Reise bereit. Der Sprecher verstummte. Robert Guiscard runzelte die Stirn, als er das blonde Wesen halb unter dem Küchenwagen entdeckte. Ima hatte den Zopf beinahe durchgeschnitten und hielt nun inne. An dem harten Gesicht erkannte sie den vornehm gekleideten Herrscher aus der Herzogshalle von Salerno, der, grimmig einem Spion lauschend, seiner Gattin die Hand getätschelt und keinen Blick für die Tänzerinnen vor seiner Nase gehabt hatte. Das frisch geschnittene Haar kitzelte sie an der Wange. Der Gesprächspartner des Guiscards starrte sie an. Langsam umschloss seine Hand den Schwertgriff, bis ihm das Blut aus den Fingern wich, dann ließ er ihn wieder los. Der Reisemantel wehte an der hoch gewachsenen Gestalt herab. Eisgraue Strähnen umspielten das schmale, bartlose Gesicht und verdeckten stechend blaue Augen – aber nur fast. Sie erkannte ihn wieder. Es war der Bote, der sie in der herzoglichen

Schmiede umgerannt hatte. Ima tat einen letzten Schnitt, und der Zopf fiel zu Boden. Mit einem langen Schritt war der Bote bei ihr und kniete nieder. Verschreckt kroch sie hinter das Wagenrad und hob abwehrend die Hände, doch er nahm nur den Zopf hoch und betrachtete ihn.

»B-behaltet ihn, *mon seignur*. Behaltet ihn, doch lasst mich…«, flüsterte sie. Der Bote sah sie an. Sie verstand nicht, was er murmelte, doch der Blick seiner kalten Augen ging ihr durch Mark und Bein. Der Zopf glitt durch seine Finger. Sein Mund zuckte leise, dann drückte er ihr das Haar wieder in die Hand. »Was auch immer dich zu der Tat bewegte – bedenke, Mädchen, dass der, der dein abgeschnittenes Haar an sich nimmt, Gewalt über dich hat«, sagte er leise. »Drum behalte es, und achte sehr darauf, wem du es überlässt.« Der Blick wurde weicher, nachdenklicher. Dann runzelte er die Stirn und stand abrupt auf.

»Mein Koch umgibt sich bisweilen mit seltsamen Gespielen«, spöttelte der Herzog hinter ihm. »Solltet Ihr bei Eurer Rückkehr etwas Richtiges wünschen, lasst es mich wissen…« Sie lachten.

Kurz darauf war Ima allein. Der Blick des Boten ging ihr nicht aus dem Kopf, und sie merkte kaum, dass sie ihren Zopf immer noch umklammert hielt. War es Zufall, dass sie diesem Mann wiederbegegnet war? Dem Boten des Herzogs? Nachdenklich steckte sie ihre Nadel weg und verstaute den Zopf. In den Zelten wurde es währenddessen munter. Erste Flüche zerstörten die morgendliche Ruhe, irgendwo rotzte jemand ausgiebig. Hastig räumte sie ihre Habseligkeiten weg und schöpfte eine Kelle Wasser aus dem Eimer. Der Herzog hatte sie nicht weiter beachtet – Anlass zur Hoffnung, dass sie im Schutz des Heeres nach Rom gelangen würde? Ima zog sich die Kappe über den Kopf. Sie fühlte sich an wie ein Helm. Die Kappe wappnete sie innerlich für ein weiteres Leben, für das Gott sie nicht geschaffen hatte.

Gawan hatte sie nicht behalten wollen. »Scher dich fort, Zauberweib«, hatte er gezischt, »sonst verschenk ich dich an die sarazenischen Fußtruppen!«

»Ich kann für dich arbeiten«, beharrte Ima. »Ich kann Essen bringen, Tiere schlachten, rupfen, ausnehmen, zubereiten. Ich kann mich benehmen, wie es bei Hof üblich ist …«

»So so.« Er betrachtete sie scharf von der Seite. »Der Teufel weiß, wie ein Fräulein wie du an diesen Ort gerät – aber nun gut, sei's drum. Ich kann Hilfe brauchen. Mein Küchenknecht ist vor zwei Wochen am Fieber gestorben, verflucht viel Schufterei für mich alleine.« Damit öffnete er die Fußfessel und nahm die Kette von ihrem Gelenk. »Gut denn – du kannst für mich arbeiten. Bleib in meinem Wagen und rühr dich nur, wenn du gerufen wirst.« Er sah sie scharf von der Seite an. »Und bedecke ja deine Titten, ich will keinen Ärger. Manche hier stehen auf alles, was jung und hübsch ist, ob mit Schwanz oder ohne, und es gibt immer zu wenig Frauen.« Verächtlich spie er aus. »Na ja – immerhin erlaubt der Herzog welche.« Schockiert sah sie ihn an, Dirnen hatte sie im Lager nicht vermutet. Vielleicht bediente auch Gawan sich ihrer. Von ihm jedenfalls schien ihr keine Gefahr mehr zu drohen, er fasste sie nicht mehr an.

Es war harte Arbeit in Gawans Küchenwagen. In aller Frühe warf er sie aus den Lumpen, wo sie schlafen durfte, und sie musste Wasser schleppen, um den Kessel zu befüllen. Der Herzog bestand darauf, jeden Morgen schlabbrige Grütze mit Feigen zu essen, bevor er aufs Pferd stieg, denn sonst klappte es hinter dem Busch nicht. »Und mit vollem Hintern bekommt er schlechte Laune«, raunte Gawan Ima zu. Wer den Guiscard mal mit schlechter Laune erlebt hatte, war darauf bedacht, das kein zweites Mal zu erleben. Einer der Knappen torkelte einmal des Morgens benommen aus dem Zelt, die linke Gesichtshälfte blutüberströmt, seine Kleidung tropfnass. »Das Waschwasser war zu warm«, flüsterte er heiser, »da hat er mir's über den Kopf geschüttet.« Und dabei ganz offenbar die Faust zu Hilfe genommen. Ima schwieg und merkte sich den Anlass.

Der herzogliche Küchenwagen war bis zum Zeltdach gefüllt mit Kornsäcken. Imas Aufgabe war es, die kleine Kornmühle zu drehen, und sie lernte allerlei über den herzoglichen Geschmack, seine Darmträgheit und die Schwierigkeit, ihn überhaupt zufriedenzustellen. Nach dem Frühmahl des Herzogs und seiner engsten Getreuen wurde geduldig gewartet, bis der Guiscard aus den Büschen zurückkehrte. Packpferde und Gefolge standen bereit zum sofortigen Abmarsch, und Ima wunderte sich jeden Morgen, wie geordnet ein derart riesiger Haufen abziehen konnte – auf ein einziges Kommando hin, welches wie ein Vogel von Truppenteil zu Truppenteil flog.

»Der Guiscard hat seine Leute im Griff«, grunzte Gawan und klatschte dem Wagenpferd die Zügel auf den Rücken. Heftig ruckend fuhr der Wagen an. »Der Guiscard schnipst mit dem Finger, und Apulien gehorcht, verstehst du?« Ima verstand nichts.

»Apulien gehört dem Guiscard«, erklärte der Koch geduldig. »Hat er sich hart erkämpft, jede einzelne Meile, gegen die Sarazenen, gegen die Ungläubigen, gegen seinen Sohn. Gegen den Papst, gegen gierige Fürsten, gegen den häretischen Basileus. Seit bald dreißig Jahren, verstehst du? Apulien ist seins…«

»Aber er ist Normanne…?«, wagte sie einzuwenden. Der Koch lachte schallend.

»Und ob er Normanne ist! Ein echter Hauteville, der sich nimmt, was ihm gefällt! Als er nach Italien kam, damals, hatte er gar nichts, verstehst du? Er hatte ein paar Getreue und sein Schwert.« Er geriet in Plauderlaune. »Und weil er ein kluger Mann ist, hatte er bald darauf schon eine vermögende, schöne Frau und einen mächtigen Schwiegervater. Jetzt gehört ihm Apulien, Sizilien, der Balkan und der Papst. Verstehst du?«

»Aber der Papst gehört doch niemandem!«, rief Ima entsetzt aus – was für eine Blasphemie!

Gawans Augen glitzerten. »Rom gehört ihm auch, Schätzchen, und der Papst wird des Guiscards Stiefel lecken!« Sein Gesicht wurde immer röter vor Erregung. »Und wir werden dabei zuschauen! Verstehst du? Der Papst wollte ihn demütigen, damals in Ceprano, wollte ihm Salerno nicht zugestehen, obwohl Robert es selbst erobert hat – jetzt darf er ihm die Stiefel lecken, aus Dankbarkeit, dass der Herzog ihm hilft.«

»Hilft wobei?« Ima wurde mutig – endlich jemand, der ihr erklärte, um was es eigentlich ging, warum sich tausende von schwer Bewaffneten auf den Weg in die Papststadt machten. Gawan war genau der Richtige, weil er unverblümte Worte fand.

»Papst Gregor hat den deutschen Kaiser Heinrich exkommuniziert. Sie streiten sich seit Jahren, wer höher steht und wer wem die Krone aufsetzen darf. Nun, diesmal hat der Deutsche sich das nicht mehr gefallen lassen und sich einen neuen Papst gesucht …«

»Es gibt nur einen Papst!«

»Im Rom gibt es zwei Päpste.« Gawan hob die Brauen. »Und der zweite heißt Clemens und setzte dem Deutschen Heinrich die Kaiserkrone auf. Papst Gregor musste sich in die Engelsburg flüchten – dort sitzt er nun und verhungert, weil man ihn nicht mehr hinauslässt. Wir ziehen nach Rom, um ihn zu befreien. Ganz einfach. Verstehst du?«

Der Herzog von Apulien legte ein forsches Marschtempo vor. Die Fußtruppen mussten sich ins Zeug legen, um den Anschluss nicht zu verlieren, trotz der bereits im Mai herrschenden Gluthitze. Es wurde keine Rücksicht genommen. Italienische Söldner murmelten, dass solches Wetter nicht von ungefähr komme und dass es ein Zeichen sei. Dass man besser umkehre, weil Gott keinen Regen schicke, sondern Durst und Erschöpfung mit auf den Weg gebe, das sei doch ein Zeichen. Und der

Vesuv habe auch gebrummt, das müsse man doch beachten. Die Sarazenen murrten gar, ein Marsch zum Papst könne nur schlecht ausgehen und Allah sei überhaupt der Größte. Das sehe man schon daran, dass es zwei Päpste gebe, wo nur einer erlaubt sei, und die Christen müssten sich ja nicht wundern, wenn ihre Welt bald untergehe. Allah jedoch würde die Siegreichen mit offenen Armen aufnehmen. Die christlichen Söldner schimpften über die Ungläubigen, dass die für Geld ja alles täten – selbst den Heiligen Vater befreien, den sie verachteten. Irgendwo gab es deswegen sogar eine Prügelei, die aber ein rasches Ende fand. Offen zu meutern wagte niemand. Der Guiscard war sowieso taub für derlei Sprüche und Mutmaßungen. Sein Banner strahlte hell und flatterte kraftvoll wie ein Raubvogel im Wind, nimmermüde, voller Energie – wie der Mann, dessen Wappen sie trug. Trotz der Hitze wurde nur zweimal pro Tag gerastet. Manchmal reichte das Wasser in den Flüssen nicht aus oder war verunreinigt, und wenn die letzten sich niederließen, erhob sich die Spitze bereits zum Weitermarsch. Erschöpfte blieben zurück, man munkelte sogar von Sterbenden. Robert Guiscard war unerbittlich. Er hatte sich genau ausgerechnet, in wie vielen Tagen er Rom erreichen konnte, und als ihm abends im Zelt ein Ritter beichtete, dass die Nachhut Zeit verlor, weil ein paar Pferde lahmten, befahl er, die Tiere sofort zu schlachten, damit das Heer nicht auseinanderfiel.

»Aber ein, zwei Tage Ruhe, dann laufen sie wieder. Vielleicht ein kranker Huf, vielleicht kann der Schmied …«

»Wir haben keine Zeit für so etwas.«

»Aber …«

Sie schlachteten noch in der gleichen Nacht. Gawan wusste gut mit dem Schlachtmesser umzugehen; beide Tiere fielen ohne Laut. Es handelte sich um zwei stattliche Kriegspferde; ihre Reiter waren untröstlich. Ima wusste, was für ein Vermögen da tot am Boden lag, mancher Ritter verkaufte sein halbes

Erbe, um sich ein Pferd leisten zu können. Nun trocknete das Fleisch der Pferde in schmalen Streifen auf Gawans Küchenwagen in der Sonne, und über die Innereien machten sich die Hunde des Guiscard kläffend her. Die beiden Ritter schlossen sich den Fußtruppen an. »Wenn sie tapfer kämpfen, schenkt der Guiscard ihnen vielleicht ein neues Pferd«, meinte der Koch. »Hab ich schon erlebt – der Herzog ist kein Unmensch, verstehst du?«

Das hatte sie auch schon gehört, man sprach von großzügigen Geschenken, von seidenen Mänteln, Armreifen, edlen maurischen Pferden und von Ländereien, wenn sich jemand im Kampf bewährte oder seine Anerkennung anderweitig verdient hatte. Genauso grausam strafte er jedoch auch Abtrünnige, Untreue oder Verräter, er blendete ohne Gnade und schnitt unbarmherzig Körperteile ab. Seine Untergebenen liebten und fürchteten ihn zugleich. Ima war sich auch in der unmittelbaren Nähe des apulischen Herrschers nicht sicher, was sie von ihm halten sollte. Fürs Erste passte das Wort »überwältigend«.

Nach drei Tagen durfte sie dann plötzlich den Küchenwagen fahren. Der Herzog hatte nämlich den Wunsch nach Erdbeeren geäußert. Die mitgeführten Feigen waren ihm zu alt und schmeckten wie ein schrumpeliger Weiberarsch, wie er sich ausdrückte. Gawan nahm die Kritik äußerst persönlich und schwang sich trotz seiner Körperfülle übellaunig auf ein Pferd, um schleunigst und eigenhändig Abhilfe zu schaffen.

»Drei Wochen lang hab ich nichts anderes getan, als Proviant zu sammeln, drei Wochen lang«, meckerte er. »Bin mit einer Abordnung den Vesuv rauf- und runtergeritten und habe halb Apulien das Essen unterm Hintern weggezogen, damit das vermaledeite Heer im Allgemeinen und Seine Gnaden im Besonderen versorgt sind. Weißt du, wie viel Arbeit das ist? Weißt du, wie oft man da mit Besen und Harken vom Hof gejagt wird und sich das Essen schließlich mit Gewalt holen muss, während hungrige Kinder zuschauen? Verflucht noch mal … Ich habe alles zu seiner herzoglichen Zufriedenheit erledigt. Hab mir Gedanken gemacht, wie wir das alles verstauen und ob es unterwegs wohl genügend Fleisch geben wird. Und nun … nun will er Erdbeeren. Erdbeeren!« Fassungslos den Kopf schüttelnd trat er dem Gaul in die Weichen und galoppierte davon, auf das Dorf am Hügel zu, wo Weidetiere, Olivenhaine und blühende Obstbäume auf Wohlstand und Überfluss hindeuteten und wo in den Gärten hinterm Haus hoffentlich schon ein paar reife Erdbeeren zu finden waren. Seine Mission war riskant – zumeist war man den Herzoglichen unterwegs feindlich gesinnt, und nicht selten trafen Flüche das vorbeiziehende Heer.

Dem neuen Knecht oblag es, den Herzog samt seiner Entourage zweimal am Tag mit Essen zu versorgen. Imas Herz klopfte gewaltig. Nun war sie Teil eines Heeres, fuhr inmitten von tausenden von Bewaffneten … Mit bebenden Fingern zog sie ihre Kappe tiefer und machte runde Schultern, damit niemand sah, wer sie wirklich war. Der Herzog hatte es sowieso vergessen. Er nahm zur Kenntnis, dass sie am folgenden Morgen die Grütze brachte, nicht zu heiß und nicht zu kalt, und die Früchte waren nach seinem Geschmack. Die Herren, die in seinem Zelt schliefen, bedienten sich aus dem Kessel, mit ungemütlicher Hast, denn Robert Guiscard war ein schneller Esser, der niemals auf andere Leute wartete – war sein Mahl beendet, galt das für alle. Nach dem Essen trank er einen Liter hellroten Wein, furzte ausgiebig und verließ mit drei langen Schritten das Zelt. Alle Näpfe hatten damit zu fallen. Hinter ihm begannen die Knappen bereits mit dem Zusammenpacken – es war jeden Morgen ein nervenaufreibender Wettlauf, ob der Herzog mit seinem Morgengeschäft zuerst fertig war oder ob das Nachtlager schneller zusammengepackt war. Niemand wollte Bekanntschaft mit des Guiscards handgreiflicher Ungeduld machen. Peinlich war auch, beim Zusammenraffen von Lebensmitteln erwischt zu werden. Ima erlebte einmal, wie ein normannischer Graf vor dem Guiscard seine Tasche entleeren musste, weil er sich heimlich drei Brote eingesteckt hatte.

Drei Tage bevor sie Rom erreichten, machte Ima eine seltsame Entdeckung – dass der Herzog nicht allein reiste. Seine Gattin wohnte in dem kleinen Zelt neben dem seinen, welches stets verschlossen war und wo beinahe niemals Dienstboten zu sehen waren. Eine Herzogin auf Kriegszug?

»Die Dame Sicaildis ist etwas ganz Besonderes«, raunte einer der Knappen, als sie sich endlich zu fragen traute. »Sie begleitet ihren Mann stets auf seinen Heerzügen, musst du wissen. Sie reitet wie Artemis, sie weiß sogar mit Pfeil und Bogen umzugehen. Sie ist eine langobardische Prinzessin …« Ima begriff nicht ganz, was das bedeutete.

»Warum tut sie das?«, wisperte sie und beobachtete das Zelt, wo offenkundig ebenfalls zusammengepackt wurde. Dann trat eine Zofe aus dem Zeltspalt. Sie trug Reitkleidung und einen staubigen Mantel, und sie nahm dankend das Pferd entgegen, welches ein Knappe brachte. »Warum reist sie mit einem Heer durch die Lande?«

Sicaildis war nun ebenfalls aus dem Zelt gekommen. Ihr Reisemantel war aus feinstem Rehleder gefertigt, die Stiefel goldverziert und mit kunstvoll gearbeiteten Sporen bestückt. Die beiden Zuschauer duckten sich hinter den Küchenwagen. »Da ist sie … Man sagt, es gibt in ganz Apulien keine bessere Reiterin als sie.«

»Aber warum zieht sie mit in den Krieg?« Ima verstand das nicht.

»Sie lässt den Herzog niemals alleine. Man sagt, sie liebt ihn sehr.« Der Knappe hob die Brauen. »Sie liebt auch ihren Sohn Roger Borsa sehr, musst du wissen. Der Herzog hat aus erster Ehe schon einen Sohn, Bohemund …«, flüsterte er. »Die Dame Sicaildis möchte das Herzogtum für ihren Sohn Roger, sagen manche. Also reist sie mit dem Herzogtum, und wenn es sein muss, in den Krieg.«

Diese bösartige Sicht der Dinge strafte die Dame Sicaildis allerdings Lügen. Ima wurde Zeugin, wie just an jenem Tag der Herzog trotz früher Stunde heiterer Laune war und sein Weib in den Arm nahm und küsste, wie ein junger Mann es tat. Glockenhell klang ihr Lachen, als sie ihn scherzhaft am Bart zupfte, und er strich ihr mit seinen Pranken zärtlich über die Wangen und nahm sich einen letzten Kuss, bevor er ihr in den Sattel half. Danach verschwand die Herzogin, vornehm und aufrecht im Sattel sitzend, zwischen den Berittenen, die sie auf dem langen Weg nach Rom schützten und vor neugierigen Blicken verbargen.

»Und? Gibt's bald Erdbeeren?«, fragte einer der Ritter, die den Herzog stets umgaben, und wischte sich das Fett vom kalten Fleisch aus dem Bart.

»Sicher bald«, beeilte Ima sich zu sagen, während sie die Schüsseln zusammensetzte. Um sie herum wurde es richtig ungemütlich. Es roch nach Mundgeruch und ungewaschenen Männern im stickigen Zelt. Der dürre Alte, aus dessen Mund nur unflätige Witze kamen, rülpste und kratzte sich zwischen den Hinterbacken, bevor er die Beinlinge hochzog und neu verschnürte und sein Gemächte in die Beinlinge hineinsortierte. Außer dem Herzog wusch oder badete sich niemand von den Männern, denen sie tagtäglich begegnete, und auch sie selbst fand allenfalls die Zeit, sich das Gesicht in übrig gebliebenem Kesselwasser sauber zu reiben. Kein Wunder, dass Sicaildis sich mit ihrer Zofe ausschließlich in ihrem Zelt aufhielt. Ima hätte sie gerne öfter gesehen, doch es war bei dem einen Mal geblieben.

»Na, dann soll er sich sputen, morgen stehen wir vor Rom. Weißt du das? Ich kann's dir zeigen, komm.« Die erste Zeltplane fiel, als sie kaum draußen stand, Ritter trieben die Diener zu mehr Eile an. »Siehst du, dort hinten. Die Türme. Das ist Rom. Die lange Mauer des Aurelius, dahinter die Hügel der Stadt, siehst du sie? Es gibt sieben Hügel in Rom. Wer auf einem der Hügel steht, kann uns sehen. Ich bin schon dort gewesen …«

»Dann wissen sie, dass wir kommen?«, wagte Ima zu fragen. Der Ritter grinste. »Das wissen sie sowieso. Der Herzog ließ dem deutschen Kaiser, der Rom seit Wochen belagert, mitteilen, dass er im Anmarsch ist. Wenn Heinrich schlau ist, hat er seine Sachen gepackt und ist abgereist.« Seine Brauen zuckten so kriegerisch, dass Ima sofort verstand, wie das gemeint war und dass man sich als deutscher Heinrich besser nicht mit dem apulischen Guiscard anlegte. »Die Römer wissen nichts. Die wissen nie was. Du wirst schon sehen – sie leben in Ruinen, diese Römer. Sie halten sich für die Krone der Schöpfung, aber sie leben in Ruinen und decken sich mit alten Geschichten zu. Diese ganze Papststadt ist … ein Abfallhaufen. Verstehst du?« Der Mund verzog sich verächtlich.

Die Luft war zu diesig, und der Staub, den die Vorhut aufwirbelte, legte sich über die flirrende Hitze, die schon am frühen Morgen herrschte. Wie ein gelber Fächer beschirmte der Staub den Horizont, doch die Mauer des Aurelius konnte Ima gut erkennen. Viele, viele Steinwürfe lang zog sie sich als massiver Steinhaufen hügelan, hügelabwärts, gezackt, bewehrt, immer weiter, bis sie sich über den glitzernden Fluss wölbte und hinter einem Wäldchen verschwand. Etwas drückte Ima die Schultern zusammen, und sie rang nach Luft – war es Furcht?

»Du wirst schon sehen, junger Mann.« Der Ritter spie aus und stapfte auf sein Pferd zu, welches der Knappe gebracht hatte, denn der Herzog brach mit langen Schritten zwischen den Sträuchern hervor. Die finstere Miene verriet, dass sein Darm heute streikte und man sich ihm besser nicht in den Weg stellte. Ima sputete sich, ihr Zugpferd einzuschirren. Um sie herum brach die gewohnte Eile aus. Der Aufbruch kam wie jedes Mal, unerwartet und viel zu plötzlich.

»Aufsitzen – auf geht's!«

Rom rückte näher.

Die Straße, die sie benutzten, war mit breiten Steinen gepflastert, in die sich Generationen von Rädern hineingefräst hatten. Jemand erzählte, dass diese Straße tausend Jahre alt sei und dass Gott sie bei der Erschaffung der Welt gleich mitgebaut habe. »Er hätte sie wenigstens gerade bauen können«, murrte ein anderer.

»Hätte Allah sie gebaut, wäre sie gerade wie eine Schnur, Rom wäre nicht Rom, und wir würden jetzt keinen schwächlichen Papst aus einem Grabmal befreien«, lachte ein Sarazene herzhaft im Vorbeireiten.

»Du wirst auf deine Kosten kommen, Ungläubiger!«, rief der Mann grimmig aus.

»Das werde ich, verlass dich drauf. Mich halten nämlich keine Priester beim Töten auf.« Die schwarzen Augen blitzten gefährlich auf. Dann trieb er seinen hochbeinigen Rappen an, um zu seiner Gruppe aufzuschließen. Ima duckte sich auf dem Kutschbock. Der Zipfel seines Turbans wehte im heißen Wind, und die beiden Schwerter, die er auf dem Rücken trug, hüpften mit jedem Tippelschritt seines Pferdes. Ima konnte nicht glauben, dass der Guiscard wirklich Sarazenen für die Reise nach Rom ausgehoben hatte. Doch dieser hier war nicht der einzige, immer wieder hörte man den Ruf ihrer Gebete bei Sonnenuntergang ...

Das Klappern der Hufeisen und das Rütteln des Wagens lullten Ima ein. Ihr Kopf schlug leicht gegen die Plane, während ihr Schweißperlen an den Ohren vorbeiliefen und in der Kleidung versickerten. Staub legte sich über den Schweißfilm. Irgendwann juckte alles. In der Pilgergruppe hatten manche davon erzählt, wie heiß der Süden sei und dass die Sonne wie

Feuer auf der Haut brannte, doch so hatte sie sich das nicht vorgestellt. Wanzen hockten zwischen den Lumpen, die Haut wurde schrundig vom Kratzen und vom Schmutz, am Hals, wo der raue Kragen scheuerte, bildete sich ein nässender Grind. Sie sehnte sich nach einem Badezuber. Sonst dachte sie nichts. Nicht an zu Hause, nicht an Aidan, nicht an Stephen. Die lange Reise ermüdete den Geist. Alle Gedanken schienen ausgezogen zu sein, lagen darnieder, bedeckt von der dicken Staubschicht, die das Heer des Guiscard auf der Via Appia aufwirbelte. Müde war sie, so müde … Die Stute schnaubte vor sich hin. Sie lief sowieso den anderen hinterher und hielt nur an, um zu äpfeln. Keine Macht der Welt brachte sie dazu, das wie andere Pferde im Laufen zu tun.

»Na, ob unser Koch vom Olivenhain verschluckt wurde?« Ein Ritter lenkte seinen Hengst neben den Küchenwagen – ein wenig zu nah, denn die Stute keilte sofort aus. »Wenn er sich nicht beeilt, ist der Spaß vorbei.«

»Spaß …?« Ima legte die Zügel auf ihre Knie und drehte träge den Kopf. »Was für ein Spaß?« Was wollte der Mann von ihr? Dann erkannte sie in ihm den Ritter, der ihr Rom gezeigt hatte, und es tat fast gut, ein bekanntes Gesicht vor sich zu haben. Nachts, umringt von seufzenden, schnarchenden Schläfern, fürchtete sie sich vor zudringlichen Kerlen und schmutzigen Händen und tagsüber, eingezwängt zwischen Kettenhemden, Lanzen und bewehrten Kriegspferden, sehnte sie sich nach einem Frauenantlitz … Wenn sie auf dem Kutschbock stand, um die Wagenplane zu ordnen, versuchte sie, über das Lager zu spähen, um – welche Torheit – Aidan zu finden, doch vergebens. Sein Herr Gérard de Hauteville drängte sich zwar mit Macht in ihre Träume, doch blieben beide in der Masse der Krieger verschwunden. Vom Küchenwagen wagte sie sich kaum einen Meter weg, sonst hätte sie wohl gesehen, dass es hier und da noch andere Frauen gab, die Rittern und Fußsoldaten in aller Stille zu Diensten waren und tagsüber dann in Proviantkarren verschwanden. Sicaildis und ihre Zofe blieben verschwunden; sosehr sie sich auch den Hals verrenkte, sie sah die beiden nicht mehr. Die einzige Gesellschaft für Ima waren das Pferd und die Einsamkeit, mit der sie Nacht für Nacht das ungemütliche Lager teilte und die ihr regelmäßig den Schlaf raubte, weil sie so viel Platz unter den Fellen beanspruchte.

Insofern tat es gut, dass jemand mit ihr sprach. »Welchen Spaß meint Ihr?«

»Welchen Spaß! Komm doch mit, du wirst schon sehen. So was ist Spaß.« Er schob den Lederhut, den er anders als die anderen zum Schutz vor der Sonne trug, auf den Hinterkopf und grinste spitzbübisch. Das rostige Kettenhemd hatte einen braunen Kranz auf seinen Hals gemalt, ein Zeichen, dass der Normanne auch schon länger nicht mehr mit Waschwasser in Berührung gekommen war. Sein Helm schepperte festgebunden hinten am Sattel, ein Karaffenverschluss lugte aus dem umgewandelten Behältnis. Der Chevalier war ein Mensch, der die Bequemlichkeit liebte. »Komm mit und schau dir an, wie wir Rom erobern. Das wirst du kein zweites Mal erleben, Junge. Der Guiscard ist ein großartiger Eroberer. Komm mit.« Aufmunternd nickte er.

»Ich zieh doch in kein Blutvergießen!«, rief Ima entsetzt.

Da lachte er schallend und sehr herablassend. »Es wird kein normannisches Blut fließen, Junge. Du wirst schon sehen.«

Als die Sonne von Westen blendete und Rom greifbar schien, ritt er ein weiteres Mal neben den Wagen. »Kein Gawan?« Ima schüttelte den Kopf und wischte sich den Schweiß von der Stirn. Ihre Wasservorräte waren fast erschöpft, sie fühlte sich unglaublich müde und zerschlagen, und der Koch war nicht wieder aufgetaucht. Die Sorge um ihren grobschlächtigen Beschützer wuchs.

»Falls er nicht wiederkommt, bleib in meiner Nähe, Junge.« Damit warf der Ritter ein Kleidungsstück in den Schoß. »Zieh das an, dann weiß jeder, dass du zum Chevalier Michel de Bourges gehörst.« Auf ihren fragenden Blick hin lächelte er ein bisschen traurig. »Damit stehst du jetzt unter meinem Schutz und musst mir gehorchen. Du siehst meinem Sohn sehr ähnlich, verstehst du? Der hatte auch so ein hübsches Gesicht ...« Damit trat er seinem Pferd in die Seite, und erschreckt sprang es davon.

Ima starrte ihm hinterher. Seinem Sohn! Was für einen ironischen Haken schlug ihre aus der puren Not geborene Verkleidung hier! Nachdenklich entwirrte sie das Kleidungsstück – ein weißer Leinenüberwurf mit blauer Passe, wie manche Knappen ihn trugen; ein gesticktes Wappen offenbarte den Herrn. Erst allmählich wurde ihr klar, dass sie mit diesem Gewand wirklich einen neuen Beschützer gefunden hatte, der sie dem Hafen von Rom und damit ihrer englischen Heimat näher bringen würde. Sie schöpfte neuen Mut. Ein Ende für dieses erniedrigende Dasein unter den Stiefeln von Männern, denen sie durch ihre Geburt überlegen war. Ima seufzte. Es schien, als würde dies eine Reise mit vielen Schritten, als wäre die Pilgerfahrt für sie doch nicht zu Ende, weil Gott ein Auge auf sie hatte. Ihr müdes Herz fühlte Dankbarkeit. Er hatte ein Auge auf sie – wie gut das tat.

Auf den letzten Meilen – es dämmerte bereits – war der Chevalier Michel zum dritten Mal zurückgekehrt, diesmal in regelrechter Plauderlaune.

»Der deutsche Heinrich ist abgezogen. Er ist tatsächlich abgezogen! Dieser feige Hund! Weißt du – noch vor Ostern zog er großkotzig mit seinem riesigen Heer durch Apulien, drohte mit der Faust und tat so, als gehöre ihm alles ...«

»Warum tat er das?«, fragte Ima, mutig geworden und froh um seine Freundlichkeit.

»Weil er ein gottverdammter Großkotz ist, dieser deutsche Heinrich. Seine Arroganz war eine einzige Lästerei des Herrn.

Und? Jetzt zeigt er, wie viel er in seiner deutschen Hose hat – nämlich nichts, verstehst du?« Michel war sichtlich empört über die offenkundige Feigheit des Deutschen, der bei Ankündigung des Gegners flugs abreiste – oder vielleicht ärgerte er sich auch, dass ihnen Rom nun völlig kampflos zufallen würde… Ima verstand absolut nicht, was in Kriegerköpfen vorging. Dann erschrak sie.

»Kehren wir dann jetzt um?!« Kein deutscher Heinrich, kein Kampf – kein Rom und kein Hafen? Keine Heimkehr!

»Natürlich nicht – der Papst sitzt ja noch immer im Castel Sant' Angelo und traut sich nicht vor die Tür, weil vor der Tür die Römer mit Besen und Dreschflegeln stehen und nur darauf warten, ihm seinen kardinalsroten Hintern zu versohlen. Sie mögen ihn nämlich nicht.« Geringschätzig spie er aus. »Dieses Kastell ist ein Mausoleum, verstehst du? Eine Totenburg. Das war so: Der Papst hat sich in ein Mausoleum hingeflüchtet, nachdem der Deutsche sich einen eigenen Papst gemacht hat, der ihn zum Kaiser krönt. Der alte Papst wollte Heinrich nämlich nicht krönen, sondern hat ihn stattdessen in Canossa gedemütigt und ihn im Staub herumkriechen lassen, drei Tage lang! Nun, da hat der Kaiser sich eben einen anderen Papst gemacht – einen, der ihm aus der Hand frisst und ihm die Kaiserkrone aufsetzt, ohne aufzumucken. Man stelle sich das mal vor!« Empört stach er mit dem Finger in die Luft. Dass der »alte« Papst auch den Guiscard mehrfach exkommuniziert hatte, schien keine Rolle zu spielen. Oder vielleicht doch, denn damit wurde der Auslöser der Reise – des Papstes Hilferuf nach Salerno – ja noch viel pikanter.

»Der Guiscard holt Gregor da raus und setzt ihn wieder auf seinen Purpurthron, dann verjagt er den falschen Papst, schaut nach, was es an herrenlosen Dingen mitzunehmen gibt, und das war's. Dann ziehen wir wieder nach Hause.« Seiner Stimme war deutlich anzuhören, was er von dieser langweiligen Version eines Romfeldzuges hielt.

Ima grübelte. So klang es immer ungefährlicher. Keine Schlacht, weil kein Gegner da war, den es zu besiegen galt. Wer den Papst im Castel Sant'Angelo festhielt, war ihr zwar nicht klar, es klang jedoch nicht gefährlich. Als sie gegen Abend vor den Mauern Roms angekommen waren, stand ihr Entschluss fest: Sie würde nicht im Lager zurückbleiben, sondern mutig mit dem Heer in die Stadt einmarschieren und von dort aus den Hafen suchen – ein Schiff besteigen – nach Hause reisen. Nach *Hause* …

Da Robert Guiscard schon zum zweiten Mal nach Rom zog, wusste er von Anfang an, wo der beste Platz war, um sein Lager aufzuschlagen. Vor der Porta Asinaria im Süden der Stadt bot die Ebene genügend Platz für Mensch und Tier, es gab einen kleinen Fluss, aus dem man Wasser schöpfen konnte, und als die messerscharfe Mondsichel vom klaren Nachthimmel leuchtete, ruhte das Heer bereits, denn niemand aus dem Fußvolk konnte abschätzen, wie die nächsten Tage verlaufen würden. Die edleren Herren hatten da schon eher Vorstellungen. Sie saßen bis tief in die Nacht im Zelt des Guiscard und wälzten Pläne.

»… ist tatsächlich abgezogen, mit Maus und Mann. Er sagt, es gibt keinen einzigen Deutschen mehr in ganz Rom.«

»Was machen wir mit denen, die wir doch noch erwischen?«

»Wir lehren sie das Arbeiten.«

»Wir erwischen keine, wirst sehen. Alles Feiglinge …«

»Glaubt Ihr der Kaiser ist weit gekommen? Oder sitzt er nur in Viterbo und wartet ab?«

»Vielleicht bindet er auch die Schürze der tuszischen Hure«, lachte ein grauhaariger Mann und goss den Wein in einem Schluck herunter. »Und enthebt sie der Acht, weil sie ihm jetzt helfen könnte. Vielleicht wendet sie sich darüber ja vom Papst ab, wenn sie ihr Lehen dafür wiederbekommen kann.« Ima, die das Essen gebracht hatte und zum Bedienen geblieben war, schenkte eilig nach, weil der Knappe, der mit ihr im Zelt herumsprang, zu unaufmerksam war.

»Wie redet ihr von der Markgräfin!«, brauste der Chevalier auf.

»Die tuszische Hure hat ihre Schürze weggepackt«, gluckste ein anderer. »Ihre Lehen hat der Papst doch schon eingesackt, warum sollte ihr jetzt noch jemand beistehen?« Ehrfurcht hatte offenbar keiner der Herren vor Margarete von Tuszien, der mächtigen Herrin von Canossa, die sich nach dem Streit zwischen Heinrich und dem Papst vor gut acht Jahren auf die Seite der Kirche geschlagen hatte und inzwischen von dem Deutschen mit der Reichsacht belegt worden war.

»Er könnte sie verheiraten, wie man das mit männerlosen Weibern macht – dann wäre er ein Problem los«, brummte der Alte mit dem Mundgeruch. »Weiber gehören nicht an die Macht, auch tuszische Weiber nicht. Tuszische Weiber gehören unter eine besonders gestrenge Knute.«

Der Guiscard lachte dröhnend. »Na, die Tuszierin ist schon eines der schlaueren Weiber, das müsst Ihr zugeben. Dafür findet sich so leicht kein Mann – oder wolltet Ihr es wagen? Aber in Tuszien wird der Kaiser nicht Halt gemacht haben, allein die Erinnerung an Canossa verursacht ihm ja sicher Leibkrämpfe und feuchtes Furzen.« Seine Brauen zuckten vor Vergnügen und Häme. »Einer meiner Spione ließ mich wissen, dass der deutsche Heinrich recht fassungslos und überstürzt geradewegs nach Norden abgezogen ist und man auch in Mantua nur von hinten den Staub sah, den er aufwirbelte.«

»Damit hat er wohl nicht gerechnet, was?«

»Nein, damit hat er offenbar nicht gerechnet, Marc de Neuville. Ich habe ihn großzügig durch Apulien spazieren lassen, ohne ihn anzugreifen – und jetzt komme ich mit sechstausend Mann nach Rom. Damit hat er nicht gerechnet.« Der Grauhaarige nickte begeistert. Die Tatsache, dass der deutsche Kaiser noch vor wenigen Wochen mit einem Heer durch Süditalien gezogen war, ohne dass der Guiscard auf diese Provokation eingegangen wäre, hatte ganz Italien in größtes Erstaunen versetzt, und man hatte sich schon gefragt, ob der Guiscard sich dem Herrscher des Heiligen Deutschen Reiches endgültig unterwarf oder ob seine Kräfte wohl nur erlahmt seien und er aufgab. Mitnichten waren die Kräfte erlahmt, der alte Taktiker hatte den Deutschen nur vorgeführt, sich einem Kampf verweigert und ihn mitsamt seinem Heer erst in den apulischen Ebenen herumstehen und dann unverrichteter Dinge wieder abziehen lassen – was für ein Ereignis!

Robert Guiscards Gesicht bekam einen selbstzufriedenen Ausdruck, und Ima versank in dem Anblick. Überwältigend war der Normanne, sie konnte in seiner Nähe kaum atmen. Nicht nur körperlich wirkte er riesig. Trotz des hohen Alters immer noch ein attraktiver Mann, war er sich seiner Ausstrahlung bewusst wie kaum ein Mann, den sie getroffen hatte. Er war ein passender Gatte für die stolze langobardische Fürstentochter, die sich so selbstverständlich an seiner Seite bewegte. Sein Geist und sein Wille schienen das enge Zelt zu sprengen. Selbst König Guilleaume von England, dem sie mehrfach in London im Haus ihres Urgroßvaters begegnet war, verströmte nicht solche Macht und dreiste Selbstsicherheit. Unbesiegbar wie ein Fels in der Brandung wirkte der alte Hüne aus Salerno, großartig und arrogant – was für ein Unterschied zu den friedlichen, bleichen Mönchen, mit denen sie die letzten Jahre verbracht hatte!

»Was glotzt du so?«, fuhr er sie an. »Schenk mir lieber ein, sonst such ich dir Arbeit, Knappe!« Erschrocken näherte sie sich mit der Karaffe. Er betrachtete sie wie ein neues Spielzeug. »Ganz schön mager bist du. Leute, die für mich arbeiten, müssen mehr essen. Wo bekommst du dein Essen?«

Michel beugte sich vor. »*Sire*, er ist…«

»Ich bereite Euer Essen zu, *Sire*«, flüsterte Ima, »solange der

Koch … verhindert ist. Der Koch ist verhindert. Er sucht … nach … nach Erdbeeren.«

»Ach, schau an.« Der Guiscard grinste breit. »Erdbeeren. Ich erinnere mich.« Mit seiner Pranke griff er ihr Kinn und sah ihr ins rußverschmierte Gesicht, und sie sah, dass er sich tatsächlich an sie erinnerte und an den Zopf, den sie unter dem Wagen abgeschnitten hatte. »Iss mehr. Iss aus meinem Topf – du wirst es brauchen. Ich erteile dir hiermit die Erlaubnis, aus meinem Topf zu essen.« Er grinste breit. »Habt Ihr alle gehört? Hungerleider kämpfen mir zu schlecht.«

Jemand rülpste laut, die anderen grinsten. Ein dicker Ritter lehnte, erschöpft vom Essen, an der Zeltwand, die sich bedenklich beulte, wie um des Herzogs Worte über die schlechten Kämpfer Lügen zu strafen. Näpfe wurden herumgeschoben. Einer der Hunde jaulte auf, als jemand nach ihm trat. Guiscard stieß sie mit einem aufmunternden Klaps von sich und stand auf – das Mahl war beendet. Aus den Augenwinkeln sah sie, wie der graue Alte sich hastig den Mund vollstopfte und ein Fleischstück im Gürtel verschwinden ließ. Wer wusste schon, was bevorstand … Des Herzogs Aufmerksamkeit richtete sich auf das Pergament, welches der Chevalier auf der großen Truhe ausrollte, dann auf einen jungen Mann, der das Zelt betreten hatte.

»Ah. Du. Endlich. Nun berichte endlich.« Der Herzog verschränkte die Arme vor der mächtigen Brust. »Und fasse dich kurz.«

»Heinrich sammelte sein Heer mit ziemlicher Hast«, begann der junge Mann, offenbar einer der Kundschafter. Ima musterte ihn. Möglicherweise war er einheimisch, seine großen schwarzen Augen passten nicht ins Bild der normannischen Ritter. Ein Kundschafter gegen die eigenen Leute, ein Römer, der in Rom für den Feind spionierte. Ihr Herz klopfte – wo hatte es sie hier hinverschlagen? Der Guiscard war ein Menschenverführer …

»Er – Heinrich also – er ordnete seine Angelegenheiten …«

»Heinrich ordnet seine Angelegenheiten! Dass ich nicht lache!«, prustete Marc de Neuville und klopfte sich auf die Schenkel.

»Er ordnete seine Angelegenheiten«, wiederholte der junge Mann mit Nachdruck, »und ließ die Römer über ein Parlament abstimmen.«

»Ein Parlament.« Guiscard schüttelte fassungslos den Kopf. »Dieser Deutsche hat wirklich seltsame Ideen. Ein Parlament! Wozu zum Teufel soll das gut sein?«

»Die Römer sollen seine Geschäfte verwalten«, erklärte der junge Mann geduldig und wischte sich eine heimliche Schweißperle von der Stirn.

»Er hat sicher Angst, einen Statthalter zu ernennen«, mutmaßte Marc de Neuville, und Robert nickte verstehend. »Einen verhurten Römer als Statthalter – ja ja, das würde ich mir allerdings auch überlegen.«

»Ich dachte, es könne in Rom kaum schlimmer kommen«, grinste der Chevalier Michel anzüglich, »aber dass sie nun ein Parlament wählen, damit die Stadt nicht in Einzelteilen verkauft wird …«

»Man kann den Papst verstehen, dass er gerne abreisen möchte, was?« Der Guiscard trank seinen Becher in einem Zug leer und feuerte ihn in die Ecke.

»Dann«, rief er aus, »dann wollen wir ihnen ein bisschen Zeit geben, sich als … *Parlament* …«, er drehte die Hand mit großer Geste, »… einzurichten, bevor wir in die Stadt gehen! Wir greifen in drei Tagen an!« Er warf dem Schwarzhaarigen eine Münze zu und verließ mit langen Schritten das Zelt. Hinter ihm brach ein Tumult aus. Fassungslos waren einige aufgesprungen – wie bitte, drei Tage verstreichen lassen? Drei Tage vor den Mauern Roms herumhängen und *nichts* tun? Aufgebracht debattierten sie, reckten die Schultern und klirrten drohend mit den Schwertketten – drei Tage nichts tun im

Angesicht des Feindes, vor den Mauern Roms – nichts tun, das war ihnen ihm März schon schwergefallen, als Heinrichs Heer durch Apulien zog und der Guiscard sie angewiesen hatte, die Waffen stecken zu lassen. Und nun diese Prüfung – wie grausam!

Ima brachte sich in der Nähe des Eingangs vor den ärgerlichen Männern in Sicherheit. Der Chevalier Michel kam grinsend auf sie zugeschlendert.

»Na? Hier lernst du was Richtiges, Junge …«

»Warum tut er das?«, fragte sie leise. »Warum wartet er ab? Wenn doch der Kaiser Rom verlassen hat und Rom sich erst neu ordnen muss – warum nicht jetzt einmarschieren, wo noch keine Ordnung herrscht und wo man mit sich selbst beschäftigt ist?«

Michel sah ihr aufmerksam ins Gesicht.

»Du bist nicht dumm«, bemerkte er. »Nein, du bist nicht dumm, ganz und gar nicht.« Dann verzog sein bärtiges Gesicht sich zu einem Grinsen. »Du bist nicht dumm, und der Guiscard ist ein Spieler. Er will seinen Spaß haben, verstehst du?«

Ima schüttelte den Kopf. »Nein.«

Er hob bedauernd die Brauen. »Na. Was erwarte ich von einem Angelsachsen. Bei euch da oben regnet es doch zu viel, als dass ihr Spaß versteht.« Lachend verließ er das Zelt. Ima trat ihm heimlich ein Steinchen hinterher. Was hatte der angelsächsische Regen mit den Toren Roms zu tun?

Am nächsten Morgen verstand sie es.

Der Tumult aus dem Zelt des Herzogs hatte auf das halbe Lager übergegriffen. Überall hörte man Schreie, Männergebrüll, da gerieten Krieger aneinander, Pferde wieherten, Ketten rasselten, es schepperte, Schritte stampften, und all das in Imas direktem Umfeld – wie mochte es erst weiter draußen aussehen, wo die Sarazenen lagerten, die finsteren Krieger Konstantinopels, oder hinten bei den Bäumen, wo die Zelte der heißblütigen Sizilianer standen, vor denen Michel sie ausdrücklich gewarnt hatte? Man hörte von Prügeleien dort und dass einer tot geblieben war, mit einem Messer im Rücken. Man hörte auch von Beschwörungen und Opferungen, ein Hund soll es gewesen sein und dass ein Kommandant eine tote Katze vor seinem Zelt gefunden habe. Im Lager gehe eine Hexe umher, hieß es, wer sie verärgere, der müsse sterben. Hühnerkrallen habe man gefunden. Man habe bereits Tote gezählt, unter den Sarazenen, wo sie am Morgen umhergegangen sei, wunderschön von Angesicht und mit goldglänzendem Haar, in dem sich giftige Schlangen kringelten. »Schau sie nicht an«, raunte der Knappe. Ein Gerücht jagte das nächste, und alle warteten sie auf die Schlacht, die nicht stattfinden sollte …

Sie stand in der Deckung ihres Küchenwagens und beobachtete die Mauer. Sehr hoch und endlos lang, zog sie sich über Hügel und an Pinien entlang. Manchmal konnte man Menschen auf der Mauer sehen, dann wurde Ima aufgeregt, denn Rom, das stumme, unsichtbare Rom hinter der Mauer, rückte näher. Niemandem konnte sie von ihrer Entdeckung berichten, mit niemandem ihre Aufregung teilen, und das Pferd interessierte sich nicht für die Mauern Roms. Die Herzogin blieb verschwunden. Manchmal hörte man helles Lachen aus ihrem Zelt, und die Zofe holte täglich Essen vom Tisch des Herzogs. Dann stellte Ima sich vor, wie die Dame Sicaildis ihre Kochkunst lobte, und sie griff sich fassungslos an den Kopf, als was sie, Ima von Lindisfarne, Urenkelin des Roger de Montgomery, hier geendet war – als Köchin einer Herzogin.

Sie war furchtbar einsam. Die Stunden, bis sie den Hafen und ein Schiff in die Heimat würden betreten können, tropften zäh wie erkaltendes Wachs auf die Haut, und wo sie hart wurden, tat es weh. Sie vermisste Marielvas helle Stimme, das muntere Geplappere, die liebevollen Umarmungen der Tänzerin, sie vermisste ihre Geschichten und Gebete, die Gesänge und die heitere Atmosphäre des Gauklerlagers. Hier war niemand, mit dem sie reden konnte, niemand, der ihr Mut zusprach oder die Welt des Heerlagers erklärte. Den Dialekt der herzoglichen Knappen verstand sie nicht, viele von ihnen waren gebürtige Apulier oder Silzilier, schwarzhaarig, bildhübsch und entsetzlich großmäulig. Sie zog es vor, sich von ihnen fernzuhalten. Und so zerpflückte sie, das Herz voller Unruhe, weiter Trockenfleisch für des Herzogs Kochtopf, zerstampfte Bohnen und Erbsen zu Mus, schleppte mit einem eisernen Joch Wasserkübel vom Bach herbei und suchte in den Tiefen von Gawans Küchenwagen nach Senfkörnern, Minzebröseln und Lorbeerblättern, mit denen sie das Essen würzen konnte. Die Normannen – zumindest die, die sie hier zu bekochen hatte – aßen weitaus schärfer und würziger, als sie es von daheim gewohnt war, und sie lernte, beherzter in den Pfeffersack zu greifen. Knappen brachten ihr tote Rebhühner und mit Fallen erlegte Kaninchen, die sie eilig rupfte und häutete. Kaum fand sie Zeit, sich Federn und Blut von der Kleidung zu wischen, weil im Kessel nicht genug Wasser war – also wieder mit den Eimern loslaufen …

»Kein Wunder, dass Gawans Knappe gestorben ist«, schimpfte sie vor sich hin. »Wenn man das zwei Wochen gemacht hat, ist man entweder Koch und sucht Erdbeeren, oder man ist tot – verflucht, was für eine Schinderei …« Niemand beachtete sie, niemand half die schweren Eimer tragen oder Feuerholz suchen. Sie war nur ein Bursche, der sich mit Lasten abplagte. Ein Niemand, geschützt durch den Schmutz der Arbeit. Krieger eilten an ihr vorbei, manche musterten sie verwundert, die meisten schauten finster drein. Die Unzufriedenheit um sie herum wuchs mit jeder Stunde.

Selbst die Herren im herzoglichen Zelt zeigten sich von ihrer unerzogensten Seite. Sie warfen mit Schüsseln um sich, spuckten zähe Fleischbrocken auf den Boden und rotzten hinterher, und Marc de Neuville konnte gerade noch eine Prügelei zwischen einem sarazenischen Hauptmann und der Zeltwache verhindern.

»Bei Allah«, spuckte der Sarazene wütend, »wenn ich gewusst hätte, dass ich zwei Wochen quer durch die Berge ziehen muss, nur um jetzt an meinen Zehen herumzuspielen – ich hätte … hätte …«

Als er de Neuvilles Messer an der Kehle spürte, behielt er den Rest wohlweislich für sich und schlich böse fluchend davon.

»Lasst eine Umzäunung bauen – morgen veranstalten wir ein Turnier!« Die Zeltplane flog hoch, und der Herzog rauschte mit wehendem Mantel ins Zelt. »Nach dem Morgengebet haben alle, die sich trauen, die Möglichkeit, sich im Kampf zu messen.«

Schlagartig schlug die Stimmung um. Bis auf den Chevalier, der alles ein wenig gemütlicher nahm, ließen alle fallen, was sie gerade hielten, und rannten los, um draußen zu organisieren, herumzuschreien und Knappen zu schicken. Ima duckte sich gegen die Zeltwand.

»Was passiert jetzt?«, fragte sie mit großen Augen. Der Chevalier, der immer mehr Gefallen an ihr fand, nestelte an seinem Schwert.

»Ein Turnier ist ein Kampf auf Probe. Man misst sich mit anderen, ohne sie töten zu wollen. Der Guiscard hat es erfunden, um seine Männer bei Laune zu halten. Ein Turnier ist Kurzweil.« Er grinste wie ein Junge.

Dass es dabei trotzdem Tote geben konnte, zeigte der nächste Morgen.

Die Stimmung verbesserte sich schlagartig, die Prügeleien ließen nach, und selbst die übellaunigen Heerführer konnten wieder lachen wie die Lausbuben. In Windeseile hatten Männer Bäume in dem eh schon stark zusammengeschrumpften Wäldchen gefällt und auf einem ebenen Platz einen Zaun errichtet. Aberhunderte von Zuschauern in Kettenhemden und Lederrüstungen versammelten sich gleich nach dem Frühmahl an diesem Zaun, klopften kriegerisch auf das Holz und feuerten zwei Ritter an, die mit angelegten hölzernen Lanzen aufeinander zuritten und sich gegenseitig aus dem Sattel hoben. Trotz Verbot wurden Bierkannen herumgereicht, der Schaum klebte in Bärten und troff an Wangen herab. Irgendwo schritt Marc de Neuville dazwischen und riss die Bierkanne an sich.

Wie zwei Ungeheuer wirkten die in Metallplatten verpackten Pferde, die mit wehenden Decken und weit aufgerissenen Mäulern lospreschten, Holz krachte, splitterte, ein Schild flog durch die Luft, die Zuschauer grölten triumphierend und warfen Helme in die Höhe, als der eine Ritter in hohem Bogen in den Staub flog.

Ima hatte keine Zeit zuzuschauen, die Zeit drängte bis zum Mittagsmahl, und sie musste sich sputen, um den Topf ausreichend gefüllt zu bekommen. Wasser fehlte wieder einmal. Verärgert schulterte sie das Joch, um erneut zum Fluss zu laufen und die Eimer zu befüllen. Ihr Weg führte sie dicht am Turnierplatz vorbei. Zum Glück achtete niemand auf sie. Der Lärm war ohrenbetäubend. Immer wieder musste sie mit den baumelnden Eimern ausweichen, weil Männer rücksichtslos umherrannten. Das Gebrüll schwoll an und ebbte ab, je nachdem, wie schnell ein Kämpfer zu Boden ging. Pferde wieherten wütend, wenn sie brutal zurückgehalten wurden, und nicht wenige Ritter stürzten da schon in den Staub, weil sie sich mit der Waffe nicht im Sattel halten konnten. Ima fand schon länger im Stillen, dass längst nicht alle geharnischten Männer so gut ritten, wie sie immer taten, und manch einer sah trotz seines kriegerischen Getues recht hilflos aus, wenn das Pferd sich entschloss, eigene Wege zu gehen.

Am Rande der Umzäunung versuchten Knappen, ein Pferd aufzuzäumen. Es wehrte sich gegen die vielen Hände, die scharfe Kandare und den schweren Sattel. Zu dritt rückten sie ihm zu Leibe. Da stieg es, riss sich los und galoppierte mit riesigen Sätzen davon. Ein zweites Pferd stand mit zitternden Flanken daneben, seine Augen rollten, dass man das Weiße sah, und als sich ein Knappe in den Sattel schwang, um dem durchgegangenen Pferd hinterherzusetzen, lachte ein Lanzenträger hämisch. »Da werdet ihr wohl bis Palermo laufen müssen, um den einzufangen – der hatte gestern schon genug von dem Lärm.«

»Nimm eine Stute«, riet ein alter Krieger, »wenn du Glück hast, ist er geil genug.« Sie lachten anzüglich. Der Knappe klatschte dem Pferd ein Seil auf die Kruppe und sprengte dem Flüchtling hinterher. Wetten wurden daraufhin abgeschlossen, wie lange er wohl fortblieb und ob er zur Schlacht in Rom wieder zurück wäre.

Am Fluss angekommen, warf Ima sich in den Ufersand und tauchte ihre Eimer ins kühle Wasser. Leiser Geruch nach Fäkalien zog ihr in die Nase. Die Stute hatte schon am frühen Morgen nicht mehr saufen wollen. »In drei Tagen werden alle das Bauchgrimmen haben«, knurrte sie, zog die Nase hoch und überlegte, wie es um ihre eigenen Wasservorräte bestellt war. Dem Guiscard würde hoffentlich etwas einfallen, bevor sein Heer mit der Scheißerei darniederlag …

Der Rückweg dauerte länger, da die schweren Eimer ihr das Joch tief in den Nacken drückten. Aufseufzend setzte sie sie für einen Moment ab. Am hinteren Ende der Umzäunung drängten sich die Kampflustigen, Knappen versuchten, wild gewordene Pferde zu halten oder vom Steigen abzuhalten, und über den Köpfen der Männer schwangen hölzerne Keulen und Holzschwerter – die scharfen Waffen waren vorher eingesammelt worden.

Wieder postierten sich zwei Gegner an den Seiten, legten die Lanzen an und galoppierten los, dass der Boden bebte. Die Zuschauer grölten. Auf dieses Paar waren, wie man hörte, hohe Wetten abgeschlossen worden. Hier ritten die Besten, die das apulische Heer zu bieten hatte. Gegenüber vom Platz des Herzogs ging die Umzäunung unter dem Druck der sich anlehnenden Männer zu Bruch, zwei struppig aussehende Fußkämpfer begannen eine Prügelei. Mit harten Tritten brachte man die beiden auseinander, bevor sie unter die Hufe der beiden Kriegspferde gerieten. Die waren ereignislos aneinander vorbeigestürmt und drehten sich schnaubend und tanzend für den nächsten Angriff. Das Fell des Fuchses schimmerte golden in der Sonne, die gepunzte Sattelverzierung blitzte zwinkernd. Mit peitschendem Schweif setzte er sich tief auf die Hinterhand, dass die Vorderhufe abhoben, und stürzte aus der Levade vor, den ledergepanzerten Kopf so gestreckt wie des Ritters Lanze, die Zähne gebleckt, dass man die scharfe Stangenzäumung sah, mit der die Reiterhand das Pferd beherrschte. Aufwirbelnder Staub hob das Tier empor, und Ima lief ein Schauder den Rücken herab. Wie festgenagelt blieb sie stehen, statt ihr Wasser weiterzutragen. Das fuchsfarbene Pferd schoss dahin wie ein roter Blitz – wieder verfehlten sich die Lanzen, der eine Ritter brüllte wütend auf. Heftig keuchend drehte das gegnerische Pferd, Schaumflocken flogen in alle Richtungen, und aus der Tiefe seines Brustkorbs drang ein empörter Schrei, als die Sporen seine Seite aufschlitzten. Ima sprang vor den Erdklumpen zur Seite – noch immer hing sie wie gebannt an dem Fuchs, der wie ein bösartiges Monstrum über den Platz flog – und diesmal traf die Lanze des Gegners! Sie traf den Fuchsreiter mitten auf die lederbewehrte Brust. Ima sah, wie er reflexartig die Knie zusammendrückte und dadurch nicht vom Pferd stürzte, sondern nur auf den Rücken kippte. Unter tosendem Gelächter raste der Fuchs auf die Umzäunung zu. Niemand hielt ihn auf. Holz splitterte, Teil des Zauns flogen dahin, panisch stieg das Tier vor einem herzoglichen Banner, und der Reiter krachte zu Boden.

»Haltet das Pferd!« – »Rasch, zu Hilfe!« – »Ist er tot?« Männer drängten herbei. Einer fing das Pferd am hängenden Zügel und zerrte es hinter sich. Das Keuchen des Tieres war durchdringend. Sie beugten sich über den Gestürzten, ratlos. »Ist er tot?« – »Er atmet nicht!« –»Er ist tot, ich sag's euch.« – »Fürwahr, er sieht ziemlich tot aus.« – »Holt den Priester!« Einer rannte los. Am Turnierplatz galoppierten bereits die nächsten Kämpfer aufeinander zu, die Umstehenden reckten die Hälse, zwei liefen zurück zur Umzäunung. Waffen krachten, Schreie, Staub, Jubel. Auch die anderen jungen Männer konnten sich nicht dazu überwinden, bei dem Verletzten zu bleiben, sie schauten und reckten die Hälse, erkannten, wer gesiegt hatte, und rannten dem Jubel entgegen und rissen die Arme in die Höhe. Der Gestürzte war vergessen, der Sieger wurde drüben gefeiert. Auch im Kampf scherte man sich schließlich wenig um den am Boden Liegenden, wenn es die eigene Haut zu retten galt.

»Bleib du bei ihm.« Auch der letzte, ein Bannerträger, machte sich nach dem Zaun auf, der Küchenjunge würde schon aufpassen. Ima war fassungslos ob dieser Herzlosigkeit.

Der Verletzte lag einsam und reglos vor Imas Füßen. Geräusche verstummten, es wurde ganz still in ihrem Kopf. Gérard de Hauteville… Sie hatte sein Pferd und das protzige Zaumzeug erkannt. Seine Augen waren geschlossen, das Gesicht verschwitzt und schmutzig vom Staub. Der Helm lag verbeult neben ihm im Gras. Erschreckend schnell wurden seine Züge blass.

Sie hockte sich neben ihn. Das Interesse der anderen war längst erloschen. Bis auf zwei sich immer wieder betreten umschauende Knappen waren sie alle zum Zaun gerannt, weil Marc de Neuville gerade zum Kampfe ritt. Ganz leicht legte sie Gérard die Hand auf die Brust. Der Brustkorb des Mannes hob sich daraufhin leicht, dann immer mehr wie zu einem tiefen Atemzug, der ihn zurückholte. Sein Mund verzog sich im Schmerz, die Lider flatterten. Er lebte. Gütiger Gott – er lebte. Imas Herz schlug wild, und ihre Hände zitterten. Obwohl sie es gar nicht wollte, legte sie ihre Hand an seine Wange. Ganz kurz nur. Gérard grunzte. Sie fuhr hoch. Die Knappen weiter vorne lachten albern. Der eine zeigte auf sie und sagte was von »Knäblein«.

Kurz entschlossen hob sie den Eimer und entleerte das Wasser über Gérards Kopf, um ihn vollends zu wecken. Und ein bisschen auch, weil sie sich über ihr klopfendes Herz ärgerte. Dann drehte sie sich um und floh. Seinen wütenden Schrei hörte sie von hinten, das Gelächter der Männer begleitete sie zum Wagen, wo sie sich heftig atmend an des Herzogs Mittagsmahl machte, Gérard im Kopf, im Herzen, auf der Haut, verflucht...

»Du hast dem Kerl das Leben gerettet.« Der Chevalier war gekommen und packte sie am Hemdkragen. Ima rieb sich die Augen – nach dem Mittagsmahl war sie tatsächlich eingeschlafen. »Einem hast du das Leben gerettet, man hat dich gesehen – da liegt noch einer, für den der Mönch bereits betet. Geh, schau, ob du was tun kannst. Los.«

Sie konnte sich nicht wehren, des Chevaliers Pranke war nachdrücklich. Am Turnierplatz lärmten sie immer noch herum, vielleicht ein wenig leiser als am Morgen, doch der Nachschub an normannischen Kämpfern war ungebrochen. Die meisten fühlten sich wohler mit blauen Flecken und schmerzenden Knochen als mit lähmender Untätigkeit im Angesicht des Feindes. Der Guiscard kannte seine ausgehobenen Truppen nur zu gut. Er wusste mit Menschen zu spielen. Wenn sie sich hier aufwärmen konnten, würden sie in Rom umso besser kämpfen. Vor allem, da dort fette Beute wartete.

Das Zelt mit den Verletzten lag ein wenig abseits, mit gutem Blick auf den Platz, wo Hufe alle paar Augenblicke Staub aufwirbelten. Alles im Lager war inzwischen staubig, selbst im Mund hatte man den widerlichen Staub. Die jammernden Männerstimmen bildeten einen seltsamen Gegensatz zu den Waffengeräuschen vor dem Zelt.

»*... resurrexit ... et in aeterna pace ...*«

Das monotone Gemurmel des Mönchs klang wie ein gurgelnder Bach. Er hob nicht mal den Kopf, als Ima das Zelt betrat. Drinnen roch es stickig. Männer stöhnten, als der Bader Wunden grob versorgte und Kopfnüsse verteilte, wenn sich die Verletzten zur Wehr setzten. Eine Kanne starken Biers mit Bilsenkraut half gegen die schlimmsten Schmerzen, und der, dem sie ein halbes Holzschwert aus der Schulter herausschnitten, hatte das Bewusstsein bereits verloren. Das war auch gut so, denn der Bader hatte sein Messer falsch angesetzt und das Holzstück verkantete sich am Knochen. Sein Gehilfe goss aus einer schmutzigen Schüssel unablässig Wasser über das Operationsgebiet, weil man vor lauter Blut kaum noch etwas sah. Ima schloss die Augen.

»Komm hierher.« Der Chevalier zerrte sie unsanft am Arm in eine andere Richtung. »Hier liegt er.«

Der junge Mann war bereits grau im Gesicht. Tiefschwarze Ränder breiteten sich rund um seine Augen aus, als flösse aus einer geheimen Quelle Blut dorthin und gerönne. Der Mönch wiegte sich mit seinen Gebetsversen. Sein Oberkörper schwankte wie eine Statue, die vom Platz weggerückt wird. Der, für den die Gebete gedacht waren, weinte still. Dicke Tränen rollten über seine bleichen Wangen – sie hatten noch versucht, ihm die Kleider auszuziehen, um den eingedellten Brustkorb zu untersuchen, doch das hatte keinen Sinn mehr. Er starrte einfach in die Luft. Ima sah den Chevalier erschrocken an.

»Was verlangt Ihr von mir?«, flüsterte sie. »Ich kann ihm doch nicht helfen!«

»Nicht?« Er runzelte die Stirn. »Den anderen hast du doch auch zurückgeholt, sagt der Knappe. Dieser hier wurde nur vom Pferd getreten, er blutet doch überhaupt nicht!«

»Ich kann ihm nicht helfen«, wiederholte Ima fest. Das Pferd musste auf dem Mann gestanden haben, so wie er aussah. Und Blut verlor er ganz sicher und in großen Mengen, denn seine Haut hatte die Farbe von Kerzenwachs angenommen. Sie wagte kaum, ihm ins Gesicht zu sehen. Da drehte Michel sich auf dem Absatz um und ging, und Ima wurde klar, dass es um die Erhaltung der Kampfkraft gegangen war und um weiter nichts. Sie sank neben das Lager. Stumm sah der Mann sie an – wenn er sie überhaupt noch sehen konnte. Sie hatten ihm starke Tränke verabreicht, sein Blick war umflort und nicht mehr von dieser Welt. Trotzdem atmete er noch. Unter normalen Umständen hätte er schreien müssen, doch dies war vor der Schlacht, wo es von allen Hilfsmitteln noch reichlich gab – in ein paar Tagen, wenn die Medizinvorräte aufgebraucht waren, hätte man ihm nichts mehr erleichtern können. Als sie ihm die Hand auf die Brust legte, wie sie es bei dem Olivenhändler in Salerno getan hatte, spürte sie, dass sein Herz nur noch schwach und unregelmäßig schlug. Sie fühlte sein Leben weichen, sie fühlte auch seine Angst vor dem schwarzen Nichts. Es ging so schnell, er starb dahin wie ein Windhauch, noch während sie seinen Kopf auf ihre Knie bettete und das Gesicht streichelte.

Ima saß noch lange bei dem Toten. Andere waren währenddessen gestorben, man hatte Sand in Blutlachen gestreut und Bilsenkraut ausgeteilt, und der Bader riss immer noch dumme Witze, während er Beulen versorgte und Wunden verband und sich nebenher medizinischen Wein in die durstige Kehle gluckern ließ.

»Bekommt man hier was gegen Kopfschmerzen? Allmächtiger, ich habe das Gefühl, ein Gaul hat auf meinem Kopf gesessen …«

Sie erstarrte, als sie die Stimme erkannte, und schlich sich rasch seitlich aus dem Zelt heraus, bevor sie Gérard de Hauteville über den Weg lief.

6. Kapitel

Was brauchts Paläste
Die zum Himmel reichen
Für jenen, der zuletzt
Im Staube schlummert?
(Hafis)

Niemand schlief in dieser Nacht.

Als die Sonne unterging, kam ein kühler Wind auf, und kurze Zeit später begann es zu nieseln. Der Chevalier stand fluchend vor dem Zelt des Herzogs, in dem die Anführer eine letzte Mahlzeit eingenommen hatten, und trat nach einem Hund. »Ausgerechnet jetzt…« – »…kann es nicht trocken bleiben…« – »…man friert sich den Hintern ab…« – »…Kettenhemd wird rostig…«

Ima stellte vorsichtig die Schüsseln zusammen. Niemand hatte sich über ihr Essen beschwert, wie es in den vergangenen Tagen immer wieder der Fall gewesen war – heute spielte das Essen keine Rolle mehr, denn der Kampf stand bevor. Waffen klapperten. Ein Wiehern zerriss die Dämmerung; es brach ab, als Leder auf Fell klatschte. Männer hasteten vorbei. Jemand hustete. Die Unruhe vor dem Zelt nahm zu, obwohl der Herzog absolute Ruhe befohlen hatte, um an der römischen Mauer niemanden aufmerksam zu machen. Die wenigen Wachen, die anfangs dort zwischen zertrümmerten Gebäuderesten Posten bezogen hatten, um das anrückende Heer im Auge zu behalten, waren wieder abgezogen, doch man wusste ja nicht, wohin. Irgendwann waren sie es wohl müde geworden, dem merkwürdigen Gebaren der Apulier zuzuschauen, die sich gegenseitig über den Haufen ritten und mit Holzschwertern traktierten.

Ima musste an den jungen Ritter denken, der vor zwei Tagen in ihren Armen gestorben war, sehr gefasst und stumm. Sie wussten, dass es bei jedem Kampf, wie klein er auch sein mochte, in den Tod gehen konnte, sie hatten ihre Seelen Gott ja schon anempfohlen. Jeden Morgen, wenn sie beim Gottesdienst vorbeikam, hatte Ima gestaunt, mit welcher Inbrunst die Männer auf den Knien lagen und beteten, raue Haudegen, grausame Kämpfer, erbarmungslose Schwertführer – als Krieger war man dem Tod geweiht, ob Gebete den Gedanken an den Tod erleichtern? Trotzdem fand sie das Turnier einen teuren Zeitvertreib, wenn es die eigenen Männer kostete …

Der Nieselregen nahm zu. Es roch nach feuchtem Staub, und es zog kalt von unten an den Beinen hoch. Ima fühlte sich an daheim erinnert. Lindisfarne. Der Wind auf dem einzigen Felsen der Insel, Wind, der im Sommer sanft, aber nass vom Meer kam, der die Kleider schwer machte und die Haare lockig oder sie boshaft verfilzte, wenn man sie nicht geflochten hatte. Er hatte stets große Mengen Salz mit sich geführt, das auf der Haut brannte, wenn sie zu lange am Meer gesessen hatte, in die Wellen starrte und auf den ewigen Wind lauschte, wartend, stumm …

»Nun zieh dich an, gürte dich und komm!« Von hinten traf sie ein Tritt, dass sie gegen die Zeltwand stolperte, und ein Gürtel flog an ihr vorbei. Der Chevalier war von Unruhe erfasst worden. Er hatte seine großväterliche Freundlichkeit abgelegt, Ima hatte sogar das Gefühl, dass er durch die Dunkelheit gewachsen war. Seine Augen funkelten hart wie die Glieder des Kettenhemdes, welches er sich über den Kopf gezogen hatte. Mit der Rechten steckte er das polierte Schwert in die Scheide – Kampfzeit. »Na los!«

Lindisfarne verblasste.

»Vor Mitternacht« hatte die Parole gelautet, und ein Kribbeln zog Imas Rücken hoch, als sie sich bewusst machte, dass sich vor ihren Augen gerade tausend Mann sammelten, um auf einen einzigen Befehl hin den Marsch auf Rom zu unternehmen – vielleicht sogar mehr! Sie war zwar tagelang mit ihnen gezogen, hatte jedoch immer noch keine Vorstellung, wie groß das Heer war. Sechstausend, hatte es geheißen, und tausend davon würden jetzt nach Rom gehen! Was für ein Unternehmen! Und was für ein Plan! Der Guiscard schritt breitbeinig und gestikulierend zwischen zwei Feuern umher. Noch prangte das volle Haar – mit einer schnellen Bewegung streifte er die Kapuze des Kettenhemdes über den Kopf und verwandelte sich in einen königlichen Krieger. Seine Rüstung schimmerte golden, Regentropfen rannen wie flüssige Edelsteine an dem Metall herab, und der feuchtklebrige Staub des Lagers konnte ihm nichts anhaben. Ima sah Männer, die ihn mit offenem Mund anstarrten. An den Zelten sammelten sich Knappen, schleppten Waffen herbei, Pfeilköcher, Schilde, Leitern. Im letzten Licht der Dämmerung hatten sich Scharen von Männern um den verlassenen Turnierplatz herum aufgestellt, geordnet und leise, während Berittene sie an ihre Plätze wiesen. Als sie damit fertig waren, verschwanden sie, nur der Guiscard blieb zurück. Der Turnierplatz, gestern noch voller Lärm, Betrunkener und Blutlachen, wirkte an diesem Abend so sauber gefegt und still wie ein heiliges Feld, welches auf magische Weise Kraft für einen Kampf spendete. Mitten darauf stand der Mann, der den Kampf anführen würde. Am Rand des Feldes war die Herzogin erschienen. Schlank und stolz saß sie auf ihrem isabellfarbenen Hengst und wartete. Das Pferd stand bewegungslos, nur die lange Mähne wehte leise im Nachtwind. Ihre Erscheinung verschlug Ima den Atem. Nie zuvor hatte sie gehört, dass die Gattin eines Kriegsfürsten es wagte, sich vor dem Kampf an seine Seite zu stellen. Die langobardische Fürstentochter ähnelte auch keiner Frau, der sie jemals begegnet war. Ima schluckte andächtig. Die Schatten der Feuer zuckten über das

Feld, Funken sprühten in die Luft, tanzten wilde Reigen in Sicaildis' blondem Haar. Ein Raunen ging über den Platz, einer Welle gleich. Die zitternde Erwartung war mit Händen zu greifen … »Guiscard!«, rief einer.

»Guiscard!« – »Guiscard!«, sprang der Name von Mund zu Mund, tanzte rhythmisch durch die Menge, erfasste die Herzen, hob sie empor – Guiscard!

Fackelschein tauchte den ganzen Mann in Gold, riesengroß und mächtig wirkte er – ein Herrscher, dem man folgte, bei sengender Hitze quer durch Italien nach Rom. Rom! Ein Knappe führte das Reitpferd herbei, einen strahlend weißen Hengst, Geschenk des Byzantiners Konstantin Porphyrogennetos, als mit diesem noch Friede herrschte. Kraftvoll und ohne fremde Hilfe schwang Robert Guiscard sich in den Sattel. Auch er ritt wie die Alten ohne Steigbügel. Ima blieb der Mund offen – sein ungebärdiger Stolz nahm ihr den Atem. Kein Zweifel: Gott war mit ihm.

Wie aus Stein gemauert blieb das Pferd stehen, das Feuer zauberte zuckende Reflexe auf den goldenen Zaum, während es schäumend auf der Kandare kaute. Die Reflexe tanzten weiter über die gespannten Muskeln und das schimmernde Fell. Das Raunen der Menge verstummte, als der Guiscard den Arm hob. Der Regen hatte aufgehört, nur der Nachtwind wagte es, zu wehen und die Feuer aufflackern zu lassen. Es züngelte triumphierend und huldigte dem Apulier. Marc de Neuville, der ein paar Schritte neben Ima stand, wischte sich Tränen aus dem Augenwinkel. »Mein Herzog«, sagte er ergriffen. »Mein großer Herzog.«

»Männer!«, tönte die Stimme des Apuliers. »Lasst uns nach Rom ziehen und Seine Heiligkeit, den Papst aus den Händen seiner verhurten Kerkermeister befreien! Gott ist mit uns!«

»Gott ist mit uns!«, riefen einige und verstummten sofort, denn eigentlich war ihnen Schweigen befohlen worden. Die Herzogin ließ ihren Isabell vortreten. Raunend drehten sich die Männer nach ihr um. Kerzengerade saß sie auf dem Pferd, dann riss sie stumm den Arm mit der Gerte in die Luft. Man erzählte sich, dass sie seinerzeit in Otranto fliehenden Normannen hinterhergaloppiert sei und sie mit den Worten »Seid Männer! Kämpft!« in die Schlacht gegen die Byzantiner zurückgeführt habe. Ima blieb der Mund offen stehen, denn lautlos hatten die Männer Sicaildis' Beispiel folgend ihre Waffen in die Luft gereckt, und die Phalanx der blitzenden Speerspitzen schien unbesiegbar.

Auf nach Rom!

»Dass du ja das Maul hältst«, knurrte Michel und schulterte seinen Schild. Den Beutel mit Proviant, ohne den der Chevalier von Bourges offenbar nie sein Zelt verließ, hatte er seinem neuen Knappen zugeworfen. Ima wusste, dass sich ihr Brot und ihr gewürztes Trockenfleisch darin befanden. Der Chevalier hatte gelernt, sich von der Tafel des Herzogs zu versorgen und sich nicht dabei erwischen zu lassen. Die anderen Knappen, die schon länger in seinen Diensten waren, trugen Lanzen und Speere und ein weiteres Schwert und ordneten sich murmelnd zum Abzug. Einige stopften sich verstohlen Essen in den Mund, man wusste ja nicht, was einen in Rom erwartete.

»Wo ziehen wir hin?«, fragte Ima flüsternd den Knappen neben ihr.

»Nach Rom«, flüsterte der zurück.

»Dummkopf, das weiß ich doch! Wohin genau?«

Der Knappe betrachtete sie von oben nach unten. Ein spärliches Bärtchen kräuselte sich an seinem Kinn, der Oberlippenbart war dafür ein wenig zu lang geraten. Seinem Brauenzucken war anzumerken, was er von seinem Gegenüber hielt. »Hast du die Hosen jetzt schon voll? Liegst wohl lieber im Bett eines hohen Herren, was? Dachte ich's mir doch – für solche Knaben haben wir hier keinen Platz!«

»He, Armand, lass ihn in Ruhe!«, mischte sich ein anderer ein.

»Siehst du nicht, wonach ihm der Sinn steht?«, lachte Armand frech und packte Ima ohne Vorwarnung an die Hinterbacke. »Wir haben ihn nur noch nicht ausprobiert.« Schneller, als Ima sich wehren konnte, wanderte seine Hand zwischen ihren Beinen nach vorn, wo er vermisste, was die Hand voll und den Schwanz in Notzeiten glücklich macht – »Ich glaub's nicht! Das glaub ich nicht …«

Ima ließ den Beutel fallen und packte ihn an der Kehle. Mit aller Macht drückte sie gegen den Adamsapfel, dass Armand vor Schmerz aufstöhnte, jedoch nicht von ihr abließ, weil die Hose zum Platzen gefüllt war und nach Erleichterung gierte. Seine Finger bohrten sich fester zwischen ihre Beine, »Dirne, verfluchte!« Die andere Hand quetschte ihre Brust. »Dirne, mach's mir hier – hier …« Er hustete röchelnd, als sie ihn in den Kehlkopf kniff.

»Kein Wort zu niemandem, hörst du?« Langsam kroch ihre rechte Hand über seine Wange hoch und bedeckte das Gesicht, nur wie ein Hauch, damit er atmen, aber auch sehen konnte. Er erstarrte. »Kein Wort …« Sie sah, wie er zählte. Sie sah, wie die anderen zählten. Sechs Finger. Ein Finger mehr als normale Menschen.

Einen Moment später war sie frei, und er taumelte rückwärts.

»Kein Wort, hörst du?«, knurrte Ima finster. Sie schulterte den Beutel und stellte sich auf, als wäre nichts geschehen. Die Knappen hielten Abstand zu ihr, das Tuscheln jedoch war unüberhörbar. Ihr Herz schlug wild. Jetzt war sie in Gefahr geraten. Jetzt, nachdem es auf der ganzen langen Reise gut gegangen war … Das Messer. Wo war Gawans Küchenmesser, das sie immer bei sich trug? Ima tastete an ihrem Gürtel – kein Messer. Der Schweiß brach ihr aus. Sie hatte das Messer im Küchenwagen vergessen.

Die Menge setzte sich in Bewegung. Dumpf dröhnte der Boden unter den Schritten unzähliger Stiefel, die schwerfällig aufsetzten, weil der Weg weit war und das Gepäck so schwer. Die Pferde blieben im Lager zurück. Dies würde eine Eroberung der besonderen Sorte sein, wie sie seit vielen hundert Jahren niemand mehr gewagt hatte und wie sie kein Gegner erwarten würde. Für Robert Guiscard gab es nichts, was unmöglich war oder undenkbar. Er setzte seine Pläne stets durch, und nichts hielt ihn auf.

Eine neue Melodie hing über dem Heerlager. Ima lief es eiskalt den Rücken hinab. Dunkel und eintönig klang sie, und jeder Schritt gegen Rom kündete von Krieg und von der Größe des apulischen Anführers, der es wagte, die Stadt Petri bei Nacht zu überfallen. Es war seine Melodie, ein Lied von Kraft und List, von Gier und Lust, und von lachender Macht. Es wäre trotz der schweigenden Kämpfer laut genug gewesen, um Rom zu wecken, doch Rom hörte nicht.

Rom schlief.

Der Plan, wie sie aus dem Flüstern der Knappen erfuhr, bestand daraus, von zwei Seiten anzugreifen. Ima befand sich in der Gruppe, die über die Porta Tiburtina in die Stadt eindringen sollte. Die zweite Gruppe war in Richtung Ponte Milvio aufgebrochen.

»Und wie kommen wir in die Stadt rein?«, fragte sie den jüngsten der Knappen, der sich neben sie gestellt hatte.

»Schsch!«, zischte jemand von weiter vorne.

»Entweder wir brechen durch das Tor, oder wir kaufen es«, flüsterte der Knappe zurück. »Kaufen ist am einfachsten …«

»Kaufen?«

»Na – du gibst dem Torwächter Geld …«

»Also bestechen?«

Der Kleine sah sie stirnrunzelnd an. »Sie sagen, dass du Angelsachse bist. Macht man so was bei euch nicht?« Ima schaute ratlos drein und schüttelte dann den Kopf. Da grinste er breit. »Der Guiscard weiß, wie er die Leute zu nehmen hat. Man kann alles kaufen, für den richtigen Preis, verstehst du?«

»Halt endlich das Maul!«, knurrte ein Ritter, und der Knappe verstummte.

Das apulische Heer wälzte sich erst durch das abgeholzte Pinienwäldchen, wo der Boden durch Aberhunderte von Männerstiefeln durchpflügt wurde und wo Sträucher mit Schwertern und Äxten hinweggefegt wurden, um ein besseres Durchkommen zu ermöglichen. Alle zwanzig Kämpfer gab es eine Laterne, damit zumindest der Laternenträger sah, wo er seine Füße hinsetzte. Trotzdem stolperten viele über Baumwurzeln oder ihre eigenen Füße und stürzten, worauf der Zug stoppte, weil man über die am Boden Liegenden fiel. Leise Flüche waren zu hören, Tritte, Schmerzenslaute in der Dunkelheit, Schatten, schaukelnde Laternen wie Irrlichter zwischen den Bäumen …

Nach schier endloser Zeit verließ das Heer den Wald, oder was drei Tage Heerlager davon übrig gelassen hatten, und schlich auf die Mauer des Aurelius zu, um in ihrem Schutz entlangzulaufen. Im Gänsemarsch, Mann hinter Mann, ging es am alten Mauerwerk entlang. Ima roch den Stein, feuchte Erde und vermoosten Mörtel, doch gestattete die Mauer ihr nicht, sie anzufassen und sich an ihr abzustützen. Kalt und ablehnend war ihr muffiger Atem … Hinter ihr keuchte der kleine Knappe, der im Wald schon mehrfach hingefallen war, weil er nichts sehen konnte. Sie stolperten über Vorsprünge, alte Wurzelstöcke und herabgefallene Steine, die seit Jahrhunderten dort lagen, Geschichten vom Römischen Reich erzählten und sich geschickt unter einer Moosdecke verbargen, um Heranschleichende zu ärgern.

Ima war Teil der endlos langen Schlange aus über tausend Mann. Sie kannte nicht den Anfang und nicht das Ende der Schlange. Vordermann und Hintermann waren ihre kleine

Welt, sie lief nur mit, Schritt für Schritt, schweigend hinter den anderen her …

»Gleich sind wir da«, flüsterte der Knappe hinter ihr. »Ich war schon mal hier, ich kann mich erinnern.«

»Ist es noch weit?«, fragte sie. Ihre Füße begannen auf dem unebenen Pfad zu schmerzen, und die Beine wurden ihr müde.

»Nicht mehr weit. Er will zur Porta Tiburtina. Nicht mehr weit«, raunte der Junge. Dann stoppte der Zug. Im Mondlicht sah sie, wie weiter vorn lange Leitern, die die Männer die ganze Zeit über mitgeschleppt hatten, aufgerichtet und gegen die Mauer gelehnt wurden. Laternen schaukelten jetzt an den Leitern. Unruhe kam auf, sie erkannte Lanzen, die spitz in den Nachthimmel stachen, Antlitze, die sich nach oben drehten, gestikulierende Hände. Dann Figuren, die sich die Leiter hochschwangen. Eine, zwei. Aufmunternde Rufe wurden laut, dann ein »Schscht!« der Anführer. Gewandt krabbelte der Mann hoch. Dann ein Splittern, ein Schrei, und ein Schatten fiel nach unten, nahm den zweiten mit sich. Dumpf prallten die Körper auf den Boden … Die Aufregung nahm zu, das Murmeln wurde lauter, Unruhe setzte sich wie ein Echo durch die Menge fort. Was war passiert – was nun? Ein Reiter trieb sein Pferd energisch zwischen den Männern vorwärts.

»Die Leiter ist zu dünn, ich hab's ja gleich gesagt. Kein normaler Mensch kommt dort hoch.« Armand warf den Kopf in den Nacken. »Ich hab's ja gleich gesagt. Sie haben sie zu dünn gebaut –«

»Oder die Leute zu schwer«, meinte ein dicklicher junger Kerl. Der Reiter hielt direkt vor ihnen an.

»Du da. Du bist klein«, sagte er und deutete mit dem Finger auf Ima. Die Laterne schaukelte im Nachtwind und färbte das Gesicht des Chevaliers gelb. »Du steigst auch da hoch. Los.« Ima drängte sich gegen die Mauer, hob abwehrend die Hände – um Himmels willen, der meinte doch nicht sie?

»Los, mach schon«, raunte Armand, der neben ihr aufgetaucht war. »Sie warten nicht gern.« Das Gedränge wurde dichter, weiter vorn hatten Männer bereits die Leitern erklommen. Diese hatten gehalten, bestanden offenbar aus kräftigerem Holz. Die Leiter des Chevaliers schwankte wie ein Blatt im Wind, weil sie nur aus dünnen Ästen zusammengebunden war. Niemand traute sich, sie anzufassen.

»Worauf wartet er?«

»Warum geht der Bursche nicht hoch?«

»Die anderen sind schon fast oben!«

»Feigling...«

Murren wurde laut, die Ungeduld wuchs – es war schon hart für die Krieger, so lange vor der Stadt ausharren zu müssen, im Schutz der Mauer, tatenlos... und jetzt noch dieser Feigling... Blicke spießten sie auf. Michel de Bourges hielt eine Laterne direkt vor ihr Gesicht. »Was nun!«, bellte er.

»Ich kann nicht«, wimmerte sie.

»Sollen sie alle wissen, dass du ein Weib bist?«, flüsterte Armand ihr von hinten lachend ins Ohr. Seine Hände umfassten ihre Taille und schoben sie an die Leiter. »Du wirst froh sein, ein paar Sprossen über uns zu stehen, wenn sie es erfahren, Kätzchen.« Er trat dichter an sie heran. »Doch bevor sie es erfahren, bin ich der Erste gewesen, meine Schöne...« Wie beiläufig befingerte er ihre Brust und drückte ihren Körper an sich. Sie floh an die Sprossen.

Die Leiter war wirklich außergewöhnlich dünn geraten und wackelte, wenn man sich gegen sie lehnte. Der Knappe drängte sie von hinten gegen das Holz. »Na los, mach schon. Bei Gott, was für ein Spaß – ein angelsächsisches Weib auf der römischen Mauer – und ich bin der Einzige, der davon weiß – ich glaub, ich träume...« Vor ihr die Leiter, hinter ihr ein vor Verlangen aufrechter Knappentraum – Ima biss sich auf die Lippen und stieg auf die erste Sprosse. Armand lachte. »Recht so, Kätzchen. Deine Krallen probiere ich, wenn wir drinnen sind...«

»Soll ich dir Beine machen?« Keuchend trat das Pferd des Chevaliers näher, und sie fühlte die Hitze der Laterne an ihrem Nacken. »Alle anderen sind schon fast oben, nur meine Leiter ist leer!« Wie alle wussten, hasste der Guiscard nichts mehr als Nachzügler.

Und so stieg Ima Sprosse für Sprosse die wackelige Leiter hoch, die am Vortag erst zusammengebunden worden war und die noch den Duft rinnenden Harzes trug. Wo sich die zerbrochene Sprosse befand, wusste sie nicht, daher befühlte sie jeden quer geschnallten Ast, bevor sie ihn benutzte. Sprosse für Sprosse, und je höher sie gelangte, desto mehr bog die Leiter sich durch, sie schwang im Nachtwind wie die Saite einer Laute, und sie, Ima, saß auf dieser Saite wie eine Mücke, die niemand sah …

»Gut so, Kätzchen, gut machst du das«, hörte sie Armand von unten. »Und immer schön außen treten, gut machst du das.« Jetzt war sie dankbar für die Stimme des schmierigen Knappen. Die Dunkelheit hüllte sie ein. Vor ihr die Leiter, gleich dahinter die kalt atmende Mauer des Aurelius – mehr wollte sie nicht wahrnehmen, sie verbot es sich. Nicht den unendlichen Nachthimmel, der Schwindel verursachte, wenn man zu lange hineinblickte, nicht die schwarze Tiefe zwischen Mauer und Leiter, die an ihren Füßen sog, an den Kleidern zupfte, die Beine befingerte und zum Sprung zu überreden suchte. *Komm*, lockte sie, *komm, du hast da oben nichts zu suchen*, und das Schwarz wurde weich wie das Haarkleid eines neugeborenen Lammes, es sog an ihr …

»Nicht schlafen, Kätzchen!«, raunte es von unten. »Weiterklettern! Weiter!«

Sie schreckte hoch. Ihre Hände griffen in gesplittertes Holz – die zerbrochene Sprosse. »Allmächtiger!«

»Weiterklettern!« Ihr Herz sackte in die Kniekehlen, und es wurde ihr flau im Magen. Die Tiefe nahm Gestalt an, umfloss sie lachend und zerrte an ihrer Kleidung. Ima klammerte sich an die Leiter und schloss die Augen. Keinen Schritt weiter, keinen Schritt … Übelkeit wallte in ihr hoch, zum Erbrechen schlecht war ihr, das Herz drohte auszusetzen, sie bekam keine Luft – sie konnte keinen Schritt weiter. Ein Windstoß brachte die Leiter erneut zum Schwingen, auf und nieder, auf und nieder …

Sie keuchte, beinahe bereit, sich der Tiefe zu ergeben, die um sie buhlte – an ihren Beinen zog, nach unten zog – *nimm die Hände von der Leiter – breite die Arme aus – flieg …*

»Weiterklettern – es ist nicht mehr weit«, raunte da jemand von oben. »Komm, noch ein paarmal hochziehen – komm!« Ihre fiebernde Fantasie gaukelte ihr eine Hand vor, die durch das Dunkel winkte, und sie fasste neuen Mut. Überstieg die zerbrochene Sprosse, schluckte tapfer die Übelkeit hinunter, noch eine Sprosse, noch eine, noch eine …

Zwei Hände packten sie und zogen sie aus dem schwarzen Nichts über den Mauerrand, während die Leiter unter ihrem Fuß abrutschte, mit scharrenden Geräuschen an der Mauer entlangschrammte und weiter unten zerbrach. Rufe wurden laut. »Nichts passiert!«, rief ein Mann von oben. Heftig atmend blieb sie liegen, während ihr Tränen der Erschöpfung und Erleichterung über das Gesicht liefen und die Tiefe sich enttäuscht zurückzog.

»Los, aufstehen, hier lang!« Er stieß mit den Füßen nach ihr. Sie sah hoch. Auf der Mauer gab es keine Laternen, nur schemenhaft vorbeischleichende Gestalten, und man spürte ihre knisternde Furcht davor, wo wohl die römischen Wächter steckten. Rom lag wie ein unheimliches Tier auf der Lauer. Ihr stockte der Atem.

»Ich komme, warte«, keuchte sie und rappelte sich hoch. Nur nicht zurückbleiben!

»Ima!« Ein Mann packte sie an den Schultern. »Ima, um Himmels willen, was tust du hier?«

Aidan.

Gott hatte sie in Aidans Hände geführt.

Der Knappe de Hautevilles hob sie hoch und umarmte sie kurz und heftig. »Ima – Ima, Liebste, was tust du hier? Allmächtiger, wir müssen dich verstecken, komm, mein Herr wird einen Platz für dich finden …« Damit zog er sie hinter sich her, hinein in die Dunkelheit, auf Männerstimmen zu. Sie ertastete Ziegelsteine, eine kleine Ruine, vielleicht ein Wächterhaus. Aidan drängte sie in eine Öffnung, aus der es muffig nach Urin roch.

»Hier bleibst du sitzen, bis ich dich hole, Ima, hörst du. Liebste Ima …« Ein Messer drängte sich in ihre Hand. »Hier, nimm das, falls dir jemand was tun will.« Seine schwielige Hand streifte ihre Wange, sie fühlte einen Kuss auf ihrem Scheitel, dann war er fort. Ihr Herz klopfte vor Aufregung darüber, dass Gott sie ausgerechnet zu ihm geführt hatte … und dass sie Gérards Stimme weiter hinten hörte. Sie beugte sich vor. Der Uringestank raubte ihr die Luft. Schatten huschten vorbei. Der Mond versteckte sich schlecht gelaunt hinter einer Wolke. Wind kam auf, es nieselte wieder. Sie hatte das Gefühl, dicht unter dem Firmament zu hängen, viele Meilen von der Erde entfernt. Fledermäuse sausten umher, irgendwo heulte ein Kauz. Rom schlief.

Von der anderen Seite der Mauer war kein Ton zu hören – eintausend Mann hockten still und reglos vor den Mauern Roms, weil Robert Guiscard das so wünschte.

Dann hörte man ein Wortgefecht.

»Wo ist das Gold?«

»Viel zu wenig!«

»Halt's Maul!«

»Jetzt das Tor öffnen!«

Ein Pferd wieherte schrill, Hufe klapperten auf Stein, dann war ein Keuchen zu hören, Gerangel, Fluchen. »Nimm *das*!«

»Haltet ihn!«

Ima hielt sich am Mauervorsprung fest. Die Dunkelheit unter ihr war so geschwätzig, sie übertönte das Rufen der Männer, als jemand mit einem langen Würgen starb. Dann hörte sie wieder nur das Keuchen der Männer, die sich gerade anschickten, Roms Tore für den Apulier zu öffnen – zuerst mit Gold, jetzt mit Waffengewalt. Kaum ertrug sie die Schwärze vor ihren Augen. »Aidan«, murmelte sie. »Aidan, lass mich nicht allein hier…« Aidan hörte sie nicht, aber die Dunkelheit, und die säuselte wieder, es sei ganz einfach, und streckte die Hand nach Ima aus. *Komm. Komm zu mir.*

Ein Schritt. Noch einer.

Es ist ganz leicht.

Ein Männerschrei – dann jagte ihr ein unheimliches Geräusch kalten Schauder über den Rücken, etwas Tiefschwarzes bewegte sich auf sie zu, der Schlund eines wilden Ungeheuers öffnete sich, blitzende Zähne kamen zum Vorschein, bereit, alles und jeden zu verschlingen, der es wagte, Rom aus dem Schlaf zu reißen…

Genau das hatte Robert Guiscard vor, und er ließ es sich nicht nehmen, auf seinem Schimmel als Erster durch die Porta Tiburtina zu reiten, nachdem die Wächter überwältigt und das schwere Holztor geöffnet worden war. Im Licht schwankender Laternen sah Ima einen Strick, an dessen Ende ein zuckender Körper baumelte, und Männer, die durch das Tor quollen. Hintereinander, nebeneinander, drängelnd, gierig vorwärtsstolpernd – endlich hatte das Warten ein Ende! Überall sah sie glänzende Helme und Schwerter, schillernde Kettenglieder, blitzende Augen, irgendwo war sicher auch die Herzogin auf ihrem Isabellhengst, und unter eisernem Schweigen nahmen sie die Porta Tiburtina ein.

Ima wurde unruhig. Sie kroch aus ihrem Versteck und beugte sich über den Mauervorsprung. Keiner der Knappen und Ritter, die das Tor von innen geöffnet hatten, war mehr zu sehen, die Mauer des Aurelius lag stumm zwischen Himmel und Erde, ein öder Ort, der über Rom und die Soldatenschlange wachte, die sich die Via Tiburtina hinanschlängelte. Sie war allein hier oben.

Sie hielt es nicht aus zurückzubleiben. Allein – in vier Klaftern Höhe?

Hastig bekreuzigte sie sich, dann tastete sie sich vorwärts und fand das Seil, an dem Aidan hinabgeklettert war. Sie schlang es um ihr Bein und versuchte, daran hinunterzurutschen – wohin auch immer, nur hinab von der Mauer, die ihr von Atemzug zu Atemzug immer höher und steiler vorkam. Feindselig atmete der Stein, gegen den sie prallte, mit schartigen Fingern krallte er nach ihr, und voll Angst stieß sie sich wieder ab, schwang durch die Luft… unter ihr allein das rhythmische Geräusch unzähliger Stiefeltritte, das leise Schwatzen der Kettenglieder, das Knarren von Leder. Diese Dunkelheit! Sie fühlte, wie sich ihre Hände unter dem Seil erhitzten, abschälten – bald musste es doch zu Ende sein! Die Schritte der Marschierenden kamen immer näher…

Dann bohrte sich ein spitzer Gegenstand an ihr Bein.

»Na, den Befehl wohl nicht gehört?« Das Schwert ritzte den Stoff, geführt von geschickter Hand. Ima klammerte sich an ihr Seil und starrte verschreckt nach unten in das von einer Laterne erleuchtete Gesicht des Guiscard, der sein Heer mit wachsamem Auge an sich vorbeiziehen ließ. Eine Braue zuckte, und er steckte das Schwert weg, nicht ohne vorher den Riss im Hosenbein spielerisch zu erweitern. Er hatte sie erkannt – woran auch immer. »Die Knappen des Chevaliers Michel marschieren weiter vorne. Du solltest dich sputen.« Und statt ihr herunterzuhelfen, trieb er sein Pferd an, um wieder an die Spitze zu reiten, und wurde mitsamt seinem Laternenträger alsbald von der Dunkelheit verschluckt. Irgendeiner der Vorübergehenden streckte die Hand aus und zog sie vom Seil, schweigend, wie es geboten war, und stellte sie auf die Füße, und Ima reihte sich ein in den Marsch nach Rom, ebenfalls schweigend, aber mit großer Furcht im Herzen, weil sie nun niemanden mehr um sich herum kannte.

Der Mond schlug sich auf Guiscards Seite. Er kam hinter den Wolken hervor und zeigte ihnen, wie groß Rom war. Er zeigte auch, dass es zu einem großen Teil aus Trümmern bestand. Roms wechselvolle Geschichte hatte seine Bewohner in wenige Stadtteile im Norden zusammengetrieben. Das Heer zog stumm durch gepflasterte Straßen, die schon lang kein Mensch mehr betreten hatte, wie meterhohes Unkraut im Dämmerlicht verriet. Gesäumt wurden die Straßen von dachlosen Hausruinen und Mauerresten, zwischen denen Fledermäuse umherflogen und Katzen unter wuchernden Bäumen kreischten. Ziegen meckerten leise und raschelten im Gras. Das monotone Stampfen lullte ein. Der tausend Jahre alte Straßenstein zuckte unter den Tritten und gab sie an Ima weiter, als wolle er sich beschweren, wie unsanft man ihn aus langem Schlummer weckte. Seine Empörung vibrierte in ihr, und sie suchte Schutz in der schimmernden Menge, die sie wortlos aufnahm und Schritt für Schritt weiterschob, keuchend vor Anstrengung über das Tempo, aber stumm, weil es der Herzog so wollte, weiter... weiter...

Im Morgengrauen dann wurde Rom unsanft aus dem Schlaf gerissen. Die beiden Heere trafen wie geplant an den Ruinen des Forum Traianum unterhalb des Capitolinum aufeinander. Unter den Augen des bronzenen Kaisers, der einsam auf seinem hohen Sockel über Rom wachte, vereinigten sie sich und fanden ihre Stimme wieder. Mit ohrenbetäubendem Gebrüll rannten die Männer auf Befehl des Guiscard die Via Lateransis entlang, traten Türen von bewohnten Häusern ein, überwältigten bewaffnete Römer und stürmten die breite Straße auf die Engelsburg zu, wo römische Stadtgardisten seit Monaten den Papst belagerten und auszuhungern versuchten. Mit einem solchen Ansturm hatte niemand gerechnet, nicht von zwei Seiten und nicht um diese Tageszeit. Nach nur wenigen Stunden, die Mittagssonne brannte noch nicht in voller Stärke vom Himmel, hatten die Apulier den römischen Cordon um das Kastell gesprengt und machten sich daran, die Brücke zum Castel Sant'Angelo einzunehmen. Der Chevalier gehörte zu den Menschen, die sich selbst am nächsten waren. Offenbar empfand er es nicht als Ehre, auf der Brücke für den Papst zu sterben, denn er drängte seine Knappen und Untergebenen zum Ufer des Tiber und ritt dort wichtig herum, und niemand kam auf die Idee, dass sich hier jemand vor dem Kampf drückte.

»Mir recht so.« Armand stopfte sich den Mund mit altem Brot voll. »Ich finde, wir haben genug geleistet.« Ima lehnte gegen die Mauerbrüstung und hatte ihre Augen überall.

»Wo sind die Römer?«, fragte sie. »Es muss doch mehr Menschen in Rom geben als diese Soldaten auf der Brücke – wo sind sie alle?«

»Ganz schön viele Trümmer hier, was?«, grinste Armand. »Mein Herr sagt, dass die Römer sich auf das Marsfeld zurückgezogen haben – dass es in früheren Zeiten viel mehr Römer gegeben hat.«

»Und wo sind sie hin?« Ima kam sich dumm vor, das zu fragen. Armand aber war ein Angeber. »Tot«, raunte er. »Alle tot. Es gibt nicht mehr viele Römer. Mein Herr sagt, Rom ist wie eine Hure – jeder ist hier eingegangen und hat sich genommen, was ihm gefällt – die Deutschen, die Goten, die Vandalen ... nun ist es ein wenig schmutzig hier.« Er machte ein bedeutsames Gesicht. Ima wandte sich ernüchtert ab. Indes – vielleicht war an der Geschichte sogar etwas dran, wenn sie an die verlassenen Straßenzüge voller Ruinen dachte ...

»Der Guiscard will dich sehen. Sofort. Du musst mit mir kommen – Junge.« Michel trug einen angestrengten Gesichtsausdruck, als er sie endlich fand, und er zog am Zügel, dass das

Pferd vor Schmerz mit den Augen rollte. »Kaum zu glauben, dass er sich an dich erinnert – kaum zu glauben. Ich soll dich sofort bringen.«

Ima raffte ihr Bündel an sich und folgte dem zu klein geratenen Pferd des Chevaliers. Hinter ihr lachten die Knappen unflätig, was man mit diesem Hänfling wohl vorhabe und dass es sich nicht immer auszahle, dem Herzog aufzufallen …

Die Straßen wurden enger, das Gedränge wurde immer dichter, je näher sie der Engelsburg kamen. In den Eingängen verfallener Ruinen standen Einwohner der Stadt, manche bewaffnet, andere trugen Mistgabeln und Schlegel und schauten grimmig drein. Selbst Frauen drohten mit den Fäusten und stießen Flüche aus. Kinder warfen mit Steinen nach den verhassten Eindringlingen. Der Herzog hatte die Parole ausgegeben, dass man sich keinesfalls provozieren lassen sollte, weswegen die kleinen Steinewerfer ignoriert wurden.

»Rasch«, keuchte Michel und sprang aus dem Sattel, als man zu Pferd nicht mehr weiterkam. Das apulische Heer drängte sich vor der Burg und versperrte jede Sicht. Wie eine Wand hatte es den römischen Widerstand erdrückt – am Fuß der Engelsburg sah Ima eine Gruppe Römer, die von Apuliern in Schach gehalten wurden. Knappen räumten Leichen aus dem Weg. Im Vorbeihasten erblickte sie Blut, zerrissene Kleidung, verdrehte Gliedmaßen – schnell weiter.

»Rasch, eil dich«, rief Michel über die Schulter und legte an Tempo zu. Der Lärm auf dem Platz vor der Engelsburg war ohrenbetäubend. Ima sah sich auf der Treppe kurz um.

Hunderte von Apuliern standen mit gezogenen Waffen vor der Burg, bereit, jeden aufflackernden Widerstand auf den kleinsten Befehl hin sofort niederzumetzeln. Ihr siegreiches Raunen jagte ihr einen Schauder über den Rücken. Triumph lag in der Luft. Sonnenstrahlen sprangen munter von Helm zu Helm, großartig wirkten die Sieger und vermessen ihre Gesten. Der Anführer der Apulier färbte auf seine Männer ab. Michel sprang trotz seiner Körperfülle leichtfüßig die letzten Treppenstufen empor und pflügte durch die Menschenmassen, die vor seinem bestickten Mantel sofort Platz machten. Ima flitzte dicht hinter ihm her, bevor der Gang sich wieder schließen konnte.

Es war trotz der Hitze draußen eisig kalt im Castel Sant'Angelo. Die hohen, dicken Mauern der Festung ließen keine Wärme herein, und von den kleinen Feuern in den Ecken der Wachleute merkte man drei Schritte weiter schon nichts mehr. Fröstelnd rieb Ima sich die Arme. Sie passierten zwei weitere Sperren. Es wurde immer dunkler, denn das Holz war schon lange knapp und diente fast ausschließlich dazu, Wärme zu spenden. Dann standen sie im Inneren des Mausoleums, welches seit Monaten als Wohnstatt des Heiligen Vaters diente.

»Du hast schon einmal einen Halbtoten auf die Beine gebracht, hat man mir erzählt. Das wirst du jetzt wieder tun.« Robert Guiscard machte keine Umstände, als Michel mit ihr ankam. Er packte Ima unsanft am Arm und schubste sie auf ein Lager zu, wo sich unter Bergen von Fellen und Decken eine wimmernde Gestalt verbarg.

»Er sagt, er sei zu schwach. Ich befreie keine Schwächlinge.« Guiscards Stimme ließ keinen Zweifel daran, wie ernst er das meinte. »Wenn er nicht aufsteht, lasse ich ihm ein Loch ausheben. Entweder der Papst geht aufrecht hier heraus, oder er geht gar nicht.« Die Männer um ihn herum schauten betreten drein. Der Herzog war ganz offenkundig ungehalten, er hatte sich wohl einen triumphalen Auszug aus der Engelsburg vorgestellt, mit einem blassen, aber aufrechten Papst, der den überragenden Sieger trefflich hätte schmücken können. Und nun das hier – ein jammernder, schwächelnder Greis. Robert Guiscard war nicht der Mann, der einen Todkranken aus dem Gefängnis trug.

Ima näherte sich dem Lager. Dort lag Gregor VII. Der Papst.

Unter alten, muffig riechenden Fellen lag der Papst. Ihr schwindelte ein wenig. Wie sah er wohl aus? Wie sprach man den Papst an? Den Vertreter Gottes. Furchtsam sah sie sich um. Wie nah war Gott hier, wo der Papst gleich vor ihr lag? Wie nah war sie Ihm? War Er überhaupt hier? Die Halle sah aus wie eine Halle, in der Menschen vorübergehend Zuflucht gefunden hatten – ein paar Teppiche, Lagerstätten, Felle, Kisten. Eine verwaiste Kochstelle, vergammelnde Speisereste. Nichts Göttliches. Im Gegenteil, alles sehr irdisch und übelriechend. Aus einem dunklen Winkel wehten unangenehme Abortdünste herüber. Diener drückten sich in den Ecken herum, ein paar Mönche hockten am Fenster und beteten eine Litanei, irgendwo räucherte jemand Weihrauch und rief den Allmächtigen an. Sie erinnerte sich, gehört zu haben, dass die Engelsburg eigentlich ein Mausoleum war. Ein riesiges Grabmal römischer Kaiser. Der Papst hatte sich in ein heidnisches Totenhaus geflüchtet. Sie schauderte.

»Was willst du? Lass mich in Ruhe«, kam es von unter der Decke. Dann rutschte die Decke ein wenig zur Seite, und das Gesicht eines uralten Mannes kam zum Vorschein. Schlaffe, gelbliche Haut hing über hohen Wangenknochen, eine hakenförmige Nase mit roter Spitze, die in das schmale Gesicht nicht passen wollte. Die Augen saßen in roten Höhlen und tränten ohne Anlass. Das Leben hatte seine Züge geknautscht und misshandelt, Erfahrungen ihre tiefen Spuren hineingeschrieben. Gnade oder gar Milde fand sie in den Zügen keine. Sein halbes Leben hatte dieser Papst gekämpft, hatte sich aus Überzeugung selbst zum Papst erhoben, die Heilige Römische Kirche regiert wie ein Fürst und den Deutschen in Canossa gedemütigt. Er hatte die Kaiserkrönung Heinrichs durch einen Gegenpapst hinnehmen müssen und seit Monaten die Belagerung und Bedrohung seines Lebens. Wenn es je Milde in diesem Gesicht gegeben hatte, so war sie vor langer Zeit versteinert.

Er musterte sie unwillig, und hielt dann die Decke wie zum Schutz so hoch, dass nur noch die Augen herausschauten. »Du bist ein Weib«, flüsterte er heiser. »Schickt der Teufel mir jetzt die Weiber auf den Hals – erst diesen apulischen Bastard und jetzt Weiber! Warum prüft Er mich so …«

»Man sagte mir, Ihr benötigtet Hilfe.« Ima wunderte sich, dass sie so ruhig bleiben konnte. Hier lag der Vertreter Gottes auf Erden und fluchte wie ein Bettler, und woher wusste er, dass sie eine Frau war?

»Ich brauche keine Hilfe.« Damit verschwand der Kopf wieder unter der Decke. Der Tod ging um, kroch klebrig an Ima hoch und flüsterte vom Siechtum. Sie holte tief Luft. Mehrere Augenpaare beobachteten sie gespannt – eines davon gehört Sicaildis von Salerno. Auch die Herzogin war in die Engelsburg gekommen, an die Seite ihres Mannes, aufrecht und schön wie ein Ostermorgen, um seinem Triumph über Rom beizuwohnen. Ausgerechnet sie brachte Ima etwas aus dem Konzept, obwohl sie nur schweigend dastand. »Kann ich Räucherkohle haben?«, bat Ima einen Diener, der stirnrunzelnd auf seinen Herrn herunterschaute. »Und etwas zu essen.«

»Wir haben nichts mehr zu essen. Wir hungern seit zwei Wochen, als die letzten Hunde geschlachtet wurden. Auch Ratten gibt es keine mehr«, sagte der Diener lakonisch und kratzte sich an der bleichen Wange. Hinter ihnen unterhielt sich der Herzog mit zwei Rittern über die Feigheit der römischen Truppen und was für ein fader Morgen dies doch gewesen sei. Die Ungeduld über des Papstes Schwäche war seiner Stimme deutlich anzumerken. Ima kramte in ihrer Tasche nach brauchbaren Hilfsmitteln. Ihr fiel das Päckchen der Trota in die Hände. »Es kommt der Tag, an dem du das brauchst«, hatte die Ärztin damals geflüstert und ihr kurz erklärt, was sie alles darin finden würde. Das Päckchen enthielt Honigkugeln und Räucherkräuter. Mit Letzteren kannte Ima sich von daheim ganz gut aus und wusste sofort, was in den Beutelchen duftete.

Es ging leicht von der Hand – erstaunlich leicht, dafür dass ihr der Herzog im Nacken saß, die Dame Sicaildis kritisch dreinschaute und der alte Mann weiterhin unter seinen Decken verborgen blieb. Ima räucherte erst Myrrhe. Begierig sog sie den balsamischen Duft ein und wedelte ihn über das Lager des Heiligen Vaters. Myrrhe verlängert das Leben, hatte die Mutter immer gesagt und ihren Räuchervorrat eifersüchtig bewacht. Nach einigem Überlegen fügte sie ein paar Krümel Galbanum hinzu, zwar ein Frauenkraut, aber sie hoffte, es möge den Heiligen Vater weicher stimmen und seinen starren Geist auf das Leben hinwenden. Dann löste sie eine Kugel aus gehärtetem Honig in etwas warmem Wasser auf. Der Kugel war kunstvoll Theriak beigemischt, der »Mutter aller Medizinen«, wie Trota das genannt hatte. Ima vertraute auf ihre Kenntnis – was blieb ihr auch anderes übrig, denn über die Inhaltsstoffe der Himmelsarznei wusste sie nichts.

»Seid so gütig, Eure Heiligkeit, und trinkt das hier.« Vorsichtig zupfte sie an der Decke. Das mürrische Gesicht kam wieder zum Vorschein.

»Scher dich fort.«

»Seid so gütig und trinkt – das wird Euch Kraft geben.«

»Gott gibt mir Kraft, Kind. Ich brauche dich nicht.« Stahlschwarze Augen saßen wie Löcher zwischen den Falten – er blieb. Sie sah, wie er den Duft des Räucherwerks einatmete, und mit der Hand fächelte sie mehr davon in seine Richtung. Da schoss eine der schwarzen Brauen in die Höhe.

»So so, hast du Myrrhe für mich ausgesucht, Teufelin. Willst mich verführen …«

»Es wird Euch stärken, Heiliger Vater.« Er lachte verächtlich, doch er drehte den Kopf nicht weg.

»Weißt du nicht, woher die Myrrhe stammt, Kind? Heidnisches Kraut – man sagt, es stamme von einem Weib, welches vom Vater geschwängert wurde. Findest du das immer noch richtig?«

Ima überlegte. Leiser Ärger kroch in ihr hoch. »Ja«, sagte sie fest. »Ja, das finde ich richtig. Die heiligen Könige brachten es dem Herrn als Geschenk, also wird es für Euch als Medizin wohl angemessen sein.« Da verstummte der ärgerliche Alte und sah sie einfach nur an. Die kleinen Wölkchen umtanzten den kahlen Kopf des Heiligen Vaters, der grindige Druckstellen von seiner Kopfbedeckung zeigte. Sie streichelten die Haut und stimmten ihn gnädig: Er trank tatsächlich aus ihrem Becher, und Ima wünschte sich, dass der Theriak ihn so stärkte, wie die Ärztin aus Salerno es beim Zusammenrühren beabsichtigt hatte. Die herausstehenden Knöchel seiner Hände waren blau verfärbt, höhnisch hoben sich braune Flecken davon ab, als wüssten sie, wie viel Zeit dem Heiligen Vater noch blieb. Wie viel …?

Spontan fasste Ima die herabhängende Hand an. Ihre Kälte drang in Imas Knochen. Das Leben floh den Heiligen Vater, doch war er zu stark, um es loszulassen. Sie versuchte, es zurückzudrücken, ohne dass der alte Mann ihre missgestaltete Hand bemerkte …

Die Honigkugel der Trota wirkte Wunder.

Kurze Zeit später stand der Heilige Vater auf seinen eigenen Füßen, wenn auch ein wenig schwankend, schnarrte Befehle an seine Dienstboten und drückte die Tiara energisch auf den schütteren Haarkranz. Auf wundersame Weise schien sie ihm Halt zu verleihen, denn als sie saß, stand er gerade, und der Mantel, den sie ihm umlegten, berührte den Boden kaum. Nichts war mehr von dem sabbernden Greis übrig geblieben. Sie führten ihn zu einer Sänfte, der Guiscard trieb sie zur Eile an, weil der Lärm draußen immer lauter wurde. Sicaildis hatte ihren Platz verlassen und war neben Ima getreten. Stumm nahm sie den Becher, aus dem Gregor getrunken hatte, und roch daran. Dann sah sie den Knappen an, studierte sein fein geschnittenes Gesicht und das unordentliche blonde Haar. Langsam zog sie einen Ring vom Finger. Der Ring klirrte leise, als er auf den Becherboden fiel. Ohne ein Wort reichte Sicaildis Ima den Becher und ging.

Dem Papst half man gerade in die Sänfte, wobei er von drei Dienern gestützt werden musste. Bevor er in die Kissen sank, drehte er sich noch einmal um und betrachtete Ima, die neben seinem Lager sitzen geblieben war. Langsam nickte er wie zum Dank, dann segnete er sie.

Sie saß noch dort, als auch die Dienerschaft die Engelsburg längst verlassen hatte und das Kohlefeuer ausgebrannt war. Der Duft des Galbanums hing immer noch als Erinnerung über dem Lager. Sie atmete ihn tief ein und wiegte sich gedankenverloren auf den Knien. Der Ring der Herzogin schimmerte auf ihrer Hand. Irgendwie hatte diese Geste geschmerzt, auch wenn sie Dank hatte ausdrücken sollen. Sie schloss die Hand und steckte den Ring in ihren Beutel. Über manche Dinge dachte man besser nicht zu lange nach ...

Wie ein schützender Schleier lag Gregors Segen über ihr, und für einen Moment tat es gut, sich der Hoffnung hinzugeben, dass doch noch alles gut werden würde – irgendwann.

Der Guiscard hatte in Gesellschaft des befreiten Pontifex einen Triumphzug durch Rom angetreten. Begleitet von Bewaffneten zogen sie in den Lateranpalast auf der anderen Seite des Tiber ein, ein endlos langer Triumphzug, wie ihn Rom schon oft gesehen hatte. Allerdings war lange keiner wie dieser gewesen, da sich das Oberhaupt der Kirche in die Hände weltlicher Macht hatte begeben müssen.

Der Chevalier hatte Ima recht bald aus der Engelsburg herausgeholt, und weil keine Zeit mehr war, sie bei den Pferden abzuliefern, gleich zum Lateran mitgenommen. Vielleicht auch in der Hoffnung, dass von des Guiscards Dank für die Heilung etwas Dank auf ihn als Herrn des Knappen abfallen würde. So unwahrscheinlich war das nicht, jedermann wusste schließlich, dass der Normanne zwar unendlich streng, aber auch großzügig sein konnte. Zunächst jedoch kostete er seinen Triumph aus. Ima staunte über die goldglänzende Einrichtung des Lateran – überall seidene Teppiche und mit edlen Fellen bezogene Stühle. Heerscharen von vornehm gekleideten Dienern liefen umher und trugen silberne Kannen voller rotem Wein, Wasserkaraffen, goldene Becher und Schüsseln, in denen sich eilends beschaffte Früchte und Brote befanden, um die Befreiung des Pontifex so gebührend zu feiern, wie die unerwartete Situation es erlaubte.

Gregor war auf seinen Thron geleitet worden, Diener ordneten seinen Mantel und stopften dem alten Mann Kissen in den Rücken. Als sie damit fertig waren, saß er so kerzengerade wie ein Herrscher. Nichts war vom zittrigen Greis mehr übrig. Zu ihrem größten Erstaunen marschierte der Normannenherzog auf den Thron zu und warf sich vor dem Papst auf die Knie. Seine Gefolgsmänner taten es ihm gleich – eine ganze Reihe normannischer Kettenhemden lag schließlich auf dem Boden, und der herzogliche Schreiber neben Ima seufzte verzückt.

»Ist es nicht wunderbar?«, flüsterte er.

»Wieso tut er das?«, fragte sie zurück.

»Weil er sich mit dem heutigen Tage für den Heiligen Vater unentbehrlich gemacht hat«, flüsterte der Schreiber und hielt wie zur Betonung der Aussage seinen Federkiel in die Luft. »Er hat den Papst befreit und sich selbst zu seinem Vasallen gemacht – nun ist der Papst auf unserer Seite, obwohl« – er grinste über das ganze Gesicht – »obwohl der Papst sich das vor ein paar Monaten im Leben nicht hätte vorstellen können. Der Guiscard, Junge« – er beugte sich vor – »der Guiscard ist für den Papst jahrelang der Teufel in Person gewesen …«

Ima nickte verstehend. Ihr Respekt vor dem normannischen Schlitzohr wuchs von Stunde zu Stunde, und sie verstand auch, warum er den Deutschen als Feigling so verachtete.

Der Heilige Vater interpretierte die Unterwerfungsgeste denn auch genau so, wie der Schreiber es vorausgesagt hatte – er machte ein finsteres Gesicht und segnete die Männer trotzdem. Die Normannen taten hiermit aller Welt kund, dass sie seine Vasallen waren, doch in Wahrheit hatten sie ihn in der Hand, weil sie ein Treueverhältnis herbeigeführt hatten, welches ihn demütigte. Doch es galt, das Beste daraus zu machen. Der Wein floss daher in Strömen, man trank einander zu, und der Schreiber neben Ima formulierte schon mal ein paar wohltönende Chronikzeilen zu diesem denkwürdigen Ereignis am 29. Mai im gesegneten Jahre des Herrn 1084.

Natürlich blieb es nicht so friedlich.

Zwei Tage hauste der Guiscard im Lateran, und seine Armee futterte sich durch die Vorräte des Palastes. Ima wusste kaum noch, wo ihr der Kopf stand vom vielen Umherlaufen. Am Ende konnte sie kaum mehr die Prunkgemächer voneinander unterschieden und verkroch sich zu den jüngeren Knappen an den Ausgang. Alle warteten, was geschehen würde.

»Wir ziehen wieder ab«, flüsterte einer.

»Meinst du?«

»Ich hab gehört, der Guiscard will nach Norden ziehen«, raunte ein anderer.

»Und der Papst? Was wird mit dem Papst?«, fragte Ima. Sie zuckten mit den Schultern. Niemand wusste etwas, niemand erfuhr etwas. Wieder stiegen Unruhe und Unzufriedenheit. Draußen vor dem Lateran hob sich der Lärmpegel. Am dritten Tag wurden Rufe nach dem Guiscard laut, und die ersten Prügeleien mussten geschlichtet werden. Ein Ritter kam am Morgen in die Halle gehastet und berichtete, dass sich draußen Meuterer formierten und dass die Römer südlich der Via Lateransis begannen, sich zur Wehr zu setzen.

»Dafür haben sie ganze drei Tage gebraucht?«, fragte der Guiscard ironisch und setzte seinen Becher ab. »Und das, obwohl wir sie besiegt haben? Aber vielleicht haben sie noch nicht genug.« Und mit einem süffisanten Blick auf den Pontifex, dessen Miene über den neuerlichen Territorialverhandlungen eingefroren war, befahl er Marc de Neuville, die Stadt zur Plünderung freizugeben.

»Nehmt euch, was euch zusteht.« Eine Braue des Guiscard hob sich vielsagend, und die Anführer begannen breit zu grinsen. Ima fühlte sich von der wachsenden Gewalttätigkeit erdrückt und versuchte, sich hinter die Säulen zurückzuziehen. Aus dem Augenwinkel erkannte sie Sicaildis, die mit ihrer Zofe unweit des großen Tisches saß und die Entwicklungen ohne Gesichtsregung zur Kenntnis nahm. Sie hatte vor gut zehn Jahren ja ganz andere Dinge erlebt, als ihr Gatte ihre Heimatstadt mit schwerem Geschütz in Schutt und Asche gelegt und ihren Bruder vertrieben hatte. Was war dagegen die Plünderung Roms?

Sie war im Vergleich dazu Teil der Apokalypse. Michel de Bourges erwischte Ima hinter der Säule und schubste sie in die Gruppe zurück. »Marsch, spute dich, Aufbruch! Wir haben einen langen Weg zu gehen und viel zu tragen, Junge.« Sein Gesicht drückte aus, dass hier nicht der rechte Ort war für Fragen – und spätestens im Innenhof des Circus Neronianus, wo große Feuer entzündet worden waren, begriff Ima, dass Robert Guiscard seine Armee aufgefordert hatte, Rom nicht nur zu plündern, sondern dem Erdboden gleichzumachen. Vielleicht um die Stadt zu demütigen – vielleicht auch, um drohende Unruhen unter den Männern zu verhindern, denen der kurze Kampf um die Engelsburg nicht gereicht hatte und die eine Gelegenheit suchten, ihrer Streitlust freien Lauf zu lassen. Pechfackeln wurden an den Feuern entzündet und mit lautem Geschrei stürmten die Krieger aus der Arena, die Straße hinab und auf die Hadriansbrücke zu. Wie ein vielarmiger Drache drängte das apulische Heer über die Brücke. Ima sah Männer in den Fluss fallen, die zu dicht ans Holzgeländer gekommen waren – und aus dem Augenwinkel erkannte sie Schiffe. Die Schiffe Roms, Ziel ihrer langen Reise. Eines davon ging gerade in Flammen auf, das zweite zerhackten Männer mit langen Äxten, der zersägte Mastbaum versank im Tiber. »Ich wollte nach Hause«, murmelte sie tonlos. »Ich wollte nur nach Hause.« Flammen fraßen sich durch Segel und zerbissen Taue, ein Schiffseigner schrie seine Verzweiflung dem Himmel entgegen, bevor er, vom Speer getroffen, ebenfalls in den Fluten des Tiber versank. Ima wollte fluchen, doch gegen wen? Von hinten traf sie ein Schlag in den Rücken, dann war auch sie auf der Brücke und vergaß die Schiffe, den Tiber und warum sie überhaupt in Rom war, weil es wichtiger wurde zu überleben.

Hinter der Porta Sancti Petri begann das Blutvergießen.

Einer gefräßigen Welle gleich brachen die Apulier durch die bewohnten Straßen Roms, traten Türen und Verschläge ein und legten Feuer, sowie sie mit Plündern fertig waren. Hölzerne Hütten fielen in sich zusammen, Vieh starb unter herabstürzenden Ziegeldächern oder wurde sinnlos hingemetzelt, denn niemand würde dieses Fleisch mehr essen können.

»Du bleibst dicht hinter mir«, schrie Michel durch den Lärm und drückte Ima eine Fackel in die Hand. »Und du nimmst alles an dich, was ich dir befehle!« Damit warf er sich zusammen mit einem schwergewichtigen Ritter gegen eine von innen verriegelte Tür, bis sie ächzend nachgab und auf den Boden krachte. Ima erstarrte. Die beiden Knappen, die bei ihr standen, johlten vor Vergnügen. Aus dem Hausinneren hörte man Gekreische, das Weinen von Kindern. Michel riss Ima die Fackel aus der Hand. »Und los, hinein!« Gleich darauf ertönte ein Schrei, dann ein Gurgeln im Haus. Vom Schwert durchbohrt stürzte der Hausherr auf die Schwelle seiner Tür und starb. Schleier wehten im Dämmerlicht, eine Frau jammerte um Gnade … »Verschont die Kinder – die Kinder …« Dann hörte man harte Schläge, sie schrie … Dann schrie sie nicht mehr. Auch die Kinder hörte man nicht mehr. Ima stand am Türrahmen, unfähig, auch nur einen Schritt in das Haus zu tun. Drinnen flogen Schemel und Truhen durcheinander, ein Mann schleppte Teppiche heraus, ein anderer zerrte die tote Frau ans Licht, um ihr den Schmuck vom Hals zu reißen.

Michel kam aus dem Haus gerannt und drückte Ima einen Sack in die Hand. »Halt das fest und komm weiter!«, grunzte er und machte sich mit Mordlust in den Augen daran, die Tür des nächsten Hauses einzutreten. Hinter ihnen schlugen Flammen aus den hölzernen Wänden. Die Gasse füllte sich, überall rannten Knappen und Knechte herum, schleiften unter Gebrüll Säcke und Kisten aus den Häusern oder verfolgten fliehende Römer – wer schnell genug laufen konnte, entkam – oder rannte an der Straßenecke in das Schwert der nächsten Plündderergruppe. Niemand wurde verschont.

Dicht neben Ima starb ein Junge, sie war das Letzte, was er wahrnahm, ehe sein Blick brach und die Hand, die er hilfesuchend nach ihr ausstreckte, herabfiel. Dann trampelten zwei Ritter mit dicken Stiefeln über die Leiche. »Wir müssen das Judenviertel finden«, knurrte der eine finster, »da lohnt es sich wenigsten – das hier ist doch Arme-Leute-Stechen …«

»Besser als nichts«, meinte der andere und wehrte einen alten Mann ab, der ihn von der Seite mit einem Stock angreifen wollte. Der Alte schlug mit dem Kopf gegen die Hauswand und rutschte besinnungslos herab. Nach ein paar Schritten drehte der Ritter um, zog das Messer und schnitt dem Römer die Kehle durch. »Vielleicht sollten wir weiter im Süden suchen«, meinte er beiläufig. »Die Juden meiden das Wasser.«

Der Boden unter Imas Füßen schwankte. Spalten und Ritzen zwischen den altehrwürdigen Steinen verdunkelten sich, Rauch stieg nach oben – unter ihnen befand sich die Hölle, nur der dünne Boden trennte sie noch von der Verdammnis, deren schwefelig-stinkender Geruch ihr den Geist vernebelte. Der Sack mit dem Diebesgut fiel zu Boden, Ima konnte sich nicht von dem Anblick des toten alten Mannes losreißen, dessen Blut in pulsierenden Sturzbächen über die magere Brust quoll und auf den Boden tropfte. Sein Kopf hing seitlich herab, die Augen starrten sie an, aber sie klagten nicht. Sie nahmen es einfach hin. Vielleicht war das schlimmer als alles andere.

Welch makabre Geste Gottes, der jeden Menschen auf seinen Platz setzte! Tränen hätten den trockenen Schmerz, der sich in Imas Brust breitmachte, lindern können, doch es gab keine Tränen, sie vertrockneten im Rauch, den die Apulier als Boten ihrer Plünderei voranschickten.

»Reiß dich zusammen, Junge«, schnauzte der Chevalier de Bourges seinen jüngsten Knappen von der Seite an und zwang ihn, den Sack aufzuheben. »Das ist das Kriegerleben, schau nicht so einfältig drein.« Finster sah er Ima ins Gesicht. »Und ich sag dir noch was: Wenn du fliehst, bist du tot.«

Wenn du fliehst, bist du tot.

Wann immer Ima aus der Starre erwachte, weil der Chevalier sie vorwärtsstieß, ihr etwas zu tun oder zu tragen gab oder sie in eine Ecke setzte, wann immer ihr Geist sich regte, dachte sie über Flucht nach – und immer wieder stieß der Satz des Ritters aus Bourges wie ein Habicht dazwischen und vereitelte bereits in Gedanken jeden Plan – sie wäre auch viel zu gelähmt gewesen. *Wenn du fliehst, bist du tot.* In der Nacht, wenn die Plünderungen abebbten, dämmerte sie eingezwängt zwischen den anderen Knappen im Halbschlaf vor sich hin, Aidans Messer stets griffbereit, doch Armand hatte vergessen, dass er sie begehrte, es gab ja genug Römerinnen, an denen man sich vergehen konnte und vor denen man keine Angst haben musste. Die meisten Männer waren von ihrem grausamen Tagwerk eh so erschöpft, dass sie umfielen und schliefen. Unmengen an geleerten Weinfässern taten ein Übriges. Es gab auch Krieger, die niemals schliefen. Das waren die, die auch die Nacht brauchten, um ihren Blutrausch zu befriedigen und Dinge zu tun, welche das Tageslicht scheuten, bei Nacht jedoch leichter fielen, weil man nicht sah, wessen man sich schuldig machte. Der Lärm hatte die meisten von ihnen taub gemacht, und die Stimmen der Opfer sind vor dem Täter ohnehin niemals laut genug.

Wenn sie nicht Häuser überfielen, Goldschmuck auf die Straßen warfen oder Dachstühle anzündeten, drängten sie Frauen gegen Hauswände, rissen ihnen die Kleider vom Leib und zwangen sie im Stehen zum Beischlaf, vor den Augen ihrer Kinder, bevor sie ihnen die Kehle durchschnitten. Ima sah, wie eine Frau, an einen Tisch gefesselt, von einem Dutzend Kerlen vergewaltigt wurde, während ihr Mann über der Feuerstelle festgebunden worden war und qualvoll verbrannte. Sie sah Kleinkinder an Dachbalken baumeln, und sie sah, wie die Römer sich immer erbitterter zur Wehr setzten.

Vom Campus Martii aus erhoben sich die Bürger der Stadt und marschierten am dritten Tag der Plünderungen los, um die Eroberer aufzuhalten. Immer wieder traf Ima in den Straßenzügen römische Männer, bewaffnet mit allem, was Heer und Haushalt hergaben, Schwertern, Äxten, Stöcken, Mistgabeln. Sie starben ähnlich qualvoll wie die Unbewaffneten, doch sie nahmen immer häufiger auch Apulier mit sich in den Tod. Von Stunde zu Stunde schienen die Römer zu erstarken, immer mehr alte Männer und Frauen griffen zu den Waffen, um ihre Stadt samt Hab und Gut zu verteidigen.

»Die Reichen bekommt man nicht zu fassen«, zischte Michel wütend und warf einen brennenden Strohwisch in ein ausgeplündertes Haus, »die wohnen draußen in der Campana und sind längst geflohen. Das hier – das ist doch … wertloser Plunder.« Mit dem Fuß trat er nach dem Sack, den er in dem Haus gefüllt hatte, und allerlei silberner Hausrat flog über das Pflaster.

»Nimm ihn mit – den wertlosen Plunder!« Ein zerzaustes Weib schoss um die Ecke, die Bewohnerin des brennenden Hauses. »Nimm ihn mit dir, nachdem du dafür gemordet hast!« Wie eine Furie stand sie vor ihm, halb nackt und verrußt, als habe sie versucht, in den Flammen zu retten, was zu retten war, und ihr pechschwarzes Haar stand in alle Richtungen ab. »Nimm es – und genieße es, solange du noch kannst!« Und damit packte sie Michel am Kragen und stopfte ihm mit einer blitzschnellen Bewegung eine schwärzliche Paste in den Mund. Michel stolperte rückwärts. Er spuckte und prustete, um das Zeug loszuwerden, doch klebrig, wie es war, schmierte er es sich damit nur noch mehr an die Lippen.

»Verfluchte Hexe!« Er zog sein Schwert und rammte es ihr in den Leib. Höhnisch lachend fiel sie in den Staub. »Nimm und genieße deinen Reichtum, Normanne.« Dann war sie tot.

Ima drehte sich weg und erbrach sich. Sie hatte keine Kraft mehr, sich gegen irgendetwas zu wehren, nun rebellierte ihr Körper und versagte ihr den Dienst. Keuchend hielt sie sich an einer Steinmauer fest, unfähig zu denken, woran sie hier teilhatte …

»Los, weiter«, blaffte der Chevalier unfreundlich und versuchte, mit seinem Überwurf die schwarze Paste abzuwischen. Die anderen Ritter ihrer Gruppe hatten den Straßenzug schon verlassen; der Lärm, den sie veranstalteten, pflanzte sich von Block zu Block fort, und Rauch stieg hinter einem alten Tempel auf. Ima wischte sich den Mund sauber und schulterte den Sack. Weiter. Immer weiter, nicht denken. Weiter. Sie schaute sich nach dem Chevalier um. Michel taumelte. Sie ging auf ihn zu – seine Augen traten fast aus den Höhlen, und er hechelte wie nach schnellem Lauf. In seiner Hand, nach der sie fasste, saß frech grinsend der Tod. Michel de Bourges schaffte es bis in den Eingang eines ausgeraubten Hauses und starb, als die Mittagssonne am höchsten stand, mit krebsrotem Gesicht und schreiend wie ein wildes Tier, weil das Bilsenkraut der römischen Hexe ihn geradewegs in den Abgrund der Hölle ritt.

Das Waffengeklirr kam näher.

Ima drückte sich gegen die Ziegelmauer und schlich vorwärts. Ganz kurz nur überlegte sie, ob es besser wäre, sich weiter zu verstecken, doch sie verwarf den Plan gleich wieder – wirklich sicher war sie nur im Lager des Herzogs vor den Toren der Stadt. Sie überlegte, wie weit sie sich vom Lateran entfernt hatte, wie weit es wohl noch zur Porta Asinaria war. Den toten Chevalier hatte sie an der Therme des Konstantin zurückgelassen und war seither nur gerannt, gerannt – um ihr Leben gerannt. Alle Straßenzüge sahen gleich aus, Trümmer, Moos und wucherndes Unkraut, wohin man nur schaute. Außer vereinzelten Bretterbuden gab es kaum Hinweise auf menschliche Bewohnung. Ob hier am Forum Romanum überhaupt jemals wer gelebt hatte? Rom schien nichts als ein riesiger Haufen aus Steinen und halb zerstörter Tempel zu sein, in denen alte Geschichten wie ein hohles Echo umherzogen. Manchmal sah man eine Kuh oder Ziegen durchs Gebüsch stromern. Viel öfter jedoch sah man das Vieh tot umherliegen, sinnlos abgeschlachtet und allein den Aasfressern als Mahl dienend. Die bizarren Ruinen steckten voller Geister. Immer wieder sah sie Schatten in Mauerhöhlen verschwinden, spürte ihren kalten Atem im Gesicht, obwohl die Sonne brannte und sie davon Blasen im Gesicht bekam. Kein Geist warnte Ima vor dem, was auf sie wartete. Auf dem Forum Romanum tobte ein erbitterter Kampf, dessen Ausgang ungewiss war.

Die Kämpfenden wirkten erschöpft und trotzdem erbittert, sie wehrten sich ohne Rücksicht auf ihr Leben, sank einer tot dahin, trat der Nächste für ihn in die Bresche, empfing Speerhagel und Schwertprügel. Deutlich war zu spüren, wie die ungeübten Arme erlahmten angesichts der kriegerischen Übermacht. Ein junger Mann mit lockigem schwarzem Haar stand gegen eine Stele gelehnt und weinte, obwohl er unverletzt war. Seine Waffe lag vor ihm im Staub, Tränen tropften auf die breite Brust, auch hier war Gott nicht, um sie zu trocknen.

»Roger Borsa wird Euch zeigen, wie man Römer bestraft, die sich gegen den Herzog von Apulien auflehnen!«, brüllte der Anführer und streckte den Römer nieder. Blut spritzte hoch, der Mann starb stumm. Kraftvoll zog der Apulier das Schwert aus der Brust und drehte sich auf der Suche nach neuen Gegnern. »Weiter in die Stadt hinein«, schrie ein weißhaariger Mann mit grimmigem Gesicht, »dort sind sie aus den Löchern gekrochen wie Ratten – dort müsst ihr hin! Hier räumen wir auf!« Das nahm er wörtlich und schlug einem neuen Angreifer ohne Federlesens den Kopf ab. Ima sprang in ein Brombeergebüsch, bevor man sie entdeckte. Roger Borsa, der Sohn des Guiscard und der Sicaildis, war also zu Hilfe geeilt, hatte die Stadt von Süden her aufgerollt und schickte sich an, die revoltierenden Römer gebührend zu empfangen. Auf seinem feuerroten Pferd sprengte er an Imas Versteck vorbei, dass die Steine flogen, und er sah genau so großartig und stark aus wie sein Vater. Sein Heer eilte ihm kampflüstern nach, wie dressierte Hunde der Blutspur nach Norden folgend.

Stumm vor Entsetzen stolperte Ima über das Schlachtfeld. Krähen sammelten sich in der Luft, die ersten stießen herab und setzten sich auf die noch warmen Toten. Sterbende wimmerten um Gnade, doch niemand hörte sie. Ein kühler Wind kam aus den dunklen Gassen des Forum Romanum auf. Die Gefallenen atmeten auf, endlich Erleichterung in der gnadenlosen Mittagshitze, die die Lippen verbrannte und die Zunge verdorren ließ, während das Leben nur langsam in den Staub rann. Der Wind trug den Geruch von Blut von Mann zu Mann, leise säuselnd erklärte er, wo die Reise hinging und dass es ihm gleichgültig war, ob er Römer oder Apulier mit sich nehmen würde. Manchem verschloss er mit einem eisigen Kuss die Lippen, andere erhörte er nicht und umschmeichelte nur ihr verschwitztes Gesicht. Ima wischte ihn widerwillig von den Wangen und stapfte vorwärts. Weg hier, nur weg… weg…

Apulische Farben, ein Banner, das sie kannte, flatterten im Staub. Auch Apulier hatte es erwischt, die Römer waren so wehrlos nicht, wie sie anfangs gewirkt hatten. Mistgabeln und rostige Schwerter mochten zwar albern aussehen, waren aber genauso entschlossen und tödlich wie ein spitzes Schwert, wenn der Kämpfer um jeden Preis am Leben bleiben wollte. Weiter vorne am Eingang einer Tempelruine rangen apulische Fußsoldaten noch mit Römern, zwei Reiter versuchten, helfend einzugreifen. Der eine war geschickt und landete sein Schwert in einem römischen Rücken.

»Nicht hinschauen«, murmelte sie zu sich selbst, »das ist eine böse Prüfung, nicht hinschauen – lauf nach Hause, Ima von Lindisfarne, lauf nach Hause ...« Nach Hause. Durch eine brennende Stadt. In der es kein Schiff mehr gab und keinen Wagen, kein Pferd – keine Menschen. Ima biss die Zähne zusammen. Nach Hause war erst einmal vorwärts und weg von diesem Ort. Nicht denken – nicht denken. Laufen. Vorwärts. Sie stolperte wieder, diesmal über ein zuckendes Bein. Der Verletzte wimmerte und wand sich vor Schmerzen. Sie wollte nicht hinschauen – und tat es doch.

Altes Blut trocknete auf weißen Kleidern, während frisches Blut die Krusten mit bizarren Mustern übermalte. Aidans Hand fuhr ruhelos hin und her, und wenn sie an die Mistgabel stieß, stöhnte er laut auf. Sein Blick war auf den Himmel gerichtet, als nahte von dort Hilfe. Doch welche Hilfe? Gott hatte Rom verlassen. Der Himmel schwieg. Aidan war nicht der Einzige, der in der Mittagshitze langsam sterben musste.

Ima stand wie vom Donner gerührt vor dem Knappen des Bastards von Hauteville. »Ich träume«, flüsterte sie, »das träume ich, das ist nicht wahr.« Eine Welle der Übelkeit stieg in ihr hoch, und sie musste sich überwinden, auf die Knie zu gehen und sich dem jungen Mann zu nähern ...

»Aidan.« Ganz sachte rührte sie an seine Wange. Zwang

sich, nur auf sein Gesicht zu schauen. Das Gesicht, das war Aidan. Der Rest – ein grausames Trugbild.

»Aidan. Ich bin da, Aidan.« Der starre Blick löste sich vom Himmel, wanderte unstet umher. Sein Atem ging kurz, schon der Hauch einer Bewegung verursachte unmenschliche Pein, und seine Rechte griff immer wieder in den Staub.

»Aidan.« Sein Mund formte sich zu einem Wort, der Blick irrte umher, dann hatte er sie erreicht. Tränen rannen über sein schmutzverklebtes Gesicht, als er sie erkannte. Ima rutschte näher zu ihm. Riesengroße Augen baten stumm um Hilfe, die niemand zu spenden in der Lage war. Der dicke Kloß im Hals ließ sich nicht herunterschlucken. Sie verfluchte ihr Unvermögen zu beten. Aber hätte Gott überhaupt helfen können?

Aidans Hand ertastete ihr Knie. »Bleib bei mir«, flüsterte er. Sie wusste nichts anderes, als ihm weiter über die Wange zu streicheln, alles in ihr war gelähmt und ihr Mund wie vertrocknet. Ihre Linke begrüßte den Tod auf seinen Wangen. Fliegen summten durch die Hitze. Zwischen den Toten wanderten Rabenvögel umher und spähten aus, wo es wohl am einfachsten wäre, an Fleisch zu kommen.

Oben am Tempel hatte man sie entdeckt. Gleich drei Römer kamen brüllend und mit erhobenen Waffen auf sie zugerannt, aus einer Gasse folgten ihnen schreiende Weiber, Steine flogen durch die Luft, obwohl es noch ein gutes Stück Weg zu laufen war. Ima duckte sich. Trotz ihres flatternden Herzens kam Ruhe über sie. Zärtlich betrachtete sie das bleiche Gesicht des Jungen. Wie schön und stattlich hatte er ausgesehen, als sie sich das letzte Mal begegnet waren, bei den Feuern von Salerno, wo er sich aufgemacht hatte, ein Ritter zu werden. Sie würde bei ihm bleiben, komme, was wolle.

»Was ist?«, stöhnte er ängstlich. Blut rann aus seiner Nase, das war eben noch nicht gewesen. Er war so unglaublich tapfer. Sie sah wieder hoch. Die Römer kamen näher, einem ersten Stein musste sie ausweichen.

»Nichts«, sagte sie, und dann biss sie die Zähne zusammen und packte Aidan unter den Schultern und zog ihn auf ihre Knie, obwohl er furchtbar schrie und die Mistgabel wackelte. Da löste sich oben am Tempel einer der Reiter von der kämpfenden Gruppe. In atemberaubend schnellem Galopp sprengte er los, die Lanze angelegt, und preschte hinter den Römern her. Steine flogen nun nach allen Seiten, die Weiber kreischten wütend, Raben flatterten auf, umkreisten klagend ihr unterbrochenes Mahl. Ima spürte das Hufgedonner, der Boden dröhnte. Sie schlang ihren Arm um Aidans Kopf. »Hab keine Angst«, flüsterte sie, »hab keine Angst …«

»Es dauert so lange, Ima.« Seine Stimme klang brüchig, und sein Blick verriet, dass er von der neuen Gefahr nichts mitbekommen hatte. »Warum dauert es so lange …« Sie hob den Kopf, damit ihre Tränen sein Gesicht nicht trafen. Warum dauerte es so lange?

Die Römer hatten ihren Platz fast erreicht, als das Pferd einen Riesensatz machte, mitten hinein in die Gruppe sprang, und zwei Männer gingen zu Boden. Stumm trieb der Reiter es an, über die Schreienden hinwegzureiten, und mit großen Schritten kam es auf Ima und Aidan zugestampft.

»Das wirst du büßen!«, brüllte ein Weißhaariger und warf dem Pferd Schmutz hinterher. »Verflucht seid ihr, die ihr unsere Stadt anzündet!« Die anderen heulten auf, dann rannten sie los, mit fliegenden Gewändern und flatternden Haaren, um Rache zu nehmen an allem, was sich hier noch bewegte. Ima bekam keine Luft mehr. Das war das Ende. Sie duckte sich tief über Aidans Gesicht und versuchte, ihn mit ihrem Körper zu schützen, bevor man sie erschlug. Der erste Stein traf ihren Rücken, dann schrie ein Mann gequält auf und stürzte mit dem Gesicht in den Staub, weil in seinem Rücken eine Lanze steckte. Das Pferd verdunkelte für einen Moment die Sonne, als es schnaufend und schäumend dicht neben Ima und Aidan zum Stehen kam. Ein Schleifen von Metall auf Metall ertönte, dann blitzte ein langes Schwert im Mittagslicht, und Ima rechnete damit, dass dieser Stahl das Letzte war, was sie auf Erden spüren würde, weil sie nun wehrlos mitten im Kampf hockten. Doch der Reiter wendete sein Pferd und empfing die heranstürmenden Römer mit gezogener Waffe, damit der Knappe hinter ihm in Frieden sterben konnte.

Irgendwann hörte Ima nicht mehr, wie sie herumschrien und fluchten und wie die Frauen gegen den Apulier hetzten und ihn zum Teufel wünschten. Sie neigte sich wortlos über Aidans Kopf und liebkoste jeden Teil seines Gesichts, während der schwarz gekleidete Ritter Runde um Runde um sie herumtrabte, die Feinde abwehrte und ihnen innerhalb des Kreises Schutz spendete. Als Aidans Tunika von Blut durchtränkt war, zog Ima ihren weißen Überwurf mit dem Wappen des Chevaliers aus und deckte Aidan damit zu – seine Brust, die sich nur noch unregelmäßig hob und senkte, und alles, was darunter lag. Er hatte nicht mehr gesprochen, und sie wusste nicht, was sie sagen sollte. Und so streichelte sie ihn nur unablässig und mit ganz feiner Hand und bemühte sich, ihre Tränen an der Schulter abzuwischen, damit sie seine Haut nicht versengten.

»Ima«, stöhnte er irgendwann. Sie sah, wie er versuchte, seine Beine zu bewegen – doch die Kraft dazu fehlte. Als die wackelnde Mistgabel wieder Ruhe gab, hörte auch das entsetzliche Stöhnen auf.

»Soll ich beten, Aidan, soll ich für dich beten?«, flüsterte sie.

Seine Lippen verzogen sich, als versuchte er zu lächeln. »Ich weiß doch, dass du nicht an Gebete glaubst, Ima.«

»Ich kenne die Gebete, Aidan. Ich bin mit Mönchen aufgewachsen.«

»Dann lass den Mönchen das Gebet, Ima«, sagte er mühsam. »Erzähl mir was. Ich liebe deine Stimme …«

»Was soll ich dir erzählen?« Seine Linke arbeitete sich hoch auf die Brust und legte dort etwas ab. Die Münze, die er seit Avignon bei sich trug. Der erste Spargroschen für sein Pferd, das er nun niemals würde reiten können. Zärtlich strich sie über seine Hand und drückte sie auf die Münze, seinen größten Schatz.

»Erzähl … von … zu Hause, Ima«, hauchte er mit der letzten Luft, die ihm blieb. Und so umschloss sie ganz zart sein grau werdendes Gesicht mit den Händen und beschwor ein Bild von guten Tagen herauf … »Weißt du noch, wie wir beinah das Boot versenkt haben, Aidan? Wie der Sturm mich ins Meer geweht hat? Der Wind ist so kühl auf Lindisfarne, er nimmt alles mit sich, was man nicht festhält, alles … Aidan. Kleider, die man zum Trocknen aufhängt, Tücher, trockene Kräuter. Selbst meinen Vater hat der Wind mitgenommen. Und den Dachstuhl von Großvaters Kathedrale, weißt du noch? Einmal hab ich mich nur mit einem Hemd bekleidet auf den Felsen gestellt, und er wollte mich mitnehmen – er wollte mich mitnehmen, weißt du noch?«

Aidan lächelte ganz schwach. »Ima …«

»Riechst du das nasse Gras? Und die Kräuter, die meine Mutter sammelt? Die sie in ihr Bier wirft, dass einem schwindlig wird, wenn man zu viel davon trinkt?« Sie lächelte traurig. »Am Ende wollte keiner mehr das Bier trinken, weißt du noch? Dann hat sie selbst davon getrunken und schlimme Gesichter gehabt und ist in den Dünen herumgelaufen und hat wieder nach meinem Vater gesucht … Aber der Wind hatte ihn ja mitgenommen. Der Wind von Lindisfarne nimmt alles mit sich, und er kühlt die Trauer zu Eis. Deswegen kann man dort leben, Aidan. Deswegen kann man auf Lindisfarne leben.« Tränen verschleierten ihren Blick. Lindisfarne war ganz nah, sie konnte die Brandung am Felsen hören und die klagenden Rufe der Möwen, sie sah die flatternden Kleider der Mutter, die von Jahr zu Jahr immer weißhaariger und verrückter wurde … Sie fasste nach seiner Hand, küsste die kalte Haut. Heimweh,

Trauer, Entsetzen mischten sich und machten sie schwer wie Stein. Nie wieder aufstehen, nie wieder bewegen – mit ihm gehen …

»An das Bier deiner Mutter erinnere ich mich, Ima. Ich habe gut davon geschlafen. Ima.« Sein Blick klarte auf. Die Stimme klang so kräftig, dass sie Hoffnung schöpfte – was für eine alberne Hoffnung, denn wie sollte ein Wunder geschehen, wenn das Blut pulsierend seinen Körper verließ und neben ihm auf den Boden tropfte.

»Ja, man kann gut schlafen von Mutters Bier.« Mühsam schluckte sie. »Bilsenkraut hat sie hineingerührt, weißt du. Bilsenkraut macht einen so leicht, dass man denkt, man kann fliegen – und dann fliegt man, der Wind nimmt einen mit und trägt einen davon, und man gehört zu den Vögeln, die um die Wette fliegen …«

Aidans Finger rutschten aus ihrer Hand heraus. Seine Brust war still geworden, und auch die Mistgabel bewegte sich nicht mehr. Die Qual hatte ein Ende gefunden. Noch war sein Gesicht warm, und die verschwitzte Stirn fühlte sich an wie die eines Lebenden, als Ima sie zum Abschied küsste. In der flirrenden Hitze tanzten Fliegen. Die Raben waren verstummt, die Römer waren gegangen, und das Pferd spendete ihr geduldig Schatten – wie lange es dort schon stand und wie lange der Bote des Königs ihr zugehört hatte, konnte sie nicht sagen. Sie konnte auch sein Gesicht nicht erkennen, aber sie wusste, dass es der Mann war, dem sie schon zweimal begegnet war. Er sprach nicht, er bewegte sich nicht, er schirmte nur weiter die gnadenlose Sonne von ihr ab.

Die Worte, die einen Menschen zu Gott begleiten, kamen wie von selbst. Hier gab es keine Zweifel mehr, hier galt es nur noch, von Herzen für die verstorbene Seele zu bitten. Das konnte sie. »*Subvenite sancti Dei, occurite angeli Domini, suscipientes animam eius* … ach, Aidan …« Harte Schluchzer lösten sich, zerrissen ihr schier die Brust. »*Animam eius … offe-*

rentes eam in conspectu altissimi … « Sanft strich sie das feuchte Haar aus seiner Stirn. »Ich hoffe, du warst wenigstens glücklich als Knappe. Ich wünsche es dir«, flüsterte sie mit gepresster Stimme.

»*Dominus pascit me, et nihil mihi deerit: in pascuis virentibus me collocavit, super aquas quietis eduxit me, animam meam refecit …* « Ihre Stimme wurde immer leiser über den heiligen Zeilen, und mit geschlossenen Augen hielt sie die Totenmesse für Aidan und flüsterte Vers um Vers, wie die Mönche es sie gelehrt hatten, auf der Insel im Norden, wo der Wind alles mit sich nahm und Tränen zu Eis gefror …

7. Kapitel

Und deine Seele? Deine zarte Seele
Ist eine Strophe aus dem Blau des Himmels,
Ein wundervoller Vers, den Allah schrieb.
(Hafis)

Eine kühle Brise strich über ihre Stirn. Die Sonne hatte sich hinter den Tempel begeben – der Bote des Königs war verschwunden. Nichts rührte sich auf dem Forum Romanum. Seelen machten sich daran, die irdischen Hüllen zu verlassen, und geisterten durch die Säulengänge, Abendnebel zogen über den Platz. Selbst die Raben waren fort und hatten eine heilige Stille hinterlassen.

Nach den vielen Stunden Totenwache schmerzten Imas Beine. Vorsichtig schob sie Aidans sterbliche Überreste von ihren Knien. Das Gesicht des Knappen hatte sich grau verfärbt, er wurde ihr fremd. Es tat ihr trotzdem leid, ihn hier liegen zu lassen, das gehörte sich nicht.

Die Mistgabel gehörte sich nicht.

Sie wurde Ima unerträglich, je länger sie das Ding anschaute.

Und so packte sie den Stiel, kniff die Augen zusammen und zog an der Gabel, bis sie den steif gewordenen Körper verlassen hatte …

»Eigentlich gehörst du dafür getötet, Bursche.« Jemand packte sie an der Schulter. »Aber weil du gar so hübsch bist, kommst du mit mir.«

Es war ein weiter Weg gewesen durch die Säulengänge des Forum. Ima hatte keine Kraft mehr für einen weiteren Fluchtversuch gehabt, nachdem ihr Bewacher sie zweimal niedergeschlagen hatte. Der Satz des Chevaliers klang ihr noch immer im Ohr. *Wenn du fliehst, bist du tot.* Erschöpft stolperte sie gegen eine Säule.

»Zum wievielten Mal sag ich Euch, dass ich Normannin bin? Warum glaubt Ihr mir nicht? Warum glaubt Ihr mir nicht und lasst mich frei, ich bin Normannin …«

Der Ritter trat dicht hinter sie. »Wenn du dein Maul nicht endlich hältst, lass ich schöne Grüße vom Morgenstern ausrichten.« Eine Kette rasselte, gleich darauf drückten sich die eisernen Glieder seiner Waffe auf ihren Kehlkopf, und sie würgte vor Schmerz.

»Siehst du – wir verstehen uns. Und jetzt los, weiter, ich hab nicht den ganzen Tag Zeit für römische Huren!« Grob stieß er sie vorwärts, ohne ihr Zeit zu geben, ihre Kleider zu ordnen, die er beim kurzen Kampf droben am Tempel zerrissen hatte. Doch wankten inzwischen so viele halb nackte, geschundene Frauen auf ihren Weg in die Sklaverei, dass kein Apulier sich mehr nach ihnen umschaute. Sie zählten nur Köpfe – jeder Kopf brachte Geld, jeder hübsche Kopf ein bisschen mehr Geld. Blond war mehr wert als braun, schwarz verkaufte sich im Norden besser als im Süden, und die Sarazenen liebten die Weiber mit den roten Haaren. Auch Kinder konnte man verkaufen, in den Minen arbeiteten sie klaglos und brauchten wenig Essen. Ima war nicht so wertvoll, zu dünn und zu kurzes Haar, aber ihre Hände verrieten, dass sie arbeiten konnte, das würde sich gut verkaufen, genauso wie die Tatsache, dass sie gleich mehrere Zungen beherrschte. Auch Normannisch, das wunderte den Mann ein wenig, doch nicht genug um nachzufragen, und das war auch nicht seine Aufgabe. Er war in Eile, der Befehl hatte gelautet, so viele Gefangene wie möglich zu machen. Und weil Ima ihm nicht schnell genug vorwärtslief, schlang er ein Seil um ihre Hände und schleifte sie hinter sich her, durch den Bogen des Titus hindurch, achtlos über tote

Menschen, Habseligkeiten und an Kämpfenden vorbei, bis das Kolosseum wie eine düstere Wand vor ihnen auftauchte. Das ist die Hölle, dachte Ima, jetzt ist es so weit, jetzt – jetzt ist es so weit. *Wenn du fliehst, bist du tot.* Alles umsonst, die Hölle ist für mich … Verdammnis … wie schnell das geht …

»Der Eingang muss doch hier irgendwo sein«, murmelte der Ritter und zerrte an seinem Seil. »Dieses merkwürdige Ding ist so verdammt rund! Wie kann man nur so eine runde Halle bauen! Verflucht noch eins, wo war der Eingang …« Sie liefen und liefen in der Hitze am Kolosseum entlang, und es wollte nicht enden. Rom wimmerte vor Erschöpfung und winselte um Gnade, weil der Guiscard seit dem späten Morgen die Kapitulation mit einer drastischen Maßnahme erzwang: Schwarz und Unheil bringend wälzten sich Flammen vom Circus Flaminius voran, fraßen die ärmlichen Behausungen auf dem Campus Martii und brüllten wütend den Tiber an. Der bellte zurück, Rom brenne nicht zum ersten Mal und der Süden eigne sich auch gut zum Niedermachen. Wie auf ein Kommando drehte sich der Wind und trieb das Feuer auf den Kapitolinischen Hügel zu. Es erstickte die Kämpfe zwischen den Ruinen des Theatrum Pompeji und rollte schwerfällig über die Via Lateransis nach Süden …

»Bald ist's voll, zum Teufel, wie viele sollen wir hier noch unterbringen?«, hustete der Wächter am Tor des Kolosseums und packte Ima hart am Arm. »Verflucht, was für ein Qualm!«

»Dieses Weibchen hier ist dünn und wird nicht viel Platz wegnehmen, steck sie einfach dazwischen«, lachte der Ritter und verschwand im Getümmel.

»Wohlan und vorwärts, Hure, beweg deinen Arsch! Damit er nicht einrostet – du wirst ihn noch brauchen!« Hinter ihnen fiel das Tor krachend ins Schloss. Baumhohe Gänge führten in alle Richtungen, Geräusche warfen ein schauerliches Echo. Eiskalt brannte der Stein durch die Löcher in Imas Schuhen. Die Mauern atmeten Tod. Pechfackeln ließen höhnisch lachende Schatten an der Wand tanzen und erzählten von längst vergessenen menschlichen Schicksalen, die über diese Gänge in den Tod gegangen waren, deren Schweiß man jedoch immer noch wahrnehmen konnte.

»Wo bringt ihr mich hin?«, flüsterte Ima zitternd. Die Kälte des unwirtlichen Gemäuers biss von allen Seiten, nachdem sie eben noch so geschwitzt hatte. »Was wird mit mir, wohin …«

»Wirst schon sehen. Hier hinein. Marsch!« Der Mann stieß sie durch ein weiteres Tor, dann ging es eine glitschige Treppe hinab. Ima fiel hin. Sie rappelte sich auf, fühlte ekligen Schmier an den Händen. Mittlerweile zitterte sie am ganzen Körper, und die Worte verließen sie. Als die lange Treppe zu Ende war, gab es nur noch eine Gittertür, dann war sie angekommen. Der Stoß, der sie in den Morast eines Kerkers beförderte, war das Letzte, was sie mitbekam, dann umhüllte gnädige Nacht ihren Geist.

»Lass mich, ich fühl was – da hat sie was – da, ich fühl's doch …« Unsanft zerrte eine Hand an Imas Hosenstrick, wo sie den Beutel mit ihren Habseligkeiten befestigt hatte. Stöhnend hob sie den Kopf. Die andere wich zurück. »Sie ist wach.«

»Na und?«

»Sie ist wach, ich beklau keine Lebenden.«

Ima setzte sich und rieb sich die Augen. Wanzen krochen ihr über den Rücken. Als eine sie biss, hatte sie nicht die Kraft, sich dagegen zu wehren. So dicht am Boden raubte der Gestank von Unrat und ungewaschenen Leibern ihr fast den Atem. »Wo bin ich?«, flüsterte sie. Den Kopf zu drehen bereitete Schmerzen, mit steifen Fingern zog sie das zerrissene Hemd über der nackten Brust zusammen.

»Du bist im Kerker des Kolosseums, Mädchen.« Die Frau hob Imas Kinn mit dem Finger an. »Sie haben uns hierhin verschleppt. Sie werden uns verkaufen. Der Teufel soll sie alle holen.« Ihre schwarzen Augen wurden klein im Licht der Pechfackel. »Du – bist keine Römerin. Das seh ich.«

»Nein«, sagte Ima leise. Jeder weitere Satz war Kraftverschwendung.

Die Frau knetete ihre Lippen. »So so«, sagte sie, als nichts mehr kam. »Man nennt mich Mauricia.« Ima nickte langsam, schwieg aber. Mauricia seufzte. »Nun denn – wer auch immer du bist – nimm dich in Acht.«

Danach sprach keiner mehr mit Ima. Sie rückten von ihr ab, eine ganze Gruppe alter Frauen, junger Mädchen, Kinder, sie rückten dicht zusammen, um sich Wärme und Trost zu spenden, und beglotzten die Neue, die sich auf ihrem Platz klein machte und zusammenrollte, aber sonst keine Regung zeigte. Manche flüsterten miteinander, die meisten schwiegen voller Furcht.

Zeit verging, zäh tropften die Momente über die Stufen. Die Fackel blakte gelangweilt vor sich hin. Irgendwo fiepten Ratten. Ein Kind weinte. Von draußen drang Gelächter in den Kerker. Ganz oben gab es eine vergitterte Fensterhöhle, durch die ein Rest Tageslicht in das dunkle Loch winkte. Ima fühlte sich innerlich erloschen. Es gab keine Worte mehr. Die Worte waren oben am Treppenabsatz geblieben, man hatte sie dort an die Mauer gekettet und den Schlüssel in das Feuer geworfen, das Rom nach und nach verzehrte. Es gab keine Klagen mehr – das Klagen war in der Stille verhallt. Es gab keine Geschichten über die Gräueltaten – sie verbrannten mit den Opfern und den Häusern, sie wurden von herabfallenden Trümmern erschlagen und von Stiefeln zertreten. Niemand würde die Geschichten erzählen können.

Nach den Flammen würde das Schweigen über die Stadt Petri kommen.

Hier unten im Kerker herrschte das Schweigen bereits mit düsterer Knute. Imas Mund war trocken. In ihren Handflächen spürte sie noch Aidans verschwitztes Haar und den weichen Flaum auf seinen Wangen und wie der Tod sie angeschaut hatte. Sie verbot sich eisern, an mehr zu denken. An das, was sie unterhalb seines Kopfes gesehen hatte. Er schlief nur. Aidan schlief, solange sie Angst vor dem schrecklichen Bild des Toten hatte und solange sie die Faust geballt hielt. Aidan schlief neben Stephen, und ihr Herz gefror. Aber so konnte man weiterleben.

Mauricia sah die ungesunde Starre, die die junge Frau befallen hatte. Ganz unaufdringlich hockte sie sich neben Ima und strich ihr über das kurze Haar, stumm und leicht und so liebevoll, wie es für eine Fremde nur ging. Ima war zu erschöpft, um ihr dafür zu danken. Sie ließ sich einfach fallen und lockerte die Fäuste ein wenig, und Aidan und Stephen bedrängten sie nicht mehr. Mit geschlossenen Augen dachte sie an ihre Schwester, die seit vielen Jahren mit der Stummheit lebte. An ihre strahlenden Augen, die wie ein Wasserfall erzählen konnten, an die flinken Hände und das leise Lachen, wenn man verstanden hatte, was sie wollte. An den Wind auf Lindisfarne, der die Haare verwirbelte. An die salzige Gischt, die die Haut klebrig machte, an Mutters düstere Visionen, die niemand ernst nahm. Mit dem Gesicht der Schwester vor Augen schlief sie ein.

Es gab kein Wasser im Kerker.

»Wollt ihr uns verdursten lassen?«, rief die Frau wütend, als der Wächter zwei neue Mädchen in die Gruppe stieß. »Gebt uns wenigstens Wasser, die Kinder sind schon ganz schwach!« Der Mann schaute sie mit blutunterlaufenen Augen an – oder sah vielmehr durch sie hindurch, denn Bier vernebelte seine Sinne, und als Antwort rülpste er nur mit offenem Mund. Eine junge Frau kroch näher.

»Ich bin dir zu Willen, wenn du mir Wasser gibst«, schluchzte sie, und fassungslos sah die erwachende Ima, wie sie sich auf Knien rutschend an den Beinkleidern des Mannes zu schaffen machte, um den von Trunksucht tauben Lenden Leben einzuhauchen. Der Mann lachte schallend und half ihr beim Auspacken seines erwartungsfrohen Gemächts. »Gib mir Wasser dafür«, flüsterte sie, und ihre Hände zitterten vor Widerwillen. Die Anspannung im Kerkerraum war kaum auszuhalten – alle starrten sie auf den widerwärtigen Apulier, der tanzend die Arme erhoben hatte. Weinend griff die Frau nach der unzüchtig wackelnden Pracht, als sich Mauricia dazwischenwarf und ihn anschrie: »Hier verkauft sich niemand für einen Becher Wasser, hörst du, du geiler Bock! Eher sterben wir!« Und sie riss die schluchzende Frau von ihm weg und stieß sie zu den anderen Frauen. »Wenn ihr euch schon an uns vergeht und uns unserer Heimat beraubt, dann quält uns wenigstens nicht!« Sie trat ganz nah an ihn heran. »Weißt du – ich könnte dein Weib sein. Sie – sie könnte deine Tochter sein! Diese da – dein Enkelkind!«

Der Apulier starrte sie verwirrt an. Dann verzog sich sein Gesicht zu einem unanständigen Lachen, und statt die Beinkleider wieder zusammenzubinden, warf er den Kopf in den Nacken und lachte – lachte …

Mauricia schien nicht recht zu wissen, was sie davon halten sollte. Sie blieb einfach stehen und schaute ihm frech ins Gesicht, wie es einer Sklavin nicht zukam. Das Lachen verebbte. Seine Augen verengten sich. Grob stopfte er sein Körperteil in die Hose und packte sie dann im Gesicht. »So was wie du …«, und sein anderer Finger spießte sie beinahe auf, »so was wie du dürfte vielleicht meine Stiefel sauber lecken. Aber niemals mein Lager teilen!« Und sie flog rückwärts in den Morast und blieb schwer atmend liegen.

Es gab kein Wasser.

Eine ältere Frau starb in der Nacht. Am Morgen begann die Leiche zu stinken. Sie räumten sie in die äußerste Ecke, wo kurz darauf die Ratten aus den Ecken herangewuselt kamen.

Sie rückten enger zusammen, Ratten gefährdeten vor allem die Kinder, die zu schwach waren, um sich zu wehren. Auch Ima suchte jetzt die Nähe der anderen. Die Ratten wurden immer dreister, manche kamen den Lebenden nahe, um zu sehen, ob es dort etwas gab. Eine Frau wurde hysterisch und rannte schreiend im Kreis, bis sie erschöpft zusammenbrach. Ima machte sich ganz klein und schloss die Augen. Sie beschwor Bilder von Lindisfarne herauf, um nicht zu erfrieren. Das Haus, den Stall, wo die Lämmer zur Welt kamen. Die Öllampen der Mönche, der Duft der Bienenwachskerzen vor dem Altar, Weihrauch. Gott fand sie nicht in ihren Bildern, in Worten fand sie ihn auch nicht. Sie hatte die Mönche stets darum beneidet …

Das Wimmern der Kinder wurde leiser. Eines verstummte, vielleicht hatte der Tod es geholt. Ein Mädchen versuchte, seinen eigenen Urin zu trinken, und erbrach sich bei dem Versuch. Niemand mochte sie trösten. Jeder hatte mit sich selbst zu tun.

Ima war aufgestanden und lief umher, immer wieder. Mit den Stunden verließen sie im Sitzen ihre Kräfte, und ein Flämmchen Lebenswille flackerte auf, trieb sie voran. Von der Gittertür zur Wand und zurück. An der Leiche vorbei, wieder zur Tür. Sterben – ja, wenn Gott es so bestimmt hatte, aber nicht hier! Nicht wie diese alte Frau, an der die Ratten bereits fraßen. *Nein*, sagte eine leise Stimme. *Überhaupt nicht sterben. Nicht hier und nicht sonstwo in der Fremde.* Sie ballte die Fäuste und klopfte leise mit den Knöcheln gegen die feuchte Mauer, als wollte sie sie herausfordern. *Nicht hier.* Da ertönten über ihr Stimmen – gedämpft zwar, aber sie konnte hören, was gesprochen wurde.

»… draußen kann man's bald nicht mehr aushalten … so viel Rauch … die räuchern uns wirklich aus … was der sich wohl dabei denkt … den Römern einheizen …«

»Heda!«, schrie Ima mit aller Kraft, die noch in ihr wohnte. »Heda, da oben! Hört ihr mich!« Die Stimmen verstummten.

»Bist du des Wahnsinns, Mädchen!«, giftete Mauricia los. »Niemand schreit hier um Hilfe – keine von uns! Keine!«

»Heda, hört ihr mich da oben!« Ima riss sich los, denn die Fensteröffnung wurde dunkel. Jemand bückte sich und versuchte, ins Verließ zu ihr herunterzuschauen.

»Da schreit doch jemand. He, was schreiest du so?«

»Gebt mir Wasser – hört Ihr! Ich habe Durst – niemand hier gibt uns zu trinken! Bitte – gebt mir Wasser, seid barmherzig!«

»Verräterin«, zischte Mauricia böse und schlug Ima ins Gesicht. »Hast du keinen Stolz?«

»Nein!«, herrschte sie zurück. »Ich habe keinen Stolz! Ich sehe hier nur Kinder sterben – hast du kein Herz?«

»Was gibst du mir dafür?«, fragte es von oben. Der andere lachte. »Spaßvogel. Die hat doch nichts außer ihren Titten.«

»Und wenn die's wert sind? Vielleicht hat sie doch was, außer ihren Titten. Warten wir's ab – was hast du für mich, Dirnchen?«

Panisch nestelte Ima an ihrem Beutel, den sie um die Taille trug. Trotas Medizin – wertlos. Ein paar Feuersteine – wertlos. Sicaildis' Ring. Das Messer. Aidans Messer. Ihren Zopf. Sie taumelte gegen die Mauer. Was konnte sie eher entbehren? Den Ring? Das Messer? Den Zopf …?

Bedenke, dass der, der dein abgeschnittenes Haar an sich nimmt, Gewalt über dich hat. Ausgerechnet hier kamen ihr die Worte des Boten in den Sinn, der zugesehen hatte, wie sie sich den Zopf abschnitt. Der ihr heute zwischen den Trümmern des Forum Romanum das Leben gerettet hatte. Ihr wurde heiß, sie sah Aidan wieder vor sich und fühlte die Gewissheit, dass in dieser Stadt niemand Barmherzigkeit oder Milde walten ließ. Und Gott sah gleichgültig zu.

Sie versuchte, klar zu denken. Möglicherweise würde sie der Ring der Herzogin in Bedrängnis führen, weil er Gier nach mehr weckte – bei den Wachleuten wie bei den Weibern im

Kerker. Das Messer war das Einzige, was sie zu schützen vermochte in dieser von Gott verlassenen Stadt – und es war auch das Einzige, was ihr von Aidan geblieben war. Blieb also nur der Zopf. Ein Versuch war es wert. Was hatte sie zu verlieren?

»Ich habe etwas – wenn du ein Seil hast, kannst du es hochziehen.« Heftig atmend barg sie ihren Zopf in den Händen. Vielleicht war es Aberglaube. Sicher war es Aberglaube, ganz sicher, doch war sie stark genug, dem zu widerstehen. Sie war nicht wie ihre Mutter, deren Leben inzwischen vom Aberglauben bestimmt wurde. Ein Zopf hatte keine Macht. Mauricia lachte denn auch abfällig. »Ein Zopf. Ein paar lächerliche Haare. Und du glaubst wirklich, dass sie dir dafür Wasser geben? Träum weiter, Mädchen …« Gebeugt schlurfte sie zu den anderen und ließ sich auf die Lumpen fallen, die sie der Toten irgendwann ausgezogen hatten.

Ima starrte angstvoll nach oben. »Erhört mich«, murmelte sie, »erhört mich, Allmächtiger, hab Mitleid mit mir, erhöre mich, hab Mitleid …« Mit den Fingerknöcheln pochte sie gegen die Wand, wieder und wieder »Erhöre mich, hab Mitleid, Allmächtiger Vater, hab Mitleid …« Blut rann an den Knöcheln entlang, als die Haut aufsprang, doch Ima schlug weiter, ohne den Schmerz zu spüren. »Hab Mitleid, erhöre mich, erhöre mich …« Ihr Körper wiegte sich bei jedem Schlag, jedes Mal berührte die Stirn das Mauerwerk. »Erhöre mich, Allmächtiger, erhöre mich, hab Mitleid, hab Mitleid …«

Das Seil traf sie am Scheitel. »Na los, mach schon!«, rief der Kerl. »Ich hab nicht den ganzen Tag Zeit!« Mit fahrigen Fingern knotete sie das Seil um ihren Zopf und zupfte dann nach oben. »Nehmt das hier – und denkt an mein Wasser, Herr. Bitte!« Von hinten zischte Mauricia verächtlich etwas von »Schwächling« und »Feigling«, dass sie den Platz nicht wert sei, auf dem sie stand, und dass der Teufel sie holen solle. Ima reckte sich. Der Zopf würde Wasser und Erlösung bringen. Ganz sicher war sie sich. Langsam und leise schaukelnd schwebte er an der Kerkermauer hoch. Die Pechfackel ließ das blonde Haar noch einmal aufglänzen, und er winkte zum Abschied, bevor er zwischen den Gitterstäben verschwand.

»Haare. Wie lächerlich. Und du glaubst wirklich, dass er dir dafür Wasser gibt?«, lästerte Mauricia und spuckte auf den Boden. »Er wird sie achtlos verbrennen oder einer Hexe geben, und dann wirst du die Scheißerei bekommen oder Fleckfieber, und die Zähne werden dir ausfallen! Und alles wird dich nicht davor bewahren, versklavt zu werden und deinen goldenen Arsch einem Sarazenen hinhalten zu müssen! Haare!«

Ima sank an der Mauer herab. Das höhnische Gelächter der Römerin verhallte in ihrem Kopf. Sie konzentrierte sich auf ihren Zopf, der oben in den Gängen des Kolosseums von Hand zu Hand ging…

»Wo hast du den her?«, herrschte der Ritter den Wächter an, als dieser sich den Zopf gerade hinters Ohr steckte und seinem Nachbarn kichernd präsentierte.

»Erlaub mal – wer fragt das? Ich kann hier machen, was ich will, das ist mein Kerker – schert Euch fort!« Der Wächter schnaubte empört und hielt dem anderen drohend die Faust mit dem Zopf vors Gesicht. »Mein Kerker ist das, mir zahlt man Lohn dafür, ich kann hier machen, was ich will!« Er verstummte, weil das Schwert des Ritters sich nachdrücklich in seinen wattierten Gambeson bohrte und am Verschluss einen Weg nach drinnen gefunden hatte. »Was wollt Ihr?« Seine Handbewegung zur eigenen Waffe wurde vereitelt.

»Den Zopf. Gib mir den Zopf.« Gérard de Hauteville streckte die Hand aus. Sein Herz schlug bis zum Hals – konnte das denn sein? Hatte er doch nicht geträumt, dass er sie gesehen hatte, dicht vor sich, mit einem Eimer Wasser im Arm, im Heerlager vor den Toren Roms? Geträumt hatte er danach von ihr, wilde, unzüchtige Träume, wie man sie von Frauen hat, die man nicht bekommen kann. Und nun dieser Zopf. Imas Zopf. Welchen Schabernack trieb das Schicksal mit ihm …

Der Wächter reichte ihm den Zopf, und das Schwert senkte sich. Gérard kämpfte gegen den Wunsch, seine Nase in das Haar zu stecken, die Augen zu schließen – zum Teufel, noch niemals war er wegen einer Frau so närrisch gewesen, noch nie in seinem ganzen verdammten Leben!

»Sie wollte Wasser.« Der Wächter schien zu glauben, dass er in einem Verhör steckte. »Die sollen aber vorerst keins bekommen, da dachte ich …«

»… du gibst gegen Lohn welches heraus? Gut gedacht, Mann.« Gérard zwang sich zu einer arroganten Haltung und verfluchte die Hitze, die ihm in die Wangen stieg. Wie konnte man sie nur dort unten rausholen? Er hatte in den Gängen des Kolosseums zwar etwas zu sagen, aber ob das ausreichte, um eine Gefangene zu befreien? »Dann füll ihr einen Krug und schick ihn den Weg, den das Haar genommen hat. Der Zopf ist einen Krug Wasser ja wohl wert! Worauf wartest du?« Eifrig wuselte der Mann los, einen Tonkrug suchen, Wasser holen, und nur die Anwesenheit des zweiten Wächters verhinderte, dass Gérard auf die Knie fiel und schreiend an den Gitterstäben rüttelte, die Ima von ihm trennten … Da kam ihm ein Gedanke.

Als der Tonkrug gegen das Mauerwerk schlug, erwachte sie aus dem Dämmerschlaf, der sie immer öfter befiel und gegen den sie sich nicht mehr wehren konnte. War es die Schwäche? Ob das so war, wenn man verhungerte? In der Frauengruppe betete jemand – seltsam, wie wenig Bestand das hier unten hatte. Gott war doch nicht in diesem Kerker, er konnte keinen von ihnen sehen. Gott war nicht hier. Gott war im Lateran, wo man sich bei Früchten, Wein und kaltem Wild gegenseitig der Treue versicherte. Gott war auch im Lager des Guiscard, draußen vor den Toren Roms. Hier unten war es viel zu dunkel. Ima seufzte. Dann wieder dieses Geräusch, und sie sah hoch. Über ihr baumelte ein Krug. Jemand lachte. »Na, bin ich nicht nett, Dirnchen? Du wirst dich bei mir bedanken dürfen, Dirnchen, wart's nur ab …« Ima stand auf. Der Krug schaukelte am Seil herab, langsam und bedächtig, damit er seinen Inhalt nicht verlor. Etwas in ihr machte einen Satz. Wasser! Sie war erhört worden.

Der Krug kam schaukelnd näher, Wassertropfen spritzten heraus, und Ima reckte sich, um das Gefäß in Empfang zu nehmen. Hinter ihr entstand Unruhe.

»Wasser … Sie hat tatsächlich Wasser bekommen … Wasser …«

»Setzt euch hin! Sie hat sich das Wasser gekauft! Sie ist eine Dirne, sie sollte sich schämen!«, herrschte Mauricia dazwischen. Da berührte die erste Hand Imas Schulter. »Wasser … Es gibt Wasser … Gib mir welches –«

Der Krug glitt in ihre Hände. Mit den Fingern kroch sie an den Rand, trank noch, bevor sie ihn vom Seil ablöste, trank durstig, bis ihr das Wasser aus den Mundwinkeln herauslief. Hinter ihr wurde es unruhig. Die Frauen drängelten, kamen näher, es wurde eng, es stank nach Ausdünstungen, Schmutz und altem Menstruationsblut, nach saurem Mundgeruch vom Hunger … Ima klammerte die Hände um ihren Krug und fühlte Angst in sich hochkriechen. Langsam zog sie den Krug an die Brust, umschloss den Hals des Kruges und löste das Seil – als sie den kleinen Fremdkörper ertastete, der am Griff festgebunden war. Schartig, vertrocknet, mit spitzen Kanten. Ledrig. Schuppig. Ihr Herz klopfte wild. Ohne hinzuschauen, wusste sie, was dort hing. Der Teufel, der bei ihnen wohnte, narrte sie doch, er narrte sie mit diesem Schlangenkopf, er tanzte ihr auf der Nase herum, quälte sie …

»Her mit dem Wasser, nun gib schon her!« Die Erste wurde ungehalten und rupfte an Imas Hemd. Eine andere drängte herbei und angelte nach dem Krug, Kinder krochen ihr um die

Beine, magisch angezogen vom Wort »Wasser«, sie zogen sie an den Beinkleidern, es zerrte und zupfte bettelnd überall, weiter hinten keifte Mauricia böse, aber ungehört. Ima wurde schwindelig – der Natternkopf. Der Natternkopf. In ihrem Kopf ging alles durcheinander, in ihrer Brust flatterte es – Gérard, wie hatte er sie gefunden, wo war er, wo kam der Natternkopf her? Sie hatte den Krug nun in der Hand, drückte ihn an sich. Plötzlich schrie das Mädchen entsetzt neben ihr auf. »Eine Schlange!« Die anderen wichen zurück, doch das Mädchen griff beherzt nach dem Krug, packte den Henkel und wollte Ima das Gefäß aus der Hand reißen – da sah sie deren Hand und stieß einen spitzen Schrei aus, dass alle erschrocken zurückwichen.

»Ein Zauberweib«, kreischte sie und drehte sich zu den anderen um. »Ein Zauberweib – seht! Sie haben ein Zauberweib mit uns eingesperrt – ein Zauberweib, seht ihre Hände, seht doch!« Mit riesigen Augen starrte sie Ima an, die geistesgegenwärtig den Schlangenkopf von der Karaffe riss. »Zauberweib ... zaubert ...«

Die Leiche stank unerträglich. Ima kauerte sich neben sie. Sobald sie sich bewegte, sprang eine von den Frauen auf und bedrohte sie. Böses Zischen war zu hören, Flüche und das Schaben des leeren Kruges über den Boden. Mauricia ließ sie nicht aus den Augen. Ima stützte den Kopf in die Hände und versuchte, sich noch kleiner zu machen. Stunden waren seit dem Aufruhr vergangen. Stunden? Niemand in diesem Kerker hatte noch ein Zeitgefühl. Der teuer erkaufte Wasserkrug war längst leer getrunken, ihr hatte man nichts mehr davon angeboten. Mit dem Natternkopf hatte man sie stattdessen beworfen und in die Ecke gejagt ... Selbst die Wächter oben am Fenster waren verschwunden. Die Stille wirkte aufdringlich, das Tuscheln der Frauen war bedrohlich.

Etwas zwickte an ihrem Bein. »Fort!«, schrie sie. Die Ratten wurden immer aufdringlicher, ihre langen Schwänze konnte man kaum noch zählen. Mauricia lache böse. »Verdient hast du's, *malefica*, verdient hast du's. Fressen sollen sie dich, fressen bis auf die Knochen …«

Schwere Schritte erklangen auf der Treppe, Männerstimmen kamen näher. Alles horchte auf.

»Ihr habt ein Zauberweib mit eingesperrt – befreit uns von ihr – zu Hilfe!«, kreischte Mauricia und rüttelte an den Gitterstäben. »Zu Hilfe, habt Mitleid!« Durch die Gitter hindurch traf sie ein Stoß, dass sie auf den Rücken fiel und japsend liegen blieb, während sich der Wächter an dem Schloss zu schaffen machte. Quälende Momente, weil der Schlüssel klemmte. Angespanntes Schnaufen, denn die Treppe war steil gewesen.

»Ich habe Durst«, weinte ein Mädchen. Dann sprang das Tor endlich auf. Zwei Knechte schleppten einen Tränkekübel mit brackigem Wasser herein, der Wächter stellte sich breitbeinig ins Tor. Noch jemand war die Treppe heruntergekommen, eilig, leichtfüßig und mit klirrendem Waffengehänge. Gérard de Hauteville schob den Wächter zur Seite und blickte so hochmütig, wie es nur irgend ging, in die Frauenrunde. Keine von ihnen wagte angesichts der gezogenen Waffen aufzuspringen, obwohl das Wasser lockte, aus dem Kübel herausgeschwappt war und in kleinen Rinnsalen im Matsch versickerte.

Ima hockte mit dem Rücken gegen die Kerkermauer. Ihre Augen füllten sich mit Tränen. Was für eine Laune Gottes, dass ausgerechnet er da stand. Für einen Moment trafen sich ihre Blicke, über Schmutz und Kälte hinweg, und es wurde ganz still in ihren Herzen. Eine Träne rann ihr die Wange hinab, dann lächelte sie.

Gérard stand kurz davor, die Fassung zu verlieren.

»Diese da, sie kommt mit mir!«, herrschte er den Wächter von der Seite an und zeigte auf Ima, ohne sie noch einmal anzusehen.

»Ich geb hier keinen raus«, blaffte der zurück. »Diese Weiber gehen alle an die Sarazenen und sollen gut bewacht werden.«

»Diese da steht in Diensten eines hohen apulischen Herrn – soll ich ihn dir vorbeischicken?«, entgegnete Gérard mit scharfer Stimme. »Möglich, dass du dich dann selbst hier unten wiederfindest, weil es den Chevalier wenig ergötzen wird, sein Dienstvolk in römischen Kerkern zusammensuchen zu müssen. Möglich, dass man dem Guiscard ...«

»Sie wurde beim Morden eines Apuliers erwischt!«

»Und sie ist ein Zauberweib, schaut Euch doch ihre Hände an!«, keifte Mauricia dazwischen und sprang auf. »Wir haben unter ihr leiden müssen, habt Mitleid mit uns, edler Herr! Holt uns hier raus, ich bitte Euch!« Und sie warf sich vor Gérard auf den Boden, küsste seinen Stiefel, kroch an seinen Beinen hoch und grapschte nach dem Kettenhemd. Ihr wirres Haar hing wie ein Vorhang auf den Boden. »Holt uns hier raus, edler Herr, habt Mitleid, Ihr werdet es nicht bereuen, Herr ...«

»Gebt den Weibern zu essen, damit sie ruhig sind. Marsch, worauf wartet ihr! Klappergestelle werden auch die Sarazenen nicht kaufen wollen. Um diese da kümmere ich mich.« Wie ein lästiges Tier schüttelte der Normanne die Frau ab und streckte die Hand aus. Dann wagte er einen zweiten Blick in Imas Gesicht. Schmal war es geworden. Die Rose hatte ihre Blätter verloren, aber ihr Stiel war ungebrochen und ihr Duft unvergänglich. Sie berührte sein Herz und machte es schwach, mitten im Krieg. In seiner Brust zog es sich schmerzhaft zusammen – welch steiniger Weg hatte sie nur hergeführt in diesen feuchten Kerker?

Seine Hand war die Rettung, wie damals im See von Arles. Sie starrte vor Schmutz und war schwielig und packte ein wenig zu heftig zu. Dafür ließ sie nicht mehr los, nicht, als die Lücke zwischen Kerkertür und dem grimmigen Wächter zu eng wurde, und auch nicht, als Ima auf den Treppenstufen ausrutschte und der Länge nach hinschlug. Sie hielt sie den ganzen

Weg durch die finsteren Gänge des Kolosseums, vorbei an bewaffneten Apuliern, blakenden Feuerstellen und Gittern, hinter denen Menschen jeden Alters saßen, weinend, schreiend und durch die Gitterstäbe fuchtelnd. Das Kolosseum saß voller Gefangener, auf die der Sklavenmarkt wartete, um apulische Truhen mit Gold zu füllen, weil die Plünderung Roms zu wenig eingebracht hatte. Sie hielt sie fest, als man Gérard aufzuhalten versuchte, Ima herumschubste und er handgreiflich werden musste, weil die Aufpasser meinten, sich aufspielen zu müssen – er wehrte sich mit einer Hand und hielt sie mit der anderen fest, und hielt sie immer noch, als das schwere Tor hinter ihnen zufiel.

Gérard blieb stehen und holte tief Luft.

»Verflucht.« Das kam aus tiefstem Herzen. Mehr sagte er nicht, und er ließ auch ihre Hand nicht los, denn hinter Santa Maria Novae schlugen, vom Forum kommend, bereits Flammen in den Himmel – die Feuersbrunst war auf dem Vormarsch nach Süden, und wenn der Wind weiter anhielt, würde auch das Kolosseum keinen Schutz mehr bieten. Ein Alptraum. Die Eingekerkerten befanden sich in großer Gefahr – was für ein Glück, was für ein unglaubliches Glück, dass er sie gefunden hatte! Trotzdem war er ratlos, was er als Nächstes tun sollte. Sie anzuschauen wagte er auch nicht, und am liebsten hätte er sein Schwert gezogen und jemanden totgeschlagen, einfach so, oder aus Rache …

»Danke Euch«, sagte Ima da leise und versuchte, ihre Hand aus dem Griff zu befreien. Seine Ratlosigkeit verflog. Sie loslassen? Gehen lassen?

»Wir müssen uns nach Süden halten«, sagte er schnell und verhinderte mit raschem Griff ihr Ansinnen. »Die Tore sind offen, und so weit wird es das Feuer nicht schaffen. Im Süden sind wir sicher. Dort können wir die Stadt verlassen.« Und was dann? Die Sonne spielte in ihrem blonden Haar, erzählte von einer heiteren jungen Frau mit unwiderstehlichem Lachen und strahlenden Augen, wie damals, auf der Lichtung der Alyscamps, als er sie im Wasser entdeckt und vor der Schlange gerettet hatte. Das Strahlen war irgendwo auf dem Weg nach Rom verloren gegangen. Dass das auch mit ihm zu tun haben könnte – auf den Gedanken kam er nicht.

Sie sagte nichts mehr, sondern ging einfach mit ihm, den schier endlos weiten Weg um den bewaldeten Mons Caelius herum, an dessen Ende sich das Monasterium Honorii befand. Die Hitze war unerträglich, und sie mussten oft zwischendurch rasten, weil Ima nicht mehr weiterkonnte. Sie sprach nicht, und seine Hilfe lehnte sie auch ab. Zäh wie eine Katze erholte sie sich bei jeder Pause und lief dann weiter, bis die Knie wieder nachgaben. Gérard gab es auf. Er passte sich ihrem Tempo an – auf diesem Weg war ohnehin nichts mehr zu gewinnen, aber das Leben zu verlieren. Er staunte ein wenig über seine eigene Behutsamkeit.

Die Mönche mussten ein sehr einsames Leben geführt haben, denn dieser Teil Roms war so gut wie unbewohnt. Hohe Pinien wuchsen zwischen Hausruinen und einsam in die Luft ragenden Säulen, Ziegen liefen meckernd umher, und es roch nach Harz und feuchtem Erdreich. Im Dunst konnte man die Aurelianische Mauer erkennen, die zwar hoch genug war, aber viel zu lang, um dem apulischen Heer widerstehen zu können – am Ende hatte man sie überlistet. Im Schatten der Mauer wirkte Rom regelrecht friedlich, doch Gérard spannte sich an. Außer den Ziegen war kein Lebewesen zu sehen. Vom Kloster her war nichts zu hören, kein Laut. Das war nicht normal.

Imas Beine knickten weg. Einfach so, mitten im Lauf, versagten sie ihr den Dienst, und sie stürzte neben Gérard auf die verunkrauteten Pflastersteine. Benommen hob sie den Kopf. Ihre Lippen waren trocken, die Augen trüb, erkannte sie ihn überhaupt? Gérard fiel auf die Knie, beunruhigt, weil sie nicht sprach. Als er versuchte, sie hochzuheben, wehrte sie sich wie jedes Mal, wenn auch schwach. »Wasser«, flüsterte sie, »bringt Wasser ...« Ihre Augen schlossen sich, das Gesicht wurde grau und schmal vor Erschöpfung. Furcht kroch in sein Herz, sie könnte es nicht schaffen. Hatte er sie zu spät gefunden?

»Im Kloster wird man uns helfen«, sagte er rau, überwand ihren Widerstand und trug sie die letzten Schritte zum Kloster. Es fühlte sich gut an, sie auf den Armen zu haben, ganz nah bei sich. So sicher und richtig. Auch wenn es natürlich alles andere als richtig und geziemend war. Er lief vorsichtig vorwärts, und sie dämmerte weg.

Das Tor stand offen, kein Mönch war zu sehen. Gérard schluckte schwer. Im Innenhof deutete alles darauf hin, dass auch der Konvent überfallen worden war und die Mönche die Flucht ergriffen hatten. Die, die es nicht geschafft hatten, waren eines grausamen Todes gestorben. Offenbar hatten hier Sarazenen ihr grausiges Werk verrichtet. Gérard lief durch den Hof und an der kleinen Kirche vorbei, wo hingemetzelte Leichen auf den Stufen lagen – nicht mal vor den Dienern Gottes hatten die Krieger des Roger Borsa Halt gemacht. In Grausamkeit stand er seinem Vater nicht nach; offenbar hatte er sich einen Spaß daraus gemacht, ausgerechnet die Ungläubigen in seiner Truppe auf das Kloster zu hetzen.

Im Kreuzgang der Kirche verschnaufte Gérard und setzte Ima vorsichtig auf die steinerne Bank. Nach kurzem Zögern hockte er sich daneben – eine Spur zu dicht vielleicht, aber wer wollte das hier schon kritisieren. Als wäre nichts geschehen und niemand zu Tode gekommen, zwitscherten Vögel um die Wette. Ihr Gesang warf ein zauberhaftes Echo durch den Gang. Gérard wischte sich den Schweiß von der Stirn. Er hätte viel darum gegeben sein Kettenhemd auszuziehen, sich in der Sonne auszustrecken – ach, ein Bad zu nehmen, zu schlafen, viele Stunden lang in einem richtigen Bett – doch sie waren im Krieg, und Bequemlichkeit zierte nicht das Leben eines Ritters. Und dann war ja sie hier. Nachdenklich betrachtete er die stumme junge Frau, die mit gesenktem Kopf neben ihm saß. Sie – sie verdiente Bequemlichkeit. Sie verdiente weiche Kissen, Felle und freundliche Diener. Er wusste doch von Aidan, aus welch feinem Hause sie stammte, sie hatte das hier nicht verdient, den Schmutz nicht, den Hunger – nicht ihn. Ihn hatte sie als Allerletzten verdient. Trotzdem wagte er es, ihre schmale Schulter zu berühren. Nur die Schulter, die sich ihm schmal und klein entgegenzuschmiegen schien. Fluch über seine Gier und seinen schwachen Körper! Errötend zog er die Hand zurück und stand auf.

»Ich komme zurück und bringe Euch Wasser. Ima. Ich komme zurück.« Sie nickte nur benommen, ohne aufzuschauen.

Auf seinem Weg durch das kleine Kloster zerschlug er grundlos irdenes Geschirr und Holzschemel und spuckte öfter aus, als nötig gewesen wäre. Er spuckte auf diesen merkwürdigen Krieg, der niemanden zufriedenstellte, auf den Guiscard, der ihn wie einen gemeinen Soldaten an die Porta Tiburtina geschickt hatte, um den Wächter zu überwältigen, auf diesen verfluchten Trümmerhaufen von Stadt, und er spuckte zum hundertsten Male auf seine niedrige Herkunft, die ihm nicht erlaubte, sich Ima zu nähern.

Im Refektorium standen noch Weinkrüge auf den Tischen. Tote Mönche lagen vor den Bänken, von denen sie sterbend heruntergekippt waren. Alles war schnell gegangen, für Gegenwehr keine Zeit gewesen. Der Tod hatte wahllos Ernte gehalten. Ein Novize lag mit dem Gesicht in einer Blutlache. Gérard drehte den Jungen um. Leere Augen, ein blutverschmiertes Antlitz. Er deckte ihn mit einem Leintuch zu, drehte den nächsten um. Der Anblick war unerträglich, und er wunderte sich, wie stark der Rausch war, der einen im Kampf befiel – man zählte keine Toten, denn vor der Schlacht gab es Absolution und nachher die Buße. Hier in Rom gab es das nicht, niemand hatte ihnen eine Absolution für das Morden erteilt. An den Rausch konnte er sich gut erinnern. Er fühlte, dass es schlecht war, was sie getan hatten.

Irgendwo polterte etwas zu Boden. Gérard sprang auf, mit gezückter Waffe, zum Äußersten bereit. Niemand würde sich ihm hier noch in den Weg stellen, und Ima würde er mit seinem Leben verteidigen. Doch es war nur eine Katze gewesen, und sein Schwert sank herab. Erschöpft sackte er gegen die Wand. Die Sehnsucht nach ihr marterte ihn, doch ohne etwas zu essen wollte er nicht zu ihr zurückkehren. Es kostete ihn echte Überwindung, zum Refektoriumstisch zu gehen und den Toten das Essen wegzunehmen. Der Romfeldzug des Herzogs kam ihm immer unglaublicher und gottverfluchter vor.

Fliegen umkreisten die Leichen, in der Luft klebte süßlicher Verwesungsgeruch. Grimmig raffte er an sich, was auf den Tischen zu finden war, Brot, Wasser, getrocknete Früchte, eine Schale mit kaltem Bohnenmus, ein paar Streifen Trockenfleisch, auf denen noch keine Maden saßen. Den Mönchen schien es wohl ergangen zu sein, bevor die Sarazenen sich über ihr Kloster hergemacht hatten. Einer zumindest hatte den Überfall nicht überlebt – er lag auf den Stufen zum Dormitorium und hatte sich wohl das Genick gebrochen. Sein schwarzes Auge blickte immer noch wild, obwohl er schon lange nicht mehr atmete. Kurz entschlossen zog Gérard den Krummdolch aus dem Gürtel des Sarazenen und stach ihn mit aller Kraft in die Brust des Mannes. Es ging erstaunlich leicht. Doch es machte nichts besser, im Gegenteil. Was für eine armselige Rache! Eines Ritters nicht würdig. Er hasste sich sofort dafür und verließ fluchtartig das Refektorium …

Ima saß mit dem Kopf gegen die Säule gelehnt. Friedlich war es im Kreuzgang, und nicht so heiß wie in der Sonne. Trotzdem fror sie. Von hinten beschien die Sonne ihren Kopf und strich sanft über ihren Nacken. Es fühlte sich an, als gehörte er nicht zu ihr, als säße ihr Körper in lauter Einzelteilen auf der Bank. Würde es je gelingen, ihn wieder zuammenzusetzen? Sie starrte auf die Steine und erlaubte sich kaum einen weiteren Gedanken. Alles, was ihr einfiel, fühlte sich furchtbar an. Angst, Hunger, Durst, Einsamkeit. Das Forum Romanum – Aidan. Sie schluchzte auf, dann rollte sie sich leise weinend auf der Steinbank zusammen. Nicht einmal die Bank wollte ihr Trost geben.

Steinchen knirschten.

Jemand stand an der Ecke und betrachtete sie. Müde hob sie die Lider.

Gérard.

Der Normanne trug allerlei Geschirr in den Händen, und sein Gesichtsausdruck schwankte zwischen verwirrt und verletzlich. Verletzlich? Sie war zu erschöpft, um sich darüber den Kopf zu zerbrechen, und schloss die Augen. Eilige Schritte, eine Schüssel fiel zu Boden. Sie erschrak, runzelte die Stirn. Da kniete er neben ihr und atmete hörbar auf.

»Ich dachte schon – ich dachte – ich ...« Ein Hauch seiner Hand fuhr über ihr Haar, oder war es der Wunsch? Er hatte sie nicht berührt. Stattdessen baute er seine Sammlung auf, und sie schlummerte wieder ein, doch er gab keine Ruhe.

»Schaut, was ich für Euch habe, Ima. Wasser. Speisen. Und ein Gewand.« Die Krüge klapperten auf dem Stein, daneben die Holzschalen und das hart gewordene Brot. »Wollt Ihr das Gewand nicht anziehen, Ima?« Seine Stimme holte sie unbarmherzig aus den Nebeln. Langsam richtete sie sich auf. Der Klang seiner Stimme war so verändert, die Besorgnis passte gar nicht zu ihm. Und immer noch hockte er so nah bei ihr. Sie rückte ein wenig von ihm ab und griff nach dem Kleidungsstück, das er ihr hinhielt. Die Kutte eines Novizen. »Es ist aus einer Truhe«, beeilte er sich zu sagen. »Aus der Truhe, Ima. Nicht von einem ...« Eine Handbewegung illustrierte, was er meinte. Sie nickte. Kein Gewand eines Toten. Hinter einer Mauer wartete er, bis sie die Kutte übergestreift hatte, und natürlich bemerkte sie, dass er hinschaute, er konnte wohl nicht anders. Ima sah an sich herab. Weiß wie Perlmutt schimmerte ihre Haut immer noch. Aber sie leuchtete nicht mehr wie früher, als das Leben kein Rom gekannt hatte. Das Gewand glitt an ihr herunter.

Gérard riss sich zusammen. Er legte ein Fell auf die kalte Bank und stellte die Holzschalen neu zusammen. »Esst etwas, Ima.« Sie trank von dem Wein. Der Alkohol belebte ihre Sinne, schoss ins Blut, sie spürte, wie die Farbe in ihre Wangen zurückkehrte. Süß schmeckte der Wein, und die Mönche hatten ihn mit Verbene versetzt. Sie liebte die Verbene. Ihre Mutter hatte sie immer das Kraut genannt, das »die Schwachen stark macht«. Versonnen starrte Ima auf das Mauerwerk der Kirche. Die verborgenen Stellen, wo auf Lindisfarne Verbene wuchs, kamen ihr in den Sinn. Sie trank beherzt noch einen Schluck.

Gérard brach Brot entzwei und schnitt Fleisch in kleine Teile. Appetitlich lagen die Stücke auf dem nackten Stein, fettglänzend und nach Thymian duftend. »Esst bitte etwas.« Als sie immer noch zögerte, weil ihr Magen rebellierte, hielt er ihr ein klein geschnittenes Stück Brot hin. »Bitte esst.« Da sah sie hoch. Seine ungewohnte Sorge drang zu ihr vor und rührte ihr Herz. Ein kleines Lächeln huschte über ihr Gesicht, und Gérard schmolz dahin wie Wachs in der Mittagshitze.

Am Ende brachte es beiden ein wenig Frieden, nebeneinanderzusitzen und vom Mahl der toten Mönche zu essen, Stück für Stück vom Fleisch und von den Bohnen zu nehmen und Wein zu trinken statt Wasser, weil der Wein den Kopf so leicht machte. Es tat gut, einfach zu essen und nicht zu reden. Die Gesellschaft war beiden überraschend angenehm. Oder machte der Wein sie angenehm? Verstohlen schaute sie zu ihm herüber. Er hatte gekämpft. Gemordet, das getan, wozu er ausgebildet worden war. Sein Mantel war zerrissen und das Kettenhemd beschädigt. Getrocknetes Blut hing an den Gliedern, die Wangen waren rußig, er wirkte sehr erschöpft. Hier im Kreuzgang kam ihr das, was sie in den letzten Tagen erlebt hatte, wie ein böser Traum vor. Natürlich war der böse Traum nicht weit – draußen vor der Kirche lagen Tote, die niemand begraben würde, und Rom brannte. Den Toten würden weitere folgen. Sie trank einen Schluck Wein und schloss die Augen. Wenn man nicht daran dachte, war es nicht so schlimm. Nicht dran denken. Ihr Kopf war inzwischen voll von Dingen, an die sie nicht denken wollte. Der leise Wind, der durch den Gang strich, kühlte ihre Stirn und erzählte von heißen Sommern und dem Segen kühler römischer Steinhäuser …

»Was tun wir nun?«

Überrascht sah sie Gérard an. »Wo bringe ich Euch hin?« Er legte seine Hand auf ihre Rechte. »Ich will Euch gerne ans Ziel Eurer Reise bringen …«

»Wohin?«, fragte sie leise und nahm ihre Hand weg, weil sich das nicht gehörte.

»Ihr wisst es nicht?«, fragte er erstaunt.

»Nein.« Sie zog die Knie an den Leib und machte sich klein. »Ich weiß es nicht.«

Eine Taube kam vorbei und pickte Brotkrümel vom Boden. Leise gurrte sie vor sich hin, ihr Federkleid schimmerte bläulich. Als Gérard sich bewegte, flatterte sie davon.

»Nach Lindisfarne«, versuchte er sein Glück. »Wo Eure Familie lebt. Wenn ich meinen Knappen … Ich meine, wenn ich Euren … also …« Er räusperte sich. »Ich verlor ihn während des Kampfes. Wenn ich ihn gefunden habe, dann …«

»Ich kann Euch sagen, wo er liegt, Gérard.« Ihre Stimme klang rau, und ihr wurde wieder schwindlig, als sie an Aidan dachte. Sie sah ihm geradewegs in die Augen, zum zweiten Mal an diesem Tag, und diesmal war ihr Blick voller Schmerz. »Ich war bei ihm, als er endlich starb, Gérard. Er starb mit einer Mistgabel im Leib den Tod eines niedrigen Mannes, obwohl Aidan von Carlisle kein niedriger Mann war.« Tränen liefen über ihre Wangen, tropften auf die grob gewebte Kutte, und

sie bekam kaum Luft, weil Trauer und Entsetzen ihr die Brust zusammendrückten. »Und wo wart Ihr … Gérard de Hauteville?!«

Gérard trat Steinchen durch den Kreuzgang. Der Knappe. Der verdammte Knappe. Sie war sein Liebchen gewesen. Sie hatte ihn geliebt, anders waren ihre Tränen ja nicht zu erklären. Brennende Eifersucht geißelte ihn. Hatte der Knappe sie beschlafen? Er musste sie beschlafen haben, doch wo? Wann? Verfluchter Knappe. Während der erbitterten Kämpfe auf der Via Lata, wo viele Apulier unter den Speeren der Römer gefallen waren, hatte er den Jungen aus den Augen verloren und gehofft, dass er sich nach Süden hatte retten können. Nun war er also tot und würde auf ewig zwischen ihm und dem Mädchen stehen, weil sie ihm Vorwürfe machte. Vor Wut trat er einen Schemel durch die Gegend. Das reichte nicht, und so trat er noch eine Tür ein. Drinnen lagen unzählige Tote, es war das Skriptorium gewesen. Man hatte die Mönche beim Kopieren ermordet. Süßliche Hitze stand unbeweglich in dem hohen Raum, Ratten fiepten. Gérard lehnte sich keuchend gegen die kalte Wand und schloss die Augen, bevor die Verzweiflung ihm etwa Tränen herausdrücken konnte.

Das Plätschern des Brunnens war das einzige wirkliche Geräusch im Kloster. Die Geister der Ermordeten verursachten ja keinen Laut, sie schwebten nur umher und versuchten, den Krieg wegzudrängen, der mit den Neuankömmlingen zurückgekehrt war. Ima und Gérard hatten den falschen Todesfrieden zerstört, er litt unter den Erinnerungen der Lebenden. Vielleicht würde das kleine Kloster an der Stadtmauer den Krieg ein zweites Mal erdulden müssen. Das Meckern der Ziegen klang ängstlich, denn der Wind trug einen Hauch von Feuergeruch durch den Pinienwald, düster drohend, dass es nicht mehr lange dauere, bis ganz Rom ein Mahl der Flammen sei. Dann würde es auch dieses Kloster verzehren, mitsamt allen Insassen und allem Segen, der den Mauern noch innewohnte.

In der Kirche herrschte grausiger Friede. Es handelte sich um ein kleines Steinhaus, in dem die Bauarbeiten nicht hatten abgeschlossen werden können. Die Leitern der Steinmetze standen noch an die Wand gelehnt, ihr Werkzeug flog verstreut auf dem Boden herum, ein Steinmetz lag in bizarrer Verrenkung tot vor seiner Leiter, einen anderen hatten sie am Chorgestühl erwischt und getötet. Vor dem steinernen Altar brannten Öllichter, über dem Opfertisch erhob sich ein schlichtes Kreuz, flankiert von zwei Heiligen. Im Dachstuhl flatterten Tauben umher. Weihrauch stand in der Luft, wie eine Erinnerung an Zeiten, wo das Beten noch geholfen hatte. Der Altar lud ein, es trotzdem zu versuchen, und niemand störte, denn Gott war hier.

Die Sonne ging unter. Schließlich stand die Dunkelheit vor der kleinen Tür. Gérards Schritte störten die Stille im Kreuzgang, Steinchen knirschten unter seinen Stiefeln. Die Steinchen und das Kettenhemd verrieten ihn. Wie er darauf kam, sie in der Kirche zu suchen, wusste er nicht – er wusste einfach, dass sie dort war. Er zögerte nicht an der Tür, er wusste bereits, in welche Richtung er gehen musste, bevor er ihren Schatten wahrnahm. Und dann standen sie sich gegenüber, zwei Schemen in der Dunkelheit, und jeder hätte die Konturen des anderen aus dem Gedächtnis malen können.

»Sagt mir Euer Ziel, ich bringe Euch hin, wo es auch sein mag«, stieß er hervor. »Ich bringe Euch nach Hause, Ima.«

Die Öllichter zauberten einen geheimnisvollen Schimmer auf das Kettenhemd. Ima starrte auf die kunstvoll verschlungenen Metallglieder, die einem vorkamen wie ein gewundener Weg, wenn man ihnen mit den Augen folgte.

»Nein«, flüsterte sie. Die Kettenglieder bewegten sich unter seinen Atemzügen, immer heftiger, weil er Goldsplitter im

Haar ihres gesenkten Kopfes entdeckte. Oder narrte ihn nur das ewige Licht? »Ima, lasst Euch helfen.«

»Ich kann nicht«, flüsterte sie. »Alle waren dagegen, dass er mit nach Santiago kam. Alle. Er war in meiner Obhut, Gérard. Er ging in meiner Obhut verloren – ich kann nicht. Ich bin verloren. Ich bringe Unglück, Gérard.«

Gérard begann zu verstehen. Er erfasste ihre maßlose Trauer um den toten Knappen – das ganze Ausmaß des Dramas um Ima von Lindisfarne. Oder war es der Wein, der ihn weich dafür gemacht hatte? Er kannte sich ja selbst kaum mehr. Sehr sanft nahm er sie beim Arm und setzte sie in das Chorgestühl, weit genug von den Toten entfernt. Die Lichter am Altar wurden mit der Entfernung kleiner, die Dunkelheit wuchs um sie herum. Das Sprechen fiel ihm tatsächlich leichter, wenn er sie nicht ansehen musste. Sie neben sich zu spüren verwirrte ihn schon genug.

»Menschen gehen manchmal verloren«, sagte er leise. »Sie verschwinden und werden nie wieder gesehen. Aber sie sind alle in Gottes Hand, Ima. Und manche schickt er zurück auf den Weg. Wir sind in Gottes Hand.«

»Woher wisst Ihr das?«, flüsterte sie kaum hörbar.

Weil ich selbst ein Verlorener bin, dachte er. Heimatlos, elternlos, auf der Flucht.

»Weil ich noch lebe, Ima«, sagte er stattdessen. Sie schwieg. Sein Leben hatte er in diesem Satz offenbart, und sie drang nicht weiter in ihn. *Wir sind in Gottes Hand.* Vielleicht glaubte sie ihm. Vielleicht weil es das Letzte war, was sie aus seinem Mund erwartet hatte. »*Was auch geschieht, wir sind in Seiner Hand. Er bringt uns dorthin, wo Er uns sicher weiß …*« Vielleicht glaubte sie ihm. Er zog sich nach diesen Worten zurück und wurde still.

Ihr leichter Schritt auf den Steinen holte Gérard in die Realität zurück. Ima war aufgestanden und verließ die Kirche. Stille umgab ihn, die Öllichter flackerten. Auch Gérard wanderte ruhelos umher, ließ seine Hand an der kalten Wand entlanglaufen und über das glattpolierte Holz von Chorstühlen. Unterhalb der Öllichter glänzten marmorne Mosaike, Überreste aus römischen Zeiten, als in diesem Hause noch Heiden gewohnt hatten. Er bückte sich und betrachtete die Mosaike. Dicht beisammen saßen die kleinen Steinchen und ergaben ein Bild von unvergänglicher Schönheit. Mit dem Fingernagel kratzte er an den Steinen. Sie saßen so fest, dass man sie nur mit Gewalt würde voneinander trennen können. Welcher Teil des Mosaiks war er? Sie gehörte neben ihn, es fehlte etwas, wenn sie nicht da war. Seinen Seufzer über diese Erkenntnis warfen die Kirchenwände gleich vielfach zurück.

Er sehnte sich nach Absolution, um etwas Neues beginnen zu können. Ein wenig fühlte er sich wie in jener Nacht in der Kathedrale zu Caen, bevor er seinen Ritterschlag empfangen hatte, als Bastard zwar, jedoch protegiert von vornehmem Hause. Eine Nacht der absoluten Stille war das gewesen, voller Unruhe, Erwartung, ein wenig Furcht, aber auch tiefer Freude. Dummerweise hatte das hier nichts mit der Ehre zu tun, sondern mit einer Frau. Einer Frau, von der er schon lange wusste, dass sie unerreichbar für ihn war, die er aber mit jeder Faser seines Körper begehrte.

Nein. Das war es nicht. Nicht mehr. Es war mehr geworden als nur körperliches Begehren. Viel mehr. Das Mosaik fiel ihm ein. Es fehlte ein ganzes Stück, wenn sie nicht da war. Es fehlte der Sinn. Als ihm das so richtig klar wurde, starrte er in die Schwärze und ließ das Gefühl an sich herabrieseln.

»Ich liebe Euch, Ima von Lindisfarne.« Die Worte hallten wider, hüpften von Stein zu Stein und kletterten empor zum Dachstuhl, wo sie bei den Tauben auf den Balken landeten. Ihr Echo flog herab und liebkoste sein Ohr. Er fand Mut für einen weiteren Satz. »Ich liebe Euch – und es ist hoffnungslos.«

Ein tiefer Seufzer störte das Echo, Schwermut erfüllte die

Kirche. Die Öllichter am Altar flackerten mitfühlend. Ein wenig schämte sich Gérard. Dennoch schien es ihm der richtige Ort für dieses Geständnis, denn bei Gott war es gut aufgehoben. »Ich liebe Euch«, flüsterte er ein letztes Mal.

Sie stand in der Tür, die ganze Zeit schon, sie hatte sich wohl nicht von der Stille des Gotteshauses trennen können. Leise entfernte sie sich, doch Gérard nahm selbst diese Schritte noch wahr und das Rauschen ihres Gewandes, weil seine Sinne ganz auf sie gerichtet waren. Er lächelte errötend, und Friede zog in sein aufgewühltes Herz ein. Die Nacht war wie jene Nacht in Caen. Voller Unruhe, Erwartung und tiefer Freude.

Sie war unerreichbar. Aber sie hatte ihn gehört.

Sie hatte ihn gehört. Seine Worte waren wie ein warmer Sommerregen über sie geperlt, und sie hatte es nicht fertiggebracht, sich unterzustellen. Jetzt stand sie im Nachtwind, mitten im Garten, wohin der Geruch von Tod und Verderben nicht vordringen konnte, und spürte den Worten nach. Der Wind spielte sanft an ihrer Kutte und suchte nach Tropfen, die längst auf ihrer Haut getrocknet waren … Sie waren getrocknet, um bei ihr zu bleiben. Langsam strich sie sich mit der Hand über den Arm. Seine Worte hatten ihr Herz zum Flattern gebracht wie einen Vogel, der ein Bad im Wasser nimmt, und die Tropfen fielen wieder und wieder herab, netzten sie aufs Neue, wann immer der Flügel schlug. Der Flügel hatte nach Stephens Tod aufgehört zu schlagen, und die Haut war vertrocknet. Leise Scham stieg in ihr auf, weil sie trotz Stephen im Herzen nach den Tropfen dürstete und sie dem Wind nicht gönnte. Dann schüttelte sie den Kopf. Alles war anders. Alles. Und für den Nachtwind waren die Tropfen nicht bestimmt gewesen.

Das Zicklein starb mit dem ersten Sonnenstrahl. Ima hatte an einer Tollkirsche geknabbert, um ihren Geist zu öffnen. So fiel es leichter, den Geist des Tieres zu fassen. Das Zicklein hatte sich auch ganz leicht einfangen und fesseln lassen. Auf der Kohle, die sie glimmend in der Küche gefunden hatte, räucherte sie, was der Kräutergarten hergab, um sich abzulenken. Umkränzt von Beifußblättern, die sie vor den Klostermauern gefunden hatte, und begleitet von einem versöhnlichen Lied, das ihre Mutter beim Schlachten stets gesungen hatte, empfing das Zicklein den Schnitt durch das geschärfte Messer und schenkte sein Blut dem Boden, der es genährt hatte. Ima streichelte es, bis seine Muskeln aufhörten zu zucken. Dann machte sie sich daran, ihm das Fell über die Ohren zu ziehen und es zu zerteilen. Sie hatte das Schlachten nie geliebt, doch da die Mutter über rinnendem Blut stets entweder zu weinen begann oder schlimme Visionen bekam, war das Schlachten oft genug an ihr und ihrer Schwester hängen geblieben. Nicht nur das Schlachten … Ima seufzte und legte das blutige Fell beiseite – so, dass sie es nicht anschauen musste. Irgendwie lockte es doch unangenehme Erinnerungen herbei.

Gérard fand sie, als das Zicklein bereits auf einem Spieß über dem Feuer brutzelte – sie hatte sich gegen das Kochen entschieden, weil sie nicht in die Klosterküche gehen wollte, wo der Gestank der Toten hing und sie sich als Eindringling und Diebin gefühlt hätte. In dieser geschützten Ecke des Gemüsegartens flackerte das Feuer ruhig und gleichmäßig, und es gab auch genug Holz zum Nachlegen, damit der Braten ohne Unterbrechung garen konnte. Der Salbei, den sie in der Küche gefunden hatte und jetzt ins Feuer warf, erinnerte auch an zu Hause und an die weise Frau, von der sie das Schlachten gelernt hatte, freundlich und respektvoll und begleitet von den richtigen Zaubersprüchen …

Gérard setzte den Weinkrug ab. Irgendwie wirkte er unaufgeräumt, unausgeschlafen – schlecht gelaunt. Oder hatte er sie nur gesucht?

»Nehmt Euch und esst«, lud sie ihn friedlich zum Sitzen ein.

Beiläufig räumte sie seinen Weinkrug weg und stellte ihm Wasser hin. Unvermittelt hielt er sie am Arm fest, ein wenig zu heftig.

»Fürchtet Ihr Euch vor mir?« Sie wagte einen Blick in seine übernächtigten Augen. Ja, lag ihr auf der Zunge, doch sie war sich nicht sicher.

»Ich ...« Er ließ ihr keine Zeit zum Nachdenken.

»Fürchtet Euch nicht vor mir, Ima. Ich weiß, was sich gehört.«

Sie suchte seinen Blick, fand müde, von düsteren Schatten umgebene Augen, die alles andere als Furcht einflößend wirkten. Nach kurzem Zögern schob sie ihm den Weinkrug wieder hin. »Esst, Gérard. Wo ein Heer entlangzieht, sind alle Scheunen leer.«

»Ein Heer?« Verständnislos hob er die Brauen. Seine Frage von eben klang noch nach und auch, dass sie nicht ehrlich geantwortet hatte. Sie spürte auch, dass er es nicht wagte, ein zweites Mal zu fragen – und es war auch irgendwie unwichtig geworden, immerhin saßen sie hier friedlich zum Mahl beisammen und teilten das Brot miteinander wie alte Freunde. Es war inzwischen hart wie Stein, doch wenn man es in das Fett des Zickleins tauchte, weichte es auf und füllte den Magen, solange sie auf das Fleisch warteten. Stumm sah er ihr zu, wie sie den Spieß drehte. Heute Morgen wirkte alles so einfach. Rom war weit weg. Die Nacht war vergangen.

Ima hatte sich in der Frühe am Brunnen gewaschen. Ihr hellblondes Haar kringelte sich noch feucht um das ausdrucksvolle Gesicht, die Strähnen lagen schwer auf ihren Schultern und glänzten in der Sonne. Die Felle, die er für sie auf die Bank im Kreuzgang gelegt hatte, hatte sie zusammengefaltet und auf einen Haufen gelegt, obwohl niemanden hier mehr scherte, wenn es unordentlich aussah.

Keiner von beiden hatte geschlafen ...

»Welches Heer meint Ihr?«, fragte er schließlich.

»Jedes Heer. Habt Ihr nicht mitbekommen, wie das Heer des Guiscard eine Landschaft leer frisst? Wie ein apokalyptisches Ungeheuer mit tausend Mündern und noch mehr Füßen wälzt es sich voran …« Sie lächelte zwinkernd. »Wenn wir den gleichen Weg zurück nehmen, wird es nichts zu essen geben, weil sie auf dem Hinweg alles konfisziert haben.« Im Gegensatz zu Gawan, der seine Vorräte vorher zusammengestellt hatte, hatte es auch Heerführer gegeben, die sich unterwegs versorgten – auf Kosten der Bevölkerung. Tür eintreten, Truhen leeren, Kuh einfangen – wer sich zur Wehr setzte, hatte dafür nur einen Versuch. Darin unterschied sich kein Heer vom anderen. Ein düsterer Schatten glitt über ihr Gesicht. Sie wollte an diese Tage nicht mehr denken. Stattdessen schnitt sie ein Stück vom Zicklein ab und probierte. Die Kräuter machten mangelndes Salz wett. Der Duft stieg ihr betörend in die Nase und stärkte ihre Sinne. Lächelnd reichte sie ihm das Stück und bemerkte zu spät, dass es das Stück war, von dem sie abgebissen hatte.

Gérard hielt das Fleischstück lange in der Hand und starrte vor sich hin. Sein Kopf dröhnte. Nach den vielen Stunden, die er mit seinen Gefühlen und Hoffnungen in der Kirche geblieben war, hatte er im ersten Morgengrauen das Refektorium nach Trinkbarem durchsucht und sich hemmungslos mit dem Wein der Mönche betäubt. Es hatte nicht geholfen, stellte er fest, sobald er sie ansah.

»Den gleichen Weg zurück.« Seine Zunge war lahm – sein Kopf sogar krank. Zurück? Er gestattete sich einen weiteren Blick auf ihr Gesicht. Diese Nacht schien ihr sonderbarerweise Kraft geschenkt zu haben, sie wirkte frisch und voller Energie. Ein bisschen von dem Strahlen, mit dem sie ihn einst verzaubert hatte, war zurückgekehrt. Er ärgerte sich, dass er den Brunnen nicht aufgesucht hatte und immer noch stank wie eine Herde Bullen, und er rückte ab von ihr.

»Zurück?«

»Ich kehre zurück nach Salerno, Gérard. Wollt Ihr mich wirklich begleiten?«

Salerno. Sie wollte nach Salerno. Sie wollte nach Salerno und hatte gefragt, ob er sie begleiten würde. Er nickte stumm und heftig und war gleichzeitig unsicher, ob es nun ein Geschenk des Himmels war, Tag und Nacht an ihrer Seite zu reisen, oder der Beginn größter Seelenqual.

8. Kapitel

Bis du nicht wie Schmetterlinge
aus Begier verbrennest,
Kannst du nimmer Rettung finden,
von dem Gram der Liebe.
(Hafis)

Gérard hatte sich nicht lange aufgehalten mit der Frage, woher er ein zweites Pferd für Ima nehmen sollte, sondern einfach Gawans Stute gesattelt, nachdem Ima ihm erzählt hatte, dass des Herzogs Koch von seinem Ausflug in die Hügel des Monte Ginestro nicht zurückgekehrt war. Was ihm zugestoßen war, konnte man nur vermuten. Nicht wenige hatten gemutmaßt, dass er am Ast irgendeines Olivenbaumes baumelte, weil er die Finger nicht von den Jungfrauen hatte lassen können. Doch über solche Scherze lachte kaum jemand mehr. Es hatte zu viele Tote gegeben; dabei spielte es keine Rolle, ob einer im Kampf sein Leben gelassen hatte oder aufgeknüpft wurde an einem Baum. Das Lager des Guiscard war weitgehend verwaist, nur ein paar Wachen hatte man zurückgelassen. Der Rest der Ritter war mit Roger Borsa gestern von Süden her in die Stadt marschiert und hatte die aufständischen Römer endgültig besiegt. So erzählten jedenfalls die Wachen an der Porta Asinaria.

»Das Feuer ist bis hinter das Kolosseum gedrungen«, erzählte der eine und stützte sich lässig auf seine Lanze, die nun überflüssig geworden war, weil Rom besiegt am Boden lag. »Noch gestern Abend haben sie eilig die Gefangenen in den Cirus Maximus gebracht, um sie vor den Flammen zu retten.

Ein endlos langer Zug muss das gewesen sein, ich hörte, dass tausende von Sklaven gemacht worden sind.«

»Bis zum Mons Caelius hat man Flammen gesehen!«

»Und der Papst hat nicht um Gnade für Rom gebeten? Immerhin hat der Guiscard ihn befreit.«

Ein Dritter hörte die Frage und kam hinzugeschlendert. »Hast du den Papst mal gesehen? Von Nahem? Ich kann dir sagen – ein harter Knochen. Niemals würde der um Gnade winseln, nicht für sich selbst und schon gar nicht für Rom. Mein Herr war dabei, als sie die Engelsburg stürmten – er sagt, man habe ihnen kaum einen Gruß entboten. Der Heilige Vater wäre beinahe vor Stolz verreckt, sagt er. Und sicher ist er überzeugt, dass die Römer die Strafe verdient haben.«

»Ich sah den Heiligen Vater.« Der Mann blickte zu Boden. »Ein alter Tattergreis mit der Aura eines zauberkundigen Weibes.« Wachsam sah er sich um, immerhin waren das blasphemische Worte. »Der Heilige Vater denkt sicher, dass es eine Gnade für den Guiscard ist, ihn befreien zu dürfen. Und natürlich, dass die verfluchten Römer die Strafe verdient haben.« Jetzt grinste er frech.

»Aber natürlich haben sie die Strafe verdient!«, rief der mit der Lanze. »Man sperrt den Papst nicht ein! Er ist der Stellvertreter Christi!«

»Man wählt sich auch keinen neuen, wenn einem der alte nicht gefällt«, knurrte Gérard. »Heißt es nicht, dass es nur einen Stellvertreter Christi auf Erden gibt? Wieso sitzt dann ein zweiter im Tivoli und wartet, dass er den Lateran beziehen kann?«

»Vielleicht ist er heiliger als der andere«, mutmaßte der Dritte.

»Und wie ist das, wenn man heiliger ist?« Kichernd wandte sein Gegenüber sich ab. Manchem fehlte einfach der nötige Ernst.

»Nichts ist mehr so, wie es einmal war«, murmelte der mit

der Lanze. »Gehabt euch wohl, Reisende, und seht euch vor, seit Rom brennt, ist auch Italien in Aufruhr.«

Italien in Aufruhr. Beiden ging dieser Satz im Kopf herum, als sie sich aufmachten, über die Via Appia in den Süden zu reisen. Die Spuren des apulischen Heeres waren immer noch unübersehbar – abgegraste Flächen, Pferdemist, zertrampelte Pfade, Berge von Unrat und verlassene Feuerstellen, wo immer man gerastet hatte. Ima kamen sogar die Gesichter der Menschen verbittert vor – von Gawan wusste sie ja, auf welche Weise unterwegs in den Dörfern Proviant konfisziert worden war.

Sie sprachen nicht viel. Sie ritten oft hintereinander, in Gedanken versunken, ohne dass einer Zugang zu des anderen Welt fand. Ima zeigte so viel Ausdauer, wie er es noch niemals bei einer Frau erlebt hatte. Wenn die Pferde müde waren, runzelte sie oft die Stirn, weil sie nicht rasten wollte, und die Etappen gerieten ihr alle zu kurz. Gérard war sich nicht sicher, ob das mit ihm zusammenhing.

Irgendwie kam es ihm sogar vor, als wüchse Ima körperlich, je weiter sie sich von Rom entfernten. Einbildung? Sie saß gerade wie ein Schwertkämpfer auf ihrer Stute und schaute mit klaren Augen nach vorn. Von Aidan sprach sie nicht mehr, auch nicht von ihren Erlebnissen in den Straßen der Papststadt und auf welche Weise ihr Beschützer zu Tode gekommen war.

Wenn der Wind von Norden kam, ritten sie etwas flotter, und Gérard staunte nicht schlecht, als Ima ihn eines Abends, als die Dämmerung wie ein rötlicher Schleier über dem Horizont hing, im gestreckten Galopp überholte. Zuerst dachte er, dass ihr Pferd durchging, und da er einen Sturz befürchtete, gab er die Sporen und holte mühelos auf, um nach ihrem Zügel zu greifen und das Pferd anzuhalten. Ihr Haar hatte sich aus dem Bändchen gelöst und flatterte im Wind, und als sie sah, wie sich seine Hand dem Zügel näherte, drehte sie erstaunt den Kopf. Ihm wurden die Knie weich, denn sie strahlte über das ganze Gesicht. Blonde Strähnen legten sich nach einer Idee des Windes über ihre Haut und spielten in ihren Mund hinein. Ihre Augen blitzten, sie schnalzte kurz – und hängte ihn ab.

»Ihr bringt mich um den Verstand, Ima«, murmelte er fassungslos und trieb seinen Hengst an. Für eine lange Strecke galoppierten sie stumm nebeneinander, und es tat gut, sich ordentlich durchpusten zu lassen.

»Ich hatte befürchtet, dass Ihr fallt«, keuchte er, als sie endlich zum Schritt durchparierte, die Zügel auf den Pferdehals legte und ihr Haar wieder zu einem kurzen Zopf zusammenwand. Für weiblich-geziemende Frisuren war es immer noch zu kurz, und immer wieder befreiten sich Strähnen aus dem Band, doch er mochte einfach alles an ihr, gleichgültig, welchen Regeln es widersprach. Unter dem Ellbogen hindurch grinste sie ihn schelmisch an.

»Ich falle niemals, Gérard.«

Hinter dem Dorf Tor Lupara lag die Ebene von Neapolis ausgebreitet wie ein buntes Tuch. Durch die diesige Mittagsluft glitzerte verheißungsvoll das Meer in der kleinen Bucht, dahinter erhob sich düster der Berg, vor dem die alte Edwige solche Angst gehabt hatte. Von Weitem sah er harmlos aus. Wie ein Krönchen schwebte eine kleine Wolke über seiner Spitze, als wollte sie seine Unschuld beweisen. Edwige hatte da andere Sachen gesehen und allen Gauklern einen gehörigen Schrecken mit ihren Geschichten eingejagt. Zum Glück war sie zu alt, als dass man ihr immer Glauben geschenkt hätte, und Ima erinnerte sich, wie Sylvain sie wegen ihrer düsteren Ankündigungen ausgelacht hatte. Sie seufzte. Bald – bald würde sie die Menschen wiedersehen, in deren Gegenwart sie sich so wohlgefühlt hatte! Ruhe kam in ihr Herz, wenn sie an das Ende ihrer Reise dachte. An die Zukunft mochte sie nicht denken – nur daran, dass sie ausruhen wollte, sich ein wenig umsorgen lassen, fröhlich sein, und vielleicht endlich den Mut finden, mit Marielva zusammen zu singen …

Passend zu ihren Träumen bot der Golf von Neapel tatsächlich den heitersten Anblick, den sie je hatte genießen können. Die wilde Insel im Nordmeer gewohnt, wo Sturm und Gischt sich das ganze Jahr über zankten, wer die Oberhand behielt, trieb ihr dieser Golf mit seiner frohen Leichtigkeit die Tränen in die Augen. Das Meer schimmerte in unverschämtem Blau, an den Hängen wuchsen Weinstöcke, tiefgrüne Sträucher und Orangenbäume mit duftenden Blüten. Bunte Vögel schossen durch die Luft und schwangen sich der Sonne entgegen, die zwar immer noch unerträglich brannte, sie jedoch mit den Farben versöhnte, die sie der Landschaft schenkte. Überwältigt von all der Schönheit, trat sie an die Felskante und breitete die Arme aus, sie schloss die Augen und gab sich dem Gefühl hin, der laue Wind würde sie anheben und in die Weite hinaustragen. Zumindest kitzelte er sie am Hals. Darüber musste sie lachen.

»Man kann verstehen, warum ein Guiscard hiergeblieben ist, nicht wahr?«, versuchte Gérard ein Gespräch anzuknüpfen. Immer noch lachend wandte sie ihm ihr Gesicht zu und sah gerade noch, wie etwas in seinem Blick verschwand, was nicht dorthin gehörte. »Habt Ihr – habt Ihr je etwas Schöneres gesehen?« Sein Hofgeschwätz klang albern. Sie wusste genau, dass es nicht seine Art war, so zu reden, aber weil er sich wirklich Mühe gab, sie zu unterhalten, kommentierte sie es nicht. »Wenn der Sommer kommt, muss das hier aussehen wie im Paradies …«

»Ist er etwa der Schönheit wegen hiergeblieben?« Ihre Frage klang schärfer als beabsichtigt. »Oder nicht vielleicht doch der Schönheit des Geldes wegen? Apulien ist reich.« Ihre blauen Augen glitzerten angriffslustig, und sie hob belustigt die Brauen. Er rang nach Luft, jedoch nicht wegen der Frage. »Ich vermute, der Herzog von Apulien nimmt eher die inneren Werte seines Landes wahr.«

Gérard schluckte schwer. »Vermutlich.« Er riss den Blick von ihr los und kratzte Schmutz vom herabbaumelnden Sattelgurt seines Pferdes. Auch die Deckenbündel brauchten seine ganze Aufmerksamkeit. Ima grinste.

»Seine Krieger gehen da ja mit gutem Beispiel voran, nicht wahr?«

Sie spürte, wie bei dieser aufreizenden Bemerkung Ärger in ihm aufwallte und wie er sich zügelte. Der Sattelgurt musste es ausbaden. Schließlich sah er sie an. Der Ärger in seinem Blick war verschwunden – er wollte es ihr wirklich erklären.

»Ima – man rief die Normannen einst zu Hilfe. Sie durchwanderten Italien als normale Pilger, und die Langobarden stellten sie als Söldner ein, als Byzanz und ein paar rivalisierende Kleinstaaten auf apulischem Gebiet miteinander rangelten und auch die Sarazenen immer wieder zu Raubzügen auftauchten. So friedlich Euch das heute erscheinen mag – in des Herzogs Jugend herrschte hier ständig Krieg.«

»Darum seid auch Ihr hergekommen?«, fragte sie leise. Das Lachen in ihrem Gesicht war erloschen.

»Ja, darum bin auch ich wohl hier«, erwiderte er mit schiefem Grinsen. »Was soll ein Mann sonst tun, wenn er keine Kutte tragen möchte?«

»Da habt Ihr wohl recht, was soll er sonst tun …«, wiederholte sie versonnen.

Neapolis war eine andere Welt.

An einem sanften Golf in der Sonne gelegen, wirkte es fast wie ein Märchen und nicht wie das riesige Rom, wo man weder Anfang noch Ende hatte erkennen können, nur die trutzige, abweisende Mauer, die kühle Arroganz der Tore und das jahrhundertealte Trümmerfeld, in dem man verloren ging, wenn man kein Ziel im Sinn hatte … Ima dachte nicht gerne an Rom.

Nein, überhaupt nicht. Rom lag hinter ihr. Sie reckte sich und zupfte das Kleid zurecht, das sie sich auf dem Markt in Pontecorvo erhandelt hatte. Ein schlichtes blaues Kleid aus fein gewebtem Flachs mit weißem Gürtel, und Gérard waren beinah die Augen aus dem Kopf gefallen, als sie so bekleidet aus der Händlerbude getreten war. Sie schmunzelte bei dem Gedanken an jenen Nachmittag. Wie ein Tölpel war er vor der Bude hin und her gelaufen, während zwei Weiber um sie herumsprangen und ihre schmale Taille lauthals lobten, und als sie vor den Vorhang trat, war er ein paar Schritte rückwärtsgestolpert, hatte einen Mistkarren umgestoßen und sich den Ärger des Hühnerhändlers von gegenüber eingehandelt. Erbost waren die beiden Männer aufeinander losgegangen. Ima hatte den Händler mit einem bezaubernden Lächeln besänftigen können, was Gérard nur noch wütender machte.

Die letzten Münzen, die sie aus Gawans Gewürzkiste gestohlen hatte, waren für ihr Kleid draufgegangen – jetzt besaß sie nur noch ein paar Salzbrocken, Nelken und Zimtstangen zum Eintauschen. Und natürlich ihren Schatz, den Ring der Herzogin. Vorsichtig schielte sie nach Gérards Beutel. Er hatte sicher geplündert. Er sah so aus, als ob er plünderte. So wie der Chevalier – gierig und rücksichtslos, und mit beiden Händen. Sie fragte sich, wie viel er wohl genommen hatte, ohne es seinem Herrn abzuliefern. Und dann war Rom doch wieder in ihren Gedanken.

»Warum plündert man?«, platzte sie während einer Rast heraus. Gérard sah sie erschrocken an, der Bissen blieb ihm im Mund stecken. »Warum tut man das?« Ihre Stimme wurde leiser, und sie senkte beschämt den Blick.

»Um den Sold zu bezahlen, *ma dame.*« Sie sahen sich an. Ima zog ein Gesicht.

»Ihr lügt.«

»Was wollt Ihr hören, *ma dame*?«, seufzte er.

»Warum habt Ihr geplündert?« Ihr Mut kehrte zurück, und

er verstand, was sie meinte, das sah sie an seinem Blick. Er verstand, dass sie ihn für einen Brandschatzer hielt. Das machte ihn so wütend, dass sich seine Stimme überschlug.

»*Ma dame* – ich bin zwar niedrig geboren, aber kein niedriger Mensch!« Erbost stand er auf und ging umher. Mit der Rechten zog er unablässig an seinem sorgfältig gestutzten Bart, wie immer, wenn er sich ärgerte. Sie hoffte, dass er sich von selbst beruhigte – sie hatte jetzt nicht den Mut, etwas zu sagen. Und schon gar nicht, sich zu entschuldigen. Wofür auch? Er war ja in der Tat niedrig geboren. Sie biss sich auf die Lippen, beinah ein wenig trotzig. So war es doch.

Die Spannung flirrte. Seine Schritte klangen hart auf dem Boden, das Pferd spitzte die Ohren und schielte immer wieder zu ihm hin, als bezöge es den Ärger auf sich. Nach einer Weile erst sprach er. »Sie bezahlen einen mit dem Plündergut. Man nimmt sich das Silber und kühlt damit das Mütchen – eine Schlacht lässt die Säfte hochkochen, *ma dame*, und das Plündern besänftigt.« Er blieb vor ihr stehen. »Mancher Herrscher lässt plündern, um sich selbst zu schützen. Unzufriedene Krieger sind nur ein halber Schutz im Krieg, und meuternde Krieger eine echte Gefahr, versteht Ihr?« Sie nickte stumm. Er sprach weiter, und heftiger als beabsichtigt. »Mich teilten sie fürs Kolosseum ein. Für mich gibt es immer die besonderen Aufgaben.« Das klang ätzend vor Hohn. »Meine Aufgabe war es, die Wächter für die Zellen einzuteilen. Deswegen hatte ich keine Gelegenheit zu plündern. Ich muss mich mit dem normalen Sold begnügen. Stellt Euch das zufrieden?«

»Alle haben geplündert«, stellte sie nüchtern fest. »Ich war ja dabei …«

»Ich nicht, *ma dame*«, schnaubte er. »Hätte ich mitgeplündert, hätte ich Euch mit dem Silber sehr einfach auslösen können und mich nicht mit erfundenen Geschichten bei meinen Untergebenen lächerlich machen müssen, damit sie Euch laufen lassen.«

Verlegen unterdrückte sie ein Lachen. »*Das* habt Ihr getan?«, fragte sie.

Er beugte sich über sie, und sein Gesicht lief rot an, weil sie ihn mit diesem Spott peinigte bis aufs Blut. »Ja, *ma dame*. Das tat ich.«

Sein Ärger hing wie eine Wolke über dem Feuerplatz, auch noch, als er weggegangen war. Ima blieb verwirrt zurück.

Die Herberge war bis auf den letzten Platz belegt, das sei an beinah jedem Tag des Jahres so, erklärte Amir stolz und strich sich zufrieden über den dicken Bauch. Als Wirt des größten Gasthauses südlich von Neapolis beherbergte er sämtliche große Reisegruppen, von sarazenischen Söldnergruppen über byzantinische Kaufleute bis hin zu Pilgern, die auf dem Weg nach Jerusalem waren. Nicht wenige nahmen den kleinen Umweg über Resina wegen Amirs Gasthaus am Fuß des großen Berges. Er verkaufte den besten Hypocras, die fettigste Lammsuppe und den knusprigsten Ochsen, er bot Mus von levantinischen Feigen an und Brot, das so weich wie eine Wolke war. Seine Frau schöpfte Rebsaft aus einem Fass mit goldenen Reifen und erzählte, dass sie den Rebsaft sogar nach Salerno an den Hof des Guiscard lieferten. Er schmeckte stark nach Thymian; vielleicht waren die Kräuter, die die Säure übertünchen sollten, darin vergessen worden. Ima wurde schon nach einem Becher schlecht, und sie wunderte sich, dass Gérard weitertrinken konnte, nachdem der Hypocras nur so vor Honig gestrotzt hatte. Musikanten heizten die Stimmung vor dem Gasthaus an, die Mägde kamen kaum mehr durch mit Kübeln und Karaffen, und keine von ihnen schien es zu stören, dass ihre Hintern Allgemeingut und die Schönheit ihrer Körper laut besungen wurden. Die fröhlichen Weisen der Sänger erinnerten Ima an Sylvain und seine Truppe. Heimweh durchfuhr sie mit harten Stichen, sie sehnte sich nach Marielvas Zärtlichkeit und nach Alains Späßen. Nach Tanz und Geselligkeit, nach

Geschichten, nach Nähe und nach dem Vergessen, das sie bei den Gauklern viel leichter gefunden hatte als in Gesellschaft dieses Mannes, der sie nur durch seine Anwesenheit daran erinnerte, weswegen sie hier herumreiste und dass ihr das Ziel ihrer Reise abhanden gekommen war. Das Ziel … Sie war eine Pilgerin ohne Ziel und ohne Erlösung. Ima fuhr sich durch den feuchten Haaransatz und seufzte. Santiago. Santiago war in unerreichbare Ferne gerückt, niemals würde sie am Grab des Apostels beten können. Vergebung zu erlangen, Ruhe im Herzen – das würde nun immer ein Traum bleiben. Der Zopf, den sie sich einst abgeschnitten hatte, schien noch mehr zu bedeuten. Mit ihm hatte sie ihr altes Leben abgetrennt. Das neue lag … ja, wo lag es? Erst mal bei den Gauklern, die ihr zur Familie geworden waren. Was auch immer – alles war besser, als allein umherzureisen. Und einmal mehr empfand sie jeden Tag, den sie zu langsam vorwärtskam, als Verschwendung.

»Wann reisen wir morgen ab?«, fragte sie Gérard, der sich gerade den Krug wieder auffüllen ließ.

»So früh Ihr mögt. Bei Morgengrauen, wenn … wenn Ihr wollt. Wie Ihr … mögt.« Seine Zunge war schwer geworden, der Alkohol schien ihn zu betäuben. Noch allerdings bemerkte er offenbar, was mit ihm geschah. »Vergebt mir.« Seufzend fuhr er sich durch das ungekämmte Haar. Sie lächelte ihn nachsichtig an und hing weiter ihren Träumen von Marielva und den Gauklern nach und ihren Grübeleien, wohin ihr Weg wohl führen würde.

Mit einem gemurmelten »Zu eng« und »Zu viele Leute« verließ Gérard Ima schließlich in Richtung Obstgarten, und sie konnte das Eckchen, welches Amir ihnen für die Nacht in der Halle zugewiesen hatte, für sich alleine nutzen. In unmittelbarer Nähe schlief eine schwangere Frau, einen weinenden kleinen Jungen im Arm, dicht daneben breitete ein Ungläubiger seinen Teppich aus und warf sich auf die Knie. Es gab keine anderen freien Schlafplätze. Besorgt starrte sie den Turban an und das krumme Messer, das er neben den Teppich gelegt hatte und das mit seiner Spitze drohend auf sie zeigte – ein Zufall? Seit der Pilgerfahrt fand sie diese großen Schlafhallen unerträglich.

»Guck nicht so«, grunzte der Ungläubige zu Ima, dann versenkte er sich ins Gebet. Ima rückte dichter an die schmale Tür, die nach draußen führte, und sog begierig die frische Luft ein. Hier drinnen war es furchtbar stickig, es stank nach Knoblauch und heißen Fürzen, und der Dunst des Gewürzweins lag wie eine klebrige Wolke über den Schlafenden. Sie überlegte, wie oft hier wohl Leute ausgeraubt wurden, weil sie zu betrunken waren, um irgendetwas zu merken. Sie selbst trug alles, was sie besaß, am Körper und tastete immer wieder, ob der Beutel noch da war. Der Lärm von draußen versiegte, auch die Aufräumgeräusche der Wirtsleute wurden leiser. Ton zerschellte am Boden, Amir schrie einen Fluch in die Nacht, dann war es ruhig.

»*Allahu akhbar*«, murmelte der Ungläubige, »*Allahu akhbar*«, und verbeugte sich ein letztes Mal. Dann wickelte er seinen Teppich sorgsam wieder auf und stopfte ihn neben sein Bündel. Er ging schlafen, ohne die Öllampe auszublasen oder seinen Turban abzunehmen. Damit dieser nicht verrutschte, bettete er seinen Nacken auf die Teppichrolle. Vielleicht befand sich das Geld in den Leinenwickeln. Auf jeden Fall würde er am Morgen einen steifen Nacken haben. Ob er Allah dann immer noch lobpreisen würde?

Schläfrig, aber nicht müde genug, um zu schlafen, lehnte sich Ima an die Wand und ließ den Blick durch die Halle gleiten. Kleine Lichter und Kienfackeln an der Wand tauchten den Raum in tanzende Schatten. Überall lagen schnarchende, grunzende, schmatzende Menschen, irgendwo schlurfte jemand brabbelnd zu seinem Schlafplatz. Gérard war nirgendwo zu sehen. Wo er wohl steckte? Sofort schalt sie sich, dass das gleichgültig war und sie nicht zu interessieren hatte, solange er morgen früh einigermaßen nüchtern und zurechnungsfähig mit den gesattelten Pferden zur Stelle war. Es interessierte sie doch. Seufzend warf sie sich auf ihrem Lager herum und fand keinen Schlaf.

»... oooh, ich leiste Euch gerne Gesellschaft, hoher Herr, das ist im Preis mit inbegriffen, müsst Ihr wissen. Ihr werdet sehen, Euch wird es nicht reuen. Mein Vater ist ein großzügiger Mann.« Ima horchte auf. Die Dame im Obstgarten gab sich keine Mühe, leise zu sein. Kleidung raschelte, ihr Atem ging heftig. »Euch wird es nicht reuen, Herr – schaut. Schaut her.« Ein Mann hustete – Gérard.

»Oh ... Fräulein. Ich ... Ihr ... Sicher wollt Ihr Euch auch zur Ruhe begeben. Wollt Ihr Euch nicht zur Ruhe begeben? Ich bin weit geritten, Fräulein, sehr weit ...« Gérards Stimme klang tatsächlich müde. Vielleicht hatte ihn auch der Wein müde gemacht. Sie fand, dass er in den letzten Tagen ihrer Reise auffallend viel getrunken hatte. Machte man das so in Italien? Oder kam es ihr nur so vor? Er hatte Wein getrunken und ihre Nähe gemieden, wenn die Schlafplätze zugewiesen wurden, der heutige Abend war keine Ausnahme. Anfangs hatte sie sich darüber aufgeregt, dass er sie mit allerlei niedrigem Pack in den Schlafhallen allein ließ, doch von Tag zu Tag war sie froher gewesen, dass er es tat, weil sie seine plötzliche Trunksucht zu fürchten begann. »Unsinn«, brummte sie kopfschüttelnd und zog sich die Decke über die Schultern, obwohl es schwülwarm war und Mücken über ihren Kopf sirrten. »Unsinn, er ist halt ein normannischer Flegel. Ein Söldner.« Das klang jetzt nicht so verächtlich, wie es klingen sollte.

»Ich kann Euch zu Diensten sein, Herr. Ich kann massieren, wisst Ihr. Ich kann Reiter massieren.« Die da draußen ließ nicht locker, und ihre Stimme wurde immer rauer. »Ich kann Reiter massieren, dass sie vergessen, wo es schmerzt, wisst Ihr. Das findet Ihr kein zweites Mal, Herr. Ich mache das mit Ölen.

Des Guiscards Ritter kommen oft durch Neapel gereist, wenn sie in den Norden reiten, und alle schätzen sie meine Dienste. Ich diene auch im Badehaus, wisst Ihr.« Es gluckerte aus einem Krug. »Nehmt davon, hoher Herr. Soll ich Euch im Badehaus dienen?«

»Nein«, knurrte Gérard. Ima erkannte an der Stimme, dass er wieder einmal an furchtbaren Kopfschmerzen litt. Sie hatte ihm gesagt, dass das an dem süßen Wein lag, der hier im Süden kredenzt wurde und dass er zu viel davon trank – vielleicht auch an den starken Kräutern, die man dem Rebsaft zusetzte, doch er hörte ja nicht und trank einfach wahllos weiter. Sein anschließendes Gejammer fand sie nervtötend.

»Seht Ihr … Ein paar Schluck und schon geht es Euch besser. Meines Vaters Hypocras ist der Beste, den Ihr je gekostet habt. Trinkt davon.« Der Becher wurde offenbar doch geleert. »Ich habe Euch beobachtet heute Abend. Ihr würdet meinem Vater gefallen, Herr.« Sie lockte und girrte wie ein balzender Vogel. »Er will einen Mann für mich, wisst Ihr. Ich bin nicht unvermögend. Ich bin seine einzige Tochter, wisst Ihr. Wo schmerzt es Euch – hier?«

Gérard stöhnte auf, und die Schöne lachte girrend. Ima hielt es nicht mehr aus. Sie rollte die Decke herunter und kroch auf allen vieren zum Türspalt. Amirs Tochter ließ sich gerade auf dem Ritter des Guiscard nieder, und dessen Versuche, sie von sich herunterzuschieben, wirkten wenig überzeugend. Als sie sich gar das Kleid über den Kopf streifte, fielen des Ritters Arme herab, weil sie weich und unwiderstehlich wie eine Wolke aus süßem Loukoum war und einfach angefasst werden musste.

»Ich heiße Lavinia«, raunte sie und hängte ihm ihre Brüste ins Gesicht. »Meine Mutter wurden in den Hängen des Vesuvio geboren, und in ihren Adern fließt Feuerbrei.« Sie senkte ihre Stimme noch ein wenig mehr. »Mein Vater ist ein heißblütiger Byzantiner, wisst Ihr.« Sie lachte leise. »In meinen Adern fließt also echte, rote Glut, edler Herr – mögt Ihr ein bisschen glühen?«

»Ich möchte schlafen, Fräulein, nur schlafen ...« Sein Protest klang noch weniger überzeugend, zumal seine Hände bereits auf dem Weg waren, die byzantinische Süßigkeit zu kosten.

»Das sollt Ihr, edler Herr, das sollt Ihr. Schlaft, edler Herr, schlaft ...«, ihre Stimme wurde heiser, »... schlaft, ich will Euch beschlafen, Herr, lasst mich nur machen, lasst mich die Glut anfachen, Herr, um Euch zu beschlafen, sie braucht nicht lange ...« Mit gezielten und sicheren Griffen schob sie sein Hemd hoch und nestelte an der Kordel, während ihre Brust um seinen Mund herumbaumelte. »Mein Vater sucht einen Mann für mich«, stöhnte sie, ungeduldig wippend. »Mein Vater sagt, der, der zu mir passt, soll es werden – ich weiß, dass Ihr passt, edler Herr, Ihr passt mir, das weiß ich, wartet nur, ich zeig's Euch, wie gut Ihr passt ...«

»Lasst ab, Fräulein!«, kam es undeutlich von vorne, und eine Hand kratzte das wirre Haar.

Lavinia lachte. »Ein Mann soll nicht trockenlaufen, Herr – trinkt! Die Glut braucht Öl – trinkt, ich helfe Euch ...« Offenbar war sie mit ihren Vorbereitungen fertig, denn Gérard fiel gegen den Brunnen, wo er sich niedergelassen hatte, und verschwand nach Luft ringend unter Lavinias Üppigkeit. Ein Hemd flog durch die Luft, sie lachte kehlig auf. »Oh, welch verschrumpelter Strohwisch! Mein Herr! Lasst mich machen, ich binde ihn Euch wieder stramm.« Und dann sah man nur noch ihren riesigen weißen Hintern wogen, und man hörte Gérard, wie er Feuer machte und, als es so weit war, mit der Glut spielte und neapolitanische Flammen kostete ...

Ima hatte einen Kloß im Hals.

Ihre Augen brannten. Sie wusste, dass es sehr ungehörig war, dabei zuzusehen. Doch sie konnte nicht anders. Lag es daran, dass Stephen ihr einfiel und was sie in den Dünen getrieben hatten? Sie spürte, wie ihr Gesicht heiß wurde, weil Stephen tot war und Gérard unter den Brüsten der Herbergstochter stöhnte wie ein sterbender Hirsch …

Der Strohwisch brannte lange und ausdauernd, auch andere Reisende wurden wach und beschwerten sich über den Lärm da draußen. Der Apfelbaum, unter dem sie lagen, wackelte, und leise rieselten weiße Blüten auf das Lavafeld nieder, doch es waren zu wenige, um das Feuer zu löschen. Lavinia lachte verzückt über ihre normannische Entdeckung und warf sich wie ein Lavastrom erneut über den Ritter, der um Gnade winselte und versuchte, unter ihr hervorzurobben. Weiße Haut blitzte im Mondlicht, am Fenster kicherten inzwischen Kinder, und ein Greis wetterte gegen Unzucht und Gotteslästerung. Seufzend wickelte Ima sich in ihre Decke und zog sie über die Ohren. Er war wirklich ein unglaublicher Flegel und um keinen Deut besser als die Krieger, mit denen sie unfreiwillig nach Rom gezogen war und die die Stadt geplündert hatten. Wie hatte sie nur auf sein seichtes Gewäsch im Kloster hereinfallen können! Bastard war Bastard. Sie krallte die Faust in ihre Decke. Bastard! Der Schlaf holte sie irgendwann.

»Wacht auf. Ima. Rasch. Wacht auf.«

Von weit her kam die Stimme, drängend klang sie, und ein wenig heiser. Ima gähnte in die Decke und entschied, dass es noch zu dunkel war, um der Stimme Folge zu leisten. Außerdem hatte sie sich ja über ihn geärgert.

»Wacht auf, Ima. Wir müssen aufbrechen. Jetzt gleich.«

»Dann reitet doch alleine«, murmelte sie und drückte das Gesicht in die Decke.

»Ich kann Euch nicht hierlassen! Steht auf, Ima, es ist eilig!« Er zupfte an der Decke. Sie fuhr hoch. Er kniete direkt neben ihrem Lager, fast wären ihre Köpfe zusammengestoßen. »Was fällt Euch ein! Nehmt Eure schmutzigen Finger weg – sofort!« Der Ärger drohte sie zu überwältigen, sie wusste gar nicht, wieso, und das ärgerte sie noch mehr... »Ich kann durchaus alleine weiterreisen!«

»Wir müssen sofort aufbrechen, Ima. Bitte.« Seine Stimme, ganz nah an ihrem Ohr, klang jetzt anders. Was es auch war und welch merkwürdige Dringlichkeit dahinterstand – sie stand auf, raffte ihre Sachen zusammen und folgte ihm, durch die volle Halle, über Schlafende stolpernd, den beiden Öllichtern am Ausgang entgegen, die rettend in die Dunkelheit zwinkerten. »Rasch!« Gérard packte ihre Hand.

»Lasst mich!« Sie riss sich los, fiel über jemanden, der sich brummend drehte und um sich schlug, sie dabei zu Boden riss und zu schreien begann. Keuchend versuchte sie, sich zu befreien. Gerard fasste sie am Kragen, zog sie hoch und zerrte sie hinter sich her. Bei den Öllichtern angekommen, hatte sie sich so weit erholt, dass sie mit beiden Fäusten seinen Arm packte. Als ihre Krallen die Kettenglieder des Hemdes in sein Fleisch drückten, hielt er zuckend inne. »Ihr vergesst Euch, Herr«, knurrte sie. »Fasst mich nicht an wie Euer Pferd!«

Seine Hand fiel herab. »Wenn Ihr mir bitte folgen wollt, *ma dame* – es geht um Leben und Tod.« Damit drehte er sich um und ging, sicher, dass sie nachkommen würde.

Sie spürte die Nähe der Pferde, bevor sie sie sah. Gérards Fuchs troff vor Schweiß und pumpte an den Flanken. Ima runzelte die Stirn. »Wo seid Ihr gewesen?« Er schwang sich kommentarlos in den Sattel und hielt ihre Stute am Zügel fest. Mit zitternden Fingern befestigte sie ihr Bündel und kletterte in den Sattel.

»Gérard...« Lichter flackerten auf, Laternen schwankten im Wind.

»Da! Da ist er! Fluch über dich – verdammter Apulier...« Leute kamen vom Gasthaus angerannt, eine Frau kreischte: »Haltet ihn!«, und über den Hof hörte man Pferdegetrappel auf dem Pflaster. Gérard riss Ima die Zügel aus der Hand und trat seinem Hengst die Sporen in den Bauch. Der stieg, Ima schrie auf, und sie preschten los, im Galopp hinein in die Dunkelheit, und nur die Pferde wussten, wie sie laufen mussten, ohne zu stürzen. Irgendwann verklang das Hufgetrappel auf den Pflastersteinen, sie hatten die alte Römerstraße verlassen, und die Hufe donnerten weiter über Gras und Erdreich. Schmutz und Steine flogen Ima um die Ohren, schemenhaft erkannte sie einen Wald. Gérard parierte sein Pferd durch.

»Könnt Ihr mir bitte sagen, was das hier soll?«, herrschte sie ihn an. »Ich reite keinen Schritt mehr weiter, der Teufel soll Euch verdammten Hurensohn holen!«

Gérard starrte sie an. Wahrscheinlich hatte er noch nie zuvor eine Frau getroffen, die so vornehm war und gleichzeitig so unziemlich fluchen konnte. Nun – zu Recht. In diesem Moment wurde ihr klar, dass sie ihn um Kopf und Kragen bringen konnte, je nachdem, wo sie eine Beschwerde vorbrachte, dass er sie nicht wie eine Dame behandelt habe. Beim Guiscard zum Beispiel. Jeder kannte seine fantasievolle Art zu strafen, wo es ihm richtig erschien. Sollte sie ihn anklagen? Sein Atem ging heftig, und ihre Hand, mit der sie ihn gepackt hielt, brannte ein Loch in seinen Ärmel. Sollte sie? Der Hengst scharrte mit dem Huf.

»Ich warte«, knurrte sie. Der Mond verschwand hinter einer Wolke und tauchte ihre Gesichter ins Dunkel. Übrig blieben ihr Ärger und seine Ratlosigkeit, denn er hatte über dem wilden Ritt offenbar vollkommen die Orientierung und auch den Mut verloren. In der Ferne hörte man das Gebell einer gierigen Meute. Hoffentlich zu weit weg. Hoffentlich ohne Spur von ihnen. Er griff nach seinem Schwert, als ob das helfen würde. Vielleicht half es ihm ja sonst – hier nützte es nichts.

»Amir – der Wirt – ist hinter mir her«, sagte er gepresst.

»So. Und wieso? Haben wir die Zeche geprellt? Ihr hattet noch Münzen, Gérard, davon hätten wir die Zeche zahlen können …«

»Seine Tochter. Ich konnte ihn gottlob abhängen – und ich kam zurück, um Euch zu holen.«

Das reichte. Den Nachsatz hörte sie schon nicht mehr. Laut klatschend traf ihre Hand seine Wange. Dann ritt sie los, hinein in die Dunkelheit, einfach der Nase ihrer Stute folgend. Hinter sich ließ sie wilden Abscheu. Er trieb seinen Fuchs an, galoppierte ihr nach.

»Bleibt mir vom Leib, Apulier. Ihr seid ein gottverdammter Schürzenjäger, ich will mit Eurer Tändelei nichts zu tun haben. Steckt Euren Schwanz in alle Weiber Süditaliens, aber bleibt mir in Gottes Namen vom Leib«, sagte sie wütend, als sie merkte, dass er ihr folgte.

»Dann haltet wenigstens Euer Pferd an, damit ich erklären kann.«

»Spart Euch den Atem, Gérard de Hauteville, Ihr habt bereits Luft für zwei verschwendet heute Nacht.« Die Stute passte los. »Das ganze Wirtshaus nahm daran teil – und Ihr wundert Euch, dass ein Vater es übelnimmt, wenn sein Kind geschändet wird?« Die Stimme versagte ihr. So war es ja nicht gewesen. Das Pferd schlug unwillig mit dem Kopf. So war es verdammt noch mal nicht gewesen, und das nagte an ihr. Das Kind schändete den Gast.

Aber der Gast hatte es geschehen lassen. Geschehen lassen – ha! »Lasst mich zukünftig in Frieden, ich reise alleine«, spuckte sie böse. »Ich brauche Euch nicht.« Dann ein Schnalzer, und der Pass wurde flotter. Der wogende weiße Hintern verfolgte sie, und sein Lustgeschrei ... Sie flogen in die Nacht hinein, und Imas Herz wurde schwer, als sie nur noch die Hufgeräusche ihrer Stute hörte. »Verflucht!«, zischte sie und beugte sich über die Mähne, weil das Pferd immer schneller wurde. Der Mond hatte sich ganz zurückgezogen. Langsam schob die Angst den Ärger nach hinten – wo war sie hingeraten? Er hatte sie entkommen lassen ... Er hatte sie tatsächlich gehen lassen. Ihr Herz sackte in die Knie. Damit hatte sie nicht gerechnet. Fassungslos ließ sie die Zügel sinken. Er hatte tatsächlich ihren Wunsch respektiert und sie gehen lassen!

Die Dunkelheit wurde unerträglich und zog enge Kreise um sie und das Pferd. Ima spürte Bäume um sich herum. Die Stute wurde langsamer, blieb stehen. Schließlich glitt Ima aus dem Sattel, furchtsam um sich schauend, doch wohin sie auch sah – es war schwarz. War sie schon an dem Berg, vor dem die alte Edwige solche Angst gehabt hatte? Und wo war – ach verflucht, was brauchte sie den! Sie stand da, die Arme um den Pferdehals gelegt. Wo war Gérard …? Angestrengt lauschte sie in die Nacht hinein.

Nur die Stille antwortete.

Gérard fluchte, eine ganze Weile und so deftig, wie es kein Christenmensch tat. Er verwünschte seine Mutter, seinen Erzeuger, den Guiscard, seinen verdammten Schwanz, der nicht nein sagen konnte. Er verfluchte den Hengst, der stehen geblieben war, als Imas Pferd davonlief, und die Stute nun nicht wiederfinden konnte, und die Nacht, die sie höhnisch vor ihm verbarg. Trotzdem wagte er sich vorwärts, Schritt für Schritt, in der Hoffnung, dass *er* sie finden würde. Immerhin hatte sie es gewagt, einfach loszureiten, ohne zu wissen, wo sie war. Noch nie hatte er ein Weib derart halsbrecherisch in die Dunkelheit hineinreiten sehen …

Die Pferde witterten sich zuerst. Gérard fiel ein Stein vom Herzen, als der Hengst ganz leise blubberte – sie konnte nicht mehr weit sein.

»Sucht Euch einen anderen Platz, verschwindet.« Erleichtert schloss er die Augen. Trotz ihrer Schärfe tat die Stimme wohl. Oder vielmehr die Tatsache, dass er sie gefunden hatte. Unerträglich, sie zu verlieren … Er riss sich zusammen. »Man sollte meinen, dass der Wald groß genug für zwei Menschen ist. Bis zum Morgengrauen werdet Ihr meine Anwesenheit sicher ertragen können«, entgegnete er kühl, mit einer Faust im Magen.

Ima schwieg. Unter Bäumen erkannte er schemenhaft ihre Gestalt. Sie hatte wohl den Sattel vom Pferd gezogen und sich am Boden ein Lager gebaut. Das Pferd stand wie ein dunkler Schatten neben ihr und wachte aufmerksam. Gérard tastete den Boden ab und ließ sich nieder, ohne seinen Hengst abzusatteln. Man wusste ja nie, was noch kam und wie schnell man fliehen musste. Die Nacht drangsalierte beide mit Schwärze. Milde rauschte der Wind in den Bäumen, doch das Atmen erleichterte er nicht, weil er hoch oben schwebte und nur manchmal herabstieß und an ihren Haaren zog. Die Schwüle konnte er nicht nehmen, sie blieb wie eine gläserne Glocke über ihnen bestehen. Auch Tiere hörte man nicht – keinen Kauz, keine Mäuse, keine Katzen, kein Knacken im Unterholz, weil Wild durch die Nacht schlich, und auch das Bellen der Hundemeute war verklungen. Der grollende Berg schüchterte selbst die Tiere ein. Es roch merkwürdig, das Erdreich fühlte sich eigenartig krümelig an, und Gérard spürte Unruhe in sich. Kein guter Ort. Der Berg war ganz nah. Er wünschte, Ima würde noch einmal etwas sagen, doch sie schwieg. Sicher war sie viel zu stolz, den Mund aufzumachen, immerhin hatte sie ihn ja abgewiesen. Mit dem Gedanken an dieses stolze, schöne Frauenzimmer dämmerte er weg, obwohl er hatte wachen wollen.

Die Sonne stand hoch am Himmel, als es in ihrer Nase kribbelte und sie durch Niesen erwachte. Brütende Hitze lag jetzt über dem Wald, den Himmel überzog ein gewittriger Schleier, und Wolken hingen wie schwere Trauben herab. Die Stute hatte sich abgelegt. Schwärme von Mücken umtanzten sie, immer wieder schüttelte sie den Kopf, um sie zu vertreiben, und dann flog die strähnige Mähne hoch.

Ima rieb sich die Augen. Rundherum schwitzten Pinien vor sich hin, es roch nach frischem Harz und Nadeln, die Sonne erzählte etwas von Mittag. Hatte sie etwa so lange geschlafen? Schweißperlen standen auf ihrer Stirn, die Schwüle machte sie so schlaff wie einen Sack nasser Wolle, und sie beschloss nach einem kurzen Blick auf die Stute, liegen zu bleiben, obwohl sie beinahe starb vor Durst.

»Sagt Bescheid, wann Ihr weiterreiten wollt.« Seine Stimme klang so belegt, als hätte er seit hundert Jahren keinen Ton mehr gesprochen. Er hockte unter einem Baum, in gebührendem Abstand zu ihr, schnitzte an einem Holz herum und vermied es, zu ihr herüberzuschauen. Sie schnaubte leise. Vermutlich hatte er das die ganze Zeit gemacht, während sie schlief, war vielleicht sogar um ihr Lager herumgeschlichen und hatte sie angestarrt, wie er es manchmal tat, wenn er sich unbeobachtet fühlte …

»Ja«, erwiderte sie. Es klang eher wie »Nein«.

Heißer Wind kam vom Berg herab. Er brachte Staub mit und einen Geruch, der in der Nase ätzte … Schwefel. Ima rümpfte die Nase. Schwefel. Der Teufel wohnte nicht weit …

»Möchtet Ihr immer noch nach Salerno?« Sie antwortete nicht, und er ließ die Frage stehen. Der Wasserkrug war leer. Eigentlich hätte er zum Bach gehen müssen, um ihn aufzufüllen. Doch Höflichkeit lag ihm ja fern, dachte sie giftig. Die Schwüle drückte einen zu Boden, fliegendes Ungeziefer zerrte an den Nerven. Wie konnte das Pferd nur so ruhig bleiben?

»Ich kann Euch auch nach Hause bringen«, schlug er ein weiteres Mal vor. »Ihr solltet den weiten Weg nicht alleine gehen.« Das Messer rutschte ab, und er schnitt sich in den Finger. Fluchend lutschte er das Blut ab, und als er hochsah, stand sie vor ihm, mit zerzaustem Haar, zerknittertem Kleid und erregt wie lange nicht.

»Gérard.« Sie schluckte, verdammte die trockene Luft, verdammte den Berg, warum fühlte sie sich nur so hilflos! »Ich hab es Euch schon einmal erklärt. Ich reise nach Salerno, Gérard. Was soll ich zu Hause? Sagt es mir. Ihr wisst alles über mich, Ihr habt ja Aidan ausgefragt, das hat er mir erzählt. Dann wisst Ihr auch, wie es um meine Heimat bestellt ist. Mein

Vater ist tot, meine Mutter darüber verrückt geworden, mein Verlobter ist am Tag vor unserer Hochzeit ertrunken ...«, ihre Stimme zitterte, »... und meine Schwester lebt in ihrer eigenen Welt. Mönche und Gebete, so weit das Auge reicht, auf dem Festland Männer, die sich die Finger nach mir lecken, weil ich eine Montgomery bin und mein Verwandter bei Hof für sie etwas erwirken könnte. Ich würde dorthin zurückkehren und zu verantworten haben, dass der Bruder meines Verlobten und letzte Sohn des Thane ebenfalls tot ist – durch *mein*e Schuld. Weil er in *meiner* Obhut war. Geht das in Euren versoffenen Kopf hinein?« Sie beugte sich über ihn, erschrocken darüber, welche Klarheit die ausgesprochenen Worte gebracht hatten. »Sie würden mich an einen alten Thane verheiraten oder in ein Kloster sperren. Und nun nennt mir einen Grund, warum ich nach Lindisfarne in mein altes Leben zurückkehren sollte.«

Dann war sie fort, der Wald hatte sie verschluckt. Er starrte vor sich hin.

»Ihr seid genauso verloren wie ich, Ima von Lindisfarne«, flüsterte er in die Stille hinein. »Ihr wisst es nur noch nicht.«

Am späten Nachmittag kam sie zurück. Er hörte ihre Schritte zuerst, das leise Rascheln im Unterholz, zu laut für ein Tier. Die ganze Zeit hatte er auf seinem Stein gesessen, geschnitzt und gewartet. Gegrübelt, geflucht, gedöst, gewartet. Die Schwüle wurde immer drückender, etwas Großes braute sich in der Luft zusammen. Besorgt schaute er die Baumwipfel an – dahinter erhob sich wie ein Ungetüm der grollende Berg und grinste stumm. Auf der anderen Seite des Berges lag Salerno.

Salerno. Ihn schmerzte – das wurde ihm jetzt klar –, dass sie Salerno in zwei Tagesreisen erreicht haben würden. Dann war die Reise zu Ende, und er würde sie nie wiedersehen. Die Stadt würde sie verschlucken, der Wind würde sie mit den Gauklern fortwehen, und er – er hatte einen schweren Gang vor sich, er würde nämlich dem Guiscard erklären müssen, warum er sich unerlaubt aus Rom entfernt hatte. Und ein Weib war mit Sicherheit der allerletzte Grund, den der apulische Herzog akzeptieren würde. Er würde verächtlich lachen und ihn zu seinem Sohn Bohemund nach Thessalonike schicken, damit er sich auf die Aufgaben eines Kriegers besänne. Gérard stieß das Messer in den Boden und verfluchte zum ersten Mal den Tag, an dem er Ima im Teich entdeckt hatte. Seither machte Gott sich mit ihm einen Scherz nach dem anderen ...

Dann stand sie vor ihm, die Hände in die Hüften gestemmt. »Wisst Ihr, wo wir hier sind?«, fragte sie ohne Einleitung. »Und wie wir hier wegkommen? Es gibt nur diesen Bach, und der versickert im Erdreich. Ich habe keinen Weg gefunden.«

»Wir reiten nach dem Sonnenstand. Wenn wir nach Westen reiten, kommen wir wieder ans Meer und auf die Römerstraße.« Er verkniff sich das Erstaunen darüber, dass sie nach einem Weg gesucht hatte, und machte die Pferde abreisefertig. Als Ima sich in den Sattel schwingen wollte, wich die Stute aus, und er sah, dass sie lahmte. Das eine Gelenk war angeschwollen und heiß, an Reiten war nicht zu denken.

»Also zu Fuß weiter.« Ihr Ärger über die neuerliche Verzögerung war deutlich. Gérard verzichtete darauf, ihr seinen Hengst als Reittier anzubieten, sie würde es ja doch ablehnen, aus Stolz und weil sie verärgert war. Er betrachtete ihren Hinterkopf. Eine feine Dame hätte das Angebot selbstverständlich angenommen und wäre ganz sicher nicht zu Fuß gegangen. Gérard war sich nach der langen Zeit immer noch nicht sicher, was er von Ima aus dem Hause Montgomery halten sollte. Sie war eine Dame – und trotzdem anders. Er seufzte leise.

Mit flinken Händen packte sie dem Pferd einen lindernden Umschlag aus feuchtem Erdreich und Kraftwurz auf das schmerzende Gelenk und nahm auffordernd den Zügel in die Hand.

Seine Kenntnisse um Sonnenstand und die Himmelsrichtungen waren äußerst begrenzt. Sie zogen durch die brütende

Hitze, und als der Pinienwald hinter ihnen lag, wurde ihm klar, dass er sich ganz heftig in der Richtung geirrt hatte und sie statt ans Meer geradewegs auf den grollenden Berg zu geführt hatte. Düster wie ein Titan erhob er sich vor ihnen, verwehrte mit breiter Faust den Durchgang und selbst die Sicht auf bewohntes Land. Sie waren bereits seit geraumer Zeit ein Stück die Hänge hochgewandert. Gérard war es nicht in den Sinn gekommen, Ima zu Fuß zu begleiten, er ritt die ganze Zeit.

Auch von hier oben konnte man kein Gehöft, keine Rauchfahne, keinen Hinweis auf eine menschliche Behausung sehen. Der Berg wollte so weit oben nicht bewohnt werden. Unruhe erfasste beide. Sie fühlten den Boden vibrieren. Der Staub, den der Berg absonderte, legte sich auf ihre Lunge und machte ihnen das Atmen immer schwerer. Sie fühlten sich von Luft und Kleidung gleichermaßen beengt und strebten noch schneller vorwärts, in der Hoffnung auf erlösende Kühle weiter oben. Schweißbäche rannen an ihnen herab, kitzelten zwischen Brüsten und Hautfalten, und nasses Haar störte im Gesicht – wie widerlich war es, so zu schwitzen und zu wissen, dass es keinen Bach und kein Meer gab, wo man sich waschen konnte. Dennoch kam kein Laut der Klage, als wollten sie sich gegenseitig beweisen, was sie aushalten konnten. Seit dem Mittag war auch die Sonne keine Hilfe mehr gewesen – jetzt verschwand sie ganz hinter schwarzen Wolken und schickte schließlich Regen auf den Geröllboden, der vor ihnen lag – und hinter ihnen, und ringsum, so weit das Auge reichte. Der Regen war wie die Sonne – maßlos. Ima rieb sich die Augen.

»Verflucht!« Ein Kettenhemd war bei Regen nicht angenehmer zu tragen. Entnervt zog Gérard die Kapuze hoch und sah sich um. Er hatte keine Ahnung, in welche Richtung er sich wenden sollte. Er hatte überhaupt keine Vorstellung mehr und schämte sich für diese Schwäche. Und durch die Eisenglieder der Kapuze drang der Regen auch. Ima war neben ihrem Pferd stehen geblieben. Die Stute hatte die Ohren gespitzt. Sie witterte etwas. Angestrengt weiteten sich die Nüstern, die Augen riss sie weit auf, dann klappte sie die Oberlippe hoch und flehmte, um noch mehr von dem neuen Geruch in sich aufzunehmen, den auch der stärker werdende Regen nicht wegzuwaschen vermochte.

»Da wohnt jemand, Gérard. Dort entlang.« Ima deutete in Richtung des Berges.

»Ihr seid närrisch, wie kommt Ihr auf die Idee? Dieser Weg wird immer gefährlicher, dort vorne beginnen die Abgründe …«

»Da wohnt aber jemand. Wollt Ihr bis auf die Haut nass werden?« Sie sah ihn kühl an. »Ich nicht.« Und damit marschierte sie los, den gespitzten Ohren ihres Pferdes folgend, das von irgendetwas in der Ferne angelockt wurde und emsig antrat. Als Ima fast aus seinem Blickfeld verschwunden war, vernahm er den Gesang. Wie ein Vogel schwebte er über der bizarren schwarzen Geröllllandschaft, flatterte hin und her, lachte, trällerte, gluckste – und lockte. Feen? Am Ende verschwand sie spurlos zwischen den Felsen, von Feen auf Nimmerwiedersehen entführt?

»Ima!«, brüllte er. Keine Antwort. Er schwang sich auf den Hengst und trabte an, darauf vertrauend, dass das Pferd die Stute schon finden würde – und tatsächlich, es bog ab an einer Stelle, wo Gérard das niemals getan hätte, auf einen schmalen, von harten, silbrig glänzenden Büschen gesäumten Weg, der geradewegs in den Berg zu münden schien. Weiter vorne tanzte der helle Schweif der Stute, durch den herabrauschenden Regen kaum noch zu sehen. »Ima! Wartet!« Sie war stehen geblieben – ihm fiel ein Stein vom Herzen. Sie hatte ihn gehört.

»Da wohnt jemand, Gérard.« Sie streckte die Hand aus, um ihn zum Halten zu bringen, fast berührte sein Bein ihre Schulter. Nasse Strähnen hingen ihr in den Nacken, das Kleid klebte ihr am Körper und hing schwer bis auf den Boden, und er sah, dass sie vor Nässe zitterte, obwohl es immer noch entsetzlich schwül war. Doch sie wirkte alles andere als hilflos, weswegen er den Mund hielt und lieber in die Richtung schaute, in die ihre Hand zeigte, als auf ihren feuchten, edel geschnittenen Nacken. Am Ende des Weges öffnete der Berg sein Gestein wie ein riesiges Maul. Ein Licht erhellte warm und tanzend den düsteren Winkel.

»Kreisel, dreh dich,
Steinchen, falle,
Blättchen, wieg dich,
Erde, heb mich …«

Gérard zog das Schwert. »Seid Ihr närrisch?«, zischte Ima, »wen wollt Ihr hier bekämpfen?«

»Wenn ich Wegelagerer von Euch fernhalte, werdet Ihr mir dankbar sein«, entgegnete er hochmütig und trieb sein Pferd vorwärts auf das Licht zu. Inzwischen war der Regen bis unter sein Kettenhemd gedrungen, und er wurde langsam streitsüchtig – kein Weg, kein Mensch, ihre nasse Haut, ihre ewige Besserwisserei –, außerdem hatte er Hunger.

»Steckt das Schwert weg, Gérard de Hauteville.« Er drehte sich zu ihr um, weil ihre Stimme so verändert klang. »Wer sich hier einen Platz zum Leben sucht, ist kein Wegelagerer. Steckt gefälligst sofort die Waffe weg.« Es regte ihn maßlos auf, welchen Ton sie wählte – und wie oft sie mit ihren Einschätzungen recht behielt. Trotzdem kam er ihrem Wunsch nach – verflucht, er ließ sich tatsächlich von einem Weib Vorschriften machen! Seine Fassungslosigkeit hielt indes nicht lange an, denn sie hatte auch diesmal recht.

In der Höhle des grollenden Berges wohnte eine Frau, ganz offenbar alleine und ohne männlichen Schutz.

Sie stand am Eingang und schaute in den Regen hinaus, die Arme vor der Brust verschränkt. Eine saubere weiße Haube saß auf ihrem geflochtenen Haar, glatte, dunkle Kleidung hing an ihrer schmalen Gestalt herunter und ließ sich vom Wind zausen. Der Eingang war sauber gefegt, geflochtene Matten luden zum Betreten der Höhle ein. Uralte Rosmarinstöcke rechts und links des Eingangs wiegten sich im Regen und nickten zu der Melodie, die sattgrünen Nadeln der Sträucher lachten über das Unwetter, ihr Duft sprach von langen heißen Sommern. Ein Weidenbaum mit bizarr verbogener Wurzel beugte sich von oben über den Eingang, wie schützende Finger hingen die gedrehten Zweige herab.

»*Kreisel, dreh dich, Steinchen, falle, Blättchen, heb dich* – kommt näher, Fremde.« Ihre Arme sanken herab. »Ich habe Euch erwartet.«

»Wie geht das zu?«, raunte Gérard und glitt vom Pferderücken so dicht neben Ima, dass sie seinen Atem am Hals spürte.

»Ich weiß es nicht«, flüsterte sie zurück. »Nehmt es an.« Sie drehte sich zu ihm um, strich ihr nasses Haar aus der Stirn. Ihre Augen glommen auf und drangen in ihn, dass er kaum noch an sich halten konnte. »Nehmt an, was kommt, Gérard, und verderbt nichts.« Sie legte ihre Hand auf seinen Arm. »Bitte.« Durch das Kettenhemd mit allen eisernen Gliedern hindurch ging die Bitte, innig und ehrlich. Durch das Kettenhemd hindurch spürte sie, wie sich Entzücken mit Abwehr stritt, wie die Abwehr verlor und er dahinsank. Dabei wollte sie doch nur, dass er friedlich blieb. »Gérard …«

»*Kreisel, dreh dich, Blättchen, falle* – kommt heran, Fremde, und seid meine Gäste. Es kommen nur selten Reisende zu mir. Lasst euch bewirten.« Sie streckte ihre Hand aus. Ima dachte nichts mehr – sie ging einfach auf die Höhle zu, aus der es aromatisch nach Zimt, Honig und Salbei duftete.

»Willkommen, Mädchen.« Ihre Augen leuchteten in so hellem Grau, wie Ima das noch nie zuvor gesehen hatte. Wie zwei Sterne saßen die Augen in einem schmalen, hohlwangigen Gesicht, und ein warmes Lächeln überstrahlte die Hungerkuhlen.

»Du bist ganz nass, komm und wärme dich an meinem Feuer. Ich gebe dir ein trockenes Hemd – komm. Komm, hab keine Furcht.« Ihre Hand fühlte sich warm und fest an, der Blick umfing Ima wie ein Zuhause – für den Mann weiter hinten hatte er keinen Wimpernschlag übrig. »Komm mit mir, Mädchen.«

Da Gérard sowieso noch damit beschäftigt war, die Pferde an einem Busch anzubinden und die Sättel vor dem Regen in Sicherheit zu bringen, nutzte Ima die Gelegenheit, der Frau zu folgen. »Du wohnst an einem unwirtlichen Ort.«

Sie lachte. »Das scheint nur so. Der Boden des Vesuvio ist fruchtbar …«

»Aber hier wächst doch nichts«, wandte Ima ein.

»Nein, hier nicht. Aber an den Hängen im Norden ist die Erde fruchtbar, dort wächst sogar Wein. Ein guter Platz also, wo viel Reichtum schläft.« Sie lächelte freundlich. Hinter einem gesponnenen Vorhang aus langhalmigen Gräsern vertauschte Ima ihr Kleid hastig gegen ein graues Hemd, während die Frau ihr ungeniert dabei zusah.

»Wie schlank du bist, Mädchen. Du hast noch kein Kind geboren.« Ima schüttelte den Kopf. Die Hausherrin lächelte und legte ungeniert ihre Hand auf Imas Bauch.

»Dann wird's Zeit, was?« Ima wandte sich ab, die Hand verschwand. Bitter wallte die Erinnerung an Stephen in ihr hoch, die glücklichen Jahre und wie zum Greifen nah alles gewesen war – ein Heim auf dem Festland, der Mann ihres Lebens, Kinder, Gottes Segen, eine Zukunft … ach.

»Alles ist vorherbestimmt, Mädchen«, sagte die Frau da leise. »Trauere nicht. Dein Weg führt nicht am Wasser entlang, weißt du.« Das Hemd fiel über Imas Körper und verbarg züchtig, was Stephen geliebt hatte und wovon Gérard nachts träumte. Er stand nämlich am Höhleneingang und sah ihre schlanke Gestalt hinter dem Vorhang lockend schimmern.

»Du musst uns helfen«, bat Ima und strich das Hemd glatt. »Wir haben den Weg verloren.«

Die Frau sah ihr in die Augen. Der Blick ging geradewegs in Imas Herz hinein. Er spähte alle Winkel aus und wusste, was Ima umtrieb. »So so«, brummte sie, »du also auch. Das Heer der Suchenden wird immer größer.« Ima verstand nicht. »Ich suche nur den Weg«, sagte sie unsicher. Da lachte die andere.

»Das tun wir alle, Mädchen. Und er? Hat er ihn auch verloren?«

»Wir haben uns verirrt.«

»Ah, gehört er zu dir? Seid ihr ein Paar?« Sie lächelte geheimnisvoll.

»Nein!« Ima schrie es fast heraus. »Nein ...«

»Wollt ihr eins werden?«, raunte die andere. Ihre Braue tanzte auffordernd, das Auge blitzte. »Wenn ihr ein Paar werden wollt, kann ich euch auch helfen ...«

»Nein – bitte!« Sie bemühte sich, die Empörung über diesen Vorschlag nicht zu deutlich werden zu lassen, doch ihr Gesicht sprach Bände. Die Empörung spielte allerdings die kleinere Rolle, schlimmer war das Herzklopfen. Herzklopfen? Die Hausherrin fasste sie versöhnlich am Arm.

»Komm«, sagte sie, »seid meine Gäste und vergesst euren Weg für heute. Ich zeige euch morgen einen neuen Weg.« Damit bat sie auch Gérard herein, der mit großen Augen hinter dem Vorhang stand, und bot ihm Platz auf der Bank an der Feuerstelle. Ima mied seinen Blick. Seine dauernde Nähe machte sie befangen, und dass er das Gespräch mitbekommen hatte, irritierte sie gewaltig. Er begann, an ihren Nerven zu zerren. Sie sorgte dafür, dass sie nicht neben ihm sitzen musste ...

So feucht, wie das Maul des grollenden Berges von außen auch wirkte, innen verströmte es Behaglichkeit und freundliche Wärme. In der Feuerstelle verbrannten Kiefernspäne, Eichenholz und Rosmarinäste, die Eisenschale daneben enthielt Räucherkohle, deren Rauch sich lächelnd kräuselte. Der Geruch erinnerte Ima an zu Hause ... oder war das ein Zauber, weich und umgarnend? Nein, sie erkannte den Duft, der die

Sinne klärte ... Salbei, der böse Geister vertrieb und half, dass man besser denken konnte, ein warmes Baumharz ... und Weihrauch roch sie. Die Priester hassten Weiber, die mit Weihrauch räucherten, waren es doch solche, die sich das kostbarste Harz der Welt mit Liebesdiensten ergaunert hatten. Weihrauch gehörte nicht in Frauenhand und außerhalb der Kirche auf keine Räucherkohle. Begierig sog sie den Duft ein, der sich wie eine beruhigende Hand über ihre Gedanken legte.

Ein ordentliches Lager mit gewebten Decken und weichen Fellen nebst einer Kleidertruhe bildete das Schlafgemach, welches der Gräservorhang vom Rest der Höhle abtrennte. Getrocknete Blüten hingen zwischen den Gräsern, und Ima staunte über die feine Spinnarbeit. So etwas hatte sie noch nie zuvor gesehen. Wie ein Hauch von Schönheit hing der Vorhang herab und wehte leicht, wann immer man daran vorbeiging. Die Hände der Bewohnerin verrieten, dass ihnen die Grashalme und Spinnweben tanzend gehorchten ... In der anderen Ecke hingen Kräuterbüschel ordentlich auf der Leine, in akkurat genähten Säcken glänzten Körner und Samen, ausgetrocknete Fruchtschalen beherbergten seltene Blätter. In einem Käfig hockte eine Kröte und starrte sie kampflustig an.

Ima schluckte. Sie wusste ziemlich genau, wofür man Kröten benutzte und dass die Priester Hellsichtigkeit als Teufelswerk bezeichneten. Ihr stockte der Atem. Doch nun saß sie hier am Feuer einer Zaunreiterin und musste gute Miene machen. Die Hausherrin lächelte. »Dort unten nennt man mich Amandina.« Sie nahm zwei Becher und goss aus einem Krug Wasser hinein. »Trink, ihr seht müde aus.«

»Seid gegrüßt, Amandina vom Vesuvio.« Gérard hatte seine Stimme wiedergefunden und hob den Becher. Ihm war natürlich die Kröte entgangen ebenso wie die durchbohrten Steine und die geschnitzten Stäbe an der Wand. Stattdessen richtete er sein Auge gierig auf den Suppentopf. Fast musste Ima lachen. Doch wohlerzogen legte er die Hand an die Brust.

»Mich nennt man Gérard de Hauteville, dies hier ist Ima von Lindisfarne.«

»So so, Gérard.« Díe Frau lächelte ihm zu. »Ein Normanne. Ich kenne viele von euch.«

Ima roch an dem Wasser. Seit sie die Kröte entdeckt hatte, war sie misstrauisch.

»Und wie ist dein Name?« Amandina beugte sich vor. »Wie lautet er? Wie wurdest du getauft?«

»Maria ... Immaculata.« Sie wurde rot und ließ den Becher sinken – so hießen wirklich nur Nonnen und Bischofsschwestern ...

»Und dein richtiger Name, wie lautet der?« Amandinas Stimme war heiser geworden. »Du wurdest mir angekündigt, Mädchen. Wie lautet dein richtiger Name?« Gérard horchte auf.

Ima runzelte die Stirn. Das ging ihn nichts an, und offenbar hatte auch Aidan nichts davon erwähnt, wenn der Ritter ihn über sie ausgehorcht hatte. Der Name gehörte in ein anderes Leben ...

»Ich benutze ihn schon lange nicht mehr«, murmelte sie. »Er ist im Meer versunken. Man ruft mich seither Ima.« Gérard runzelte die Stirn, wagte aber nicht zu fragen. Die Frau hingegen nickte langsam.

»Im Meer«, wiederholte sie. Einen Moment später nahm sie Imas Hände und schaut in die Handflächen, kurz nur, dann fixierte sie ihr Gesicht. »Du hast einen weiten Weg hinter dir«, flüsterte sie. »Und ich sehe ein Ende des Weges. Ich sehe ein Haus, Ima von Lindisfarne. Ein Haus. Ich sehe Blumen – Rosen. Rosenstöcke ...« Amandinas Augen wurden glasig, und Ima lief es kalt den Rücken herunter, doch sie konnte sich ja nicht wehren, der Blick war stärker, hielt sie sanft, aber nachdrücklich fest, damit sie weiter ausharrte und Geheimnisse preisgab – *sprich, sprich zu mir, wie ist dein Name* – »Ich sehe Rosen – und ich sehe dich lachen, Mädchen.« Dann schwieg sie.

Ima sank in sich zusammen und starrte zu Boden. Gérard rutschte auf der Bank neben sie und legte seine Hand auf ihre Schulter. Ima wollte sich gegen die Berührung wehren, doch es tat gleichzeitig gut, weil Trauer in ihr hochwallte und sie sich kaum dagegen wehren konnte. Amandina war schuld daran. Ima hasste es, wenn Leute Visionen hatten und einen mit Bildern verwirrten. Sie hasste Andeutungen über die Zukunft, die sie lieber selbst in die Hand nahm. Sie hasste diesen ganzen Zauberkram, der sie an die harten Jahre mit der verrückten Mutter erinnerte. Und sie war sich sicher, dass hier Zauber im Spiel war und dass sie besser Gott um Hilfe anrufen sollte. Wie stets, wenn ihr das bewusst wurde, hatte sie keine Worte für den Allmächtigen. Was blieb, war ein schweres Herz. Gérard spürte ihre Abwehr. Er rückte von ihr ab, setzte sich anders hin. Das Schwert verkantete sich an der Bank, und die beiden Frauen erwachten aus ihren Gedanken. Amandina stand auf.

»Niemand trägt in meinem Haus Waffen. Ich trage Sorge dafür, dass das Böse mein Haus meidet, also sind Waffen unnötig. Könnt Ihr ohne Eure Waffe nicht sein, müsst Ihr draußen bleiben, Ritter des Guiscard.« Die Stimme klang so gebietend, dass er ohne Zögern das Schwert abschnallte und es aus dem Eingang schob. Da lächelte sie gewinnend. »Ihr braucht es hier wirklich nicht. Vertraut mir.« Von fern grollte Donner.

»Lasst uns Mahl halten. Mir bleibt nicht mehr viel Zeit mit euch, und ihr seid sicher hungrig.« Auf welche Reise sie sich machen würde, verriet sie nicht, und es gab auch keine Hinweise durch Kleiderbündel oder Reiseutensilien. Ima beobachtete die Zaunreiterin. Eine feine Erregung hatte sie ergriffen, ganz als ahne sie, dass etwas bevorstehe – etwas Großes, Unvorstellbares. Die Luft hatte sich trotz der Nässe aufgeladen. Leise kroch Spannung in die Höhle und legte sich beim Atmen auf die Brust. Der Berg brummte, sie solle sich nicht sorgen. Monoton rauschte der Regen, alle Dinge seien eben so, wie die

Dinge sind und was sei schon der Mensch dagegen – nass eben, bis auf die Haut, wenn ihm danach sei, niemand habe so viel Macht wie er. In der Ferne zuckte ein Blitz, der behauptete, noch mehr Macht zu besitzen. Die Natur auf diesem Berg war geschwätzig wie sonst nirgendwo.

Amandina rührte in ihrem Kessel. »Ich habe nicht viel zu geben«, sagte sie. »Früher kamen mehr Leute, um meine Hilfe in Anspruch zu nehmen. Heute laufen sie wohl in die Kirchen und lassen ihre Almosen in den Säcken der Priester. Zu mir kommen sie noch für ein Liebestränklein oder eines gegen die unerwünschte Frucht, manche möchten eine Salbe gegen schmerzende Finger oder grindige Zehen. Gestern war ein Mann hier und wollte einen Blick in die Zukunft tun.« Sie lachte. »Ich habe ihm gesagt, dass das Sünde ist, doch er bestand darauf, weil sein Lebensglück davon abhinge. Nun …«, in der Kelle schwammen glänzende Bohnen, »… er hat mich mit diesen Bohnen überzeugt, denn meine Speisekammer war leer, also las ich ihm die Zukunft. Und so schlimm sah seine Zukunft gar nicht aus. Immerhin erlaubt sie mir, Gäste zu bewirten, er ließ mir nämlich einen ganzen Sack Bohnen hier und nahm nur ein Liebestränklein mit.«

»Liebestränklein – was für ein Unfug«, stieß Gérard da hervor. »Da würzt Ihr Honig mit Blütensaft und einem Pfefferkorn und macht den Leuten weis, so würde die Liebe schmecken!« Das Rezept kam so flüssig aus seinem Munde, dass Ima der Verdacht kam, er habe schon einmal davon getrunken. Hatte er? »Und beißt man auf das Pfefferkorn, schmerzt es wie im richtigen Leben. Hört mir auf mit Liebestränklein, Frau.«

Die Zaunreiterin beugte sich vor. »Ihr kennt Euch aus, Junge. Doch wart Ihr schlecht beraten, auf ein Pfefferkorn zu beißen. Meine Liebestränke schenken Entzücken, man lehrte mich wohl, sie zu rühren, Junge …« Mit wallenden Gewändern sprang sie hoch und drehte sich zu ihrer Kräutersammlung um. »Lasst Euch eines mischen, Junge, und lernt, dass die Liebe anders schmerzt als ein zerbissenes Pfefferkorn.« Sie nahm einen Krug und stellte ihn schwungvoll auf ihren Schemel. Gérard nahm den Fehdehandschuh an.

»Manchen schmerzt die Liebe bis in den Tod, Frau«, rief er böse. »Ich sah Männer am Käferpulver zugrunde gehen, ich sah sie zuckend und keuchend auf dem Leib der Liebsten sterben, den Schwanz gefüllt mit Käfergift – auch das nannte sich Liebestränklein.«

»Das Käferpulver ist nicht mein Metier, Ritter des Guiscard«, entgegnete sie mit blitzenden Augen, »Käfer pflücken andere vom Ölbaum – nicht ich! Und maßzuhalten – verehrter Ritter – maßzuhalten ist eine Kunst, die nur wenige beherrschen. Die Priester predigen sie auf der Kanzel bis zum Exzess und verstoßen gleich unter der Kanzel dagegen, wenn sie über junge Mädchen herfallen und sich die Bäuche mit fettem Fleisch vollschlagen – die feinen Herren überschätzen sich selbst und gehen an ihrer Gier zugrunde. Fürs Maßhalten, mein Lieber, kann ich kein Tränklein brauen. Maßhalten muss aus dem Menschen selbst kommen.«

»Ihr könntet den Leuten Maßhaltewasser verkaufen«, lachte er. »Reiner als Quellwasser ist wohl kein Trank auf Erden …«

»Ich mag es nicht, wenn meine Kunst verlacht wird.« Ihr Blick verfinsterte sich. »Ich möchte, dass Ihr Respekt vor meiner Kunst habt. Ich denke …«, sie fixierte ihn, »… ich denke wohl, dass das Pfefferkorn dem Krieger in Euch steht … vielleicht hat es auch Euer großes Maul gestopft. Der Liebe …«, jetzt lächelte sie mitleidig, »… nein, der Liebe wird es in der Tat nicht geholfen haben, dazu war es zu schwach, wenn ich Euch recht betrachte.«

Gérard lachte verächtlich. »Meinethalben mischt eine Muskatnuss darunter, wenn sie Euch stärker dünkt, doch nicht für mich. Meinen Bedarf an Tränklein für die Liebe bildet Ihr Euch ein, Frau, glaubt mir – meine Lenden brauchen so etwas nicht.«

»Das starke Holz wär gerade für Euch recht, Junge.« Sie hatte ihm nicht zugehört, sondern kramte in ihren Säckchen, aus denen sie ein Aststück hervorzog. »So wie Ihr seid, so wär auch Euer Trank, Junge. Es muss immer zusammenpassen. Ein süßer Boden, darüber die milde Schärfe der Muskatnuss, die Ihr offenbar schätzt – und darüber Raspelschnitte vom mauretanischen Liebesbaum.« Mit einem scharfen Messer hobelte sie dünne Späne von dem Holzstecken, zerbröselte sie in den Krug und stellte ihn neben die Glut, um ihn langsam anzuwärmen.

»Das wär meine Mischung für Euch.«

»Dämlicher Unfug!« Gérards Gesicht lief rot an. Er hatte keine Lust, den Krug zu betrachten und von dieser Zauberin ob mangelnder Männlichkeit belächelt zu werden. Welchen Mann hätte das nicht erbost! Die Bank fiel um, als er aufstand, etwas von »Pferden« murmelte und die Höhle verließ. Sein maßloser Ärger blieb zurück.

Amandina wedelte mit der Hand in der Luft herum, um ihn zu vertreiben, und lächelte. »Er wird nie wieder spotten. Man muss sie nur am rechten Zipfel packen, dann sind sie ruhig.«

»Du hast ihn am falschen Zipfel gepackt, fürchte ich«, meinte Ima und lächelte schief.

Die Zaunreiterin betrachtete ihren Gast. »Ihr seid beide so heftig. Er und du auch. Voller Feuer für das, was ihr nicht wollt. Ich wünsche euch lang haltende Glut für das, was ihr wollt. Hass und Heftigkeit halten nicht lange warm, musst du wissen. Sie verbrennen, verursachen Schmerzen und schlechte Erinnerung. Sie schenken keinen Frieden. Und sie wärmen nicht das Herz in kalten Zeiten.«

Ima löffelte schweigend in ihrer Suppe. Die Bohnen zerfielen weich und mehlig auf ihrer Zunge und wärmten sie mit dem Geschmack von geriebener Nelke. Langsam ließ die Schwäche, die sie eben noch fast übermannt hatte, von ihr ab. Der Regen rauschte gleichförmig herab, in der Ferne donnerte es noch ein bisschen, doch das Gewitter schien sich verzogen zu haben. Von der Weide oberhalb des Eingangs fielen dicke Tropfen auf den Boden und spielten einen bizarren Rhythmus, der zu dieser seltsamen Nacht passte. Amandina klapperte mit Krügen, Rührstecken und Näpfen herum.

»Ich sehe Trauer hinter deiner Stirn wohnen, Mädchen«, sagte sie wie beiläufig. »Ich sehe da jemanden, der nicht mehr dort sein sollte …«

»Man trägt sie doch immer bei sich«, sagte Ima leise.

»Ja, das soll man wohl, doch sie dürfen dich nicht beschweren. Wenn sie dich beschweren, hast du nicht losgelassen, und sie können nicht ins Jenseits gehen. Verstehst du? Die Erinnerung darf bleiben, mehr aber nicht. Sag mir« – sie hob Imas Kinn – »sag mir … Da ist mehr als liebevolle Erinnerung, ich fühle das. Da ist etwas anderes. Angst. Schrecken. Viel Angst.«

Ima nickte. Der Eintopf hatte sie leicht berauscht; sie war sicher, dass Amandina etwas mit hineingerührt hatte, doch es war ihr gleich. Ein gefüllter Magen durfte auch berauschen.

»Ich konnte ihn nicht begraben. Er liegt noch dort, auf dem großen Platz in Rom.« Sie schüttelte sich und rieb sich die Arme. Aidan lag wieder neben ihr in der drückenden Hitze des Mittags, hilflos stöhnend und ohne Hoffnung, und wartete auf das Ende. *Warum dauert es so lange?* Das Bild in ihrem Kopf war grauenvoll.

»Und der andere?«, fragte Amandina leise. Sie waren näher zusammengerückt am Kohlefeuer, die Zaunreiterin schürte die Glut und sortierte Kräuter. »Was ist mit dem anderen?«

»Ertrunken.«

»Ihn konntest du auch nicht begraben. Er war dein Liebster, nicht? Er war dein Liebster, ich fühle das. Ihn drängst du am weitesten weg. Und der Dritte?« Ihre hellen Augen schimmerten im Licht des Kohlefeuers. »Der Dritte verschwand ebenfalls, nicht wahr?« Ima starrte in die Glut. Ihr war, als liebkoste das Hemd der Zaunreiterin sie und striche tröstend über die fröstelnde Haut. Der fein gewebte Stoff fühlte sich so weich an wie Seide. War das Zauberei? Sie wollte nichts davon, und doch gab sie sich Amandina hin, weil es guttat, die Erinnerungen loszuwerden.

»Der Dritte verschwand ebenfalls spurlos. Wir haben Vater niemals begraben können. Meine Mutter hat darüber den Verstand verloren.« Die Stimme klang hart. Dieser Tote schmerzte am meisten und am längsten. Amandina nickte verstehend. »Nun weiß ich, woher der Schatten auf deiner Stirn kommt«, sagte sie sanft. Sie stocherte in der Glut und griff in ihre Kräutersäckchen. »Lass sie weichen, Mädchen – mach dich frei von ihnen. Du bist zu jung, um an den Toten zu ertrinken – lerne, sie loszulassen, bevor sie dich herabziehen. Und hab keine Angst vor mir.« Und sie bröselte Kräuter in die heiße Kohle und sang leise dazu.

»*Feiner Weihrauch – leg Frieden über wunde Trauerseelen – hilf beim Abschied – mache Mut;*

Stolze Iris – hilf zu lassen los den Toten – tröste den so Trauernden – schenke Kraft, wo Schweigen herrscht;

Alfblut – streue Licht, wo Düsternis Gemüter dämpft – wärm kalte Herzen mit froher Sommermelodie …«

Der Rauch stieg empor. Kerzengerade wie ein grauer Faden kam er aus der Glut, kräuselte sich vor Imas Nase, als ob er sich nicht entscheiden könnte, wohin, zerteilte sich dann und breitete sich aus wie ein hauchzarter Pilz – getragen von der starken Iris, schützend bedeckt vom Weihrauch – Ima schloss die Augen. »Lass sie ziehen, Mädchen. Lass sie ziehen, mach dich frei von ihnen, lerne atmen. Lerne, frei zu atmen.« Amandina legte ihre Hände auf Imas Kopf und beschwor den Rauch zu wirken. Dann streute sie noch Weinraute für die Toten und ein wenig Ysop gegen Dämonen auf die Kohle, damit niemand die junge Frau störe, denn draußen braute sich allerhand zusammen. Leise stand sie auf, trat an den Eingang und sah in den Regen hinaus.

Ima hatte den Kopf in die Hände gestützt. *Du bist zu jung, um an den Toten zu ertrinken.* Wie recht die Frau hatte! Was gäbe sie darum, von den Toten befreit zu werden, ihre kalten Hände abzustreifen, die ihr so manches Mal die Luft abgedrückt hatten! »Aidan«, murmelte sie. Aidan, der kein Grab bekommen hatte, obwohl er in ihren Armen gestorben war, »Aidan …«

Amandina hörte sie weinen. »Gut so«, murmelte die Zaunreiterin. »Die Vorsehung brachte dich tatsächlich hierher – nun lass dir helfen, Mädchen. Lass dir von mir helfen …«

»Seid Ihr auch verantwortlich für das Wetter?« Der Ritter hatte seine Pferde weiter unter die Büsche gestellt und drückte sich schon eine ganze Weile am Höhleneingang herum. »Macht Ihr so was? Wetterzauber?«

Sie kniff die Augen zusammen und warf den Kopf in den Nacken. »Was würdet Ihr sagen, wenn ich nicken würde? Wenn ich Euch sagen würde – dieses Gewitter gehorchte mir?« Mit beiden Händen griff sie nach dem Weidenast, der extra für den Zauber geschnitten und zwischen die Zweige gehängt worden war. Der Donner krachte wie zur Bestätigung und sandte lachend einen Regenschauer in Gérards Nacken, sodass er widerwillig neben Amandina flüchtete.

»Ihr seid wirklich ein Zauberweib«, knurrte er und strich sich das nasse Haar aus der Stirn.

»Ja, vielleicht«, sagte sie leise. Sie nahm den Weidenzweig, der das Gewitter gerufen hatte, aus den Fingern der anderen Zweige und wand ihn zu einem breiten Ring, den sie Gérard um den Hals legte. »Möge Euch hierdurch Kraft und ein langes Leben beschert sein, Gérard de Hauteville. Und habt mir ein Auge auf sie. Ich muss Euch nun verlassen.«

Er nickte stumm und fasste nach dem Weidenzweig, ein wenig versonnener, als es einem Ritter des Herzogs zukam, doch immerhin hatte die Zaunreiterin ja von Ima gesprochen, die er beschützen sollte, obwohl sie das gar nicht wünschte. Durch den Vorhang sah er, wie Amandina sich ihrer Kleider entledigte. Statt wegzugucken, sah er genauer hin – verflucht noch eins, Frauenleiber reizten doch, man konnte ja gar nicht anders, und diese hier war durchaus schön anzusehen, so schlank an Gestalt und die Brüste fest wie bei einer Statue. Einen Unterschied jedoch gab es zu allen schönen Weibern, die er besessen hatte: Amandinas Leib war blau verfärbt, dank einer Beerenmischung aus Schlehen und Heidelbeeren, die sie auf ihrer Haut zerdrückte und verrieb. Gérard presste sich in die Ecke, verschmolz mit den Rosmarinbüschen und ließ seinen Blick weiter über der Zaunreiterin gieren. Nackt, wie sie war, trat sie vor den Vorhang. Ima hockte immer noch an der Feuerstelle, den Kopf auf den Armen. Die Rose mit dem betörenden Duft – was war aus ihr geworden? Sie hatte auf dem Weg hierher auch alle Dornen verloren, sie war nur noch ein Reis, das eingepflanzt werden wollte, und er fühlte tiefes Mitleid.

Leises Schluchzen schüttelte sie. Er kämpfte mit dem Bedürfnis, hinzuspringen und sie an sich zu reißen, damit niemand ihr ein Leid antäte, doch Amandina kam ihm zuvor. Leise murmelnd strich sie über Imas kurz geschnittenes Haar und streute dann weitere Kräuter in die Räucherkohle.

»*Feiner Weihrauch – leg Frieden über wunde Trauerseelen – hilf beim Abschied – mache Mut;*

Stolze Iris – hilf zu lassen los den Toten – tröste den so Trauernden – schenke Kraft, wo Schweigen herrscht …«, hörte er sie singen, »*schenke Kraft, wo Schweigen herrscht …*« Ima wiegte sich zur Melodie. Balsamisch süßer Duft zog durch die Höhle. Das Schluchzen wurde leiser. »Gut so, Liebes. Gut so.« Für einen Moment sah Amandina auf das Mädchen herab. »Sie gehen, ich habe sie gefühlt, Liebes«, flüsterte sie. »Zwei von denen, die dich quälen, sind frei. Es ist gut so.« Wieder schluchzte Ima auf und stammelte unklares Zeug. Amandina streichelte unablässig ihren Kopf. »Der Dritte, Mädchen, wo ist der Dritte, der dich so schmerzt? Warum will er nicht von dir weichen?« Mit einem Stäbchen rührte sie in den Kräutern. »Möge auch er Ruhe finden. Und mögest du zumindest in Frieden an ihn denken, Mädchen. Weine. Weine …«

Sie seufzte und sah zum Eingang hinaus, wo irgendetwas auf sie zu warten schien.

Gérard sank in die Hocke. Die Frau machte ihm Angst, und hier konnte auch kein Schwert helfen. Obwohl es keine drei Schritte von ihm entfernt im Regen lag und nach ihm rief. Es hatte immer geholfen, das Schwert zu benutzen, wenn er nicht mehr weiterwusste. Das war jetzt nicht mehr so. Verwirrt betrachtete er den abgenutzten Griff. Eine Schüssel klirrte, und er hob den Kopf. Amandina rieb sich mit langsamen, kreisenden Bewegungen die Reste ihrer Beerenpaste auf den faltenlosen Bauch. Der Duft der Heidelbeeren zauberte Sommer herbei – warme Sonne, kühles Kraut, weicher Waldboden – Glück. Er biss sich auf die Lippen.

»Wenn es Euch erregt, mir zuzusehen, bleibt von mir aus hier«, hörte er plötzlich ihre dunkle Stimme, »doch stört mich nun nicht mehr.«

»Was habt Ihr vor?«, fragte er heiser aus seinem Versteck heraus. Da trat sie zu ihm – so nahe, dass er den Beerenduft ihrer gefärbten Haut riechen konnte. Ihr eisgraues Haar über den schmalen Schultern verlockte zum Anfassen, die Brüste reckten sich hochmütig dem Ritter entgegen. Sie streckte die Hand aus und umfasste sein Kinn.

»Ich habe eine Verabredung mit dem Berg«, raunte sie. Ihre kleine Hand war so energisch bei diesen Worten, dass es ihm kalt den Rücken herabrieselte …

»Mit dem Berg.« Da trat sie noch näher.

»Mit dem Berg, Ritter des Guiscard. Für Euch unvorstellbar. Der Berg wird sich heute Nacht öffnen und zu mir sprechen. Er wird mich mit Malen versehen und Kräfte in mir wecken, und ich werde dafür sorgen, dass er niemanden sonst belästigt. Die Menschen haben Angst vor ihm. Das brauchen sie nicht, weil ich mit ihm verabredet bin. Nun wisst Ihr alles. Zieht Euch zurück und schweigt.« Ein langer Blick aus ihren dunklen Augen traf ihn ins Herz, dann blieb er allein mit dem Duft nach Heidelbeeren und seinem aufgewühlten Geist.

Amandina rührte in der Talgschale. Leise summend bröselte sie Bilsenkrautwurzel, Wolfstrapp, Fingerkraut und Stechapfelblätter in den Talg, für den am letzten Neumond ein Kalb getötet worden war, dann zerdrückte sie Tollkirsche und Mistelbeere in der Mixtur. Rührend und singend fügte sie Weidenrinde und Eisenkraut hinzu, dann war es fertig. Atemlos sah Gérard, wie sie sich die Paste auf den Körper rieb, auf die Brust, unter die Arme, in die Kniekehle und an die Scham. Zuletzt bestrich sie ihre Stirn, dann war die Schale leer. Eine Prise Hexenkraut ließ das Feuer wie einen gleißenden Pfeil hochlodern. Ganz nah hockte sie vor den Flammen, die Salbe schmolz auf ihrer Haut, und sie trank von den Drogen.

Ohrenbetäubender Donner krachte von draußen. Seltsamerweise setzte der Regen aus. Schwül und schwer drückte die Nacht, sie reizte und kitzelte die Lenden. Gérard hatte Mühe zu atmen. Das Kettenhemd kratzte und beengte ihn, er wurde unruhig. Die Zaunreiterin stand jetzt mit erhobenen Armen und weit geöffneten Augen im Höhleneingang. Ein schwarzer Mantel wallte an ihrer Gestalt herab.

»Ich komme.«

Dann war sie fort, und der Duft der Heidelbeere wollte aus Gérards Geist nicht weichen.

»Flugsalbe«, flüsterte Ima da. »Sie geht fliegen, Gérard, sie ist eine Zauberin, sie geht fliegen ...« Fassungslos klang ihre Stimme über die Entdeckung. »Meine Mutter hat von solchen Frauen erzählt – und wenig Gutes ... Sie geht fliegen ...«

»Ein Mensch kann nicht fliegen! Sie ist närrisch. Sie ist nichts als ein närrisches Weib.« Er schwieg und sah hinaus in die Dunkelheit, wo Amandina verschwunden war. Schweigend löffelte Ima von der Suppe. Essen lenkte ab. Sie sah müde aus.

Gérard wurde übellaunig. Das Essen hatte ihm nicht geschmeckt, zu trinken gab es nichts, und die Schwüle ging ihm auf die Nerven. »Wetterzauber«, stieß er hervor, »so ein Unfug! Wetterzauber! Sie schmiert sich mit Beerensaft ein und erzählt mir, sie hätte das Wetter gemacht – ha!« Er riss sich den Weidenkranz vom Hals und warf ihn zu Boden.

»Warum soll sie es nicht gerufen haben?«

»Weil sie eine Geschichtenerzählerin ist! Sie tanzt hier nackt vor meiner Nase rum, erzählt mir was vom Gewitter und will mir weismachen, sie sei eine Zauberin! Lug und Trug, nichts weiter, sag ich Euch!« Allein der Gedanke an die blau gefärbte Amandina dicht vor ihm und dass ihre blauen Brüste ihn fast berührt hatten machte ihn wütend. Dazu diese Schwüle, die sein Hirn marterte, der Schweiß, der ihn unter dem Kettenhemd quälte – von allem zu viel, zu eng, zu viel … »Den Leuten zieht sie die Taler aus der Tasche – Wetterzauber! Liebestränklein! Ha!« Seine Stimme wurde höhnisch, die Schritte gewaltiger, mit denen er durch die Höhle stapfte, und der Grasvorhang zitterte vor dem plötzlichen Ärger, der ihn zu übermannen drohte. Ima schien nichts von alldem zu merken. Mit glasigen Augen löffelte sie weiter ihre Suppe. Plötzlich hielt sie inne.

»Woher wollt Ihr wissen, dass sie nicht doch …«

Da beugte er sich zu ihr. Seine schwarzen Augen blitzten. »Weil es keinen Wetterzauber gibt, Ima von Lindisfarne. Weil es keine Liebestränke gibt. Gott schafft das Wetter, und Er schafft die Liebe, wo Er sie haben möchte – wo Er sie nicht haben möchte, schafft er Gleichgültigkeit. Alles andere ist … ist …« Er fasste den Krug, den Amandina neben die Glut gestellt hatte, »alles andere ist nichts weiter als Honigwein mit Pfefferkörnern, gekocht mit unkeuschen Wünschen!«

Und er setzte den Krug an und trank ihn, bis ihm dünne Rinnsale neben seinem Mund in den Bart liefen. Der Donner lachte von draußen, gleich darauf erhellte ein Blitz Amandinas Wohnstatt.

9. Kapitel

Flamme mag ich das nicht nennen,
was auf Kerzen freundlich blinkt;
Flamme ist ein lodernd Brennen,
das den Tod dem Falter bringt.
(Hafis)

Ima war sprachlos.

Gluckernd trank er, was die Zaunreiterin angemischt hatte, und der Honigwein rann ihm am Bart herab und weiter auf das Kettenhemd, wo er in dicken Tropfen hängen blieb. Weil ihre Augen immer größer wurden, setzte Gérard ab und lachte unflätig.

»Da guckt Ihr, Ima von Lindisfarne – nichts als Wein mit unkeuschen Wünschen. Sie verkauft den Leuten ihre Wünsche – das ist es!« Wieder rollte von draußen der Donner. Tief und drohend schlich er um den Berg und suchte nach Opfern, die er einschüchtern konnte …

»Gérard, Ihr solltet etwas essen, dann vergesst Ihr Amandina. Sie hat Euch den Kopf verdreht …«

»Unfug – sie hat mir nicht den Kopf verdreht!«

»Vielleicht doch?«, lächelte Ima. Grollend starrte er sie an, und in seinen Augen stand deutlich zu lesen, wer ihm hier verflucht noch mal den Kopf verdrehte, seit Tagen, ach, seit Wochen schon …

»Sie ist eine Betrügerin, mehr nicht!« Und damit knallte er den Krug so heftig zurück auf die Feuerstelle, dass das restliche Getränk herausschwappte und in der Glut verzischte. »Sobald die Sonne aufgeht, reisen wir ab.« Damit stapfte er nach draußen. Ima wusste nichts mit diesem plötzlich aufgeflammten Zorn anzufangen. Gedankenvoll leerte sie ihre Suppenschale und starrte hinaus, wo wieder leichter Regen eingesetzt hatte. Welch merkwürdiger und doch friedlicher Platz war das hier, umgeben von so viel Wissen und gutem Geist. Amandinas Nähe war geblieben, obwohl sie gegangen war … Ima ertappte sich bei dem Wunsch auszuharren, bis die Zaunreiterin zurückkehrte – wenn sie zurückkehrte. Magische Reisen kannte sie von der Freundin ihrer Mutter und hatte das niemals als schlecht empfunden, sie waren stets gut ausgegangen. Amandinas Reise jedoch schien ein besonderes Ziel zu haben in dieser merkwürdigen Nacht …

Draußen wieherte ein Pferd – der Hengst des Ritters. Man hörte die Hufe scharren und nervöses Getrappel. Mit Unruhe im Herzen stand Ima auf. Gab es Besuch? Oder wollte er gar davonreiten? Die Schwüle drückte unerträglich auf die Brust, der warme Regen machte alles nur schlimmer und jede Bewegung zu körperlicher Arbeit. Trotzdem nahm Ima das Öllicht von der Wand und verließ die Höhle, um zu schauen, was das Pferd so unruhig werden ließ.

»Naa, naa, gut ist's …« Der Hengst hatte den Kopf hochgeworfen und hing im Seil, seine Augen rollten, dass man das Weiße sah, die Nüstern blähten sich in Aufregung. »Na, schon gut …« Beruhigend strich Ima ihm über Hals und Nase, während sie sich umsah. Wo war Gérard nur hingegangen? Ihr war mulmig zumute. Wölfe? Gab es Wölfe auf diesem Berg? Waren sie in Gefahr? Doch die Stute auf der anderen Seite der Höhle war ja ruhig geblieben, und rossig war sie auch nicht … Dann hörte sie das Stöhnen.

Jemand erbrach sich heftig und erstickte fast an einem Hustenanfall. Sie hob das Licht. Die Flamme flackerte ärgerlich, weil sie von Regentropfen getroffen wurde. Ein schmaler Pfad führte hinter den Rosmarinbüschen auf eine Anhöhe, wo sich ein Schatten bewegte. Das Husten ging in Keuchen über …

»Gérard …?« Vorsichtig trat sie an dem Pferd vorbei auf die Anhöhe zu. Der Hengst schnorchelte erregt – er musste seinen Herrn erkannt haben. »Gérard, seid Ihr's?« Ihre Schritte wurden flinker. Sie stolperte, rutschte über Geröll, das sich durch den Regen vom Untergrund löste, ihr entgegenkam und schmerzhaft in die Hände schnitt, als sie sich am Boden abstützte. Er konnte nicht mehr weit sein, das Würgen wurde lauter. Über ihr lachte der Regen, dass er ja alles geahnt hatte und nun Kühlung schicken würde, doch das war gelogen, er durchnässte nur ihr Hemd, Kühlung hatte er nicht im Gepäck. Schwitzend kämpfte sie sich vorwärts.

Gérard wälzte sich am Boden, beide Hände gegen den Bauch gedrückt, und würgte, als hätte seine letzte Stunde geschlagen. Die Glieder des Kettenhemdes wetterten leise miteinander, dass sie nicht ins nasse Gras gehörten und was für ein Schwächling der Ritter doch sei. »Gérard … was um Gottes willen …« Ima stürzte neben ihn.

Neuerliche Übelkeit schüttelte ihn. Er erbrach sich hustend und völlig hilflos ins Gras. Sie setzte das Öllicht ab. Unbarmherzig beschien es das Gesicht des Ritters. Bleich war es und voller tiefer Falten, der schwarze Bart nass und verschmiert. Die Augen blickten glasig drein, als er die Lider hob. »Gérard«, flüsterte sie und streckte die Hand aus, zog sie aber im letzten Moment wieder zurück, weil ihr klar wurde, warum er hier so lag.

»Fort mit Euch«, keuchte er denn auch. Ein Zittern überlief ihn, und er rollte sich zusammen wie ein Kind. »Fort …« Er hustete wieder. »Fort, Mädchen …«

Ima hockte sich auf ihre Fersen. »Verlacht Ihr sie immer noch als Betrügerin?«

»Haut ab, lasst mich in Frieden …«

»Den Frieden habt Ihr Euch selbst genommen, Gérard. Was musstet Ihr auch trinken, was nicht für Euch bestimmt war.« Er würgte, hustete, dann blieb er still liegen. Ima betrachtete ihn. Es war ja sehr wohl für ihn bestimmt gewesen, und er hatte es herausgefordert. Damit hatte er sich den Frieden gleich zweifach genommen. Ihre Blicke trafen sich, er erkannte, was sie dachte. Entsetzt drückte er sein Gesicht ins Gras, weil die nächste Welle der Übelkeit heranrollte, und sein Unterleib gleichzeitig unzüchtig revoltierte. Ima spürte, dass schon ihre Anwesenheit, die Tatsache, dass ausgerechnet sie Zeugin seines Elends wurde, ihn krankmachte und wie er sich für seine Schwäche hasste. Reglos blieb sie neben ihm hocken.

»Mein Herz, Ima. Mein Herz will zerspringen«, hörte Ima ihn schließlich murmeln. »Es ... es fühlt sich an wie ein riesengroßes Rinderherz, es sprengt mir die Brust ...«, er rang nach Luft, »... und mir ist kalt ... so kalt ...«

Sie verspürte nur wenig Lust, ihm zu helfen. Gott strafte ihn für seine Gier und den boshaften Spott, den er für Amandina übrig gehabt hatte, für all seine Sünden und seine sündhafte Geburt und dafür, wie respektlos er sie zu Anfang behandelt hatte ... zu Anfang. Jetzt nicht mehr, wenn sie ehrlich war. Doch Gott wusste schon, warum er ihn strafte.

Als seine Zähne zu klappern begannen, erwachte sie aus ihren düsteren Gedanken. »Ihr müsst das Kettenhemd ausziehen, Gérard. Zieht es aus, Ihr holt Euch sonst den Tod ...«

»Der Tod ist gnädiger, Mädchen – fasst mich nicht an ...«

»Jammert nicht rum und tut es selbst!«, blitzte sie ihn an, doch er hatte nicht einmal die Kraft, seine Hand zu heben, und so beugte sie sich über ihn und schob kurz entschlossen das feingliedrige Hemd über die Hüfte. Sie verfluchte den Waffenmeister, der das Hemd so trefflich auf des Ritters Figur gearbeitet hatte, denn sie musste Gérard mehr anfassen, als ihr lieb war, um ihn davon zu befreien. Amandinas Trank hatte ganze Arbeit geleistet, das sah sie selbst im schüchternen Licht der Öllampe. Seine Lende bebte und brannte im Feuer, unter ihren Händen stöhnte er auf und rang nach Luft, weil ihm seine männlichen Körperteile nicht mehr gehorchten. Er versuchte, sich von ihr wegzurollen, damit sie nicht sah, wie ihn Übelkeit und Verlangen zugleich schüttelten. Trotzdem zwang sie ihn, sich mit ihrer Hilfe ganz aus dem Eisenkleid zu befreien. Es glich einem Kampf, was sie da vollführten, dabei hatte er sich ihr schon lange ergeben, das spürte sie, und es machte ihr Angst. Sein Herzrasen drang durch die Haut. Schnell nahm sie ihre Finger weg von ihm.

»*Leerer Kopf, kalte Hände, lautes Herz, heiße Lende*«, hatte die alte Edwige immer gekichert, wenn sie diesen Trank an Glückssuchende abgegeben hatte, und Alain hatte einmal wissend dazu genickt. Sylvain hatte den mauretanischen Liebesbaum als Teufelszeug verflucht, der einen in Feuer und Eis tauchte – wie in der Hölle.

Ima verließ den erschöpften Ritter und suchte in der Behausung der Zaunreiterin nach Fellen und einer Decke, denn er sah nicht danach aus, als würde er aufstehen können. In der Glut knackte es vernehmlich. Sie hielt inne. Woher weiß ich eigentlich, dass er mir keine Gewalt antut, wenn ich zurückkehre?, fragte sie sich und starrte auf die verlassene Feuerstelle, wo der Krug immer noch in den glühenden Kohlen stand. Sie hob ihn hoch und roch daran. Stark hatte die Zaunreiterin ihn gebraut, die Schärfe des mauretanischen Holzes stach in der Nase. Ein Schauer kroch über ihren Rücken. *Tu's. Tu's nicht. Doch, tu's. Warum nicht. Du bist frei.* Dämonen lachten in den Ecken, machten sich lustig und kicherten frech über ihre Feigheit – jetzt, wo die Zauberin außer Haus war und sie nicht bannte. *Du bist frei. Tu's. Nimm ihn dir. Er ist dein.*

»Was wird dann daraus?«, fragte sie in die Stille hinein. »Wie wird das hier enden?« Sie sank nieder, stützte das Kinn in die Hand und starrte den Krug an. Zu viel war geschehen in den letzten Wochen, ihr Pilgerschiff war an den Klippen zerschellt, sie lag schiffbrüchig im Wasser, und sie lernte gerade erst das Schwimmen … Dann vernahm sie seinen Ruf durch das Tosen der aufgewühlten See.

»Ima!« Der Regen verschluckte den Ruf, weil Gérards Stimme zu schwach war. Er rief noch einmal, ohne Hoffnung – sie war gegangen, und recht hatte sie. Er raufte sich die Haare, kämpfte mit der Übelkeit. Recht hatte sie, so recht … Da hörte er leise Schritte, dann war sie da und sank neben ihn ins Gras. Sie war zurückgekommen.

»Ima, mein Herz – alles dreht sich – ich sterbe …«, stöhnte er. Seine Hand umklammerte feucht ihren Arm. Dickflüssige, klebrige Angst drückte ihm die Brust so zusammen, dass das Herz keinen Platz mehr hatte und die Rippen bersten wollten. Der Himmel über ihm kreiste, drehte sich immer schneller, dass ihm schwindelte, während ein Ungeheuer mit scharfen Zähnen in seinem Unterleib wühlte und hungrig fraß … Angst, er hatte Angst wie in keinem Kampf je zuvor … Teufel auch, was geschah hier, was hatte die Zauberin ihm angemischt? Verderben, Tod und Verderben, Fluch und Verderben …

»Gérard, beruhigt Euch«, hörte er sie da sprechen, »Ihr werdet nicht sterben. Ich lasse das nicht zu.« Lautlos glitt sie neben ihn, ganz nah. Das Verlangen wuchs. Die Pein auch.

»Mein Herz, ich erfriere …« Er griff nach ihrer Hand und drückte sie gegen seine Brust, wo das Herz sich durch die Rippen arbeitete, vom Gift vollends entfesselt und nach allen Seiten wachsend – wie sollte man da atmen können, wie weiterleben? Die Angst vernichtete ihn, er musste sich zu jedem Atemzug zwingen.

Sie breitete die Felle über ihm aus, doch er riss sie weg, hielt die Hitze nicht aus, die ihn verzehrte, ungebärdige, wilde Hitze, unzüchtige Hitze, während die Scham ihn gleichzeitig auffraß. »Ima – vergebt mir – vergebt mir …« Ihre Ratlosigkeit hing wie ein Pendel in der Luft. In welche Richtung würde es schwingen? Sie wusste doch genug über Zaubertränke, sie begriff doch, was hier mit ihm geschah. Fürchtete sie sich?

Seine Atemzüge kamen immer kürzer und stoßender, die Augen flehten, überzeugten schließlich. Männer waren an Liebestränken schon gestorben. Dieser hier hatte nicht mehr lange. Stumm knüpfte sie die Kordeln auf, die das nasse wattierte Hemd zusammenhielten. Ihre Händen glitten über seine Brust, mehr als nötig gewesen wäre und mit einer zärtlichen wiedererkennenden Selbstverständlichkeit, die ihm die Tränen in die Augen trieb.

»Mir ist so kalt …«, flüsterte er, obwohl das nur zur Hälfte stimmte. Seine Haut fühlte sich an wie ein Eispanzer. Amandinas verfluchter Trank hatte dafür gesorgt, dass alles Blut in den Lenden saß und dort wie ein Höllenfeuer kochte. Ima legte beide Hände auf seine Brust. Sie hatte die Macht, ihm das Leben zu geben, er wusste das. Und wenn nicht, dann starb er eben, nichts war schlimm, wenn sie nur bei ihm war … Nichts … Er keuchte. Das Rasen seines Herzens ließ ihre Finger tanzen, harte Schläge prallten auf ihre zarten Knochen …

»Ima …«

»Schsch«, flüsterte sie. Mit geschlossenen Augen konzentrierte sie sich darauf, sein tobendes Herz zu beruhigen. Gérard saugte sich an ihrem Gesicht fest. Sie anschauen. Weiter nichts. Sie hatte Macht. Sie brachte Rettung, das hatte sie schon einmal getan – nein, zweimal. Er krallte die Hände ins Gras, um sie nicht anzufassen und alles zu zerstören. Nicht anfassen.

Sein Herz beruhigte sich. Imas Hände gaben ihm Halt, es fand seinen Takt wieder und schlug hart, aber rhythmisch. Die Pein, die es fast hatte platzen lassen, ließ nach, er bekam wieder Luft. Eine lange Weile saß sie so da, mit geschlossenen Augen, und ließ ihre Finger sprechen, wie nur eine Zauberin es sie gelehrt haben konnte. Deswegen war sie anders. Jetzt wusste er es. Sie war anders, weil sie Magie in sich trug. Als er sich bewegte, nahm sie die Hände weg und öffnete die Augen. Es hatte aufgehört zu regnen, doch die Luft hing immer noch voller Wasser. Die Erde unter ihnen zitterte leicht. Ein tiefes Brummen lag in der Luft, die schwüle Hitze befingerte sie immer schamloser. Ima wischte sich den Schweiß von der Stirn. Mehr aus Verlegenheit zog sie Gérards Hemdseiten wieder übereinander und knüpfte eine der Schlaufen fest. Sie schauten sich in die Augen. Eine Zauberhand hatte einen Kreis aus Alchemilla und Birkenzweigen um sie gewunden, und beide waren sie losgegangen. In der Mitte trafen sie sich nun – die Mitte war Anfang und Ende zugleich. Vergangenes löste sich auf, die Zukunft wurde unwichtig. Heilige Stille hatte Besitz von Gérard ergriffen. Er forderte nicht mehr, er bat nicht, er wartete nicht. Nein, er wartete nicht einmal. Er lag einfach da, trank von ihrem Antlitz und erlebte jeden ihrer Wimpernschläge, als wäre es das Letzte, was er auf Erden sah – und wenn es das Letzte auf Erden sein sollte, dann war es gut so.

Lautlos stand sie auf und ging.

Die Wolken zerteilten sich, der Regen verdampfte. Ein praller Vollmond leuchtete ihr den Weg, als sie die Anhöhe weiter hinaufstieg, wo ein Felsbrocken zum Sitzen einlud. Erschöpft sank sie auf den kühlen Stein. Sie war verwirrt, ihre Sinne überreizt. Nichts von dem, was an diesem Abend geschehen war, schien Zufall gewesen zu sein. Die Hände der Zaunreiterin hatten alles angefasst, berührt und neu geordnet. Sie hatten ihre Seele berührt … Ima fuhr sich mit beiden Händen durchs offene Haar. Neu geordnet? Ihre Seele war in Aufruhr. Wo früher stets Ordnung geherrscht hatte – Ordnung war wichtig, um den Weg nicht zu verlieren –, wogte nun ein aufgestautes Meer aus Erinnerungen, Ängsten und Hoffnungen, und die Ordnung war dahin. Es galt nur noch, den Stein wegzuziehen, um die Fluten in Bewegung zu bringen. Das würde Erleichterung schaffen. Es würde die Ordnung wieder herstellen.

Den Stein wegziehen. Und dann?

Dann war sie frei.

Stolze Iris – hilf zu lassen los den Toten – tröste den so Trauernden – schenke Kraft, wo Schweigen herrscht... Der Räucherduft hing noch in ihrem Haar, und das Alfblut hatte tatsächlich etwas Wohlbefinden gebracht. Was war mit dem Mann dort unten? Sie rieb sich das Gesicht. Gérard. Es tat nicht mehr so weh, an Stephen zu denken, sie erinnerte sich kaum noch an seine Züge. Auch Aidans Schmerz verging, sie spürte sein Lächeln. Amandina hatte ihr geholfen loszulassen. Die Toten beruhigten sich tatsächlich...

Es lag nun an ihr, den Stein wegzuziehen.

Unter ihren Füßen vibrierte der Berg immer stärker. Ima wurde beklommen zumute. Auch wenn sie sich auf dem Land der Zaunreiterin befand, welches sicher von gefährlichen Dämonen gemieden wurde – der Berg war stärker. Der Berg war der Herrscher. Er lehrte es sie, denn er schickte seine Saat empor. Auf der anderen Seite der Anhöhe, die wie ein ausgestreckter Finger des grollenden Berges wirkte, tanzte eine Gestalt im Mondschein, und just in dem Moment, da Ima genauer hinsah, öffnete der Berg seine Hand, und rote Glut trat pulsierend wie Blut hervor. Erst ein paar Tropfen, dann sprühte es gleißend wie rötliches Gold in den Himmel. Wenig später ergoss es sich über den Hügel, auf dem die einsame Gestalt tanzte... tanzte...

Amandinas Verabredung. Sie hatte auf den Berg gewartet. Sie dirigierte, wohin die Glut sich zu wenden hatte, während der Berg vor Anstrengung bebte, Feuer zu gebären. Ihr gehorchten die glühenden Fluten, die sich immer breiter aus dem Schlund emporquälten, grell an den Seiten hochspritzten und die Nacht erhellten, und sie nahmen den Weg, den Amandina ihnen wies. Hatte sie vorgemacht, wie man einen Stein wegzog? Wie man alles zum Fließen brachte – sich befreite?

Ima wollte beten, doch die Worte blieben ihr im Mund stecken. Was, wenn noch mehr passierte? Wenn der Boden sich hier oben öffnete? Sie verschlang? Sie und – Gérard? Gott hatte keinen Platz auf diesem Berg, den Amandina hütete und wie einen leidenschaftlichen Liebhaber umgarnte und zähmte … Die Glut wurde dickflüssiger und langsamer. Sie ordnete sich, wie die Tänzerin es für sie bestimmte, und schimmerte jetzt in tiefem Dunkelrot, während sich auf die oberste Schicht bereits ein Schatten legte, als ob eine Hand das Feuer zur Ruhe gemahnte. Dort, wo es entlanggeflossen war, wuchsen kein Baum und kein Gras mehr. Die Erde war gereinigt, und aus der Glut würden dereinst Weinstöcke erstehen, wie sie es an den neapolitanischen Hängen gesehen hatte.

So würde es gehen mit dem Stein. Amandina hatte es vorgemacht. Imas Liebhaber wartete unterhalb der Anhöhe.

Ima schob den Stein fort. Lange schien der Vollmond auf ihr tränennasses Gesicht. Die Tänzerin drüben war längst ohnmächtig ins Gras gesunken und mit dem Basaltgestein verschmolzen. Gräser hatten sie behutsam aufgefangen, um sie vor dem Morgentau zu schützen. Ima hingegen netzte er neckend das Haar. Frische Luft kam vom Tal und blies die Schwüle der letzten Stunden davon.

Ima war frei.

Die Steine rollten von selbst aus dem Weg, als sie sich an den Abstieg machte, ohne Gedanken im Kopf, aber mit einem Ziel.

Gérard lag noch so da, wie sie ihn verlassen hatte, auf dem Rücken, das Hemd geöffnet, die Hände auf die Brust. Es erfüllte ihn mit Glück, einfach nur atmen zu können, ohne Angst, der Brustkorb könne zerspringen, und er wäre dafür auch noch Tage so liegen geblieben. Es war überhaupt besser, sich nicht zu bewegen, die Droge hatte immer noch Macht. Er hasste die Köchin, den Trank und was für ein Tier der aus ihm gemacht hatte. Stumme Zwiesprache mit dem Firmament half, seinen gepeinigten Körper zur Ruhe kommen zu lassen. Sein Herz schlug für lange Zeit normal – bis er ihre leichten Schritte hörte. Sie sank neben ihn ins Gras. Einen winzigen Moment geriet er in Panik wegen des Zaubertranks. »Schsch ...«, hörte er sie wieder, als hätte sie erraten, was ihn quälte. Sie löste die Schlaufe, die sie eben selbst zusammengebunden hatte. »Schsch ...« Das geliehene Hemd glitt über ihre Schultern und an ihrem schlanken, fast mageren Körper herab. Lächelnd pinselte der Mond Samt dorthin, wo Hunger düstere Kuhlen hinterlassen hatte, und blies ihr Goldstaub über die Haut. Eine kecke Brise straffte ihre Brust. Der Berg erzitterte ein letztes Mal, wie um zu sagen, dass es nun an ihnen war, der Glut ein Lager zu bauen. Unter ihren Händen schmolz das Eis auf seiner Haut. Sein Herz begann wieder zu rasen. Die Lende schmerzte vor Verlangen, und als er sich aufsetzte, um sich ungeschickt und mit bebenden Händen aus dem Hemd zu befreien, kam sie ihm entgegen und half mit Hingabe, das Hemd über seine Schultern zu streifen. Er spürte ihren suchenden Mund, ihr Haar an seinem Hals, ihren goldbestäubten Leib auf seinem, als sie niedersanken und ihn von der Stirn bis zur Fußsohle bedeckte und eins mit ihm wurde im taufeuchten Gras ...

Die Sonne brannte schon lange erbarmungslos auf den Berg, wo Sträucher und Gras sich seit dem frühen Morgen, als Tau und Regen verdunstet waren, ihrem heißen Atem beugten. Kleine Schweißperlen standen auf Gérards Stirn. Seine Schulter schmerzte, weil sie auf einem buckeligen Stein gebettet lag, doch wagte er nicht, sich zu bewegen, denn Ima schlief in seinen Armen. Sie lag so dicht bei ihm, dass kein Birkenblatt dazwischengepasst hätte. Ihr langes Hemd war von einer Windbö in einen Strauch gefegt worden und flatterte dort wie ein bunter Vogel. Der Wind spielte auch Strähnen ihres Haares über seinen Mund. Nicht mal die mochte er wegwischen aus Furcht, sie zu wecken. Sie würde aufstehen und gehen, würde sich daran erinnern, wie tief unter ihrem Stand er geboren war und dass er überhaupt kein Recht hatte, sie im Arm zu halten. Er tat es gegen alle Regeln und nahm es als Geschenk. Jeder Moment war kostbar, jeder Atemzug, den sie tat und den er auf seiner Brust spürte, jede noch so kleine Zuckung ihrer Leben spendenden Hand, die zwanglos auf seinem Bauch lag. Diese Nacht hatte sie erblühen lassen, hatte wieder eine Rose aus ihr gemacht, duftend, kostbar und voller Schönheit … und dennoch nicht für ihn bestimmt.

»Ich liebe Euch trotzdem, Ima von Lindisfarne«, flüsterte er wie damals in der Klosterkirche, im Vertrauen darauf, dass ein gesprochenes Wort mehr Bestand hatte als ein Gedanke.

Ima hob den Kopf. In ihren Augen las er, dass sie verstanden hatte. Stumm reckte sie den Kopf, suchte seinen Mund und drückte ihm einen Kuss auf die Lippen, sachte erst, dann fester, fordernder. Er grub seine Hand in ihr Haar und zog sie näher. Doch bevor die aufzüngelnde Flamme ihn ins Herz treffen konnte, löste sie sich von ihm und wehte davon wie eine Feder. Er konnte sie nicht halten.

Er fand Ima vollständig angekleidet und abreisebereit dort, wo der grollende Berg das Feuer ausgespuckt hatte. Ein riesiger Haufen Glut, so hoch wie ihre Hüfte, war auf wundersame Weise am Waldrand zum Stehen gekommen, keine drei Fuß von der Stelle entfernt, wo jemand einen magischen Kreis gezogen hatte. Starke Farnwedel begrenzten ihn, ein Zauberstab aus Eschenholz steckte in einem Häuflein aus Beinwellblättern und Schlehdorn. Der Morgenwind hatte es nicht gewagt, auch nur ein Blatt davonzuwehen. Hinter dem Kreis führte ein Pfad zum nächsten Dorf.

Die Glut saß vor dem magischen Kreis und grollte. Sie bewegte sich immer noch, aber zäh und auf der Stelle wie ein müde gekämpftes Ungetüm. Ihr Licht war so grell, dass es in den Augen schmerzte und sie warnte, nicht zu genau hinzuschauen – der Zauber hatte sie zwar angehalten, den Tod bringen konnte sie jedoch immer noch. Ab und zu fielen gleißende Bröckchen ins Gras, unter denen wie zum Beweis zischend das Leben verlosch. An manchen Stellen murmelte die Glut, dass sie mit ihrem neuen Platz nicht einverstanden sei, doch weil der Fluss versiegt sei, würde sie auf ewig so liegen bleiben müssen. Ihre Hitze strahlte regelrecht Ärger darüber aus. Er bewunderte Ima, dass sie sich so nah an diese Ausscheidung der Hölle heranwagte. Ihm war, als könnten sich jeden Moment Hände aus der Glut nach ihr ausstrecken und sie herüberziehen. Dann wäre sie verloren …

»Gott hat einen seltsamen Humor, findet Ihr nicht?«

Langsam näherte Gérard sich ihr, bemüht, nicht nach ihr zu greifen, um sie dort wegzuholen. Das Bild, wie sie vor dem Lavaberg stand, war zu schön in seiner Dramatik, und er wollte sie nicht verschrecken.

»Erst verbrennt alles – alles, was Feuer fangen kann. Das Verbrannte bereitet den Boden für Neues. An den Nordhängen wachsen Weinstöcke, habt Ihr das gesehen?« Sie drehte sich zu ihm um. Ihre Wangen waren von der Hitze gerötet. »Was nennt Ihr da Humor?«

»Ach, Ima …« Sein Blick sprach Bände, obwohl die Nacht lange her war. Sie lag wie ein betäubender Hauch auf seiner Seele. Ein Hauch, ein Duft von verbotenen Früchten …

Ima tat einen Schritt auf ihn zu. »Ihr meint, es ist kein Zufall, dass wir hier sind?«, fragte sie leise. Er nahm ihre Hände, ohne zu fragen, und seine Augen leuchteten wie zwei schimmernde Turmaline. »Sicher nicht, Ima. Obwohl es ganz und gar unmöglich ist.« Das Leuchten verschwand, und tiefe Trauer trat an ihren Platz.

»An den Nordhängen wachsen Weinstöcke«, wiederholte sie. Der Druck seiner Finger verstärkte sich, doch er antwortete nicht. Sie ahnte ja gar nicht, wie schön sie aussah …

»Meine Mutter hat den Zufall Schicksal genannt«, sprach

sie weiter. »Sie hat stets mit Gott gehadert – das Schicksal schließlich konnte sie akzeptieren, und da hat es viele Zufälle gegeben. Ganz sicher ist das Schicksal nichts zum Lachen. Aber irgendwie ergibt am Ende immer alles einen Sinn, Gérard. Vertraut darauf.« Sie lächelte ihn an, und sein Herz setzte einen Schlag aus. Ohne ein weiteres Wort wandte sie sich der leise schwatzenden Glut zu, wo sich wie im richtigen Leben das glühende Gefüge alle paar Augenblicke neu ordnete, klickernd auseinanderfiel und zu neuen Mustern vereinigte, während sich die Oberfläche langsam schwarz verfärbte. Im Feuerschein leuchtete ihr blondes Haar davor wie eine Monstranz. Gérard faltete über dieses Bild seine Hände wie zum Gebet und presste die Fingerspitzen gegen den Mund.

Den Bären bemerkten sie beide erst, als er grunzend an der schlafenden Amandina schnüffelte. Sie lag inmitten eines Kreises von runden Steinen, und weil ihr schwarzer Mantel sie bedeckte, war sie mit der staubigen Landschaft verschmolzen. Weder Gérard noch Ima hatten sie gesehen – dem Bären hingegen war sie nicht entgangen. Brummend untersuchte er den Mantel und leckte mit rosiger Zunge daran herum, weil Reste des süßen Beerensaftes daran klebten. Es war nur eine Frage der Zeit, wann er sich an ihrer saftgegerbten Haut versuchen würde.

»Gérard …«

Er schob Ima hinter sich und hielt sie dort fest. Sie fühlte, wie er sich spannte. »Was tun wir? Gérard, was tun wir, wir müssen ihr helfen …« Ihre Hände glitten über sein Kettenhemd, ohne Halt zu finden.

»Lauft!« Damit zog er seinen Dolch und stürzte ohne weitere Warnung auf den Bären zu, der überrascht von seinem unverhofften Mahl aufsah. Drohend richtete er sich zu voller Größe auf und hob die Tatzen. Amandina rührte sich nicht – war sie am Ende tot? »Lauft!«, brüllte Gérard über seine Schulter – doch Ima war wie festgefroren. Weglaufen? Ihn allein lassen? Der Bär sprang los, mit einem Satz über die liegende Frau hinweg und auf den Mann zu, und es sah so grotesk aus, wie er tollpatschig über die Steine hoppelte und wie gleichzeitig die gebleckten Zähne gefährlich funkelten ... Gérard musste den Verstand verloren haben! Warum rannte er nicht um sein Leben? Warum lenkte er den Bären nicht ab und rettete Amandina stattdessen? Warum in aller Welt stürzte er sich auf das Untier, warum suchte er den Tod? Ima hielt entsetzt die Luft an, als die beiden aufeinanderprallten und der Bär ihn brüllend zu Boden warf, mit den Tatzen nach ihm schlug und die Krallen in Gerards Kopf zu schlagen versuchte, während dieser offenbar nicht schnell genug war, seinen Dolch zu benutzen und in das Herz des Bären zu jagen. Sie rollten herum wie zwei Ringer. Die Klauen blieben im Kettenhemd hängen, das daraufhin entzweiriss. Immer wieder konnte Gérard mit dem Kopf ausweichen, bevor das Maul zusammenschnappte. Wie klein der Ritter gegen die Bestie wirkte, wie klein und kraftlos ... Sie sah Blut, viel Blut ... Ima betete, betete mit Inbrunst für sein Leben und dafür, dass Schicksal auch Gnade bedeuten konnte ...

»*Pater noster, qui es in caelis, sanctificetur nomen – nomentuum ... adveniat regnum tuum ...*« Sie brachte kaum ein zusammenhängendes Wort heraus.

Der Bär brummte und fauchte vor Wut, und so plump und grobschlächtig er auch war, mit jedem Atemzug schien er zu wachsen und den Mann zu überragen. Mit beiden Armen umschlang er ihn, dass man Gérard kaum noch sehen konnte, und Ima sank mit vor den Mund gepressten Händen auf die Knie, weinend, betend, was den Bären nur anzufeuern schien. Denn wieder knickten sie um, fielen hin und rollten der glühenden Lava entgegen. Das Bärenfell fing am Rücken Feuer, es roch nach verbranntem Fleisch. Gérard brüllte angesichts der Lavahitze, wie sie es von den Kriegern in Rom gehört hatte, die sich im Blutrausch aufgeheizt hatten, um sich auf Unschuldige zu stürzen, um nichts mehr zu fühlen, um zu töten, töten, töten …

Dann fand der Dolch seinen Weg. Er traf ins Herz, genau in dem Moment, wo der Bär lockerließ, um dem Menschen mit seiner Pranke den Kopf zu zerschmettern, wo es das Maul schon nicht schaffte. Stinkender Atem wehte zu Ima herüber – so roch der Tod! Blitzschnell wand Gérard sich aus dem Griff der Bestie und sprang hoch und zurück, weg von der gierenden Glut. Sein Dolch erwartete dürstend den nächsten Angriff. Der Bär schaffte es, sich ein letztes Mal aufzurichten. Grollend tappte er vorwärts, Schritt für Schritt, immer ungeschickter, während blutig schäumender Geifer aus seinem Maul troff und die Tatzen unter Schmerzen herumruderten. Seine tiefen Rufe wurden klagender, als hätte er begriffen, dass er besiegt war. Ungeschickt senkte er den Kopf und sah hinunter auf die Brust, wo das Messer ein Loch gerissen hatte. Noch ein Klageruf. Gérard schlich rückwärts. Über die Schulter warf er ihr Blicke zu, böse Blicke, weil sie nicht gegangen war, geblieben war, ihm beim Töten zuschaute. Grimm versteinerte sein Gesicht. Er wirkte wie ein böser Krieger aus ihrer Kindheit im Norden. Sie spürte, dass ihn das Töten hier befriedigte.

Der Bär taumelte. Er tat noch einen Schritt, die Tatze hieb ins Leere. Seine Äuglein funkelten böse, dann leerte sich der Blick, das Maul öffnete sich, er rang nach Luft, während Blut aus der Messerwunde herausströmte und den Pelz nässte. Mit einem unvorstellbaren Stöhnen kippte das Tier vornüber. Der Boden dröhnte, als es fiel. Gérard wartete einen Moment, dann bückte er sich und hieb ihm blitzschnell das Messer in die Kehle. Blut schoss hervor. Der Bär zuckte ein paar Mal und starb mit einem lang gezogenen Stöhnen.

Gérards Hand sank herab. Nur sein heftiges Atmen war zu hören, selbst die Natur war verstummt angesichts des furchtbaren Kampfes. Als er ganz sicher war, dass sein Gegner sich nicht mehr rühren würde, bückte er sich und wischte das Messer am Bärenpelz sauber. Die ersten Fliegen kamen interessiert angeflogen und kreisten um den Kadaver, im Fell brannte es weiter. Ima sträubten sich die Nackenhaare. Der tote Bär und der Gestank, den er ausströmte, brachten sie zurück ins Leben, von dem sie seit gestern abgeschnitten gewesen war. Rom stand in Flammen, Aidan war tot und sie heimatlos. Der Vesuv hatte Berge von Lava ausgestoßen und ihr den Boden unter den Füßen weggebrannt – war er wirklich so fruchtbar, wie Amandina behauptet hatte? Wein an den Nordhängen. Sie starrte vor sich hin. Wohin führte ihr Weg?

Gérard hatte sich wieder etwas beruhigt. Mit dem Handrücken wischte er sich Schweiß und Blut von der Stirn und spuckte einmal gründlich aus. Das tat gut. Verflucht, das tat gut, nach allem. Er spuckte gleich noch einmal aus und ließ erschöpft die Schultern sinken, als steckte ihm neben dem Bären auch die Nacht in den Knochen, diese wunderbare, schmerzhafte, endlos lange Nacht zwischen den Steinen des Vesuvio, die sie beide an ihre Grenzen geführt hatte... Es bereitete Mühe, das Messer in die Scheide zu stecken, und er fluchte ungebührlich über seine Ungeschicklichkeit.

Sie hockte immer noch auf demselben Fleck und schaute ihn unverwandt an.

»Ich hatte Euch gesagt, ihr sollt weglaufen«, blaffte er. »Warum habt Ihr das nicht... gemacht?« Die Stimme versagte ihm.

»Ich laufe nicht weg«, erklärte sie leise, aber bestimmt.

Amandina blieb auf ihrem Platz liegen, weil Ima das so wollte. Die Zaunreiterin schlief nach ihrer anstrengenden Reise, und es würde Unglück bringen, wenn man sie woandershin trüge, sie müsse an dem Ort aufwachen, wo sie niedergesunken sei. Fluchend schleifte Gérard den toten Bären außer Sichtweite, weil Ima das so wollte. Sein Gesicht färbte sich puterrot vor

Anstrengung, und er sah den Sinn nicht recht ein. Aber sie hatte es so gewünscht. Er machte sich zum Narren – zum verfluchten Narren –, aber er hätte sich den Bären auch auf den Rücken gebunden und nach Salerno, ja bis nach Afrika getragen, wenn sie es gewünscht hätte. Zum Teufel mit dem Heidelbeerweib! Zum Teufel mit allem! Schwer atmend erhob er sich und gab dem vermaledeiten Kadaver hinter den Bäumen einen letzten Tritt.

Ima war verschwunden.

Wütend stapfte er an der schlafenden Zauberin vorbei, die an allem schuld war – an dem Unwetter, an der Hitze und an der letzten Nacht …

Die Pferde trugen bereits ihre Sättel und die Deckenrollen, und gezäumt waren sie auch. Ima hatte alles zusammengepackt. Stumm reichte sie ihm einen Becher mit dampfendem Tee.

»Schon wieder ein Tränklein?«, fragte er launisch. »Und nun aus Eurer Hand?«

»Eisenkraut«, entgegnete sie.

»Ach, Eisenkraut. Flickt es mein Kriegerhemd?«

»Es flickt Eure Kriegerseele«, flüsterte sie.

Er trank den Becher leer, ohne den Blick von ihr zu wenden. Und wäre Gift im Becher gewesen, er hätte davon getrunken, weil es aus ihrer Hand kam …

»Lasst uns gehen«, sagte er rau.

Der Abstieg vom grollenden Berg gestaltete sich mühsam, weil sie die Pferde über die steilen Hangwege führen mussten. Immerhin lahmte die Stute nicht mehr. Das Geröll, das der Vesuv ihnen überall vor die Füße warf, roch nach Schwefel. Beiden war beklommen zumute.

»Es stinkt, als ob jemand die Hölle aufgemacht hätte«, knurrte Gérard und trat einen schwefelgelben Stein aus dem Weg.

»Amandina hat nichts von der Hölle erwähnt«, flüsterte Ima,

während sie über einen Spalt im Boden stieg, aus dem stinkender gelber Nebel hochzog. Gérard schwieg – er mochte nicht mehr an Amandina denken und ob sie die Hüterin der Hölle gewesen war. Er mochte gar nicht denken, er war so erschöpft und gleichzeitig aufgewühlt, und das behagte ihm überhaupt nicht. Und so gab es nichts weiter zu bereden. Schweigend erreichten sie die Küste und reisten auf der Römerstraße weiter, wo man aufgeregt von Aschewolken erzählte und dass der grollende Berg letzte Nacht gebebt hatte. Einer wollte sogar Lava gesehen haben, weiter oben am Nordhang, und wie sie im Mondlicht geglänzt hätte. Von der Zaunreiterin, die in den Hängen des Vulkan lebte und bei der viele heimlich schon gewesen waren, sprach niemand.

Hinter Torre del Greco verließen sie die Straße am Meeresufer und bogen ab nach Süden.

Die alte Römerstraße nach Salerno war ausgetreten, auch hier gab es viele steinerne Gräber am Straßenrand, die niemand pflegte und die Gott gleichgültig waren, weil Heiden darin vermoderten. Das Klappern der Hufe klang monoton, nur wenige Reisende benutzten diesen Weg. Das Heer des Guiscard war über Nola im Norden gezogen. Schweigend ritten sie nebeneinanderher, während die Sonne von oben brannte und daran arbeitete, jeden freiliegenden Hautfetzen rot zu färben. Ima zog sich trotz der Hitze den Mantel über die Schultern. Sie hatte völlig vergessen, wie sich northumbrischer Regen auf der Haut anfühlte. Ob man wohl mit der Hitze zu leben lernte? Vorsichtig schielte sie unter der Kapuze nach ihrem Begleiter, dem kein Wetter und keine Unbill etwas auszumachen schien. Breitschultrig und aufrecht saß er auf seinem Hengst, die Zügel in einer Hand, die andere lag lässig über dem Schwertknauf. Seine Beine hingen zwanglos am Pferd herunter, die großen Füße schlackerten im Takt des Pferdes. Die gepunzten Verzierungen seines Sattels glänzten in der Sonne. Er wirkte wie ein

König, der zur Eroberung auszog. Strahlend, siegreich. Er hatte erobert. Sie hatte er erobert, mit Haut und Haar und Herz.

Ich habe mit ihm geschlafen, schoss es Ima durch den Kopf, und wieder sah sie ihn von der Seite an. *Ich habe mit dem Sohn einer Küchenmagd geschlafen*. Röte stieg in ihr Gesicht. Fetzen jener Nacht schossen ihr durchs Gedächtnis, ihr Herz klopfte wild, als ihr Einzelheiten einfielen – ach, sie musste ja gar nicht lange nachdenken ... *Ich habe mit dem Sohn einer Küchenmagd ...*

Undenkbar. Je mehr Steine auf der Römerstraße sie hinter sich brachte, desto undenkbarer wurde es. Der Sohn einer Küchenmagd. Sie war entsetzt über ihren Körper, über ihre Schwäche. So etwas konnte man nicht einmal beichten. Unglücklich starrte sie vor sich hin. Die Gaukler fielen ihr ein, die sicher über ihre Gewissensbisse lachen würden. Doch es war ein himmelweiter Unterschied, ob man sich mit Niedriggeborenen umgab, oder ob man sich einem hingab. Sie hatte sich ihm hingegeben, und immer noch schrie ihr Herz nach ihm.

War es die Hitze, die ihr zusetzte? Die alles in ihrem Kopf durcheinanderwirbelte – Gérard, Stephen, welcher Verrat an Stephen, welcher Verrat an den Pilgern, die sich um sie sorgten! Ihre Verwirrung nahm zu. Sie presste den Kopf zwischen die Fäuste, um klarer denken zu können, doch es half nicht. Manchmal sah er zu ihr herüber, wortlos, grimmig, als triebe ihn dasselbe um wie sie. Nur ein Hauch fehlte, dass sie sich berührten, sie ritten oft genug dicht nebeneinander – doch der Hauch fehlte. Sie verschloss sich dem Hauch. Er war der Sohn einer Küchenmagd. Undenkbar.

In Nola übernachteten sie in zwei verschiedenen Gasträumen der Herberge Ima zog sich gleich nach dem Essen zurück und fragte gar nicht erst, wo Gérard schlafen würde. Er schlief gar nicht, er lag die ganze Nacht wach, hielt Zwiesprache mit einem Krug Wein und versuchte leise vor sich hin fluchend, die Frau zu vergessen.

Am Stadttor von Salerno blieb Ima stehen. Noch ganz außer Atem vom anstrengenden Abstieg aus den Bergen wischte sie sich mit dem Ärmel den Schweiß von Gesicht und Hals und zog ihr verrutschtes Kleid gerade. Vom kräftigen Blau war nichts mehr übrig nach der langen Reise. Die Sonne brannte erbarmungslos vom Himmel, auf ihrer Nase schälte sich bereits die Haut, die Wangen brannten. Sie mochte nicht daran denken, wie es wohl im August hier sein würde. Ob die Gaukler bis August bleiben würden? Das Pferd senkte den Kopf, doch verdorrtes Gras am Straßenrand schmeckte nicht so recht. Mit spitzen Zähne zupfte es lieber Brombeerblätter von den Dornenranken. Ima holte tief Luft.

»Hier trennen sich nun unsere Wege, Gérard.«

»Was?« Ihm blieb die Spucke weg, obwohl er es doch die ganze Zeit gewusst haben musste. Trotzdem kam es anscheinend zu plötzlich.

»Ihr werdet nach Salerno zurückkehren.« Sie versuchte ein Lächeln. Zehn Tage gemeinsames Reisen ließen sich so schlecht in einen Satz zusammenfassen. Von der gemeinsamen Nacht schwieg man besser... Sie riss sich zusammen und wünschte sich, etwas wortgewandter zu sein. »Ich danke Euch für Euren Schutz, Gérard. Ohne Eure Hilfe wäre mein Schicksal besiegelt gewesen.« Sie reichte ihm gegen alle Regeln die Hand, anmutig und in edler Haltung, ganz die Erbin des Roger de Montgomery. »Ich werde Euch das nie vergessen.«

Ihr Blick war unsicher, ihr Herz klopfte einen Trommelwirbel, was zum Glück niemand sah. Warum tat es das, er war doch nur der Sohn einer Küchenmagd, und jene unzüchtige Nacht war ein Augenblick allergrößter Schwäche gewesen...

»Ima von Lindisfarne.« Ihre Hand verschwand in seiner, und er wirkte, als hätte er sie am liebsten an sich gerissen. »Ima.« Mehr fiel ihm nicht ein.

»Nehmt das Pferd, Gérard.« Sie entzog ihm die Hand, stattdessen hatte er einen Zügel zwischen den Fingern. »Es gehört dem Guiscard, gebt es dem Herzog zurück. Ich brauche kein Pferd mehr.« Sie wagte einen Blick in sein Gesicht. »Gott schütze Euch, Gérard, und fülle Euer Leben mit Zufriedenheit.« Er stand starr und wie festgefroren, sie spürte seine Pein, die sich wohl kaum von der Pein aus Amandinas Zaubertrank unterschied, nur dass sie ihm diesmal nicht helfen konnte. Das Pferd schnaubte leise. Da legte sie ihre schmale Hand an seine Wange, stellte sich auf die Zehenspitzen und küsste ihn ganz zärtlich auf die Lippen. »Ich werde Euch nie vergessen, Gérard de Hauteville«, flüsterte sie so dicht an seinem Gesicht, dass der Bart zitterte. »Nie.«

Er sah ihr nach, wie sie am Stadttor vorbeiwanderte, gegen den Strom der Menschen, die nach Salerno hineinwollten, und wie sie ihre Schritte auf den Olivenhügel lenkte, hinter dem das Lager der Gaukler aufgeschlagen war. Was sagt man einer Frau, die man nicht gehen lassen will – was hätte man sagen können? Was hätte man dem Standesdünkel antworten können, was der bösen Vergangenheit, an der er mit Schuld trug? Was der Verachtung entgegnen, die immer wieder in ihr hochkochte und die er so deutlich spürte, obwohl sie niemals ein Wort gesagt hatte? Für manche Rede gibt es nur einen Zeitpunkt – verpasst man ihn, sperrt die Endgültigkeit einen hinter Gitter. Gérard starb auf dem Fleck, wo sie ihn zurückgelassen hatte. Es war ein stiller Tod, unbeachtet von den Vorübergehenden, ungerührt hingenommen von der Sonne, ein Tod mit offenen Augen und brechendem Herzen. Zum ersten Mal lieben und gleichzeitig loslassen müssen – dafür wusste auch Gott keinen Trost.

Ihre Gestalt wurde immer kleiner, doch damit er sie nicht verlor, spielte der heiße Mittagswind mit ihrem Kleid. Als sie seinen Blicken entschwunden war, ging er schnurstracks in die dem Stadttor am nächsten gelegene Taverne und betrank sich hemmungslos.

Trotz brütender Hitze und steinigem Weg wurde ihr das letzte Stück immer leichter. Es fühlte sich an, als käme sie nach Hause, und sie konnte die Schwermut, die der Abschied von Gérard in ihr verursacht hatte, ein wenig abstreifen. Etwas Neues kam – und gleichzeitig etwas Liebgewonnenes, Altbekanntes. Ihr Heimweh nach Lindisfarne war mit dem Wind davongezogen, und nachdem Amandina ihr geholfen hatte, die Trauer um Aidan und Stephen zu lindern, fühlte sich das Leben fast leicht an. Sie freute sich auf die Musikanten, die scharf gewürzten Speisen und den schweren Parfümduft der Tänzerinnen und auf die Geselligkeit bis tief in die Nacht am flackernden Feuer, dicht an Marielva gekuschelt, Gedanken nachhängend ... Ima zweifelte nicht, sie an dem Ort vorzufinden, wo sie sie zurückgelassen hatte. Salerno war ein gutes Pflaster für Sänger, mit freigiebigen Menschen und großzügigen Fürsten, ein Ort, wo Sonne und Frohsinn wohnten. Sie hatte auf ihrer Reise oft von Salerno geträumt. Ein Ort, den man nie mehr verlassen wollte.

Sie wanderte um die Dornenbüsche herum und an den Olivenbäumen vorbei, wo sie mit Marielva gesessen hatte, damals, als der Bote kam, um sie zu Aidan zu bringen, und sie sog tief den herben Duft der Bäume ein. Die Blätter hatten sich inzwischen üppig grün verfärbt, und zwischendrin roch es nach Zitronenblüten. Zankende Singvögel flatterten in den Zweigen, sachte rauschte der Wind zwischen den Blättern. Sonst war es still im Hain. Zu still.

Sie beschleunigte ihre Schritte, kletterte den Abhang herunter, wo die ersten bunten Zeltplanen flatterten. Kein Kindergeschrei wie sonst. Kein Lachen. Trotzdem war das Lager noch da, die Zeltplanen schimmerten durch die Büsche. Kein Ruf, kein Gemurmel – nichts. Der Zitronenduft war vergangen – hier gab es keinen Platz mehr für Wohlgeruch und Schönheit.

Der Tod schlich durchs Lager und schaute, wen er vergessen

hatte. Mit langen Fingern lüpfte er Vorhänge und zog Decken weg, und wo sich eine fiebernde Brust noch hob, legte er die Hand auf und brachte sie zum Schweigen. Er verschloss im Fieber klagende Lippen, weil Stille ihm lieber war als fröhlicher Lärm. Wie eine klebrige Glocke hing der Geruch nach Ausscheidungen und Schweiß über dem Lager, und auch der leichte Wind, der sich von der See heranwagte, konnte sie nicht vertreiben. Benommen blieb Ima stehen. Etwas war geschehen, ganz geräuschlos und unbeobachtet von den Menschen in Salerno, weil Gaukler nur interessierten, wenn sie Musik machten und unterhielten. Man hörte ihnen zu, man entlohnte sie und vergaß sie sofort wieder. Man vermisste sie nicht.

Auch Gott hatte das Lager verlassen.

Die Toten lagen überall herum, vor den Zelten, neben dem Wasserkübel, die Hand noch im rettenden Wasser, zwischen Lumpen auf dem Lager. Manche waren noch warm, die meisten jedoch steif und kalt. Fliegen summten in dicken Schwärmen, angelockt vom süßen Verwesungsgeruch und dem Gestank von Exkrementen, der aus dem großen Zelt herausdrang. Ima schlug sich die Hand vor den Mund. Die Zelteingänge waren vermatscht, verschmutzte Kleidung lag in stinkenden Seen von Erbrochenem. Die Krankheit hatte von allen Seiten zugeschlagen, ohne dass die schlecht genährten Menschen ihr etwas entgegenzusetzen hatten. Im Tod sahen die mageren Körper noch armseliger aus.

Je näher sie kam, desto mehr bekannte Gesichter entdeckte sie. Tränen überströmten ihr Antlitz, als sie Alain, den Bärenführer, erkannte. Sein Bär lag tot neben ihm. Im nächsten Zelt lag Stéphane, der Taschenspieler. Margalie, deren Essen sie so geliebt hatte. Margalies Kinder, beide blau angelaufen und entsetzlich abgemagert. Sébastien, der singende Schmied. Aurèle, deren rauer Gesang die Nächte verzaubert hatte. Nervös lief sie umher. Noch mehr bekannte Gesichter. Moro, der Dunkelhäutige. Elanor, sein Weib, lag daneben und hielt ihr braunhäutiges Kind im Arm. Die alte Edwige lehnte an einem Baum und starrte in den Himmel. Ihr verächtliches Kichern lag noch in der Luft, ihre Haut war warm, und in der Hand hielt sie ein paar Krümel Weihrauchharz, doch hatte sie ihn nicht mehr verräuchern können. Vielleicht hatte sie versucht, darauf herumzukauen, um die Dämonen von sich fernzuhalten. Auch das hatte nichts gefruchtet. Die Luft hing voller böser Miasmen, das Atmen machte krank ...

Dann hörte sie das Geräusch. Geröll auf Erdreich, Steine klackerten, ein Fuß trat Sand fest, ein Seufzer. Hinter den Zelten, im Schatten der Bäume, entstand ein Grabfeld, und ein einziger Mönch machte in den grausigen Kulissen den Totengräber. Drei Gräber wölbten sich bereits aus dem Boden, ein vierter Leichnam lag in Tücher gehüllt neben einem ausgehobenen Loch. Bruder Thierry sah bleich und erschöpft aus, wie er sich über die Grabstelle beugte und die Schaufel weglegte. Tief waren die Löcher nicht geworden, dazu fehlte ihm die Kraft, doch beten, das konnte er, und so begleiteten Psalmen und Gebete den Toten, der mit den Schultern zuerst in das Loch geschoben wurde. Gleich darauf prasselte Erdreich auf den Toten und der Totengräber hielt inne, weil es ihn hart ankam.

»Ihr habt Euch da eine große Aufgabe gesucht.«

Thierry fuhr herum. Er sah Ima, ließ die Schaufel fallen und fiel ihr ohne Umstände um den Hals. »Mein Gott, großer Gott, Allmächtiger. Ich habe Euch gesucht, im ganzen Lager, ich befürchtete, Ihr wärt auch unter den Toten – dem Herrn ein Lob, Ihr lebt!« Das mädchenhafte Antlitz war grau vor Gram, und Schatten umspielten seine Augen. Auf seiner Haut klebte eine dicke Schicht Staub. Sie umarmten einander schweigend und wanderten von den Gräbern weg. Der Seewind tat ihnen den Gefallen und sandte Salzgeschmack, um den Totengeruch zu überdecken, und für ein paar Augenblicke vergaßen sie, wo sie sich befanden. Dicht beieinander saßen sie auf einem Stein und hielten die Hände fest umklammert – Nähe war das Einzige, was half bei so viel Tod.

Bruder Thierry hatte sich kurz nach Imas Verschwinden in das Kloster von Salerno begeben und war dort geblieben. »Ihr könnt Euch kaum vorstellen, wie gelehrt die Mönche dort sind!«, rief er aus, und seine Augen strahlten wieder ein bisschen. »Sie hantieren mit der Medizin, sie pflegen Kranke, und es gibt Ärzte dort, die Dinge tun, von denen Ihr noch niemals gehört habt! Ein großes Siechenhaus, und ein Saal mit gebrochenen Knochen, die jemand wieder richtet und schient, dazu Kräuter aus aller Herren Länder ...«

Ima lächelte traurig. »Und was ist mit Jerusalem?«, fragte sie. Der Mönch kratzte sich an der zuwuchernden Tonsur.

»Jerusalem«, sagte er langsam. »Ach. Jerusalem ist weit.« Thierry würde also den weiten Weg nicht mehr antreten. Vielleicht war ihm klar geworden, dass man einen Krieger nicht zurückhielt und ihn auch nicht zurückholte. Auch andere hatten das schmerzhaft lernen müssen. Schweigend umarmte sie den Mönch. »Lasst uns weitermachen«, sagte sie leise und nahm die Hacke, mit der der Schmied Gräben ausgehoben hatte, wenn Regen das Lager zu überschwemmen drohte.

Thierry hielt sie am Ärmel fest. »Ihr seid zurückgekommen – Ihr wolltet weiter mit diesen Menschen leben? Und jetzt? Was werdet Ihr jetzt tun, Ima?« Sein Blick war genauso ratlos wie ihrer, seine Seele genauso ohne Heimat.

Ein Schrei zerriss die Stille. Lang und gequält zog er sich hin, schwebte über den Bäumen und verklang kehlig im Wind.

Ima riss die Augen auf. »Lebt noch jemand? Da lebt doch noch jemand.«

»Ich fand sie am Morgen, aber als ich sie befreien wollte, ging sie mir an die Kehle.« Thierry senkte beschämt den Kopf. »Ihr wisst, ich bin nicht der Stärkste. Da hab ich sie gelassen, wo sie war.« Er nahm ihren Arm. »Kommt, Ima. Und betet zu Gott um Kraft, Ihr werdet es brauchen.«

Unter die Olivenbäume hatten sie den Käfig von Alains Bären gestellt und die Tür fest verschlossen, so dass an ein Entkommen nicht zu denken war. Dieses Gefängnis hatte ihr wohl das Leben gerettet, denn niemand war mehr zu ihr gegangen, als die Krankheit über das Lager hereingebrochen war. Die Gaukler hatten sie vergessen – der Tod auch. Marielvas Arme hatten schon lange nicht mehr die Kraft, an den Gitterstäben zu rütteln. Ihre schmalen Hände umklammerten das Eisen, weil es ihr Halt gab und man irgendetwas anfassen musste, wenn der Wahnsinn über einen kam, weil der Liebste vor den eigenen Augen jämmerlich verreckte. Sylvain nämlich lag in einer übelriechenden Lache dicht am Käfig, seine Arme waren um die Eisenstangen geschlungen, und so war er gestorben, vielleicht am Morgen, vielleicht am Tag zuvor, denn Fliegen saßen bereits an seinen Augen. Irgendjemand – wahrscheinlich die alte Edwige – hatte Bilsenkrautstängel um den Käfig herum verteilt und mit einem Stock einen Kreis in den Sand gezogen. Es hatte nichts geholfen. Fröstelnd rieb Ima sich die Augen. Die Sonne flirrte, brannte ihr auf den Kopf. Alles roch so unglaublich… Alles verschwamm ihr vor den Augen, der Tote, der Käfig, darin eine zerzauste Verrückte, in Lumpen, blutverschmiert… Blut, überall Blut… Fassungslos sahen sie sich an.

Bruder Thierry legte den Arm um Ima. »Ihr müsst nicht zu ihr gehen«, sagte er leise. »Die Mönche können sie ins Hospital holen. Ich hab ihr Wasser hingestellt, damit sie nicht verdurstet.«

Marielva schrie wieder. Das tat sie in regelmäßigen Abständen, um sich selbst zu hören, weil es in ihren Ohren pfiff und kreischte, dass es bis in die Zähne schmerzte und sie sich vor Einsamkeit auf die Zunge biss. Sie schrie, als könnte das Sylvain zum Leben erwecken, und das Kind in der Käfigecke, das kein Gesicht hatte und nur einen Arm, und sie schrie, um Antwort zu bekommen in einer Welt, die der Tod stumm gemacht hatte. Es gab hundert Gründe mehr, warum sie schrie, jeder Schrei war wie ein Tod. Ima begann zu schluchzen. Keinen Meter wagte sie sich näher, nicht mal den Fuß anheben konnte sie – der Käfig, in den die Gaukler die Tänzerin gesperrt hatten, weil sie einen Teufel zur Welt gebracht hatte, verbat jede Annäherung und blieb wie ein düsteres Feld für sich …

Thierry war ratlos. Ima stand wie eine Statue und weinte, das verrückte Mädchen schrie und wälzte sich haareraufend in den blutigen Pfützen, den der Wochenfluss auf dem Boden hinterlassen hatte, und über allem wehte der Wind vom Meer her und streute Salz in die Wunden, die das Schicksal hier geschlagen hatte. Er trug auch den Leichengeruch herüber und mahnte, dass noch mehr Gräber geschaufelt werden müssten, dass aber Gräber die bösen Miasmen nicht würden einfangen können – Feuer hingegen sei dazu in der Lage, denn Feuer reinige.

»Feuer«, murmelte Bruder Thierry, »verbrennen muss man alles.« Er kam nicht dazu weiterzudenken, denn Marielva hatte sich an den Gitterstäben hochgezogen und streckte die Hand nach Ima aus. Das Mädchen hatte sie erkannt. Ima schüttelte es jetzt vom Weinen, sie schlang die Arme um den schmalen Leib, frierend vor Angst, dass es Thierry bange wurde.

»*Convertere, Domine, et eripe animam meam. Salvum me fac propter misericordiam tuam* – kommt, meine Liebe, lass uns gehen. *Quoniam non est in morte qui memor sit tui, in inferno autem quis confitebitur tibi* – das ist kein guter Platz. Der Teufel sitzt hier irgendwo, schaut Euch doch nur seine Brut an, der Teufel …«

Ima stand regungslos. Das Gebet hatte keine Macht gegen Tod und Grauen, und auch nicht gegen die Starre, die immer mehr Besitz von ihr ergriff.

Und so stand sie noch da, als Gérard den Hügel herunterritt, in Schlangenlinien, weil sein Hengst den schwankenden Reiterkörper fast verlor und um Gleichgewicht kämpfte. Das im

Übermaß genossene Bier erzeugte eine betäubende Schwere in den Gliedern, und er spürte die Folgen der Prügelei gar nicht mehr so stark. Leider hatte der Tavernenwirt nur wenig Verständnis für seinen leeren Geldbeutel gehabt und ihn irgendwann gewaltsam auf die Straße gesetzt, wo er gleich darauf mit einem Sarazenen aneinandergeraten war. Sarazenen sind besser mit dem Mundwerk als mit der Faust, der Kampf war daher heftig, aber kurz gewesen, und als der Schwarzhäutige in die Flucht geprügelt worden war, hatte er lange im Schmutz der Gosse vor sich hin gegrübelt und war zu dem Schluss gekommen, dass er ohne Ima nicht weiterleben wollte, kein Avemaria lang. Es war schwer gewesen, aufs Pferd zu steigen, doch einmal im Sattel sitzend, lief alles wie von selbst. Durchs Stadttor hinaus, den Hügel hinauf, wo der Wind ihm Ernüchterung zuwehte und er sich für seine Trunkenheit zu schämen begann. Den Trampelpfad entlang, wo er anfing sich Gedanken darüber zu machen, wie verwahrlost er nach der Prügelei aussah und was er ihr sagen sollte.

Ich kann nicht leben ohne Euch, klang so albern. *Ich will Euch dienen,* klang noch alberner, weil sie in einem Gauklerlager lebte, wo niemand irgendwem diente. Ob man sie dort weglocken konnte? *Ich will Euch überallhin folgen* – folgen, doch wohin? Und sie war immer noch eine Montgomery mit königlichem Blut, unerreichbar weit, unerreichbar edel… Schwitzend schob er die Kapuze weg und kratzte sich das ungekämmte, lang gewachsene Haar. Unerreichbar weit. Auf dem Weg die Böschung herunter kamen die ersten klaren Gedanken, und er war kurz davor, wieder umzudrehen, als er sie sah.

Sie stand unter den Olivenbäumen, und der Wind zauste ihr blondes Haar. Ihr Kleid flatterte ärgerlich hoch, sie selbst rührte sich nicht. Sie starrte wie gebannt auf einen Käfig, aus dem sich zwei Arme nach ihr streckten und eine überschlagende Stimme ihren Namen rief. Da war kein Halten mehr.

Gérard sprang vom Pferd und ließ den Zügel fahren. Mit wackeligen Beinen stolperte er das letzte Stück der Böschung herunter, knickte um, rappelte sich auf und lief weiter, im Herzen nichts als Durst nach ihr, die ihm rettende Quelle war. Der Wind warf ihm Zweige zwischen die Beine und Steine vor die Füße und versuchte, ihn von der Seite umzupusten, doch erst Bruder Thierry gelang es, sich ihm in den Weg zu stellen und seinen Lauf anzuhalten.

»Was wollt Ihr hier?«, blaffte er unfreundlich. Gérard schob ihn einfach zur Seite und blieb dicht hinter Ima stehen. Dort allerdings verließ ihn der Mut.

»Ima.« Fast verschluckte er sich an ihrem Namen. Alles, was er hatte sagen wollen, löste sich auf, alle Reden verstummten, Worte gingen verloren. Als sie sich langsam und wie betäubt zu ihm umdrehte, nahm er sie in die Arme, und das war es. Sie verschwand an seiner Brust, sie passte dort hin wie das fehlende Teil eines Mosaiks, und für eine lange Weile betrog er sich mit der Gewissheit, dass Mosaiken niemals auseinanderfallen. Sie tun es, wenn sie nur locker beieinanderliegen, doch fallen die Teile nicht weit, und als Ima sich von ihm löste, ging sie nur einen Schritt weit weg und berührte seine Hand zum Dank.

Ihr Gesicht war verheult und unnatürlich bleich. Gérard löste den Blick von ihr und sah sich um, bereit, jeden zu erschlagen, der dafür verantwortlich war. Doch Tote tragen keine Schuld. Und er verfluchte seine trunkene Blindheit, denn erst jetzt nahm er wahr, welch grausige Verheerung um sie herum herrschte und dass der Tod lächelnd bei ihnen saß. Seine Geduld war grenzenlos, seine Arme waren offen.

»Was in aller Welt... ist hier geschehen?«, stammelte Gérard und packte instinktiv nach der Waffe. Lachhaft.

»Das Morden hilft hier niemandem mehr.« Die Stimme des Mönches klang scharf.

Die Verrückte fing wieder an zu schreien. Sie schrie Imas

Namen und rüttelte an den Gitterstäben, dass der ganze Käfig wackelte. Spitz wie Dolche stachen ihre schwarzen Augen aus dem bleichen Gesicht, bettelnd streckte sie schließlich eine Hand nach ihnen aus. Verstehen indes konnte man ihr Gefasel nicht, vielleicht sprach ja ein Dämon aus ihrem Mund. Gérard kniff die Augen zusammen und fixierte das heulende Weib. Ein Dämon.

» Lasst sie frei, ich bitte Euch«, flüsterte Ima. »Bitte lasst sie frei, Gérard ...«

»Sie wird uns die Augen auskratzen!«, rief er aus, indem er endlich die Sprache wiederfand. Dieser Ort war verflucht, jede Elle steckte voller Teufelswerk, schlechter Luft und Übel, wie konnte sie nur hier ausharren und verlangen, dass er die Teufelin befreite? Er unterdrückte mit aller Macht den Wunsch, sie aufs Pferd zu setzen und mit ihr davonzugaloppieren, fort von Gestank und Schmutz und unwürdigem Elend.

Ihr bittender Blick brachte ihn fast um den Verstand. Und da Gott es so wollte, dass Ima alles von ihm erflehen konnte, legte er sich auch mit dieser Teufelin an. Sie zerrte an seinen Ärmeln und versuchte, sein Gesicht zu zerkratzen, als er sich an den Lederbändern zu schaffen machte, die das Gittertor an den Käfig fesselten, bemüht, nicht auf den Toten zu treten, der genau davor lag. Das Tor öffnete sich, die Verrückte brach aus, und Gérard war nicht schnell genug, Ima vor ihr zu schützen. Im nächsten Augenblick hing sie ihr schon am Hals – doch nicht, um sie zu töten. Sie rutschte langsam und heftig weinend an ihr herunter, bis sie im Schlamm hing, und Ima bückte sich und nahm sie in die Arme.

»Sie reisten zusammen«, brummte Bruder Thierry da, »sie mochten sich. Er da« – er deutete auf den Toten – »er war ihr Liebster. Er ...« Er holte tief Luft, als ob das Aussprechen schon sündhaft war. »... er war auch ... ihr Bruder. Versteht Ihr? Gott hat sie für diese Unzucht gestraft, versteht Ihr.« Mit erhobenen Brauen deutete der Mönch auf die Kinderleiche, die niemals hatte leben dürfen, weil Kreaturen ohne Gesicht vom Teufel kommen. Gérard näherte sich noch einmal dem Käfig, aus dem es durchdringend nach Raubtier stank. Er beugte sich über die kleine Kreatur, die man nackt hineingeworfen hatte. Feine Glieder hatte sie, eine glatte, grau gefärbte Haut und Finger, wie man sie bei kleinen Menschen sieht. Der verschrumpelte Kopf jedoch gehörte nicht auf diese Welt, und ihm lief es bei dem Anblick kalt den Rücken herunter. »Was machen wir damit?«, fragte er langsam. Der Mönch wiegte den Kopf. »Verbrennen?«

»Verbrennen.« Der Ritter machte Augen.

»Kommt Euch eine andere Idee?«, fragte der Mönch mit beschwörender Stimme. »Das Leben dieser ... Frau ist in Gefahr. Sie hat den Teufel geboren, so wird man denken ...«

»Ihr meint, ihre Seele ist in Gefahr?«

»Ihr Leben und ihre Seele.« Bruder Thierry kratzte sich am Hals. »Lasst uns diesen armen Kerl begraben, bevor die Maden ihn fressen. Darüber schickt Gott uns vielleicht eine Eingebung, was wir mit ihr machen. Vielleicht sollte man auch das Kloster benachrichtigen ...«

Der Blick des Mönchs ruhte auf Marielva. Gérard spürte, wie Ima sich darüber verspannte. Das Mädchen war ihre Freundin, mehr als das, so begriff er. Sie hatte keine Angst vor ihr und sie würde sie schützen, egal, was ihm oder dem Mönch einfallen würde. Er selbst haderte, erinnerte sich an die hübsche Marielva in den Hallen des Herzogs, in flatternden Kleidern, leichtfüßig und strahlend wie eine Fee, ein sanftes Wesen ohne Arg und bösen Sinn. Sie hatte sich schrecklich verändert, und er war sich nicht sicher, ob der Teufel nicht doch Schuld daran trug. Wenn man so etwas doch ganz einfach erkennen konnte! Ihr zerrissenes, blutiges Gewand, ihr zerkratztes, schmutziges Gesicht sprachen nur davon, wie sehr sie sich beim Einsperren in den Käfig hatte wehren müssen. Andererseits – dieses tote Kind ...

»Würdet – würdet Ihr mich begleiten?« Imas leise Frage weckte ihn aus den Überlegungen. Er nickte und folgte ihr mit gezogenem Schwert einfach stumm in das Zelt der alten Edwige, wo sie sich offenbar gut auskannte, denn sie kramte in Beuteln unter den Fellen nach Kräutern, mit denen die Alte wohl Kranken geholfen hatte. Hastig rupfte Ima auseinander, was sie vorfand. Marielva schluchzte und hielt sich den Bauch, der Wochenfluss tropfte zäh aus ihrem Leib und malte Muster auf den Boden. Gérard verzog angewidert das Gesicht. Ima suchte weiter in den Beuteln. »Salbei«, murmelte sie. »Kamille. Queckwurzel, Rosmarin.«

»Lasst uns gehen. Ima.« Er streckte ungeduldig die Hand nach ihr aus. Marielva heulte auf.

»Wolfstrapp, Valeriana.« Ima ließ sich nicht beirren. In einem irdenen Krug fand sie Honigwein, die Glut des Kohlefeuers reichte gerade noch, ihn anzuwärmen, und sie gab Marielva davon zu trinken. »Du musst ganz ruhig sein, Liebes«, flüsterte sie. »Ich kann dich nur beschützen, wenn du ruhig bist.« Sie sah sich vorsichtig um, als fürchte sie den Geist der alten Vettel. »Trink noch etwas«, bat sie das Mädchen. »Trink ...«

»Ich gehe jetzt das Grab schaufeln«, platzte er heraus, unfähig, noch länger hier herumzustehen, und verließ mit Riesenschritten das Zelt. Neben Thierry angekommen, warf er seine Waffen in den Sand, griff sich die Hacke und hieb damit in den Boden, als trüge der die Schuld. Breitbeinig hackte er ein Grab, bald doppelt so tief wie die Gräber, die der Mönch ausgehoben hatte. Die Sonne brannte auf seinen Kopf, doch er zog nicht mal das Kettenhemd aus, er hackte und schaufelte ohne Pause und schändete seinen Körper, ohne Erleichterung zu finden.

Als er fertig war, warfen sie Sylvains Leichnam in die Grube, und Bruder Thierry murmelte ein paar Gebetsworte, bevor er abrupt verstummte.

»Was denkt Ihr?« Gérard runzelte die Stirn.

»Ich weiß nicht«, brummte der Mönch. »Bruder und Schwester … Ich weiß nicht.«

»Ist der Teufel hier?«, fragte Gérard frei heraus.

»Ich weiß nicht«, wiederholte der Mönch. »Alles hier ist so erfüllt von tiefer Sünde …« Er sah hoch, und Gérard erkannte, dass auch er gemeint war, weil er kaum die Augen von Ima lassen konnte, die sich mit der Tänzerin auf einem Feldblock niedergelassen hatte.

»Ihr habt sie doch gekannt«, platzte Gérard heraus.

»Ja, ich habe sie gekannt.« Das konnte alles bedeuten, auffallend waren der verletzliche Gesichtsausdruck und die heimlichen Tränen, die der kleine Mönch sich aus den Augen wischte. Schweigend und ohne weiter über den Toten zu reden, schaufelten sie das Grab wieder zu.

Die Männer hatten Reisig in den Käfig geschichtet, und unter Gebeten für ihrer aller Seelenheil legte Bruder Thierry das tote Kind auf den Haufen. Gérard lehnte sich an die Gitterstäbe und betrachtete ihn. Für eine lange Weile blieb der Mönch über das Kind gebeugt stehen und murmelte in seine Kutte hinein. Es war in der Tat schwer zu glauben, dass der Teufel in so einem zarten Körper stecken sollte. Die Händchen, die noch niemals etwas berührt, die Füße, die keinen Schritt getan hatten … Der gesichtslose Kopf jedoch trieb ihm kalte Schauder über den Rücken. Und da man ja nie wusste und man den Bösen als erfinderisch kannte, drapierte er ein Tuch über den Kopf und bedeckte den Leichnam zusätzlich mit Reisig, und, obwohl es Zauberkram war, auch mit den Bilsenkrautstängeln, die von kundigen Händen um den Käfig verstreut worden waren.

Die letzte Geste ging Gerard ans Herz: Thierry deckte beide Hände über das Häuflein und schloss die Augen wie zu einer stummen Zwiesprache. Seine Trauer fühlte sich verwirrend groß an. Gérard räusperte sich. Er schlug den Feuerstein und pustete über ein paar Zweige. Schüchtern kringelte sich

Rauch in die Luft, dann züngelte eine Flamme empor, und rasch trug er das Feuer dorthin, wo es brennen sollte. Der Mönch zog sich zurück von dem Leichnam und fasste nach den Stäben.

»Ich habe so etwas noch nie getan, Herr Ritter«, sagte er leise. »Vielleicht ist es nicht richtig.«

»Sollen wir einen Priester rufen?«, fragte Gérard unsicher und trat einen Schritt zurück.

»Nein …« Thierry schielte nach der Mutter der Totgeburt. Seine Augen waren feucht, das Antlitz noch blasser als sonst. »Nein. Nein, das ist nicht nötig …«

Gérard verstand nicht recht, was er meinte. Sprach er vom Teufel, den sie hier verbrannten? Oder rührte ihn die Kindergestalt unter dem Reisig? »Ihr meint, keine schlafenden Hunde wecken«, murmelte er. »Aber sie – was ist, wenn sie doch vom Teufel besessen … Dann müssen wir das melden …«

Da sah der Mönch ihm überraschend scharf ins Gesicht. »Das, Herr Ritter, müsst Ihr mit Eurem Schatz ausmachen.« Beide drehten sich um und sahen, wie Ima das Mädchen in den Arm genommen hatte, als hätte sie gehört, dass man über ihr Schicksal sprach.

»Sie ist nicht mein Schatz«, zischte Gérard mit gerunzelter Stirn und gleichzeitig wild klopfendem Herzen. Thierrys Braue hüpfte vielsagend, obwohl sein Gesicht ernst blieb. »Nun ja. Man hätte zumindest denken können, dass …«

»Wollt Ihr nun Euer Werk vollbringen oder weiter Maulaffen feilhalten?« Ein wenig zu heftig warf Gérard die Feuersteine zu Boden und knallte die Käfigtür zu, um den Dämon wieder einzusperren, bevor es ihm einfallen konnte, ihren Plan zu durchkreuzen und sich davonzumachen. Trotzdem blieb ein Rest Zweifel bestehen. Thierrys Bemerkung hatte ihn aufgeregt. Die Verrückte schwieg jetzt – warum schwieg sie? Dachte der Teufel sich etwas Neues aus? Prüfte er sie? War Ima in Gefahr? Er fuhr erschrocken herum – strafte seine Bemerkung von eben Lügen – und sah ihr ins Gesicht. Es fiel schwer, nicht die Frau zu sehen, die er begehrte, sondern einen Menschen, der beschützt werden musste. Er bewunderte ihren Mut, alleine hierhergewandert zu sein und nun die Verrückte so nah bei sich zu halten, ohne zu wissen, ob sie nicht Schaden davon erleiden würde. Ima war sehr blass, ihr Blick jedoch entschlossen. Mit der einen Hand schützte sie den Kopf der kleinen Tänzerin. Niemand würde ihr Marielva aus dem Arm reißen.

Das verstand er und nickte stumm. So sollte es also nun geschehen – das Kind verbrannte, die Mutter blieb am Leben, obwohl es sicher besser gewesen wäre, sie der Kirche zur näheren Examination auszuhändigen. Er grübelte, ob sie damit wohl einen Fehler machten …

Thierry schob das brennende Reisig an den Haufen, der sofort Feuer fing. Stumm standen sie vor dem Käfig, dann begann der Mönch zu beten

»*Convertere, Domine, et eripe animam meam. Salvum me fac propter misericordiam tuam. Quoniam non est in morte qui memor sit tui, in inferno autem quis confitebitur tibi …*«

Hinter ihnen entstand Bewegung, dann ertönte ein leiser Schrei. Marielva hatte sich von Ima gelöst und schlich mit aufgerissenen Augen auf das Feuer zu. Keiner der Männer wagte es, sie zurückzuhalten, als sie in den Käfig stieg und sich vor das Feuer hockte. Zuerst hörte man sie summen. Ganz leise schwebte die Melodie über dem Knistern der Flammen, wie ein Schlaflied für das Wesen, das niemals hatte leben können. Sie wiegte sich dazu sanft hin und her, das Summen wurde lauter, tiefer. Die Flammen stiegen höher, der Geruch des Rauchs trug jetzt einen neuen Namen – einen, den man nicht aussprechen mochte, weil nicht alles Brennbare ins Feuer gehört. Statt mit dem Wind abzuziehen, heftete der Rauch sich an die Gitterstäbe, klebrig und fett und mit dicken Fingern, und die Geschichte, die er erzählte, wog schwerer als alle Geschichten von verbranntem Holz.

Marielva fing an zu schreien. Ihr Oberkörper wiegte sich heftig hin und her, mit den Armen griff sie nach dem Rauch, während ihre Schreie immer lauter und langgezogener wurden. Tief und klagend drückten sie alles aus, was an Verzweiflung in dem jungen Mädchen steckte, dem alles genommen worden war, was seine Welt ausmachte ... Der Mönch hatte angefangen zu schluchzen, ganz leise nur, doch bebten seine schmalen Schultern jedes Mal heftiger, wenn die Schreie lauter wurden. Für Gérard indes hörte sich das Geschrei anders an, ihm lief es kalt den Rücken herunter, und seine Augen verengten sich bei dem unwürdigen Anblick. Sie trug ja doch den Teufel in sich, sie schrie das Böse heraus – man hätte sie in das Feuer stoßen sollen. Noch konnte man es tun, sie hineinstoßen und sich selbst schützen. Er tat einen Schritt auf sie zu, und noch einen – Feuer reinigte, Feuer trennte, beschützte ...

Schreiend drehte sich das Mädchen zu ihnen um. Ihr krebsrotes, von der Hitze verbranntes Gesicht war zur Fratze erstarrt, die Augen glänzten im Fieber des Wahns.

Steine knirschten. Als Gérard herumfuhr, lag Ima hinter ihm besinnungslos am Boden.

10. Kapitel

Was wissen die vom Graun der Nacht,
von Meersgebraus und wildem Strudel,
Die, aller Bürd' und Sorge frei,
am Ufer gehn auf trocknem Grunde?
(Hafis)

»Da habt Ihr Euch ja eine gute Zeit ausgesucht, um mich zu besuchen, mein Herr. Ich habe eigentlich überhaupt keine Zeit – aber rasch, folgt mir.« Die energische kleine Frau warf den Almosenkorb in die Ecke, als sie sah, dass Gérard nicht allein gekommen war, und bahnte den Ankömmlingen einen Weg durch die Menge. Die ersten Bettler hatten sich schon hinter die Tür geflüchtet in der Hoffnung, damit im Haus bleiben zu können, wurden aber sofort und unbarmherzig vom Knecht des Hauses vertrieben. Jeder Mensch wusste doch, wo sein Platz zu sein hatte – eigentlich. Und es waren immer dieselben, die sich hereinmogelten – der alte Schriftgelehrte, der grindige Weinhändler, dem das Haus abgebrannt war, der Sarazene, dem sie wegen Diebstahls einen Arm abgehackt hatten und der sein Schwert hatte verpfänden müssen.

»Bei dem Lärm kann ja keiner arbeiten! Kann man nicht die Türen zuhalten, mir fliegen hier die Pergamentblätter um die Ohren, so geht das doch nicht!«, wetterte von hinten eine Männerstimme, und Mägde huschten verschreckt umher. Irgendwo polterte ein Tablett zu Boden, Scherben klirrten, ein Mädchen fing an zu heulen.

»Das kannst du jetzt aufwischen, dumme Kuh!«, keifte jemand. »Trota wird begeistert sein, wenn sie hört, dass sie alles neu anmischen darf! Ungeschicktes Ding!« Das Heulen wurde hysterisch, dann schallte eine Ohrfeige.

»Nun lass sie doch«, besänftigte die Männerstimme.

»Sie ist ungeschickt!«, beharrte das Weib. »Und sie wird es nie lernen!« Gleich darauf rauschte die Schimpfende aus einer Tür, dick, mit wogendem Busen und pechschwarzem Haar – die Köchin des Hauses.

»Meine Güte – kann denn nicht einmal Ordnung und Ruhe herrschen!«, seufzte die Ärztin.

»Ihr habt das dumme Ding eingestellt. Ich nicht.« Beleidigt segelte ihre Köchin davon.

Trota verdrehte die Augen, als sie sich zu ihren Gästen umwandte und sie genauer besah. Gérard trat von einem Fuß auf den anderen. Als Ritter des Guiscard war es ihm reichlich unangenehm, in derartigem Aufzug einzutreffen – in zerrissenen Kleidern, eine fiebernde Ima auf den Armen, eine möglicherweise vom Teufel besessene Verrückte im Schlepptau, die sich wie eine Ertrinkende an seinen Schwertknauf klammerte, aber wenigstens nicht mehr herumschrie, und draußen ein bleichgesichtiger Mönch, über dessen körperliches Geschlecht er immer mehr grübelte. Das einzig normale Wesen – sein Hengst – wieherte ihm empört nach. Er vermisste schmerzlich den Schwertgriff in der einen, den Zügel in der anderen Hand, Wind in den Haaren, mutige Taten …

»Vielleicht könnt Ihr helfen, man sagte uns, Ihr seid der Heilkunde mächtig«, bat er und hob Ima auf seinen Armen an, als wöge sie nichts. Sie wog auch nichts, sie war ja Teil von ihm. »Sie fiebert. Helft, in Christi Namen. Seid so gut – helft.«

Trota strich der Kranken die Haare aus dem Gesicht, befühlte die Haut und ließ die Hand an ihren Hals gleiten, wo sie verharrte, um den Schlag des Blutes zu fühlen. Ihre Miene wurde ernst, nicht nur, weil sie Ima wiedererkannte. Mit einer großartigen Handbewegung scheuchte sie zwei neugierige Mägde aus dem Weg. »Folgt mir.« Gérard stapfte ihr also durch das verwinkelte Haus hinterher, stieß zweimal gegen tiefhängende Türstürze und verfluchte die kleinwüchsigen Apulier, die sich solche Verschläge bauten.

Im Innenhof, wo die Kranken untergebracht waren, nahm man ihm Ima aus den Armen. Trota dirigierte ihre Helfer wie eine Fürstin. Ein Lager wurde gerichtet, Laken geholt, warmes Wasser musste her. »Bring mir weichere Tücher, diese hier sind zu hart. Und sie bekommt Diaciminum. Nein, wartet – erst einen Becher Populeon, ihr Fieber ist zu hoch. Bring mir einen Becher Populeon!« Sie sah sich nach Gérard um. »Hatte sie Leibschmerzen? Erbrach sie sich? Wie oft? Meine Güte, nun schaut nicht so verdattert – Ihr brachtet sie immerhin her, also wart Ihr dabei – erbrach sie sich?« Schweigend hielt eine Helferin Imas verschmutztes Kleid hoch, und Trota verstummte mit gerunzelter Stirn. »Also gut – erst bekommt sie Populeon, und mach ihn recht stark gegen das Fieber, dann bring mir Rosata novella, aber nicht in Wein, sondern in warmes Wasser gerührt und mit mehr Süßholz, als ich normalerweise nehme.« Sie blickte auf die Kranke. »Und eine Unze Rosenblätter mehr. Und die Nelke lass weg«, fügte sie hinzu. Das Mädchen lief nickend los. Wasser wurde gebracht, Tücher wirbelten in der Luft, es roch nach Minze und Fieberschweiß.

Sie streiften Ima das Hemd über den Kopf. Ima weinte ein bisschen und streckte die Hände nach ihm aus – so sah es zumindest für Gérard aus, als man sie aus ihren Kleidern befreite, mit nach Minze duftendem Wasser abwusch und ihr ein einfaches Leinengewand überstreifte. Für einen langen Moment blitzte ihre helle Haut auf, er sah ihren Arm, ihre kleine Brust, ein schlankes Bein, bevor der Stoff alles schützend umhüllte. Der Anblick traf ihn ins Herz – sie kehrte zurück, die Erinnerung an jene Nacht auf dem heißen Berg, wo sie sein gewesen war, aus eigenem Antrieb, mit Haut und Haar und mit unverstellter Leidenschaft … Ihm wurde heiß, er musste sich bezähmen, um sie ihnen nicht aus den Händen zu reißen, er taumelte in einen Busch, griff Halt suchend hinein. Dornen zerkratzten ihm die Haut, während die schneeweiße Rose lachend ihren Duft über ihm ausschüttete …

»Geht jetzt bitte.« Nachdrücklich zupfte jemand an seinem Arm. Die Ärztin stand vor ihm, missbilligend den Kopf schüttelnd, denn sein Blick sprach Bände. »Ich will Euch hier nicht haben, hört Ihr? Euer Platz ist nicht hier. Geht jetzt.« Nachdrücklich schob sie ihn zum Ausgang, darauf bedacht, ihn so wenig wie möglich anzufassen. Er stank unglaublich, und sie mochte diese normannischen Apulier irgendwie nicht. Sie waren alle so gewaltig.

An der Tür drehte er sich noch einmal um. »Werdet Ihr helfen können?«, fragte er kleinlaut. Mägde flitzten an ihnen vorbei, ein Mädchen sang, irgendwo zwitscherten Vögel in einem Bauer. Das Haus der Ärztin war wie eine zauberhafte Geschichte – aber wenn sich die Tür hinter ihm schloss, war sie zu Ende …

»Werdet Ihr helfen können? Wann kann ich sie wiedersehen, Frau? Wann kann ich …«

»Geht jetzt.« Ihre ruhigen grauen Augen musterten ihn kritisch. Vielleicht war dieser eine Ausnahme und nur körperlich scheinbar gewaltig? Doch nach Experimenten stand einer Trota nicht der Sinn. »Geht. Allein Gott kann ihr helfen, das Fieber zu überstehen.« Ein kurzes Lächeln huschte über ihr rundes Gesicht. »Na ja, ich helfe Ihm ein bisschen dabei. Und nun lebt wohl, Herr Chevalier.« Dann fiel die Tür zu, und Gérard stand auf der Straße, ohne Ziel, ohne Aussicht – allein.

Ein Bettler kicherte. »Na, hat sie dich auch rausgeschmissen? Das macht sie manchmal. Der Herr Johannes schätzt nämlich keine gierigen Leute, weißt du …« Gérard trat nach ihm. Dann band er den Hengst los. Frère Thierry war verschwunden. Zum Teufel mit dem Mönch. Gérard brachte nicht einmal die Energie auf, wirklich wütend darüber zu werden, dass Thierry sein kostbares Pferd einfach an einem Baum festgebunden hatte, wo doch jeder wusste, dass so ein Pferd mindestens acht Ochsen wert war – das alles zählte nicht mehr. Langsam wanderte er die Gasse hinunter zum Hafen. Mit gesenktem Kopf trottete der Hengst hinterher. Menschen rempelten ihn an, und er brauste nicht mal auf. Seine Arme wirkten so leer ohne Imas Gewicht, er fühlte sich einsam … Die Sonne Salernos brannte auf seinen bloßen Kopf, und in seinen Händen schmerzten die Spuren des garstigen Rosenbuschs. Er rieb den Schweiß von seiner Stirn in die Schrammen und labte sich an dem Schmerz, der weitaus süßer schmeckte als jener, der sein Herz gerade in Stücke riss …

Gérard saß in der Taverne und soff.

In den Stallungen des Herzogs hatte er sich mit ein paar Münzen versorgt. Hier saß er nun vor einer großen Kanne starkem Bier, um sich dem Selbstmitleid hinzugeben. Der Hypocras, den er vorher hinuntergeschüttet hatte, war stark und viel zu süß gewesen und bereitete ihm zuverlässig solche Kopfschmerzen, dass ihm das Hirn fast platzte. Sie hatte ihn immer gewarnt, hatte ihm den Becher weggenommen und den Hypocras als Gift bezeichnet. Der Gewürzwein war wie sie: erst betäubend süß, dann höllisch schmerzend. Ach, was für ein Vergleich. Nichts war wie sie, sie war unvergleichlich – unvergleichlich. Seufzend trank er den Becher leer und füllte ihn auf. Das Bild der bleichen Ima ging ihm nicht aus dem Sinn – ihr schmales Gesicht, die tiefen Schatten um ihre sonst so strahlenden Augen, der flache Atem – seine Angst um sie war überwältigend, auch wenn ihm der gesunde Menschenverstand, den Gott ihm erhalten hatte, zuflüsterte, er müsse sich verflucht noch mal diese Frau aus dem Kopf schlagen, jetzt sofort … Doch das war ungefähr so einfach, wie sich einen Krug Hypocras aus dem Leib zu schwitzen – die Schmerzen musste man einfach erleiden. Die Schmerzen beim Gedanken an sie würden nie vergehen. Er trank noch einen Becher. Ihre

Stimme. Auch ihre weiße, duftende Haut ging ihm nicht aus dem Sinn.

»›Euer Platz ist nicht hier‹«, hatte die Ärztin gesagt und ihn zur Tür hinausgeschoben. Und wie recht sie damit hatte. Er verzehrte sich nach dieser Frau, wie es selbst einem Hochgeborenen nicht anstehen würde – jeder wusste ja nun, wie die Priester den Guiscard rügten ob seiner Leidenschaft für die Dame Sicaildis ... Ob er verflucht war? Die Zaunreiterin hatte ihn verflucht, sie trug ja Schuld an allem, was ihm hier widerfuhr ... Sie hatte Lava in sein Herz getürmt ... Erst hatte es gebrannt, dann war es schwer wie Stein geworden, brannte aber unter dem Stein weiter ... Aufstöhnend legte er die Stirn auf den Tisch und wimmerte vor Selbstmitleid. Er hasste die Übelkeit, die zu süßer Wein ihm jedes Mal bereitete, doch essen mochte er nichts. Nur trinken, auf dass die Gedanken versiegten, egal wie sehr der Kopf sich drehte, er würde weitertrinken ...

Der Schwindel verstärkte sich. Halt suchend griff er nach der Tischkante, weil sich nun auch der Tisch zu drehen begann. »Verflucht, bleib doch stehen«, lallte er vor sich hin, »bleib doch stehen.« Seine Hand wühlte sich unter das Kettenhemd, in die verborgene Tasche, wo das Kostbarste versteckt war, was er besaß. Er wäre bereit gewesen, dafür zu sterben, jetzt, auf der Stelle, wenn jemand den Kampf suchen würde, ihn berauben würde ...

Imas abgeschnittener Zopf kühlte die Stirn und gab ihm auf dem unbarmherzigen, grausamen Tisch ein weiches Bett – mit beiden Händen streichelte er die heraushängenden Haare, murmelte ein bisschen vor sich hin und trank den Krug leer. Konnte man es zahlen, war der Wirt bereit, sein bestes Kräuterbier aus dem Verschlag zu holen. Nicht so wie Amir. Verfluchter Amir. Amir war auch schuld. Amir hatte ihn davongejagt, er war schuld, dass er mit Ima in die Berge hatte fliehen müssen. Amir war schuld, dass sie der Zaunreiterin in die

Arme gelaufen waren – Amir war schuld. Amir und sein billiges Gesöff. Leise brummte er unverständliche Flüche vor sich hin.

Geschirr klapperte. Mühsam hob er den Kopf. Wie von Zauberhand stand ein neuer Krug bereit, und der Duft von Gagelkraut und Galgant zog ihm betörend in die Nase. Der Rest der Taverne war schon lange vor seinen Augen verschwommen, doch das war ihm gleichgültig, wo er doch so litt. Er musste die Krankheit eines anderen Menschen einfach aushalten und war völlig machtlos. Seit gestern, seit er Ima im Haus der Ärztin abgeliefert hatte, wusste er nichts mit sich anzufangen. War am Hafen gewesen, hatte versucht, sich mit einem Mädchen zu vergnügen, doch sie hatte ihn für seine Bemühungen nur ausgelacht. War auf den Berg gestiegen, um sich vom Wind den Kopf klären zu lassen. Doch auch auf dem Berg hatte es nur drückende Hitze gegeben, und mehr als einen heftigen Sonnenbrand hatte er von dort nicht mitgebracht. Heute pellte sich die Haut und juckte. Die Straßen von Salerno waren voller Menschen, die Enge und der Lärm, den sie verursachten, bedrängten ihn, nur mühsam war es ihm gelungen, seine Streitsucht im Zaum zu halten und nicht blindlings irgendwelche Händel zu suchen. Eine Prügelei hätte vielleicht geholfen. Gelöst hätte sie nichts.

Sogar in der Kirche war er gewesen, gestern Abend nach der Messe. Er hatte eine Münze und eine Kerze gespendet und gebeichtet, hatte vor dem Altar gehockt und versucht, ganz keusch an sie zu denken. So keusch es eben ging. Gott hatte wohl gemerkt, wie wenig ihm das gelang, denn auf dem Weg zum Ausgang war er über eine Stufe gestolpert und gestürzt, und der Priester, der ihm beim Aufstehen behilflich gewesen war, hatte etwas von »Trunksucht« und »ungehobelt« gemurmelt und ihn energisch zum Tor hinausgeschoben. Heute Morgen hatte derselbe Priester ihn nicht in die Kirche gelassen, und Gérard konnte sich auch nicht mehr erinnern, wo er die Nacht verbracht hatte. Seither saß er hier in der Taverne – solange er zahlte, warf ihn niemand auf die Straße.

Wieder sank er mit der Stirn auf Imas Zopf, und das Wimmern tat so gut – als ihn jemand am lang gewachsenen Haar packte und ihm den Kopf hochriss.

»Wo hast du das her?«, donnerte der Ankömmling, und im nächsten Augenblick war der Zopf vom Tisch verschwunden. Gérard sprang auf, schwankte, kippte und zog, halb über dem Tisch liegend, sein Schwert und ließ es in Richtung Gegner sausen. Wäre er nüchtern gewesen, wäre der Mann tot gewesen, Gérards Schwert irrte niemals, und seine Hiebe waren in der Armee des Guiscard legendär. So jedoch vernebelte der Gagel seine Sinne und raubte seiner Hand die Kraft. Ohrenbetäubend laut polterte die Klinge auf den Tisch, die Schneide blieb im Holz stecken. Gérard kratzte sich am Kopf. Murmelnd machte er sich daran, die Waffe wieder herauszuholen, als sich zwei Hände über seine Arme legten und mit aller Härte zupackten.

»Ich kämpfe nicht mit Betrunkenen. Vergeudet also nicht sinnlos Eure Kraft – gebt mir Antwort.« Der Mann, von dem diese Worte kamen, war dunkel gekleidet, und sein Äußeres verschwamm dank der Wirkung des Gagels vor dem düsteren Hintergrund der Taverne. Der Gagel gab auch Mut für den Ernstfall, daher fackelte Gérard nicht lange, sondern stürzte sich ohne Waffe auf die Gefahr, bevor sie sich in Luft auflöste und den kostbaren Zopf mit sich nahm, den Zopf, ohne den er sterben würde, sterben. Die Zunge klemmte ihm, er hätte gerne geschrien beim Kampf, wie er es sonst zu tun pflegte, um seinen Gegner einzuschüchtern. Doch nun brummte er nur und wunderte sich, wieso dabei statt Flüchen das Wort »Ima« herauskam. Sie rangen über dem Tisch. Gérard griff immer wieder ins Leere, und seine Faust traf mit fürchterlichem Lärm die Tischplatte. Vor dieser Faust hatte sich so mancher Gegner in Rom und in Caen gefürchtet, heute indes war sie geschwächt vom Alkohol und konnte nicht retten, wo sein Auge nichts wahrnahm. Kurz war daher der Kampf, eine behandschuhte Faust sprach selbstbewusst ein Machtwort, dann klirrte Stahl, und Gérards Schwert fiel zu Boden. Unangenehmes Feuer machte sich auf dem Wangenknochen breit, wo der Schlag ihn getroffen hatte, und diese Schmach brannte hundertmal schlimmer als jede Schramme. Die gegnerische Schneide, mit Nachdruck unter sein Kinn gesetzt, fühlte sich kühl und bedacht an. Sie würde keinen unnötigen Schnitt tun, nicht verrutschen, aber auch nicht nachgeben. Sie war gerecht, überlegt und virtuos schnell, und die Hand, die sie führte, war die eines wahren Meisters. Gérards Arme sanken entmutigt herab. »Gebt ihn mir wieder«, röchelte er, »mehr verlange ich nicht, Herr.« Die Klinge war gnädig und schubste ihn auf die Bank, dass er fast hintenüberkippte.

Langsam setzte sich das Bild vor seinem trunkenen Auge zusammen – der Gegner warf seinen Mantel hinten hoch, um ungehindert auf der gegenüberliegenden Bank sitzen zu können. Die Klinge blieb bewegungslos auf Gérards Gesicht gerichtet. Als der Fremde das Talglicht näher schob, leuchtete sie gefährlich auf und flüsterte aus fremden Schriftzeichen ernst gemeinte Drohungen …

»Wo habt Ihr das her?«, wiederholte der Besucher seine Frage und strich sich das wirre Haar zurück, welches ihm im Handgemenge ins Gesicht gefallen war. Ein leiser Akzent lag in seinen Worten. Gérard kniff die Augen zusammen. Goldtupfer blitzten auf, wenn er sich bewegte, dabei war das Haar eisgrau. Wieder blinzelte er. Es war grau. Nein, da fanden sich goldene Sprenkel auf der Strähne, die nach einer heftigen Kopfbewegung gerade ein weiteres Mal in die hohe Stirn rutschte.

An diesen Sprenkeln machte er den Blick fest, atmete tief gegen Gagel und Übelkeit an, die ihm hier verflucht in die Quere kamen …

Die Klinge erinnerte an die Frage. »Wo habt Ihr das her?«

Freundlich bohrte sie sich gegen seinen Adamsapfel. Gérard wischte sich die feuchten Haare aus dem Gesicht. Vor ihm saß der Bote des Königs, jener arrogante, hochfahrende Geck, der ihn oben auf der Burg schon drangsaliert hatte – und auch die demütigende Begegnung in der Schmiede seinerzeit hatte er nicht vergessen. Der Bote offenbar schon, denn er studierte mit kühler Neugier das Gesicht seines Gegenübers. Imas Zopf lag wie eine Beute vor ihm auf dem Tisch, mit der freien Hand beklopfte er das blonde Haar. Sein Handschuh war aus feinstem Rehleder – solche edlen Geschenke verteilte der Guiscard nur an besondere Getreue und verdiente Männer. Gérard starrte auf den Handschuh. Der Schweiß brach ihm aus, weil er nicht begriff, mit wem er es hier wirklich zu tun hatte und was eigentlich los war.

»Wo … habt Ihr … das … her?« Der Tonfall hinterließ keinen Zweifel, dass dies das letzte Mal war, dass die Frage gestellt wurde. Als der Wirt kam und ungefragt einen neuen Bierkrug hinstellte, fegte der Bote den Krug mit langem Arm so heftig vom Tisch, dass die Leute von ihren Plätzen aufsprangen. Schemel fielen um, Waffen klirrten, Rufe wurden laut. Mit rudernden Armen versuchte der Wirt, die Leute zu beruhigen. »Setzt euch wieder«, hörte man ihn murmeln. »Setzt euch, bei Gott, alles in Ordnung. Setzt euch.«

»Euch kennt wohl jeder, was?«, versuchte Gérard sein Glück, und tatsächlich, die Zunge gehorchte ihm. Endlich. Er wuchs innerlich. Er würde sich nun wehren können, er konnte wieder reden, und er würde kämpfen können. Sein unbekannter Gegner schrumpfte. So glaubte er zumindest. Die Schwertspitze hingegen erinnerte an ihr Begehr.

»Wenn Ihr mir den Kopf abschneidet, werdet Ihr's auch nicht erfahren.« Auch das Lächeln gelang. Es half sogar, denn das Schwert wurde scheppernd zurückgezogen. Gleich darauf packte ihn der Bote allerdings am Kragen und zerrte ihn quer über den Tisch zu sich und so nah vor den Mund, dass Gérard riechen konnte, dass er vor kurzem scharf gewürztes Fleisch gegessen hatte.

»Dieser Zopf ist von meinem Fleisch und Blut, und ich will wissen, wo Ihr ihn herhabt – ist das so schwer zu verstehen? Muss ich Euch erst auf der Burg die Eier rösten lassen, weil Ihr Euch unerlaubt aus Rom entfernt habt?«

»Hab ich nicht!«, röchelte Gérard.

»Sicher habt Ihr das! Das Heer des Guiscard steht vor Tivoli, und Ihr habt als Ritter des Guiscard in Salerno nichts verloren, also habt Ihr Euch unerlaubt vom Heer entfernt – was für Beweise braucht Ihr noch? Und nun macht Euer Maul auf, wenn Euch Euer Leben lieb ist!«

Er besaß trotz seines Alters noch alle Zähne, und seine Lippen pressten sich hart aufeinander, als er fertig war mit Sprechen. Stechend blaue Augen spießten sein Gegenüber auf und erdrückten es mit der Einsamkeit eines alten Kriegers. Sein Gesicht war beinahe faltenlos und ohne Bart. Gérard kannte keinen Mann ohne Bart. Die Sarazenen, die Juden, die Priester, Krieger, Ritter – alle trugen sie Bärte. Ihn schauderte plötzlich. Dieser trug keinen Bart. Vielleicht war dies der Teufel? *Teufel,* flüsterte das Gagelkraut. Dieser stechende Blick, der faulig-fleischige Atem, die unglaubliche Kraft, mit der er ihn immer noch gepackt hielt und nun langsam und überlegen losließ, der Blick, der Atem ... der Atem ...

»Ich ... sie ... Ihr ... ich ...«, stotterte Gérard. Der Teufel? Wie sah der Teufel aus? Trug er etwa Gold in den Haaren? Die Geräusche in der Taverne verklangen, alles schaute herüber zu ihnen, und hinter dem Boten kräuselte sich leichter Rauch. Jetzt roch es ganz sicher nach Schwefel. Ganz sicher. Entsetzt kniff Gérard die Augen zusammen. Dann krachte er unfreiwillig zurück auf seine Bank. Der Rauch vermischte sich mit dem Nebel, der von der Feuerstelle aus durch die Taverne zog.

»Woher wollt Ihr überhaupt wissen, dass der Zopf von Eurem Fleische ...«, versuchte er es ein letztes Mal. Der andere hob die Brauen, seine Klinge schabte erinnernd über den Tisch.

»Es gibt nicht sehr viele Weiber in Italien, die sich einen blonden Zopf abzuschneiden haben«, sagte der Bote langsam. »Im Übrigen geht Euch das alles nichts an. Also?«

»Ich bringe Euch nur hin, wenn Ihr schwört, nichts Böses im Sinn zu haben«, flüsterte er heiser und versuchte, den Fremden zu belauern. »Sie – sie steht unter meinem Schutz.« Das Bild verschwamm immer noch. Jetzt strahlten seine Haare, obwohl sie eben noch eisgrau gewesen waren. Oder war es der Rauch? Warum kam er sich mit seinem letzten Satz lächerlich vor? Der Fremde lachte auch hochmütig.

»Gehen wir.« Wieder packte die Faust ihn am Kragen und schleifte ihn aus der Taverne. Als er draußen aus dem Wasserfass, in das ihn der Bote kopfüber gestoßen hatte, wieder auftauchte, sah die Welt anders aus – zumindest klarer. »Ihr könntet ein wenig auf Euer Äußeres achten«, bemerkte der Mann, dessen Haar nun wieder grau war und ihm dünn und strähnig auf die Schultern hing. Er trug es nicht gebunden, und er trug keinen Bart. »Wenn Ihr Euch schon anmaßt, hochgeborene Damen unter Euren Schutz stellen zu wollen.«

»Wer seid Ihr?«, stieß Gérard hervor. Statt einer Antwort hielt der Mann Imas Zopf in die Höhe und hob auffordernd die Braue. »Gehen wir?«

»Ich hatte Euch fortgeschickt«, stellte die Ärztin grimmig fest. »Und nun seid Ihr schon wieder da.« Fragend sah sie ihm ins Gesicht. »Ich will Euch nicht hier haben. Außerdem seid Ihr schmutzig.« Mit spitzen Fingern hob sie seinen zerrissenen Mantel. »Und glasige Augen habt Ihr, Herr. Seid Ihr nun etwa auch krank?« Jetzt fasste sie nach seinem Kinn und reckte sich, um ihm in die Augen zu schauen. Ihr Blick war kühl und wohltuend sachlich. »Wir... wir gaben nämlich Meldung, wie es um das Gauklerlager bestellt ist. Man war besorgt oben auf der Burg. Man entschied, dass ein reinigendes Feuer gelegt wird, weil die Dämpfe gefährlich für die Stadt werden können. Habt Ihr auch Dämpfe eingeatmet? Ihr fiebert doch, Herr, ich sehe Galle in eurem Gesicht ...«

»Nein!«, rief Gérard erschrocken.

»Er ist betrunken«, warf sein Begleiter ein und steckte das Schwert, mit dem er den Ritter nachdrücklich herbeordert hatte, wieder in die Scheide. »Die Dämpfe stammen aus dem Wirtshaus. Er fiebert nicht.«

»So? Ich hab einige Fieberkranke hier liegen, müsst Ihr wissen«, raunte die Ärztin. »Und was ist mit Euch? Fühlt Ihr Euch schlapp?«

»Ich suche eine Frau«, kam der grauhaarige Ritter ohne Umschweife zur Sache. »Es heißt, dass ich sie bei Euch finde.« Und er zog den abgeschnittenen Zopf vom Gürtel. »Bringt mich zu ihr.«

Trota brauchte als regelmäßige Besucherin der Residenz weniger als einen Atemzug, um zu erkennen, wen sie da vor sich hatte. Fein gewebter Mantel, goldene Schließen, juwelenbesetztes Schwertgehänge. Die Stiefel satt gefärbt und gefettet, das Kettenhemd ohne Fehl und metallisch glänzend. So sahen Männer aus, mit denen der Herzog sich umgab. Es gab keinen Grund, ihm den Zugang zum Haus zu verwehren, und an der Haarfarbe des Zopfes erkannte sie sofort, wen er suchte.

»Der da nicht.« Damit deutete sie auf Gérard. »Der ist schmutzig. Ich will keine schmutzigen Männer in meinem Haus.«

»Seht Ihr?«, lachte der Bote da schelmisch und stieß Gérard in die Seite. »Ich hab's Euch ja gesagt.« Und für einen Moment war der Grimm aus seinem Gesicht verflogen, und er wirkte fast freundlich. Dann sah Gérard nur noch seinen wehenden Mantel von hinten.

Imas Lager hatten sie an der Hofmauer aufgebaut. Gleich

neben ihrem Strohlager plätscherte der kleine Brunnen, um sie zu erfrischen. Rosenbüsche standen in voller Blüte, ihr Duft zog über den ganzen Hof. Zwischen den straff gespannten Leintüchern hingen tropfnasse Laken und spendeten zusätzlich Kühle an diesem heißen Nachmittag. Ein letztes Laken wurde gerade aus dem Wassereimer gezogen und an der Leine festgesteckt. Die Mädchen kicherten verlegen, als sie den Besucher sahen, und liefen davon. Sonst war es still bei den Fieberkranken. Die meisten lagen apathisch unter ihren Tüchern, manche jammerten leise vor sich hin, einer warf sich unruhig hin und her und strampelte die Decken weg. Ein schwarz gekleidetes Mädchen deckte ihn geduldig jedes Mal wieder zu. Mit einer Kanne ging sie von Bett zu Bett und flößte den Kranken stärkenden, mit Heilpflanzen versetzten Wein ein.

Der Bote blieb stehen. »Ihr habt ein Hospital hier eingerichtet?«, fragte er ungläubig. »Das ist nicht erlaubt, das wisst Ihr aber schon? Die Kranken sind ins Kloster zu verbringen ...«

Trota reckte den Hals und sah ihm in die Augen. Die Dreistigkeit in ihrem Blick raubte ihm den Atem. »Diese Kranken standen jeden Morgen vor meiner Tür und bettelten um Almosen. Viele von ihnen sind Frauen, die nicht den Mut haben, an der Kirche zu betteln. Sie sind schlecht ernährt, die Natur hat sie schwach geschaffen, und sie werden schneller krank als Euresgleichen. Soll ich sie etwa fortschicken?«

»Für Kranke gibt es das Hospital im Kloster.«

»Wenn sie vor meiner Tür liegen, gibt es mein Haus, werter Herr.« Ihre Augen blitzten. »Eine dieser Frauen sollte im Hospital aufgeschnitten werden, dabei hatte sie nur Luft im Leib. Ich badete sie in Kamille und salbte ihren Bauch mit erwärmtem Arrogon – am nächsten Tag war sie gesund. Hätte man sie dort aufgeschnitten, wäre sie tot gewesen ...«

»Ihr seid recht eitel, Frau, Ihr solltet Euch zurücknehmen.« Um seinen Mund zuckte es unwillig, und die Stimme wurde schärfer. »Die Versorgung der Kranken ist Sache der Kirche. Die Mönche von Salerno genießen überdies einen guten Ruf in der Krankenversorgung, unterstellt ihnen also nicht Unfähigkeit, nur weil Ihr mit Kräutern zu kochen versteht.«

»Mein Weib ist Ärztin und weiß stets, was es tut.«

Johannes war neben sie getreten. Sein langer schlichter Mantel kennzeichnete ihn als ehrwürdigen Gelehrten. Schützend legte er den Arm um Trotas schmale Schultern. »Die Dame Sicaildis schätzt ihre Dienste sehr, und nicht nur sie, dessen seid versichert. Keine rührt so gute Salben und Tränke wie mein Weib.« Wie zur Bestätigung zog er die Nase hoch.

Der Name der Herzogsgattin schien den Fremden nicht zu beeindrucken, worauf der Gelehrte seine Hand ausstreckte. »Johannes Platearius. Ich bin Heilkundiger und Herbarius. Seid in Frieden begrüßt in unserem bescheidenen Heim. Ich verkehre in den Klöstern von Montecassino und Salerno und disputiere regelmäßig mit den Ärzten des Hospitals, Herr. Seid versichert, dass man weiß, welch gutes Werk mein Weib hier an Gebärenden und Armen verrichtet.« Der Besucher nickte stumm und ließ den Blick schweifen. In der Tat sah er fast nur Frauen auf den Lagern, und von weiter hinten hörte man das Geschrei eines Säuglings.

»Kommt.« Trota fasste ihn am Ärmel. »Erregt Euch nicht weiter. Ich weiß, wen Ihr sucht, Herr.«

Imas Augen waren geschlossen, ihre Wangen eingefallen. Das Fieber brannte auf der Haut, und ihre Lippen waren trocken. Düstere Schatten umspielten ihre Augen, ihr Atem rasselte. »Wenigstens krampft ihr Leib nicht mehr«, flüsterte die Ärztin neben ihm. »In der Nacht wäre sie uns über den Krämpfen fast gestorben, dabei gab es schon lange nichts mehr, was sie hätte von sich geben können. Die Gaukler müssen entsetzlich gelitten haben, bevor der Allmächtige sie zu sich genommen hat.« Damit strich sie das Laken glatt und streichelte der Verrückten, die seit ihrer Ankunft den Winkel neben Imas Bett nicht verlassen hatte, sanft über den Kopf. »Das Mädchen hier tut Euch nichts, habt keine Angst vor ihr.«

Er nickte nur und ließ sich neben dem Lager auf einem Schemel nieder. Ganz sorgfältig legte er den abgeschnittenen Zopf auf Imas Laken, verschränkte dann die Arme auf den Knien und sah sie einfach nur an. Ganz offenbar wollte er mit Ima allein sein.

Auch als sie nach dem Abendgebet, welches man im Haus Platearius gemeinsam abhielt, nach ihm schauen ging, saß er unverändert auf seinem Schemel und hatte sich von dem Mädchen, welches die Kranken nacheinander versorgte und mit guten Speisen labte, nicht verjagen lassen. Wie ein düsterer Schatten saß er an der Mauer und wachte über Ima. Trota entzündete die Öllampen, eine nach der anderen. Sanft schaukelten sie über den Betten. Ihr Lichtschein drang schließlich bis zu ihm, und sie sah, dass er sich kaum bewegt hatte. Spät in der Nacht kam sie wieder und sah nach den Kranken. Die Frau im Nachbarbett war gestorben. Ganz still und ohne noch einmal aufzuwachen, hatte sie ihr Leben unter dem Druck des Fiebers ausgehaucht. Das alte Weib daneben kämpfte noch gegen den Tod. Ihr flacher Atem hob kaum mehr die Decke. Trota legte ihr die Hand auf die Stirn und spürte, dass auch sie die Nacht nicht überleben würde. Sie schüttete einen Scheffel Labdanum und Angelikawurzel ins Kohlebecken und wedelte mit einem Fächer den reinigenden Rauch über die Betten. Der Tod schlich hinter ihr her, um zur Stelle zu sein, wenn sie etwas übersah, doch als Ärztin wusste sie das ja und warf eine Hand voll Beifußkräuter über ihre Schulter. Da fiel er ein paar Schritte zurück – doch er blieb.

Für Ima gab es eine starke Medizin zur Nacht. »Sie spuckt aber alles wieder aus«, flüsterte das Mädchen schulterzuckend und deutete auf ihren durchnässten Rock. Trota roch an dem Sud. Wie angewiesen, enthielt das Rosata novella viel Süßholz und Rosenblätter und weniger Nelke als sonst und statt in

Wasser diesmal in rotem Wein gekocht, um den Leib zur Ruhe zu bringen und zu stärken. Für den Morgen beschloss sie, ihre Mischung noch weiter abzuändern und die Nelke zugunsten des Selleries wegzulassen. Gegen das immer noch aufflackernde Fieber rieb sie ihr Minzepaste auf die Stirn. Als sie mit dem Becher kam, kniff die Kranke die Lippen zusammen und schüttelte mit gequältem Gesichtsausdruck den Kopf. Auf Zuspruch hörte sie nicht, das Fieber hatte sie fest im Griff. Trota seufzte. »Was soll man bloß tun, wenn sie die Hilfe nicht wollen?«, sagte sie leise zu sich. »Den Allmächtigen entscheiden lassen?« Der Tod hinter ihr nickte.

Da rührte der Bote sich, zum ersten Mal, seit er hier war, und setzte sich auf Imas Lager. Vorsichtig schob er den Arm unter ihren Kopf und hob sie an. Die Ärztin ließ ihn gewähren, weil sie einfach müde war. Die junge Frau trug ja auch bereits das Zeichen des Todes im Gesicht, sie würde sterben wie so viele andere. Kämpfen machte so müde.

Für einen Moment sank sie auf das Bett der Toten. Der Nachtwind ließ die Laterne schaukeln. Ein Käuzchen rief in die Dunkelheit, der klagende Laut traf ins Herz. Jasminduft vermischte sich mit dem Duft der weißen Rose. Ihr Geruch war schwer, doch die Rosenstöcke gehörten hierher, sie hatten immer schon hier gestanden und geblüht, den Menschen Freude bereitet und den Verstorbenen den Totenkittel verschönert. Der Fremde nahm ihr den Becher aus der Hand.

»Na, ob Ihr mehr Glück haben werdet?« Sie verstummte, denn ganz sanft strich er über Imas Haar. Er murmelte Worte in einer Sprache, die sie nicht verstand, und streichelte ihr Gesicht mit einer Zartheit, die man an diesen Händen nicht vermutet hätte.

Seine Handschuhe lagen achtlos auf dem Laken, und sie erkannte im flackernden Licht, dass schwarze Flecken seine Hände verunzierten. Sicher fürchteten die Frauen diese Hände, und es war besser, sie vor fremden Blicken zu bedecken. Hässlich waren sie, doch von unendlicher Sanftheit. Und als er den Becher an ihre Lippen hob, trank die Fiebernde tatsächlich, langsam und Schluck für Schluck, und er gab ihr immer wieder Pausen, damit sie sich erholen konnte. Sein Gesicht hatte sich vollkommen verändert. Das Verbissene, Grimmige war fort, war weicher, ruhiger Schönheit gewichen. Der Ausdruck seiner Augen war voll Zärtlichkeit, was einem Krieger des Herzogs nicht so recht anstehen wollte. Sein Arm hielt das Mädchen wie ein kostbares Juwel, die schwarz gefärbte Hand stützte den Kopf an seiner Brust, und als sich unter leisen Worten eine Träne löste, an seiner bartlosen Wange herabrollte und Imas Haar netzte, musste Trota sich tatsächlich vor Rührung abwenden. Was auch immer hier Rätselhaftes geschehen war – Gottes Nähe sprach davon, dass Er mit den Liebenden war. Leisen Schrittes entfernte sie sich.

Der Fremde ließ niemanden in Imas Nähe. Wenn sie sich das Laken wegriss, deckte er sie geduldig wieder zu und kühlte ihre Stirn mit einem feuchten Tuch. Nicht einmal Marielva durfte sie anfassen, er schlug nach ihr wie nach einem lästigen Tier, und heulend kroch die Verrückte irgendwann davon. Ihr Jammern hörte man die halbe Nacht.

Das Totenlager neben Ima war geräumt worden. Auch den Strohsack hatte man abgeholt, die Ecke an der Hofmauer verwaiste. Nur der Brunnen plätscherte vor sich hin und sang von ewigem Leben. Trota hatte ein kleines Kohlebecken neben das Bett gestellt, in dem sie Labdanum nur für Ima räucherte. Es blieb zu hoffen, dass das kretische Harz nicht nur die Fieberdämpfe vertrieb, sondern auch den Geist der jungen Frau öffnete und ihre bebende Seele wieder aufrichtete. Die Ärztin spürte deutlich, dass Ima nicht nur vor dem Fieber nach innen flüchtete. Ob es mit dem Besucher zusammenhing? Nachdenklich legte sie noch eine Harzkugel auf die Kohle und sah dem Rauchfähnchen hinterher.

Mit der Nacht kam Kühle herangeweht. Erleichtert hoben

sich die Köpfe der müden Rosen. Der Mond schaute besorgt zwischen die feuchten Leintücher und hieß die Nachtgeister schweigen, damit die Menschen in Ruhe gesunden konnten. Ein Kind wurde im Atrium geboren, wo die Schwangeren untergebracht waren. Die dünnen Schreie des Säuglings verstummten bald, und eine Frau lachte glücklich. Friede zog wie ein feiner Hauch durch den Hof. Der Tod hielt inne. Manchmal musste man eben Geduld haben. Manchmal jedoch gab es Menschen, die stärker waren. Lautlos zog er um das Bett der jungen Frau herum und betrachtete den Fremden. Und als ob dieser ihn spürte, machte er sich groß und schützte die Frau mit seinem Körper und der Kraft seines Willens, und der Tod erkannte, dass der dunkle Mann zu kämpfen wusste.

In dieser und der nächsten Nacht reichte der Fremde Ima den Weinbecher viele Male, und sie trank, von seinem Arm gehalten, von dem honiggesüßten Sud, Schluck für Schluck, ohne jedoch die Augen zu öffnen. Seine Worte begleiteten jeden Schluck wie eine Beschwörung, deren Sinn sich nur ihm zu erschließen schien. Seine Hand spielte währenddessen mit ihren blonden Strähnen. Manchmal entspannten sich darüber ihre Gesichtszüge, als ob sie ihn verstünde, und manchmal murmelte sie vor sich hin. Dann glitt ein froher Schimmer über seine müden Züge. Wenn sie in den Kissen lag und ruhte, saß er auf seinem Schemel und starrte in die Luft. Keiner in Trotas Hospital sah, dass er das Bett je länger verlassen hätte, nicht einmal ein Beben des Vesuvio hätte ihn zum Aufstehen bewegen können.

»Ihr müsst etwas essen.« Trota stellte die Laterne neben dem Bett ab und fühlte nach dem Herzschlag des Mädchens. Der Schweiß hatte ihr Hemd wieder durchfeuchtet, man würde es bald wechseln müssen, und an ein kräftigendes Bad hatte sie auch schon gedacht. Die anhaltende Schwäche der Kranken jedoch machte ihr Sorgen, und sie grübelte, welchen Theriak sie noch probieren konnte. Den Wein hatte sie schon mit noch mehr Honig angereichert. In der Küche stand ein Topf ausgekochtes Knochenwasser, doch dafür war es noch zu früh. Morgen vielleicht würde sie davon trinken können, morgen – wenn ihr Magen sich gänzlich beruhigt hatte. »Nehmt etwas Brot, Herr. Und ein Glas Wein. Mein Wein ist gut, er kommt von den Hängen des großen Berges.«

Der Mann schüttelte nur den Kopf. Fragend sah sie ihm ins Gesicht.

»Seht es als Buße«, hörte sie ihn da leise sagen. Die Düsternis, die ihn umgab, griff nach ihr, und sie floh vor ihm.

Die Ärztin hatte jedoch auch nicht viel Zeit, sich mit ihrem seltsamen Gast zu befassen, immerhin war er ja gesund. Der Toten neben Ima waren einige mehr in ihrem kleinen Hospital gefolgt, und wie man hörte, raffte das Fieber auch in der Stadt Menschen dahin, und man suchte bereits nach Schuldigen für die Seuche. Auf der Burg hatte man entschieden, das Gauklerlager anzuzünden, welches die Wurzel allen Übels zu sein schien, und die Rauchwolken zogen mit dem Seewind über die Häuser von Salerno. Die Mägde flüsterten, was man sich an den Brunnen erzählte. Dass eine Zauberin dort unten mit verbrannt sei und etwas, das aussah wie ein haariger Dämon. Der Käfig, in dem der Dämon gefangen gewesen war, sei nicht mit verbrannt und würde jedem Unglück bringen, der ihn ansah. Sie tuschelten, dass es im Lager nicht mit rechten Dingen zugegangen sei, weswegen die Mönche, die es angezündet hatten, besonders viel Weihwasser verspritzt hatten, einen ganzen Bottich habe man nach unten transportiert. Und sie redeten auch über Ima – und über die Verrückte, von der man glaubte, dass sie aus dem Lager kam. Doch da das Mädchen unter dem Schutz des gestrengen Hausherrn stand, wagten sie nicht, sie schlecht zu behandeln. Johannes Platearius verstand keinen Spaß.

»Ich hab's aber gesagt. Dass sie bei uns im Haus ist«, flüsterte das Küchenmädchen. »Man muss sie befragen. Nachher verbreitet sie noch mehr Unglück – und wir müssen mit ihr zusammenleben.« Die anderen nickten eifrig.

Am Morgen des dritten Tages erwachte Ima aus tiefem, todesähnlichem Schlaf. Trota, die gerade die Laken gewechselt und frischen Aufguss gebracht hatte, sank auf die Knie und dankte Gott von Herzen. »Allmächtiger«, lächelte sie unter Tränen, »da kennen wir dich überhaupt nicht, Mädchen, doch das ganze Haus fragt unablässig nach dir und deinem Wohlergehen, und ich bin so froh, dass ich nun die gute Nachricht überbringen kann!« Ergriffen drückte sie den Arm der Kranken. Die ließ langsam ihren Blick umherwandern. Ihre Augen fühlten sich an, als hätte jemand Sand hineingerieben, doch sie war zu schwach, um mit der Hand darüberzustreichen. So schwach … Das Plätschern des Brunnens hatte sie Tag und Nacht begleitet, daran konnte sie sich erinnern. Ebenso an den Duft von Rosen. Würzig und süß, wie wohltuender Balsam nach Strapazen. Die Schwere des Jasmins. An Hitze. Solche Hitze. An Durst – und an Wein. Immer wieder stark gewürzten Wein, dessen Geschmack ihr nachhing und den sie langsam trinken musste, Schluck für Schluck. Den Mann an der Mauer entdeckte sie zuletzt, vielleicht weil sein Mantel so dunkel gefärbt war, so düster wie die Mauer selbst. Sie sah ihn an, und ihre Augen weiteten sich, als sie wie nach langer Blindheit erkannte, wen sie vor sich hatte.

»Geh weg.«

Trota fuhr erschrocken hoch. Seine Miene hatte sich verhärtet, der Blick gefror. »Mehr Worte hast du nicht für mich?«, fragte er müde.

»Was hattest du für uns?«, fragte sie zurück und rang nach Luft, die die Schwäche ihr auch noch nehmen wollte. »Nicht einmal einen Gedanken hattest du für uns übrig.«

Der Mann stützte die Ellbogen auf die Knie und fuhr sich mit beiden Händen durch das wirre Haar. Als er wieder hochsah, wirkten seine Augen uralt, und eine steile Falte hatte sich auf beiden Seiten neben die Nase eingekerbt.

»Wie geht es ihr, *meyja*?«, flüsterte er.

Imas Atem ging unregelmäßig. »Du fragst nach meiner Mutter?« Sie lachte hysterisch auf. »Meine Mutter glaubt, dass du tot bist. Ich habe niemals geglaubt, dass du tot bist. Ich nicht. Aber sie. Sie ist verrückt geworden, nachdem du verschwunden bist. Sie ... sie ... sie hantiert mit gefährlichen Pflanzen, um Dinge zu sehen. Sie tat es, um dich zu finden – sie hat dich bei den Toten gesucht, verstehst du – bei den Toten sucht sie dich. Alle hat sie damit gequält und keine Ruhe gegeben. Sie schläft nicht mehr richtig. Sie dämmert im Sitzen vor sich hin, und sie redet und schreit in der Nacht. Sie war manchmal wie ein Geist – ich hatte Angst vor ihr, weißt du. Ich hatte Angst vor meiner Mutter.« Ihre Augen blitzten erregt. »Man konnte nicht mehr essen, was sie zubereitete, ihr Bier, der Met, die Grütze, alles war vergiftet, alles, was sie anfasste und kochte, war voller Zauberpflanzen, von denen man erbrechen musste und schreckliche Alpträume bekam – alles wegen dir, weil sie dich bei den Toten gesucht hat all die Jahre ...« Harte Schluchzer erstickten ihre Stimme, ihr Kopf sank zur Seite, das Gesicht wurde blass. Erschöpft von ihrem Ausbruch, schlief sie ein.

Trota strich beunruhigt über die eingefallene Wange. Dann sah sie hoch. »Allmächtiger. Sie ist Euer Kind?«, fragte sie ungläubig.

Tiefe Trauer zerfurchte sein Gesicht. »Ja, Frau. Sie ist mein Kind.« Er stand auf, fassungslos über seine Entdeckung, die so neu doch gar nicht war, die ihm aber rasenden Schmerz zufügte, schlimmeren Schmerz als die tiefste, bohrendste Lanzenwunde, die einem Ritter zugefügt werden konnte. Nur dass es hier keine Heilung gab.

Niemand und nichts konnte ihm helfen, das spürte die Ärztin. Nicht die Kühle der Mauer, kein Trank, den sie bereitete, kein Gespräch. Allein Gott konnte vielleicht helfen, doch der Mann sah nicht aus, als ob er auf dessen Hilfe je gebaut hätte. Und so überließ sie die beiden schweren Herzens sich selbst – den Mann seinem Schmerz, das Mädchen unruhigem Schlummer, der die Genesung verzögerte.

»Ihr schon wieder. Ich verbot Euch, mein Haus zu betreten, erinnert Ihr Euch nicht?« Trotas graue Augen blitzten Gérard an, und er wunderte sich, wie viel Energie diese kleine Person ausstrahlte, dass er sich von ihr bedrängt fühlte. Er hatte versucht, sich an ihr vorbei ins Haus zu schleichen, doch sie hörte alles und kam aus ihrer Medizinkammer herausgeschossen, als sie die harten Tritte auf den Bodenziegeln hörte, den Mörser in der Rechten, Kräuterstaub im Haar, die Schürze mit Weinflecken bekleckert. Aus der Kammer duftete es nach Honig und Nelke, und ihre Wangen waren gerötet von der konzentrierten Arbeit des Theriak-Kochens. Ihre Stimme klang äußerst gereizt. »Wie könnt Ihr Euch einfach darüber hinwegsetzen? Wie könnt Ihr es wagen, ungefragt mein Haus zu betreten? Ich lasse die Stadtwache kommen!«

»Edle Frau, es gibt keinen Grund, mir den Zutritt weiter zu verwehren – mein Gewand ist sauber, ich war im Badehaus, und ich habe gebeichtet.« Letzteres war natürlich gelogen, er hatte im Badehaus bei zwei Dirnen gelegen und trotz ihrer verführerisch weißen Körper erneut kein Vergessen finden können. Genau deswegen war er hier. Er hatte sich auf der Burg Münzen zusammengeliehen, ein neues Gewand schneidern, das Kettenhemd flicken lassen. Zumindest glänzte es wieder, wie es sich gehörte, und die Löcher verdeckte der Mantel. Er hätte es nicht tragen müssen, doch er fühlte sich besser damit. Die Löcher in den Maschen waren ehrenvoll entstanden, in den Gefechten um Rom und im Kampf mit dem Bären, um sie zu schützen – *sie*. Er hatte für *sie* gekämpft. Die Dirnen hatten ihn ausgelacht, weil er schlaff wie eine welke Mohrrübe in ihren

Händen geblieben war. Das Kettenhemd schützte ihn gegen Spott und Hohn.

Von irgendwoher erwuchs ihm Mut, und er schob die Ärztin beiseite. »Sie steht unter meinem Schutz, Frau, darum darf ich wiederkommen. Sie steht unter meinem Schutz.«

»Immerhin seht Ihr nicht mehr aus wie ein Strauchdieb, sodass ich Euch das fast glauben könnte.«

Da stellte sich ihm der Bote in den Weg, das wohlbekannte Schwert blitzte drohend auf. »Trotzdem wünsche ich Euch nicht in ihrer Nähe.«

»Wer seid Ihr eigentlich, mir das zu verwehren?«, fragte Gérard mit scharfer Stimme.

Des anderen Brauen zuckten. »Und wer seid Ihr?«, fragte er belustigt. »Seid Ihr überhaupt wer, dass man Euch erlauben könnte, in ihre Nähe zu treten? Ich traf Euch, wie ich mich entsinne, zuletzt als einfachen Mann in der Schmiede an ...«

Der Hieb saß. Gérard erblasste. Die Schmach verursachte ihm Übelkeit, und er musste sich mit aller Macht zusammenreißen, um nicht im Haus der Ärztin das Schwert zu ziehen, sich auf den dreisten Beleidiger zu stürzen und für den Preis seines Lebens seine Ehre reinzuwaschen. Tiefe Röte überzog sein Gesicht. Des anderen Miene wurde finster. Fäuste ballten sich, Zorn wuchs. Die böse Spannung zwischen den Männern stieg, und Trota setzte schon nachdrücklich den Mörser ab, um einzugreifen ...

»Gérard!«, rief da eine dünne Stimme. Beide Männer fuhren herum.

Ima zahlte für ihn den Wegezoll, sie öffnete die Schranke. Ungehindert stürmte Gérard an den Betten vorbei auf ihr Lager zu und kniete dort nieder, stumm und fassungslos und dankbar zugleich, sie lebend und lächelnd wiederzufinden. Doch weil er ihren neuen Beschützer im Nacken wusste, wagte er nicht, was er vielleicht getan hätte, wären sie allein gewesen: wenigstens ihre Hand zu nehmen und zu küssen.

»Wie schön, Euch zu sehen«, lächelte sie, und ihre Augen strahlten. Da versagte ihm die Stimme, nur nicken konnte er noch. Der Bote weiter hinten sah ihr Strahlen auch, wie sie schüchtern beieinanderhockten, sich nicht bewegten, nicht sprachen – sich nur anschauten.

Ein wenig später fand Ima die Kraft, nach ihrem Beutel zu langen. Sie kramte darin herum, und Gérard betrachtete fasziniert ihre schlanken Finger, die schmalen Handgelenke, die aus den breiten Hemdärmeln hervorlugten, und er wusste doch, wie es weiter oben aussah, wie sich ihre weiche Haut anfühlte.

»Hier.« Sie räusperte sich. Er kam zu sich. In ihrer Hand lag der Natternkopf, inzwischen ganz vertrocknet und fast schwarz, doch die Zähne blinkten immer noch weiß. »Ich brauche ihn nicht mehr, Gérard. Ich bin hier in guten Händen, mir kann nichts mehr passieren.« Sie reichte ihm den Kopf. »Nehmt ihn. Vielleicht hilft er Euch ja eines Tages.« Und sie lächelte still.

Lange blieb Gérard an ihrem Lager sitzen, und lange betrachtete ihn der Bote. Erst als Ima wieder eingeschlafen war, ohne dass sie ein weiteres Wort gewechselt hätten, stand er mit gesenktem Kopf auf und verließ das Bett. Wie um ihn zu necken, sandte ihm der Wind schweren Rosenduft hinterher …

Der Bote trat ihm in den Weg. »Wartet. Seid Ihr überhaupt in der Stellung, um ein Weib zu freien? Könntet Ihr Euch eines leisten?« Es klang barscher als beabsichtigt.

Völlig verdattert blieb Gérard stehen und starrte ihn an. Der Mann zog mit spitzen Fingern seinen Mantel zur Seite und legte die geflickten Kettenlöcher seiner Rüstung frei. Seine Brauen zuckten vielsagend. »Verdient Euch eine Stellung, Mann. Dann erst wagt es, an ein Weib wie dieses zu denken.« Gérard wollte hochfahren, sich gegen die erneute Demütigung zur Wehr setzen, doch diesmal fand er nichts als Friedfertigkeit in den tiefblauen Augen des Fremden – und keine gezogene Waffe, sondern seine unter Rehleder verborgene Hand, deren kerniger Druck ihn ermutigte.

Gérard kehrte noch einmal zu Imas Lager zurück, doch sie schlief schon, diesmal einen gesunden, erholsamen Schlaf, und ein Lächeln zierte ihr schmales Gesicht. *Verdient Euch eine Stellung.* Er schnaubte kurz. Ob sie das auch so sah? Sie, die ihn eigentlich verachtete, weil er der Sohn einer Küchenmagd war? War es überhaupt möglich, gegen den Makel der Geburt anzukämpfen? Konnte man niedrige Geburt mit Gold aufwiegen? Konnte man sich eine Frau wie Ima von Lindisfarne erkaufen? Ihr reines Gesicht lag wie ein Blütenblatt auf den Kissen und wirkte mit einem Mal unnahbar und unerreichbarer denn je. Er verließ das Haus der Ärztin und schwor sich, nicht wiederzukommen.

Imas Genesung machte große Fortschritte. Schon nach drei Tagen konnte sie wieder Grütze essen, trank alle bitteren Aufgüsse, die Trota ihr reichte, und labte sich an dem gesüßten Rotwein, den die Mädchen brachten. Erleichtert vernahmen alle ihr Lachen, wenn Marielva ihr in lichten Momenten etwas vorsang oder zu tanzen begann. Dann wagte auch kaum jemand, sie eine Dämonin zu nennen oder an das verbrannte Gauklerlager zu erinnern. Wenngleich – vergessen war es nicht, und das eine Küchenmädchen hasste sie regelrecht.

Der düstere Besucher kam regelmäßig nach ihr schauen, und die Mägde verloren die Furcht vor seiner ernsten Erscheinung. Meist schlief Ima, oder sie stellte sich schlafend, wie er irgendwann bemerkte. Und so setzte er das Tablett, welches er Trota aus den Händen genommen hatte, klirrend auf der Truhe ab. Das war deutlich. Unwillig schlug Ima die Augen auf.

»Ich werde nun nicht mehr kommen können. Der Guiscard ist am Morgen nach Salerno zurückgekehrt und bedarf meiner Dienste.« Ihr Besucher hob die Brauen. »Ich wollte noch einmal nach dir schauen.« Wie schwer ihm das fiel, war deutlich zu spüren. Sie nickte stumm, immer noch unfähig, mit ihm Frieden zu schließen.

»Seit wann weißt du, wer ich bin?« Bei der Frage zerriss es sie beinah, dabei brannte es ihr auf der Seele, seit sie wieder bei klarem Verstand war. Die Vergangenheit drängte sich auf, und Ima wollte das nicht. Sie wollte nicht daran denken – an das Entsetzen nach seinem Verschwinden damals, an Mutters Wahnsinn, als sie die ganze Insel nach ihm absuchte, an die furchtbaren Szenen, die hilflosen Mönche, an ihre eigene kindliche Hilflosigkeit … Trotzdem, nur diese Frage – und keine weiteren.

Er sah sie an, und um seinen Mund zuckte es. »Ich bin nicht sicher, *meyja*. Du hast dich sehr verändert. Und auch wieder nicht. Das verwirrt mich.«

Sie lachte trocken auf. »Ein paar Jahre sind ins Land gezogen, Herr. Da verändern sich Menschen, die man verlässt.«

»Nein.« Er schüttelte den Kopf. »Nein. Das meine ich nicht. Dein Stolz. Du bist stolzer als alle Frauen, die ich kenne, Snædís …

»Mein Name ist Ima!«, keuchte sie und warf sich im Bett herum, um ihn nicht mehr sehen zu müssen.

»Ima.« Er schnaubte leicht. »Ach. Maria Immaculata. Weißt du eigentlich, wer dich auf diesen albernen Namen damals getauft hat? Ein Bischof – gegen meinen Willen. Maria, die Unbefleckte. Er tat das wegen mir, weißt du. Er verachtete mich.« Verächtlich spuckte er auf den Boden. »Ich habe dich noch in der Stunde deiner Geburt auf den Namen Snædís getauft – Schneemädchen, weil du schön wie eine Schneeflocke warst. Snædís.« Seine Augen blickten warm, doch sie sah es nicht. »Schön, das bist du – *meyja* – schöner denn je. Und kühl wie der Schnee ist dein Stolz, immer noch. Dein Herz auch, mein Liebes.«

»Geh weg«, keuchte sie und weinte lautlos in die Kissen. Da streichelte er ganz sanft ihren zuckenden Rücken.

»Ich erkannte nicht, wer du bist, als ich in Rom zu dir kam. Die Zeit spielt mit Gesichtern. Du warst doch noch ein kleines Kind, als ich … fortging.« Ihr kurz geschnittenes Haar glitt durch seine sehnsüchtigen Finger, doch sie blieb von ihm abgewandt liegen, weinend und unfähig, ihn anzuschauen. Er lächelte traurig. »Du rührtest mein Herz, wie du auf dem Schlachtfeld bei dem Verletzten hocktest und bereit warst, mit ihm zusammen zu sterben, statt dein eigenes Leben zu retten. Ich habe in jenem Moment Gott gesehen, *meyja*. Als ich deinen Zopf in den Händen dieses … dieses verdreckten Chevalier erkannte, traf es mich wie der Blitz, und ich begriff erst, wen ich beschützt hatte.«

Er blieb bei ihr, bis ihr Schluchzen verebbte. Dann beugte er sich über sie und küsste sie sehr sanft auf die tränennasse Wange. »Leb wohl, und trag mir nichts nach, Snædís«, sagte er leise. »In meinem Herzen hat es immer nur sie gegeben, das musst du mir glauben. Sie ist meine einzige Liebe, mein Weib, bis ich sterbe. Aber ich konnte in der Verbannung nicht mehr länger leben. Sie hatte sich mit unserem Leben abgefunden, sie war zufrieden dort – ich nicht. Ich konnte so nicht leben. Ich konnte einfach nicht, *meyja*. Versuch, mich zu verstehen, und mach deinen Frieden mit mir. Leb wohl.«

Trota wunderte sich, dass die junge Frau nach seinem Fortgang das Essen verweigerte. Beide Besucher schienen ihr offenbar nicht gutzutun, und sie wies an, keinen von beiden mehr vorzulassen, was sich jedoch erübrigte, denn es kam kein Besuch mehr für Ima. Und sie fragte auch nicht mehr nach ihnen. Dank guter Pflege und regelmäßigem Essen wurde sie kräftiger, und an dem Tag, als sie ihr Lager am Brunnen endgültig verlassen sollte, saß Trota neben ihr und half ihr in das blaue Kleid, welches sie gereinigt und gelüftet hatten.

Trota freute sich daran, wie es die junge Frau zum Strahlen brachte.

»Was wirst du nun tun?«, fragte sie und zupfte das Hemd über der schmalen Schulter zurecht. Ima rieb die Hände auf den Oberschenkeln. Die Ärztin nahm die Hand, vor der die Leute sich so fürchteten, zwischen ihre warmen Finger. »Wofür hat Gott dir den hier gegeben?«

Ima spielte mit der Kuppe des verhassten Fingers. »Er ist anders als die anderen Finger«, sagte sie leise. »Er – er zeigt mir den Tod.« Sie sah hoch und in Trotas Augen, stille Trauer im Blick. »Gott hat mir so viele Tote auf meinen Weg gelegt, wisst Ihr. Ob Er mich damit prüfen will?«

»Nein.« Die Ärztin nahm die Finger zwischen beide ihrer Hände und wärmte sie. »Nein, Ima. Wenn du den Tod fühlen kannst, weißt du, wo das Leben sitzt. Das ist ein Geschenk. Nutze es, Mädchen. Nutze es richtig. Ich kann dir zeigen, wie.«

11. Kapitel

Ob ich fromm sei oder gottlos,
geh und sorge für dich selbst.
Weil am Ende jeder nur, was
er gesät hat, ernten kann.
(Hafis)

Dann kamen sie eines Tages, um Marielva zu holen.

Ein Geistlicher stand vor der Tür, flankiert von zwei Knechten, die einen Handwagen zogen. Die Kapuze wippte ein wenig, als er den Kopf hob und sein Begehr vortrug.

»Das Mädchen aus dem Gauklerlager. Wir kommen, um sie abzuholen.«

Die Köchin, die die Tür geöffnet hatte, nickte beifällig, sie hatte ihr Küchenmädchen ja schon vor Tagen losgeschickt. Es traf sich gut, dass weder Trota noch Johannes im Hause waren, Alverada hasste die endlosen, zu nichts führenden Dispute mit ihnen. Sie zog es vor, Entscheidungen nach ihrem Geschmack zu treffen – und bislang hatte sich deswegen noch niemand im Haus Platearius beschwert. Es war definitiv angenehmer, bei viel beschäftigten Dienstherren zu arbeiten, die weder Zeit noch Muße für Alltagsgeschäfte wie Vorräte einkaufen oder Tiere schlachten hatten. Oder unliebsame Gäste loswerden. Alverada wischte sich die Hände am Leintuch ab, welches sie um ihre stattliche Hüfte geschlungen hatte.

Marielva schrie, als die Knechte sie packten. Alarmiert sprangen Kranke aus den Betten und gingen dem Geschrei nach, doch wagten sie es nicht einzugreifen, denn immerhin überwachte ein streng aussehender Geistlicher das Geschehen und verbat sich nur durch seinen scharfen Blick jede Einmischung. Eine der Frauen holte schließlich Ima aus dem Kräutergarten.

»Sie tun was?« Ungläubig starrte Ima die Frau an, die gestern erst entbunden hatte und erstaunlich flink auf den Füßen war, obwohl sie beinahe zwei Tage in Wehen gelegen hatte. Sie selbst tat sich immer noch so schwer, lange Strecken zu gehen, und geriet ins Keuchen, sobald sie Stufen hochsteigen musste ... Und so war Marielva denn auch längst zur Tür hinausgezerrt worden, und Alverada schob zufrieden den Riegel vor. Das Küchenmädchen musste sogleich die Diele kehren, als hätte die Tänzerin Schmutz hinterlassen.

»Wo haben sie sie hingebracht?«, fragte Ima fassungslos. Die Schreie des Mädchens waren bis ins Haus zu hören. Vor der Tür machten auf Almosen wartende Bettler dumme Bemerkungen, von wegen dass da wohl wieder jemand zu aufdringlich gewesen sei und dass man sich Johannes Platearius' Sympathie nicht verscherzen dürfe.

»Ich traue ihr nicht. Sie sollen ihr mal auf den Zahn fühlen. Die Milch wird sauer, versteht Ihr? Und seit zwei Tagen gibt die Kuh keine Milch mehr, sie hat ein knallrotes Euter, das hatte sie noch nie. Wer soll denn sonst daran schuld sein? Ein rotes Euter fällt nicht vom Himmel, meine Liebe! Sie muss befragt werden ...«

»Wo haben sie sie hingebracht?«

Die Augen der Köchin waren kalt trotz ihrer schwarzen Farbe. »Da müsst Ihr den Priester fragen. Ich weiß es nicht. Und es interessiert mich auch nicht. Das Euter meiner Kuh interessiert mich, Fräulein. Und ich will keine Leute im Haus, die Ärger bringen. Diese Person spricht nicht, schreit herum und bringt Ärger. Meine Kuh gibt keine Milch, und der Herr ist ärgerlich, weil's keine Grütze gibt. *Das* interessiert mich.« Damit drehte sie sich um und rauschte davon.

Ohnmächtig und fassungslos blieb Ima an der Haustür zurück.

Als die Ärztin am Abend zurückkehrte, zeigte sie sich sehr erstaunt, dass Marielva abgeholt worden war. Ima fand nicht den Mut, ihr zu sagen, wer das zu verantworten hatte, man hätte ihr vielleicht nicht geglaubt. Niemand außer ihr nahm das feixende Gesicht der Köchin wahr. Die Kuh gab immer noch keine Milch. Johannes Platearius erzählte etwas von bösen Dämpfen, die in der Kuh festhingen, und dass man sie purgieren müsse, und überlegte, wo an der Kuh man am besten einen Aderlass vornimmt. Da kreischte die Köchin, niemand würde ihrer Kuh Blut abzapfen, lieber würde sie ihr täglich Grütze kochen und das Küchenmädchen mit Essigwasser an das Euter setzen …

»Du könntest deinem Küchenmädchen auch beibringen, schneller zu melken«, bemerkte Johannes abschließend. Er hasste es, mit Dienstboten zu disputieren, es führte ja zu nichts. »Sie melkt zu langsam und schädigt das Euter.« Brummelnd verschwand daraufhin Alverada. Draußen hörte man sie herumkeifen, was für Faulpelze hier doch herumliefen und sie würde ihnen Beine machen, und eines der Mädchen fing hysterisch an zu heulen.

»Ich wusste gar nicht, dass du dich jetzt auch mit krankem Vieh befasst«, neckte Trota ihren Gatten und riss sich einen letzten Kanten Brot vom Fladen ab. »Gehen dir im Hospital die Patienten aus?«

»Du meinst, weil sie alle zu dir kommen?« Er lächelte schelmisch und zog die Nase hoch. »Liebes Weib, das habe ich dort oben sogar schon mal gehört. Solange jedoch deine Patienten nicht in meinem Bett untergebracht werden …« Er küsste sie auf die Wange und verließ den Tisch. Wenig später hörte man ihn in seinem Studierzimmer singen und mit Folianten und Büchern hantieren.

»Was werden sie mit ihr machen?«, fragte Ima schüchtern.

»Mit der Kuh? Wenn sie keine Milch mehr gibt, werden wir sie schlachten.«

»Mit Marielva«, flüsterte Ima errötend. Die Ärztin sah sie nachdenklich an.

»Du hängst an ihr, nicht wahr? Und sie weicht dir nicht von der Seite. Nun, ich denke, sie werden sie befragen. Du weißt schon, ob sie den Teufel kennt.« Mit klirrendem Löffel aß Trota den Rest ihrer Suppe. Johannes hasste Löffelklirren, deswegen hatte sie damit gewartet, bis er ging. »Die Priester werden sie auf Herz und Glauben geprüft haben. Aber da sie verrückt ist, werden sie sie laufen lassen.«

»Meint Ihr wirklich?«

»Marielva ist zu harmlos«, lächelte die Ärztin.

»Aber werden sie nicht den Teufel in ihrem Leib vermuten und versuchen, ihn auszutreiben?«

Trota schüttelte den Kopf. »Jeder sieht doch, dass sie nicht richtig im Kopf ist. In solchen Köpfen sitzt der Teufel nicht, Mädchen. Weißt du – Verrückte sind auch Gottes Kinder. Die Kirche hat es gern, wenn man sie daheim aufnimmt. Ich kenne einen Mann, der zwei närrische Kinder hat – er wohnt unten am Stadttor. Er hat die Kinder nicht verkauft, wie das viele machen, sondern bei sich behalten und pflegt sie. Die Leute geben Almosen für sie ab, und niemand hat Angst vor ihnen. Gott liebt es ja, wenn man gut zu solchen Menschen ist, es sichert einem einen Platz im Himmel«, zwinkerte sie, und es war gut, dass niemand sonst diese Bemerkung hörte.

Ima war trotzdem beunruhigt und schlich die nächsten Tage mit sorgenvollem Gesicht umher.

An einem brütend heißen Morgen hielt sie es schließlich nicht mehr aus und machte sich allein auf den Weg zur Residenz. Sie hatte vergessen, wie weit das war. Der Tumult in den Straßen Salernos war ohrenbetäubend. Ausgerechnet heute fand ein Markt statt, und unzählige Menschen aus dem Umland waren gekommen, um Waren aus dem Orient zu kaufen, die ein Schiff gestern gebracht hatte. Zudem hatte der Guiscard in den letzten Tagen sein Heer entlassen, welches ihm nach Rom gefolgt war. Überall in der Stadt liefen Krieger umher, die ihren Sold in Alkohol, Weiber oder Silberschmuck umsetzten – viele waren ohne ihre Aufgabe orientierungslos und warteten nur darauf, dass der Herzog ein neues Heer aushob, wo sie sich melden konnten. Man munkelte hinter vorgehaltener Hand, dass ein Feldzug auf den Balkan unmittelbar bevorstand. Mancher Krieger wollte auch einfach nur ein wenig feiern, bevor er sich auf den Heimweg machte. Es war daher einer dieser Tage, an denen die stark besiedelten Hänge von Salerno zu steil und die Gassen zu schmal waren …

Ima musste sich durch dichtes Gedränge zwängen und verlor unterwegs die Orientierung. Als sie die Residenz endlich erreichte, war es bereits Mittag, und die Sonne brannte erbarmungslos vom Himmel. Mit letzter Kraft dachte sie, dass sie es wohl niemals lernen würde, über Mittag im Haus zu bleiben, wie alle Salernitaner das taten. Auch an den dicht gewebten Schleier hatte sie nicht gedacht, den die Frauen zum Schutz vor der Sonne trugen, und sie ärgerte sich, wie ihre Haut immer röter wurde und zu brennen begann.

Der Torwächter ließ sie natürlich nicht durch. Es kümmerte ihn nicht einmal, dass sie kaum zu Atem kam und sich an die Wand lehnen musste, weil ihr schwarz vor Augen wurde vom zu schnellen Lauf. Er scherzte mit seinem Kumpan und trank mit großen Schlucken aus einer Kanne. Zweideutige Scherze über Frauen erheiterten beide so, dass sie sich immer wieder den Bauch vor Lachen halten mussten.

»Sie stopfte sich also das Zeug zwischen die Beine, und ob du's glaubst oder nicht – sie spie Feuer!«

»Was? Zwischen den Beinen? Mann … du lügst! Sie hat es sich unten reingestopft?«

»Wenn ich's doch sag!« Der mit der Kanne lachte anzüglich und schwenkte sein Gefäß. »Bist neidisch, was? Kannste ruhig sein. Ich kam kaum zur Ruhe in jener Nacht, das kann ich dir sagen, sie nahm mich von allen Seiten, im Stehen, im Liegen, im Sitzen, immer wieder, sie bekam ja nicht genug, so was Unersättliches hast du noch nicht erlebt, und wir stöhnten so laut, dass der Hausherr sich beschwerte, hehehe…« Seine Augen glitzerten in Erinnerung an diese unzüchtige Nacht, dann sah er Ima an. »Und was ist nun Euer Begehr, junge Frau?« Der Blick fragte lachend weiter, ob sie wohl auch etwas zwischen den Beinen hängen hatte.

»Ich suche jemanden«, erwiderte sie hochmütig. »Ich suche ein junges Mädchen.«

Da lachten sie beide grölend.

»Bei uns ist sie nicht. Noch nicht. Die jungen Mädchen kommen immer erst abends…«

»Sie wurde gefangen genommen. Ein Priester muss sie hergebracht haben.«

»Sie meint das besessene Kind«, sagte da der mit der Kanne, plötzlich ernst geworden. »Da können wir nicht weiterhelfen.«

»Nein. Wenn sie befragt wird, können wir nicht weiterhelfen. Man sagt, sie sei ein Dämon.« Der mit den roten Wangen sah sie scharf an. »Was habt Ihr mit Dämonen zu tun, Fräulein?«

»Nichts, und sie ist kein Dämon, sie ist krank«, sagte Ima böse. »Sie ist kein Dämon, und es gibt überhaupt keinen Grund, sie zu befragen.«

»Wir können nicht helfen.« Der mit der Kanne wandte sich ab und stellte seine Hellebarde aufrecht wie zum Zeichen, dass an ihm niemand vorbeikäme. Ima dachte fieberhaft nach, wen sie um Hilfe bitten konnte. Wen kannte sie nur, wen?

»Kennt Ihr… kennt Ihr den Chevalier Gérard de Hauteville?« Sie verschränkte die Arme, denn der eine fing an zu lachen.

»Gérard, den alten Saufkopf? Na, freilich kenn ich den – stockbesoffen kam er zuletzt hier an, von der Mauer haben wir ihn gekratzt…«

»*Du* hast ihn von der Mauer gekratzt. Ich hätte mir einen Spaß mit ihm erlaubt«, betonte der Kumpan. Beide kicherten albern.

»Dann ruft ihn her, wenn er nüchtern ist.«

»Junge Frau.« Der mit der Kanne stellte sich vor sie hin, ein wenig zu nah, doch er konnte ja nicht wissen, mit wem er es zu tun hatte. Ima hielt sich zurück. Wie sie solches Pack hasste. »Junge Frau. Unter normalen Umständen würde ich Euch erklären, dass es noch keiner Frau bekommen ist, den Chevalier Gérard rufen zu lassen, weil er die Hübschen noch hier im Wachhäuschen flachgelegt und ordentlich durchgewalkt hat...«

»Hat er«, grinste der Rotbäckige. »Hab's selber gehört. Sie quieken wie die Ferkel, wenn er sie durchwalkt. Muss was dran sein an dem Mann. Ordentlich was dran.«

»Muss wohl. Hab's nie gesehen – nur gehört. Also – die Weiber hab ich quieken gehört vor Wonne. Die nicht so Hübschen hat er immer mit in den Stall genommen und sie im Stroh quieken lassen.« Beide prusteten los. Ima lief rot an. De Hauteville genoss in der Residenz also den Ruf eines notgeilen Schürzenjägers. Bittere Scham ätzte sich in ihren Leib. Auch sie hatte sich ihm in einer gottverdammt schwachen Nacht leidenschaftlich hingegeben...

»Ich will nicht seinen Schwanz, ich will seine Hilfe«, sagte sie fest. Die beiden wieherten noch lauter, und der eine japste: »Seine Hilfe! Das kann er fast noch besser! Allmächtiger, ich sterbe, mein Bauch – ich hab gesehen, wie er ihnen hilft...«

Dann beruhigte der mit der Kanne sich und stellte die Hellebarde an die Mauer.

»Hübsches Fräulein, der Chevalier ist nicht mehr hier. Er wurde nach Palermo beordert, um das Gold der Juden einzukassieren, das der Herzog der Herzogin geschenkt hat.« Er trat näher. »Der Herzog hat nämlich dem griechischen Erzbischof acht reiche Juden geschenkt. Und die Frau Herzogin bekommt das Gold von diesen Juden. Ein großzügiger Mann, unser Herzog.« Triumphierend sah er sie an und wartete darauf, welchen Eindruck diese Aussage bei ihr machte. Leider keinen allzu großen. Stattdessen versank sie in Grübelei, vielleicht hatte sie auch gar nicht verstanden, was für ein wunderbarer und geschickter Herrscher der Guiscard war. Sicher würde sie ihm gefallen, sie war verdammt hübsch, und auch er hätte gerne ihr seidiges Haar angefasst. Ob de Hauteville sie auch schon flachgelegt hatte? Immerhin schien sie ihn ja zu kennen. Und der Chevalier war auf der ganzen Burg von Salerno bekannt für seine Unersättlichkeit...

»Dann... dann... kennt Ihr den Boten des Herzogs?« Die Stimme klang nun gepresst; es fiel Ima schwer, nach ihm zu fragen.

»Welchen Boten? Der Herzog hat viele Boten, Mädchen. Nenn uns einen Namen.« Niemals würde sie Zugang zur Burg bekommen, Spaß machte es trotzdem. Er grinste gutmütig.

»Er heißt... Er... Er hat...« Ima wurde blass. Sie brachte den Namen ihres Vaters nicht über die Lippen. Wenn sie ihn aussprach, würde sie in Tränen ausbrechen – niemals, niemals durfte das geschehen. »Er hat graues Haar und... und keinen Bart. Er trägt niemals Bart.«

Die beiden schauten sich an. »Sie meint wohl Humulf«, sagte der eine. Der andere nickte.

»Herr Humulf ist ebenfalls in Palermo, junge Frau. Vermutlich weil man Gérard nicht mit so viel Gold alleine lassen kann. Er nimmt sich erst das Gold, dann die jüdischen Frauen.« Er kicherte, dann verstummte er. Interessant, wie sich ihr Gesicht veränderte. Der Wächter konnte ja nicht wissen, welche Trauer ihr Herz ergriff, als sie hörte, hinter welchem Namen sich der Mann verbarg, der einmal ihr Vater gewesen war. Humulf, der Wolf in der Dämmerung...

»Macht Platz, wenn Ihr keinen Tritt abbekommen wollt!«, erscholl da eine gebieterische Frauenstimme unter eiligem Hufgetrappel. Ein isabellfarbenes edles Pferd trabte mit erhobenem Kopf die Gasse zur Burg hoch, seine üppige Mähne flatterte im Wind, und die Nüstern blähten sich nach schnellem Ritt. Tiefschwarze, empfindsame Augen musterten die drei Menschen am Burgtor, als die Reiterin das Pferd zum Stehen brachte. Ima erkannte die Herzogin. In ihrem Gefolge zwei junge, vornehm gekleidete Damen und ein Diener, der mit allerlei Paketen behängt war – offenbar hatte man dem Warenlager des arabischen Kaufmannes einen Besuch abgestattet. Die Herzogin schien auch für solche Ausflüge ihr Pferd der Sänfte vorzuziehen. Gawan hatte die langobardische Fürstentochter seinerzeit als exzellente Reiterin bezeichnet.

Sicaildis musterte sie mit gerunzelter Stirn.

»Sicher ist Euch klar, dass dies hier kein Ort für Frauen ist«, sagte sie mit einem hochmütigem Seitenblick auf die Torwächter, die offenbar nicht minder stadtbekannt waren als der Chevalier, über den sie sich vorhin lustig gemacht hatten. »Gibt es einen triftigen Grund, dass Ihr Euch hier aufhaltet?«

Nichts hatte darauf hingedeutet, dass Sicaildis sie wiedererkannt hätte. Ein verschenkter Ring war auch nur ein Ring, obwohl er Imas beinah größten Schatz darstellte. Als sie im Hof der Residenz wartete und die Herzogin ihr einen Krug verdünnten Wein bringen ließ, weil sie so schwach auf den Beinen wirkte, behandelte sie sie wie eine einfache Frau und schaute ihr nicht einmal ins Gesicht, als Ima ihr Begehr schilderte.

»Ich weiß nicht, ob mein Einfluss ausreicht, um Euren Wunsch zu befriedigen«, sagte die Herzogin und ließ in den Becher nachgießen. »Aber ich will gerne schauen, ob ich etwas ausrichten kann. Wartet hier.«

Das tat Ima, viele Stunden lang, ohne dass sich weiter jemand um sie gekümmert hätte.

Manche sprachen sie an, es kam schließlich nicht oft vor, dass eine gut aussehende Frau einen ganzen Tag am Brunnen stand. Das Küchenmädchen kehrte irgendwann zurück und brachte ihr frisches Wasser. »Zieht Euren Schleier über den Kopf«, warnte sie, »Ihr verbrennt sonst in der Sonne.« Ima verzog sich unter eine Treppe, als die Hitze gar zu drückend wurde. Ihr dünner Schleier vermochte die Sonne nicht abzuwehren, und sie fühlte, wie ihre Gesichtshaut sich immer mehr rötete. Regungslos hockte sie dort, ertrug stoisch, wie der Schweiß an ihrem Körper herablief und die Füße immer mehr anschwollen, und hing ihren Gedanken nach. Welch merkwürdige Fügung sie an den Hof des Herzogs geführt hatte. Marielva war wie eine Schwester für sie geworden. War es das? Das Gefühl des Entwurzeltseins, das sie einte? Und Gott schaute zu. Sie mochte noch nicht glauben, dass Er nur zusah, wie dem Mädchen Leid zugefügt wurde. Ein gemurmeltes Gebet unterstrich die Hoffnung auf Seine Hilfe, doch war sich Ima bewusst, dass ihr die Inbrunst für das Gebet fehlte. In ihrem Elternhaus auf Lindisfarne hatte es keine Inbrunst für die Zwiesprache mit Gott gegeben, nur Hader und Zweifel.

Gérard kam ihr in den Sinn, Gérard, der in der Kirche in Rom zu ihr gesagt hatte, dass sie alle in Gottes Hand seien – auch die Verlorenen. Sie – und er. Ob er das wirklich glaubte? Er, der seinem Gegner damals einfach den Kopf abgeschlagen hatte? Der in Rom in seinem Element gewesen war – ein Ritter, wie sie in England viele kennengelernt hatte: gewalttätig, brutal und gewissenlos. Für Gebete, Arbeit und gute Taten gab es ja andere Menschen, so funktionierte die Welt. Sie schloss die Augen und dachte an den kräftigen Normannen mit den großen Händen. Beinah doppelt so groß wie ihre waren sie gewesen. Sie dachte daran, wie ihre Hand in der seinen gelegen hatte, auf dem Vesuvio… Sein blasses Gesicht mit den stechend schwarzen Augen, die stets unruhig auf der Suche waren. Die aufreizenden Locken, die niemals gekämmt waren und die sich trotzdem weich wie Seide anfühlten. Das prahlerische Lachen, das verebbte, sobald er sie ansah. Sein Flüstern, immer etwas heiser. Das Fenster in seine Seele, das einen Menschen hinter den Waffen gezeigt hatte – kurz nur, aber sie erinnerte sich daran, wie sehr es sie berührt hatte. Und wie es sich auf seinen Armen angefühlt hatte, als er sie in die Stadt getragen hatte. Wie fliegen war das gewesen. So sicher. Behütet. Teil von ihm. Sein Herz an ihrem Ohr … Sie versuchte, ihn aus ihrem Gedächtnis zu tilgen. Gérard war hartnäckig und blieb.

Wachen zogen an ihr vorbei. Manche guckten, lachten blöde. Jäger brachten Beute für die Burgbesatzung, und weil die Residenz von Salerno so beengt war, häutete man das Wild gleich im Hof, denn offenbar stand eine große Gesellschaft bevor: Kriegsgerüchte machten wieder die Runde, die Pferdeknechte ließen im Vorbeireiten Bemerkungen fallen. Kephallonia hörte man, Thessalonike, und die balkanischen Inseln, die so schwer einzunehmen seien. In der Schmiede herrschte Hochbetrieb, der metallische Lärm stieg durchdringend aus den Kellern hoch. Der Hof füllte sich, immer mehr Berittene und Lanzenträger kamen durch das Tor, Knappen sprangen herbei, nahmen die Pferde in Empfang und führten sie in die Stallungen an der Stadtmauer. Elegante maurische Pferde mit feinem Haar und geblähten Nüstern waren das, die Normannen wussten diese Reittiere zu schätzen, kaum jemand ritt noch die grobschlächtigen Pferde aus dem Norden. Nach einem Fuchs mit feuerroter Mähne hielt sie vergebens Ausschau. Jedem Ritter schaute sie hinterher, versuchte, einen Blick in das Gesicht zu erhaschen. Wenn nur die Schultern ähnlich waren oder die Haarfarbe rabenschwarz, wenn die Stimme tief war, das Lachen nach ihm klang oder die Schrittlänge die seine war … Er war in Palermo, schalt sie sich. Er war nicht hier, jeder Gedanke an ihn war blanker Unfug. Schürzenjäger, Tagedieb. Strolch. Der Vesuvio in der Ferne lachte gutmütig. *Dein Liebhaber*. Ima wanderte unruhig umher, doch nicht einmal Wind wehte im Hof, der ihr die Gedanken nehmen konnte, und wenn er säuselte, so brachte er Geschichten von Kampf, Krieg und Aufbruch.

Die Herzogin blieb unsichtbar.

Eine Abordnung fürstlich aussehender Männer kam angereist, als der Tag zur Neige ging. Vornehme Herren stiegen aus Sänften, kommandierten Knappen herum, traten nach ihnen, wenn sie nicht schnell genug waren. Wie Lack glänzte das Haar des einen in der Sonne, und er spuckte noch einmal gründlich aus, bevor er die Halle betrat, wo bereits Tumult herrschte, weil offenbar ein Kampf stattfand. Augenblicke später taumelte ein Ritter mit zerrissenen Kleidern aus dem Tor, stolperte und fiel in den Unrat vor der Tür. Niemand half ihm. Achtlos ritten zwei Bewaffnete vorbei, ihre langen Mäntel streiften den am Boden Liegenden, der sich stöhnend aufrichtete und über seinen schmerzenden Kopf jammerte. Ima verkniff es sich, ihm zu Hilfe zu eilen. Es war nicht Gérard, auch wenn er schwarzes Haar hatte. Es war irgendein Krieger, der ihr Gewalt antun würde, wenn ihm der Sinn danach stand. In den Remisen vor den Stallungen vergnügten sich nämlich bereits allerlei Paare, im Halbdunkel blitzte der entblößte Rücken einer Frau auf, die rittlings einem Mann im Kettenhemd zu Willen war. Als er fertig war, stolperte er in die Halle zurück, und sie zog sich verschämt das Hemd wieder an, um sich dem Nächsten zuzuwenden.

»Sodom und Gomorrha hat es in der Bibel geheißen«, sagte da jemand hinter Ima, »Sodom und Gomorrha, und lange soll es her sein. Doch Ausschweifungen kennen keine Epochen, und Sodom ist hier, um uns herum, zu unseren Füßen …« Sie drehte sich um.

Hinter ihr stand der Papst.

Oder vielmehr der Mann, der noch vor wenigen Wochen Papst gewesen war und im Gefolge des Guiscard Rom hatte verlassen müssen, weil es dort nicht mehr sicher für ihn gewesen war. Die römischen Bürger hatten angedroht, ihn zu morden, so hörte man, und Robert Guiscard hatte sich nicht in der Lage gesehen, den Heiligen Vater zu schützen. Nun, natürlich hätte er ihm ein Teil seines Heeres lassen können, doch Roberts Interesse an Rom war mit dem Abzug des deutschen Kaisers erloschen. Gregor konnte von Glück sagen, dass vasallisches Interesse an seiner Person bestand. Jeden anderen hätte Robert wohl einfach zurückgelassen und den wütenden Römern zum Fraß vorgeworfen.

Also war der Papst nach Salerno eskortiert worden und wohnte nun hier. Die einen tuschelten, als Geisel, die anderen meinten, nein, natürlich als Papst Gregor VII., als was denn sonst. Was aber war ein Papst ohne Gemeinde, weil dieser längst ein anderer Papst vorstand? Was war ein Papst ohne Tiara und Insignien?

Er war geschrumpft, so wollte es Ima scheinen. Oder lag es an den Kleidern, die er trug? Keine purpurnen Gewänder, sondern die schlichte schwarze Kukulle eines Mönchs, und nur das Käppchen war leuchtend rot und erinnerte daran, wer da möglicherweise vor einem stand. Der Rücken war gebeugt, als lasteten die vergangenen Wochen wie eine Tonne auf ihm. Schmach tat ein Übriges – Schmach machte bitter. In seinem Gesicht hatten sich Falten der Bitterkeit noch tiefer eingekerbt. Die pergamentene Haut spannte sich über Knochen, denen Askese jede Unze Fett genommen hatte. Frieden indes hatte diese Askese nicht gebracht, denn die Augen blickten immer noch scharf, unversöhnlich und durchdringend in die Welt, die sein Lebenswerk nicht anerkennen wollte. »Sodom ist hier, Mädchen.«

Dann hoben sich seine dünnen Brauen, und ein knorriger Finger näherte sich ihrem Kinn.

»Ein seltsamer Weg führt uns hier zusammen, Kind.« Über sein Gesicht huschte ein winziges Lächeln. Er hatte sie wiedererkannt. Ima versank in einen Knicks.

»Welche Überraschung, Euch hier zu treffen«, flüsterte sie

eingeschüchtert. Das konnte nicht wahr sein – dass sie dem Heiligen Vater am Brunnen begegnete – das konnte nicht wahr sein!

»Ja, in der Tat«, bemerkte er trocken und hob sie sanft auf. »Der Allmächtige hat sich ein perfides Spiel ausgedacht, um mich zu prüfen.« Bitterkeit schwang in seiner Stimme. »Doch Gott wird sie strafen. Das Jüngste Gericht wird der Menschheit zeigen, wo die Kirche steht und wie sehr man ihr Unrecht tut in diesen Zeiten, wo Kaiser und Könige sich hochmütig über die Kirche erheben …«

Vom Streit zwischen dem deutschen Heinrich und dem Papst hatte inzwischen auch Ima gehört. Dass der deutsche Heinrich selbst Bischöfe einsetzen wollte und sich mehr wert dünkte als der Papst. Dass der Papst ihn dafür gebannt hatte und Heinrich in Canossa als Büßer im Staub herumgekrochen war. Dass auch der Guiscard vielfach gebannt worden war, weil er im süditalienischen Territorialkrieg vor allem seine eigenen Interessen vertreten hatte. Wie erniedrigend, nun ausgerechnet dessen Gast sein zu müssen! Oder doch seine Geisel …?

»Ihr seid zu Gast bei Robert Guiscard?«, platzte Ima heraus und biss sich sogleich auf die Lippen. »Ich meine – ähm …« Sie wurde knallrot, Schweiß brach ihr aus. Er lachte verächtlich und betrachtete den Ring, der ihm als Einziges vom Papsttum geblieben war, denn auf seinem Thron im Petersdom saß ja bereits ein gewisser Wibert von Ravenna und nannte sich Clemens.

»So kann man es wohl nennen. Gast. Ja, nennen wir es Gast.« Er verstummte. Ein junges Mädchen schien ihm nicht geeignet, Spiegel für seine Bitterkeit zu sein. Merkwürdigerweise blieb er jedoch bei ihr stehen. Aus dem Augenwinkel sah Ima, wie die Hand auf dem Stock zitterte. Gelbliche Falten deuteten darauf hin, dass er zu wenig trank, geschwollene Fingergelenke sprachen von nächtlichen Schmerzen. Der Gesundheitszustand des Heiligen Vaters war schlecht. Im Gefolge des Guiscard'schen Heeres durch halb Italien zu reisen war sicher kein Honigschlecken für einen alten Mann gewesen.

»Man lässt es mir an nichts fehlen«, sprach er weiter. »Ich habe ein Gemach, eine eigene Feuerstelle und einen jungen Mönch, der für mein Wohlergehen sorgt.« Und er war einsam, das hörte sie aus den Worten heraus, denn warum sollte der Heilige Vater sich herablassen, mit einer Frau von der Straße zu plaudern? Und warum nicht?

»Überdies ist die Luft hier in Salerno besser. Zumindest weht immer ein Wind durch die Gassen, und auch der Hafen fächelt Kühle zu.« Seine müden Augen schauten auf das Gedränge vor der Halle. »In Rom gab es zu viel Fieber, weißt du. Schmutz, und Fieber, und Gleichgültigkeit. Ja.« Er wackelte nickend mit dem Kopf, ohne eine Antwort darauf zu erwarten.

Dann standen sie nebeneinander und betrachteten die Leute, die am Brunnen vorbeizogen, lachend, pöbelnd, schimpfend oder stumm, und die sich in die Schlange derer einreihten, die darauf warteten, zum Guiscard vorgelassen zu werden. Viele von ihnen wollten sich sicher zum Kriegsdienst melden. Im Gegensatz zum Zug nach Rom würde der Balkan richtig Beute versprechen, man wusste doch, wie reich die Byzantiner waren. Es gab kleine Handgemenge, Waffenvergleiche, einer pinkelte gegen einen Balkonpfosten, wurde zur Rede gestellt und schlug den Bediensteten nieder. Ima fühlte sich unbehaglich und ratlos – der Heilige Vater jedoch fühlte sich offensichtlich nicht unwohl, sonst hätte er sie ja längst verlassen. Jedenfalls ruhte sein Blick einmal milde lächelnd auf ihrem Antlitz, als sie zu ihm hinüberschaute.

Drinnen stimmten Musikanten ihre Instrumente. Es schmerzte Ima, das zu hören. Neue Gaukler waren in die Stadt gekommen, waren eingeladen worden, ihre Künste vor dem Herzog vorzutragen. Viellenspieler, Tänzerinnen, Bärenführer.

Mochte Gott mehr Mitleid mit ihnen haben als mit Sylvain und seinen Leute. Ima verbot sich die Tränen. Als die Sonne tief stand und ein frischer Wind vom Meer hochwehte, wurde im Seitentrakt eine Tür aufgestoßen. Ein Dienstmädchen hielt Marielva am Arm und zwang sie, mit ihr Gleichschritt zu halten, obwohl sich das Mädchen wehrte und mit den Armen ruderte. Hinter ihnen schritt die Herzogin persönlich, ohne jedoch ihrer Magd zu helfen.

Marielva stolperte und fiel auf die Knie. Sie robbte vorwärts und umklammerte Imas Beine, weinend, unverständliche Worte murmelnd – verzweifelt. Fast wäre Ima umgekippt.

»Es war nicht leicht, den Priestern eine Besessene abzuschwatzen«, meinte Sicaildis trocken. Ihre dichten Brauen tanzten. »Es kostete mich meine ganze Überredungskunst. Ich hörte, dass sie ein totes Kind zur Welt gebracht hat.«

»Ja«, flüsterte Ima, »ja, das hat sie.« Ihr Herz klopfte. Niemand hatte den Wechselbalg gesehen – niemand außer ihr und Frère Thierry, von dem sie nicht wusste, wo er steckte und was er mit der Sache zu tun hatte. »Frau Trota versorgte sie und gab ihr Kräuter gegen die einschießende Milch.« Atemlos wartete sie, denn noch war Marielva nicht frei.

»Nun, das ist tragisch, da wird man wohl verstehen, dass sie ein wenig … verwirrt ist.« Sicaildis zuckte mit den Schultern. »Ihr werdet Euch um sie kümmern?«

»Sie lebt im Haus der Trota.«

»Da ist sie gut aufgehoben. Ich schätze Trotas Arbeit sehr. Gott schütze Euch, Fräulein.« Damit wandte sie sich ab, und es duftete nach Veilchen und Flieder, als ihr Kleid sich hob.

»Ähm, habt Dank …«, stotterte Ima, erschrocken über den brüsken Abschied der Herzogin.

Da rührte sich der Heilige Vater. Gebeugt ging er auf das Mädchen zu, legte ihr die knochige Hand auf den Scheitel und segnete sie stumm. Mit großen Augen schaute sie zu ihm auf. Ihre Wangen röteten sich, als die Angst wich und sie seine Güte zu spüren bekam – die sicher nicht viele Menschen erfahren hatten, so jedenfalls schoss es Ima durch den Kopf, als sie sein verbittertes Gesicht betrachtete. Umso friedlicher fühlte es sich an, was er hier tat. Er streichelte ihren Kopf und ihre Stirn, murmelte lateinische Segenssprüche und ließ die Finger über ihr Haar gleiten. Und so, wie Marielva zu lächeln begann, entspannten sich seine Züge. Er versöhnte sich ein wenig mit der Welt – und lächelte zurück.

»Sorgt gut für sie.« Ein Nachhall der zittrigen Stimme hing noch in der Luft, als er längst wieder auf den Weg in seine Gemächer war, irgendwo fernab von den anderen Bewohnern der Residenz und mit Blick über die Stadt, wie Dienstboten geflüstert hatten, damit er sich dem Himmel und Gott näher fühle. Der Guiscard hatte einen durchaus beißenden Humor.

So zog Marielva ein zweites Mal in das Haus des Johannes Platearius. Diesmal versorgte man sie mit guten Kleidern und wies ihr die Bettstatt neben Ima zu, und Trota verbot den Dienstboten, das Mädchen zu quälen. Man staunte nicht schlecht, dass es Ima gelungen war, sie den Priestern abzuschwatzen. Johannes zollte ihr dafür lauten Respekt. »Das hätte nicht jeder getan«, sagte er mit Seitenblick auf sein Weib, welches bereits wieder in ein Pergament vertieft saß.

»Ima ist besser geeignet, den feinen Herrschaften ihren Wunsch vorzutragen«, brummte die, und das glaubte ihr jeder. »Ima weiß, wie man mit den Hochgeborenen spricht. Ich weiß das nicht.« Sie grinste schief. »Oder wenn ich weiß, was ich sage, glaubt man es mir nicht, weil es die bittere Wahrheit ist, die man nicht liebt.« Trotas direkte und kompromisslose Art hatte durchaus schon Ärger in der Residenz nach sich gezogen. Mancher vertrug es nicht, auf seine ungesunde Lebensweise hingewiesen zu werden. Johannes schmunzelte.

Die Tänzerin war wie ein Lufthauch, der durchs Haus zog. Nicht nur Imas Aufgüsse aus Valeriana und Johanniskraut machten sie allmählich ruhiger, auch der Frieden des Hauses schien ihrem verwirrten Gemüt gutzutun, denn das Pfeifen in ihren Ohren wurde weniger, und sie weinte nur noch selten. Von Sylvain sprach sie nie, aber sie fing wieder an zu singen, was die Genesenden entzückte.

Marielvas Gegenwart trug dazu bei, dass Ima sich im Haus der Trota wie auf einer Insel des Friedens fühlte. Salerno platzte durch die Aushebungen wirklich aus allen Nähten, und man begann, die Kampfwilligen vor der Stadt in den Weinbergen und unten am Hafen zu beherbergen, wo nach und nach Schiffe einliefen, von denen nicht wenige aus dem nahen Amalfi stammten. Der bevorstehende Feldzug kroch durch die Gassen und fraß Gemüter. Er nahm Besitz von Männerhirnen, weckte Gier bei denen, die daran teilnehmen würden, wie bei denen, die nur hinterherziehen oder nachher daran verdienen würden.

Trotas Haus erreichte diese Unruhe nicht, und wenn man wollte, auch keine Nachricht aus Salerno, Apulien oder der Welt. Wie durch einen Zauber blieb die Tür davor verschlossen, und Ima erholte sich.

Das leise Weinen der Mutter begleitete sie bis in die Medizinkammer.

»Kann man nichts für sie tun?«, fragte Ima besorgt. Die Geburt war schwer gewesen, es hatte viel Blut gegeben, und das Kind war mit blauem Gesicht zur Welt gekommen. Zum Glück hatte es dann doch angefangen zu atmen. Ima hatte Mühe gehabt, es zu betrachten – Marielvas missgebildetes Kind saß immer noch in ihrem Gedächtnis und auch die Frage, wie Gott es zulassen konnte, ein unschuldiges Kind so zu verstümmeln.

»Wir tun etwas für sie. Nimm eine Schale. Weißt du – die Gebärmutter ist wie ein wildes Tier aus dem Wald. Wenn sie das Kind hergegeben hat, zuckt sie unruhig und bewegt sich nach hier und nach dort, als suchte sie nach dem Kind. Bei manchen Frauen fällt sie dann nach außen, dann muss man sie mit einem Pessar versehen und hochbinden, und die Frau muss so lange liegen, bis die Gebärmutter sich beruhigt hat. Manche verbluten, weil die Gebärmutter unversöhnlich über den Verlust des Kindes ist … Und so muss man ihr zur Ruhe verhelfen, dann verschwindet auch der Schmerz. Nimm also getrocknete Holunderblüte. Diese koche auf der Flamme. Den Sirup mischst du mit Gerstenmehl und dem Weißen vom Ei. Daraus bäckst du kleine Fladen und gibst sie der jungen Mutter mehrmals täglich zu essen.« Trota klapperte mit Geschirr herum und schob Ima jeweils in die Finger, was zur Beschreibung gehörte. »Dazu gibst du ihr warmen Wein mit Kumin. Das wird ihren Bauch beruhigen.«

»Woher wisst Ihr das nur alles?«

Ima rebelte die getrocknete Holunderblüte in das dampfende Wasser. Die Geburt hatte sie angestrengt, weil die Frau viel geschrien hatte, und sie war jetzt froh über die Pause. Eines der Mädchen war bei der jungen Mutter geblieben. Das Neugeborene trank zufrieden an der Brust. »Daheim wäre sie gestorben, weißt du«, sagte Trota leise und vermengte Kräuter mit Wachs. »Sie wäre verblutet. Man hätte ihr Hühnerkrallen und Mäusekot auf den Bauch gelegt und Beschwörungen gemurmelt, man hätte sie nah an das geschürte Feuer gelegt und vielleicht den Priester gerufen, wenn sie zu laut geschrien hätte … Sie wäre gestorben. Niemand hätte gewagt, das Kind zu drehen. Niemand hätte gewagt, sie dort unten anzufassen. Ich habe das schon oft erlebt.« Ihr Gesicht wirkte alt bei den Worten, und Ima erinnerte sich an die abfälligen Worte, die sie damals in der Kirche über Trota gehört hatte. Kluge Frauen waren nirgends beliebt.

»Bei uns hätte man einen Zauber gemacht. In unserem Haus auf Lindisfarne wohnte eine weise Frau, die so was konnte«, erzählte Ima leise.

»Hat sie dir beigebracht, mit deiner Hand umzugehen?«, fragte die Ärztin.

Ima nickte. »Sie hat mich auch die Pflanzen gelehrt, die man für den Zauber braucht.«

»Ich arbeite nicht mit Zauber.« Das klang sehr energisch. »Meine Heilkunde wurde viele Jahrhunderte lang von der Mutter an die Tochter überliefert. Die salernitanischen Frauen waren schon immer bewandert in der Heilkunde. Keine von ihnen hat je gezaubert.«

Ima verkniff sich den Einwand, dass Amandina ihr Handwerk durchaus verstanden hatte.

»Und mein Mann würde es nicht dulden, dass in seinem Haus Zauberwerk stattfindet.« Sie sah Ima scharf in die Augen. »Er ist ein *medicus*. Kein Quacksalber.« Konzentriert streute sie Krümel der Iriswurzel und Mastixkörnchen ins Kohlebecken und sog gierig den belebenden und ordnenden Duft ein, der sich balsamisch-weich auf die Seele legte. Mit leisem Lächeln begann sie, das Kräuterwachs glattzurühren, welches den gemarterten Leib der Entbundenen pflegen würde. Sie räucherte gerne Mastix, während sie Medizin herstellte, sie erklärte immer, dass Mastix das Gewand ihres Geistes in die richtigen Falten werfe.

Es zuckte um Imas Mundwinkel. Sie wusste, dass man bei Geburten Bettstrohkräuter aus Mariengras, Steinklee, Majoran und vielem mehr verwendete, und man mit Beifuß, Johanniskraut oder Thymian räucherte, um das Loslassen zu erleichtern. Trota räucherte nie, wenn sie einem Kind auf die Welt half, obwohl sie es so viel einfacher hätte haben können, war Imas Meinung. Auch Mastix hatte Ima als Mittel kennengelernt, um gedanklich auf Reisen zu gehen – die Mutter hatte es oft geräuchert, wenn sie in Visionen Rat suchte. Trota nannte das die Gewandfalten ihres Geistes. Die Frage war, wo Zauberei begann …

Im Gegensatz zu Imas Lehrerinnen in England schrieb Trota alle Rezepte, die sie ausprobiert hatte, fein säuberlich auf. Sie hatte eine flinke Hand und füllte mit der Feder Bogen um Bogen, wenn sie bis spät in der Nacht in der Medizinkammer saß und über ihre Patienten nachdachte. Johannes ließ sie gewähren, ihre Söhne jedoch machten sich lustig darüber.

»Sie steckt die Weiber in ihre Kästchen, weil sie Angst hat, dass die Welt die Weiber vergisst«, ulkte Gaimar, der jüngere Sohn, der nach dem Dienst im Hospital immer nach Hause kam, obwohl er längst in dem Alter war, sich ein Weib zu suchen. Sein Bruder lebte als Arzt oben im Kloster, wo auch Johannes regelmäßig arbeitete.

»Warum, glaubt Ihr, sollte man die kranken Weiber vergessen?«, fragte Ima. »Worin besteht der Unterschied zwischen einem kranken Mann und einem kranken Weib?«

»Mein Lieber, du vergisst, dass in meinen Kästchen auch Männer stecken«, unterbrach Trota und kramte in ihren Pergamenten. »Da war der mit dem geschwollenen Penis, erinnere dich. Das Kloster schickte ihn zu mir«, erklärte sie Ima mit amüsiertem Augenrollen. »Er hatte Schmerzen, schlimme Schmerzen. Er hatte wohl zu viel von diesem Pulver genommen, das sie auf den Märkten verkaufen … Was gab ich ihm noch gleich …« Blätter segelten zu Boden, dann hatte sie gefunden, was sie suchte. »*Maluam in aqua bullimus* – so war es: Ich koche Eibisch in Wasser – *et bullitam exprimimus ut nihil aque remaneat. Post pistamus cum sagimine calido* –, vermische es mit warmem Nierentalg – *uel buyryo sine sale uel oleo, et super ignem apponimus* – oder Butter oder Öl und stelle es ins Feuer … Wir kochen also Eibischwurzel in Wasser, und wenn es gekocht ist, drücken wir es aus, bis es trocken ist. Danach zermahlen wir es mit warmem Nierentalg oder ungesalzener Butter oder mit Öl und stellen es auf die Feuerstelle …« Sie legte die Pergamente auf die Seite. »Eingepackt habe ich ihn. Ich habe ihn in Leintücher eingepackt und es aufgeweicht, bis man die Krusten …«

»Meist hast du doch Frauen in deinem Kästchen, Mutter«, unterbrach Gaimar angeekelt. Ganz offenbar war dieser Fall ihm in schlechter Erinnerung geblieben. Da lächelte sie und nickte.

»Genau. Und für die schreibe ich dieses Buch.« Sie deutete auf den zerfledderten Pergamentblätterstoß, der offenbar immer wieder zum Nachschlagen benutzt wurde. »Für die Männer schreibe ich auch – damit jeder weiß, dass Männer auch krank werden können.«

»Mach du mal«, winkte der junge Mann grinsend ab und verließ die Kammer. Trota sah ihm hinterher. »Auch du wirst mein Buch dereinst benutzen, mein Junge. Du und deine Söhne und Enkel«, sagte sie leise. »Du benutzt ja jetzt schon meine Methoden, fragst mich oft genug.«

»Welche benutzt er?« Ima war begierig, mehr zu erfahren. Jetzt wo sie die Erlebnisse des Frühjahrs verdaut hatte, fühlte sie sich stark und aufnahmefähig wie ein Schwamm, den man in Wasser taucht – es gab so viel zu lernen! Die Ärztin lächelte und zog Ima herüber zum Tisch, wo sie am Abend zwei Schalen hingestellt hatte.

»Diese hier zum Beispiel benutzt er: Hier haben wir Urin von einem Mann und von seinem Weib. Sie kann nicht empfangen – er gibt ihr die Schuld, sie aber sagt, er kann keine Kinder zeugen. Wer von beiden hat recht?« Sie deckte die Schüsseln auf. Ein widerlicher Geruch stieg in Imas Nase, und sie hielt sich die Hand vor den Mund, denn in der einen Schale krochen Würmer umher.

»Ich nahm Weizengrütze, goss in diese Schale seinen Urin, in die andere Schale den Urin der Frau. Dann stellte ich es für neun Tage ins Licht. Dort, wo man die Würmer findet, fehlt die Kraft, ein Kind zu zeugen. Sein Samen ist zu schwach.« Ihre Brauen tanzten. »Wenn ich dir nun sage, dass der Mann auch sehr dick ist, verstehst du, warum sein Samen schwach ist?«

»Er ist ... er ist nicht warm genug. Er ist durch das viele Fett kalt und feucht, und der Same stirbt noch in seinem Leib.«

»Gut.« Trota lächelte. »Gut aufgepasst. Ich werde ihn behandeln, und zwar verrühren wir Kuhdung mit einem sehr guten Wein und reiben ihn damit ein. So behandelt, graben wir ihm ein Loch am Sandstrand, und er legt sich halb hinein. Wir bedecken ihn mit heißem Sand und lassen ihn ordentlich schwitzen. Der Schweiß soll grün sein. Das wiederholen wir mehrere Male, bis er vom Schwitzen warm und stark wird und seinem Weibe wieder beiwohnen kann. Gaimar mag diese Behandlung nicht.« Sie fasste sich an die Nase. »Er mag auch keine dicken Männer. Er erzählt ihnen gerne, wie die Untersuchung verlaufen ist und wie schwierig und langwierig sie war, und was er für kostspielige Gerätschaften dafür gebraucht hat – aber er behandelt sie nicht gerne, weil er dicke Männer nicht mag.«

Ima lachte. »Ich auch nicht.« Sie wurde still und dachte an Gérard. Die Ärztin betrachtete sie aufmerksam. Sie spürte deutlich, wer sich da heimlich in die Gedanken der schönen Frau schlich, obwohl er schon seit Wochen nicht mehr in Salerno weilte und man auch nie wieder etwas von ihm gehört hatte. Trota grübelte nicht selten, ob es wohl richtig gewesen war, den Normannen fortzuschicken.

Nur wenige gut aussehende Krieger waren in Salerno geblieben, nachdem der Guiscard die Stadt Mitte September bereits wieder verlassen hatte – keine zwei Monate nach seiner triumphalen Rückkehr aus Rom. Er hatte die kurze Zeit des Sommers dazu genutzt, ein Heer auszuheben, und sich, kaum dass es beisammen war, auf den Weg nach Brindisi gemacht, um von dort aus nach Butrinto überzusetzen. Das Letzte, was man von seiner starken Flotte gehört hatte, war, dass sie auf See festsaß, weil schwere Stürme eine Landung an der albanischen Küste vereitelten, sie sich aber den Angriffen der Albaner und verbündeten Venezianer ausgesetzt sahen. Statt einer

Schlacht an Land hatte es wohl eine Seeschlacht gegeben, von deren Ausgang niemand zu berichten wusste. Trota vermutete, dass Imas Ritter auf einem dieser Schiffe saß. Vielleicht gehörte er aber auch dem Kommando von Guiscards Sohn Roger Borsa an, der im Vorfeld die Stadt Valona eingenommen hatte und nun von Land her gegen Butrinto zog.

Die leise Wehmut, die Trota in den Augen ihrer Schülerin fand, passte zu diesen Aussichten und zu der wachsenden Gewissheit, dass sie ihn in diesem Leben nicht wiedersehen würde. Es würde seine Zeit brauchen, doch sie würde ihn vergessen. Es gab andere Männer – und lohnendere Aufgaben im Leben.

»Er war auch viel zu schmutzig für sie«, sagte sie sich kopfschüttelnd und rief sich das Bild des Schwarzhaarigen noch einmal ins Gedächtnis. »Er war schmutzig und ein ungehobelter Klotz. Sie muss ihn einfach vergessen.«

An einem sonnigen Tag im April des Jahres 1085 – der Guiscard befand sich immer noch auf dem Balkan, und Salerno döste friedlich vor sich hin – klopfte jemand an die Tür des Johannes Platearius.

Ima knüpfte sich die Schürze vom Kleid und folgte dem Küchenmädchen, das Besuch für sie angekündigt hatte. Immer noch klopfte ihr Herz, wenn sie das Wort »Besuch« hörte – immer noch. Der schwarzhaarige Ritter war seit Monaten nicht mehr in Salerno gesehen worden – niemand wusste wo er steckte, das hatte sie am Brunnen herausgefunden. Dort trieben sich nicht wenige Frauen herum, die ihn näher kannten, was sie wiederum erschreckt hatte, obwohl ihr doch klar war, was für ein Weiberheld er gewesen war. Doch keine von ihnen wusste, ob er überhaupt noch lebte und was aus dem Gold der Juden von Palermo geworden war. Ob er mit dem Herzog auf den Balkan gezogen war, oder ob man ihn nach Sizilien abkommandiert hatte. Der Honig klebte ebenso hartnäckig an den Fingern wie die Erinnerung an Gérard de Hauteville, die sie nicht losließ. Kurz entschlossen leckte sie den Honig ab, als sie auf die Eingangstür zutrat. War er es? War er gekommen?

»Ich grüße Euch, Ima. Liebste Ima.«

Der Mantel des Mönch war nagelneu und mit geschnitzten Knöpfen ausgestattet, der ausgefranste Saum seiner Kutte war verschwunden. Er trug ordentliche Sandalen, die Füße waren gewaschen. Trotzdem wirkte er noch schmaler als früher.

»Thierry!« Einen Moment später lagen sie sich weinend in den Armen und stolperten gegen die Haustür, dass die Küchenmagd ärgerlich brummte, diese englische Frau habe ja Sitten in das ehrwürdige Haus des Johannes Platearius gebracht und es gehöre mal ein Machtwort gesprochen. »Thierry! Ich dachte, Ihr seid endlich in Jerusalem! Ich hab Euch wirklich vermisst, Thierry …«

»Jerusalem muss ohne mich auskommen, Ima«, brummte der Mönch, »ich brauch Eure Hilfe.« Sie bat ihn herein und wunderte sich noch, dass er gebückt ging. Er war wirklich schmal geworden. Irgendetwas an ihm hatte sich gravierend verändert. Grübelnd sah sie ihm hinterher. Die Küchenmagd glotzte aufdringlich und ließ ihr Maul offen hängen, dass man die Zunge sah. Ima gab ihr einen Tritt, damit sie sich trollte, und huschte an Thierrys Seite.

»Ihr wisst Euch zu benehmen, Ima von Lindisfarne, Ihr seid wirklich eine Dame«, sagte Thierry da und versuchte ein Lächeln. »Ist die Ärztin da?« Nickend nahm sie den Mönch an den Arm und führte ihn in den Hof, wo Zimmerleute dabei waren, feste Dächer über den Krankenbetten zu errichten. Dieses Jahr würden die Betten das erste Mal im Winter draußen stehen bleiben können und nicht, wie in all den Jahren zuvor, Flure, Zimmer und Winkel im Haus verstopfen und drangvolle Enge und Durcheinander verursachen. Vor gut einer Woche hatten sie alle Betten wieder in den Hof räumen können, denn der April hatte sich mild und warm präsentiert und die Astrologen der Herzogin prophezeiten auch weiterhin sonniges Wetter. Die großzügige Spende einer salernitanischen Dame, deren Geburt glücklich verlaufen war, machte nun die lang ersehnte Baumaßnahme möglich, und Gaimar überwachte von seinem Schreibpult aus das Gehämmere mit strengem Blick. Erst gestern hatte er das gebrochene Bein eines verunglückten Zimmermannes geschient – das wenigstens konnte er wirklich. Ansonsten machte er kein Hehl daraus, dass diese Bauleitung unter seiner Würde war.

Sie fanden Trota neben der Hofmauer. Sie hatte am Morgen ein gutes Dutzend Patienten behandelt und hockte nun müde in der Ecke neben dem Kohlefeuer. Verbena und Zitronenblätter glommen mit feinen Rauchfahnen vor sich hin, und auch die Rosen, die bereits erste Knospen trugen, gaben sich alle Mühe, sie aufzumuntern. Dennoch hing sie kraftlos im Sessel. Sie wird alt, schoss es Ima durch den Kopf, was wird nur ohne sie? Liebevoll strich sie über die Wange der Ärztin. Da schlug diese die Augen auf.

»Kind.« Warm war ihre Hand. Immer war sie warm und so voller Güte, dass ihre Berührung sich jedes Mal wie ein Geschenk anfühlte. »Wen bringst du mir?« Ihr Blick glitt forschend über Thierrys Erscheinung und blieb an dem schmalen Gesicht hängen. »Wen bringst du mir denn da …« Das Hämmern der Zimmerleute verblasste. »Was kann ich für Euch tun, Bruder?«

Thierry hatte Schmerzen. »An manchen Tagen kann ich kaum stehen. Das Laufen schmerzt, der Mund ist trocken, ich kann kaum denken«, flüsterte er. »Manchmal bin ich so schwach, dass ich nicht aufstehen kann. Es schmerzt … inwendig. Versteht Ihr?« Die Ärztin musterte ihn scharf und nickte. Sie geleitete ihn zum Untersuchungsbett, wo er sich widerstrebend niederließ.

»Ihr wisst, dass ich nachschauen muss?« Sie wechselten einen sehr langen Blick. Für einen Moment regte sich nichts, nicht einmal die Zeltplane flatterte, denn der ewige Wind hatte innegehalten, um des Mönchs Antwort zu hören. Dann nickte er stumm, und seine Augen wurden dunkel. Nichts würde mehr sein wie vorher. Er legte sich auf den Rücken und schloss die Augen. Die Mädchen, die bei der Ärztin Dienst taten, kamen näher – einen Mönch hatte es im Hause Platearius als Patienten noch niemals gegeben! Auf was für Ideen sie kam! Mönche wurden niemals krank, weil Gott über sie wachte – und wenn doch, so ließen sie sich natürlich im Kloster von den Männern Gottes behandeln. Tuschelnd und kichernd gluckten die Gören zusammen und mutmaßten, was den Mönch wohl hierhergetrieben haben könnte. Trota war viel zu konzentriert, um ihnen Einhalt zu gebieten. Sie krempelte sorgfältig die Ärmel hoch und schaute bedeutsam in die Runde. Schweigen war alles, was sie ab jetzt verlangte. Die Mädchen verstummten. Ima hatte sich auf die Bettkante gesetzt.

»Tut es Euch hier weh?« Der Mönch verzog das Gesicht. »Oder hier?« Ihre Stimme klang undeutlich, weil sie unter der Kutte hing. »Wie ist es hier?« Er wimmerte und schloss die Augen. Röte schoss in seine bleichen Wangen. Er stöhnte leise auf, dann entspannten sich seine Gesichtszüge, und Ima nahm wahr, wie sein Unterleib zuckte. Trota wühlte sich schließlich aus den Gewandfalten hervor und sandte ihm einen ernsten Blick.

»Wie ist die Blutung? Antwortet mir. Eure Blutung.«

Der Mönch senkte den Blick. »Außer ein paar Tröpfchen nichts.«

»Und wann war die letzte Blutung?«

Er schüttelte den Kopf. »Schon länger nicht mehr.«

»Oh. Habt Ihr in letzter Zeit…«

»Nein!«, schrie er fast. »Nein… das tu ich niemals!«

Sie nickte langsam. Was auch immer diesen Menschen in die Kutte getrieben hatte – die Enthaltsamkeit nahm er sehr ernst, in jeder Hinsicht, davon sprach sein ausgemergelter Körper. »Ich kann Euch helfen – Bruder. Habt ein wenig Geduld.« Damit winkte sie Ima, ihr zu folgen. In der Medizinkammer kramte sie murmelnd in ihren Kisten und trug allerlei Säckchen zusammen, schüttete erst verschlossene Ölphiolen aus, tat andere wieder in die Säckchen und ging erneut auf die Suche.

»Was habt Ihr festgestellt?«, wagte Ima schließlich zu fragen, wie sie das jedes Mal tat, seit sie Trotas Schülerin war – doch diesmal fühlte es sich anders an. Die Ärztin hielt inne und drehte sich um. Ein Löffel fiel zu Boden. Im flackernden Licht der Talglampe sah ihr Gesicht noch älter aus, und ihr streng gescheiteltes Haar glänzte wie reines Silber.

»Dein Mönch ist ein Weib, Ima. Wusstest du das nicht?«

Ima schluckte. Langsam nickte sie – erkennend, begreifend. Thierry war ihr stets nahe gewesen – nicht nur durch die gemeinsame Reise oder die Zeit im Gauklerlager. Anders nah. So nah, wie kein Mann das konnte. Und das tote Kind …

»Ein Weib«, flüsterte sie.

»Ein Weib«, wiederholte die Ärztin. »Und ihr Leiden besteht darin, dass sie keinen Mann empfangen darf. Die Lust bereitet ihr Schmerzen, und sie hat sich kasteit. Ich fand schlimme Wunden. Dazu hat sie keine Blutung. Erinnere dich, was ich dir über die Blutung gesagt habe.«

»Die Blutung ist wichtig, um die bösen Säfte loszuwerden und warm zu werden, weil der Frauenleib schwach und kalt ist.« Ima sah der Ärztin ins Gesicht, während sie das Gelernte aufsagte. »Entweder man schwitzt von harter Arbeit, oder man blutet mit dem Mond. Aber eigentlich ist die Frau zu schwach, um hart zu arbeiten, die Natur hat sie dafür nicht geschaffen. Also muss sie mit dem Mond bluten. Blutet eine Frau nicht, wird sie krank, und Schwäche rafft ihren Körper dahin.« Trota nickte zufrieden.

»Wie behandeln wir?«

Ima schaute, was die Ärztin auf den Tisch gelegt hatte. »Wir geben Wärme. Von innen und von außen, um die fehlende

Hitze auszugleichen. Dann blutet sie und reinigt sich. Davon wird sie warm und stark. Diaciminum soll sie trinken, in warmem Wein.«

»Wie kochst du das Diaciminum?«

»In Diaciminum ist mehr Kumin als in jeder anderen Medizin, um den Körper zu wärmen, daher ist es eine sehr starke Medizin.« Ima starrte angestrengt auf den Tisch. »Man nimmt ... acht Drachmen und eine Prise in Essig gelöstes Kumin, zweieinhalb Drachmen von Zimt und Nelke, zwei Drachmen und fünf Körner Ingwer und Pfeffer, dann Galgant, Bohnenkraut und Steinquendel, eine Drachme Wasserschierling.« Sie rieb sich den Kopf, wie um ihr Gedächtnis anzukurbeln. Trota wusste all das auswendig – das wollte sie auch können und nicht lange nachdenken müssen. »Wasserschierling – und Liebstöckel. Eine Drachme Pfeffer. Zweieinhalb Prisen Spikenarde, Kümmel. Mastix. Und Honig. Man gebe davon dreimal täglich drei Drachmen in Wein gelöst.«

»Gut aufgepasst.« Ein sonniges Lächeln erhellte das Gesicht der Salernitanerin. »Sehr gut aufgepasst. So ist es recht. Du bist eine gute Schülerin.« Sie goss Lorbeeröl in ein Schälchen und mischte in einem anderen Schälchen Tropfen von Irisöl, Kamille und Narde. Nach kurzem Nachdenken gab sie noch Moschusöl hinzu. Der schwere Duft der Öle zog durch die Medizinkammer und raubte Ima fast die Luft, während sie eine Drachme vom gestern zubereiteten Diaciminum abmaß und mit Wein vermischte.

»Gegen den Schmerz, den sie empfindet, würde nur ein Mann helfen, verstehst du?« Ima nickte stumm und errötend. Den Schmerz kannte wohl jede Frau, deren Bett kalt blieb ... energisch wischte sie die Gedanken weg. Sie hatte keine Schmerzen.

»Wir können den Schmerz zumindest betäuben und ihr das Verlangen nehmen«, sprach die Ärztin weiter und klapperte mit Gefäßen. »Sie muss dann darauf achten, dass sie regelmäßig blutet, um sich zu purgieren, damit sie warm bleibt. Diese Rezeptur erlernte ich von meiner Tante. Eine sehr alte Rezeptur und sehr wirksam. Wir gaben sie oft an die Frauenklöster, weißt du. Diese Frauen sind so schwach, weil sie sich kasteien, statt zu arbeiten, weil sie zu wenig essen … und keine Männer haben.« Mit flinken Fingern zupfte sie Wolle von der Spindel und drehte sie zu einem dicken Docht. Sie tränkte den Docht mit Trifera magna, welches Ima ebenfalls am Vortag genau nach Anweisung frisch zubereitet hatte. »Was ist das Wichtigste im Trifera magna? Welches Kraut muss mit größter Sorgfalt geerntet werden?«

»Das Beifußkraut, weil es hervorzieht. Die Blutung – und die Fruchtbarkeit«, antwortete Ima ohne zu zögern. »Und mit Alraune oder Zwergflieder versetzt hilft es den Kindern bei Schlaflosigkeit.« Die Ärztin strahlte über diese Antwort. Danach tränkte sie den Docht großzügig mit Moschusöl und Öl von der Poleiminze und legte ihn auf ein Tablett. Fragend sah sie ihre Schülerin an. »Was macht die Mischung jetzt?«

»Trifera magna holt die Blutung und betäubt den Schmerz.« Ima überlegte. »Hm. Die Poleiminze …«

»Nimmt zusammen mit dem Moschus die böse Lust«, flüsterte Trota lächelnd. »Wir gaben es oft an Frauenklöster …« Sie zwinkerte schelmisch.

Thierry ließ schweigend über sich ergehen, dass sie Hände und Füße mit Lorbeeröl einrieben. Trota applizierte die süßen Öle sehr vorsichtig zwischen den Beinen und steckte zum Schluss den Docht in die Öffnung. »Das wird Euch Ruhe verschaffen.« Liebevoll strich sie dem Mönch über die Wange. »Und nun wärmt Euch auf und esst. Esst auch ein wenig Fleisch, wenn Ihr könnt. Das wird Euch guttun.«

Am Abend saß Ima bei Thierry. Zikaden füllten die Abendluft mit flirrendem Geräusch. Betäubender Quendelduft zog an den Betten vorbei, weil Trota in der Medizinkammer ein ganzes

Bündel davon zerkleinerte. Die ersten Sterne funkelten und läuteten eine klare Nacht ein – eine von jenen, wie Ima sie liebte. Solche Nächte hatte es im Norden nicht gegeben.

»Daheim hätten wir jetzt Sturm«, lächelte sie. »Wir hätten das Vieh reingeholt und säßen dicht gedrängt um das Feuer, und vielleicht würde es nur Wassersuppe geben, weil man bei Sturm keinen frischen Fisch fangen kann. Oder weil man sich nicht mehr in den Stall traut, weil der Sturm einen mitnehmen könnte. Oder die Geister. Es gab sehr viele Geister dort, weißt du. Obwohl nur Mönche auf der Insel leben. Eigentlich merkwürdig. Vor den Geistern habe ich mich wirklich gefürchtet.« Es waren zwar nur die Geister, die die Mutter heraufbeschworen hatte, dennoch waren sie in stürmischen Nächten bisweilen aufdringlich gewesen. Sie versank in Gedanken an die unheimliche Dunkelheit ohne Sterne am Himmel, an die Kälte, die die Knochen nach und nach eroberte und sich nicht um Felle oder Decken scherte, an den Hunger, der in den Eingeweiden biss und an die Mutter, die sich vortrefflich darauf verstand, den Hunger zu betäuben …

»Seid Ihr glücklich, Ima?«, fragte der Mönch da. Sie sahen sich in die Augen. Thierrys Gesicht war blass, und dunkle Gräben hatten sich neben seine schmale Nase eingekerbt. »Ihr seht zumindest so aus. Wunderschön. Trota sorgt gut für Euch, Ima.«

Ima grinste schalkhaft. »Sie lehrt mich gerade die Schönheitsmittel. Wie man die Haut auch von hässlichen Frauen schön bekommt. Sie nimmt dazu ein Öl aus Weinstein und reibt die Haut sieben Tage lang damit ein. Dann bereitet man Gerstenwasser zu – man zerstampft es im Mörser, gießt es mit Wasser auf und stellt es in die Sonne, bis es gärt …«

»Ihr habt Euren Platz gefunden, Ima«, lächelte der Mönch.

»Habt Ihr Euren gefunden, Thierry?«, fragte sie zurück und strich sanft mit der Hand über seine raue Gesichtshaut, die darum flehte, weich und schön gemacht zu werden. Cerotum wäre das richtige Mittel, aus Veilchenöl und Rosenöl ... Doch Thierry scherte sich nicht um seine Haut.

»Ich kümmere mich um das Wohl des Heiligen Vaters«, sagte er nämlich.

»Nein!«

»Doch«, lächelte der verkleidete Mönch. »Man wählte mich aus, als ich oben im Kloster in der Medizinkammer half. Man fand, meine Hände seien fein genug, für sein körperliches Wohl zu sorgen.« Er hielt die Hände gegen das Öllicht. »Findet Ihr nicht auch?« Die beiden Frauen sahen sich an. Ihre Gesichter verzogen sich zu einem Lächeln, dann fing Ima an zu kichern.

»Das ist nicht zum Lachen«, sagte der Mönch entrüstet.

»Doch«, lachte Ima auf. »Glaubt Ihr, er weiß es?«

»Natürlich nicht!«

»Na ...« Ima dachte daran, wie schnell ihre Verkleidung aufgeflogen war, damals in diesem Grabmal in Rom. Und dass der Heilige Vater sie oben in der Residenz sofort wiedererkannt hatte.

»*Ihr* habt es nicht gemerkt, Ima. Wie soll er es da merken?« Thierry blickte gutmütig drein. Vielleicht tat Trotas Medizin bereits Wirkung. »Und wisst Ihr – für solche Fälle hat man ja vorgesorgt. Es gibt da diesen Papststuhl. Den mussten sie zum Glück im Lateran zurücklassen.« Schalk blitzte in den dunklen Mönchsaugen auf. »Der hat nämlich unten eine Klappe, müsst Ihr wissen. Man kann sich unter den Stuhl setzen und nach oben schauen. Der Heilige Vater hat erzählt, dass es mal ein Weib gegeben habe, welches auf dem Papstthron saß, und niemand habe das gemerkt. Als es herauskam, bauten sie den Stuhl, und seither wird jeder Papst auf seine – ähm – seine ...«

»Vollständigkeit«, kicherte Ima.

»... Vollständigkeit untersucht«, beendete Thierry nickend den Satz. Sie verstummten beide.

»Vielleicht habt Ihr Euer Jerusalem gefunden«, sagte Ima da leise.

»Vielleicht.« Thierry griff nach ihrer Hand. »Ihr habt es in jedem Fall gefunden, Ima. Ihr seht wunderschön aus, und Eure Augen glänzen ... und Euer Ritter ...«

»Er ist nicht mehr in Salerno. Schon lange nicht mehr.«

»Ist er mit dem Herzog gegangen?«

»Ich weiß es nicht.«

Thierry spielte mit der Bettdecke. »In der Residenz erzählen sie, dass die Herzogin sehr besorgt ist. Die letzten Nachrichten sprechen davon, dass in den Lagern am Golf von Phanari ein schlimmes Fieber ausgebrochen ist. Der Winter auf der anderen Seite des Meeres ist sehr hart, sagen sie. Der Ostwind treibt Schneewehen über die Zelte, und es gibt kaum Holz zum Feuermachen. Die Vorräte haben gerade gereicht, viele mussten hungern, und jemand, der dabei war, erzählte, dass die Männer wie die Fliegen dahinsterben, egal, welchem Stand sie angehören. Herr Bohemund soll so krank gewesen sein, dass der Guiscard ihn zur Genesung nach Brindisi geschickt hat, so heißt es.«

Ima starrte auf die Webfäden der Decke, die wie ein Gitter übereinanderlagen. Es war ihr unmöglich, Gérards Gesicht ins Gedächtnis zu rufen. Ob es daran lag, dass er unter den Toten von Phanari war?

»Wisst Ihr«, sagte sie langsam, und Gewissheit füllte ihr Herz aus. »Wisst Ihr, er hat einmal zu mir gesagt, dass es verlorene Menschen gibt. Und dass Gott manche auf ihren Weg zurückschickt.«

Stumm nahm Thierry ihre Hand, und sie wünschten, dass es so wäre.

12. Kapitel

Durch Liebe wird belebet, wer entschlafen,
Durch Liebe werden Könige zu Sklaven.
Die Liebe macht das tote Brot zur Seele,
Macht ewig die vergängliche, die Seele!
(Maulana Dschelaladdin Rumi)

Es hatte mehrere schlechte Vorzeichen gegeben.

Das neugeborene Kind von letzter Nacht hatte am Morgen tot neben der Mutter gelegen. Es war erstickt, soweit Trota das beurteilen konnte – die Mutter hatte es im Schlaf erdrückt. Im Stall waren zwei Hühner vom Fuchs gerissen worden, und die Milchschale war vom Tisch gefallen, sodass es an diesem Morgen keine Grütze gab, was Johannes Platearius sehr empörte. Er blieb dem Morgengebet fern. Marielva heulte. Sie heulte immer, wenn jemand böse war.

Der Tag fing wirklich ungesegnet an. Alverada lief mit allerschlechtester Laune umher. Sie schimpfte mit den Küchenmädchen, mit der Katze, mit den Fliegen auf dem Honig, sie klapperte lauter als notwendig mit den Schüsseln, und das Fladenbrot war so angebrannt, dass niemand es mehr essen mochte und Trota laut darüber nachdachte, ob man es wirklich den Bettlern geben könne oder ob man sie damit krank mache.

»Da sie ja besseres Essen gewöhnt sind«, bemerkte Johannes ironisch, »wirst du es möglicherweise bei ihnen gar nicht loswerden, liebes Weib. Man spricht in der Stadt darüber, dass es hier die besten Almosen gibt. Soll ich mich als Spender geehrt fühlen?« Der Hocker fiel um, als er aufstand, lauter als sonst die Nase hochzog und den Raum verließ.

Trota seufzte. »Ich weiß nicht, was du willst, Mann. Selbstverständlich geben wir großzügig Almosen, das haben wir schon immer getan, und wir werden daran nicht verarmen.« Sie schüttelte verständnislos den Kopf. »Es ist der Frühsommer. Der macht die Leute nervös, dann sehen sie Gespenster und bilden sich ein ... Erst gestern war jemand hier, der ... Ich werde mir einen neuen Theriak einfallen lassen. Einen, der die Leute sanftmütiger macht. Ruhiger. Es ist überall zu viel Kumin drin, das hatte ich immer schon im Verdacht ...« Geistesabwesend und Selbstgespräche führend verließ auch sie den Tisch, ohne etwas gegessen zu haben. Ima seufzte. So war es oft im Hause Platearius – wenn den gelehrten Herrschaften neue Einfälle oder schwierige Patienten im Kopf herumspukten, vergaßen sie das Essen, das Schlafen – einfach alles. Und was Johannes' schlechte Laune mit dem Theriak zu tun hatte, verstand sie auch nicht. Ob er welchen trinken musste? Aber ein eigenartiger Morgen war es schon gewesen ... Auch der grollende Berg hatte wohl wieder gesprochen, so erzählte man in der Stadt. In Torre del Greco hatte auch die Erde gebebt, und einer wollte sogar Asche auf seinem Hausdach gefunden haben.

Irgendwie schmerzte es, von dem Berg zu hören. Er grollte ja nicht nur, er förderte auch Erinnerungen an Geschehnisse zutage, die nun bald ein Jahr zurücklagen und sich immer noch wie frisch anfühlten ...

Es klopfte an der Tür.

Da alle den Esstisch verlassen hatten und niemand mehr in der Diele war, ging Ima selbst, um die Tür zu öffnen. Wie jedes Mal stieß sie sich an den niedrigen Balken des Durchgangs und fluchte leise, warum salernitanische Häuser so klein sein mussten. Die Tür klemmte. Mit Gewalt zog sie am eisernen Ring, und als sie sich bewegte, wehte Asche vom Türrahmen herab, die den Boden dunkel färbte. Erschrocken starrte sie auf den Fleck, der sich auszubreiten begann, weil ein Windstoß die Asche ins Haus blies.

»Ima.« Sie schrak hoch. Frère Thierry stand vor ihr. »Ima«, sagte er leise, machte einen Schritt auf sie zu und küsste sie auf die Wange. Sie lächelte entzückt. Die Asche war unter seiner Sandale verschwunden. Wo sollte hier auch Asche herkommen? Ihr fiel auf, wie kühl es im Haus war.

»Wie schön, dass Ihr mich mal wieder besuchen kommt …«

»Ich brauche Eure Hilfe, Ima.« Die Stimme klang dringlich, das Gesicht war bis auf die vom schnellen Lauf roten Wangen blass. Ima bat ihn herein; er blieb gleich hinter der Tür stehen. Alverada drückte sich mit gespitzen Ohren an der Feuerstelle herum, um nur alle Neuigkeiten aufzuschnappen, doch Thierrys Miene signalisierte, dass keine Zeit war, einen ungestörten Platz aufzusuchen, um Geheimnisse auszutauschen oder über Dinge zu lachen, die niemanden sonst etwas angingen.

»Kommt bitte mit zur Residenz, Ima. Seine Heiligkeit …«

»Ist er krank?«, fragte Ima beunruhigt.

»Nein. Ja, doch. Er … er … er hat nach Euch gefragt.«

»Nach mir?«

Kurz darauf liefen sie die Gassen hinauf. Am Vorabend hatte es einen Heiligenumzug gegeben, überall lagen noch Betrunkene in den Hauseingängen, und es roch nach kaltem Essen. Ima erinnerte sich nicht mehr an den Namen der Heiligen – sie hatte eh keine Zeit gehabt, dem Umzug beizuwohnen oder auch nur in den Gottesdienst der neuen Kathedrale zu gehen, weil sie mit Trota zwei Geburten betreut hatte und gleichzeitig ein schwer verletzter Karrenknecht in den Hof getragen worden war. Den hatte Gaimar versorgt, der sich eigentlich von einem Saufgelage ausschlafen wollte. Johannes war allen auf den Nerv gefallen damit, dass der Mann ins Hospital oben im Kloster gebracht werden müsse, weil man ihn nur dort gut verarzten könne, und am Ende hatte sich Trota mit ihm erbittert gestritten, er hatte sie als Quacksalberin tituliert und sie ihn als Bücherwurm, worauf er erzürnt das Haus verlassen hatte und sie schmollend in ihrer Medizinkammer verschwunden war. Ima hatte die zweite Geburt alleine begleitet und dem Verletzten beim Schreien zugehört, denn Gaimar war nicht zimperlich und hielt von Schmerzbetäubung nur wenig. Vielleicht hatte es aber auch daran gelegen, dass der Karrenknecht Kalabrier war – die mochte hier niemand, also hatte man auch kein Mitleid. Sie seufzte. Manchmal fiel es schwerer, den langobardischen Hochmut auszuhalten, als das ständige Durcheinander im Haus der Ärztin von Salerno.

Seit sie immer selbstständiger dort arbeitete, wuchs ihr Wunsch nach einer eigenen Medizinkammer, in der sie Ordnung halten und ein System der Heilmittel einführen konnte. Trotas Ordnung verstand vor allem sie selbst, und Ima war inzwischen davon überzeugt – gäbe es das geschriebene Werk der Ärztin nicht, wären viele erprobte Rezepte längst wieder verloren gegangen, denn Trota wurde immer vergesslicher. Ima jedenfalls hatte sie schon des Öfteren heimlich in den Pergamenten nachschlagen sehen, wenn sie sich über eine Rezeptur nicht im Klaren war.

»Sind denn Ärzte anwesend? Thierry, vielleicht sollten wir Trota hinzubitten …«

»Ima – er wünschte Euch. Er sprach nicht von Frau Trota.« Der Mönch lächelte entschuldigend. »Ich passe doch auf Euch auf«, zwinkerte er.

Die Wächter am Südtor waren betrunken, wie immer. Seit der Guiscard nicht mehr in der Residenz war – er hielt sich bereits seit einem guten Jahr auf dem Balkan auf –, ließ die Disziplin zu wünschen übrig. Sicaildis war zwar eine gestrenge Burgherrin, doch erstreckte sich ihre Macht nicht auf schlecht erzogene Normannen – und ihre Verachtung für die Landsmänner ihres Gatten war allseits bekannt. Da war er wieder, der langobardische Dünkel …

Ima und Thierry huschten an der offenen Wachstube vorbei, aus der lautes Gejohle drang. Im Hof der Residenz herrschte wie immer reger Betrieb, Pferde wurden umhergeführt, Reisende kamen an, Boten ritten eilig fort. Robert hielt engen Kontakt zu seinem Weib, und Sicaildis war vermutlich die Person in Salerno, die am besten über die kriegerischen Vorgänge auf dem Balkan unterrichtet war. Immerhin war nicht nur ihr Gatte, sondern auch ihr Sohn Roger Borsa dort größten Gefahren ausgesetzt. Der Krieg hatte bisher nicht wenig Menschenleben gekostet, wie man hörte, und so mancher Apulier verstand nicht, warum sich der Herzog mit dem mächtigen Kaiser von Byzanz auf der anderen Seite des Meeres anlegen musste und dort um karge Inseln kämpfte.

Weil er Konstantinopel erobern möchte – eines Tages, flüsterten seine Anhänger. Weil er gottlos und gierig ist und einzig das Gold des Byzantiners will, raunten seine Gegner. In jedem Fall machte dieser Krieg Robert Guiscard zum berühmtesten Mann in Italien, denn kaum einer besaß den Mut, dem byzantinischen Basileus so oft und so hartnäckig die Stirn zu bieten.

»Jemand behauptete zuletzt sogar, der Herzog wolle die Kirchen wieder vereinigen«, flüsterte Thierry. »Er wolle Ostrom und Westrom wieder zusammenbringen, deshalb bekriege er Konstantinopel. Was für ein größenwahnsinniger Gedanke!«

»Nun, wenn er lange genug lebt, schafft er das auch.« Ima fand nichts unmöglich, was der Guiscard anfasste. Sie hatte ihn in Rom erlebt. Er bekam alles, was er wollte, weil er anders wollte als die meisten Heerführer. Seine Demut reichte nur bis zu den Füßen des Allmächtigen.

Das Gemach, in welchem man Gregor VII. untergebracht hatte, lag im hintersten Teil des Südflügels. Die Herzogin hatte einen weiten Weg zu laufen, wenn sie den Heiligen Vater besuchen wollte. Da sie, wie Thierry erzählte, seit einiger Zeit nicht gut zu Fuß war, tat sie das nur selten. »Sie hat Geschwüre an den Beinen. Wir machen lindernde Umschläge mit Propolis, aber sie hat Schmerzen und läuft nicht mehr gerne«, raunte er. »Deswegen ist sie auch nicht nach Kephallonia gereist, sagt man.«

»Sie wollte in den Krieg reisen?«, fragte Ima erstaunt.

Thierry zuckte mit den Schultern. »Die Apulier sagen, dass sie immer an der Seite ihres Mannes gewesen sei, in beinahe allen Schlachten. Die letzten Nachrichten, die wir bekamen, besagten, dass der Guiscard im Sumpf beschäftigt sei. Schiffe sind stecken geblieben, und nun füllen sie den Sumpf von den Seiten her mit Erdreich auf, um das Wasser schiffbar zu machen – seit Wochen. Er ist wirklich verrückt.«

»Er ist nicht verrückt, Thierry.« Ima dachte an den stolzen Mann vor den Mauern Roms, an Feuerschein auf goldener Rüstung, und an die Begeisterung seiner Männer. »Er ist atemberaubend. Er ist ein Anführer. Ein König.« Thierry starrte sie verständnislos an.

»Wie redet Ihr? Viele in Apulien halten ihn für den Teufel, Mädchen. Er hat dieses Land mit äußerster Brutalität erobert, hat Städte niedergebrannt, Ernten vernichtet und Gold geraubt. Das nennt Ihr atemberaubend?« Der Mönch drehte seine Schultern, wie um den Unmut loszuwerden, der ihn immer befiel, wenn er über den Herzog sprechen musste. Aber Thierry hatte Robert Guiscard eben auch nicht im Kreise seiner Krieger erlebt, hatte ihn nicht strahlen sehen, hatte nicht erlebt, was Ima erlebt hatte …

Glücklicherweise erreichten sie in diesem Augenblick das Gemach des Kranken – und Robert Guiscard blieb draußen. Zumindest so gut es ging – immerhin verdankte Gregor ihm ja das zweifelhafte Privileg, in der Festung von Salerno wohnen zu dürfen. Ganz kurz schoss Ima durch den Kopf, was aus dem alten Mann wohl geworden wäre, wenn man ihn in Rom zurückgelassen hätte. Ob die Römer ihn getötet hätten? Den Papst …

Er sah schlecht aus. Sehr schlecht.

Gregor lag in gepolsterte Felle gebettet, den Samtkragen bis zur tropfenden Nase gezogen, und das Gesicht sah aus wie die gelblichen Pergamentblätter, die man abschabte, wenn einem die Feder ausgerutscht war. Seine Augen tränten, tiefe Säcke hingen herab und ließen die Bindehaut gelb schimmern, wo sie beim gesunden Menschen rosa war. Es roch durchdringend nach dunkelfarbigem Urin und Ausdünstungen. Trota hätte sofort den Teppich vom Fenster weggerissen oder den Kranken in den Hof gebracht, wo frische Luft die schädliche Feuchte aus dem Menschen vertreibt. Stattdessen trug Weihrauch noch mehr zur stickigen Atmosphäre im Raume bei. Von außen brannte die Mittagssonne auf das Fenster und heizte ein, wo niemand um Hitze gebeten hatte. Doch niemand war da, um dem Kranken Kühle zuzufächeln. Niemand dachte daran, dass ihm das guttun könnte.

Ein Mönch hockte zusammengesunken neben dem Bett des Heiligen Vaters und betete laut. Sein Gesicht verzog sich unwillig, als er die Frau vor den Vorhang treten sah. Er unterbrach sein Gebet und stand auf, um ihr den Zutritt zu verwehren.

»Sicher hast du dich geirrt, Weib, dies ist nicht der Raum, den du suchst …«

»Ich habe mich nicht geirrt.« Ima zog den Schleier straffer über den Kopf und reckte die Schultern. »Ich bin gerufen worden.« Er starrte sie sprachlos an. Arroganz war anstrengend, half aber weiter, das hatte sie von der Ärztin gelernt. Auch das Ärztegewand half, wenn Leute ihre Stellung wegen ihrer Jugend nicht anerkennen wollten, wie es durchaus vorgekommen war. Der Mönch stolperte mit immer noch abwehrend erhobenen Armen rückwärts.

»Habt Dank«, kam es nämlich leise aus den Kissen. »Habt Dank, Mädchen.« Dann sprach der Heilige Vater nichts mehr, und Ima begriff, dass er wirklich im Sterben lag. Sie kniete neben seinem Lager nieder. Der Gestank, der aus den Decken emporstieg, raubte ihr die Luft. Man hätte ihn waschen müssen, baden und mit anregenden Mischungen einreiben, die ihm Wärme geschenkt und die Schwäche vertrieben hätten, doch die Ärzte des Klosters hatten sich wohl nicht getraut, den Heiligen Vater so genau zu betrachten, wie Trota das bei ihren Patienten tat. Sie hatten nicht seine ausgetrocknete Haut bemerkt und wie abgemagert er war, und die gelbliche Färbung seiner Augäpfel war ihnen wohl auch nicht aufgefallen, sonst stünde kein fetter Buttertrunk auf dem Tisch. Ganz offensichtlich verrottete der alte Mann inwendig, unaufhaltsam und sehr langsam. Neben dem Lager stand eine Glaskaraffe mit Urin. Eine bräunlich-dicke Brühe dünstete stechend riechend vor sich hin. Ima sah nachdenklich auf den Urin und wusste, dass sie nicht helfen konnte. Der Mönch schaute sie feindselig an. »Nähere dich dem Heiligen Vater nicht zu sehr«, warnte er leise, »das ziemt sich nicht. Es ziemt sich nicht, Weiber an seinem Lager zu haben, das gehört sich nicht…« Hinter ihnen gluckste es. Thierry stand mit unbewegter Miene am Vorhang, doch der Kiefer war fest zusammengepresst, um drinnen zu lassen, was den Mitbruder vermutlich entsetzt hätte.

»Können wir ein Kohlebecken haben?« Ima stand auf. Gregor blieb nicht mehr genug Zeit auf Erden, als dass man seine Besucher nach geziemend und unziemlich hätte sortieren können. Vor Gott war das eh gleichgültig, davon war sie überzeugt. Der Mönch zuckte mit den Schultern.

»Weiß der Bischof Bescheid? Sicher möchte er…«

»Der Bischof ist in Neapolis.« Des Mönchs Brauen flogen in die Höhe. »Das halbe Kloster ist mit ihm gezogen, es geht um wichtige Verhandlungen. Mich hat man…«

»… an sein Bett gesetzt? Euch allein? Niemanden sonst?«

Ganz offenbar war Gregor kein beliebter Gast in der Residenz von Salerno, sonst hätte man sein schlechtes Befinden und den nahen Tod respektiert und mehr Menschen an sein Lager geholt. Auch der Bischof wäre sicher nicht abgereist, ohne sich nach dem Befinden zu erkundigen. Welch unglaubliche Demütigung für diesen Papst, der einen deutschen Kaiser in Canossa tagelang als Büßer im Schnee hatte stehen lassen und schließlich in die Knie gezwungen hatte ... Nun lag er hier im Sterben, als einzige Gesellschaft einen gelangweilten Mönch und ein verkleidetes Weib. Ima fühlte sich unbehaglich – alleine sterben war furchtbar! Jedermann wusste, dass große Menschen auch groß starben – was hier geschehen sollte, schien undenkbar. Das gehörte sich nicht.

»Dann lasst das andere halbe Kloster kommen. Oder wie fändet Ihr es, ohne Beistand zum Herrn gehen zu müssen?« Ihre Augen blitzten empört.

»Steht es so schlimm um ihn?« Unbemerkt hatte Sicaildis den Raum betreten. Angeekelt hielt sie sich die Nase zu. »Ich dachte, man gibt ihm eine gute Medizin ...«

»Es steht sehr schlecht um ihn, hohe Dame.« Das Mädchen, das die Herzogin begleitet hatte, riss die Augen auf und wurde blass beim Anblick des Bettlägrigen. Sicaildis' Gesicht blieb ungerührt. Die Demütigungen, die sie in ihrem Leben hatte hinnehmen müssen, hatten sie hart genug gemacht. Vielleicht war es auch zu viel verlangt, den langjährigen Erzfeind ihres Gatten freundlich zu behandeln.

»Das wird den Guiscard nicht freuen«, erwiderte sie trocken.

»Der Guiscard ist nicht Herr über Leben und Tod, hohe Dame, auch er wird den Tod hinnehmen müssen«, rutschte es Ima heraus. Mit äußerster Beherrschung schlug sie sich nicht auf den Mund, sondern blieb gerade stehen. Sie sprach die Wahrheit und musste sich damit nicht verstecken. »Für des Heiligen Vaters Seelenheil wäre geistlicher Beistand hilfreich, würde ich meinen. Viel Zeit bleibt ihm nicht mehr.« Sicaildis betrachtete die selbstbewusste junge Frau mit gerunzelter Stirn.

Ohne ein weiteres Wort drehte sie sich um und humpelte davon. Das Mädchen huschte hinterher, um nur keinen Moment zu lange in dem unheimlichen Gemach zu verweilen. Entweder sie holt die Wachen, um mich rauszuwerfen, oder einen Priester, dachte Ima. Sie war sich nicht sicher, was passieren würde …

Ein Kohlebecken wurde gebracht. Ima kramte in ihrem Beutel. Fieberhaft dachte sie nach, wünschte sich Trota herbei. Dem hinfälligen Körper des Papstes konnte man nichts Gutes mehr tun. Die Farbe seiner Haut, die Hitze, die in ihm wohnte, die blassen Schleimhäute, der trockene Mund und faulige Geruch stemmten sich mit Macht gegen alle Heilmittel, die Ima in den Sinn kamen. Stattdessen schwebte der Tod in den Raum. Sie konnte ihn nicht sehen wie einst die Mutter, die sogar sein Aussehen beschrieben hatte, aber ihre Hände hatten ihn auf der Haut des Kranken ertastet, wo er trotz des Fiebers diese eigenartige Klammheit hinterließ. Mit dem zierlichen Silberrohr, welches Trota ihr geschenkt hatte, hörte sie Gregors Herz ab. Sie erschrak, welch abgemagerter Körper unter den Decken zum Vorschein kam. Der Herzschlag passte dazu – schüchterne kleine Schläge waren zu hören, unregelmäßig und schwach. Kurz nur schoss ihr Eisenhut durch den Kopf, vielleicht eine kleine Prise – doch die Haut versicherte, es würde nichts nützen, andere hatten es schon probiert. Seine Arme saßen voller Wunden, wo die Klosterärzte ihn zur Ader gelassen hatten und dadurch zusätzlich geschwächt hatten – sicher hatte Thierry sie irgendwann vertrieben. Sie knibbelte an einer Blutkruste und deckte sie wieder zu, als sich Haut mit abschälte und das Fleisch darunter zu bluten begann. Es hatte wirklich keinen Sinn. Ihr empfindsamer Finger brannte.

Das Fieber stieg.

Zwei Diener brachten ein glimmendes Kohlebecken. Der Mönch, der die ganze Zeit neben dem Lager gehockt hatte, fing wieder an zu beten. Es war so heiß in dem engen Gemach.

»Was werdet Ihr tun?«, flüsterte Thierry. Er rutschte unruhig auf den Knien herum. Ima zuckte mit den Schultern. »Nichts. Betet für seine Seele, so gut Ihr das könnt. Vielleicht wacht er noch einmal auf.« Sie zog Mistelbeeren aus ihrem Beutel und streute sie in die Kohle. Dann legte sie die Iriswurzel auf ihren Rock und nahm die kleine Kräuterreibe in die Hand. Thierry hielt die Luft an.

»Ihr arbeitet mit Alraunen? Ima, seid Ihr närrisch … Das ist der Papst …«, flüsterte er heiser.

»Das ist keine Alraune«, wisperte sie zurück, rieb die getrocknete Wurzel zu Pulver und ließ es ebenfalls auf die Kohle fallen. Mehr als dem Heiligen Vater den Weg ins Jenseits zu ebnen konnte sie nicht tun. Gestank und Rauchfahnen lieferten sich ein kurzes Gefecht, doch der helle Duft der Iris schien die üblen Gerüche der Krankheit mühelos zu überwinden und klärte zuverlässig die Luft für den Weg, den ihr Patient nun zu gehen hatte.

Als sie Gregor das Gesicht vorsichtig abwusch, schlug er die Augen auf und betrachtete sie mit tiefer Ruhe. »Es tut gut, Euch an meinem Bett zu wissen«, flüsterte er. »Der Herr ist mein Zeuge – das habe ich noch niemals von einem Weib gesagt.« Ein winziges Lächeln huschte über die erlöschenden Züge. »Und Ihr werdet es auch nicht weitersagen, nicht wahr?« Ima schüttelte den Kopf.

»Der Allmächtige hat sich einen eigenartigen Tod für mich ausgesucht.« Er schluckte mühsam. »Doch hat er für jeden von uns einen Weg vorgesehen und einen Platz ausgesucht – und ihn dafür gesegnet. Ich war in Rom gesegnet. Ihr, Mädchen, Ihr seid auch gesegnet in dem, was Ihr tut.« Seine welke Hand tätschelte ihren Arm. »Nehmt den Platz, den Er Euch zuweist, und tut Gutes, Mädchen.« Die dünnhäutigen Lider fielen zu. Sein Atem rasselte.

»… das will ich versuchen«, flüsterte sie und bekreuzigte sich.

Wieder schwang der Vorhang zur Seite, und der Raum füllte sich mit Menschen. Kutten rauschten, es roch nach muffigem Leinen und ungewaschenen Füßen. Die Mönche des Klosters waren gekommen, alle auf einmal, und alle gedachten sie, dem Tod des Heiligen Vaters beizuwohnen. Auf zerlöcherten Sandalen schlurften sie psalmodierend herein und versammelten sich um das Bett. Manche weinten. Sie brachten Weihrauchgefäße mit, Kreuze, geweihte Hostien und Weihwasser, und sie füllten das enge Gemach bis in den letzten Winkel. Und es wollte Ima scheinen, als ob Gregor, obwohl er für ihr Empfinden bereits auf dem Weg zu Gott war, ein entspanntes, ja erleichtertes Gesicht bekommen hatte, als ob die Falten, die so bitter und verhärmt gewirkt hatten, sich ein wenig glätteten, weil sein Weg nun geziemend begleitet wurde. Ein Priester legte ihm eine der Hostien auf die verdorrende Zunge und absolutierte ihn mit Worten und Gesang, auf dass seine Seele rein werde für Gott.

Ihr selbst wurde es zu eng, und man schob sie auch rücksichtslos zur Seite, schließlich war sie nur ein Weib. Trotzdem konnte sie sehen, wie es am Bett zuging – in Zweierreihen knieten sie und warteten, dass der Heilige Vater nun noch einmal erwachte und sie besonders segnete, wie das in allen Chroniken zu lesen stand. Doch seine Brust hob sich nur noch selten, und die verschränkten Hände waren zu kalt, um noch einen Segen spenden zu können.

Schritte ertönten draußen, leise Stimmen. Sicaildis war im Eingang erschienen. Gregor konnte sich nicht beklagen – die Vornehmsten der herzoglichen Residenz umgaben ihn, das war das Beste, was einem entmachteten, im Exil lebenden Papst passieren konnte. Das jedenfalls dachte Ima, doch ihr war klar, dass es respektlos war.

»Ich habe meinem Gatten einen Boten geschickt«, sagte die Herzogin leise. »Könnt Ihr wirklich nichts mehr für ihn tun? In Rom habt Ihr mich überzeugt, Fräulein.«

Erstaunt drehte Ima den Kopf. Reglos schaute Sicaildis nach vorn, wo sich unzählige Tonsuren über das Lager beugten und Weihrauchschwaden sich gegen die Iris durchgesetzt hatten und zu gemurmelten Gebeten und Psalmen balsamisch duftend hochstiegen. Nichts außer dem gerade ausgesprochenem Satz verriet, dass sie Ima erkannt hatte.

»Nein, hohe Dame. Man kann nichts mehr tun. Er ist nun bei Gott«, erwiderte sie mit gesenktem Kopf und ohne nachzudenken. Im selben Moment begann ein Wehklagen am Bett des Heiligen Vaters, dass die Teppiche am Fenster flatterten, zwei Mönche warfen sich weinend auf den Boden, das Kohlebecken dampfte vom Weihrauch. Gregor hatte soeben seinen letzten Atemzug auf Erden getan. Die Mittagssonne brannte erbarmungslos durch die Lücken zwischen den Teppichen. Im Hof bellte ein Hund, jemand galoppierte mit hohem Tempo durch das Tor – und herüber nach Kephallonia, um dem Guiscard Meldung zu machen, dass sein ärgster Feind und Hausgenosse tot war.

Sicaildis' Blick brannte, Ima musste sie einfach ansehen. Erstaunen las sie, Fassungslosigkeit – dann Ablehnung. Die dunklen, mit kohlschwarzer Farbe umrandeten Augen wurden schmal.

»Ihr versteht Euch wahrhaftig auf seltsame Dinge, Ima von Salerno. Gott behüte Euch und behalte Euch auf dem rechten Weg…« Ihre Stimme klang blechern. Dann rückte sie ein Stück von Ima ab und versank im Gebet.

»Ich habe nicht…« Ima verstummte erschrocken. Die Unterstellung war zu ungeheuerlich, als dass ihr darauf etwas einfiel, und so schwieg sie empört. Man fragte sie auch nicht mehr. Als sie den Leib des Verstorbenen pflegten und salbten, warf man alle Personen hinaus, die nichts mit den Riten zu tun hatten – und die Herzogin ging ihrer Wege, ohne sich noch einmal nach Ima umzusehen. Sicaildis von Salerno hatte es nicht nötig, mit unbedeutenden Heilerinnen zusammenzustehen.

»So sind sie hier«, flüsterte Thierry nachdenklich. »So sind sie in Salerno. Furchtbar. Gottlos. Werdet Ihr hierbleiben?«

Ima spähte durch die Falten des Vorhangs und erhaschte einen Blick auf den Verstorbenen. *Nehmt den Platz, den Er Euch zuweist, und tut Gutes*, hatte der Heilige Vater gesagt.

»Ja«, flüsterte Ima zurück. »Ja, ich denke, ich werde bleiben. Es gibt viel zu tun.« Und damit meinte sie nicht die Unordnung in Trotas Medizinkammer.

Gregor VII. wurde einige Tage später gebührend in der Kathedrale San Matteo bestattet, die er noch vor einem Jahr selbst geweiht hatte und die des Guiscards ganzer Stolz war. Sie war zum Bersten voll und für einfache Bürger nicht zu betreten – auch Thierry musste draußen bleiben und nutzte die Gelegenheit, mit Ima, die am Rand des Kirchplatzes stand und um Andacht bemüht war, ein Schwätzchen zu halten. Da der Mönch keine Ruhe ließ, gab sie es auf. Gott würde das schon verstehen.

»Ich bin ins Kloster umgesiedelt«, erzählte er.

»So richtig?«, fragte sie erstaunt.

Feixend nickte Thierry. »Wenn der Heilige Vater schon nicht gemerkt hat, wer unter der Kutte steckt…«

»Er hat's gemerkt, Thierry, verlasst Euch drauf. Er hat's gewusst.« Ima lächelte gutmütig. »Mich hat er auch damals in Rom sofort entlarvt.«

»Uiiiii«, machte Thierry. Sie sahen sich an und kicherten. Dann wurde Thierry wieder ernst. »Jerusalem ist überall da, wo man sich wohlfühlt, Ima. Wenn Ihr hierbleibt, werde ich Euch immer besuchen kommen.«

Sie sah der schmalen Gestalt lange nach, wie sie sich den steilen Pfad hinauf zum Kloster mühte. Jerusalem war überall. Wie recht er doch hatte.

Der Bote war fiebernd über das Meer gefahren. Mit hochroten Wangen hatte er sich nach anstrengendem Ritt von Brindisi durch die Berge an die apulische Küste in die Residenz geschleppt und Sicaildis Anfang Juni die herzlichsten Grüße von ihrem Gatten, dem Herzog ausgerichtet. Ebenso das Bedauern zum Ableben des Heiligen Vaters sowie die Besorgnis, der Balkanfeldzug könne noch fehlschlagen, und im Übrigen seien die verfluchten Sümpfe von Kephallonia übel und es eigentlich überhaupt nicht wert, erobert zu werden, doch Gott sei auf seiner, Robert Guiscards Seite, und Er möge auch sie, die liebste Sicaildis, schützen.

Das jedenfalls erzählte Trota, die am Morgen in die Halle der Herzogin gerufen worden war. »Es ist keine Freude, ihre Beine zu verbinden«, meinte sie und hielt inne im Mischen der Kräuter. Beide standen sie in der Medizinkammer, um die Arznei für eine junge Frau zusammenzustellen, die am Morgen gekommen war. »Hier, nimm mehr von der Granatapfelrinde, das ist zu wenig.« Sie zerstieß ein wenig Alumsalz im Mörser und streute es in Imas Gefäß. »Und nimm auch reichlich vom Drachenblut. Das ist gut für Geschwüre aller Art, im Mund, auf der Haut, aber auch im Gedärm. Und es macht die Frau wieder zur Jungfrau.« Sie zwinkerte, denn genau dafür war die Frau draußen im Hof gekommen. »Sei auch großzügig mit Eicheln. Ein einfaches Rezept ist die gekochte Eichenrinde, doch mit dem Drachenblut zusammen wirkt es besser. All das zieht die Haut zusammen.« Sie beobachtete, wie Ima mit flinken Händen ein Pulver aus den Zutaten herstellte. »Lass sie drei Tage mit dem Pessar im Bett liegen, dann mag sie heiraten und ihrem Gatten als Jungfrau erscheinen und ihn erfreuen, Nacht für Nacht.« Sie lächelte verschmitzt. Trota war bekannt dafür, bei derlei Schwierigkeiten zuverlässig zu helfen und nichts weiterzutratschen, wie andere Heilerinnen das zuweilen taten.

»Glaubt Ihr, die Beine der Herzogin werden sich bessern?«, fragte Ima. Der Bote ging beiden nicht aus dem Sinn.

»Doch, das denke ich schon. Ich gab ihr Benedicta und machte Umschläge mit Aloe, wie Dioscurides es gegen Geschwüre empfiehlt. Immerhin kann die Herzogin wieder in die Kirche gehen. Und sie kommt ohne Hilfe in den Sattel, was, wie wir wissen, ihr sehr wichtig ist, und sie kann die Stufen zum Turm hochsteigen. Dem Boten ging es viel schlechter.«

»Hatte er sonst noch Neuigkeiten?«, fragte Ima beiläufig. Die Ärztin sah hoch. Ihre grauen Augen verströmten solche Ruhe – warum nur fand Ima keine Ruhe? Immer noch der Normanne. Sie seufzte.

»Nein, Mädchen. Sonst brachte er keine Neuigkeiten.« Bedauernd betrachtete sie das zarthäutige Antlitz, das Ima täglich mit einem Sud von Liebstöckel wusch, damit es seine helle Farbe behielt, und manchmal über Nacht mit einem klärenden Brei aus Kalk, Dialthea und Butter behandelte. Viele beneideten sie um die feine Haut, die sich anfühlte wie eine ihrer frisch erblühten weißen Rosen. Ima zerstampfte das Pulver energisch, obwohl es bereits Staub war.

»Dem Boten verabreichte ich Diathessaron gegen das Fieber, doch es wird lange dauern, bis er wieder aufstehen kann – wenn überhaupt. Die Fieber aus den Sümpfen sind tückisch und kosten viele Leben.« Es schmerzte sie, wusste sie doch, woran Ima dachte. Dass der verdammte Normanne dort war und vielleicht längst am Fieber gestorben war, wie viele von des Guiscards Kriegern.

»Ich hörte auch, dass Matthäus, der Spezereienhändler aus Alexandria, unten im Hafen angelegt hat. Vielleicht möchtest du hinunterlaufen und meine Vorräte ergänzen? Ich bin etwas müde …« Vor allem würde es sie ablenken. Sicher würde es ablenken. Lächelnd dachte Trota an das Schiff mit den vielen duftenden Gewürzsäcken und an den Händler mit den flinken Händen und den noch flinkeren Augen. Es war ein guter Gedanke, Ima mit der Liste in den Hafen zu schicken.

Ima fand den Plan der Ärztin eher störend, sie hätte lieber der jungen Frau mit dem Pulver geholfen, und ein Verband war auch noch zu machen. Sie liebte ihre Arbeit, und es störte sie kein bisschen, wenn sie manchmal tagelang nicht aus dem Haus kam, weil sich Hilfesuchende drängten und die Vorräte in der Medizinkammer geordnet und gemischt werden mussten. Trota lachte dann immer, sie sei halt noch jung, irgendwann würde die Kammer ihren Reiz schon verlieren.

Das Gedränge in Salernos Straßen wirkte schlimmer als sonst, die halbe Stadt hatte offenbar mitbekommen, dass der Händler aus Alexandria angelegt hatte. Er brachte ja nicht nur Spezereien aus dem Orient, sondern auch feine Stoffe, gewebte Bänder und dünne Glaswaren, wie sie in Apulien sehr beliebt waren. Viel Weibsvolk war daher unterwegs, ausgestattet mit den Geldbörsen der Ehemänner, flankiert von Mägden, die Pakete und Beutel nach Hause schleppen mussten. Man bummelte an den Garküchen vorbei und frönte einen Tag lang dem Nichtstun, obwohl das natürlich niemand zugegeben hätte, denn Müßiggang war eine Sünde. Wenn auch eine süße Sünde.

Lastenträger eilten schwer beladen durch die Gassen, ein Brunnenknecht prügelte sich mit einem Betrunkenen, beide wurden von Soldaten zum Schweigen gebracht. Am Pranger stand der Mann, dem sie gestern Abend wegen Diebstahls die Ohren abgeschnitten hatten. Sein Weib fütterte ihn mit Wasser und Früchten und wartete darauf, dass man ihn losband. Auf dem blutüberströmten Hemd saßen unzählige Fliegen und labten sich an der süßen Kruste. Ima kämpfte sich an den Schaulustigen vorbei. Immerhin trat man ehrfürchtig zur Seite – die meisten Salernitaner kannten sie inzwischen und schätzten ihre geschickten Hände. »Trotula« wurde sie manchmal genannt – »kleine Trota«, und selbst die Mönche droben im Kloster lachten nicht mehr über sie und ihre alternde Lehrerin. Rezepte für den Theriak hatten inzwischen sogar den Weg in die Bücher des Klosterapothecarius gefunden.

Wenn Trota das hörte, lachte sie immer gutmütig. »Ich sag's euch – meine Rezepte wird man noch lange benutzen. Und die mit dem Mäusekot und dem Amulettbeutel wird man vergessen, so Gott will.«

Die Dau war riesig. Auch mit eingezogenen Segeln und aufgestellten Rudern war es immer noch ein Schiff, welches den Hafen dominierte, obwohl es nicht das einzige war. Ein Fährboot lag vor Anker, daneben eine schlanke Galeere, wie Ima sie aus dem Norden kannte. Doch die Dau überragte mit ihrem breiten Rumpf alles, und allein die Vorstellung, dass sie bis zum Rand mit Luxusgütern gefüllt war, zog die Schaulustigen an. Eine riesige Menschenansammlung drängelte vor dem Schiff – Matthäus verkaufte seine Waren sozusagen auf dem Wasser, und die feinen Damen schrien entzückt auf über die halbnackten nubischen Kerle, die Kisten und Fässer auf ihre dick bemuskelten Schultern wuchteten und durch die Fluten kraftvoll an Land trugen, wo der Inhalt zum Verkauf ausgebreitet wurde. Die nassen Lederschürzen der Träger klebten auf der Haut und offenbarten manch orientalische Köstlichkeit, welche die Weiber zu anzüglichen Bemerkungen hinriss. Matthäus holte seine Träger schleunigst wieder aufs Schiff zurück, bevor es jemandem einfallen konnte, sich einen unter den Nagel zu reißen. Er achtete darauf, stets körperlich gut ausgestattete Sklaven in Afrika zu kaufen, und war sich allein schon dadurch der Bewunderung seiner Kundinnen sicher. Ihr Kichern verfolgte den listigen Ägypter. Wer ihn an einem guten Tag erwischte, konnte es sogar schaffen, einen dieser Nubier zu kaufen. Doch heute war der Ansturm zu groß, als dass man Sklavengeschäfte hätte tätigen können. Man verteilte die Waren auf eilends errichteten Tischen, wo sofort gegrabbelt, befühlt und ausprobiert wurde. Matthäus kam viel zu selten nach Salerno, und das Feilschen des Händlers tönte bis in den letzten Winkel.

Ihr Haar leuchtete golden in der Sonne. Eine lustige Windbö hatte den Schleier von ihrem Haupt geweht, und sie kämpfte mit dem feinen Stoff, bis er wieder so über ihrem Haar lag, wie sie das mochte, denn sie trug es offen wie sonst kaum eine Frau in ihrem Alter. Selbst mit Schleier ragte sie aus der Menge heraus wie eine Perle in einem Berg von Kieseln, und die Leute gingen trotz des Gedränges mit respektvollem Abstand an ihr vorbei. Würde und ruhige Schönheit strahlte sie aus, nichts erinnerte mehr daran, dass diese Rose einst geknickt und fast verwelkt gewesen war. Gérard drückte sich andächtig gegen die Hauswand. Was für ein Tändelkram! Er hatte gar nicht gewusst, dass er zu solchen Gedanken fähig war … und dass sein Herz ihm solche Streiche spielen konnte. Eine Dirne, die sich ihm nähern wollte, schubste er weg. Sie maulte unflätiges Zeug und zupfte an seinem Mantel, als ob sie ihn mit flinken Fingern bestehlen wollte. Er sah sich ärgerlich nach ihr um, und als er wieder zum Schiff sah, war Ima fort.

Fort!

Er stürzte sich in das Getümmel. Schob Leute aus dem Weg, kassierte eine Kopfnuss, einen Tritt, und eine Gemüsehändlerin zeigte ihm die Krallen. »Verfluchter Normanne!«, keifte sie, »die Pest über euch alle!« Er stolperte über ihren Stand, riss die Körbe mit Oliven und Granatäpfeln um, alles kullerte über den Boden, Kinder stürzten sich johlend auf die unerwartete Beute. Gérard lief um sein Leben, vorbei an den Fischhändlern, hinüber zu den Ständen, wo die Spezereien verkauft wurden.

Da stand sie, ein Stück von den Drängelnden entfernt, ein heller, schlanker Stern – und ihm wurden die Knie weich. Nur noch wenige Schritte. Gérard kam nicht vorwärts, verfluchte sich. Herrgott, erst letzte Woche waren unzählige Albaner von seiner Hand gefallen, und er hatte mit zwanzig Mann ein Schiff aus dem Schlamm des Glykys gezogen, bevor sie den Fluss umgeleitet hatten – allein mit ihrer Hände Arbeit. Und nun? Ein

Weib lähmte ihm die Knie. Kein Sumpf. Kein Feind. *Sie*. Er blieb einfach stehen, sah sie an, dann schloss er die Augen. Entweder sie hörte ihn – oder nicht.

»Ima.«

Durch Geschrei und Karrengepolter, durch Kindergeheul, Wiehern und Hafenlärm hindurch drang ihr Name an ihr Ohr. Seine Stimme war wie immer – vielleicht ein bisschen brüchig. Sie drehte den Kopf. Goldblonde Strähnen flogen ihr über die Schultern, wieder rutschte der Schleier, und die Sonne tanzte lachend in der seltenen Haarfarbe, von umstehenden Frauen neidisch betrachtet. Ein feines Rot stieg in ihre Wangen, es breitete sich über das ganze Gesicht aus, und in der Ferne begann der grollende Berg zu brummen, das spürte sie unter ihren Füßen.

Der Lärm verstummte. Hatte er je existiert? Gérard stand mit geschlossenen Augen ein paar Schritte hinter ihr, und sie fand ihn blass.

»Gérard! Ihr … Ihr seid in Salerno.« Meine Güte, wie platt, schalt sie sich, gab es keine passenderen Worte für ihn? Doch ihm fiel ja überhaupt nichts ein, er schwieg unhöflich, und sein Gesicht wirkte so nackt und verletzlich wie seinerzeit auf dem Berg … Ima verbot sich, an den Berg zu denken. Der Berg drängte sich umso dreister auf.

»Gérard.« Er schlug die Augen auf, wurde ebenfalls puterrot und schämte sich offensichtlich zu Tode. Da lächelte sie, dass die Sonne am helllichten Tag im Schmutz des Hafens ein zweites Mal aufging, und machte einen Schritt auf ihn zu. Was hinderte ihn, auf sie zuzuspringen, sie in die Arme zu reißen – was hinderte ihn? Bebend standen sie voreinander, es konnte nicht sein, es durfte nicht sein – oder vielleicht doch? Für einen Moment Geburt und Regeln vergessen, für einen Moment erlauben, was unmöglich war, nur für einen Kuss, der einer derart hochgeborenen Frau doch nicht geraubt werden durfte, um den sie aber mit ihren unvergleichlichen Augen bettelte…

Auf der Galeere stieß man ins Horn. Ima fuhr herum. Der zauberhafte Moment war vorüber.

»Gérard, was tut er auf dem Schiff?« Ihre Stimme zitterte leicht, als sie auf den Mann mit dem langen schwarzen Mantel deutete, der am Vordersteven stand und das Gewühl des Hafens betrachtete. Offenbar hatte sie ihn vorhin schon eine ganze Weile beobachtet. »Was tut er da?«

Gérard erkannte den Boten des Herzogs. Imas Vater. »Er reist nach dem Norden.« Langsam drehte sie den Kopf. Gérard nickte. Es fiel so schwer, überhaupt etwas zu reden, und nun auch noch über diesen Mann – er verfluchte seine lahme Zunge. »Er… er…« Er holte tief Luft und machte einen neuen Anfang. »Er hat sich mit dem Herzog überworfen, müsst Ihr wissen. Sein Sohn Roger Borsa lag mit seinen Truppen vor Hagios Georgios auf Kephallonia, und der Guiscard wollte Euren… Euren Vater zu einer Mission losschicken, die nicht wenige Menschenleben gekostet hätte, wäre sie fehlgeschlagen. Die Chancen standen schlecht. Er weigerte sich. Sie stritten sich erbittert – der Guiscard hasst es, wenn man ihm sagt, was zu tun ist…«

Und der Mann, der zum König geboren war, aber kein Reich hatte, hasste es, anderen beim Begehen von Fehlern zuzuschauen, schoss es Ima durch den Kopf. So lange sie denken konnte, war dem Vater der Ärger mit den Mächtigen gefolgt…

»… und da nahm er sein Bündel und sagte sich vom Guiscard los. Tja. Er kann von Glück sagen, dass der Herzog ihn nicht bestrafen ließ. Ich weiß, dass er schon Leute aus nichtigeren Gründen hat blenden lassen.« Dass der Guiscard sich durchaus auf noch üblere Körperstrafen verstand, sagte er lieber nicht. Der Streit war beeindruckend gewesen. Zufällig war er Zeuge geworden, wie die beiden Löwen aufeinander eingebrüllt hatten, und er hatte den Mut dieses eigenartigen Nordmannes bewundert, den er auf ein paar Reisen näher kennengelernt hatte. Sie war wie er. Haargenau wie er. Das Herz wollte ihm zerspringen. »Ima«, flüsterte es, und dann nichts mehr.

Sie schwieg. »Und Ihr? Warum seid Ihr hier?«, fragte sie langsam. Gérards Gesicht wurde weich, doch das sah sie nicht mehr, weil sie den Schwarzgekleideten suchte, dort vorn am Steven der englischen Galeere.

»Ich reiste für Roger Borsa nach Palermo. Der Rückweg führte mich über Salerno und zur Herzogin …« Das war nicht der ganze Grund, doch er hätte sich eher die Zunge abgebissen, als zuzugeben, dass er den Umweg auf eigene Faust gemacht hatte, weil die Sehnsucht ihn getrieben hatte – und auch Neugier, denn der Guiscard hatte ihn mit einem Landgut südlich von Nuceria zu einem reichen Mann gemacht, nachdem er die entscheidende Idee gehabt hatte, wie man die Schiffe aus dem vermaledeiten Sumpf des Glykys befreien konnte. Landbesitz hieß ein Jahreseinkommen, hieß einen Haushalt – eine Frau. Irgendwann. Er schluckte. Seinen Besitz hatte er dann doch nicht angeschaut, er war direkt nach Salerno geritten, hatte es kaum ausgehalten, ohne zu wissen, ob sie überhaupt noch in der Stadt war, geschweige denn, wo. Sein Glück, ihr noch am gleichen Tag gegenüberstehen zu dürfen, konnte er noch gar nicht fassen. Dieser Hunger war wie fortgeweht. Jetzt hungerte sein Herz.

Imas Herz klopfte. »Dann werdet Ihr wieder in die Sümpfe zurückmüssen?« Ihr Blick wurde mitleidig, dann verlegen, als sie merkte, was ihre Augen sprachen. »Wo reist er hin? Hat er Euch das gesagt?«

Gérard musterte den Boten. Klare Entschlossenheit verströmte er, die Seeleute machten einen Bogen um ihn, obwohl er da, wo er stand, sichtlich bei der Arbeit störte. Seine königlich aufrechte Gestalt verriet, wer hier in Wahrheit wen störte.

»Er sprach von Santiago de Compostela. Vom Grab des Apostels. Er trägt ja den Pilgerhut, seht Ihr? Und dann …«

Sie nickte. Ans Grab des Apostels. Und dann … nach Hause. Ihr Blick wurde kühl, oder schien das nur so? Gérard seufzte still. Sie ähnelte ihm sehr. Gesprochen hatten sie auf ihren gemeinsamen Reisen nie von Ima. Aber sie hatten einander schätzen gelernt, und als sie sich in Brindisi voneinander verabschiedeten, hatte der Bote nur gemurmelt: »Solltet Ihr meiner Tochter Unglück bringen, werde ich das erfahren und Euch töten.« Und seine eisblauen Augen hatten zur Bekräftigung aufgeblitzt.

Auf der Galeere bereitete man sich zum Ablegen vor. Ima biss sich auf die Lippen. Da segelte er nun dahin. Und weil sie das irgendwie nicht ertrug, hielt sie einen herumlaufenden Knaben am Kittel fest und zog etwas aus ihrem Beutel. »Bring das hier auf das englische Schiff, Junge. Jetzt sofort – sie legen ab. Bring es dem Mann in Schwarz, der dort am Bug steht, hörst du? Beeil dich!« Eine Münze folgte dem blonden Zopf, der im Kittel des Jungen verschwand, als er losflitzte. Aus Gewohnheit hatte sie den Zopf, der ihr in Rom das Leben gerettet hatte, immer bei sich getragen. Vielleicht war es sentimentale Erinnerung, vielleicht war es auch mehr gewesen – jetzt war der Zeitpunkt gekommen, etwas Gutes damit anzufangen. Das Geraune über die Galeere wurde lauter. Man stellte die Ruder auf, Schiffsleute kletterten zum Segel hoch, um es im rechten Augenblick, wenn der Wind von Süden kam, herabfallen zu lassen. Irgendwo platschte der kleine Junge ins Wasser, schreiend und um Aufmerksamkeit bittend, jemand zog ihn daraufhin an Bord. Gespannt wartete Ima, was passieren würde.

»Ima …«

»Schsch!« Mit der Hand verbot sie ihm jedes weitere Wort. Er fing die Hand, die sich auf seinen Arm gelegt hatte, wie einen Schmetterling ein. Sie ließ es geschehen, weil sie angespannt das Schiff beobachtete. Drüben klatschte das erste Ruder ins Wasser. Der Knabe hatte den Schwarzgekleideten gefunden, überreichte die Botschaft. Ima hielt den Atem an. Der Schwarze beugte sich zu dem Kind herab und nahm entgegen, was es zu überbringen hatte. Langes Haar fiel über breite Schultern, dann riss der Mann den Kopf hoch, erkannte den Zopf. Mühelos sprang er auf die Reling, dass der Mantel wehte, und suchte nach ihr, reckte den Kopf, suchte in der Menge, sein Blick sprang von Kopf zu Kopf – und die Sonne wies ihm den Weg zu einem entblößten Scheitel von strahlendblonder Farbe. Viele Meter schrumpften zu einem. Er erkannte die Dame im Ärztegewand, schön wie eine Schneeflocke, stolz wie ein Kristall. Seine Tochter. Und er riss die Hand mit dem Zopf in die Höhe und winkte mit beiden Armen, um ihren Blick zu locken, doch sie hatte ihn ja keinen Moment aus den Augen gelassen, und jetzt rannen ihr Tränen über das schmale Gesicht.

Die Meter schrumpften zu einem erlösenden Kuss auf ihre Stirn, und als sie übers ganze Gesicht zu lächeln begann, sah sie, wie es sein kaltes Herz erwärmte und dass er Frieden finden würde.

Der Knabe hatte längst das Ufer wieder erreicht, als man die Galeere zur Abfahrt gedreht hatte. Die ersten Staken glitten ins Wasser, um sie mit kräftigen Stößen vom Hafen weg aufs offene Meer zu drücken, wo sie Fahrt aufnehmen und so schnell dahinfliegen würde wie kaum ein anderes Schiff.

Die Gewürzliste war zu Boden geflattert, der Schleier segelte in Richtung Hafen.

Imas Hand war in Gérards Hand verschwunden und dort wie festgewachsen. Es gab keinen Grund, sie fortzunehmen, sie war ja Teil von ihm, und Mosaiken zerfielen nicht. Der Boden musste sich wohl unter ihnen zusammengezogen haben, keiner von beiden konnte sich erinnern, einen Schritt auf den anderen zugegangen zu sein – jetzt passte kaum ein Rosenblatt mehr zwischen sie, und auch wenn es ungehörig war, so nah beieinanderzustehen, dass jeder der Umstehenden sehen konnte, wie ihr Atem im Gleichtakt ging – es war gut so. Mosaiken zerfielen nicht.

Nachwort

Robert Guiscard, Herzog von Apulien und Sizilien, ist eine der schillerndsten Persönlichkeiten des 11. Jahrhunderts. Einst als kleiner, mittelloser Ritter von der Normandie ausgezogen, das Grab des Herrn in Jerusalem zu besuchen, strandete er um 1046 in Süditalien und verdingte sich in den Kriegen der konkurrierenden Kleinstaaten Apuliens als Söldner. Immer mehr Normannen zog es in das reiche Land am Mittelmeer, wo sie sich unentbehrlich machten und zu Macht und Ansehen gelangten. In nur wenigen Jahren wurde der Guiscard zum Heerführer der apulischen Normannen. Erklärtes Ziel der einheimischen langobardischen Fürsten war es, die Byzantiner und Sarazenen aus Süditalien zu verjagen. Dass ihnen dabei Süditalien aus den Händen glitt, merkten sie zu spät.

Durch kluge Heiratspolitik und ebenso brutale wie zielstrebige Kriegsführung baute Robert seine Stellung aus. Auf der Synode zu Melfi 1059 belehnte ihn der Papst mit dem Herzogtum von Kalabrien, Apulien und dem noch zu befreienden Sizilien. Eine rasante Karriere, wenn man bedenkt, dass die Normannen kurz zuvor noch auf gleicher Stufe mit den ungläubigen Sarazenen gesehen worden waren.

Der dritte Papst in der Ära des Guiscard, Gregor XII., wurde zugleich auch sein ärgster Gegner. Im territorialpolitischen Trio von deutschem Kaiser, Papst und Guiscard taktierte der Normanne überaus geschickt und wusste den Streit der beiden anderen (der mit des Kaisers Kniefall in Canossa endete) für sich zu nutzen. Der Investiturstreit und die Furcht Papst Gregors vor einem Krieg mit dem Deutschen festigte Roberts Stellung als süditalienischer Herrscher.

Seinen vielleicht größten persönlichen Triumph erlebte der

Normanne 1084, als der Papst ihn um Befreiung aus römischer Belagerung bat. Heinrich hatte im Zuge der Investiturstreitigkeiten einen Gegenpapst ernannt und sich von diesem zum Kaiser des Heiligen Römischen Reiches Deutscher Nation krönen lassen – Gregor als widerspenstiger Pontifex ohne kaiserliche Rückendeckung war in seiner eigenen Stadt tatsächlich in Lebensgefahr geraten.

Mit angeblich sechstausend Mann zog der Guiscard nach Rom und ließ den Deutschen von seinen Plänen wissen. Heinrich verließ daraufhin Rom in Richtung Heimat und überließ dem Normannen das Feld. Der stand nun nur noch den Römern gegenüber. Sein nächtlicher Schweigemarsch durch Rom hat Kriegsgeschichte geschrieben. Die handstreichartige Befreiungsaktion endete, wenn man den Chroniken Glauben schenken darf, in einer Plünderung apokalyptischen Ausmaßes, welche unter den Zeitgenossen Empörung und Abscheu erregte.

Die Skrupellosigkeit und Schlitzohrigkeit, mit der er Päpste und Kaiser gegeneinander ausspielte, trugen ihm die Bewunderung seiner Untergebenen ein, vor allem aber das Entsetzen der Gegner und der Geschichtsschreiber. Guiscard erscheint als Glücksritter par excellence, der sich allerdings zugutehalten konnte, die Byzantiner endgültig aus Italien vertrieben zu haben und Süditalien geeint zu haben.

Er war ein Macher – weniger ein Diplomat.

Mich interessierte das Gesicht des Mannes, den Zeitgenossen als »*terror mundi*« (Schrecken der Welt) bezeichnet haben und dessen Selbstsicherheit überwältigend gewesen sein muss.

Sicaildis (in manchen Quellen Sichelgaita) von Salerno, die er in dritter Ehe zu seinem Weib gemacht hatte und die als unterworfene Langobardin die ganze Dramatik Süditaliens in persona darstellte, fasziniert als ständige Begleiterin und Gefährtin des Herzogs. Sie ist eine Frauengestalt, wie sie ungewöhnlicher im Mittelalter kaum sein konnte.

Das apulische Salerno, wo ein Großteil der Geschichte spielt, war durch den Einfluss der Araber und medizinische Größen wie Ibn Sina (lat. Avicenna) oder Constantinus Africanus im Abendland bekannt für seine Heilkunst. In Zusammenarbeit mit dem Kloster Monte Cassino bildete Salerno eine der ersten medizinischen Universitäten des Mittelalters. Auch Frauen übten in Salerno die Heilkunde aus – für die Zeit eher ungewöhnlich. Viel ist nicht über diese Frauen bekannt. Die Textsammlung zur Frauenheilkunde, die als *Trotula Major* bekannt wurde, ordnet man unterschiedlichen Federn zu.

Eine der mutmaßlichen Autorinnen des Kompendiums, Trota von Salerno, erscheint nur als Schemen in der Geschichte. Sie hat wohl im Haus ihres Gatten Johannes Platearius als Ärztin praktiziert und möglicherweise große Teile der *Trotula Major* selbst niedergeschrieben. Interessant sind ihre Schönheitsrezepte für Haut und Haar, geradezu modern muten ihre Ansichten über Hygiene und gesunde Ernährung an. Die Kapitel über Gynäkologie, Geburtshilfe und Geschlechtskrankheiten lassen auf ein tiefes Verständnis des weiblichen Körpers sowie auf langjährige Heilerfahrung schließen.

Bis ins 16. Jahrhundert war das Werk Standardlehre an Europas medizinischen Fakultäten. Die Frauen hinter dem Werk waren erst nebensächlich, im 19. Jahrhundert wurden sie schließlich sogar verleugnet, und man ging von einem männlichen Autor aus.

Die Vorstellung, dieser berühmten Ärztin über die Schulter zu schauen, reizte mich ungemein. Da so wenig über sie bekannt ist, vergebe man mir mein Augenzwinkern. Die Beschäftigung mit ihrem Werk war in jedem Fall eine Bereicherung – in medizinischer wie in kulturhistorischer Hinsicht.

Die Eingangsverse zu den Kapiteln, die aus der Feder von Hafis stammen, wurden von den folgenden Übersetzern ins Deutsche übertragen: Friedrich Rückert (Kapitel 1, 2, 5 und 11), Friedrich Bodenstedt (Kapitel 3 und 4), Joseph Freiherr von Hammer-Purgstall (Kapitel 6, 8 und 10), G. Jacob (Kapitel 9). Der Eingangsvers zum siebten Kapitel stammt aus: »Hans Bethge: Hafis – Nachdichtungen der Lieder und Gesänge des Hafis, YinYang Media Verlag, Kelkheim«, Abdruck erfolgt mit freundlicher Genehmigung des Verlages.

Der Eingangsvers zum zwölften Kapitel stammt von Mevlana Dschelaladdin Rumi, der deutsche Übersetzer konnte trotz intensiver Suche leider nicht ausfindig gemacht werden.

Danken möchte ich Hans-Georg Schaaf vom Zaubertrank Hamburg für ein sehr interessantes Gespräch, ebenso Gabriele Stark, die mir in Sachen Räucherung weiterhalf.

Mein besonderer Dank geht an meine Lektorin Petra Lingsminat, die mich wieder einmal vor umherfliegenden Körperteilen bewahrte und mit ihrer Gründlichkeit inspirierende Hilfe war.